Hermann Broch
Kommentierte Werkausgabe

Herausgegeben von
Paul Michael Lützeler

Band 13/3

Hermann Broch
Briefe 3 (1945-1951)

Dokumente und Kommentare
zu Leben und Werk

Suhrkamp

suhrkamp taschenbuch 712
Erste Auflage 1981

Satz: LibroSatz, Kriftel
Druck: Nomos Verlagsgesellschaft Baden Baden
Printed in Germany
Umschlag nach Entwürfen von
Willy Fleckhaus und Rolf Staudt

Inhalt

Briefe

Anmerkungen des Herausgebers

Nachwort des Herausgebers

1945
(August bis Dezember)

499. An Carl Seelig

Princeton, 26. 8. 45

Lieber guter Freund Carl Seelig,
Als erster Gruß nach der Weltenpause – wahrlich ein neuer Weltentag, ob gut, ob schlecht, wahrscheinlich ist beides angebrochen, und wir sind dabei gewesen[1] – wollte ich Ihnen meinen »Vergil« schicken. Aber die Post hat Pakete in die Schweiz noch nicht angenommen, und so muß das Buch hier liegen bleiben bis – wahrscheinlich bald – diese Dinge normalisiert sein werden.

Ich habe viel an Sie gedacht. Und zudem mit steter Dankbarkeit. Denn Ihr letztes Lebenszeichen vor Kriegsausbruch[2] bestand in den $ 60.- (Frs. 300.-), die damals ein richtiges Himmelsgeschenk waren, die ich Ihnen aber, soviel ich mich erinnere, nicht mehr bestätigen konnte. Dabei war ich überzeugt, daß es ein Geschenk war, denn es war mir klar, daß Sie die Gedichte – wann waren Gedichte je schon so glanzvoll lukrativ! – bloß als Vorwand benützt haben, um mir diese Summe zukommen zu lassen. Sie haben keine Ahnung, welch wahrhafte Hilfe Sie mir damit gebracht hatten: gewiß, ich hatte einen gewissen Lebensunterhalt, aber in jener Zeit brauchte ich jeden Cent, um gefährdete Menschen noch im letzten Augenblick aus Europa herüberzubringen[3]. Noch niemals habe ich Geld so gerne ausgegeben, und daß es mir gelungen ist, einen Großteil der Leute, die sich an mich gewandt hatten – Bekannte und auch völlig Fremde – herüberzubringen, gehört zu den tiefsten Befriedigungen meines Lebens. Bei meiner alten Mutter ist es allerdings nicht gelungen; sie konnte krankheitshalber nicht abreisen und starb dann in der Deportation.

Daß ich selber gerettet bin, daß ich diese Jahre überstanden habe, daß ich Hitlers Sturz habe erleben dürfen, all das erscheint mir wie ein Wunder, wie eine unverdiente Gnade, und fast schäme ich mich, diese Jahre in solcher Ruhe und Sicherheit verbracht zu haben. Immer wieder war ich daran, um Zulassung nach England nachzusuchen, um den Ereignissen näher zu sein, und wenn meine massenpsychologischen Arbeiten, für die ich hier an der Universität angestellt bin[4], weiter gediehen wären, so hätte ich es schließlich ja doch getan; aber diese Arbeit ist noch heute nicht fertiggestellt, und da man mir hiefür ein Vertrauen eingeräumt hat, das mich immer wieder überrascht, mußte ich vor allem solches Vertrauen rechtfertigen und meine Resultate in absehbarer Zeit vorlegen; außerdem dürften diese massenpsychologischen Untersuchungen doch ein Beitrag zur Verhütung eines neuerlichen Pest-Ausbruches, wie es der des Nazitums gewesen ist, zu liefern imstande sein.

Ich lege einen Vergil-Prospekt bei, damit Sie einen kurzen Überblick über meine hiesige Biographie haben. Viel ist ja nicht hinzuzufügen, außer daß ich mit maßlosester Anstrengung – durchschnittlich 17 Stunden tagaus, nachtein – arbeite: nicht nur weil ich meine immerhin außergewöhnliche Position bloß durch außergewöhnliche Leistungen sichern kann, sondern viel mehr weil ich fühle, daß die vor mir liegende Zeit (denn ich bin 59 und das ist hier ein energieaufreibendes Land) sehr kurz wird, und ich in tiefster Panik bin, nicht mehr das, was ich noch zu sagen habe, sagen zu können – obwohl einem Gesagtes und Ungesagtes recht gleichgültig sein könnte, wenn man einmal tot ist; aber es ist eine metaphysische und fast mystische Panik.

Hoffentlich hält es also noch eine zeitlang. Und wenn es hält, so hoffe ich auch – speziell nach Abschluß der Massenpsychologie –, meine Position konsolidieren zu können. Doch wenn ich auch vorderhand noch ein wenig in der Luft hänge und mehr Ehren als Geld habe, so leide ich doch nicht Hunger, und damit komme ich auf Ihre damalige Gabe zurück, da ich sie stets als ein Darlehen, als ein sehr großmütiges Darlehen betrachtet habe. Ich möchte sie Ihnen entweder zurückstellen oder über Ihren Wunsch für Leute, die sie jetzt dringender als ich brauchen, verfüglich machen, z. B. für Kriegsopfer. U. zw. möchte ich Ihnen hiezu zwei Wege vorschlagen:

1.) ich statte den Betrag in Raten (denn die Rückzahlung auf einmal wäre ein wenig schwierig) an irgend eine Stelle, United Nations, Jewish Relief, etc. in Ihrem Namen ab,

2.) oder ich verwende die schweizerischen Einkünfte der Vergil-Ausgabe, die der Rhein-Verlag veranstalten wird, für diesen Zweck.

Natürlich kann man auch beide Wege, halb und halb, kombinieren.

Die hiesige Vergil-Ausgabe (englisch) ist ein starker literarischer Erfolg. Ich nehme an, daß er in England noch stärker sein wird. Pekuniär ist natürlich nichts davon zu erwarten, umsomehr, als der Verlag zumindest einen Teil seiner Kosten für die deutsche Ausgabe (auf der ich trotz des sicheren Verlustgeschäftes bestanden habe) hereinbringen muß. Dieser ganze Pantheon Verlag, den Kurt Wolff hier aufgemacht hat, ist ja eine kommerzielle Abenteuertat gewesen, und die Herausbringung des Vergil war es erst recht. Immerhin schön, daß es soweit geglückt ist.

Bitte schreiben Sie doch, wie es Ihnen geht, wie Sie diese Jahre verbracht haben, was Sie arbeiten, ob Sie irgendwelche besonderen Zukunftspläne haben. Ich bin glücklich, daß die Verbindung wieder eröffnet ist.

In Freundschaft und
Herzlichkeit stets Ihr
Hermann Broch

[GW 8]

1 Vgl. J. W. v. Goethe, *Kampagne in Frankreich 1792,* Eintragung »Den 19. September nachts«: »Von hier und heute geht eine neue Epoche der Weltgeschichte aus, und ihr könnt sagen, ihr seid dabeigewesen.«

2 Vgl. Brochs Briefe an Carl Seelig vom 8. 4. 1939 und 19. 7. 1939.

3 Vgl. Fußnote 1 zum Brief vom 23. 9. 1941.

4 Broch hatte für die Zeit von Mai 1942 bis Dezember 1944 über das Office of Public Opinion Research der Princeton Unversity ein Rockefeller Stipendium für seine massenpsychologischen Studien erhalten.

500. An Ivan Goll

2. 9. 45

Liebster Ivan Goll,
ich habe mich offenbar nicht deutlich genug ausgedrückt, und so müssen Sie mir einen theoretischen Nachtrag gestatten:

Alle Kunst beruht auf radikaler Ehrlichkeit. D. h. Kunst ist realitätsgerichtet und befindet sich stets auf der Realitätssuche. Denn Kunst ist ein Teil jenes allgemeinen Wertstrebens, das Kultur heißt und gleichfalls nichts anderes ist als Realitätssuche und ebenhiedurch Realitätsbewältigung.

Ich glaube erkenntnistheoretisch nachweisen zu können, daß jede Kultur – als die Einheit, die sie immer darstellt – eine bestimmte, logisch straff ineinander verwobene Problem-Komplexität darstellt, die einheitlich auf die Realitätsbewältigung gerichtet ist und daher auch eine einheitliche Kulturrealität schafft. Jede Problem-Konstellation muß sich, aus logischen Gründen, schließlich erschöpfen, doch solange dies nicht eingetreten ist, bleibt die Kultur »lebendig«, und die ihr eigentümliche Kultur-Sprache (die weit über das gesprochene Wort hinausreicht), ihr Wert-Vokabular, ihre Wert-Syntax, kurzum ihr »Stil« ist allgemeines Verständigungsmittel.

Innerhalb einer noch lebendigen Kultureinheit kann die Kunst das allgemeine Wert-Vokabular, die allgemeine Wert-Syntax, kurzum den Epochen-Stil verwenden, ohne hiedurch etwas an Ehrlichkeit und Originalität einzubüßen: sie bleibt »verständlich« und erfüllt hiedurch eine soziale Mission in dem allgemeinen Realitätsbestreben.

Eine in Auflösung befindliche Kultur ist durch die Erreichung der Infinitesimalgrenzen charakterisiert[1]. Im 15ten Jahrhundert wurde dies innerhalb der Theologie signalisiert; heute geschieht, oder richtiger geschah es in den Naturwissenschaften. Es ist der Augenblick, in dem die Kunst gleichfalls sich mit dem gegebenen Vokabular nicht mehr begnügen kann, sondern nach neuer Realitätsdimension zu suchen hat, wenn sie ehrlich bleiben will. Sie wird hiedurch der sozialen Bindung enthoben und wird rein »subjektiv«, d. h.

ist nur mehr eine Auseinandersetzung des Künstlers mit sich selber –; so ist es zwar immer, aber sie ist nun für den Außenstehenden kaum mehr »verständlich«: es ist der »Rückfall«, wenn man es so nennen will, auf die lyrischen Ur-Elemente, die sich zu neuen Kombinationen zusammenfinden wollen.

Das Lyrische ist ebensowohl allgemeinverständlich wie allgemeinunverständlich, ersteres durch seine Bindung an den Logos, letzteres durch die an das subjektiv Private. Wo Weltrealität und Privatrealität als *Gemeinsamkeit* entdeckt werden, entsteht das große Kunstwerk; überall anderwärts wird – trotz aller Ehrlichkeit des Künstlers – der Weg zum Ästhetizismus beschritten. Nicht äußere Lebensumstände, wie Sie sie für Joyce anführen, bestimmen Ästhetizismus, sondern die Autonomie der subjektiven Sphäre, ihre rein subjektive Gültigkeit, letztlich also ihre Unmittelbarkeit.

Und gerade daran wird das Los des großen modernen Künstlers sichtbar: die Realitäts-Entdeckung, zu der er verpflichtet ist und die seine Ehrlichkeit ausmacht, treibt ihn ins Unmittelbare, und die Unmittelbarkeit treibt ihn in den Ästhetizismus, d. h. zu einer Überspannung der ästhetischen Mittel, die letztlich eben doch wieder eklektisch bleiben müssen, weil die Skala der menschlichen Ausdrucksfähigkeit nicht unlimitiert erweitert werden kann.

Ich dachte dieser Gefahr zu entgehen, indem ich mich mit dem Vergil sozusagen aufs primitiv Lyrische beschränkte: damit hoffte ich mich aus der Zeitbedingtheit zu retten, d. h. die alten Realitätsgrenzen überschreiten zu können und trotzdem im Mittelbaren zu bleiben. Je weiter ich aber vorarbeitete, desto deutlicher wurde mir, daß dies eine Fehlannahme gewesen war: was ich an neuen Realitäten gesehen und echt erlebt hatte, war mit dieser Methode nur höchst mangelhaft zum Ausdruck zu bringen; es ist bloß partienweise gelungen, und da diese Partien bereits am Rande der Unverständlichkeit stehen, bestand und besteht für mich kein Zweifel, daß das Buch vollkommen esoterische Gestalt angenommen hätte, wenn ich, meiner Perfektions-Pflicht folgend, mich zu einer nochmaligen Umarbeitung hätte entschließen können.

Ich habe mich zum Gegenteil entschlossen. Es mag sein,

daß ich mir die Joycesche Kraft, die zu einem neuerlichen Vorstoß nötig gewesen wäre, (wohl mit Recht) nicht zugetraut habe. Doch ausschlaggebender war es für mich, daß ich mich nicht für berechtigt fühlte, noch weitere drei bis sechs Jahre oder vielleicht noch mehr an ein isoliertes, esoterisches Werk zu setzen. Denn das wäre der Rückzug in den ivory tower gewesen, während ringsum eine Welt zusammenstürzt. 1945 *ist* die Atom-Bombe vorhanden; 1935 hat man noch im 19. Jahrhundert gelebt.

Niemals steht das Esoterische am Anfang einer Epoche; immer bedeutet es ihr Ende. Und selbst wenn es Prophetisches enthält, es bleibt wirkungslos. Ich bin der Letzte, der Popularkunst vertritt, aber ich weiß, daß derjenige, der kommen wird, weil er kommen muß, sich in sehr einfachen Worten äußern wird, in Worten, die nichts mit Kunst zu schaffen haben, oder höchstens so weit, als sie reine Lyrik sein können. Der »Lehrer« ist niemals esoterisch, mag er auch manchmal dunkel sein. Und daß eine der Technik verfallene Welt, diese von der Technik zur Barbarei und Sadismus verdammte Welt solchen Lehrers bedarf und ihn erwartet, kann nicht mehr zweifelhaft sein. (Und damit sind wir beim eigentlichen Vergil-Thema.) [. . .]

[GW 8]

1 Vgl. Brochs Aufsatz »Logik einer zerfallenden Welt«, KW 10/2, S. 156-171.

501. An Albert Einstein

Princeton, N. J., 6. 9. 45

Verehrter, lieber Herr Professor,
daß Sie meine Schreiberei mit Ihrem eigenen Werk überhaupt in einem Atem nennen, ist mir ein wenig unheimlich[1]. Was ich dazu fühle, kann ich noch am ehesten an Hand einer jüdischen Parabel ausdrücken, nämlich an der vom Wiescielczer Wunderrabbi, der angeblich imstande war, Blinde sehend zu machen. Denn da geschah es, daß ein Jud, einen

grünen Schirm vor den Augen und einen Tappstock in der Hand, auf der Landstraße nach Wiescielcze dahergewandert kam. Trifft ihn ein anderer: »Weh, was ist geschehen mit dein Augenlicht?« »Ich geh auf Wilczitz zum Rabbi.« – »Weh, bist du geworden blind?« – »Ich bin nicht geworden blind.« – »Wenn du nicht geworden bist blind, was gehste dann zum Rabbi?« – »Vor ihm werd ich sein blind.« Einfacher läßt sich die Befangenheit, die man vor allem Großen in der Welt hat, nicht ausdrücken: der Unterschied zwischen Sehen und Sehen.

Aber da man in der Befangenheit leichter in Versen als in normaler Rede spricht (erinnern Sie sich der Szene bei Nestroy, in der der Lehrbub auf die Bühne stürzt, vor Aufregung nicht reden kann, bis der Meister ihn anschreit »Also sing!«, und er anfängt »Der Spiritus im Keller brennt und alles steht in Flammen . . .«)[2], da es also in Versen leichter geht, lassen Sie mich zum Kapitel Intuition ein Gedicht[3] zitieren, das mir kürzlich eingefallen ist, als ich nach dem eigentlichen Inhalt des Vergil gefragt wurde:

Wer nur weiß was er weiß, kann es nicht aussprechen;
Erst wenn Wissen über sich selbst hinausreicht, wird es zum Wort.
Erst im Unaussprechbaren wird Sprache geboren.
Und es muß der Mensch, dem das Göttliche auferlegt ist,
Stets aufs neu die Grenze überschreiten und hinabsteigen
Zu dem Ort jenseits des Menschhaften, ein Schatten
Am Ort des wissenden Vergessens, aus dem die Rückkehr schwer wird
Und nur wenigen gelingt.
Aber die Gestaltung des Irdischen ist jenen aufgetragen,
Die im Dunkel gewesen sind und dennoch sich losgerissen haben,
Orphisch zu schmerzlicher Rückkehr.

Mir ist nämlich auf- und eingefallen, daß Vergil den Abstieg zum Hades nicht weniger als dreimal geschildert hat, daß also dies bei einem Menschen, der sich, wie er, immerzu so viel Gedanken über sein Dichtergewerbe machte, etwas zu bedeuten hatte, und so fühlte ich mich berechtigt, ihm den obigen Gedichtinhalt hinein zu geheimnissen. (Im übrigen steckt auch hierin das – eben uralte – Blindheitsmotiv; neben der Problemkonstanz und der – logischen – Formkonstanz gibt es halt auch eine Inhalts- und Darstellungskonstanz).

Ich war erst überrascht, als ich die gleichen und ähnlichen Impulse in den Massen-Motiven wiederfand; erst fragte ich mich mißtrauisch, ob dies nicht auf die Personalunion der Autorschaft zurückzuführen wäre, aber dann beruhigte ich mich an der nahezu unveränderlichen Einheitlichkeit der Menschenseele: sie hat natürlich – im wahrsten Wortsinn natürlich – überall die gleichen Reaktionen zu produzieren. Leider ist das Gebiet der Massenpsychologie ein »geisteswissenschaftliches«, also neblig. Man muß sozusagen nach allen Seiten zugleich vorwärtsschreiten, und dabei gerät man stets auf neue Tücken und Fallstricke. Und oftmals ist es wie ein Schwimmen in einem See oder Sumpf von mashed potatoes.

Fürs erste aber unterbreche ich wirklich; den hiesigen Gewalten und Helene Dukas'[4] Befehl weichend, spanne ich für 10 Tage aus: daß sie hiefür an Knollwood gedacht hat, war besonders rührend, und ich danke Ihnen wie ihr sehr herzlich dafür. Ich fahre nach Cambridge und zu Canby nach Killingworth und verbinde dies mit einem Ausflug nach Cape Cod[5].

Daß ich Helene D. nicht eigens antworte, wird sie – insbesondere in Ansehung meines Einpackungstroubles – gewiß entschuldigen. Außerdem entspricht es dem Talionsgesetz[6]: Wie man mir, so ich dir. Aber bitte sagen Sie ihr, wie sehr und aufrichtig ich mich mit ihren Zeilen gefreut habe.

Und so lassen Sie mich noch, ausgerüstet mit Augenschirm und Tappstock, Ihnen und dem ganzen Haus alles Gute und Schöne zum neuen Jahr wünschen

in verehrungsvoller
Herzlichkeit Ihr
H. Broch

[GW 8, DWW]

1 Vgl. Einsteins Brief an Broch

[ohne Datum]

Lieber Hermann Broch:

Ich bin fasziniert von Ihrem Vergil und wehre mich beständig gegen ihn. Es zeigt mir das Buch deutlich, vor was ich geflohen bin, als ich mich mit Haut und Haar der Wissenschaft verschrieb; es war mir schon vorher bewußt, wenn auch nicht so deutlich*, was Sie in Ihrem Brief über das Intuitive gesagt haben, ist mir aus der Seele gesprochen. Die logische Form erschöpft nämlich das Wesen des Erkennens so wenig wie das Versmaß das Wesen der Poesie oder die Lehre vom Rhythmus und Akkordfolge das Wesen der Musik. Das Wesentliche bleibt mysteriös und wird es immer bleiben, kann nur erfühlt, aber nicht erfaßt werden.

Herzliche Grüße an Sie alle von Ihrem

Albert Einstein

* Flucht vom Ich und vom Wir in das Es.

[GW 8]

2 Nicht ermittelt.
3 »Vom Schöpferischen«, KW 8, S. 62.
4 Einsteins Sekretärin.
5 Nordspitze einer Halbinsel im US-Staat Massachusetts.
6 Vgl. das römische Jus talionis: Recht der Wiedervergeltung.

502. An Christian Gauss

September 20, 1945

Dear Dean Gauss:

You can imagine how deeply pleased I was with your thoughtful response to my paper[1], and with the positive way in which you so kindly analyzed it. With respect to your objections, you are absolutely right when you say that the flag is an abstract symbol which has retained its significance even in democratic countries, so that any offense against the flag means an offense against the whole commonwealth. I am dealing with symbols of this kind in my mass psychology[2] and I think that I should also take up the problem in the political book of wich this paper forms a chapter. But I do not believe that this point should be raised in this particular paper, to avoid going too far afield.

However, there is a technical aspect to this question of the flag, [and] it could also be relevant for the »Law for the Protection of Human Dignity«. With few exceptions, as for instance high treason, the penal law in this country is handled exclusively by the individual states. It seems to me that offenses against the flag are also handled by the states. If that is so, such a conformity of law might be an auspicious precedent for the possible introduction of the new Law in the 48 states (in spite of its militaristic implications that you so rigthly mention). For it would naturally be much simpler in this country to have such a Law accepted by all 48 states – of course an utopia in the South of today – because as a federal law it would require a constitutional amendment which would complicate matters even more. I shall try to find out exactly what the situation is and shall then treat it in a brief addendum.

As far as your second objection is concerned, namely that this Law would mean a restriction of freedom of speech, especially of the critics of the existing social order with all its ramifications, I would like to emphasize that no criticism or any political utterance (not even those of Fascists) would be affected by the Law. It is directed only against those who, by word and deed, try to exclude fellow citizens from the exercise of their civil rights. As I wrote you the last time, this seems like a very modest aim, but in the further expositions of my book I believe I shall be able to show that this whole matter covers a much broader field.

I heard from Erich Kahler – many thanks for your phone call – that you are coming back at the beginning of October and I am eagerly looking forward to seeing you.

Very sincerely yours,
Hermann Broch

[GW 8]

1 »Proposal for a Law to Protect Human Dignity«, vgl. KW 11, S. 503.

2 Vgl. KW 12, S. 79.

503. An Henry Allen Moe

One Evelyn Place, Princeton, New Jersey

September 25, 1945.

Dear Mr. Moe:
Last time we spoke about the legal implications of my paper[1], just the point in which I want to have your views. And I would like to add to this matter that I have not so much in mind the legal difficulties which of course will stand in the way of such a law in the different countries: for instance in the United States the Law would have to be accepted separately in the forty-eight states, or if it should be a federal law it would presuppose an amendment to the Constitution.

But what is especially important to me is the legal setup for an international court as I outlined it in my paper. For an international court of this kind would be, as far as I see, a real innovation and my knowledge of international law does not go far enough for me to know how this whole structure could be integrated into the existing legal situation.

I am very eager to have your opinion. In the meantime please accept my best wishes for a speedy recovery for Mrs. Moe.

Sincerely yours,
Hermann Broch
[GF]

1 »Proposal for a Law to Protect Human Dignity«, vgl. KW 11, S. 503.

504. An Thomas Mann

29. IX. 1945

Lieber verehrter Dr. Mann,
ich habe Ihnen noch nicht für Ihren guten Brief gedankt, und da sind es jetzt plötzlich drei Monate her, daß er eingetroffen

ist. Die fortschreitende Zeit ist ein Faktum, das ich in meinem Leben viel zu spät entdeckt habe, und so erschrecke ich auch stets aufs neue darüber, diesmal aber ganz besonders, weil ich meine Antwort nur verschoben hatte, weil ich eine damals beinahe fertiggestellte Studie[1] gleich mitschicken wollte: nun, zwischen der Beinah- und der Ganzfertigstellung haben sich volle drei Monate harter Arbeit eingeschoben, und wenn auch ein Großteil davon an die Übersetzung gewendet worden ist, so wird die Sache hiedurch nicht heimlicher; an den englischen Verknappungs- und Verschärfungsansprüchen zeigten sich nämlich gewisse – vielleicht spezifisch deutsche – Kompliziertheiten des Gedankens und des Ausdrucks, die mir, hätte ich es im Original belassen, niemals aufgefallen wären, und zu deren Ausmerzung ich mich (zwar höchst ungern, dennoch bessere Gründe einsehend) habe entschließen müssen.

Sie werden in der Studie, die nun hier beiliegt, einen Teil jener Völkerbund-Arbeit wiedererkennen, die ich Ihnen vor nahezu 10 Jahren nach Zürich gesandt hatte[2]. Zweierlei läßt sich m. E. aus den Geschehnissen dieser 10 Jahre hiezu ableiten: erstens, daß die Durchführung meiner Vorschläge inzwischen womöglich noch schwieriger geworden ist, und zweitens, daß meine Grundtheorie trotz oder gerade [wegen] dieser Schwierigkeiten nun erst recht sich als richtig erwiesen hat. Ich glaube nicht, daß ich da, um des Rechthabens willen, meine Meinung in die Dinge hineinprojiziere. Allzu sichtbar wird es bereits, wie unmöglich es ist, ohne wohlfundierte Demokratie-Definition vorwärtszukommen; [. . .]

Also haben Erich[3] und ich uns entschlossen, das Demokratie-Problem nochmals aufzunehmen und in einem gemeinsamen Buch[4] vorzutragen; Erichs Ausgangspunkt ist der historische, der meine erkenntnistheoretisch-psychologisch (da ich ja hiefür die Resultate meiner Massenpsychologie verwende), und diese beiden Ansichten, meinen wir, werden einander recht gut ergänzen. Die beiliegende Studie bildet das Einleitungskapitel zu meinem Teil. Ich habe sie vervielfältigen lassen, weil die Fertigstellung des Buches leider ja doch noch einige Zeit in Anspruch nehmen wird, das in dem Kapitel untersuchte Thema aber – gerade hinsichtlich der deutschen Vorgänge – so urgent geworden ist, daß ich seine

Ausführungen raschestens vor eine zwar begrenzte, jedoch offizielle Öffentlichkeit, vor allem also vor die Administration bringen will. Der Responz ist, selbst unter Abzug der professionell amerikanischen Liebenswürdigkeit, bisher überraschend ernsthaft und günstig. Das besagt freilich noch nicht, daß man mit praktischen Auswirkungen größern Ausmaßes rechnen darf; indes, ein Anfang mußte einmal gemacht werden. [...]

[TMa]

1 »Bemerkungen zur Utopie einer ›International Bill of Rights and of Responsibilities‹«, KW 11, S. 243-277. Die englisch geschriebene Fassung trug den Titel »Bill of Rights – Bill of Duties. Utopia and Reality«, vgl. KW 11, S. 503.
2 Vgl. Fußnote 12 zum Brief vom 14. 11. 1937 im ersten Briefband.
3 Erich von Kahler.
4 Der Plan blieb unausgeführt.

505. An Werner Richter

2. Oktober 1945

[...] Die Sache mit dem Schluß[1] ist ja so, daß ich mich immer weiter über den Abgrund gebeugt habe, um dann doch nicht hineinzuplumpsen: das ist der große Mangel des Buches; nur ein wirklich Gestorbener hätte es schreiben dürfen, aber Tote schreiben selten. Aber bei all meiner Über-den-Fensterrand-Beugerei glaube ich doch etwas gefördert zu haben, nämlich eine Annäherung: welche Speisen hat man mit ins Grab zu nehmen, und welche verderben einem den Appetit aufs Sterben? Das ist eigentlich der ganze Sinn des Buches (und vielleicht auch meines wie jedermanns Lebens). Vergil wollte die Äneis verbrennen[2]: d. h. Dichten ist appetitverderbend. [...]

[GW 8, MTV]

1 von *Der Tod des Vergil.*
2 Vgl. »Suetonvita« in: Vergil, *Landleben, Vergil-Viten,* hrsg. v. Johannes und Maria Götte und Karl Bayer (München: Heimeran,

1970), S. 225/226: »Vor seiner Abreise von Italien hatte Vergil mit Varius abgemacht, er möge, falls ihm etwas zugestoßen sei, die Aeneis verbrennen.«

506. An Paul Federn

One Evelyn Place
Princeton, New Jersey 8. 10. 45

Verehrter und lieber Freund,
ich habe Ihnen noch nicht für Ihren letzten Brief und das »Employment of Neurotics«[1] gedankt, das ich beides bei meiner Rückkunft hier vorfand. Und ich habe Ihnen sehr zu danken, nicht zuletzt weil ich wieder an Ihrer Arbeit so viel gelernt habe, ebensowohl inhaltlich wie formal. Es ist bewundernswert wie Sie genau das Notwendige, nur das Notwendige sagen. Gerade an dieser meisterhaften Sparsamkeit merkt man die ungeheuere Sachkenntnis, die hinter alldem steckt. Ich hoffe nur, daß das paper in die richtigen Hände kommt, denn dann könnte [es] unzweifelhaft mit dem entscheidenden Einfluß rechnen, den es in seiner Sache und zu ihren Gunsten ausüben müßte. [. . .]

Es wird Sie übrigens interessieren, daß ich bereits 1935 mit einem geradezu identischen Entwurf an den Völkerbund habe herantreten wollen[2]. Als ich nämlich damals merkte, wohin der Bund infolge seines Mangels an »human-politischen« Prinzipien trieb, habe ich eine umfangreiche Studie ausgearbeitet, die neben dem »Gesetz zum Schutz der Menschenwürde« auch noch eine Reihe anderer Desiderata[3], darunter eben auch so ein Edukationsprogramm enthielt. Und zur Unterstützung der ganzen Angelegenheit – alle Juden haben den gleichen Kopf –, wollte ich gleichfalls das Rote Kreuz gewinnen. Ich habe mich damit an Thomas Mann gewandt, da er damals Präsident der Kommision für geistige Zusammenarbeit im Völkerbund gewesen ist. Glücklicherweise konnten wir uns nicht über die Taktik einigen – er wollte zuerst das ganze Material in »Maß und Wert« veröffentlichen[4], und dies habe [ich], vielleicht unberechtigterweise, dennoch wie unter höherer Eingebung abgelehnt:

wäre es nämlich geschehen, so hätten die Nazi mich erschlagen.

In diesem Zusammenhang aber muß ich meine Arbeit gegen Sie verteidigen: gerade an ihrem nunmehr zehnjährigen Alter mögen Sie sehen, daß ich nicht bloße Augenblicksdiplomatie treibe, wenn ich Rußland in meine Kombinationen einbeziehe. Natürlich weiß ich, daß die russische Regierung totalitär nach innen und imperialistisch nach außen handelt. Aber weder 1935 noch heute durfte und darf vergessen werden, daß der Weltfrieden ebenso auf Rußland wie auf den Demokratien ruht, da ja diese beiden Mächtegruppen die potentiellen Gegner des künftigen Krieges sind. Weniger denn je darf heute vergessen werden, daß alles, was in den Demokratien geschieht oder geschehen soll, seine Wirkung und Gegenwirkung in Rußland haben wird, also darauf abgestellt sein muß. Ich halte es daher für unbedingt erforderlich, daß die Demokratien sich zu einer *»starken Humanität«* entwickeln, ebensowohl aus Gründen der Stärke wie aus denen der Humanität, denn während das erste auf Machtgleichgewicht gerichtet ist (weil Überzeugungsstärke ein Machtfaktor ist) also auf etwas, das in unserer imperialistischen Welt eine Hauptrolle spielt, ist das zweite auf gegenseitige »Angleichung« gerichtet, ohne die es keinen dauernden Frieden gibt. Da aber von nun ab der Dauerfriede von dem Willen zur Benützung der Atom-Energie abhängt, also von einer moralischen Haltung, scheint es mir nicht die schlechteste Diplomatie zu sein, wenn ich eine Angleichung zwischen demokratischer und Sowjetmoral ins Auge fasse, umsomehr als im Augenblick es beide mit der Angst zu tun haben, also mit der Angst vor dem Todestrieb der Menschheit. Es geht also um eine moralische Stärkung des Lebenstriebes. Täte man dies nicht, so ließe sich bloß noch eine einzige Konsequenz ziehen: zerschmeißt sofort die russischen Städte und Industrieanlagen, auf daß Ihr nicht in kürzester Zeit von den Russen zerschmissen werdet. Es gibt nur dieses Entweder-Oder – radikalster Verständigungs- oder radikalster Vernichtungswille –, weil es immer das Radikale ist, das in der Realität sich durchsetzt. Und obwohl Radikalität der Vernichtung leichter durchführbar ist als die der Verständigung, muß man, meine ich, es doch mit letzterer versuchen, statt mit dem vielleicht »praktischeren« Präventivkrieg.

Es ist mir natürlich nur eine Auszeichnung, wenn Sie meinen Gesetzes-Entwurf[5] Ihren Freunden zeigen, bitte Sie aber, den Kreis der Teilnehmer zu beschränken und auszulesen, um weitere Ausstreuung zu verhüten. Ansonsten aber wäre ich sehr froh, solcherart kritische Äußerungen zu meinen Problemen zu bekommen; nichts wäre mir erwünschter. [. . .]

[YUL]

1 Vgl. Fußnote 4 zum Brief vom 6. 6. 1939 an René A. Spitz im zweiten Briefband. Paul Federn, »Employment of Neurotics«, in: *Journal of Clinical Psychopathology,* 7. Jg. (1946), S. 803-813.
2 Broch hatte Federn seine Studie geschickt »Bemerkungen zur Utopie einer ›International Bill of Rights and of Responsibilities‹«, KW 11, S. 243-277.
3 Vgl. »Völkerbund-Resolution«, KW 11, S. 204 ff.
4 Vgl. Fußnote 12 zum Brief vom 14. 11. 1937.
5 Vgl. das »Gesetz zum Schutz der Menschenwürde«, KW 11, S. 260-264.

507. An Robert Neumann

Princeton, N. J., 22. 10. 45

Liebster Robert Neumann,
Dank für Ihre so schöne und warme Bejahung des Vergil; Sie können sich vorstellen, wie sehr ich mich mit ihr gefreut habe.

Doch Dank auch für die Kritik, die ich mir – wiewohl ich weiß, daß Ihre Zeit geschont zu werden hat – freilich noch ausgedehnter gewünscht hätte. Und wenn man auch im allgemeinen Kritik hinzunehmen hat, ohne gegen sie zu polemisieren, da ja der Kritiker zumeist recht hat, so doch ein Wort der Erklärung hiezu: wäre der Vergil ein landläufiger Roman, so hätte ich, gleich Ihnen, Dialoge vermieden, denn ich hasse romanhaft verkleidete Essays; doch der Vergil ist kein Roman, und ich stand vor dem Problem, zwischen die dunkelgewichtigen Teile Nr. 2 und 4 einen Teil von ähnlichem stilistischen Gewicht aber anderer Färbung einzusetzen, ein Problem, für das sich der platonische Dialog[1] als schier *einzige* Lösung empfahl. Damit ergab sich die – für mich sehr reizvolle – Frage, ob es möglich sei, eine neue Form des platonischen Dialogs zu schaffen, also eine, die keine Imitation des klassischen sein soll (wenn auch infolge meines Stoffes an die Antike gebunden), sondern von unserer Sicht aus bestimmt wird. Formal bin ich an diese Aufgabe herangegangen, indem ich die beiden Diskutanten, die sich ja im Geistigen überhaupt nicht verstehen, unausgesetzt aneinander vorbeireden und trotzdem um die Äneis kämpfen lasse; hingegen mußte inhaltlich-psychologisch gezeigt werden, wie dieser Kampf auf dem Boden eines tieferen homosexuellen Einverständnisses vor sich geht. Ich gebe gerne zu, daß ich dieser überaus komplizierten Aufgabe nur mangelhaft gerecht geworden bin; das Buch hätte wahrscheinlich noch eine Arbeit von Jahren erfordert, wenn es halbwegs in Vollkommenheitsnähe hätte gebracht werden sollen. Doch eben diese Jahre durfte ich nicht mehr daransetzen – zu der Ausputzung des Gipsstaubes hat es eben nicht mehr gelangt.

Das Aufgebot an Arbeit, Intensität und Konzentration, das in dem Buch trotz seiner relativen Unfertigkeit steckt, brauche ich Ihnen ja nicht zu schildern; das werden Sie schon selber entdeckt haben. Sie werden aber jetzt auch verstehen, warum ich mich entschlossen habe, das Dichten aufzugeben: ohne diese Über-Intensität macht es mir keine Freud, und mit ihr bring ich mich um, und das ist, besonders in meinem Alter, wo man keine Zeit mehr vor sich hat, allzu ungesund. Gewiß, der Bergroman steht wegen seiner Halbfertigkeit noch immer auf dem Programm; doch ich fürchte mich davor, denn wenn ich an die Fertigstellung gehe, so lasse ich mich in etwas Unabsehbares ein, da es ja dann ein Buch werden soll, das neben dem Vergil bestehen kann. [. . .]

[GW 8, MTV]

1 Vgl. das Gespräch zwischen Augustus und Vergil in KW 4, S. 286 ff.

508. An das Ehepaar Brody

Princeton, 5. 11. 45

Liebste Frau Daisy, lieber guter Dani,

»Un« bedeutet zwar richtig »Nicht«, ist aber ein »dirigiertes« Nicht, denn die Sprache weiß sehr gut, daß Non-Schwarz nicht Weiß ist, sondern »alles« außerhalb schwarz bedeutet; wenn man also Weiß meint, so ist es ein spezielles Un-Schwarz, das bloß mithilfe eines »dirigierten« Begriffs erfaßt werden kann. Aus beiden schöpft das »Un« seine Bedeutung; erstens, als »Nicht«, zielt es ins Abstrakt-Allgemeine, wie es das »Un-Schwarz« wäre, zweitens aber hat es sich auf das »ethisch Schlechtere« spezialisiert, und das schwingt immer mit: ein Unmensch ist ein zum Tier herabgesunkener Mensch, doch ein Untier bleibt ein Tier, nur daß es ein abstraktes Tier geworden ist, das alle schlechten und aggressiven Tiereigenschaften in sich vereinigt. Wenn sich eine Sprache verhatscht, so werden diese Finessen vergessen. So hat der Radio-Ansager sich bemüht, den Einzug Schuschniggs in Innsbruck – knapp vor der Hitlerkatastrophe – folgendermaßen zu erzählen: »Die Unmenge wälzt sich durch die Theresienstraße – und jetzt massiert sich die Unmenge vor dem Landhaus.« Er hatte vergessen, daß die Unmenge eine ihrer Konkretheit entkleidete, eine abstrakte Menge ist, die zwar verschiedene Mengeneigenschaften beibehalten hat, aber konkret nicht mehr abzählbar ist.

Der »Unflat« läßt beide Auslegungen zu. Denn einerseits ist flat auf Mhd. so viel wie »schön« (also offensichtlich mit dem »flatter« verwandt) andererseits aber ist »Flat« auch ein weicher Patzen, wie er im jüdischen »Fladen« (leider zu viel Mohn, zu viel Fett für mich) im österreichischen Kuhfladen, im sächsischen »Flatsch«, in der alemannischen »Flatsche« vorkommt – onomatopoetische Anklänge an »Patsch« und »Watschen«. Von hier aus gesehen wäre also Unflat ein abstrakter Überdreck, gleichwie die Unmenge eine abstrakte Übermenge ist, und das scheint, dem Laiengefühl nach, das Wahrscheinlichere zu sein. Doch ob so oder so, wenn Du mich zum Geburtstag mit Flat bewirfst, so ist es entweder Schönheit oder Dreck, und da letzterer ein Glückssymbol ist, hab ich Dir für beide Alternativen zu danken!

Damit habe ich das notwendige, philologische Rüstzeug für Fritz Mauthner[1] und Bertrand Russell vorbereitet. Denn beide sind »Un-Philosophen«; d. h. beide sind alles andere denn Philosophen. Aber beide beschäftigen sich trotzdem mit Philosophie, und das macht sie zu sogenannten »Skeptikern«, zu »lächelnden Philosophen« (im Sinne Webers[2], der einstmals in keinem Bücherkasten gefehlt hat), wobei der Mauthner tatsächlich »in den Bart lächelt«, der Russell aber zu einem Un-Untam[3] wird: er ist ein Un-Clown, nämlich ein abstrakter Über-Clown voller Un-Lausbüberei, also Lausgreiserei, ein angelsächsisch-irischer Un-Talmudist, nämlich ein Talmudist des bon sens und der flachsten Aufklärerei, trotzalledem (freilich zusammen mit Whitehead) der Schöpfer der »Principia Mathematica«[4], eines klassischen Werkes, auf dem er durch die Jahrhunderte segeln wird. Russell ist der Prototypus des geistigen »Spielers«, des anarchistischen Aristokraten, der nur eine einzige Leidenschaft kennt, die Leidenschaft des Amüsements, und von hier aus ist auch seine Liebe zur »schönen Form« zu verstehen: schöne Form ist für ihn ebensowohl die Mathematik wie Platon (den er ebensowenig versteht wie den Aristoteles, da ihm notwendigerweise die Leidenschaft zur Philosophie, ohne die es diese eben nicht gibt, völlig fehlt), und so reduziert er das Geistige zur Brillanz, den Spirit zum ésprit; der Un-Untam ermangelt nie des Tams, ist aber darüber hinaus der abstrakte Über-Untam, der alle Aggressivität des Un-Menschen in sich trägt, weil ihm das eigentlich Humane (nicht das Humanitäre) fehlt. Daß eine »History of Philosophy«[5] etwas anderes als ein Boden für Witze und ein Bestseller-Unternehmen sein könnte, ist etwas, das ihm nie einginge. Ich war ja im Vorjahr, das er in Princeton verbrachte, viel mit ihm beisammen und weiß – bei aller Bewunderung für ihn – wie es um ihn steht. Immerhin, sein Versuch, vom Lächerlichen ins Erhabene zu gelangen, ist oftmals sympathischer als der umgekehrte Weg, der gemeiniglich der des akademischen Professorentums ist, und den er – denn da wird er ausgesprochen mystisch – wie den Teufel fürchtet. [. . .]

[GW 8]

1 Fritz Mauthner (1849-1923), deutscher Sprachphilosoph, lehnte

als Vertreter eines extremen Nominalismus den Eigenwert der Erkenntnis ab. Was als Fortschritt der Erkenntnis bezeichnet wird, ist in Wirklichkeit ein Wachsenlassen des Wortes durch dessen metaphorische Anwendung. Vgl. sein Hauptwerk *Beiträge zu einer Kritik der Sprache,* 3 Bände (1901-1902).

2 Angespielt wird wahrscheinlich auf Max Webers Rede »Wissenschaft als Beruf« (1919), in: *Gesammelte Aufsätze zur Wissenschaftslehre,* hrsg. von Johannes Winckelmann (Tübingen: Mohr, 1968), S. 582-613.

3 Abgeleitet von Jiddisch »tam«: Einfältiger (von hebr. »thâm«: einfach). Im österreichischen bzw. wienerischen Sprachgebrauch hat sich der Sinn des Wortes »tam« allerdings gewandelt. Dort bedeutet »Tam haben« soviel wie Charme, Witz und gewandte Umgangsformen besitzen, während ein »Untam« dieser ermangelt und ein »Un-Untam« *nur* diese Eigenschaften, aber keinen wirklichen Geist hat.

4 Bertrand Russell, Alfred North Whitehead, *Principia mathematica,* 3 Bände (1910-1913).

5 Vgl. Bertrand Russell, *The Problems of Philosophy* (1912)

509. An Volkmar von Zühlsdorff

5. 11. 45

Liebster Volkmar,
Ihre Idee einer jüdischen Hilfsaktion für deutsche Kinder fordert nach einer ethischen Haltung, die vielleicht – freilich nur vielleicht – zum Abbau des Antisemitismus einen wichtigen Beitrag liefern könnte, und die ich daher, ungeachtet Zeitmangels und Überlastung, sofort unterstützen würde, wenn ich sie für durchführbar hielte. Sie ist aber schlechthin undurchführbar. Der Jude ist kein Übermensch, und der Refugee, an den die Forderung sich vor allem richtet, ist es am allerwenigsten. Wenn seine Moral hoch und so hoch ist, daß er, der sich mit Müh und Not eine neue Existenz aufgebaut hat, Teile seines Einkommens für Wohlfahrtszwecke verwendet, so wird er es unzweifelhaft für jüdische und nicht für deutsche Zwecke tun, denn das jüdische Elend in Europa – so wird er unzweifelhaft argumentieren – ist nicht kleiner als das der Deutschen, die es schließlich verursacht haben.

Die einzig mögliche Lösung für Europa wäre die Aufrechthaltung des amerikanischen Rationierungssystems und die Verfrachtung aller Lebensmittelüberschüsse nach Europa gewesen. Daneben gibt es freilich auch noch Indien, China und – Japan, das gleichfalls am Verhungern ist. Es ist eine gigantische Aufgabe, und Amerika ist nicht willens, sie zu übernehmen. Lend-Lease[1] ist eingestellt, weil man nicht wagt, den amerikanischen Steuerzahler noch weiter damit zu belasten (denn er hat bloß insolange zugestimmt, als England und Rußland »für« ihn gefochten haben, während er jetzt jeden weitern cent als seiner Moral zuwiderlaufend empfindet), und die Rationierung ist eingestellt, weil der boy zu Hause nicht schlechter als im Feld essen darf. Das sind innerpolitische Faktoren, gegen die niemand aufkommt, so lange die Demokratie die jetzige Struktur beibehält.

Ehe nicht der Mensch das Gefühl des Weltbürgertums bekommt, so daß der Jude nicht nur für den Juden, der Amerikaner nicht nur für den Amerikaner zu sorgen bereit ist (– dabei noch bestenfalls! –), wird es auf dem apokalyptischen Weg weitergehen. M.a.W., es handelt sich – und dies ist mein altes Thema – um die Wiedererweckung der Verantwortlichkeit; jeder ist für jeden verantwortlich. Geschieht es nicht, so wird immer der Abschaum die Führung usurpieren können, allerdings nicht auf lange, denn das übrige wird von der atomic bomb besorgt werden.

Ich schrieb Ihnen schon einige Male, daß ich dabei auf die Deutschen vertraue – ein Dokument wie das Leysche Testament[2] ist, trotz seiner Primitivität, sicherlich bemerkenswert –, denn sie sind die ersten, die das »rational Böse« bis zur Neige nun ausgekostet haben, während ein Volk wie das russische, das erst jetzt in den Taumel der technischen Rationalität verfällt, noch einen langen Weg zu gehen haben wird. Doch das sind mystische Überlegungen, und damit soll man sich – zumindest in dieser Form – nicht befassen.

Ich war jetzt eine Woche in Cambridge und habe daher Ihren Brief erst gestern hier vorgefunden; also hätte ich Donnerstag auch nicht in N. Y. sein können, doch wenn ich nächstens für etwas länger dort sein werde, rufe ich an, und es wäre schön, wenn Sie dann hinkämen.

Inzwischen allseits die schönsten Grüße und Ihnen viel Herzliches Ihres

Hermann.

[BA]

1 Lend-Lease Act vom 11. 3. 1941, von Roosevelt eingebrachtes Gesetz, das den Präsidenten der Vereinigten Staaten ermächtigte, die Staaten – seinerzeit vor allem England und Rußland –, deren Verteidigung er im Interesse der USA als wichtig erachtete, mit Kriegsmaterial und Versorgungsgütern (leih- und pachtweise) zu unterstützen. Lend-Lease veranlaßte Roosevelt außerdem, die berühmte Rede zu halten, in der er seine »Vier Freiheiten« proklamierte.

2 Robert Ley (1890-1945), nationalsozialistischer Politiker, von 1933 bis 1945 Leiter der sogenannten »Deutschen Arbeitsfront«. Am 25. 10. 1945 beging er während der Nürnberger Prozesse Selbstmord. Kurz davor verfaßte er als Testament ein Schuldbekenntnis, in dem er sich für die Versöhnung zwischen Juden und Deutschen aussprach. Vgl. Victor H. Bernstein, *Final Judgement. The Story of Nuremberg*. With an Introduction by Max Lerner (New York: Boni & Gaer, 1947), S. 206 f.

510. An Gustav Bergmann

5. 11. 45

Lieber Gustav Bergmann[1],
verzeihen Sie die Verspätung: ich wollte Ihnen erst antworten, bis ich die beiden Separata gelesen habe, und der ganze Oktober war so gehetzt, daß ich erst jetzt dazu gekommen bin. Ich bin sehr froh, daß Sie mir die Schriften geschickt haben; beide Schriften[2] sind hochinteressant, insbesondere natürlich die »Metaphysics«, überaus lehrreich für mich, und ich danke Ihnen sehr herzlich, nicht zuletzt auch für Ihren Brief.

Zu den »Metaphysics« zuerst eine Anekdote: Als der junge Schlesinger, der später sehr bekannte Pater Schlesinger[3] (Sohn des noch berühmteren Paprika-Schlesingers) katholisch wurde und das Priesterseminar in Rom bezog, schrieb er seiner Mutter, daß er fleißig Hebräisch studiere, worauf die alte Schlesinger »Welch ein Umweg« ausrief. Wenn Sie diese wahre Geschichte schon gekannt haben, so bitte ich um Entschuldigung.

Warum aber habe ich sie erzählt? Vielleicht erinnern Sie sich jenes großartigen letzten Aufsatzes des alten Husserl[4] (ich glaube im vierten Heft der Kantstudien 1932), mit welchem er den phänomenologischen Unterbau für den Neu-Kantschen Standpunkt liefert. Wenn ich mich des Aufsatzes richtig erinnere, so bildete er einen phänomenologischen Indizienbeweis für die Existenz gewisser Relationen, die zwar dem Objektbereich, dem Bereich des »Gemeinten« zugehörig sind, trotzdem aber ihren »Rechtsgrund« nicht in diesem, sondern in einem andern Bereich haben, nämlich in dem eines »idealen« Erfassens. Ich brauche Husserl nicht gegen den Vorwurf des Psychologismus in Schutz zu nehmen; das hat er selber in klassischer Weise mit Bd. I. der »Logischen Untersuchungen«[5] besorgt: was er da am Ende seines Lebens getan hat, war eine Neuintroduktion des transzendentalen Bewußtseins, also eines idealen »self«, in den Objektbereich; m. a. W., es ist wiederum der Cohensche »Akt«[6] – sicherlich nicht im psychologischen Sinn –, dessen Vorhandensein da mit phänomenologischen Mitteln indiziert wird. »Welch ein Umweg« möchte man da mit Mamma Schlesinger ausrufen, obwohl auch dies kein Umweg war, sondern eine sehr notwendige Purifizierung der Kantschen Sicht.

Gewiß, jeder schaut die Dinge von seinem eigenen Apperzeptionsschema aus an, und diese Gefahr wächst mit zunehmendem Alter. Ich bin also gegen mich äußerst mißtrauisch, besonders seitdem ich erfahren habe, daß ich mich bereits im 60sten befinde. (Kondolieren Sie mir.) Trotzdem halte ich mich für legitimiert, gewisse Parallelen zwischen Ihnen und Husserl zu konstatieren. Immerzu habe ich vermutet, daß die phänomenologischen Bestrebungen erst dann (vielleicht in verkleinertem Umfang) ihre Gültigkeit erweisen werden, wenn man daran gehen wird, sie sprachpositivistisch und logistisch zu interpretieren; ob dies in den letzten Jahren – während welchen meine Literaturignoranz in kaum mehr einholbarer Weise gewachsen ist – bereits geschehen ist, weiß ich nicht, halte es aber für wahrscheinlich. Prinzipiell müßte es jedenfalls möglich sein, und in dieser Ansicht fühle ich mich durch Ihre »Metaphysics« bestärkt. Denn strukturell scheint mir Ihre positivistische Theorie der »aboutness« und der $N^{\wedge} + S^{\wedge} + S^{\wedge} \dots$ Reihen mit den Husserlschen Überlegungen übereinzustimmen: auch hier wird ein Indizienbeweis für Relationen im Objektfeld, d. h. für deren notwendige Existenz vorgenommen. – Relationen, die ohne Hypothesierung eines »Selbst« (wenn schon nicht des Ich) nicht sinnerfüllt gemacht werden können.

Ich sagte bereits, daß ich gegen mich (und mein Alter) mißtrauisch bin; trotzdem glaube ich vertreten zu können, daß die Philosophie sich auf einem Weg der Unifikation befindet, und daß sie diese – soferne ihr der Weg nicht durch die Atomic Bomb abgeschnitten wird – in nicht allzuferner Zeit erreichen wird. Es wäre eine Unifikation der Kantschen, phänomenologischen und positivistischen Standpunkte. Der gemeinsame Nenner ist der Solipsismus. Er nämlich ist der Ausgangspunkt alles Philosophierens. Gewiß, für Kant war er noch ein »Skandal der Philosophie«, mußte es sein, einerseits, weil er sich dem Deistischen zu widersetzen schien (trotz Meister Eckart), andererseits, weil die Methode noch nicht genügend ausgebildet war. Aber Andeutungen finden sich schon bei Hume vor. Und nach Kant wird die Verbrämung des Solipsismus immer fadenscheiniger oder, was aufs selbe hinausläuft, immer verkünstelter. Aber man kann sich offen zu ihm bekennen, wenn der transzendentale Idealismus wirklich einmal phänomenologisch und positivistisch purifiziert sein wird. Es geht um eine neue Fassung des transzendentalen Bewußtseins, und das wird im erkenntnistheoretischen Feld beiläufig die gleiche Rolle spielen wie die Lichtgeschwindigkeit im physikalischen.

Auch Ihre Kritik Kelsens bestätigt mir diese Ansicht. Kelsens[7] Theorie stammt aus einer Zeit des Kantianismus, in dem dieser noch sehr weit von positivistischer Purifizierung entfernt war. Denn was Brentano[8], Meinong[9] etc. daneben trieben, mußte einflußlos bleiben, weil Unvollkommenheiten sich erst vervollkommnen müssen, ehe sie brauchbar werden. Volle Brauchbarkeit wird vermutlich erst eintreten, bis man die ganzen Belange einwandfrei logistisch wird ausdrücken können: erst dann wird ein einwandfreies Modell der (nichtpsychologischen) Bewußtseinsstruktur zu errichten sein. Bevor dies nicht geschehen sein wird, werden alle »geisteswissenschaftlichen Philosophien«, so also auch jede »Geschichtsphilosophie«, oder jede (Kelsensche oder Nicht-Kelsensche) »Rechtsphilosophie« angreifbar und angreifwürdig bleiben.

Sie fragen mich, was ich mache: nun, genau das. Und ich muß dies machen, da sonst meine Massen-Psychologie ein bloßes Geplapper sein würde. Überheblich wie Sie sind, werden Sie sagen, daß sie es jedenfalls sein wird – aber ich bin noch ein Stückl überheblicher als Sie, denn ich habe dazu Bescheidenheit und Un-Narzismus gelernt. (»Wenn ich reich wär' wie Rothschild, wär' ich noch ä Stückl reicher, weil ich mei Büglerei weiter betreiben würde.«) Ich plage mich, wieder ins Logistische hineinzukommen, und weiß Gott, für einen Amhorez[10] ist das schwer.

Der Vergil ist glücklicherweise vergessen. Daß Ihre ästhetische Aufnahmsfähigkeit schrumpft, ist ein Zeichen unserer Epoche. Das Ästhetische ist einfach unmoralisch geworden, weil es nicht mehr existent ist. Wenn je die Musen zu schweigen hätten, so in dieser Grauensepoche; was sie noch äußern, ist schiere Geschwätzigkeit. Als Schwanengesang gilt der Vergil: als aber die Sprachverwirrung beim Turmbau ausbrach, da erschwieg der Gesang der Arbeitsleute[11]. Für mich ist es schmerzlich, aber man muß die Welt hinnehmen wie sie ist und froh sein, daß man da ist.

Und kommerziell zum Vergil: Sie *haben* (in einer Anwandlung von Güte) den Vergil subskribiert, und der Verleger war im Recht; aber da die Subskription über alles Erwarten gut ausgefallen ist und der Verkauf unausgesetzt weitergeht, wurde die Ihre überflüssig, und ich hätte sie auf jeden Fall streichen lassen, um das Vergnügen zu haben, Ihnen ein Exemplar zu schicken.

Grüßen Sie Ihre beiden Damen[12] und nehmen Sie einen herzlichen Gruß Ihres

Hermann Broch

[YUL]

1 Vgl. Fußnote 3 zum Brief vom 14. 7. 1939.

2 Vgl. Gustav Bergmann, »A Positivistic Metaphysics of Con-

sciousness«, in: *Mind,* 53 (1945), S. 193-226 und Gustav Bergmann/L. Zerby, »The Formalism in Kelsen's Pure Theory of Law«, in: *Ethics,* 55 (1944), S. 110-130.

3 Gemeint sein dürfte Coloman Schlesinger. Vgl. dessen Buch: *Jesuitenporträts. Leben- und Charakterbilder hervorragender Mitglieder der Gesellschaft Jesu* (Regensburg: J. Habbel, 1915).

4 Edmund Husserl, »Vorwort« (S. 319-320) zu: Eugen Fink, »Die phänomenologische Philosophie Edmund Husserls in der gegenwärtigen Kritik«, in: *Kant-Studien,* 38 Jg. (1933), S. 321-383. Im »Vorwort« zu dieser Studie betont Husserl, daß er voll mit den Darlegungen seines Schülers Fink übereinstimmt.

5 Edmund Husserl, *Logische Untersuchungen. Erster Band: Prolegomena zur reinen Logik* (1900), 3. bis 8. Kapitel.

6 Vgl. Hermann Cohen, *Ethik des reinen Willens (System der Philosophie. Zweiter Teil)* (Berlin: Bruno Cassirer, 1904), vor allem das Kapitel 3 »Der reine Wille in der Handlung«, S. 164-200. »Akt« ist allerdings kein Cohenscher Terminus. Cohens *Ethik des reinen Willens* ist auch aufgeführt in Brochs Wiener Bibliotheksverzeichnis. Vgl. zu dem hier von Broch angeschnittenen Thema den Aufsatz von Steven S. Schwarzschild, »The Tenability of Hermann Cohen's Construction of the Self«, in: *Journal of the History of Philosophy,* 13/3 (Juli 1975), S. 361-384.

7 Hans Kelsen (1881-1973), österreichischer Staats- und Rechtswissenschaftler und Rechtsphilosoph. Vgl. seine *Hauptprobleme der Staatsrechtslehre aus der Lehre vom Rechtssatz* (1911). Kelsen gilt als Begründer der »Reinen Rechtslehre«, die die Rechtswissenschaft von allen sozialen, ideologischen und politischen Kompetenzen zu trennen versucht.

8 Franz Brentano (1838-1917), deutscher Philosoph. Brentano ist der Begründer der Psychologie als Lehre von den psychischen Phänomenen. Meinong, Stumpf und Husserl nahmen in ihren logischen Untersuchungen von ihm ihren Ausgang. Brochs Wiener Bibliothek wies eine Reihe von Brentano-Titeln auf: *Aristoteles Lehre vom Ursprung des menschlichen Geistes* (Leipzig: Veit, 1911); *Das Genie* (Leipzig: Duncker & Humblot, 1892); *Untersuchungen zur Sinnespsychologie* (Leipzig: Duncker & Humblot, 1907); *Die vier Phasen der Philosophie und ihr augenblicklicher Stand* (Stuttgart: Cotta, 1895); *Vom Ursprung sittlicher Erkenntnis* (Leipzig: Duncker & Humblot, 1889); *Von der mannigfachen Bedeutung des Seienden nach Aristoteles* (Freiburg im Breisgau: Herder, 1862).

9 Alexius Meinong (1853-1920), österreichischer Philosoph; Werttheoretiker. Vgl. sein Hauptwerk *Psychologisch-ethische Untersuchungen zur Werttheorie* (1894). Zu Brentano und Meinong

vgl. Gustav Bergmann, *Realism: A Critique of Brentano and Meinong* (Madison: University of Wisconsin Press, 1967). Die Meinong-Titel in Brochs Wiener Bibliothek: *Über Möglichkeit und Wahrscheinlichkeit. Beiträge zur Gegenstandstheorie und Erkenntnistheorie* (Leipzig: A. J. Barth, 1915); *Hume-Studien I: Zur Geschichte und Kritik des modernen Nominalismus* und *Hume-Studien II: Zur Relationstheorie* (Wien: Gerold's Sohn, 1877 und 1882); *Untersuchungen zur Gegenstandstheorie und Psychologie*, hrsg. v. A. Meinong (Leipzig: J. A. Barth, 1904); *Über philosophische Wissenschaft und ihre Propädeutik* (Wien: Hölder, 1885); *Psychologisch-ethische Untersuchungen zur Werth-Theorie* (Graz: Leuschner & Lubensky, 1894); *Zur Grundlegung der allgemeinen Werttheorie* (2. Auflage der Psychologisch-ethischen Untersuchungen zur Werth-Theorie), hrsg. v. Ernst Mally (Graz: Leuschner & Lubensky, 1923); *Über Annahmen* (Leipzig: J. A. Barth, 2. Aufl. 1910).

10 Jiddisch für »Unwissender«. Vgl. Fußnote 1 zum Brief vom 19. 6. 1943.

11 Vgl. Brochs Kapitel »Der Turm von Babel« in KW 9/1, S. 221-275.

12 Gemeint sind Bergmanns Frau Leola Nelson Bergmann und seine Tochter Hanna Elisabeth Bergmann.

511. An Archibald McLeish[1]

November 30, 1945

My dear Dr. McLeish:
Dean Gauss had the kindness to send you my paper on the International Bill of Rights[2]; first because he thought that you would be interested in it yourself, second, with the idea that you may find it suitable to be forwarded to Chief Justice Jackson[3]. Needless to say that I was deeply pleased with both prospects.

I would like to add that the paper is of my studies in the field of mass psychology[4]. I have been working on this subject for several years, and it may take some years more until I am ready to publish the material. However, since my conclusions touch upon very timely and urgent political problems, I want to publish separately and in advance a small volume dealing with the attitude of the masses toward democracy under the changed circumstances, and to show what, under such aspect, would be needed to keep democracy alive.

The paper, which I hope you have received in London, forms a chapter of this volume. But in the event that Dean Gauss' letter did not reach you, I am enclosing another copy of the paper.

Sincerely yours
Hermann Broch
[PU]

1 Archibald McLeish (geb. 1892), amerikanischer Schriftsteller und Vertrauter Präsident Roosevelts; von 1939 bis 1944 Direktor der Library of Congress in Washington D. C. Seit Mitte der dreißiger Jahre behandelte McLeish vor allem politische Themen in seinen Dichtungen. Von 1944 bis 1945 war McLeish Assistant Secretary of State der Regierung Roosevelt; 1946 übernahm er das Amt als Vorsitzender des Program Coordinating Committees bei der UNESCO in Paris.

2 Vgl. Fußnote 1 zum Brief vom 29. 9. 1945.

3 Robert H. Jackson (1892-1954), amerikanischer Politiker und Jurist; Hauptankläger der USA während der Nürnberger Kriegsverbrecherprozesse nach dem Zweiten Weltkrieg. Vgl. sein Buch: *The Nürnberg Case* (New York: Knopf, 1947).

4 Ursprünglich plante Broch, diesen Aufsatz dem dritten Teil seiner *Massenwahntheorie* zu integrieren. Vgl. dazu »Menschenrecht und Irdisch-Absolutes« in KW 12, S. 456-510.

512. An Carl Seelig

Princeton, N. J., 2. 12. 45

Sehr sehr lieber Freund Carl Seelig,
Vor zwei Tagen traf Ihr guter Brief (v. 20. X.) hier ein und war eine echte und warme Freude. Ich bin glücklich, daß wenigstens die briefliche Verbindung wieder aufgenommen ist; einmal werden wir einander ja bestimmt wieder begegnen, wenn auch schon als recht alte Herren, denn ich bin bereits im 60-sten, worüber ich unausgesetzt erstaunt bin:

aber wenn ich am Leben bleibe, komme ich bestimmt nach Europa hinüber, sobald die Massen-Psychologie abgeschlossen sein wird. Freilich frage ich mich, warum ein so geübter Weltreisender, wie Sie es sind, nicht auch einmal nach Amerika fahren könnte! Es wäre nicht einmal so unpraktisch: Sie sprechen doch sicherlich ein ganz gutes Englisch, so daß man Ihnen Vorträge verschaffen könnte, die es Ihnen möglich machen würden, mit einem finanziellen Plus heimzukehren. Das Publikum beginnt ja jetzt auf Augenzeugen der großen Katastrophe neugierig zu werden, d. h. auf solche, die nicht nur das Militärische gesehen haben. Und mit einer Vortragsreise – deren Anstrengungen man allerdings nicht scheuen darf – hat man auch Gelegenheit, das ganze Land zu sehen. Und all Ihre Freunde hätten Gelegenheit, Sie zu sehen.

Aber warum behaupten Sie, daß ich – der ich mich Ihren Freund nennen darf – mich als Charakter bewährt hätte? Freundschaft entsteht ja durch jenen unerklärlichen Sympathie-Akt, kraft welchem man plötzlich erkennt, was dem anderen im *Innersten notwendig* ist, und aus eben dieser Notwendigkeit besteht der Charakter, möge er nun gut oder schlecht sein. Wir haben ja einander, leider, nur so kurz begegnet, und ich glaube doch, daß wir recht gut umeinander Bescheid wissen, denn das Notwendige im Menschen bleibt sein Invarianzfaktor und ist eben umgekehrt infolge Invarianz notwendig. »Kein Charakter« ist der Mensch ohne Invarianzen, außer denen der Gummi-Eigenschaften: er bleibt demgemäß un-erkannt und sonderbarerweise zumeist auch erkenntnislos. Und doch frage ich mich oft, was ich gemacht hätte, wenn ich nicht die Gnade gehabt hätte, Jude zu sein; es ist nämlich als Jude infolge Verfolgtheit um so viel leichter, Charakter zu haben, und diese Überlegung macht mich, so unpolitisch das auch ist, gegen das deutsche Volk und seine Charakterlosigkeit tolerant, allerdings nur auf die Entfernung: ich möchte diese Leute nicht mehr sehen; der Ekel, von dem ich während meiner letzten Monate in Österreich durchschüttelt gewesen bin, war eigentlich mein ärgstes Hitler-Erlebnis [. . .][1]

Und damit sind wir auch bei der Frage meiner Pekuniär-Schuld an Sie – von der anderen, der humanen wollen wir ganz schweigen – angelangt: ich fühle mich geschädigt, weil

Sie mir nicht erlauben wollen, den Betrag für caritative Zwecke, die Sie angeben, zu verwenden, denn jetzt bleibt die Schuld bestehen, während ich ja doch das Geld in diesem Sinn, nur in meinem statt in Ihrem Namen, ausgebe. Es geht nämlich nicht anders: jeder Tag bringt neue Elendsberichte aus Österreich, darunter auch über viele Menschen, die man persönlich gekannt hat, und die fast alle von Hungertyphus heimgesucht waren oder es noch sind – da bleibt nichts anderes übrig, als Pakete zu schicken. Dabei ist das hier unmäßig teuer; die Pakete gehen von Dänemark, und bei einem Wert von höchstens sfr. 10.– pro Paket muß man $ 10.–, also mindestens das Fünffache dafür bezahlen, weil das Ganze auf kommerzielle Grundlage gestellt ist, und offenbar eine ganze Reihe von Zwischenverdienern sich eingeschaltet haben. Und ein offizieller Dienst, der die Preise dieser Sendungen auf einen Bruchteil kürzen könnte, kann aus hundert Gründen nicht eingerichtet werden. Und so bleibt mir nichts anderes übrig als hiefür meine letzten Geldreserven heranzuziehen. Doch ich bin leichtsinnig genug, um mir darob keine Sorgen zu machen; irgendwie werde ich mich schon am Leben erhalten, besonders wenn es mir gelingt, meine Massenpsychologie rechtzeitig oder halbwegs rechtzeitig fertig zu bringen.

Die einzige Sorge ist also das Nicht-fertig-werden und das Zuspätkommen – das große Übel meines Lebens und meiner langsamen Arbeitsweise. Und nichts ist für mich auch physisch katastrophaler als diese Panik. Wenn ich, wie jetzt, in flotter Arbeit bin, geht es auch gesundheitlich: ich bin gerührt über Ihre Sorge um mich, aber ich hoffe, daß sie vorderhand noch grundlos ist. Natürlich ist Überarbeitung verbunden mit Akklimatisierungsschwierigkeiten, (bei vorgerücktem Alter) kein gesundheitsförderndes Moment, aber fürs erste kann ich es noch bewältigen, und später muß ich trachten, in ein besseres Klima, sei es im Westen oder Süden, zu kommen.

Ich bin froh, daß Sie trotz aller militärischen Anstrengungen (und wohl teilweise auch in deren Folge) sich gesundheitlich so gut halten und sich in voller Arbeit befinden. Ihre Arbeitsliste ist schön und imponierend; ganz besonders verdienstvoll scheint mir das Novalis-Unternehmen[2] – auch solche Gestalten wie Novalis in ihrer schier unglaublichen Deutschheit dämpfen alles Eindeutige, das man gegenüber Deutschland empfinden möchte; vieldeutig wie dieses Volk selber wird man in seiner Einstellung zu ihm. Man wäre kein deutscher Schriftsteller, wenn es anders wäre.

Der Vergil ist an Sie abgegangen; ich werde sehr froh sein, ihn bei Ihnen zu wissen. Im übrigen wird der Rhein-Verlag dort nun wahrscheinlich doch bald mit einer europäischen Ausgabe folgen, vorausgesetzt daß der deutsche Markt bereits beliefert werden kann. Die britische[3] und die hispanoamerikanische[4] Ausgabe ist bereits gesichert, und voraussichtlich kommt jetzt auch noch eine dänische dran. Das besagt natürlich nichts für die Güte des Buches: die Haltbarkeit wird sich erst in 50 Jahren erweisen. [. . .]

[GW 8]

1 Vgl. Brochs Brief vom 3. 4. 1938 im ersten Briefband.
2 Carl Seelig (Hrsg.), *Friedrich von Hardenberg*. Gesammelte Werke, mit einem Lebensbericht (Herrliberg-Zürich: Bühl, 1945-1946).
3 *The Death of Virgil*, übersetzt von Jean Starr Untermeyer (London: Routledge & Kegan Paul, 1946).
4 *La muerte de Virgilio*, übersetzt von Arístides Gregori (Buenos Aires: Editorial Peusner, 1946).

513. An Daisy Brody

Princeton, 6. 12. 45

Liebste unphilosophische Frau Daisy,
Mein gestriger Brief an Dani war auf das Leitmotiv »Kaum war der Brief aus dem Haus« abgestellt, und kaum war derselbe aus dem Haus, kam der Ihre, bereits erwartet, als ich den andern absandte, denn ich kenne den Post-Mystizismus.

Aber sehen Sie, wegen des Russell[1] ist es mir ernst. Und zwar aus zweierlei Gründen, erstens weil mir das philosophische Denken nicht nur als wesentlicher Bestandteil meines eignen Seins wichtig ist, sondern noch viel mehr, weil ich es für weltwichtig halte, und zweitens weil ich alle Anfechtbarkeiten der Philosophie kenne und ihr daher mit tiefster Skepsis gegenüberstehe: ein Ketzer, ein echter Ketzer kann und darf nur der sein, der den Glauben ganz erfaßt, um ganz von ihm erfaßt zu werden, doch ein seichter Gottesleugner ist niemals ein echter Ketzer; gegen nichts wendet sich der wirkliche Skeptiker so scharf wie gegen billige Skepsis. Russell hat keine Ahnung, daß es in der Philosophie um das »Klären« geht; er ist ein spezifischer Aufklärer (im Sinn des 18. Jahrh., also kein Auf-Klärer), und da fehlt ihm jeder Sinn für das »Auf« zu dem der Menschengeist verpflichtet ist, besonders wenn er philosophieren will. Er hat keine Ahnung von Philosophiegeschichte, scheint zu glauben, daß sie Philosophen-Geschichte ist, die man sich (zudem entsetzlich unkomplett) aus der Britannica zusammentragen kann, während es in Wahrheit sich um die »Problem-Konstanz« handelt, an die der Mensch, vielleicht gebunden an die archetypische Struktur seines Geistes, immer wieder herangetrieben wird. Wenn man ein bißchen ins 17. Jahrh. hineingeschaut hat und begriffen hat, wie da in und um Leibniz sich der ganze menschliche Problemreichtum aufs neue entfaltet, da ist man über den Antihistorismus eines Russell einfach entsetzt: glauben Sie mir, der Positivismus, zu dem die Russellsche Einstellung letztlich gehört, ist ein integrierender Teil eines Weltzustandes, der einen Hitler hervorgebracht hat. All das bildet eine einzige Einheit, eben jene, die man Weltgeist nennt. Doch damit gerate ich schon in meine Massenpsychologie. Nur noch eines: die brillante Darstellung ist eine zusätzliche Gefahr – das Unmoralische hat seit jeher einen Hang zur Brillanz gehabt.

Und weil wir von Philosophiegeschichte sprechen: natürlich ist Sprachgeschichte samt aller zugehörigen Philologie eines der faszinierendsten Gebiete. Hierin kann ich Ihnen nur vollkommen Recht geben, und meine Sehnsucht strebt gleich der Ihren dahin. Nur möchte ich hiefür nicht neugeboren werden, sondern wünsche mir noch ein paar hundert Jahre sofort angestückelt zu bekommen – wozu erst das unangenehme Sterben dazwischen einschalten? Mein Wissenshunger steigt und steigt: ich beneide jeden, der faktual etwas kann, denn auch dies gehört zu meiner Abneigung gegen das rein Spekulative und Philosophische, obwohl auch dieses ein Realbereich ist und gelernt sein will, ja sogar vom Faktualwissenschaftler – auch hiefür ist Russell, der ein ganz großer Logiker ist, ein Beispiel – zumeist nicht erreicht werden kann. Jedenfalls ist die Massenpsychologie ein erster zögernder Schritt in dieser Richtung zu den Tatsachen hin, und nachher soll halt doch wieder ein mathematischer Versuch folgen. [. . .]

Im übrigen ist die Klage über Dezentralisation natürlich unberechtigt; gewiß, unser Leben verläuft nicht mehr in den alten Bahnen, aber dafür ist es weitaus fiktionsfreier geworden, weil weniger von Konventionen und Phrasen abhängig: der Mensch, der ins Unsichere geschleudert ist und trotzdem dabei »bewußtseinsbewußt« bleibt, der ist zugleich in sein eigentliches Zentrum geschleudert worden; er »besitzt« es weit mehr, als er es je früher besessen hat. Daß Hitler als »Geschäftsführer eines höheren Zweckes«, um mit Hegel[2] zu reden, das zustande gebracht hat, gibt dieser Grauensepoche einen gewissen vorwärtsgerichteten Sinn, und das wird unter den jungen Leuten, die ich da um mich habe – allerdings nur bei den aufgeweckteren (und ich trachte sie aufzuwecken) –, wenn auch noch undeutlich, so doch schon ahnungsweise herausgefühlt. Und besonders bei jenen, die zurückkommen, findet man solche Ahnung. Der Jammer ist, daß sie in eine Kommerzatmosphäre zurückkehren, die alles standardisiert und gebrauchsfähig macht – keine kapitalistische Eigentümlichkeit, sondern auch kommunistisches Ideal –, so daß sie ihre Ahnungen bald wieder verlieren. Aber das wird die einmal gelegte Saat nicht am Sprießen verhindern: der Zusammenbruch der alten Werte schreitet fort, und wenn mit Hilfe der Atom-Bombe nicht das Kind mit dem Bad ausgeschüttet wird, so wird dasjenige, was neu erstehen wird, ehrlicher als das, was früher gewesen ist. Und daß die Sachen wesentlich abstrakter als früher verlaufen werden, das kann ich nicht beklagen. Im Grunde tun sie es ja auch nicht.

Es reizt mich unendlich, all diese Prozesse darzustellen. Einiges davon bringe ich ja jetzt in dem politischen Buch, und dann erst recht in der Massenpsychologie unter. Aber z. B. die Auflösung der Kunst und Literatur im bisherigen Sinne müßte einmal gezeigt werden. Ich habe diese längst projektierte Schrift auch angezeigt – ich glaube, daß ich Ihnen den beiliegenden Katalog noch nicht geschickt habe –, aber man kann eben nicht alles machen, obwohl ich gerne alles machen möchte, sogar manchmal die Gedichte, deren Beorderung ich sehr wohl verstanden habe, an die ich mich aber doch immer nur sehr zögernd heranwage, denn der höchste Anspruch an Zeitgerechtheit muß eben vom Gedicht erfüllt werden (auf daß es zeitlos werde), und da fühle ich mich einfach ungenügend. Vielleicht wird es noch werden, und dann hat der Rhein-Verlag zu meinem 70-sten den Gedichtband zu bringen! [. . .]

[GW 8]

1 Vgl. den Brief vom 5. 11. 1945 an das Ehepaar Brody.

2 Vgl. G. W. F. Hegel, »Einleitung«, in: *Vorlesungen über die Philosophie der Geschichte,* Glockner-Ausgabe, Band 11 (Stuttgart 1949), S. 61: »Werfen wir weiter einen Blick auf das Schicksal dieser welthistorischen Individuen, welche den Beruf hatten, die Geschäftsführer des Weltgeistes zu sein, so ist es kein glückliches gewesen. [. . .] Ist der Zweck erreicht, so fallen sie, die leeren Hülsen des Kernes, ab.«

514. An Daisy Brody

Princeton, 27. 12. 45

Liebste Frau Daisy,
Zugleich mit Ihrem Doppelbrief traf heute zugleich die Philippson[1] ein, und beides war sowohl Nachweihnachts- wie Vorneujahrsfreude: und so seien Sie beide für beides bedankt, sehr von Herzen!

Die Philippson ist mir aus besonderem Grund wichtig: ich bin überzeugt, daß die mythische Denkform einen integrierenden Teil des Logos darstellt, m. a. W. daß all unsere logischen Formen – die man gemeiniglich als autonom betrachtet – eine zweite, eine mythische Struktur haben, ja daß eben hiedurch die Einheit des Rationalen und Irrationalen, die unser Sein und Leben ausmacht, hergestellt wird, und gerade das finde ich in diesen Untersuchungen, so über die »Zeitart«, ganz wunderschön bestätigt. Ich habe die Sache in dem Mythos-Aufsatz, den ich zum Th. Mann-Heft der N. R.[2] beigesteuert habe, in großen Umrissen skizziert: das Heft liegt, wie ich Dani schrieb, nun für Sie hier bereit, soferne Sie es Ihrerseits nicht gleicherweise jetzt erhalten haben. Natürlich sind das etymologische Vermutungen, bloßes guesswork, und wenn man kein sattelfester Sprachwissenschaftler ist, sollte man es nicht wagen, solche Vermutungen überhaupt auszusprechen; ebendarum bräuchte ich meine 300 Jahre – ich könnte dann wenigstens einen Teil von alledem lernen, was ich hätte lernen müssen, wenn ich meine mir zugemessene Zeit halbwegs anständig ausgenützt hätte.

Natürlich ist der Wunsch nach Langlebigkeit in einer Epoche, in der hunderttausende junger Menschen nicht nach ihrem Lebenswunsch gefragt worden sind und ungefragt haben sterben müssen, äußerst frivol, und so bin ich unausgesetzt äußerst dankbar, überhaupt noch auf der Welt zu sein. Und so bin ich auch voller Dankbarkeit für Ihre guten Neujahrswünsche: ich werde froh sein, im nächsten Jahr noch da sein zu dürfen, und besonders froh, wenn dieses Jahr Sie wirklich herbringen wird; ob Sie nun zentralisiert oder dezentralisiert, wie Sie klagen, kommen werden, der Begrüßungsjubel wird der gleiche sein. [. . .]

[GW 8]

1 Paula Philippson, *Untersuchungen über den griechischen Mythos* (Zürich: Rhein-Verlag, 1944). In diesem Band sind zwei Studien zusammengefaßt: »Genealogie als mythische Form (Studien zur Theogonie des Hesiod)«, S. 7-42 und »Die Zeitart des Mythos«, S. 43-56.

2 »Die mythische Erbschaft der Dichtung«, in: *Neue Rundschau.* Sonderausgabe zu Thomas Manns 70. Geburtstag (6. 6. 1945), S. 68-75. Ferner in KW 9/2, S. 202-211.

1946

515. An Ernst Polak

One Evelyne Place
Princeton, N. J. 6. I. 46

Liebster Ernst,
vor 8 Tagen war Ili[1] hier in Princeton, und Du kannst Dir vorstellen, daß wir viel von Dir gesprochen haben und Dich herbeiwünschten. Ich wollte Dir eben in einem Beschimpfungsbrief (ob Deines Schweigens) darüber berichten, als Deine Zeilen einlangten.

Erinnerst Du dich Deines Briefes? ich hebe ihn auf, denn er ist über alle Maßen tiefdeutig: Du sagst, daß Du den Vergil als Ganzes nicht verstanden hättest – nach Deinem Brief ist das auch ganz unmöglich, denn das Buch spricht in seiner Ganzheit einfach *Dich* aus – es ist die Abrechnung mit einem Literaturleben, die Selbsterforschung, ob hinter einem solchen Leben[2] noch etwas ›Wirkliches‹, etwas ›Echtes‹ stecken mag, und schließlich die Frage nach dem Tod, als dem konkreten Erlebnis oder Ersterbnis in einem solchen Leben. Und daneben dämmert es dem sterbenden Vergil, daß das ›schlichte‹ Leben das einzig anständige und sinnerfüllte gewesen wäre; deswegen erscheint im letzten Abschnitt nochmals die Mutter mit dem Kind[3].

Genau diesen schmerzlichen Prozeß hast Du in diesen letzten Jahren durchgemacht. Aber Du warst damit erfolgreicher als ich. Denn durch Deine Heirat hast du wirklich den Weg zum schlichten Leben, zum Leben schlechthin gefunden. Das ist für einen Menschen Deines Typus eine ungeheure Ehrlichkeitsleistung: noch ist der Prozeß nicht völlig abgeschlossen, denn Du bist noch nicht fähig, ihn voll zu bejahen; Du leidest noch darunter, spürst eine mentale oder intellektuelle Verarmung, wehrst Dich noch dagegen. Doch eines Tages wirst Du entdecken, daß Du nichts von Deinen Fähigkeiten eingebüßt hast, daß alles intakt geblieben ist, aber einfach nicht mehr in der altgewohnten Weise verwendet wird. An diesem Tage wirst Du nicht ›resignieren‹ (wie Du heute noch meinst), sondern weise geworden sein.

Ich dagegen habe das, was Du erlebt und durchlebt hast, und noch weiter zu erleben im Begriffe bist, zur Literatur erniedrigt. Das ist die Unehrlichkeit des Vergil. Gewiß, es war eine notwendige Unehrlichkeit, denn nur auf diesem Wege war es mir möglich, mich so auf das Todeserlebnis zu konzentrieren, wie ich es getan habe. Du magst mir glauben, daß ich es unter ungeheuerster, intensivster Anstrengung getan habe. Nichtsdestoweniger ist der Lebensgewinn gleich Null. Ich habe mir von dieser Intensität eine Bereicherung, ein wirkliches Wissen erhofft – die literarische Form hat diese Hoffnung zerstört. Man kann nicht an Tieferkenntnissen monatelang form-feilen; sie werden hiedurch blasphemisch, und was übrig bleibt ist nichts als ein Buch, zwar ein ganz gutes, aber davon gibt es in der Welt genug und übergenug. Daß ich solcherart aus innerster Notwendigkeit ›schuldig‹ geworden bin, bewahrt einen wenigstens vor allzu schlechtem Gewissen, aber die ›objektive Schuld‹ wird hiedurch nicht kleiner, einfach weil Unkenntnis des Gesetzes noch niemals vor Strafe bewahrt hat. Das einzige was ich zur ›Verkleinerung des Strafausmaßes‹ anführen kann, ist der vorzeitige Abbruch des Buches: wäre ich Joyce gewesen (dem's noch erlaubt war), so hätte ich meinem Perfektionismus drei weitere Jahre gefrönt.

Natürlich halten es die Menschen für Pose, wenn ich darauf bestehe, daß der Vergil zu einer abgeschlossenen Epoche meines Lebens und darüber hinaus zu der einer zusammenbrechenden Kultur gehört, also weder mich, noch sonst irgendjemanden etwas angeht. Ich bin also froh, daß Du da mit mir eines Sinnes bist, und ich es offen aussprechen kann. Wenn ich nur wüßte, ob das, was ich jetzt treibe, sinnvoller ist: denn wenn man schon überzeugt ist, daß eine Zivilisationsepoche zu Ende geht, so müßte man die Begleiterscheinungen, also Blut, Mord, Tortur gleichfalls hinnehmen, und nicht, wie ich es tue, alle Mühe zur Vermeidung von Wiederholungen des Grauens setzen. Allerdings auch hier handle ich unter Notwendigkeit, bin also gezwungen, auch dieses Risiko auf mich zu nehmen. Nur daß es hier ein äußeres und kein inneres Risiko ist: für den Vergil hat es nichts ausgemacht, ob er einen Erfolg oder keinen zeitigen werde, und er ist eine Niete – innerlich – trotz des äußern Erfolgs geworden; das politische Buch[4] aber, an dem ich jetzt arbeite, sowie die Massenpsychologie[5] werden sich am äußern Erfolg zu bewähren haben, d. h. sie werden nur dann keine verlorene Mühe gewesen sein, wenn sie (entgegen jeder rationalen Annahme) wirklich etwas zur Wiederhumanisierung der Welt beigetragen haben werden.

Und irgendwo hoffe ich doch, daß es gelingen wird. Und zwar infolge meines Antiliterarismus. Denn nichts finde ich literatenhafter als die theoretische Bejahung der Grausamkeit, deren sich die gesamte Intelligentsia[6], die fascistische ebensowohl wie die kommunistische, mit solcher Leichtfertigkeit hingibt. Das ist der Punkt, an dem ich selber grausam und sadistisch werden kann: wenn ich nämlich dieses gewissenlose Gerede höre, so ist ›Einfotzenen‹[7] die geringste Strafe, die mir für diese Leute einfällt; in Wirklichkeit möchte ich sie morden. Denn Gewissenlosigkeit und Gleichgültigkeit sind die Grundübel.

Und da wir damit eben doch wieder bei der Literatur sind, muß ich Dir – nicht aus Pietätlosigkeit, sondern eher aus Pietät – erzählen, daß ich Werfels letztes Buch, den Zukunftsroman[8], gelesen habe, und daß er von nicht zu überbietender denkerischer Gewissenlosigkeit ist. Gewiß, es gibt immer wieder Intuitionen, aber wenn man bedenkt, daß dieses Buch buchstäblich im Schatten und im Wissen des Todes geschrieben ist, so packt einen das nackte Entsetzen: der eigene Tod zum Schaustück verarbeitet, eine posthume Opernvorstellung – Heroismus? vielleicht; aber dann ist es unerlaubter Heroismus, denn mit einem Schielen zum Bestseller sorgt man nicht fürs Seelenheil. Natürlich ist es auch hier ›Notwendigkeit‹; das Deklamieren und Ariensingen war für Werfel stets notwendig, doch diese Notwendigkeit ist noch verwerflicher als jene, die hinter dem Vergil gestanden ist.

Zum Teil ist an alldem natürlich auch Amerika schuld. Wenn man in einem fast victorianisch geruhsamen Städtchen wie Princeton sitzt, oder aber in einer schon längst nicht mehr wahren Scheinmodernität wie Hollywood, stellen sich falsche Notwendigkeiten ein. Ich versuche, das in mir unter Kontrolle zu halten; Werfel hat dies bestimmt niemals getan. Es wäre für ihn besser gewesen, wenn er nach England gegangen wäre. Es wäre auch für mich besser gewesen. Wer in dieser Welt noch etwas zu sagen (oder zu schweigen!) haben will, der muß bei dem Ereignis ›Welt‹, dort, wo sie mit ihren Gefahren geschieht, selber anwesend sein; es ist für mich ausgesprochen beschämend, den Krieg in dieser Behaglichkeit hier verbracht zu haben. Und Du bist das beste Beispiel für die Empfindungs- und Denkradikalität, die aus der Unmittelbarkeit herstammt. Oder vereinfacht angeschaut: Du bist von dem, was geschehen ist, unmittelbar und vollkommen überwältigt, während ich es mir stückweise und unvollkommen zu erringen habe.

Das Gefühl der Beschämung läßt mich nicht los, wenn ich der Opfer drüben gedenke. Meine Mutter ist gleich der Deinen mit 84 irgendwie gräßlich umgekommen, und was man sonstwie von drüben hört, ist scheußlich genug. Es ist mir grauenhaft und beschämend, wenn ich, der Satte, von Hungernden um Hilfe gebeten werde, und noch beschämender, wenn sie danken. Soweit ich nur kann, schicke ich Lebensmittelpakete, und das kostet nicht nur Geld (das ich nicht habe), sondern auch Energie und Zeit – ich bin einfach korrespondenzerdrückt.

Um das alles halbwegs in Betrieb zu halten, habe ich meine Arbeitsstunden über Gebühr ausgedehnt, komme keinen Tag vor 3 h ins Bett und bin vor 9 h wieder draußen. Kein Wunder, daß ich aufs äußerste reizbar bin –, die kleinen Egoismen der ›normalen‹ Welt um mich herum machen mich rasend, besonders wenn sie zu Forderungen an mich werden. Natürlich weiß ich, daß ich selber meine Egoismen habe, doch unter der Fülle von Pflichten, die ich auf mich genommen habe, verschwinden sie einigermaßen. Zudem gibt es Pflichten gegen sich selbst: wenn ich nicht innerhalb 6 Monaten ein größeres Stück Arbeit abgeliefert habe, verhungere ich einfach, da mein Vertrag im Juni abläuft[9]. Das Ganze ist also keineswegs leicht. Daß ich das Tempo bei meinem Alter noch schlecht und recht durchhalte, verwundert mich immer wieder. Wie lange noch! Es rieselt ja bereits im Gemäuer. Und hinter allem steht die Angst vor dem Nicht-fertigwerden, eine unweise, dennoch metaphysische Angst, die fast ins Animalische hinabreicht.

Da hast Du also meine ganze Biographie. Und Du siehst daraus wohl auch, daß ich nicht früher nach England kommen kann, ehe nicht die Massenpsychologie fertiggestellt ist.

Wie gerne ich schon käme, brauche ich Dir nicht zu versichern; es ist in dem, was ich hier gesagt habe, bereits enthalten. Dahingegen würde ich Dir unter keinen Umständen zureden herüber zu kommen: die Akklimatisierungsschwierigkeiten sind für unser Alter furchtbar, ja – dafür zeugen nun schon allzuviele Beispiele – geradezu lebensgefährdend.

Ich weiß, daß Dir das Schreiben schwerfällt. Trotzdem solltest Du es tun, sowohl in Deinem wie in meinem Interesse. Und ich will Dich auch dazu zwingen: bitte treibe mir die Adresse der Muirs[10] oder zumindest von Muirs Verleger auf; mir ist ihr Schweigen (das ich zwar kenne) bereits unheimlich, und nicht nur, daß ich Ihnen schreiben will, es liegt für sie auch seit dem Sommer der Vergil bereit, den ich ihnen – fast eine Schuld – unbedingt senden will.

Bleib mir erhalten, auch wenn Du angeblich bloß als Schatten existierst: es ist nur ein radikales Zu-Ende-denken, wenn der Beobachter in der platonischen Höhle sich selber gleichfalls als Schatten sieht; bei Kafka war es auch nicht anders, und nennen's mir an bessern!

Grüße Delphine[11], von der Du so schön sprichst: das ist eine Freude, nämlich auch für mich. Und laß Dir die Hand drücken.

Von Herzen Dein
Hermann

[EP]

1 Ilona Voorm; vgl. Fußnote 2 zum Brief vom 5. 4. 1939.

2 Vgl. Hartmut Binder, »Ernst Polak – Literat ohne Werk. Zu den Kaffeehauszirkeln in Prag und Wien«, in: *Jahrbuch der Deutschen Schillergesellschaft* 23. Jahrgang (1979), S. 366-415.

3 Vgl. KW 4, S. 452.

4 Vgl. KW 11, S. 243-396.

5 Vgl. KW 12.

6 Vgl. das Kapitel »Praxis und Utopie. Zur Aufgabe des Intellektuellen« in KW 11, S. 399-493.

7 Fotzen: Wiener Dialektausdruck für »ohrfeigen«; »einfotzenen« heißt dann so viel wie »mit Ohrfeigen eindecken«. Im Wiener Dialekt bedeutet »Fotz«: »Gesicht«, abgeleitet wahrscheinlich von Französisch »face« oder Lateinisch »facies«.

8 Franz Werfel, *Stern der Ungeborenen. Ein Reiseroman* (Stockholm: Bermann-Fischer, 1946). Broch half damals Friedrich

Torberg bei der Abfassung eines Film-Skripts zu diesem Roman. Allerdings wurde dieses Skript nicht fertiggestellt. Der Entwurf dazu findet sich in YUL.

9 Broch hat von der Bollingen Foundation in Washington D. C. für die Zeit vom 1. 1. 1945 bis zum 30. 6. 1947 Honorarvorschüsse auf seine *Massenwahntheorie* erhalten, die in der Bollingen Series des Pantheon Verlags in New York erscheinen sollte. Zur Publikation kam es nicht, da Broch das Manuskript nicht ablieferte. Die *Massenwahntheorie* erschien als KW 12 erstmals 1979. Brochs erster Honorarvertrag lief nach anderthalb Jahren im Juni 1946 aus, doch wurde er dann für ein weiteres Jahr verlängert. Die Vorschüsse beliefen sich auf $ 200 pro Monat. (Bis Dezember 1945 hieß die sich dann Bollingen Foundation nennende Stiftung Old Dominion Foundation.)

10 Edwin und Willa Muir.

11 Delphine Trinick, verwitwete Polak, geb. Reynolds (geb. 1907). Ernst Polak lernte Delphine Reynolds 1942 während seines Philosophiestudiums bei Friedrich Waismann an der Oxford University (England) kennen. In den dreißiger Jahren war sie eine in England bekannte Reiterin und Pilotin gewesen. Polak heiratete sie im Januar 1944.

516. An Max Krell

One Evelyn Place
Princeton, New Jersey 23. 1. 46

Lieber Max Krell[1],
Dank für Ihre (nach siebenwöchiger Reise) hier eingetroffenen guten Worte; ich freue mich mit Ihnen, und ich freue mich über das erstaunlich wundersame Schicksal, das in Doro Levis[2] Gestalt uns nach zehnjähriger Pause wieder zusammengeführt hat: ich glaube, es war in Ronco[3] 1936, als ich Ihnen zum letzten Male schrieb.

Daß man aber diese zehn Jahre überlebt hat, ist ein echtes Wunder. Mit unendlicher Dankbarkeit für das geschenkte Leben wache ich alltäglich auf. Der Tod war uns unsäglich nahe. Und unter dieser Todesbedrohung ist auch der Vergil zustandegekommen; es war meine privateste Auseinandersetzung mit dem Sterbenmüssen – fast eine natürliche Funktion meiner Lage, wenn auch eine übersteigert natürliche, denn ohne schärfste Konzentration hätte ich es nicht geschafft. Dabei ist mir eine recht bedrückende Erkenntnis gekommen: als ich später das Buch druckfertig machte, also es zu »formen« begann, habe ich mir das ursprüngliche Erlebnis, das mir aufs äußerste wichtig gewesen ist, einfach wegkorrigiert, im wahrsten Wortsinn weggefeilt; wo das Kunstwerk mit seiner spezifischen Objektivierung anfängt, wird der eigentliche, der lebendige Erkenntniskern zerstört. Mehr und mehr werde ich – gleich Vergil selber – zum Bilderstürmer.

Doch zum Kunstwerklichen gleich etwas Polemisches: ich halte meine Methode für keine Fortsetzung der Joyceschen. Ich glaube, daß Joyce der größte Prosakünstler unserer Zeit ist – wenn ich eine Seite von ihm lese, schäme ich mich ob meines Unterfangens, gleichfalls schreiben zu wollen –, aber ich betrachte ihn trotzdem für ein Ende, nicht für einen Anfang. Er ist nicht nur unnachahmlich, er ist auch unfortsetzbar; kurzum, er ist genau das, was er ist, nämlich das Ende einer Kulturepoche. Wenn es wieder Kunst geben wird – die nächsten Generationen werden wohl überhaupt ohne Kunst ihr Auslangen finden –, dann wird sie von ganz anderer Seite her und in ganz anderer, für uns noch unerahnbarer Form auftreten, sicherlich aber nicht in jener, die sich heute Roman nennt, obwohl sie es auch schon nicht mehr ist. Auch im Vergil sehe ich, trotz seiner rein lyrischen Grundhaltung *kein* zukunftweisendes Phänomen – nicht nur Malerei und Skulptur, auch alle schriftstellerischen Bemühungen haben heute, so weit sie Kunst sein wollen, von vorneherein musealen Charakter, und es will mir scheinen, daß es sogar mit der Musik desgleichen bald so weit sein wird. Ich glaube, daß noch niemals in der Geschichte der Menschheit sich etwas derartiges mit solcher Kraßheit schon ereignet hat. Und so haben wir auch hiefür dankbar zu sein; wir sind überall Zeugen des Außerordentlichen.

Es ist dies mit einer der Gründe, die mich dazu gebracht haben, nun nur mehr wissenschaftlich zu arbeiten. Ich bin jetzt schon seit Jahren ausschließlich mit massenpsychologischen Untersuchungen (hier an der Universität) beschäftigt. [. . .]

[MK, MTV]

1 Vgl. Fußnote 2 zum Brief vom 19. 7. 1930 im ersten Briefband.
2 Doro Levi (geb. 1898), Archäologe, damals Direktor des italienischen kunsthistorischen Instituts in Athen. Vgl. sein Buch: *Early Hellenic Pottery of Crete* (Princeton: Princeton University Press, 1945).
3 Ort im Tessin (bei Ascona).

517. An James Franck[1]

30. Jänner 1946

Verehrter Herr Professor,
Sowohl Erich Kahler wie ich danken Ihnen sehr für die Zusendung des »Appeals«[2] und der bisherigen Zeichnerliste. Wir sind froh, in dieser eingeschlossen zu sein.

Leider sind uns bei Studium des Textes (den wir vorher nur durch eine eindrucksvolle Vorlesung Borgeses kennengelernt haben) einige ernste Bedenken aufgestiegen, keine prinzipiellen – denn sonst hätten wir unsere Unterschriften zurückziehen müssen –, wohl aber manche hinsichtlich seiner positiven und negativen Wirkungsmöglichkeiten, von denen wir die ersteren für sehr gering, die letzteren aber für recht bedeutend erachten. Und da wir dem Appeal, natürlicherweise, eine positive Wirkung wünschen, glauben wir unsere Bedenken vorbringen zu müssen.

Ich bitte um Entschuldigung, daß wir damit so spät kommen. Einesteils aber ist das Dokument gerade während der (unentrinnbaren) Grippewelle hier eingetroffen, und andernteils haben gerade die letzten Wochen Geschehnisse gezeitigt, die unsere Bedenken besonders erregt haben: ich meine die Nazi-Aktionen zugunsten Deutschlands, die sogenannte »Tränenkampagne«, die durchaus geeignet wäre, unseren Appeal heillos zu kompromittieren und seine erhoffte positive Wirkung in eine durchaus negative zu verwandeln. Ich weiß nicht, ob Sie die Sache selber verfolgt und daraus die Konsequenzen gezogen haben – in diesem Fall bitte ich auch um Entschuldigung, daß ich offene Türen einrenne –, möchte aber nicht unterlassen, ein paar illustrierende Zeitungsausschnitte beizulegen. Unter allen Umständen muß der Appeal sichtbarlichst von diesen Parallelaktionen abrücken.

Es ist natürlich für die Redakteure des Appeals äußerst unangenehm, in dem vorgeschrittenen Stadium, in dem die Angelegenheit sich heute befindet, Textänderungen vorzunehmen, obwohl solche sicherlich am begrüßenswertesten wären. Wenn dies, wie ich fürchte, nicht mehr durchführbar wäre, so würde ich vorschlagen, das Nötige in Gestalt eines Nachtrages, etwa unter dem Titel »Umsetzung in die Praxis« zu sagen; ich habe das Gefühl, daß die meisten der Zeichner mit einem solchen Nachtrag einverstanden wären.

Ich erlaube mir daher, Ihnen anbei ein Memorandum[3] zu übergeben, welches sich mit der gesamten Sachlage beschäftigt. Es ist gegen meine Absicht eine wenig überdimensioniert ausgefallen; doch ich empfand es als Notwendigkeit, und vielleicht nicht nur als eine lediglich subjektive, das Verhältnis des Refugees zu Deutschland einmal einer prinzipiellen Erörterung zu unterziehen, besonders da es eben dieses Verhältnis ist, das von dem Appeal an die Öffentlichkeit gebracht wird. Außerdem wollte ich auf einige Fakten, vor allem im Zusammenhang mit dem deutschen Underground-Problem, hinweisen, die – wenigstens bisher – noch nicht allgemein bekannt geworden sind. Das Memorandum drückt im großen und ganzen desgleichen Kahlers Ansicht aus, und ich denke Ihrer Zustimmung sicher zu sein, wenn ich es auch einigen Persönlichkeiten wie Dr. Thomas Mann, Prof. Einstein, Dean Gauß, etc. vorlege.

Wir hatten in Angelegenheit des Appeals eine lange Unterredung mit Prof. Einstein, der uns auch die Korrespondenz zeigte, die er während des Dezember mit Ihnen geführt hat. Angesichts Ihrer ausgezeichneten und schönen Argumentation ist es uns nicht schwer gefallen, Ihren Standpunkt zu vertreten; insbesondere haben wir auf den impliziten Inhalt des Appeals, nämlich die Schaffung günstiger Vorbedingungen für eine Denazifizierung und künftige Demokratisierung Deutschlands nachdrücklich hingewiesen: wir hatten den Eindruck, daß Prof. Einstein nun von dem angedrohten öffentlichen Protest gegen die Aktion abstehen wird; ich glaube auch hoffen zu dürfen, daß meine Vorschläge sein Einverständnis finden werden.

Was die weiteren Zeichner anlangt, die für den Appeal noch geworben werden sollen, so hängt deren Auswahl mehr oder weniger von der endgültigen Textierung ab, denn viele mögen ähnliche Einwendungen wie wir erheben; sobald Sie uns Ihre Entscheidung mitteilen, werden wir Ihnen einige in Betracht kommende Namen nennen. Und wie ich im Memorandum ausführe, sollte auch eine Reihe von Amerikanern als Sponsoren in die Liste aufgenommen werden. Doch da dies zu einem großen Teil deutsch-amerikanische Namen sein werden, müßte streng darauf geachtet werden, daß keiner darunter sei, der irgendwie mit Nazi-Kreisen in Verbindung gebracht werden könnte; so wäre z. B. alles auszuschalten, was sich in der Nähe der »New Yorker Staatszeitung« befindet.

Ihrer freundlichen Nachricht gewärtig, bitte ich Sie, beste Empfehlungen von Kahler und mir entgegenzunehmen und bin

Ihr aufrichtig ergebener
H. Broch

[GW 8]

1 James Franck (1882-1964), deutsch-amerikanischer Physiker. Nobelpreis für Physik gemeinsam mit Gustav Hertz 1925. Franck war bis 1933 Direktor des Zweiten Instituts für Experimentelle Physik an der Universität Göttingen. 1933 emigrierte er und war von 1938 bis 1947 Professor für physikalische Chemie an der University of Chicago.

2 Gemeinsam mit einigen Kollegen der University of Chicago verfaßte Franck im November/Dezember 1945 einen »Appeal« zugunsten des deutschen Volkes. Die Liste der Unterzeichner und der Text selbst ist abgedruckt in KW 11, S. 448-450.

3 »Bemerkungen zu einem ›Appeal‹ zugunsten des deutschen Volkes«, KW 11, S. 428-448.

518. An Thomas Mann

One Evelyn Place
Princeton, N. J. 31. 1. 46

Lieber verehrter Dr. Mann,
Erich[1] hat Ihnen mein Memorandum zum Franck-Appeal[2] angekündigt: hier ist es, zugleich mit Kopie meines Briefes an Prof. Franck.

Wie ich Franck schrieb, hatte ich das – und ich glaube auch objektiv berechtigte – Bedürfnis, das Verhältnis des Refugees zu Deutschland einer prinzipiellen Erörterung zu unterziehen, denn schließlich ist es dieses, das mit dem Appeal in aller Öffentlichkeit dokumentiert wird. Dadurch ist das Memorandum etwas zu lang ausgefallen.

Ich hoffe sehr, daß Sie in dieser Sache uns – denn auch Erich denkt da wie ich – beistimmen werden. In diesem Fall wäre es sehr ersprießlich, wenn Sie Prof. Franck das mitteilten, auf daß er die von uns vorgeschlagene Abänderung oder Erweiterung des Textes vornehme.

Mit Handkuß an die gnädige Frau und allen guten Wünschen und Grüßen, denen auch Erich sich anschließt,

Ihr herzlich ergebener
H. Broch

[TMA]

1 Erich von Kahler.
2 Vgl. den Brief vom 30. 1. 1946 an James Franck.

519. An William Allan Neilson[1]

February 7, 1946

Dear President Neilson,
just before your kind letter arrived I received the enclosed document. I felt that I should show it to you because it seems to dovetail closely with your own interests; but I had to lend it to a friend, and so my answer and my thanks are delayed.

In the meantime, however, you may have got the Appeal directly from its initiator, Prof. James Franck in Chicago (the Nobel-prize winner), all the more so as Borgese, in connection with him, not only supports his project, but also favors – as I myself do – the idea that the appeal needs the sponsorship of outstanding Americans besides that of German and Austrian immigrants. I wonder, though, whether the text in its present form will be able to attain the intended effect: I have signed it and agree in principle, but I can't help making certain objections and suggestions, and for this reason I should be very glad to hear how you think about this action – of course only when this is not too much of a claim on your time.

I thank you most heartily for your words of appreciation regarding my paper on the Bill of Rights[2]; I am profoundly pleased that you have the intention to present it to the »Commission for the Organization of Peace«[3]. If you need some additional copies for this purpose, please let me know. Henry Seidel Canby has sent the paper to Mrs. Roosevelt[4] in London.

The matter of the paper's publication is still pending. A new periodical expected to feature it in its first issue which was supposed to appear in April but now was postponed for November; since this is evidently too late a date for the topic of the article I had to withdraw it. Do you think that it might fit in with the program of »International Conciliation«[5]?

When I wrote to Mrs. Neilson last week I forgot to explain why I always type my letters: my right [arm] gives me some trouble. Please transmit my apologies to her, together with my kindest regards.

Very sincerely yours
Hermann Broch
[DLA]

1 William Allan Neilson (1869-1946), amerikanischer Anglist und Erziehungswissenschaftler; lehrte von 1906-1917 an der Harvard University, war anschließend von 1917 bis 1939 Präsident des Smith College in Northampton/Massachusetts.

2 KW 11, S. 243-277.

3 Eine der zahlreichen Kommissionen, die damals mit der UNO zusammenarbeiteten.

4 Anna Eleanor Roosevelt (1884-1962), Ehefrau von Franklin D. Roosevelt; amerikanische Politikerin, von 1946-1952 Vorsitzende der UN-Kommission für Menschenrechte.

5 Eine seit 1907 in New York erscheinende Buchreihe, in der Bände zu Fragen der internationalen Politik erschienen; seit 1924 herausgegeben von The Carnegie Endowment for International Peace.

520. An Christian Gauss

One Evelyn Place
Princeton, New Jersey February 8, 1946

Dear Dean Gauss,
I am always reluctant to bother you with my affairs; but from time to time I have to call on my ange gardien.

Today the subject is not the »Bill of Rights« but an »Appeal for Germany«, issued by Prof. James Franck in Chicago (the Nobel-prize winner) and supported by Borgese. Clarifying the attitude of the refugee scholars and writers towards Germany, the Appeal asks the Allied Nations and especially America to prevent starvation in the conquered country, to establish justice there, and to prepare Germany for the return to Democracy. Since Prof. Franck was undecided whether he should not seek the sponsorship of outstanding Americans besides that of German and Austrian immigrants – an idea I strongly support – you may perhaps have already received the document from Borgese. Just in this case I want you to know that, although I signed the Appeal and agree in principle, I have some very serious objections and consequently some suggestions to make: I am convinced that the Appeal in its present form cannot have much practical effect, and that for this reason the text should be changed or at least broadened. I enclose a copy of the Appeal together with one of my remarks (the latter in German, hélas) and I am of course eager to hear your criticism of my criticism. It may interest you that Prof. Einstein is entirely against the Appeal as such;

my suggestions represent a certain compromise with his radical viewpoint.

In the matter of the »Bill of Rights« things are developing very slowly; but I have to admit that this is partly my fault since I don't put sufficient energies into my outside activities – my typewriter absorbs all of my energy. However, I followed your suggestion and sent the paper to President Neilson. I had the pleasure of receiving a strongly positive answer from him: he is about to present the paper to the »Commission of the Organization of Peace«, and if it is favorably accepted there, I think it could perhaps be printed as one of the »International Conciliation«-pamphlets; the question of publication namely is still pending. On the other hand, Henry Seidel Canby sent the text to Mrs. Roosevelt in London. I got the idea too late, but not irreparably so, I hope.

May I phone you next week in order to find out when you have a few minutes for me?

Very sincerely yours
Hermann Broch
[PU]

521. An Hermann J. Weigand[1]

12. 2. 46

Verehrtester Professor Weigand,
Kurt Wolff zeigte mir, hocherfreut er selber, zu meiner Freude Ihre Vergil-Analyse[2], und da sie auf dem deutschen Text basiert ist, darf ich Ihnen wohl deutsch schreiben: es ist – leider – noch immer wesentlich leichter für mich.

In erster Linie haben Kurt Wolff und ich – das ist mehr als selbstverständlich – Ihnen herzlich zu danken: eine schärfere, wesentlichere, lehrreichere, schönere Durchleuchtung des Buches läßt sich kaum vorstellen; fast bin ich ein wenig beschämt, daß Sie so viel Arbeit daran gewandt haben. Doch da die Arbeit bereits geleistet und so meisterlich ausgefallen ist, wäre nichts wünschenswerter als ihre Publizierung: wir hoffen beide sehr, daß Sie sie drucken lassen werden. Für die Vergil-Leser wäre es eine unübertreffliche Anleitung.

Gerade aber weil wir diese Publizierung so sehr erhoffen, möchte ich einige zusätzliche Feststellungen machen; ich fühle mich zu ihnen befugt, weil sie nicht künstlerischer, sondern persönlicher Natur sind, und weil sie Fragen beantworten, die Sie im Zuge der Analyse aufwerfen.

Vor allem möchte ich Ihnen die Geschichte meines Zusammentreffens mit Vergil erzählen, denn Sie beschäftigen sich mehrmals mit der Wahl meines Themas. Nun, das war überhaupt keine Wahl, sondern reiner Zufall. Zu Pfingsten 1935 wurde ich nämlich aufgefordert, die Pfingstfeier des Wiener Rundfunks mit einer Vorlesung aus meinen Dichtungen einzuleiten[3]. Ich bin prinzipiell gegen Dichter-Vorlesungen, besonders gegen solche übers Radio, denn ich weiß nur allzugut, wie sie jedermann langweilen (und in meinem Fall auch noch überdies den Vortragenden selber). Also ging ich zum literarischen Rundfunk-Direktor, der bezeichnenderweise Dr. Nüchtern hieß, und schlug ihm vor, er möge mich über etwas Interessanteres lesen lassen, z. B. über ein geschichtsphilosophisches Thema »Literatur am Ende einer Kultur«. Indes damit hatte ich kein Glück: »Nein«, sagte Dr. Nüchtern, »das geht nicht; damit kämen Sie in die Wissenschafts-Abteilung, und das würde uns Buchhaltungs-Schwierigkeiten verursachen. Sie müssen unbedingt etwas Poetisches lesen.« Und da ich einsah, daß die Buchhaltung ein oberster Gott ist – wahrlich das Fatum unserer Zeit –, so versprach ich ihm mein Thema »Kultur-Ende und Literatur« in einer Kurzgeschichte unterzubringen. Ich dachte also nach, wie sich solche Aufgabe am ehesten lösen ließe, und es bedurfte nicht vielen Nachdenkens, um sich der Parallelen zwischen dem ersten vorchristlichen Jahrhundert und dem unseren zu erinnern (Bürgerkrieg, Diktatur und ein Absterben der alten religiösen Formen; ja selbst zum Emigrationsphänomen gab es eine bezeichnende Parallele, u. zw. in Tomi[4], dem Fischerdorf am Schwarzen Meer.) Ferner wußte ich um die Legende, nach welcher Vergil die Äneis hatte verbrennen wollen[5], und durfte daher – unter Akzeptierung der Legende – annehmen, daß ein Geist wie der Vergilsche nicht durch nichtige Gründe zu solcher Verzweiflungsabsicht getrieben worden ist, sondern daß der gesamte historische und metaphysische Gehalt der Epoche da mitgewirkt hat. Diese Erwägungen vor Augen, war meine Entscheidung sehr rasch getroffen.

Ebenso rasch wurde mir freilich auch bewußt, daß Vergil nicht in Tomi gestorben ist. Aber es wäre sinnlos gewesen, wegen dieser Äußerlichkeit zu Ovid hinüberzuwechseln, und so blieb es bei Vergil. Hingegen hat Dante[6] beim Entwurf des Plans überhaupt keine Rolle gespielt; nicht nur, daß es sich bloß um eine Kurzgeschichte für Radio-Zwecke gehandelt hat, ich hasse »literarische« Motive und Motivationen; wer sich einen Dante zum Paten für seine Arbeit bestellt, begeht eine ausgeklügelte, literarische Feierlichkeit, die ihn von vorneherein jeder Echtheit beraubt. Man kann die großen Geister des Einst nicht absichtsvoll »aufrufen«: wenn sie kommen, so kommen sie durch die Hintertür hereingeschlichen, entsandt vom »Zufall«, von jenem Zufall, der mit dem »Wunder« so nahe verwandt ist, daß man ihn mit aller Berechtigung als Quelle jeglicher »Echtheit« betrachten kann. Daß mir Vergil aus Zufall aufgetaucht ist, hat für mich etwas Beruhigendes, als sei mir damit bestätigt, daß ich nicht bloße »Literatur« erzeugt habe.

Die erste Niederschrift, die Radio-Kurzgeschichte, war also eine recht rudimentäre Angelegenheit von etwa 20 Seiten[7]. Doch es war nur natürlich, daß mir schon während dieser ersten Niederschrift der Reichtum des Themas aufgegangen ist. Das war so stark und zwingend, daß ich die Arbeit an einem fast fertiggestellten Roman[8] sofort unterbrach: ich erweiterte die Ursprungs-Fassung zu beiläufig 80 Seiten[9], und da sich das gleichfalls als unzulängliches Format zur Bewältigung der schier unerschöpflichen Motivenmasse erwies, gab es nur noch einen Entschluß, nämlich sich an diese – ohne Setzung irgend eines Zeitlimits – heranzuwagen und den Versuch ihrer Verarbeitung aufzunehmen.

Hiezu kam noch ein weiteres Motiv. Die Todesbedrohung durch das Nazitum nahm zunehmend konkretere Formen an; darüber konnte man sich nicht mehr hinwegtäuschen. Gewiß, sie war (1936) für uns in Österreich noch nicht unmittelbar gegeben, und deshalb schob ich, der ich durch Familienverhältnisse gebunden war, meine Flucht auch immer wieder hinaus, vielleicht auch dem verlockenden Reiz unterliegend, den jede Gefahr in sich birgt. Doch jedenfalls war es ein Zustand, der mich zwingender und zwingender zu Todesvorbereitung, zu sozusagen privater Todesvorbereitung nötigte. Zu einer solchen entwickelte sich die Arbeit am »Vergil«, und ebenhiedurch hat das Buch, wie Sie ganz richtig bemerkten, seinen durch die historische Gestalt und das Werk des Vergil gesteckten Rahmen vollkommen gesprengt. Es war nicht mehr das Sterben des Vergil, es wurde die Imagination des eigenen Sterbens.

Diese Jahre (einschließlich meiner Gefängniszeit) waren eine konstante, intensivste Konzentration auf das Sterbenserlebnis[10]. Daß ich zugleich ein »Buch« schrieb, wurde nebensächlich. Das »Schreiben« hatte lediglich als Vehikel des Festhaltens zu dienen, als Klarifikationsmittel, war also ein völlig privater Akt, der mit der Erzeugung eines «Kunstwerkes« oder gar mit seiner Veröffentlichung nicht das geringste mehr zu schaffen hatte, ganz abgesehen davon, daß ich schon aus äußerlichen Gründen (Hitler) keine Veröffentlichungsmöglichkeit mehr sah. Und neben dieser Ausschaltung aller nach außen gerichteten Absichten erfolgte genau so zwangsläufig die Ausschaltung alles dessen, was ich je von außen her in mich aufgenommen hatte, also die radikale Ausschaltung alles »Angelernten«. Die Konzentration auf einen einzigen Punkt erlaubte keine Verwendung von »Bildungsmaterial«. Daß sich trotzdem aus dem Unbewußten die verschiedensten Todessymbole aus alt-religiösen Bereichen eingestellt haben, wurde mir zu einer fast glückhaften Überraschung, denn es war damit nicht nur ihr eigener Wahrheitsgehalt, sondern auch der meiner Vorstellungen bekräftigt. Sogar die rücklaufende Schöpfung in Teil IV des Buches war kein konstruierter Trick; vielmehr hat auch sie sich völlig zwangsläufig mir aufgedrängt, u. zw. in Gestalt von Bildern, die, obwohl anfangs noch ungeordnet, doch schon die Richtung ihrer Ordnung in sich trugen –, ich hatte sie zu akzeptieren.

Aus Zwangsläufigkeit entsteht Plausibilität, und Plausibilität ist »Erkenntnis«. Gewiß, es war vor allem eine subjektive Plausibilität und Erkenntnis – Todes-Erkenntnis –, die ich da gewonnen hatte, und es konnte nur eine subjektive sein, da das Mystische in seinem Ansatz, auch wenn es Erkenntnis-Ansatz ist, immer als persönliches, ja privates Erlebnis auftritt. Der Prophet allerdings ist imstande und infolgedessen auch berechtigt, sein seherisches Erlebnis unmittelbar als objektive Wahrheit an den Nebenmenschen heranzubringen – doch ist derjenige, dessen Erlebnis an prophetische Größe nicht heranreicht, zu ähnlicher Objektivierung und Verkündigung befähigt, berechtigt oder gar verpflichtet?

Das ist ein spezifisches Vergil-Problem (nicht des historischen sondern meines Vergil). Denn der Nicht-Prophet wird zum Künstler, also zu dem am Rande der Prophetie angesiedelten Menschen, dessen mystisches Erlebnis zu unkomplett ist, um unmittelbar religiös geäußert werden zu können, und das trotzdem geäußert werden will. Obwohl also die Kunst – soferne sie echte Kunst ist – eines mystischen Initial-Erlebnisses niemals entraten kann, ist sie doch »Ersatz«: sie ist nicht wie die prophetische direkte Mitteilung, sondern ein komplizierter Ausdrucksapparat, der Symbole verwendet, oder richtiger Symbole erzeugt, indem er gewisse Ausdruckseinheiten in Gleichgewichtsfunktionen bringt und ihnen ebenhiedurch »Plausibilität« verleiht. Diamanten aber werden durch Schleifen kleiner, möge auch hiedurch ihre Luxus-Verwertbarkeit größer werden und ihr Verkaufswert steigen. Kurzum, der Künstler geht durch die Schleifarbeit ganz unweigerlich seines eigentlichen ursprünglichen Erkenntnis-Fundes verlustig. Das ist zwar nur eine Metapher, zugleich aber auch eine Erfahrung: die dreijährige Schleifarbeit am »Vergil« hat mir das Erlebnis der Todes-Erkenntnis, deren Ahnung ich besessen hatte, weitgehend verwischt, obzwar (oder weil) es nun vielleicht anderen zugänglich gemacht worden ist. Das Unbehagen einer Blasphemie schimmert da durch – das habe ich auch im »Vergil« auszudrücken versucht –, und unzweifelhaft verstärkt sich dieser blasphemische Charakter der Kunst je stärker und echter das mystische Initialerlebnis gewesen ist. Und gerade in einer Zeit wie der unsern (und fiktionshaft in der des Vergil), die infolge ihrer nackten Kraßheit überhaupt nur das Unmittelbarste duldet, allem andern aber den Bestand verweigert, wird die Inadäquatheit des künstlerischen Ausdrucks vollends sichtbar.

Mit vollem Recht werfen Sie daher die Frage auf, warum ich mit dem »Vergil«, der doch künstlerischer Ausdruck sein will, überhaupt an die Öffentlichkeit gegangen bin, anstatt ihn zu verbrennen oder zumindest zu verstecken. Künstlereitelkeit, Künstlerehrgeiz? Vielleicht, doch vor allem als ein Zurückschrecken vor dem Nicht-Begleich einer eingegangenen künstlerischen Schuld: ich bin mit dem unfertigen »Vergil« herübergekommen und habe von so vielen Menschen und Institutionen Vertrauen wie werktätige Hilfe für seine Fertigstellung empfangen, daß ich mein Versprechen einhalten mußte. Und dies umsomehr, als ich das nämliche Vertrauen für die politopsychologische Arbeit in Anspruch nehme, an der ich jetzt bin, und die mir wesentlich wichtiger als der »Vergil« ist, weil ich hoffe, daß sie vielleicht einen kleinen Beitrag liefern wird, eine Wiederholung des von uns erlebten Weltgrauens zu verhüten.

Freilich ließe sich einwenden, daß ein sacrificium mentalis sich durch nichts rechtfertigen läßt, und daß ich mir, trotz meiner sechzig Jahre, die Mittel für die wissenschaftliche Arbeit durch Brillenschleifen oder Tellerwaschen, aber nicht durch den »Vergil« hätte verdienen müssen. Das mag richtig sein. Aber wenn man, so wie ich, überzeugt ist, daß die Kunst in der gegenwärtigen Welt nicht mehr jenen würdevollen Platz innehat, der ihr einstens zugekommen ist (und wohl einstens wieder zukommen wird), so wäre es eine beinahe lächerliche Geste gewesen, ein pathetisches »Zu viel«, wenn ich solche Einschätzung vermittels des Credos einer notwendig öffentlichen Bücherverbrennung zur Schau gestellt und bekräftigt hätte; es hätte nur nach Originalitätshascherei ausgesehen. Ich habe verzichtet, das Buch wahrhaft künstlerisch zu vollenden, weil ich in dieser Schreckenszeit nicht noch ein paar Jahre an ein Werk setzen durfte, das mit jedem weiteren Schritt zunehmend esoterischer geworden wäre, und ich glaube, damit meine dichterische Laufbahn endgültig abgeschlossen zu haben: es scheint mir, daß ich für mein Gewissen nicht mehr tun konnte. Das war nämlich gar kein so leichter Entschluß. Denn wer einmal ins Künstlerische geraten ist – und außerdem das Handwerk (wie ich von mir zu behaupten wage) gründlich gelernt hat –, der muß für solchen Abschied schon einigen Mut aufbringen. Es ist ein ziemlich schmerzlicher Abschied. Zudem ist es nicht ganz einfach, sich mit Sechzig nochmals beruflich umzustellen;

bliebe ich ein »Erzähler«, so würde sich mein Leben jedenfalls leichter und erfolgssicherer gestalten.

Und damit – es war ein langer Umweg – komme ich endlich zu Ihrer Mutmaßung, mir hätte beim Schreiben des »Vergil« eine Identifikation mit Dante vorgeschwebt. Ich meine behaupten zu können, daß meine Einstellung zum »Vergil«, wie ich sie da geschildert habe, äußerst un-dantesk ist. Wenn mir je eine Parallele mit Dante in den Sinn gekommen ist, so höchstens durch die Vorstellung eines Florentiner Rundfunks, der ihn vielleicht auch zu einem Pfingstvortrag aufgefordert hat, so daß in der weiteren Folge auch bei ihm sich »Vergil« – durch eine Hintertür des dichterischen Geschehens – zufallsmäßig eingeschlichen haben mag.

Verzeihen Sie, verehrter Herr Professor, daß ich so weit ausgeholt habe – es ließ sich (wie beim »Vergil« selber) eben kaum kürzer sagen. Und (wie beim »Vergil« selber) habe ich darob ein schlechtes Gewissen, umsomehr als ich Ihnen zur Ergänzung Ihrer technisch-stilistischen Bemerkungen anbei ein kleines paper[11] überreichen möchte, das ich für jene Leser angefertigt hatte, die – im Gegensatz zu Ihnen – von den langen Sätzen befremdet gewesen sind. Da es meine letzte Kopie ist, wäre ich für *registered* Rücksendung sehr verbunden.

Nehmen Sie mit meinen Grüßen nochmaligen Dank

aufrichtigst Ihr ergebener
H. Broch
[HW, GW 8, DWW, MTV]

1 Hermann J. Weigand (geb. 1892), amerikanischer Germanist; lehrte von 1922 bis 1961 – dem Jahr seiner Emeritierung – deutsche Literatur an der Yale University. Weigand lud Broch im Sommer 1949 ein ins Saybrook College der Yale University.

2 Hermann J. Weigand, »Broch's *Death of Virgil*: Program Notes«, in: *Publications of the Modern Language Association of America*, 62/2 (Juni 1947), S. 525-554.

3 Wahrscheinlich liegt hier eine Verwechslung vor. Am 31. 5. 1933 – vgl. den Brief im ersten Briefband – teilte Broch Edit Rényi-Gyömröi mit, daß er eine Radiorede – »Die Kunst am Ende einer Kultur« (KW 10/1, S. 53-58) – für Pfingstsonntag geschrieben habe, die er nicht halten könne, da sie in die wissenschaftliche

und nicht in die vorgesehene literarische Sektion passe. Broch las dann am Pfingstmontag, 4. 7. 1933, in Radio Wien aus den *Schlafwandlern* vor. Vgl. Fußnote 1 zum Brief vom 31. 5. 1933.

Tatsächlich las Broch den ersten Teil der ersten Fassung seines Vergil-Romans, die Erzählung »Die Heimkehr des Vergil« (vgl. KW 4, S. 509) im Wiener Rundfunk vor. Daß Broch diese erste Fassung von 1937 nicht zurückziehen brauchte, sondern sie tatsächlich in Radio Wien vorgetragen hat, geht auch aus Daniel Brodys Brief vom 10. 7. 1949 an Broch hervor, wo es heißt: »Eigentlich wollte ich den Ur-Ur-Vergil haben, also das, was Du seinerzeit in Wien am Radio vorgelesen hast. Ich halte diese wenigen Seiten für eines der allergrößten Kunstwerke.« (BB 514A).

4 Hier liegt eine Verwechslung vor. Tomi war der Verbannungsort des Ovid. Siehe weiter unten.

5 Vgl. Fußnote 2 zum Brief vom 2. 10. 1945.

6 In Weigands Studie – vgl. Fußnote 2 – heißt es auf S. 530: »I would stress that Dante, rather than the ›Eclogues‹, ›Georgics‹ and ›Aneid‹ was responsible for the formation of Broch's creative Vergil complex.«

7 »Die Heimkehr des Vergil«, KW 6, S. 248-259.

8 *Die Verzauberung*, KW 3.

9 Titellose zweite Fassung in: *Materialien zu Hermann Brochs ›Der Tod des Vergil‹*, hrsg. v. P. M. Lützeler (Frankfurt: Suhrkamp 1976), S. 23-87. Vgl. auch KW 4, S. 511.

10 Vgl. die erste Version der »Schicksals-Elegien« in der Fragment gebliebenen dritten Fassung, die den Titel »Erzählung vom Tode« trägt: *Materialien zu Hermann Brochs ›Der Tod des Vergil‹*, a.a.O., S. 165 f. Dieser Teil der dritten Fassung entstand während Brochs Aufenthalt im Gefängnis von Bad Aussee (13.-31. 3. 1938).

11 »Stilprobleme im *Tod des Vergil*«, KW 4, S. 484-489.

522. An Volkmar von Zühlsdorff

Princeton, 14. 2. 46

Liebster Volkmar,
hier ist der Scheck[1] von Alma Werfel auf $ 20.–. Der Kahlersche ist, zusammen mit meinem Deutschland-Elaborat[2] hoffentlich richtig bei Ihnen eingelangt.

Ich habe in den letzten Tagen wieder einige Leute gesprochen, die aus Deutschland gekommen sind. Übereinstimmend berichten sie, daß die Verhältnisse zwar schrecklich sind, aber lange nicht so schrecklich wie im europäischen Südosten, ja sogar in Frankreich. Die Deutschen sind heute immer noch besser gekleidet und genährt als in den andern Ländern. Man *darf* sich also der Tränenkampagne der Nazi unter keinen Umständen anschließen; es wäre ein Verrat an jeder menschlichen Gerechtigkeit. Hingegen hat alles zu geschehen, daß Lebensmittelzufuhren nach Europa, einschließlich Deutschlands, tunlich beschleunigt werden. Es sind genügend Lebensmittel vorhanden, und alle Verzögerungen sind auf schlechten Willen zurückzuführen: hinter allem steht nämlich die Frage der *Bezahlung*, und das ist empörend.

Ansonsten meine ich, daß meine Vorschläge hinsichtlich Deutschlands berechtigt sind, ja eben die einlaufenden Berichte zeigen, wie recht ich damit habe: immer noch werden Nazi bevorzugt, immer noch sitzen sie in verantwortlichen Stellen, immer noch werden die displaced persons inkl. der Juden als Parias behandelt, und das ärgste ist, daß mit alldem die amerikanischen Soldaten nazi-verseucht heimkommen. Wenn in Deutschland nicht humane Gerechtigkeit etabliert wird, wenn es keine Erziehung zur Gerechtigkeit bald geben wird, laufen wir in einen Weltfascismus hinein.

Gestern traf die »German History«[3] ein. Ich bin sehr gerührt – ich schreibe an H., doch besser wäre es einander zu sehen.

Alles Liebe Ihres
H.

[BA]

1 Volkmar von Zühlsdorff hatte eine kleine Hilfsaktion gestartet, deren Ziel es war, Medikamente nach Deutschland zu schicken.

2 »Bemerkungen zu einem ›Appeal‹ zugunsten des deutschen Volkes«, KW 11, S. 428-452.

3 Prince Hubertus zu Loewenstein, *The Germans in History* (New York: Columbia University Press, 1945).

523. An Giuseppe Antonio Borgese

February 19, 1946

Dear Borgese,

[. . .] I am proud indeed that you will use some of my suggestions for the text, and both Erich and I are eager to get it. More than ever I find it highly necessary to change the emphasis of the Appeal[1]: the reasons for it become stronger every day. Naturally you have read Mrs. Roosevelt's statements about Germany. I quote: »The nutrition situation is not as bad as it has been painted . . . children playing in the streets looked as well, if not better, fed than those in England . . . therefore, it is my opinion that if excess foodstuffs are available, they should be contributed to liberated areas as a guard against epidemics among people weakened through German domination . . .«[2]

During the last week, no less than three soldiers returning from Germany told me exactly the same thing, and Ruth Norden, who is in Berlin, writes that although food is scarce, people still have enough potatoes, bread and sauerkraut to subsist for another year on this diet, when the natural improvement will come about.

Therefore you have either to prove beyond doubt that people in Germany are in a worse position than everywhere else, so that the Appeal is strongly substantiated against a background of facts, or else you have to envisage a storm of enraged protests from every side, for people will say that all of us who sign this Appeal are trying to rob the other European children of food in order to give it to the Germans.

For this reason, I cannot agree that the action of Truman and the Congress provides additional cause to come out with the Appeal as quickly as possible. Truman's action is for the whole European continent and includes Germany. If we come out with the Appeal in its present form we give the impression of seeking preference for Germany.

It is precisely the action of Truman[3] which shows us we have to ask for something which goes beyond official purposes, and I emphatically repeat that this could be done only for the Nazi victims in Germany who must be given justice. For up to the present they have not been given it.

There is no doubt that an inquiry was made by the military government concerning the existence of a German underground[4]. I can give you the name of the man who was in charge of this inquiry, which brought positive results. But neither the Americans nor the Germans were informed about it.

All these new facts make me feel that my critique of the Appeal was even too weak, and so I very much hope that the changes which you are about to incorporate will take all this into consideration. Dean Gauss and Thomas Mann, to whom, as I told you, I sent copies of the critique, agree with me.

The fact of having 160 signatures already is no deterrent to making changes. Most of the signers did not read the Appeal critically; they gave their signatures for humane reasons and I feel sure they will endorse the amended document. Don't forget that at least 120 of these 160 persons are Jews, and although most of them are not politically minded, this appeal will help formulate for them a definitive attitude toward Germany. It is to their utmost interest that this attitude should be precise and credible. (I enclose again a clipping about the parallel actions of the Nazis.)

I feel quite sure that those who do not accept your invitation, and refuse to sign the Appeal, refrain from reasons similar to those voiced in my critique. I enclose a letter of refusal from my friend Schrecker[5]. I signed the Appeal, but I wish that it may have a real and practical effect and avoid attack from various quarters. It is not a matter of »going back«, it is rather a matter of *going forward*.

Give my love to Elizabeth[6] and take it for yourself also. Erich joins me in best greetings,

H. B.

[PU]

1 Vgl. die voraufgehenden Briefe, besonders den an James Franck vom 30. 1. 1946. (Mit »Erich« ist Erich von Kahler gemeint.)

2 Vgl. Eleanor Roosevelt, *On my Own* (New York: Harper, 1958), das Kapitel »To Germany, ›To See for Myself . . .‹«, S. 54 ff. Mrs. Roosevelt besuchte Anfang 1946 die zerstörten deutschen Großstädte.

3 Gemeint sein dürften die Vorbereitungen zum European Recovery Program, das im Juni 1947 begründet wurde (Marshall-Plan). Vgl. KW 11, S. 191, Fußnote 18.

4 Vgl. den Abschnitt »Der deutsche Underground« in Brochs »Bemerkungen«, KW 11, S. 437-439.
5 Paul Schrecker.
6 Elisabeth Mann-Borgese.

524. An Christian Gauss

February 19th, 1946

Dear Dean Gauss,
Thank you for your very kind letter. I tried several times to reach you on the telephone but without success. I did not persist because I was loath to disturb you since now you are so extremely busy.

As for the Bill of Duties, things are overshadowed by Dr. Neilson's death. I can't tell you how affected I am by this unexpected demise, but I am sure that you, who has known Dr. Neilson so much longer than I, are even more moved.

I am sorry, of course, that the approach to Dr. Neilson's Committee, and with it to the »International Conciliation«[1] is blocked, so that I have to seek for a new approach. You know that I am not in love with my own product, but it seems to me that the matters there at stake become more urgent every day: more and more I learn from letters coming out of Germany and from soldiers returning from there that the Nazis are selling their ideology to the American soldier with the best effect. As you know, the question is not only concerned with Anti-Semitism, even though this occupies a great place in Nazi ideology, and the ground for it has become well-prepared in America, but behind it rises the whole problem of democracy itself.

Should I not have the pleasure of seeing you before your departure, let me wish you the most pleasant of vacations and a return in health.

Very sincerely
Hermann Broch
[PU, DLA]

1 Vgl. Brochs Brief an William Allan Neilson vom 7. 2. 1946.

525. An James Franck

27. 2. 46

Verehrter Herr Professor,
lassen Sie sich für Ihren Brief sehr herzlich danken, u.zw. deutsch, denn mein Zeitmangel macht mich mit jeder Minute knapper, und alles Englisch-schreiben bedeutet für mich leider noch immer blood and tears, sweat and toils.

Vor allem eine uneingeschränkte Zustimmung: es gibt für den sogenannt geistigen Arbeiter keinen ivory tower mehr. Ob man will oder nicht, man wird zur Politik genötigt. Ich z. B. – wenn ich mir gestatten darf, einen Augenblick von mir zu reden – hatte mir vorgenommen, mit meinem 60. Jahr zur mathematischen Logik zurückzukehren, da ich mir stets eingebildet hatte, da etwas leisten zu können; doch statt dessen bin ich in die Massenpsychologie geraten, um wohl bis zu meinem Lebensende darin zu bleiben: denn es schien und scheint dies einer der wenigen Wege zu sein, auf denen ein theorie-verhafteter Mensch zu politischer Wirksamkeit zu gelangen vermag.

Damit aber komme ich zur eingeschränkten Zustimmung: Politik ist nicht nur Gesinnung, sondern eben auch Verantwortung, und diese kann sich bloß am praktischen Ziel, an praktischen Zielsetzungen bewähren; nur hiedurch wird Politik zur Konkretisierung von Ethik. Wenn jedoch Ziele zu nah oder zu weit gesteckt werden, d. h. wenn sie im Bereich des jedenfalls Erreichbaren oder in dem des jedenfalls Unerreichbaren liegen, so läßt sich mit ihnen, in ihnen und durch sie keinerlei Verantwortung übernehmen, also auch keine Ethik zu irgendwelch praktischer Geltung bringen. Gesinnung läßt sich weder am Überflüssigen noch am Unverwirklichbaren bewahrheiten, vielmehr sind das die logischen Orte, an denen sie notwendigerweise leer wird. Der Appeal ist eine Kundgebung rein humaner Gesinnung – und daß ich darin eingeschlossen wurde, ist mir eine Ehre –, doch durch die neue Truman-Aktion (zu der auch die heute verlautbarte Einberufung einer Lebensmittelkonferenz für Europa gehört) sowie durch die Errichtung von Zentralstellen für Gaben-Pakete in Deutschland ist ihm praktisch viel Wind aus den Segeln genommen worden, ist er in der *Ernährungsfrage,* auf die er so viel Gewicht legt, schon fast in die Sphäre des Überflüssigen gerückt, und wenn er, um solche Überflüssigkeit zu vermeiden, »mehr« verlangen will, als mit jenen Aktionen bereits verwirklicht wird, so ist es unvermeidlich, daß er mit solch vagem »mehr« ins Unverwirklichbare sich verirrt. So weit ich Einsicht in die Washingtoner Vorgänge habe, glaube ich, daß dort – u.zw. unter stärkstem Quäkerdruck – das Maximum des Erreichbaren gewonnen worden ist, daß also von einem »mehr«, und gar wenn es in so vager Form gefordert wird, keine Rede sein kann. Man muß sich bloß vorstellen, wie viel einander widersprechende Interessen da ihren Einfluß auf die Regierung ausüben, und wie sehr sich diese bemühen muß, jeden Anschein einer Bevorzugung Deutschlands vor seinen ehemaligen Knechtsländern zu vermeiden. Ich sehe voraus, daß der Appeal, trotz seiner geringen Wirkungsaussichten, eine Unzahl von Protesten hervorrufen wird, natürlich besonders von all jenen, die in dem »mehr« die Absicht einer Bevorzugung Deutschlands auf Kosten der hungernden außerdeutschen Kinder wittern. (Auch daß gerade der »Economist«[1] zitiert wird, ein Blatt, das s. Zt. immer für Hitler-Appeasement sich eingesetzt hat, ist unter diesem Aspekt nicht sehr günstig.)

Doch ich will nicht die Argumente meiner Kritik wiederholen. Außerdem befaßt sich der Appeal nicht ausschließlich mit der Ernährungsfrage, sondern verlangt auch allgemeine *politische Regelung* des deutschen Problems. Hier freilich gilt erst recht der Grundsatz von der Vermeidung des jedenfalls Erreichbaren und des jedenfalls Unerreichbaren, d. h. die Forderung nach Zielsetzungen, die präzise definiert zu sein haben und außerhalb jener beiden Sphären liegen. Anders ist praktische politische Wirkung nicht zu erzielen. Und gerade daran ist mir – verzeihen Sie die Hartnäckigkeit meiner loyalen Opposition – die Wichtigkeit eines Eintretens für die in Deutschland unzweifelhaft vorhandene demokratische Schicht und deren ehemaligen Underground unabweislich aufgegangen, u. zw. nicht nur weil wir damit eine unserer natürlichsten Pflichten zu erfüllen haben, sondern auch weil ich darin (ob zu Recht oder Unrecht sei dahingestellt) ein Schlüsselproblem des ganzen deutschen Komplexes sehe.

Daß dies vom Appeal nicht aufgenommen worden ist, muß ich also von diesem Standpunkt aus bedauern.

To agree not to agree, wie die britische Parlamentsformel lautet, ist aber nicht sehr ergiebig, und so sei als konstruktiver Beitrag ein Brief Prof. Alewyns[2] vom Queens College beigelegt: Alewyn schlägt vor, daß die jetzige Zeichnergruppe beisammen bleibe, um so zu einer Dauerbrücke zwischen Deutschland und der westlichen Welt zu werden, vielleicht sogar unter Gründung einer eigenen Zeitschrift, in der die einschlägigen Probleme behandelt werden. Die Zeitschriftenfrage beiseite gelassen, halte ich das für eine im Prinzip durchaus gesund-tragfähige Idee, also für eine wirklich tragfähige Brücke, deren Notwendigkeit überdies außer jedem Zweifel steht.

Denn schon die Zeichnerzahl als solche, die der Appeal gefunden hat, zeugt für den Grad der Beunruhigung, die den intellektuellen Immigranten befallen hat, seit er die – von ihm gewünschte – Besiegung seiner Heimatländer miterleben muß. Wäre er bloß Weltbürger, er müßte von der chinesischen und indischen Hungerkatastrophe genau so wie von der deutschen betroffen sein; er ist es aber nicht; die Zustände in Deutschland gehen ihn direkt an; er fühlt sich in einem Gewissenszwiespalt, er fühlt sich mitverantwortlich, er möchte helfen und weiß nicht, wie es anpacken. Es besteht also unbedingt ein Bedürfnis nach Aussprache, gemeinsamer Stellungnahme und einer gemeinsamen Äußerung, wie sie durch den Appeal erstmalig geboten wurde. Könnte die von Alewyn im wahrsten Wortsinn vorgeschlagene Brücke tatsächlich geschlagen werden, so wäre das für viele eine Gewissensberuhigung umsomehr als hiedurch u. U. wirklich etwas Reales für die Menschen in Deutschland geleistet werden könnte. Eine eigene Zeitschrift wäre hiefür wohl kaum geboten, ja sie wäre fürs erste sogar eher eine Verlegenheit, da jede derartige Gründung unabsehbare Schwierigkeiten in sich birgt, und sich auch nicht so leicht jemand finden ließe, der die Mühen der Finanzbeschaffung und Redaktion auf sich nimmt, ganz abgesehen davon, daß der scharfbegrenzte politische Zweck kaum danach angetan ist, regelmäßige Publikationen zu füllen. Für den Anfang ist daher sicherlich mit Enunziationen nach Art des Appeals das Auslangen zu finden; wahrscheinlich wird auch eine der vorhandenen akademischen Zeitschriften bereit sein, diese Dokumente abzudrucken, während die dazugehörige deutsche Version wohl ohneweiters in den »Deutschen Blättern«[3] (Chile) unterzubringen wäre. Ein solcher Vorgang würde auch dem unformalen Ad-hoc-Zusammenschluß der gegenwärtigen Appeal-Zeichner am besten entsprechen – es soll ja nicht wieder einmal eine neue deutsche Vereinsgründung vorgenommen werden. Wichtig ist bloß, daß der gegenwärtige Appeal durch eine Reihe weiterer Enunziationen, die ihn hiebei zunehmend präzisieren würden, fortgesetzt werde: er würde hiedurch selber zunehmend an Gewicht gewinnen. (Ein Parallel-Beispiel: ich bin überzeugt, daß Borgeses »City of Man«[4] zu wichtigster Wirksamkeit gelangt wäre, wenn sie auf diese Art hätte fortgesetzt werden können.)

Es ist eine aktuelle Angelegenheit. Heute wurde bekanntgegeben, daß Truman einen Unterstaatssekretär zur Behandlung der deutschen Probleme zu bestellen im Begriffe ist. Es wird damit die Adresse gegeben sein, an die alle Deutschland betreffenden Vorschläge zu gelangen haben, und Aufgabe der Appeal-Zeichner wird es sein, sich da zu Gehör zu bringen. Wie sehr das für die Alewynsche Anregung spricht, brauche ich nicht zu betonen, und wenn Sie sie daher mit ihren dortigen Freunden erwägen wollten – Borgese schicke ich eine Abschrift dieses Briefes –, so würde ich, indem ich nochmals für meine Hartnäckigkeit um Entschuldigung bitte, als ersten Schritt proponieren, die Frage des deutschen Undergrounds den jetzigen Appeal-Zeichnern vorzulegen. Damit ist nicht Zirkulation meines Memorandums gemeint – im Gegenteil, ich möchte bei alldem mich in Anonymität zurückziehen –, vielmehr sollte die Aussendung eines kurzen Textes (in Form und Ausmaß des Appeals) vorgenommen werden, mit welchem auf die Dringlichkeit eines Schrittes zugunsten der deutschen Freiheitskämpfer hingewiesen wird.

Gewiß lassen sich auch hiegegen sachliche Einwendungen und Bedenken erheben. So meint Prof. Einstein, daß jede auswärtige Unterstützung der demokratischen Elemente in Deutschland diese erst recht zum Haßobjekt für die Bevölkerungsmehrheit stempeln würde, daß es also gar keine andere Politik gegenüber Deutschland als die der Abkapselung und des Abwartens gebe. Ich glaube, daß in dieser Ansicht zu viel Mißtrauen gegen den deutschen und zu viel Vertrauen in den außerdeutschen Menschen steckt. Was immer man für die Hebung humaner und freiheitsbewußter Gesinnung in Deutschland tut, das ist zugleich auch an die ganze Welt gerichtet, und was immer man in dieser Beziehung dort unterläßt, ist eine in der ganzen Welt wirkende Unterlassungssünde. Es häufen sich bereits die (recht zuverlässigen) Berichte über amerikanische Veteranen, die mit Nazi-Ideen infiziert heimkehren, und niemand wird leugnen, daß der amerikanische Boden, ungeachtet aller demokratischen Tradition, nicht die schlechteste Keimstätte für fascistische Haltungen, insbesondere solche rassischer Art, ist. Gewiß, der deutsche Mensch hat jetzt infolge seines während der letzten 100 Jahre gepflegten Nationalismus die bisher geringste Widerstandskraft gegen fascistische Propaganda gezeigt, doch es hieße Rassismus treiben, wenn man die anderen für immun hielte. Nur eine intensive, wohlüberlegte, ja wissenschaftliche demokratische Gegenpropaganda, sowohl innerhalb wie außerhalb Deutschlands, wird – da das Übel der propagandistisch dirigierten Massenbeeinflussung bis auf weiteres kaum zu umgehen ist – imstande sein, da wirkliche Abhilfe zu schaffen. Und da Propaganda immer noch am leichtesten zu bewerkstelligen ist, sobald sie sich gegen einen »Feind« richtet, der natürliche Feind aber sich in Gestalt des Fascismus präsentiert, sind diejenigen, welche es am klarsten und augenfälligsten durch ihre Taten zum Ausdruck gebracht haben, auch das gegebene Propagandamittel: und damit sind wir wieder beim deutschen Underground angelangt.

Es ist wieder ein viel zu langer Brief geworden. Könnte man doch Dinge mündlich besprechen, so wäre es wesentlich einfacher. Doch das ist wahrlich nicht der einzige Grund, der uns, d. h. Erich Kahler und mir, die Aussicht, Sie in Princeton begrüßen zu dürfen, erfreulich und wertvoll macht. Wir hoffen sehr, daß es nicht allzulange bis dahin dauern wird.

Mit den besten Empfehlungen, aufrichtigst Ihr ergebener

H. Broch

[GW 8]

1 *The Economist,* seit 1843 in London erscheinende Zeitschrift mit wirtschaftlichen und wirtschaftspolitischen Nachrichten und Analysen.
2 Richard Alewyn (1902-1979), deutscher Germanist; emigrierte während der Hitlerzeit in die USA, wo er von 1939 bis 1949 am Queens College in New York deutsche Literatur lehrte. 1949 kehrte er nach Deutschland zurück und trat im gleichen Jahr eine Professur für deutsche Literatur an der Universität Köln an.
3 Die *Deutschen Blätter* erschienen, herausgegeben von Udo Rukser und Albert Theile, von Januar 1943 bis Dezember 1946 in Santiago de Chile. Zu den Gründern dieser Exilzeitschrift gehörte Paul Zech. Um Karl O. Paetel sammelte sich in New York ein Freundeskreis der *Deutschen Blätter*.
4 Vgl. dazu Brochs Korrespondenz aus dem Jahre 1940; ferner seine Studie »›The City of Man‹. Ein Manifest über Weltdemokratie«, KW 11, S. 81-90 und den Aufsatz »Nationalökonomische Beiträge zur ›City of Man‹«, KW 11, S. 91-109.

526. An Volkmar von Zühlsdorff

Princeton, 8. 3. 46

Liebster Volkmar,
meine Überbürdung steigt von Tag zu Tag, obwohl ich schon längst meinte, die äußerste Grenze erreicht zu haben: d. h. ich habe sie erreicht, denn nun arbeite ich überhaupt nichts mehr, sondern bin ausschließlich mit europäischer Korrespondenz beschäftigt, und wenn das so weiter geht, so laufe ich in eine gräßliche Katastrophe. Trotzdem will Ihr guter, sehr guter Brief beantwortet sein. Ich will versuchen, es so kurz wie möglich zu machen, u.zw. punktweise:

Natürlich ist »Tränenkampagne« ein grausliches Wort, aber es ist nun plötzlich in aller Munde und wird zum Schimpf für das, was *wir* anstreben. Würden wir dadurch nicht mit den Nazis in einen Topf geworfen werden, so würde ich solchen Guisen-Titel gerne auf mich nehmen, doch da Nazi-Nachbarschaft unter allen Umständen gefährlich ist, hielt ich es für meine Pflicht, die Chicago-Leute zu veranlassen, in ihrer Aktion eine Form zu wählen, welche deutlich von dieser sogenannten Tränenkampagne der Nazi abrückt.

Und nun doch gleich ein paar Punkte weiter: ich glaube, daß Sie Yorkville[1] unterschätzen, oder aber die Hakenkreuze an den Mauern dort nicht bemerkt haben. Ich glaube nicht, daß ich da überempfindlich bin; im Gegenteil, ich gebe zu, daß in Yorkville vieles einfach »Vaterland«-Sentimentalität ist. Aber ich habe 1941 dort eine Siegesfeier zum Fall von Paris mitangesehen, und ich weiß, wie leicht und wie weit der Pendel ausschlägt, wenn er den leisesten Stoß erhält. Seien Sie versichert, daß das keine spezifisch deutsche Eigentümlichkeit ist; der Mensch, und gar wenn er sich in der Masse befindet, reagiert eben so. Was heute Yorkville ist, kann morgen dieses ganze Land sein.

Dies aber ist mein Hauptpunkt, mein Hauptfeld (das ich eben darum auch in der Massenpsychologie behandle) und meine innerste Sorge: die Unfähigkeit des heutigen Menschen, sich anders als aus unmittelbarsten Alltagsanstößen zu bewegen; er ist jeder emotionalen Regung und Anregung ausgesetzt, weil er – im Lärm der technischen Welt – in einer *Betäubung* agiert, die ihn in den Zustand der Primitivität rückversetzt. Daher auch seine unglaubliche Gleichgültigkeit gegenüber dem Leid des Nebenmenschen. Und das ist unser aller Hauptschuld. Wir sind nicht nur vor Gott schuldig, wir sind es auch in einer ganz simplen irdischen Weise, und wenn wir in diesem Zusammenhang Gott in den Mund nehmen, so begehen wir fast Blasphemie, d. h. wir trachten uns irdisch zu ent-schulden. Dies ist mein einziger Einwand gegen das sonst rührend-erschütternde Niemöller-Bekenntnis[2]. Und wenn das innerhalb der Demokratien nicht bald eingesehen wird – daran aber verzweifle ich eben mehr und mehr –, so werden sie daran zugrundegehen. Das Ziel meiner Massenpsychologie ist die Suche nach heute (heute noch) vorhandenen Bekehrungsmöglichkeiten.

Zu den wenigen Möglichkeiten, die sich finden lassen, ist der Hinweis auf das Exempel zu zählen. Deswegen halte ich es für so wichtig, daß Deutschland und damit auch die Welt die Helden des deutschen Undergrounds kennen lerne. Denn diese Menschen haben nicht nur wie die des übrigen Europa gegen einen fremden Eroberer gekämpft, sondern für ihre humane Überzeugung: das ist weitaus mehr!

Es mag sein, daß ich das hypertrophiert sehe, wenn ich es

für wichtiger als einen Protest gegen Potsdam[3] halte. Hier geht es um die menschliche Gerechtigkeit, und die ist wahrlich kein leeres Wort. Wenn man gegen Potsdam protestiert, so tritt man heute nur mehr für eine geographische Gerechtigkeit ein – das menschliche Elend läßt sich nicht mehr verhindern, weil es bereits geschehen ist: die Austreibungen sind bereits vollzogen. Das ist ein Unrecht, das nicht wiedergutzumachen ist.

Sie machen Roosevelt-Churchill für das Unglück verantwortlich. Ich bin mir klar, daß das keine Übermenschen sind – nichts hatte mich so entsetzt wie Churchills erste Tobruk-Rede[4] –, aber ich halte ihnen zugute, daß es ihre historische Aufgabe gewesen ist, Hitler zu besiegen, und daß das wahrscheinlich ohne sie nicht gegangen wäre. Zudem hatte Roosevelt unaufhörlich einen aufsässigen Kongreß zu zügeln. Und schließlich hieß es mit dem undurchsichtigen Stalin rechnen. Selbst heute habe ich das Gefühl, nur ein Gefühl, daß die Situation weniger verfahren wäre, wenn Roosevelt und nicht Truman da wäre. Doch ich will mich nicht in Tagespolitik verlieren. Hingegen wäre ich Ihnen sehr dankbar, *wenn Sie mir den Bericht des Bischofs Bell[5] für ein paar Tage leihen würden.*

Zur Ernährungsfrage, die sich jetzt wirklich zu bessern scheint (als kleine Illustration anbei ein flash vom Berliner Rundfunk) möchte ich wiederholen: vom Humanen aus gesehen, hat uns China ebenso nahe zu stehen, doch da wir emotional an Deutschland und Österreich mehr interessiert sind, haben wir einen Teil der deutschen Verantwortung für Hitler mitzutragen, und daraus folgte mein Vorschlag, man möge mit jedem Lebensmittelpaket nach Deutschland auch eines an die früher von Hitler geknechteten Länder schicken. Außerdem halte ich das für eine politisch richtige Haltung vor der amerikanischen öffentlichen Meinung.

Ich habe noch lange nicht alles gesagt, was ich sagen wollte. Aber ich muß schließen. Ich retourniere anbei den Herald-Ausschnitt, über den ich sehr froh bin, und bitte Sie die beil. Zeilen Hubertus[6] zu übergeben.

Lassen Sie sich die Hand drücken, lieber Volkmar; in Herzlichkeit

stets Ihr
H. Broch
[GW 8]

1 Das deutsche Viertel New Yorks.

2 Martin Niemöller (geb. 1892), evangelischer Theologe. Als Pfarrer in Berlin-Dahlem (seit 1931) gründete er den Pfarrernotbund und wandte sich gegen die nationalsozialistischen »Deutschen Christen«; führendes Mitglied der Bekennenden Kirche. Von 1937 bis 1945 Häftling in verschiedenen Konzentrationslagern. Aufgrund seiner Erlebnisse im »Dritten Reich« gelangte er zur Überzeugung von der deutschen Kollektivschuld. An der Formulierung des »Stuttgarter Schuldbekenntnisses« war er maßgeblich beteiligt. Bei diesem Schuldbekenntnis handelte es sich um eine am 19. 10. 1945 vor einer Abordnung des Ökumenischen Rates abgegebene Erklärung der Evangelischen Kirche in Deutschland: In der Gemeinschaft mit den Leiden des deutschen Volkes wird auch die »Solidarität der Schuld« ausgesprochen. Die Kirche klagt sich u. a. an, daß sie nicht mutiger bekannt habe. Abgedruckt ist das Bekenntnis in: *Verordnungs- und Nachrichtenblatt der EKD,* 1 (1946).

3 Potsdamer Abkommen vom 2. 8. 1945.

4 Gemeint sein dürfte Churchills Rede »The Attack on Libya«, die er am 20. Nov. 1941 vor dem House of Commons hielt. Vgl. *Winston S. Churchill: His Complete Speeches,* hrsg. v. Robert Rhodes James, Bd. 6 (1935-1942) (New York, London: 1974), S. 6513-6514. Die lybische Hauptstadt Tobruk wurde vom Frühjahr 1941 bis Mitte 1942 umkämpft.

5 George Kennedy Allen Bell (1883-1958), anglikanischer Theologe, seit 1929 Bischof von Chichester, wurde 1932 Vorsitzender des Ökumenischen Rates für praktisches Christentum. Während des Krieges trat er für die Fortsetzung der Friedensverhandlungen ein und besorgte in England Asyl für viele jüdische Flüchtlinge. 1945 wohnte er der Verkündung des »Stuttgarter Schuldbekenntnisses« bei. Bell wies als eine der ersten Persönlichkeiten des öffentlichen Lebens in England auf den deutschen Widerstand gegen Hitler hin. Vgl. Ronald C. D. Jasper, *George Bell. Bishop of Chichester* (London: Oxford University Press, 1967), besonders das Kapitel »The Post-War Situation in Germany«, S. 288 ff. Vgl. auch Bells eigenes Buch: *If Thine Enemy Hunger* (London: V. Gollancz, 1946).

6 Hubertus Prinz zu Löwenstein.

527. An John D. Barrett[1]

One Evelyn Place
Princeton, New Jersey March 12, 1946

Dear Mr. Barrett:
You had the kindness of asking me to write you about the situation of my work and my financial condition:

Unfortunately my work has been delayed for a number of reasons. First of all because with work of this nature the material is bound to increase automatically during the process of research. Secondly I was hampered by the finishing of my »Virgil«, the last touches to which did not require weeks as originally planned, but many months. Thirdly the reopening of Europe, the emergence of the German question were a major catastrophe for me personally: I was simply overwhelmed by new activities, both private and official.

All this means a very earnest financial calamity: the ending of the grant in June will leave me virtually without a penny. I cannot foresee how I shall be able to continue my work. Nevertheless, the work has to be finished, not only in order to fulfill my obligation to you, but also because I am convinced – and the progress of the work has more and more confirmed my conviction – that this book will be a real and even basic contribution toward the understanding of our epoch, and may, therefore, to some extent also become a contribution toward the formation of this epoch.

It is only with reluctance that I ask you for an extension of my grant, inasmuch as the delay resulted also from extraneous causes; but in view that the delay was partly inherent in the work itself my conscience is not too bad. I should like to leave it entirely to you in what form and for what period this extension may be granted.

Of course I could show you the parts of my work I have accomplished as yet; needless to say, however, that these chapters still lack their definite form and, naturally, are written in German.

Looking forward to hearing from you after your return, I am with kindest regards to Mrs. and Mr. Mellon[2]

very sincerely yours
Hermann Broch
[BF]

1 John D. Barrett war der Leiter der Bollingen Series in New York, wo Brochs *Massenwahntheorie* erscheinen sollte. Vgl. Fußnote 9 zum Brief vom 6. 1. 1946.

2 Paul und Mary Mellon waren die Begründer der Bollingen Foundation, die sich vor allem die Erforschung und Verbreitung des Werkes von C. G. Jung zum Ziele gesetzt hatte.

528. An Ruth Norden

One Evelyn Place
Princeton, N. J. 14. 3. 46

[. . .] Natürlich steckt hinter alldem ein metaphysisches, ja mystisches Bedürfnis; je näher man dem Tod kommt, desto mehr will man, daß er ein ebenso positives Erlebnis oder Ersterbnis wie das Leben selber sei. Es geht um das Sinnvolle, und diese Sinnerfülltheit kann bloß zwei Wege gehen (die überdies vielfach zu einem einzigen zusammenlaufen), nämlich einerseits den der zunehmenden »Welterkenntnis«, andererseits den des »Human-Nützlichen«. Für einen Einstein haben sich die beiden Wege vereinigt, und für mich laufen sie immer weiter auseinander, und darum stolpere ich zwischen den Erkenntnisformen so herum, wie ich es eben tue. Und weil die Zeit eben so ist, wie sie ist, hat sich das Schwergewicht ganz aufs »Human-Nützliche«, also aufs Politische verlegt.

Was Du zum Appeal sagst, ist vollkommen richtig. Du hast ja (hoffentlich) die Kopien meiner weiteren Briefe an Franck und an Borgese bekommen, in denen genau das nämliche ausgedrückt ist. Der Appeal in seiner jetzigen Form, obwohl von etwa ein Dutzend Amerikanern – darunter Hutchins[1] (Präs. der Chicago University) – gesponsort, ist eine kindisch-sentimentale Angelegenheit, darf aber trotzdem nicht mit einer glatten Ablehnung à la Einstein, der da rein emotional eingestellt ist, allerdings auch den Mut zu seinen Emotionen hat, abgetan werden. Wenigstens ein großer Teil der Zeichner möchte gerne eine »richtige« Stellungnahme zu seinem alten Heimatland finden, aber da er sich das Problem nicht selber durchdenken kann, hat er halt den ihm vorgelegten Text akzeptiert. Für diese Leute wollte ich einen Denk-Wegweiser hinstellen. Und wenn ich – die übrigens sehr schön biblisch formulierten – Worte Leo Baecks[2] zitiere, so denke ich nicht an deren unmittelbare praktische Anwendung, sondern vornehmlicherweise an ihre paradigmatische Wirkung für jene, die kein Ziel haben.

Bitte vergiß nicht, daß ich eine Kritik und kein Programm geschrieben habe. Ich habe dem Refugee gezeigt, wohin er seine Sympathien und Wünsche zu richten hat. Wollte ich ein Programm zur Behandlung Deutschlands schreiben, so müßte ich diese Aufgabe, der ich zudem nicht gewachsen wäre, ganz anders anpacken. Ich habe bloß gesagt, was der Refugee zu einem solchen Programm beitragen darf, beitragen soll, beitragen kann. Doch wenn ich ein Programm zu schreiben hätte, so würde ich vom psychologischen Standpunkt – dem einzigen von dem aus ich legitim sprechen darf – immer wiederholen, daß
(1) die demokratischen Elemente in Deutschland gefördert werden müssen, u. a. weil diese alten Hitler-Opponenten immerhin noch die intelligentesten und wachsten Köpfe sind,
(2) das deutsche Volk wieder »Leitgestalten« braucht, und daß man ihm diese hinstellen muß, aber auch hinstellen kann, weil sich unter den Hitler-Opfern unbedingt heldenhafte Märtyrer befunden haben (und wenn Gördeler[3] keiner von ihnen gewesen war, so ist sicherlich Moltke[4], den ich wirklich gut gekannt habe, einer gewesen).

Daß das alles cum grano salis genommen werden muß, versteht sich von selber, und ebenso, daß man mit einem cum grano Resultat sich zu bescheiden haben wird: man kann nicht nur Edeldemokraten auslesen, und man wird immer mit minderwertigen Mitläufern rechnen müssen.

Ich habe die Absicht, die Sache zu veröffentlichen[5]. Der Appeal ist bereits auszugsweise von den Zeitungen gebracht worden, und es ist daher hohe Zeit, daß ich mit meiner Kritik nachfolge. Aber ebenhiezu wollte ich Stimmen aus Deutschland hören, weil man eben solche Dinge tunlichst nicht lediglich aus der Entfernung machen soll. Ich bin nicht eigensinnig, sondern (im Gegensatz zu den Appeal-Autoren und vor allem Borgese) für Anregungen sehr zugänglich. Könntest Du dies alles Burgmüllern[6] auseinandersetzen? Dadurch, daß ich die Angelegenheit durch Dich geleitet habe, sieht er, daß Du in meinen Intentionen handelst, und da er mir wirklich ergeben ist (oder zumindest war), dürfte er sich wohl genau an Deine Vorschriften halten. Im übrigen hast Du von mir völlig freie Hand: Du kannst ihm vorschreiben, was Du willst und ihm meinetwegen überhaupt jede Aktion verbieten; nur irgendeine Nachricht solltest Du ihm zukommen lassen, denn ich habe sie ihm angekündigt, und er soll nicht vergeblich warten.

Du hast übrigens auch freie Hand, wen immer, den Du dafür für geeignet und würdig hältst, mit der Sache zu befassen. Du hast ja ein zweites Exemplar des Dokuments, und weitere Abschriften lassen sich dort leicht und billig anfertigen. Ich hatte Dir schon früher die Adresse Egon Viettas[7] gegeben, Teichstraße 23, Stade bei Hamburg (angeblich in der amerikanischen Zone), und wenn auch dieser Mann wesentlich selbstversponnener als Burgm. ist, also weniger Bereitschaft zeigen wird, sich mit den Ideen und Plänen anderer zu befassen, so hat er dafür den Vorteil gediegeneren Denkens. Jedenfalls wäre es sehr dankenswert, wenn Du ihm mitteiltest, daß ich seinen Brief beantwortet habe, seitdem aber – d. i. November – ohne weitere Nachricht von ihm geblieben bin.

Mich hat die ganze Angelegenheit natürlich viel zu viel aufgehalten, und ich bange jeden Tag, daß mir daraus noch weitere Korrespondenz erwachsen wird. Ich habe Dir ja schon gesagt, in welche Korrespondenzkatastrophe ich durch Österreich geraten bin, aber ich hoffe sehr, daß jetzt das ärgste überstanden ist. Die Berichte aus Wien waren und sind recht scheußlich, und sie werden jetzt durch meinen Sohn ergänzt, der seit einer Woche zurück ist. Er ist sofort nach Washington gefahren, und er scheint, wie ich aus einem Anruf entnommen habe, nun einen sechswöchentlichen Urlaub zu bekommen, um sodann auf ein weiteres halbes Jahr (mindestens) nach Europa zurückzukehren. Ich erwarte ihn hier in wenigen Tagen und werde Dir dann mehr über ihn und seine Erlebnisse schreiben können. [. . .]

[DLA]

1 Robert M. Hutchins (1899-1977), amerikanischer Jurist und Erziehungswissenschaftler; wurde bereits als Dreißigjähriger 1929 Präsident der University of Chicago; ab 1945 ihr Kanzler.
2 Vgl. KW 11, S. 434.
3 Carl-Friedrich Goerdeler (1884-1945). Vgl. Fußnote 12, KW 11, S. 451.
4 Helmuth James Graf von Moltke (1907-1945). Vgl. Fußnote 13, KW 11, S. 451.
5 Brochs »Bemerkungen« wurden erstmals in KW 11 veröffentlicht.
6 Herbert Burgmüller. Vgl. Fußnote 1 zum Brief vom 17. 7. 1934. Von 1946 bis 1949 war Burgmüller Herausgeber der in München erscheinenden *Literarischen Revue*. Burgmüller machte den Münchner Verleger Willi Weismann auf Broch aufmerksam.
7 Egon Vietta. Vgl. Fußnote 1 zum Brief vom 25. 8. 1933 im ersten Briefband.

529. An Wieland Herzfelde[1]

One Evelyn Place
Princeton, N. J. 2. 4. 46

Lieber Freund W. H.,
schönsten Dank für Ihre Zeilen und die Fahnen[2]. Dahingegen ist dem Brief nicht die seit langem erwartete Rechnung für meine Bestellung *Ruth Norden* (Berlin) beigelegen: haben Sie diese Bestellung nicht erhalten? ich habe Ihnen mit ihr auch die Kautsky-Broschüre angekündigt, die inzwischen hoffentlich richtig bei Ihnen eingetroffen ist, und die ich bei Gelegenheit zurückerbitte.

Ich retourniere anbei die Fahnen, und ich bitte Sie, die Korrekturen zu kontrollieren. Dabei werden Sie bemerken:

a.) Da es sich um deutsche Setzer handelt, habe ich deutsche Korrekturzeichen verwendet. Sollte dies unrichtig sein, so bitte ich Sie, sie gegen amerikanische Zeichen auszuwechseln.

b.) Ich fand bloß zwei Worte, welche – offenbar infolge Fehler im MS, das ich jedoch nicht zur Hand habe – ausgewechselt werden mußten; ich habe aber statt dessen Worte von gleicher Buchstabenanzahl eingetragen, so daß nichts umgesetzt werden muß. Alle übrigen Korrekturen beziehen sich auf Setz- und Interpunktionsfehler.

c.) Auf Zeile 4 von unten des Galleys Nr. 1 ist mir ein Korrekturfehler unterlaufen, und damit kein Mißverständnis entstehe, habe ich den korrekten Text dieser letzten vier Zeilen dem Galley angeheftet.

Sollte noch irgendetwas unklar sein, so lassen Sie es mich bitte gleich wissen.

Das Stück bildet die Einleitung zu einem Bauernroman, der irgendwo in den Alpen spielt. Der Roman ist in der Ich-Form erzählt: der Dorfarzt schildert tagebuchartig die Begebnisse, massenwahn-ähnliche Begebnisse, die durch das Auftreten eines Narren in der Gemeinde ausgelöst werden.

Zur Biographie lege ich Kopie eines statements bei, das ich, wenn ich nicht irre, szt. für Weiskopf[3] und seine Refugee-Literatur-Übersicht angefertigt habe. Wie steht es eigentlich mit dieser Publikation? Wenn Sie das Blatt nicht mehr brauchen, bitte retournieren Sie es mir.

Heute erhielt ich zu meiner Freude Blochs großartiges Buch[4]. Wenn ich halbwegs Zeit finde, möchte ich darüber sehr ausführlich in einer der philosophischen Zeitschriften referieren[5].

Ich freue mich sehr über den Aurora-Erfolg[6]. Glückwünsche und alles Herzliche

Ihres
Hermann Broch
[YUL]

1 Wieland Herzfelde (geb. 1896), Schriftsteller und Literaturwissenschaftler; emigrierte 1933 in die Tschechoslowakei, 1938 nach Frankreich und England, 1939 in die USA, wo er bis 1949 lebte.

2 Hermann Broch, »Selbstgespräch eines Landarztes«, in: *Morgenröte. Ein Lesebuch.* Einführung von Heinrich Mann, hrsg. v. den Gründern des Aurora Verlages (New York: Aurora, 1947),

S. 258-264. Es handelt sich um das Vorwort zur zweiten Fassung von Brochs Roman *Die Verzauberung*. Vgl. KW 3, S. 402.

3 Franz Carl Weiskopf (1900-1955), Prager Schriftsteller; emigrierte 1938 über Frankreich in die USA, wo er bis 1953 lebte. Vgl. F. C. Weiskopf, *Unter fremden Himmeln. Abriß der deutschen Literatur im Exil 1933-1947* (Berlin: Dietz, 1948). Erwähnt werden Brochs Studie *James Joyce und die Gegenwart* (1936) und *Der Tod des Vergil* (1945) auf den Seiten 96-97.

4 Ernst Bloch, *Freiheit und Ordnung. Abriß der Sozial-Utopien* (New York: Aurora, 1946).

5 Diese Rezension hat Broch nicht geschrieben. Vgl. aber sein Verlagsgutachten über Blochs *Prinzip Hoffnung*, KW 10/1, S. 279-280.

6 Der Aurora Verlag wurde 1943 von Wieland Herzfelde mit finanzieller Unterstützung von Mary S. Rosenberg in New York begründet. Seine Autoren waren Brecht, Bloch, Feuchtwanger, O. M. Graf und Ferdinand Bruckner. Der Verlag hörte zu existieren auf, als 1947 Herzfelde, Brecht und Bloch nach Europa zurückgingen. In den Verlagsprospekten wurde eine Schrift Brochs mit dem Titel »Die Bücherverbrennung« angezeigt, die Broch aber nie verfaßte.

530. An Karl Burger[1]

2. 4. 46

Lieber Herr Burger,
soeben erfahre ich von Kurt Wolff, daß Sie sich in so besonders freundschaftlicher Weise meines »Vergil« angenommen haben, und ich danke Ihnen sehr herzlich dafür.

Ich brauche Ihnen wohl nicht eigens zu sagen, wie wichtig es mir wäre, daß das Buch in Deutschland Verbreitung fände: so weit ich Deutschland und die Deutschen kenne – und mit dieser Ansicht stehe ich nicht allein –, wird die Wiederbekehrung zur Humanität erst dann Wurzel greifen, wenn sie als mystische Bewegung auftritt; manche Anzeichen sprechen bereits für das Aufkommen solch »innerlich« religiöser Humanität innerhalb der Jugend, insbesondere an den Universitäten, und ich habe die Hoffnung, daß da der »Vergil« Einfluß haben und Mithilfe sein könnte.

Kann ich, soll ich versuchen, die Aktion in Washington zu unterstützen? Ich habe ein paar Freunde in der Cultural Section des State Departments[2], an die ich mich wenden könnte.

Kurt Wolff teilt mir auch mit, daß Sie jetzt nach Europa, resp. Deutschland gingen. Ich beneide Sie recht darum. Sie dürften ja gehört haben, daß ich mich völlig dem Wissenschaftlichen zugewandt habe, u. z. der Massen-Psychologie – mit der ich eben das Problem der Bekehrung zur Humanität nun von der rationalen Seite (statt von der irrational-dichterischen) her nochmals aufnehme –, und es versteht sich, daß da Studien an Ort und Stelle von äußerster Notwendigkeit wären. Aber vorderhand kann ich meinen hiesigen Arbeitsplatz noch nicht verlassen.

Ich wünsche Ihnen alles Gute für die Reise und hoffe sehr, Sie nach Ihrer Rückkehr doch endlich wieder sehen zu können. Inzwischen nehmen Sie mit meinem nochmaligen Dank die allerbesten Grüße – stets Ihr

Hermann Broch

[YUL]

1 Karl Burger trat damals eine leitende Stelle in der Information Services Control Commission (ISCC) an, einer zivilen Behörde, die der Militärregierung der USA in Deutschland und Österreich zugeordnet war. Broch hatte Burger bereits im Frühjahr 1936 kennengelernt, als Burger Leiter der amerikanischen Paramount Filiale in Wien war. Broch hatte damals mit Burger den Plan einer Verfilmung der *Schlafwandler* diskutiert, ein Plan, der allerdings unausgeführt blieb.

2 Broch wandte sich in dieser Angelegenheit an Hans Speier, Acting Chief, Division of Occupied Areas, Office of International Information and Cultural Affairs, Department of State, Washington D. C. Dieser Plan Brochs, den *Tod des Vergil* über die amerikanischen Besatzungsbehörden an die deutsche Bevölkerung verteilen zu lassen, wurde nicht verwirklicht. Vgl. dazu auch BB 469.

531. An Hermann J. Weigand

Princeton, 2. 4. 46

Lieber verehrter Dr. Weigand,
es ist großartig, daß Sie den einlaßheischenden toten Kaiser[1] haben lokalisieren können: jeder Beruf entwickelt seine eigenen Jagdhundinstinkte, und an ihrer Treffsicherheit wird die berufliche Meisterschaft untrüglich erkennbar. Die ganze Qual und Beglückung der Objekt-Besessenheit ist darin enthalten. Jedenfalls also bewundernden Glückwunsch! Ich natürlich habe nicht die leiseste Erinnerung mehr an diese Stelle; es sind vierzig Jahre her, daß ich Hebbel zum letzten Mal in der Hand gehabt habe.

Als Ihr lieber Brief eintraf, war ich gerade daran, Ihnen zu schreiben, nicht nur weil ich Ihnen und Ihrer werten Gattin für den schönen Nachmittag nochmals danken wollte – es war wirklich ein Geschenk (einschließlich des Frühlingswetters), das ich da von Ihnen empfing –, und nicht nur weil ich Ihnen den Ausschnitt aus »Science News«[2], von dem ich Ihnen sprach und den ich hier beilege, zu übermitteln hatte, sondern auch weil meine Vergeßlichkeit mich zu diesem PS zu meinem Besuch zwingt: erstens habe ich Herbert Steiners[3] Grüße (– er ist seit ein paar Tagen hier bei uns in Princeton –) nachzutragen, und zweitens wollte ich Sie fragen ob es Sie, Ihr Seminar, oder sonst irgend ein Forum dort interessieren würde, Mrs. Untermeyer über die »Kunst des Übersetzens«[4] sprechen zu lassen; im Zuge meiner Übersetzungsarbeit mit ihr hat sich nämlich mancherlei herausgestellt, das für das Verhältnis Deutsch-Englisch recht aufschlußreich zu sein scheint, so daß sie wirklich einiges darüber zu sagen hätte. Soferne Ihnen die Sache sympathisch ist, würde ich vorschlagen, daß Mrs. Untermeyer Ihnen vorerst einmal ein outline vorlege.

An meiner Vergeßlichkeit war – abgesehen von ihrer leider bereits organischen Verwurzeltheit – auch meine Müdigkeit mitschuldtragend. Ich war seit 7 a. m. auf den Beinen, und zudem ist ein Tag in der frischen Luft für einen Stubenhocker wie ich es (geworden) bin, recht anstrengend. Einer meiner Bekannten[5] in Wien pflegte zu sagen: »Am besten ist das

Kaffeehaus; man ist nicht zu Hause und doch nicht an der frischen Luft.« Denn nicht jedem, oder richtiger nur sehr wenigen gelingt es, sich das Leben so richtig einzurichten, wie Sie es getan haben. Als ich in den Tiroler Alpen lebte[6], ist es mir einigermaßen geglückt, doch seitdem bin ich mehr und mehr in den Mumifizierungsprozeß des bloßen Schreibers geraten. Die Ausgewogenheit zwischen Natur- und Wissenschaftsarbeit, die Sie bewerkstelligt haben, ist höchlich beneidenswert. Aber es gibt Menschen, die man zwar beneidet, jedoch in veredelter Weise, d. h. mit einem Neid, der durch Mitfreude überdeckt ist. [. . .]

[GW 8]

1 Vgl. Friedrich Hebbel, *Sämtliche Werke.* Historisch-Kritische Ausgabe, besorgt von Richard Maria Werner, Bd. 12: *Tagebücher. Vierter Band 1854-1863* (Berlin: B. Behr, 1905), S. 50, Notat 5367 aus dem Jahre 1855: »Wenn die Kaiser von Oesterreich begraben werden, so werden sie auf dem nächsten Wege aus der Burg zur Kapuzinergruft geführt. Angelangt mit dem Sarg, klopft der Ceremonienmeister mit seinem Stabe an die verschlossene Pforte und verlangt Einlaß. ›Wer ist da?‹ antwortet von innen der Guardian, ohne zu öffnen. ›Se. Majestät, der allerdurchlauchtigste u.s.w.‹ Stimme von innen: ›Den kenn' ich nicht!‹ Der Ceremonienmeister klopft zum zweiten Mal. ›Wer ist da?‹ – Der Kaiser von Oesterreich! – ›Den kenn' ich nicht.‹ Der Ceremonienmeister klopft zum dritten Mal. ›Wer ist da?‹ – Unser Bruder Franz! – Augenblicklich rasselt die Pforte auf und der Sarg wird versenkt.« Hebbel hat dieses Motiv in der *Nibelungen-Trilogie (Siegfrieds Tod)* verarbeitet: Als man den toten Siegfried zurückbringt, wird auf die Frage »Wer klopft?« geantwortet: »Ein König aus den Niederlanden« etc. Aus dem Kaiser ist hier ein König geworden, das Ritual ist das gleiche; geöffnet wird im einen wie im anderen Fall erst, als nicht mehr der Kaiser bzw. König Einlaß begehrt, sondern der einfache »Bruder Franz« bzw. »Bruder Siegfried«. Vgl. Band 4 der oben genannten Hebbel-Ausgabe, *Dramen IV (1862): Die Nibelungen* (Berlin: B. Behr, 1901), *Siegfrieds Tod,* fünfter Act, neunte Szene.

2 Seit 1921 in Washington D. C. erscheinende naturwissenschaftliche Zeitschrift. Um welchen Ausschnitt es sich handelte, konnte nicht ermittelt werden.

3 Herbert Steiner (1892-1966), österreichischer Literaturwissenschaftler; emigrierte 1938 in die Schweiz, von dort 1942 in die

USA, wo er bis zu seiner Rückkehr nach Europa im Jahre 1959 lebte. Steiner war Herausgeber der *Gesammelten Werke Hugo von Hofmannsthals in Einzelausgaben* (1945-1949).

4 Broch vermittelte diesen Vortrag, den Jean Starr Untermeyer am 19. 11. 1946 im Germanic Club der Yale University hielt, unter dem Titel »Is Translation an Art or a Science?«. Der Vortrag ist abgedruckt in Jean Starr Untermeyers Biographie *Private Collection* (New York: Alfred A. Knopf, 1965), S. 250 ff. Broch selbst hatte einen Vortrag für Jean Starr Untermeyer geschrieben. Vgl. KW 9/2, S. 61-86: »Einige Bemerkungen zur Philosophie und Technik des Übersetzens.« Diese Studie benutzte Jean Starr Untermeyer allerdings nicht, sondern arbeitete einen eigenen Vortrag aus.

5 Peter Altenberg (1859-1919), österreichischer Schriftsteller.

6 Von September 1935 bis Juli 1936 wohnte Broch in Mösern/Tirol.

532. An Paul Reiwald[1]

One Evelyn Place
Princeton, N.J. 15. 4. 46

Verehrter Herr Doctor,
daß ich vor einigen Wochen Ihren »Geist der Massen«[2] aus der Schweiz bestellt habe, ist nicht weiter verwunderlich, doch daß heute statt dessen Ihr Brief eintraf, ist schon eher ein verwunderlicher Zufall. Jedenfalls freue ich mich, daß zu der sachlich-fachlichen Verbindung zu Ihnen hin nun auch noch die persönliche getreten ist.

Zu Ihren verschiedenen Fragen:

Amerikanische Ausgaben Ihrer Bücher[3]. Ich bin überzeugt, daß Ihre Arbeiten hier verlegt werden können. Es gibt hier zwei Verlagstypen, erstens die hochindustrialisierten Kommerzverlage, zweitens die verschiedenen University Presses. Die ersteren sind – insbesondere vom pekuniären Standpunkt aus – vorzuziehen, da sie auf Massenauflagen eingestellt sind und demnach für Bücher, die ihnen dafür geeignet erscheinen, auch wissenschaftliche, recht beträchtliche Vorschüsse zahlen. Die University Presses dagegen sind rein akademische Einrichtungen, von denen nicht viel Geld zu erhoffen ist. Zu einigen von ihnen habe ich allerdings gute

Beziehungen, so daß ich da direkt etwas für die Placierung der Bücher tun könnte, während man für den Verkehr mit den großen Kommerzverlagen – hiesigem Usus entsprechend – einen Agenten braucht, u. z. in Ihrem Fall einen, der deutsch lesen kann. Ich würde daher vorschlagen, an diesem Ende zu beginnen und möchte »Vom Geist der Massen« ehestens dem Agenten Dr. F. Horch in N. Y. zur Behandlung übergeben; erst wenn sich herausstellen würde, daß das Buch von den Kommerzverlagen nicht angenommen wird, würde ich die direkte Verbindung mit den University Presses aufnehmen. Bitte schreiben Sie mir sogleich, ob Sie damit einverstanden sind. Sollten nicht Sie, sondern Ihr Schweizer Verlag das Verfügungsrecht über die Placierung der fremdländischen Übersetzungen haben, so müßten Sie mir eine Zustimmung des Verlages schicken.

Fellowship. Ich habe für meine massenpsychologischen Untersuchungen eine dreijährige Rockefeller Fellowship[4] gehabt und war mit deren Hilfe an der hiesigen Universität angestellt. Daß ich meine Untersuchungen in diesen drei Jahren nicht abgeschlossen habe, ist für mich bedauerlich, doch bei dem ständig wachsenden Material war es nicht möglich; jedenfalls war es eine lange Zeit, denn die übliche Fellowship währt bloß zwei Jahre. Ich erwähne dies, damit Sie sehen, daß bei Rockefeller großes Interesse für unser Thema vorhanden ist, und daß es wahrscheinlich möglich sein wird, eine zumindest zweijährige Fellowship für Sie zu erlangen. Hiefür müssen Sie aber wohl, gleich mir, von einer Universität in Vorschlag gebracht werden. Z. B. müßte die Universität Genf an die europäische Filiale der Rockefeller Foundation in Paris – soferne diese nun schon wieder (programmgemäß) amtiert – schreiben, daß sie bereit ist, Ihnen ein Professoren- oder ein Forschungsgehalt zu zahlen, wenn dieses von Rockefeller gedeckt wird. Bei meinem nächsten Besuch in N. Y. werde ich mich bei Rockefeller über die jetzigen Verhältnisse in Paris erkundigen und Ihnen dann sofort berichten, ob europäische Einreichungen bereits möglich sind.

Übersiedlung nach Amerika. Sie wissen, wie schwierig die reguläre Einwanderung in Amerika jetzt ist; selbst bei angeblich bevorzugten Fällen (Wiedervereinigung von Familien,

»Displaced Persons« etc.) sind langwierigste Formalitäten zur Erlangung des Visums zu erfüllen. Außerdem erlauben die Bestimmungen keine vorhergehende Stellensuche: der Einwanderer darf sich erst *nach* Betreten amerikanischen Bodens auf Stellensuche begeben; würden Sie sich vorher eine Stellung sichern, es würde Ihnen die Einwanderung nicht erlaubt werden. Eine Ausnahme bildet das sogenannte *Professorenvisum*: wenn eine amerikanische Universität oder ähnliche Anstalt Sie als Lehrkraft anfordert, so können Sie ein Immediat-Visum erlangen. Viele europäische Wissenschaftler sind auf diese Weise herübergerettet worden. Heute jedoch sind die amerikanischen Universitäten Europa-saturiert; selbst die schon hier befindlichen Ausländer finden, trotz inzwischen erworbenen amerikanischen Bürgerrechtes, nicht leicht eine akademische Unterkunft. Man müßte also zuerst einmal eine Universität finden, die Sie als besondern Spezialisten anfordert, und zweitens müßte man die ganze Angelegenheit finanzieren, denn als regulärer Professor mit regulärem Universitätsgehalt werden Sie fürs erste kaum berufen werden: man müßte dies also wiederum mithilfe einer Rockefeller- oder Carnegiefellowship bewerkstelligen. Es ist also ein ganzer Berg von Hindernissen, der da zu überwinden ist. Er wäre jedoch leichter überwindbar, wenn Sie bereits europäischer Rockefeller-Fellow wären, denn dann gehörten Sie sozusagen schon zur Familie, so daß sich später im Zug der Aktionen von Austausch-Professoren etc. wohl etwas ergeben könnte. Außerdem sind vielleicht bis dahin auch Ihre Bücher hier erschienen, und auch das wäre eine Hilfe.

Antisemitismus-Studien. Es wird auf diesem Gebiet hier viel gearbeitet, insbesondere von Soziologen, die das Thema entweder separat oder im Rahmen des allgemeinen Minoritätenproblems (so vor allem der wichtigen Negerfrage) behandeln, und manches Ersprießliche ist da schon geleistet worden. Sie werden also, wenn Sie herüberkommen, einige Zeit brauchen, um sich in all das hineinzuarbeiten; eine zentrale, womöglich internationale Evidenzhaltung der Gesamtmaterie wäre notwendig, existiert aber noch nicht. Ebendeswegen werden Sie vielleicht auch nicht wissen, daß Max Horkheimer[5] (University of California) ein weitausgedehntes Projekt zur Antisemitismus-Erforschung leitet. Soferne Sie also darüber nicht unterrichtet sind oder gar schon mit ihm in Verbindung stehen, wäre es wahrscheinlich für beide Teile förderlich, wenn Sie Kontakt mit [ihm] aufnähmen. Auch Ihren Einwanderungsplänen könnte dies möglicherweise zum Nutzen werden. Jedenfalls also seine Adresse: 10523 D'Este Drive, Pacific Palisades, California.

Wenn ich Ihnen mit alldem schon Bekanntes gesagt habe, so verzeihen Sie dies bitte; ich hatte ausführlich zu sein, weil ich ja nicht weiß, wie weit Sie über die Verhältnisse orientiert und nicht-orientiert sind. Aber wenn ich Ihnen noch mit irgend einer Auskunft zur Verfügung stehen kann, so wird es gerne geschehen. Inzwischen erhalten Sie baldigst Bericht über meine Rockefeller-Besprechung.

Sollten Sie Seelig sehen, so grüßen Sie ihn sehr herzlich von mir, und nehmen Sie selber die besten Grüße

Ihres ergebenen
Hermann Broch
[YUL]

1 Paul Reiwald (1895-1951), deutsch-schweizerischer Psychologe.
2 Paul Reiwald, *Vom Geist der Massen. Handbuch der Massenpsychologie* (Zürich: Pan, 1946). Vgl. Fußnote 3 zum Brief vom 10. 5. 1946.
3 Nur Reiwalds *Die Gesellschaft und ihre Verbrecher* (Zürich: Pan, 1948) erschien in den USA: *Society and its Criminals* (New York: International Universities Press, 1950).
4 Vgl. KW 12, S. 579.
5 Max Horkheimer (1895-1973) hatte von 1930 bis 1933 das von ihm mitbegründete Institut für Sozialforschung an der Universität Frankfurt geleitet, war 1933 nach Paris und 1934 in die USA emigriert. Sein Frankfurter Institut leitete er ab 1934 als Institute for Social Research an der Columbia University in New York. Von 1944 bis 1947 war er Chief Research Consultant des American Jewish Committees, und als solcher edierte er gemeinsam mit Samuel H. Flowerman fünf Bände *Studies in Prejudice*, die 1949/50 im New Yorker Verlag Harper & Bros. erschienen. Auf diese seinerzeit in der Entstehung begriffenen Studien bezieht sich Broch.

533. An Waldemar Gurian[1]

April 20, 1946

Dear Dr. Gurian,
Of course I am in full agreement with you: Bolshevism is one of the many aspects of totalitarianism in which the world is drawn today. And of course the »Bill of Duties«[2] in emphasizing only the idea of humanity as the center (the very center) of democracy does not give a complete definition of democracy as such. But this paper was written for an immediate political purpose, i. e. for the UNO (to which it has been submitted and where nobody will read it, in spite of the good support it received), and in view of such a purpose I had not only to simplify the facts as much as possible, but also to refrain from a too outspoken criticism directed against a UNO member. The theory of totalitarianism and democracy had, therefore, to be left to the other chapters of my book.

It may be that you find one of these chapters suitable for an advance printing in the »Review«, and I hope that I shall be able to send you one of them in a very short time. That would be, at this moment, the most convenient way for me to become a contributor: I would be only too pleased to follow your suggestion and to write a separate article on my topics, if it were not for my work on the book itself, which I cannot interrupt.

You did not return my study on Kahler[3]: does that mean that you are still considering the possibility of publishing it? In this case I would answer your question with another one: why should the readers of the »Review« be less capable of understanding such a paper than those of the »Neue Rundschau«? It seems to me that even the contrary may be expected.

Cordially yours
Hermann Broch
[YUL]

1 Waldemar Gurian (1902-1954), katholischer Publizist und Politologe; emigrierte 1934 in die Schweiz, 1937 in die USA, wo er noch im gleichen Jahr eine Professur für politische Wissenschaften an der University of Notre Dame, Notre Dame/Indiana antrat und

dort die katholisch orientierte Zeitschrift *Review of Politics* herausgab. Bekannt geworden war er in den dreißiger Jahren durch seine Bücher *Der Kampf um die Kirche im Dritten Reich* (Luzern: Vita Nova, 1935), *Bolschewismus als Weltgefahr* (Luzern: Vita Nova, 1935), *Marxismus am Ende* (unter dem Pseudonym Lorenz Brunner) (Einsiedeln: Benziger, 1936).

2 Broch hatte bei Gurian angefragt, ob er daran interessiert sei, seine Studie »Bill of Rights – Bill of Duties. Utopia and Reality« (vgl. KW 11, S. 503) zu publizieren. Gurian lehnte die Veröffentlichung ab.

3 Auch Brochs Aufsatz »History as Ethicial Anthropology: Erich Kahler's ›Scienza Nuova‹« erschien nicht in der *Review of Politics*. Vgl. KW 10/2, S. 322.

534. An Hermann J. Weigand

Princeton, April 27th, 1946

Dear Dr. Weigand:
Thanks for your good letter, to which my only objection is that I did not object to any pedantry of yours, but only to my own, upon finding out the different spellings of Virgil.

But aside from this question, I am filled with deepest admiration for the pedantry of the scholar which, in fact, is the pedantry of the skilled hunter. Your paper arrived and I read it with utmost interest, increased by the fact that I once was concerned – alas, not sufficiently – with the Cabbala[1] and the Sohar[2]. I even have some books on the mystic numbers in the Cabbala and Sohar, but for the moment I have forgotten their titles. However, I hope that I shall get my library from Europe, and it would be a pleasure for me to bring these books to you, adding them to the enormous material which you discovered in order to deal with this one problem. [. . .]

[GW 8]

1 Die folgenden Titel sind enthalten im Verzeichnis von Brochs Wiener Bibliothek (YUL): Erich Bischoff, *Elemente der Kabbala. Übersetzungen, Erläuterungen und Abhandlungen,* 2 Bde. (Berlin:

H. Barsdorf, 1913/14); Oskar Fischer, *Der Ursprung des Judentums im Lichte alttestamentarischer Zahlensymbolik* (Leipzig: Dieterich, 1917).

2 Hauptwerk der Kabbala. Bei dem Artikel, für den Broch sich bedankt, handelt es sich nach Auskunft Hermann Weigands um seine Studie »Auf den Spuren von Hauptmanns *Florian Geyer*, I, II«, in: *Publications of the Modern Language Association* 57 (1942), S. 1160-1195 und 58 (1943), S. 797-848.

535. An Herbert Burgmüller

Princeton, 6. Mai 1946

Liebster Herbert,
Dank für Ihren guten Brief vom 22. 4. Ich antworte so rasch und so kurz wie nur möglich:

[. . .] »Das Unbewältigbare« wird überhaupt mehr und mehr zum melancholischen Inhalt meines Lebens, und es scheint mir, nicht nur des meinen. Die Menschheit kann sich nicht mehr bewältigen, also genügend Grund zum Selbstmord, obwohl wir Überlebenden allen Grund haben – und ich spüre das tagtäglich –, das Leben lebenswert zu finden. Die Unbewältigbarkeit des Alltags (der sich im Augenblick in einer katastrophalen Korrespondenz äußert, die noch immer nicht abebbt, obwohl ich jedem schreibe, daß ich nicht mehr schreiben kann, wenn ich überhaupt weiterleben und weiterarbeiten soll) ist nur ein Symptom für diese allgemeine Unbewältigbarkeit; ich habe meine Arbeit nun nahezu fünf Monate vollkommen unterbrochen, um all den Hilferufen aus Europa zu genügen, aber ich bin überzeugt, daß es in irgendeiner Form einem jeden so ergeht, und daß nirgends das Essentielle geleistet wird, außer dort, wo es, wie in der Arbeit der Physiker, zur Destruktion führt. Bewältigbar wird nämlich die Welt immer nur dann, wenn das Wissen, oder sagen wir richtiger die Weisheit des Menschen seine Erkenntnis übertrifft. Unser Erkenntnisvolumen, das von einem einzelnen Gehirn überhaupt nicht mehr aufgenommen werden kann (– ich bräuchte z. B. im Augenblick allein mindestens drei Jahre, um die von mir als notwendig notierten Bücher zu studieren –), erschlägt unser Wissen; die Menschheit muß erst in dieses zu weite Kleid hineinwachsen, und das geht nicht von heut auf morgen. Daher all die Verzweiflungsphilosophie, wie es der (vornehmlich französisch) verborgene Existentialismus ist. Natürlich sieht man immer nur sein eigenes Versagen, schlägt sich damit herum, und ist verzweifelt. [. . .]

[GW 8]

536. An Paul Reiwald

One Evelyn Place
Princeton, N. J. 10. 5. 46

Lieber Dr. Reiwald,
vielen Dank für Ihre Zeilen v. 21. 4. und Dank für Ihr freundliches Interesse an meinen Arbeiten. Soferne Sie darunter die massenpsychologischen meinen – und ich nehme an, daß sie gemeint sind – so ist die Antwort leicht: ich habe noch nichts derartiges publiziert, einfach weil ich meine, daß ich mit der Gesamttheorie und nicht mit einzelnen Stücken herauskommen soll. Die Gesamttheorie aber selbst ist von erkenntnistheoretischer Basis aus entwickelt, denn ich glaube vertreten zu können, daß die Theorien des Unbewußten, um die es da schließlich geht, erst am Erkenntnistheoretischen und Logischen einen einigermaßen haltbaren Wissenschaftscharakter erhalten können. Gewiß, empirische Forschung ist notwendig – wer wollte das leugnen – aber sie gibt zu unendlich viel Fehlinterpretationen Anlaß, wenn das in ihr wirkende Selektionsprinzip nicht scharf untersucht wird; es läuft also auf eine praktisch anwendbare Methodologie hinaus. Wie erschreckend groß mein Arbeitsprogramm geworden ist, brauche ich Ihnen nicht eigens zu sagen; oftmals halte ich es für unbewältigbar, und wahrscheinlich ist es auch für den einzelnen nicht zu leisten, sondern bedarf der systematischen Zusammenarbeit aller jener, die dem gleichen Ziel zustreben: aber so weit hat sich unser Wissenschaftsbetrieb noch nicht organisiert, und es wird Zeit brauchen, bis es

so weit sein wird; ohne Zwangsorganisation, wie sie im Fall der Atom-Energie sich etablieren wird, ist da wenig zu erhoffen; das Gefahrenmoment, das in einer Masse steckt, ist eben weniger handgreiflich als das der Atom-Bombe.

Doch so verschieden auch die Ansatzpunkte sein mögen, von denen man sich unserem Problem nähert, die Logik der Dinge führt letztlich zu ähnlichen Resultaten. Ich war ungemein erfreut, in dem Referat der Z. Z.[1] Ihren Ruf nach einem Internationalen Strafrecht zu finden. Wenn ich gelegentlich den Text Ihres Vortrages – ich hoffe, daß Sie ihn veröffentlichen werden – haben könnte, wäre ich sehr dankbar. Denn ich habe in einem Memorandum[2], das von meinen Freunden hier ebensowohl den amerikanischen Richtern in Nürnberg wie der UNO vorgelegt worden ist (ohne daß viel Aussicht auf Berücksichtigung besteht), genau das nämliche verlangt und die Wege angedeutet, die vielleicht von Nürnberg aus zur Etablierung des notwendigen Internationalen Strafrechtes führen könnten. Ich bin daran, die Veröffentlichung dieses Memorandums vorzubereiten, u. z. möchte ich, daß es tunlichst gleichzeitig in verschiedenen Sprachen erscheine; ich habe damit jahrelang zugewartet, weil alles Vorzeitige als utopisch abgetan wird, doch jetzt scheint mir die Zeit hiefür gekommen.

Ihr »Geist der Massen«[3], der vor wenigen Tagen hier eingelangt ist, bildet eine unschätzbar wertvolle Materialsammlung für jeden, der sich mit diesen Fragen befaßt. Ich bewundere das ungeheuere Wissensquantum, das da hier untergebracht ist, bewundere es mit gebührendem Neid, doch nicht minder bewundere ich die Klarheit der Selektion und Disposition, ohne die das Quantum einfach unzugänglich geblieben wäre. Das Buch kann als Standardwerk unseres Faches gelten und wird es bleiben. [. . .]

[YUL]

1 Gemeint sein dürfte ein Artikel in der *Neuen Zürcher Zeitung*.

2 »Bemerkungen zur Utopie einer ›International Bill of Rights and of Responsibilities‹«, KW 11, S. 243-277.

3 Broch veröffentlichte folgende Rezension über Reiwalds *Vom Geist der Massen* in der Zeitschrift *American Journal of International Law*, Jg. 41, Nr. 1 (Jan. 1947), S. 358-359 (Originaltypo-

skript in YUL): »This book, of which the main title in English should read ›An Essay on Masses and their Spirit‹, is most aptly epitomized by its sub-title ›A Compendium of Mass Psychology‹: all the opinions, enunciations, observations, and theories regarding the behavior of animal and human groups which have been published in the last hundred years – and whatever came before that time is hardly worth mentioning – are compiled in this volume; it is a most impressive achievement.
Reiwald classifies the authors whose views have been included in his book into five main categories: (1) Biologists and Animal Sociologists; (2) Psychologists; (3) Sociologists; (4) Personalities in the political field; (5) Poets, Writers and Historians. He justifies the width of this selection in his introduction by explaining that in dealing with so young a science as Mass Psychology, it is necessary first to grasp the entire aggregate of knowledge at its disposal. Thus it is, for instance, ›impossible to decide on problems concerning the mass and the principle of leadership exclusively from »the« biological, »the« psychological, »the« sociological of »the« practical point of view‹: only when all the various scientific branches have been brought into a close interconnection and under a methodology common to all, may one hope to attain satisfying and adequate over-all results. Therefore, the first concern is to establish a sound foundation for the new science of mass psychology, and there can be no doubt that to this end Reiwald's book offers a first and very substantial contribution.
Apart from this the book is also concerned with another aspect of this new science, namely, the practical objective of mass psychology. The events of the past decades have clearly shown how deeply the principle of democracy is endangered everywhere in the world and how easily populations living under this principle – the common man, who is to be the support of democracy – may be won over to the side of the totalitarian and fascist cause. It should be realized that if this widespread process of de-democratization should not be arrested in time and if it should not be possible to condition the masses into a state of mind acceptable and favorable to democratic ideals, the threat of ever-recurrent wars, the threat of the irrevocable self-annihilation of civilization, will continue to obstruct the evolution of mankind and will become increasingly acute as time goes by. Up to now, and with a few exceptions, only the totalitarian political systems have made use of mass psychology; it is time, indeed it is high time, that democracy does the same for its own ends: a truly scientific mass psychology is called upon to become one of the most potent and important instruments of democracy. Reiwald, in a series of principles (*Leitsätzen*), which at

the same time are the results and conclusions of his research work, sets out the fundamental programmatical directives for such a therapeutical application of this new science.
This book is of great importance not only to all sociologists and students of mass psychology, but also to anyone actively interested in the preservation of democracy and world peace, and therefore also to all those dealing with problems of international law. The interconnections between international law and mass psychology frequently become manifest in this volume (which, incidentally, found its logical sequence in a second book, ›The Conquest of Peace‹, in which the author draws the juridical conclusions of his theories on mass psychology) and this preoccupation with the legal aspects of the problems at hand may be ascribed, last but not least, to the fact that Reiwald himself is a student of law.«

537. An Kurt Wolff

20. 6. 46 Princeton

Lieber K. W.,
Dank für das Urlaubsbriefchen: ich hoffe sehr, daß das häßliche Wetter sich bald zum bessern [wenden] wird, und daß Sie daher sich für den Urlaubsrest nicht weiter mit Sleepwalkers beschäftigen werden. Was ich da schreibe, gilt also bloß für schlechtes Wetter oder für Ihre Rückkunft nach N. Y.:

Normaler Buchverkauf. Obwohl ich wahrlich nicht mit viel Leuten zusammenkomme, höre ich immer wieder, daß die Sleepwalkers verlangt werden, daß die Antiquare danach suchen, und daß das Buch in den Libraries konstant im Lesen ist. Es ist nur natürlich, daß der Vergil-Erfolg dieses Interesse gesteigert hat. Doch um darüber ein genaueres Bild zu bekommen, würde ich vorschlagen, daß Sie eine kleine Umfrage bei den wichtigeren Buchhandlungen veranstalten; viele von diesen sind m. E. bereit mit Pantheon zu kooperieren und werden Ihnen sagen, wie sie die Verkaufsmöglichkeiten für die Neuausgabe einschätzen.

Buchklubs. Es scheint mir sehr der Mühe wert, einen direkten Versuch in dieser Richtung zu unternehmen. Die Sleepwalkers sind leider noch nicht genügend ins Klassische gediehen, um als Prämie für den Book of the Month Club verwendet zu werden (obwohl selbst dies – soweit ich über die Internvorgänge dort etwas weiß – nicht *ganz* ausgeschlossen wäre) doch der B. M. C. ist nicht die einzige Möglichkeit, und richtig aufgezäumt müßte man sich eine der andern sichern können. Ich glaube also, daß Sie hiefür ruhig Henry Canby bemühen dürfen. Er möchte die infolge seiner Abwesenheit beim Vergil-Erscheinen geschehenen Fehler ohnehin gern wieder gutmachen. Ich selber jedoch kann dies nicht einleiten. Ich glaube also, daß Sie ihn einmal in seinem Office aufsuchen sollten und ihm sagten, daß Sie zu meinem bevorstehenden Sechzigsten die Sleepwalkers herausbringen wollen[1], daß dies aber dem Anlaß gemäß mit einem gewissen Aplomb geschehen müßte, weil sonst weder für den Verlag noch für mich die Sache interessant wäre. Bei seiner intimen Kenntnis des Book Club-Getriebes wäre er sicherlich imstande, die richtigen Verbindungen herzustellen, auch wenn der B. M. C. selber nicht in Betracht käme.

Publicity. Und dies ist auch der Punkt, an dem wegen der neuen Reviews angesetzt werden müßte. Wenn die Sache nicht von vorneherein vorbereitet ist, gerät die Ausgabe automatisch in die Reprint-Sparte. Nur durch die Geburtstags-Aufmachung und womöglich durch einen Book Club unterstützt, wird sich die Aufmerksamkeit der Reviewer erregen lassen, besonders wenn Canby hiefür die erste Note anschlägt. Allerdings hängt dies auch von der *Einleitung* ab, die das Buch unbedingt benötigt. Sie werden sich erinnern, daß ich mir zuerst Weigand[2] hiefür vorgestellt habe, aber Sie haben wohl recht, daß er zu akademisch ist: die Wahl ist nicht ganz leicht, denn es müßte jemand von Gewicht sein, dabei aber doch mit jüngeren Kreisen eng verbunden, denn vorderhand haben diese – Partisan[3] z. B. – meine Arbeit noch nicht zur Kenntnis genommen; es wäre Zeit, daß jemand ihre augenblickliche Existential-Vernebelung ein wenig lichte.

Termin. Der sechzigste Geburtstag ist in diesem Zusammenhang kein Termin, sondern bloß ein Verwertungsobjekt, dessen Wirkungskraft auf das ganze nächste Jahr ausgedehnt werden kann. Dagegen soll diese Neuausgabe noch am Vergil-Erfolg zehren, um ihrerseits die dritte Auflage zu fördern, vielleicht sogar seine Kommerz-Ausgabe zu ermöglichen – demzufolge darf der Termin nicht allzusehr hinausgezögert werden. Wir haben nun allerdings noch den britischen Vergil[4] vor uns, und es ist anzunehmen, daß der englische Erfolg eindringlicher als der amerikanische sein wird, so daß es vielleicht ganz ratsam sein wird, diesen noch abzuwarten, umsomehr als damit die Aussicht wächst, Routledge's Partnerschaft an den Sleepwalkers zu gewinnen.

Drucktype. Wenn man auf eine größere Type überginge, so wird der Band – soferne man ihn nicht wieder in drei Teile zerlegen will – wahrscheinlich noch unhandlicher. Jetzt werden die Sleepwalkers seit 15 Jahren in dieser Type gelesen und haben sich lebendig erhalten. Ich glaube also nicht, daß es ratsam wäre, die Ausgabe durch einen Neusatz zu verteuern. Sollten Sie aber einen solchen für unbedingt nötig halten, so wäre zur Verbilligung der Kosten die Veranstaltung der parallelen britischen Ausgabe wohl unerläßlich.

Muirs. Man kann mit Muirs nicht in Kontakt treten, weil sie prinzipiell niemals antworten. Ich habe ihnen im Laufe der Jahre öfters geschrieben, doch nie eine Antwort bekommen. Ich bin ziemlich sicher, daß sie die Übersetzung für eine Pauschalsumme mit Secker abgeschlossen haben: Sie können sich bloß an diesen um Auskunft wenden.

Verfilmung[5]. Die Sleepwalkers stecken voller Filmmotive, deren Wert heute allerdings durch das deutsche Milieu beeinträchtigt ist. Immerhin, der dritte Band spielt im Elsaß, und es lassen sich auch sonst einige Umstellungen vornehmen, wenn eine Verfilmung akut werden sollte. Das könnte ich ganz gut besorgen. Ich erwähne dies jedoch nicht, weil ich optimistisch mit dieser Möglichkeit rechne, sondern weil ich Sie darauf aufmerksam machen muß, daß die Vergebung der Filmrechte etc. an die Originalausgabe und nicht an die der Übersetzung gebunden ist. Andererseits liegt es auf der Hand, daß die Möglichkeit der Verfilmung, mag sie noch so schwach sein, doch vom Zustandekommen der Neuausgabe abhängt, so daß dieser unzweifelhaft eine Partizipation an einem etwaigen günstigen Resultat zukäme; ich bin überzeugt, daß sich darüber leicht eine Einigung mit dem Rhein-Verlag erzielen ließe.

Von all diesen Belangen sind eigentlich bloß die ersten drei

»Buchverkauf«, »Buchklubs«, »Publicity« wirklich relevant, und ich meine, daß Sie diese Erkundungsschritte so bald als möglich vornehmen sollten. Nach meinem Gefühl – das mich auch beim Vergil nicht getäuscht hat – wäre ein Normalverkauf von zwei- bis dreitausend Exemplaren unter allen Umständen erreichbar, doch das wäre eigentlich hier – im Gegensatz zum Vergil – ein zu geringer Anreiz: das Buch braucht eine stärkere Verbreitung, wenn es als Wegbereiter für den Vergil wirken soll.

Allerdings verfolge ich mit dieser Veröffentlichung noch einen andern Zweck, und das ist nicht nur der finanzielle (obwohl mir, wie Sie sich denken können, jede zusätzliche Einkunft erwünscht sein muß), und es ist nicht nur der einer publicity, die ein so langsamer Autor wie ich unbedingt braucht, wenn er nicht vergessen werden will (obwohl ich mich zu dem ominösen Sechzigsten irgendwo außerhalb des Landes verbergen werde), sondern es ist weit mehr die Sorge um meine Geschichtsphilosophie, die ich im dritten Band der Sleepwalker untergebracht habe, und deren theoretische wie praktische Stichhältigkeit sich gerade in diesen letzten Jahren in einer Weise erwiesen hat, daß ihre Wiederveröffentlichung mehr als gerechtfertigt erscheint.

Damit glaube ich alles zu dem Thema gesagt zu haben. Und das ist für mich umso wichtiger, als ich mich mit derlei überhaupt nicht befassen dürfte; die Arbeit ist allzu dringend. Ihnen beiden wünsche ich aber denkbarst schönsten Aufenthalt und herrlichste Erholung. In Herzlichkeit Ihr

HB.

[KWB]

1 Mit einer Einleitung von Hannah Arendt erschienen *The Sleepwalkers* 1947 im Pantheon Verlag, New York.
2 Hermann Weigand. Vgl. Brief vom 12. 2. 1946.
3 *Partisan Review,* eine in New York seit 1934 erscheinende kulturelle Vierteljahresschrift.
4 1946 erschien *The Death of Virgil* in dem Londoner Verlag Routledge & Kegan Paul.
5 Zur Verfilmung der *Schlafwandler* vgl. Fußnote 1 zum Brief vom 19. 7. 1932.

538. An Anna Eleanor Roosevelt

One Evelyn Place
Princeton, New Jersey June 22, 1946

My dear Mrs. Roosevelt:
Some time ago, following Dr. Henry Seidel Canby's suggestion, I submitted to you a paper, BILL OF RIGHTS – BILL OF DUTIES[1]. I understand that another copy of it has been handed over to you, on the suggestion of Dean Christian Gauss, by Mrs. Rowan Boone[2] in Princeton.

I have, of course, been fully aware of the overwhelming amount of work on your hands. Nor have I been ignorant of the piles of material which daily may pour in at your office. Yet I felt not justified to withhold from your attention a set of ideas which seem to me to be rather closely connected with the aims of your Committee at the UN. For these ideas tend in the direction of a universal Penal Code, which, as I hope to be able to prove in an extensive study on mass psychology – of which my paper forms part – may become imperative for the national and international protection of human rights[2]. Certainly it will not be easy to put such a code into practice, but difficulty is not equivalent to impossibility.

In order to facilitate your acquaintance with my suggestions I enclose a very brief outline[3], trying to cover the general trend of the idea.

I trust you won't regard this informal note as an intrusion. I need not add that I am at your disposal, whenever you, or one of your aides, should want to talk the subject over.

Respectfully yours
Hermann Broch
[BF]

1 KW 11, S. 503.
2 Anna Eleanor Roosevelt war von 1946 bis 1952 Vorsitzende der UN-Kommission für Menschenrechte.
3 »A Study on Mass Hysteria. Contributions to a Psychology of Politics. Preliminary Table of Contents«, vgl. KW 12, S. 569.

539. An Werner Vordtriede[1]

One Evelyn Place
Princeton, New Jersey 1. 7. 46.

Lieber Dr. Vordtriede,
ich brauche Ihnen wohl nicht zu sagen, wie sehr mich Ihre schöne Vergil-Kritik in der Rundschau[2] gefreut hat.

An und für sich wird man ja mit zunehmendem Alter gegen Lob und Tadel unempfindlich; man ist der eigenen Arbeit gegenüber skeptischer geworden, zugleich aber auch – denn das geht Hand in Hand – ihrer sicherer, und weder das eine noch das andere läßt sich von außen her verstärken oder vermindern: das Getane ist wie es ist; es ist von einem abgeschieden, fast wie ein Fremdes, jedenfalls Gleichgültiges, und nur das Noch-nicht-Getane bleibt noch lebenswichtig, ja als einzige Realität. Ich habe das Gefühl, daß Sie das, gerade das aus dem Vergil herausgehört haben, und ebendarum sind mir Ihre Worte wichtig und wertvoll. Seien Sie bedankt.

Ich hoffe sehr, daß wir einander bald treffen können. Inzwischen nehmen Sie bitte sowohl von Kahler wie von mir herzlichste Grüße –

aufrichtigst Ihr
Hermann Broch
[WV]

1 Werner Vordtriede (geb. 1915), deutsch-amerikanischer Literaturwissenschaftler; emigrierte 1933 nach dem Abitur in die Schweiz, Studium der Germanistik und Anglistik in Zürich, danach in Cambridge/England. 1938 wanderte er in die USA aus; lehrte 1946 deutsche Literatur an der Princeton University in Princeton, N. J.

2 Werner Vordtriede, »Der Tod des Vergil«, *Neue Rundschau,* 57/1 (April 1946), S. 373-375.

540. *An Jadwiga Judd*

Princeton, 3. Juli 1946

[...] Unter den österreichischen Briefen war auch einer von Saiko[1]. Sehr verbittert, fast in Neid auf das bessere Los, das wir durch die Emigration gezogen haben; aber er hat seinen Roman[2] fertiggestellt und will ihn mir zwecks amerikanischer Placierung schicken. Ich sehe dem Buch mit einiger Bangnis entgegen, erstens weil mir Romane und gar solche dieser Art recht uninteressant geworden sind, und zweitens weil ich mit Unbehagen voraussehe, daß es mit der Placierung Schwierigkeiten haben wird, und ich dafür nicht die Verantwortung übernehmen möchte. Den Brief habe ich Anja [Herzog] gesandt, da ich annahm, daß er sie mehr als Dich interessieren würde. Und obwohl Du sicherlich keinen Gebrauch davon machen wirst, gebe ich Dir jedenfalls Saikos Adresse: Langegasse 67/11, Wien VII.

Angesichts der geschilderten Umstände brauche ich Dir nicht eigens zu sagen, wie langsam es mit der Arbeit vorwärts geht. Ich bin jetzt daran, aus dem dritten Band der Massenpsychologie die politischen Konsequenzen zu exzerpieren und diese in einer Studie über die psychologischen Möglichkeiten und Aussichten von Demokratie als eigenes Buch herauszubringen[3]. Ich halte es für wichtig, weil damit unsere allerdringendsten Fragen berührt werden. Vor mehr als einem halben Jahr habe ich Dir ein Kapitel daraus »Bill of Duties« gesandt, doch Du hast nicht darauf reagiert. Das Kapitel wurde von der Universität nach Nürnberg und an die UNO gesandt, und dort schläft es jetzt, obwohl ich aus bestimmten Anzeichen zu entnehmen glaube, daß Jackson[4] es recht genau gelesen hat. [...]

[YUL]

1 George Saiko. Vgl. Fußnote 1 zum Brief vom 10. 7. 1937.
2 George Saiko, *Auf dem Floß. Roman* (Zürich: Carl Posen; Wiesbaden: Limes, 1948).
3 Vgl. KW 11, S. 278-396.
4 Vgl. Brief vom 30. 11. 1945.

541. An Herbert Burgmüller

Princeton, 18. Juli 1946

Liebster Herbert,
soeben traf Ihr guter ausführlicher Brief vom 30. 5. ein. Ich will ihn so kurz wie nur irgend möglich beantworten, obwohl ich Ihnen gerne eingehender, sogar sehr eingehend schreiben möchte; täglich hat man mit neuen Problemen zu tun, und erst jetzt, nicht in der Hitlerzeit, fühlt man sich wirklich im Exil, denn »von außen« kommt man an diese Fragen nicht heran, und man befindet sich eben im »Außen«. Dabei bin ich überzeugt, daß wir in manchem sogar eine bessere Übersicht von hier aus gewinnen können. Aber nun der Reihe nach:

Thomas Mann habe ich eine Auswahl Ihrer Sendungen geschickt. Erich Kahler, bei dem ich hier wohne, und der eigentlich der intimste Freund Manns ist, glaubt nämlich gleich mir, daß Mann sich über die Kontroverse[1], die da in Deutschland um ihn geht, sehr aufregt, und daß man ihm jetzt, nach seiner schweren Operation, nichts zeigen darf, was Angriffe auf ihn enthält. Wenn er, was wir hoffen, wieder völlig wohlauf ist, läßt sich das nachtragen, umsomehr als es dann nicht mehr aktuell sein wird. Natürlich habe ich ihm Ihre schönen Worte über ihn gesandt.

Die Arbeit von Lukács[2] habe ich aus Berlin bekommen. Sie ist anständig, obwohl sie zurechtgebogen ist. Mann ist nämlich alles andere als ein politischer Denker; die Kategorie Politik ist ihm völlig fremd. Und daß man aus einem dichterischen Werk, besonders aus einem so facettenreichen wie das Mannsche, alles, was einem beliebt, herauslesen kann, das versteht sich nur von selber. [. . .]

Ich weiß, daß reinliche Scheidungen notwendig sind. Kunst, die politische Wirkungen erzielen will, büßt an Kunst ein, und Politik, die durch Kunst geäußert wird, ist keine Politik. Gewiß, Brechts »Nachgeborenen«[3] sind ein großes Gedicht, aber es ist es nicht, weil es politisch auslegbar ist. Und noch größer ist seine Ballade von Lao-Tse[4]. Und ich frage mich, ob Ihre an sich richtige Überlegung von der Stimmgewichtigkeit des Dichters, die er erringen soll, auf daß er sie politisch ausnützen kann, ganz zulässig ist. Eben weil es mein Weg gewesen ist, frage ich nach seiner Zulässigkeit. Jedenfalls hoffe ich, daß trotz dieses unzulässigen Weges mein politisches Buch Gehör finden wird (– das ist mein einziger »äußerer« Ehrgeiz –), und ich wollte, ich könnte es Ihnen schon schicken. [. . .]

[GW 8]

1 U. a. war es Frank Thiess, der damals Thomas Mann angriff und die »äußere« gegen die »innere« Emigration herabsetzte. Vgl. auch KW 9/1, S. 403.
2 Georg Lukács, *Thomas Mann* (Berlin: Aufbau, 1949).
3 Vgl. Fußnoten 1 und 2 zum Brief vom 14. 9. 1940.
4 Bertolt Brecht, »Legende von der Entstehung des Buches Taoteking auf dem Weg des Laotse in die Emigration«, Brecht-Werkausgabe Bd. 9 (Frankfurt: Suhrkamp, 1967), S. 660-663. (Eines der Svendborger Gedichte aus dem dänischen Exil; vgl. auch Fußnote 2 zum Brief vom 14. 9. 1940).

542. An Hans Reisiger

One Evelyn Place
Princeton, N. J. 1. 8. 46

Lieber Freund Reisiger,
es ist gut, Ihren Brief zu haben. Ich hätte Ihnen schon längst geschrieben, wenn ich nicht so maßlos – speziell mit Korrespondenz – überlastet wäre. Aber daß ich mit meinen Gedanken bei Ihnen war, haben Sie ja durch Burgmüller erfahren. Und ich bin glücklich, daß Sie aus der Hölle heil herausgekommen sind[1].

Natürlich erinnere ich mich der Ereignisse vom 13. März 1938: nicht nur Sie, auch ich bin an diesem Tag (in Aussee) verhaftet worden, und dann schrieb ich Ihnen noch von Schottland, wo ich am Loch Leven[2] Ihrer »Mary«[3] gedachte. Was ist mit dem Buch geschehen? Zwei Kapitel sah ich noch in der Rundschau[4].

Es ist rührend, daß Sie sich noch meines Bergromans[5]

erinnern. Ich habe das Buch zugunsten des »Vergil« liegen lassen, den ich unter der damaligen Gefahr als meine private Auseinandersetzung mit dem Tod zu schreiben mich bemüßigt fühlte. Das Buch ist englisch und deutsch in N. Y. herausgekommen, wird jetzt auch für Europa in der Schweiz erscheinen, und so hoffe ich Ihnen bald ein Exemplar schicken zu können. Noch wichtiger freilich wäre es mir, Ihnen die Massenpsychologie, an der ich nun schon seit Jahren arbeite, zu senden – aber das wird wohl noch weitere Jahre dauern; das Thema ist übergroß. Ich bin jetzt daran, daraus einen Essay zu exzerpieren, der die dringendsten politischen Fragen vom Psychologischen her behandelt, und dieser Essay soll zusammen mit einem ähnlichen Erich Kahlers in einem eigenen Bändchen herauskommen[6].

Ich weiß nicht, ob man das Lebensinhalt nennen darf. Es ist Arbeit, allerdings befriedigende Arbeit, und trotzdem wächst meine Abneigung gegen alles Papierne, vor allem gegen alles Wortedrechseln, was Fulda[7] so schön auf »lieber ein paar gute Kugeln wechseln« gereimt hat. Und ich habe das Empfinden, daß die ganze junge Generation diese Abneigung teilt. Dabei weiß ich natürlich genau, daß die Rettung der Welt nicht von den Kugeln und auch nicht – soweit Intellektuelles in Betracht kommt – vom Empiristischen und Positivistischen, sondern am Ende doch wieder vom Platonischen her besorgt werden wird. Indes, die Brücke hiezu wird von der Mathematik her geschlagen, nicht von bloßer Meinung, denn was so mit Worten herumgeredet wird, und seien sie noch so gut gesetzt, ist bloße Meinung, das heißt Meinung »über« etwas, ohne daß das Ding selber spricht; im mathematischen Ausdruck sprechen die Dinge. (Immerhin, was ich da sage, ist gleichfalls Meinung über etwas und ist in Worten ausgedrückt!)

Das ist natürlich ein wenig paradox verzerrt. Wenn man an die Grenzen gelangt, entstehen stets »Paradoxien des Unendlichen«. Und wenn man in dem überstillen und vollgesicherten Princeton sitzt, während die Weltgeschichte ganz woanders vonstatten geht, ist man infolge solcher Diskrepanz gewissermaßen emotionell paradoxie-bereiter. Die ruhige Gefahrlosigkeit, in der man diese Zeit durchlebt hat, hat allerhand Beschämendes an sich; das bißchen Gefängniserfahrung kann wirklich nicht zählen. Freilich darf man sich trösten; es ist noch nicht aller Tage Abend, und man weiß nicht, was einem noch alles bevorsteht – ich werde von den Überraschungen, die da noch kommen können, nicht überrascht. Immerhin, man lebt in einer geschenkten Zeit; seit meiner Rettung hat das Gefühl tiefer Dankbarkeit, noch atmen zu dürfen, mich niemals verlassen: es mag dies auch eine Alterserscheinung sein; jedenfalls ist es mir, als ob das Sein jeden Tag an Transparenz und Luzidität gewänne. Und ich könnte mir vorstellen, daß es Ihnen recht ähnlich ergangen ist.

Bei allen Nachteilen dieser Ruhe hier, es ist natürlich fast tragisch, daß Sie den Ruf nach Berkeley nicht haben annehmen können. Über die technischen Schwierigkeiten, die da der Annahme entgegengestanden sind, wissen Manns nichts; es wurde im Hause Mann recht beklagt und geklagt, daß Sie nicht gekommen sind. Wir – d. h. vor allem Erich Kahler, der mit [Thomas] Mann intimer als ich steht – werden ihm den Sachverhalt darlegen. Ich weiß nur nicht, ob man das jetzt schon machen soll. Alles, was mit Deutschland zusammenhängt, regt ihn sehr auf; besonders seit den dortigen Angriffen gegen ihn und angesichts der schweren Operation, die er jüngst überstanden hat, muß man alle Aufregung von ihm fernhalten. Damit hängt auch die Nicht-Beantwortung der Briefe aus Deutschland offenbar zusammen.

Freilich wäre es am besten und schönsten, wenn Sie herkämen; doch daran ist vorderhand wohl nicht zu denken. Eher werden Sie mich in Deutschland sehen; wenn die Massenpsychologie fertig ist, will ich unbedingt nach Europa fahren, und ich hoffe nur, daß sie wirklich noch fertig wird – wenn man so spät, zu spät angefangen hat, ist es schwierig, bis zur Neunten Symphonie zu gelangen.

Die Lebensmittelpakete des PEN sind leider noch immer nicht nach Deutschland abgegangen. Doch das hat in diesem Fall den Vorteil, daß ich Ihre Adresse, die ich falsch angegeben hatte, rektifizieren kann.

Nehmen Sie treue Gedanken

in Herzlichkeit Ihr
Hermann Broch
[HaR]

1 Hans Reisiger lebte von 1938 bis 1945 in Berlin; seit 1946 in Stuttgart und Garmisch Partenkirchen.

2 Loch Leven, See in der schottischen Grafschaft Kinross mit dem Schloß auf einer Felseninsel, worin Mary Stuart 1567 gezwungen wurde, auf den Thron zu verzichten. Reisigers Roman hat das Loch Leven Castle zum Schauplatz.

3 Hans Reisiger, *Ein Kind befreit die Königin* (Berlin: Rowohlt, 1939).

4 Vorabdrucke des Mary Stuart-Romans von Reisiger finden sich in der *Neuen Rundschau,* 46. Jg. (1935), S. 297-311, 350-374, 484-511.

5 *Die Verzauberung,* KW 3.

6 Ein unausgeführter Plan.

7 Ludwig Fulda (1862-1939), deutscher Dramatiker, Mitbegründer der *Freien Bühne* (1889). Er machte sich vor allem einen Namen als Übersetzer Molières, Rostands und Shakespeares. Broch spielt an auf eine Stelle in: Edmond Rostand, *Cyrano von Bergerac. Romantische Komödie in fünf Aufzügen.* Deutsch von Ludwig Fulda (Stuttgart: Cotta, 1898), S. 273: »Musiker und Reimedrechsler,/ Physiker, Philosoph und Fechter,/ Zungenfertiger Schlagwortwechsler,/ Liebhaber auch – jedoch ein schlechter! –«.

543. An Kurt Wolff

11. 8. 46 Princeton

Lieber Freund K. W.,
Dank für das Sleepwalker-Briefchen.

Über mein eigenes Interesse an dem reprint brauche ich nichts zu sagen; das ist selbstverständlich vorhanden, vorausgesetzt, daß man aus der Sache einen Erfolg machen kann.

Ebenso selbstverständlich ist es, daß ich Pantheon in nichts hineinzuhetzen wünsche, was kein Erfolg zu werden verspricht. Wenn ich das Buch überhaupt für Pantheon geeignet halte, so hat das folgende Gründe:

(1) Soweit ich das Verlagliche überschauen kann, könnte Pantheon ein »Kommerzbuch« brauchen, kann aber wegen seines spezifischen Qualitätstiles nicht jeden Roman, auch wenn er an sich gut ist, dafür verwenden, sondern muß hiefür

noch eine zusätzliche Begründung, wie z. B. den Ruf des Autors etc. haben.

(2) Die Sleepwalkers können als »Kommerzbuch« aufgemacht werden. Die zusätzliche Begründung ist durch den Vergil gleichfalls gegeben; es ist nur selbstverständlich, wenn der Vergil-Verlag auf ein früheres Hauptwerk des Autors zurückgreift, umsomehr als dieses bei seinem ersten Erscheinen eine literarische Sensation gewesen ist.

(3) Der Vergil benötigt wieder einen propagandistischen Auftrieb, und den kann man ihm durch einen Sleepwalker-Erfolg am billigsten verschaffen, besonders wenn der Neudruck durch einen prominenten Kritiker eingeleitet wird, der meine Gesamtarbeit, also einschließlich des Vergil, entsprechend darstellt.

(4) Selbst wenn der kommerzielle Erfolg, um dessentwillen das Ganze unternommen werden soll, sich nicht einstellt – mit diesem Risiko muß man immer rechnen – ist mit einem wirklichen Verlust kaum zu rechnen, denn der zur Einbringung der Kosten notwendige Absatz einer Auflage ist wohl jedenfalls zu gewärtigen; fast jeder literarische Buchhändler wird Ihnen sagen, daß die Sleepwalkers bei ihm gefragt werden, und daß er sie nicht auftreiben kann. Wenn ein Antiquar zufällig ein Exemplar bekommt, ist es immer sofort verkauft.

Sie fragen nach dem Promotionsmodus, mit dem man zu jenem Erfolg gelangen kann. Das kann man nur mit einem sehr einfachen Slogan bewerkstelligen, der aber gegeben ist: es ist »*der* prophetische Roman, der die Prädestination des deutschen Menschen zur Hitlerei zeigt«. Es muß Ihnen ja bei der Lektüre aufgefallen sein, wie der soziale Querschnitt, der in den drei Bänden gezogen ist, fast in allen Charakteren sich als Nazi-Nährboden offenbart, wie da schon alle Elemente des Nazitums, das romantische wie das mystische wie das anarchische wie das pfiffig-beutelüsterne u. s. w. bereitliegen. Nun könnte man natürlich sagen, daß das hineingeheimnist sei, aber wenn man dazu den »Zerfall der Werte« liest, der ja nicht aus Spielerei in das Buch hineingesetzt worden ist, so sieht man, daß es keine leere Interpretation ist: das Buch war wirklich prophetisch und hat eben infolge des »Zerfall der Werte« seinen vollen Sinn behalten.

M. E. ist das die einzige und zugleich wirksamste Linie

(obwohl man es auch von anderer, nämlich metaphysisch-religiöser Seite anpacken könnte), auf der man sich propagandistisch zu bewegen hat. Die Leute wollen Aufklärung über das Rätsel Deutschland haben; Sie brauchen nur auf die vielen journalistischen Deutschland-Bücher schauen, die alle bestseller geworden sind, und dieses Aufklärungsbedürfnis kann durch einen Roman weit besser befriedigt werden. Und ich wüßte keinen Roman, der ähnliches bringt: der neue von Th. Mann[1] nimmt das Thema auf, und ebendeshalb sollten die Sleepwalker schon da sein. Oder gleichzeitig erscheinen. Selbstverständlich läßt sich dagegen einwenden – und das ist das Risiko, von dem ich sub (4) gesprochen habe –, daß die Leute am Ende deutschland-müde sein werden, und das würde dann ebensowohl die Sleepwalkers wie das neue Mannsche Buch treffen. Indes, ich halte, wie gesagt, das Risiko für nicht übermäßig groß.

Die praktische Durchführung hängt nicht zuletzt von der Einleitung ab. Hiezu müßten Sie den richtigen Mann finden. Auch die Book Club-Frage steht damit im Zusammenhang. An den BMC[2] freilich ist kaum zu denken; die monatliche Auswahl, für die Canbys Stimme so überaus wichtig ist, betrifft nur jüngste Neuerscheinungen, und für die Jahresprämie, die in das Rayon Schermans[3] fällt, werden seit kurzem Polls unter den Mitgliedern veranstaltet, von denen, selbst wenn Scherman ihnen das Buch vorlegt, kaum ein Mehrheitsvote zu erwarten ist, wenn nicht schon vorher eine Vorpropaganda vorgenommen werden würde, denn das durchschnittliche BMC-Mitglied weiß natürlich nichts von den Sleepwalkers. Aber es gibt doch nicht bloß den BMC, sondern noch eine ganze Reihe anderer Book Clubs, so den Reader's Club etc. Eben das müßte mit Canby besprochen werden, denn das ist ja sein Geschäft, und da kennt er sich aus, könnte auch etwas machen. Ich weiß, daß er sich über den Skandal, der beim Erscheinen des Vergil in der SRL[4] vorgefallen ist, höchlich geärgert hat, und daß er gerne eine Gutmachungsaktion einleiten möchte. Seine Idee ist, dies beim Erscheinen einer Kommerz-Ausgabe des Vergil zu tun, doch er würde sicherlich auch die Sleepwalkers zum willkommenen Anlaß nehmen. Ich halte es auch nicht für ausgeschlossen, daß er sich anträgt, die Einleitung zu schreiben, bin mir aber über die Tragweite seines Publikumseinflusses nicht im klaren: der Erfolg seiner Whitman-Biographie[5] war nicht mehr so sensationell wie man sich hätte vorstellen können. Immerhin könnte er beim breiten Publikum trotzdem noch größeres Gewicht haben als ein Moderner.

M. E. wäre es richtiger, wenn Sie und nicht ich mit Canby sprächen. Wenn er mir das Schreiben der Einleitung anträgt, kann ich nicht ablehnen. Ich könnte allerdings Ihre Unterredung mit ihm vorbereiten, und das erschiene mir als die vorteilhafteste Lösung der Frage. Im übrigen kann all das erst nach Labor Day geschehen.

Haben Sie übrigens von Edlin[6] die alten Schlafwandler-Kritiken verlangt? Ich habe es meinerseits sicherlich nicht getan, erhielt aber vorgestern zu meiner Überraschung eine Sammlung von ihm aus Zürich. Vielleicht aber läßt sich einiges daraus verwenden, wenn der reprint wirklich vorgenommen werden sollte. So ist mir bei flüchtiger Durchsicht eine Besprechung aufgefallen, in der ein Mann sich höchst entsetzt seitenlang mit dem Buch beschäftigt und zu dem Resultat kommt, daß solch »Pessimismus« zum Nichts hinweist; daß er damit das Prophetische des Buches richtig erkannt hat, ist ihm vermutlich auch heute noch nicht zu Bewußtsein gekommen. Ich lege jedenfalls diese Kritik-Sammlung hier bei. Bitte heben Sie sie gut auf.

Ich habe Ihnen neulich geschrieben, daß wir m. E. ein Vergil-Exemplar an Krells Freund, Adolf Neumann[7], in Stockholm schicken sollten. Hoffentlich haben Sie es getan. Denn nach dem gestern hier eingelangten beil. Brief Krells arbeitet Neumann nicht bei Bonnier sondern bei Norstedt[8]. Wenn es also mit Bonnier nichts wird – was ja eher wahrscheinlich ist –, hätten wir da ein zweites Eisen im Feuer. Angesichts des Bonnierschen Verhaltens, nämlich Zurückziehung eines bereits erstellten Offertes, sind wir zu solcher Maßnahme ohne weiters berechtigt.

Krell ist in seinen Bemühungen ausgesprochen rührend. Und was er über die italienischen Verleger schreibt, scheint mir durchaus berücksichtigenswert zu sein. Ich bin also dafür, seinem Ratschlag gemäß, das Buch zuerst bei Einaudi[9] anzubieten, ebenso diesem einen Wink hinsichtlich des in Vorbereitung befindlichen politischen Buches zu geben.

Ich weiß nicht, welche Abmachungen Sie mit Pfeffer[10] getroffen haben; vor etwa 14 Tagen schrieb er mir, daß er, offenbar in Einvernehmen mit Ihnen, sein Exemplar an seinen italienischen Agenten geschickt habe. Soferne Sie ihm also dies überlassen haben, bitte instruieren Sie ihn wegen Einaudi, desgleichen wegen des politischen Buches. Eventuell könnte man durch eine Option auf dieses den Vergil-Verkauf unterstützen, obwohl ich im allgemeinen nicht gerne solche Optionen gebe. Aber der Vergil-Verkauf ist mir wichtig, und so würde ich, falls das eine Bedingung hiefür wäre, eine Ausnahme machen.

Demgemäß habe ich Pfeffer geschrieben, er möge, bevor er in Italien etwas unternimmt, vorher Instruktionen bei Ihnen einholen.

An Krell habe ich laut gleichfalls beiliegendem Durchschlag geschrieben. Ich hoffe Sie damit einverstanden. Sollten Sie jedoch anderer Ansicht sein, so verständigen Sie bitte unverzüglich Krell direkt.

Den Krell-Brief sowie meine Antwortkopie erbitte ich retour.

Nicht nur meine Bücher, auch meine Briefe werden zu lang. Aber ich wollte all das schriftlich festhalten, weil man in Besprechungen, besonders im Unruhe-Office, doch immer die Hälfte vergißt. Und so muß ich Sie, trotz der Mühe, die ich Ihnen damit mache, bitten, diesen Brief zu lesen und zu überlegen, damit wir das Wesentliche festlegen können, wenn ich zu Ihnen komme. In der Hauptsache kommt es darauf an, *ob* und wie man sich mit der Sache an Canby wenden soll, oder ob ein anderes Vorgehen empfehlenswerter wäre.

Weiters müssen wir uns über den Zeitpunkt klar werden, an dem man, falls der reprint gemacht wird, damit herauskommen soll. Für ein Weihnachtsbuch ist es bereits zu spät geworden. Und es ist die Frage, ob man bis zum nächsten Spätherbst warten soll.

Jedenfalls bin ich im Laufe dieser Woche wohl in N. Y. Andernfalls nächste Woche.

Anbei Marken für Christian[11] und die schönsten Grüße Ihres

HB.

[KWB]

1 Thomas Mann, *Doktor Faustus* (1947).
2 Book-of-the-Month Club, New York.
3 Harry Scherman (geb. 1887), amerikanischer Schriftsteller und Gründer sowie erster Präsident des New Yorker Book-of-the-Month Club.
4 Vgl. Leonard Bacon, »Brutal Realism and Virgil«, in: *Saturday Review of Literature,* Jg. 28, Nr. 26 (30. 6. 1945), S. 11.
5 Henry Seidel Canby, *Walt Whitman, an American. A Study in Biography* (New York: Houghton Mifflin, 1943).
6 Gregor Edlin, Rechtsanwalt in Zürich. Er war 1929, als Daniel Brody den Rhein-Verlag erwarb und den Sitz der Firma nach Zürich verlegte, zum Präsidenten des Verwaltungsrates bestellt worden. Zur Zeit von Brodys Emigration verwaltete er den Rhein-Verlag in eigener Regie. Edlin arbeitete bis 1963 im Rhein-Verlag.
7 Adolf Neumann, ehemals Leiter des Rütten & Loening-Verlages; lehrte seit 1938 Literatursoziologie an der Universität Oslo/Norwegen und arbeitete nach seiner Flucht nach Schweden seit 1942 als Berater des Stockholmer Norstedt-Verlages.
8 Schwedische Verlage. Bei A. Bonnier in Stockholm war 1932 der erste Band von Brochs *Schlafwandler*-Trilogie erschienen *(Den romantiske löjtnanten)*. Bei Norstedt erschien keines der Brochschen Bücher.
9 Beim Turiner Einaudi Verlag erschien 1960 die *Schlafwandler-Trilogie (I Sonnambuli)* und 1963 *Die Schuldlosen (Gli Incolpevoli)*.
10 Max Pfeffer, ein Emigrant aus Wien, leitete damals eine literarische Agentur in New York.
11 Christian Wolff (geb. 1934), Sohn Kurt und Helene Wolffs, heute Literaturprofessor am Dartmouth College, Hanover, New Hampshire/USA.

544. An Ruth Norden

21. 9. 46 Princeton

Dein Brief vom 22. Sept. liegt nun schon über 14 Tage hier, Liebes, und ich konnte ihn nicht beantworten. Es hat sich nämlich eine Zwischenarbeit eingeschoben, ein Gutachten[1] über die mögliche wissenschaftliche Zusammenarbeit der New School mit der UNESCO (streng konfidentiell vorderhand!), und da doch alles, was ich angreife, ins Überdimensionale anwächst, ist ein Buch daraus geworden, fast 100 Seiten. Leider habe ich die unverständlichsten philosophischen Dinge hineingestopft, aber auch da kann ich nicht wider meine Natur: ich bin nur neugierig, ob ich jetzt als Narr oder als großer Mann gelten werde, oder ob – was das wahrscheinlichste ist – niemand sich die Mühe nehmen wird, die Arbeit überhaupt anzuschauen.

Aber es war eine Arbeit, die mich interessiert hat. Nur daß es eine neue Überbelastung war: ich habe während dieser vier Wochen meinen Schlaf auf 4 bis 5 Stunden heruntergeschraubt und bin aufs äußerste interessiert, wie lange ein Organismus [das] noch aushalten kann. Seit zwei Tagen bemühe ich mich, die aufgestapelte Post zu erledigen, aber der Haufen wird kaum kleiner. [. . .]

Eigentlich wollte ich diesen 60.[2] in Verborgenheit verbringen, d. h. ich wollte nach Cambridge fahren. Doch es ist mir gelungen, alle Feierlichkeiten, sowohl hier im Hause, wie bei Kurt Wolff, wie bei der Untermeyerin zu torpedieren: Gratulationen kann ich mir zwar nicht verbieten, wohl aber, daß für mich in irgend einer Form auch nur ein Cent ausgegeben wird, vielmehr verlangte ich von jedem, der solche Absicht hat, daß für das Geld Lebensmittelpakete nach Europa geschickt werden. Ich habe dutzende von Adressen, die ich nicht beliefern kann, weil ich ohnehin finanziell das Äußerste leiste, was ich mir zumuten kann – auch Dir habe ich noch immer nicht den Rest zurückgegeben –, und so fand ich es nur richtig und anständig, daß man auf diese Weise und auf keine andere diesen lugubren Tag feiert [. . .]

[DLA]

1 »Philosophische Aufgaben einer Internationalen Akademie«, KW 10/1, S. 67-112.

2 Broch wurde am 1. 11. 1946 sechzig Jahre alt.

545. An Ernst Schönwiese

Princeton, N. J., 14. 11. 46

Lieber guter Freund Schönwiese,
Ihr macht's Euch schwer, mir macht Ihr's leicht, d. h. mit Ihren rührenden, freundschaftlich liebevollen Worten machen Sie mir das unangenehme Datum, das dieser Sechzigste ist, leichter ertragbar. Ich drücke Ihnen die Hand, wahrlich nicht nur in beruflicher Kameradschaftlichkeit, sondern darüber hinaus, weit darüber hinaus in einer menschlichen Verbundenheit, die bei mir in diesen Jahren schwersten Erlebens – schwerer noch für den Daheimgebliebenen als für den Flüchtling – trotz aller Trennung nur gewachsen ist; für die paar Jahre, die noch vor mir liegen, viel zu kurze Jahre für meinen Geschmack, möchte ich sie nicht mehr missen. Und solche Feststellungen machen einem den Übertritt ins ehrwürdig Greisenhafte leichter. Zugleich freilich auch entsetzlich schwerer! Denn wissen Sie, was die irdische Konsequenz all Ihrer freundschaftlichen Mühe in Silberboot[1] und Radio für mich sein wird? Gratulationsbriefe und noch Briefe!! Die »Austro-Tribune« hier brachte einen schönen Geburtstagsgruß Viertels[2] – beim »Aufbau« konnte ich ähnliches noch rechtzeitig verhindern –, und nun sitze ich seit 10 Tagen an den Gratulationsdanksagungen, die sich daraus ergeben haben. Es war ein Danaergeschenk, u. zw. in Gestalt eines Danaidenfasses; natürlich zittere ich, daß sich das nun wiederholen wird.

Denn das Furchtbarste an diesem Alter ist der Zeitmangel. Die Panik des Nicht-fertig-Werdens sitzt in mir, und wenn man sich auch rational sagt, daß es am Ende, im wahrsten Wortsinn am Ende, gleichgültig ist, ob man seine Pläne ausgeführt hat oder nicht, das Sagen-Wollen dessen, was man noch zu sagen hat, ist wie ein metaphysisch-irrationaler Zwang, der mit irgendwelchen Vorstellungen vom Seelenheil zusammenhängt. Ich habe meine Schlafnacht auf 5 Stunden reduziert, und das ist wiederum für Lebensverlängerung nicht zuträglich. Andererseits muß ich auch ganz banal-irdisch meine Sachen fertigbringen, da ich nur hiedurch eine dauernde akademische Stellung bekommen und damit für mein späteres Alter vorsorgen kann. M. a. W., ich muß im Laufe dieses Jahres unbedingt mein politisches Buch und einen großen Teil meiner Massenpsychologie fertigbringen.

Und damit sind wir auch schon bei Ihren Fragen nach neuen Arbeiten für Silberboot und Almanach[3]: ich kann und darf im Augenblick nichts mehr einschieben, ja ich kann nicht einmal Redaktionsarbeit an altem Material vornehmen, kann es umso weniger tun als ich dieses erst mühselig zusammensammeln müßte. [. . .]

Etwas anderes ist es mit den *Essays*. Diese möchte ich gerne gelegentlich sammeln und herausbringen, denn da ist vieles darunter, zu dem ich noch stehe. Auch den Aufsatz im letzten Vorkriegs-Silberboot[4] möchte ich sehr gerne fertigstellen. Nur weiß ich nicht, wie man das Material wieder auftreiben kann; ich besitze nichts mehr davon, und schon die Sucharbeit ist für mich schlechterdings unbewältigbar.

Gedichte, alte wie neue, sind vorhanden und werden auffindbar sein. Ein Teil von ihnen sind an Dr. Ullrich[5] in London gegangen, der sie für eine österreichische Anthologie haben wollte. Ob das Unternehmen überhaupt zustande gekommen ist und welche Stücke von mir dabei verwendet werden, habe ich bisher trotz Urgenz nicht erfahren können. Jedenfalls möchte ich Ihnen einige, sei es zur Auswechslung, sei es zur Vermehrung (nach Ihrer Wahl) der Patmos-Gedichte[6], für die neue Ausgabe schicken. Ich freue mich, daß Sie diese Neuauflage herausbringen.

Natürlich steht es Ihnen frei, von den Gedichten auch welche für den neuen Almanach zu verwenden. Und wenn es halbwegs geht, werde ich trachten, Ihnen hiefür auch noch rechtzeitig die »Demeter«-Stücke[7] zu schicken. Das Auswählen und Abschreiben – zu einem Sektretär reicht es nicht – nimmt halt Zeit in Anspruch. [. . .]

[GW 8]

1 Jg. 2, Nr. 8 (November 1946) der von Ernst Schönwiese herausgegebenen österreichischen Literaturzeitschrift *das silberboot* war Hermann Broch zum 60. Geburtstag gewidmet. Abgedruckt wurde dort ein Kapitel aus Brochs Roman *Der Tod des Vergil* unter dem Titel »Cäsar Augustus besucht den sterbenden Vergil«, S. 117-132; ferner die Nachdichtung von T. S. Eliots »Preludes I,

II«, S. 142 (vgl. KW 8, S. 86) und das Gedicht »Mitte des Lebens«, S. 113-114 (vgl. KW 8, S. 36-38).

2 Berthold Viertel, »Hermann Broch. (Zum 60. Geburtstag)«, in: *Austro-American Tribune*, Jg. 5, Nr. 4 (November 1946), S. 3-4.

3 In dem in Salzburg erscheinenden, von Ernst Schönwiese herausgegebenen *Silberboot-Almanach für das Jahr 1946* wurde das Anfangskapitel aus Brochs Roman *Der Tod des Vergil* abgedruckt, S. 117-130.

4 »Erwägungen zum Problem des Kulturtodes. Geschichtsmystik und künstlerisches Symbol«, in: *das silberboot*, 1. Jg., Nr. 5 (Dezember 1936), S. 251. Auf S. 256 findet sich der Hinweis, daß dieser Aufsatz fortgesetzt werde durch den Essay »Ist Dichtung noch möglich?«, ein Vorsatz, der unausgeführt blieb. Vgl. KW 10/1, S. 59-66, KW 10/2, S. 318 f.

5 Hermann Josef Ullrich (geb. 1888), österreichischer Kulturhistoriker; emigrierte 1938 nach England, wo er in London mit dem Free Austrian Movement zusammenarbeitete. Die Anthologie erschien nicht.

6 In der von Ernst Schönwiese herausgegebenen Lyrik-Anthologie *Patmos. Zwölf Lyriker* (Wien: Johannes-Presse, 1935) waren auf den Seiten 55 bis 67 einige Gedichte Brochs erschienen. Vgl. dazu im einzelnen KW 8, S. 166 ff.

7 Eine gekürzte Version des Kapitels »Die Angst« der zweiten Fassung von Brochs Roman *Die Verzauberung* erschien erst im Juli 1951 im Jahrgang 5, Nr. 7 von *das silberboot*, S. 7-30 unter dem Titel »Demeter oder die Verzauberung«.

546. An Waldemar Gurian

Princeton, N. J., 30. 11. 46

Lieber Dr. Gurian,
vielen Dank für Ihre Zeilen und den interessanten Separatabdruck[1]. Bei der ausgezeichneten Analyse der deutschen Verhältnisse, die in dem Aufsatz vorgenommen wird, sollte man meinen, daß auch die Feststellungen über den Einfluß Jüngers auf die deutsche Jugend zutrifft, und das ist nicht gerade hoffnungserweckend: sublimierter Nazismus bleibt trotzdem Nazismus, und der heroische Friede, der da Jünger vorschwebt – es ist eine Bezeichnung, die man ihm eigentlich zur Verfügung stellen müßte –, ist nichts anderes als die Fortset-

zung des Krieges mit anderen Mitteln, in deren Kreis er gnädig auch den religiösen Mitteln Einlaß gewährt. Gewiß, es hat Jünger niemals an Mut gemangelt, und die Verbreitung seiner Schrift[2] im Jahre 1941 war eine Heldentat, aber was damals eine Heldentat war, das ist heute eine bloße Vagheit, und wer sich heute an die Weltsituation mit Vagheiten heranmacht, stiftet Übel. Wenn die deutsche Jugend tatsächlich sich mit derlei Vagheiten begnügt, so zeigt dies, wie hoffnungslos sie durch die Hitler-Erziehung korrumpiert worden ist. [. . .]

[GW 8]

1 Waldemar Gurian, »On the Future of Germany«, in: *The Review of Politics,* 7/1 (1945), S. 3-14. Ernst Jünger wird auf S. 12 erwähnt.

2 Ernst Jünger, *Auf den Marmorklippen. Roman* (1939). Jünger verstand dieses Buch als Zeugnis des »inneren Widerstandes« gegen die Hitler-Diktatur.

547. An Hans Reisiger[1]

Princeton, N. J., 8. Dezember 1946

Lieber Freund Hans Reisiger,
seit Ihrem letzten Brief ist allerlei vorgefallen, und zwar nicht weniger als das Eintreffen der Schreckensnachricht von Ihrem Tode, welcher angeblich Ende September, also gerade als ich Ihnen schrieb, erfolgt sein soll. Nun scheint gottlob die Sache nicht ganz zu stimmen und Sie wissen, daß Ihnen nun – altem Volksglauben gemäß – zwiefache Lebensdauer beschieden sein wird. Dies ist eine eben so große Freude für mich, wie jene welche mir Ihre Antwort bereitet hat, die ich im »Silberboot« unvermutet, und als um so schönere Überraschung, gefunden habe[2].

Was Sie mir da zu meinem Geburtstag schreiben, ist wohl der schönste und freundschaftlichste Gruß, den ich mir hätte erträumen können. Ich sagte Ihnen schon neulich, wie sehr mich die über alle Entfernung und über die Jahre hinausreichende Gemeinsamkeit mit Ihnen beglückt, und da ich weiß, daß Sie kein Wortemacher sind – nicht einmal zum 60. – so finde ich dies nun wieder auf das Schönste bestärkt.

Ich freue mich innigst, daß Th. Mann, wie ich soeben höre, sich nun doch eines besseren besonnen und Ihnen geschrieben hat. Meine gegenteilige Annahme, die ich in meinem letzten Brief andeutete, beruhte auf einem Mißverständnis. Sowohl Kahler, als auch ich, sind über diese Wandlung der Dinge zum Guten über alle Maßen froh. Am Schönsten wäre es nun freilich, wenn Th. M. seine Bemühungen bei der Berkeley-Universität wieder aufnähme, so daß wir die Hoffnung hegen könnten, Sie bald hier herüben wiederzusehen.

Lassen Sie sich die Hand drücken, lieber Freund.

In alter Liebe und Verehrung
Hermann Broch

[HR, HRei]

1 Broch hatte Reisiger während seines Aufenthaltes in Mösern/Tirol kennengelernt. Vgl. Fußnote 3 zum Brief vom 26. 2. 1936 an Stefan Zweig.

2 Hans Reisiger, »Hermann Broch zum 60. Geburtstag«, in: *das silberboot,* Jg. 2, Nr. 8 (Nov. 1946), S. 159.

548. An G. Bromley Oxnam[1]

One Evelyn Place
Princeton, N. J. December 8, 1946

My dear Bishop Oxnam: –
Already for a long time have I intended to write you and to send you a paper I wrote concerning the problem of Human Rights[2].

The thesis of this paper lies in my conviction that no International Bill of Rights will and can be effective unless complemented by an adequate Bill of Duties, and the reasons for this conviction you will find in the paper itself which I enclose.

This study is part of my work on Mass Psychology on

which I am already working for several years. The findings and opinions which I formulate in this work have – to my great satisfaction and pleasure – been shared and fully approved by my academic friends who have helped me to submit these views to the proper forum. Thus, Dean Emeritus Gauss of Princeton University forwarded this paper to the United Nations and President Neilson[3], who wrote me about this paper of mine (in what I believe was his last letter before his premature death), intended to submit it to the Commission to Study the Organization of Peace.

As a result of an undue amount of new and pressing work with which I was burdened all during the past months, I have been kept time and again from carrying out President Neilson's intention, so that I only now have occasion to forward this manuscript to you for your kind consideration.

I should be most interested and indeed very happy to hear your reaction to this paper and remain, my dear Bishop Oxnam,

Yours very sincerely,
Hermann Broch

[YUL]

1 G. Bromley Oxnam (1891-1963), amerikanischer Bischof und Schriftsteller; seit 1936 Bischof der Methodist Church; 1947/48 Präsident des amerikanischen Federal Council of Churches.

Um die Arbeit der UN-Kommission für Menschenrechte zu unterstützen, hatte Oxnam 1946 ein Committee on Human Rights of the Commission to Study the Organization of Peace mit Sitz in New York gegründet. Vgl. Fußnote 3, KW 11, S. 176 f.

2 »Bill of Rights – Bill of Duties. Utopia and Reality«; vgl. KW 11, S. 503.

3 Vgl. den Brief vom 7. 2. 1946.

549. An Victor Hammer[1]

Princeton, 19. 12. 46

Lieber Freund Hammer,
Wie wollen Sie (oder Fiedler) wissen, wessen das Publikum »bedarf«? wo ist das Kriterium? Weiß der Künstler selber, wessen er bedarf? Nein, er weiß es nicht, denn das Kunstwerk ist nichts anderes als *Suche,* d. h. Suche nach dem, dessen man bedarf. Nur der Dilettant weiß, wessen er bedarf, und es ist daher ganz unrichtig, wenn Sie meinen, daß Versuche wie Ulysses oder Vergil (Dank für die Zusammenstellung!) ein »Mit-sich-selbst-Beschäftigen« des Künstlers darstellen: der Künstler, der kein Dilettant ist, beschäftigt sich ausschließlich mit dem Non-Ich – auch wenn er noch so lyrisch ist –, mit dem Sein an sich, dessen Teil er natürlich außerdem ist, kurzum mit dem Objekt, denn einzig und allein das Objekt kann ihm sagen, wessen er bedarf. Und wenn ihm das vom Objekt her verraten wird, dann hat er alles Recht, solche Antwort dem Publikum aufzuoktroyieren, möge sich dieses auch dagegen wehren: es ist nicht nur sein Recht, sondern auch seine Pflicht so zu handeln, möge er damit auch die Gefahr des Verhungerns laufen.

Abstrakt läßt sich natürlich sagen, was dieser Bedarf ist: Ausbau, Umwandlung und Erneuerung unserer Ausdruckskonventionen. Ein frühmittelalterliches Bild benützt andere (vielfach sogar breitere) Ausdruckskonventionen als ein impressionistisches, und jede Realitätsentdeckung enthält den Zwang zu neuen Symbolen. Der Künstler selber verändert seine Symbolsprache durch sein ganzes Leben hindurch; ein Altersquartett Beethovens spricht eine völlig andere Sprache als die Jena-Symphonie usw. Auch Sie wissen nicht, wohin Sie geraten werden. Das »Soziale« der Kunst, auf das Sie pochen, ist nichts anderes als die Akzeptierung der vom Künstler geschaffenen Symbolsprache.

Ich rede keinerlei »Ismen« das Wort. In der Kunst gilt bloß die Persönlichkeit: aber die Persönlichkeit kann und darf sich nicht vom Zeitgeist fernhalten, und für den sind die Ismen genau so Symptome, wie es die roten Flecken für Masern sind. Sie fragen, wieso ich – bei meiner Denkart – Sie bejahen kann: einfach weil ich Ihre starke Künstlerpersönlichkeit in allem, was Sie schaffen, genau spüre. Aber Sie sind im Irrtum, wenn Sie meinen, daß Sie sich selber vom Zeitgeist fernhalten und ein reiner Traditionalist seien. Sie sind, ob Sie wollen oder nicht, ein Ismus-Vorläufer, u. zw. des Surrealismus, und sind darin wahrscheinlich ungleich stärker als alles, was Ihnen da nachgefolgt ist. Das ist m. E. Ihre historische Stellung.

Ich halte mich auch nicht für einen Surrealisten, weiß aber trotzdem, daß der Vergil – nebst manchen anderen Anklängen – surrealistische Elemente enthält. Auf einer Umschlagszeichnung z. B. oder aber bei einer (hier durchaus möglichen) Buchillustrierung hätte man das wahrscheinlich leicht zu zeigen vermocht, *obwohl* eine der Anregungen zu dem Buch jene Zeichnung in der Vaticana (4. Jahrh.) gewesen ist, die Sie wahrscheinlich kennen, und die Vergil am Schreibpult zeigt, den Manuskriptkoffer neben sich. Doch wie immer dem auch sei, der gemeinsame Nenner in unseren beiden Methoden scheint mir im Surrealistischen gegeben zu sein. [. . .]

[GW 8]

1 Victor Hammer (1882–1957), österreichischer Maler und Graphiker; lehrte bis zu seiner Emigration im Jahre 1938 an der Akademie der Schönen Künste in Wien, dann seit 1939 am Wells College in Aurora/New York. Broch hatte Hammer gebeten, ein von ihm gezeichnetes Römer-Blatt für den Schutzumschlag der 1947 im Rhein-Verlag, Zürich, erscheinenden Ausgabe des *Tod des Vergil* zur Verfügung zu stellen. Hammer kam dem Wunsch nach. Vgl. BB 475.

550. An John D. Barrett

One Evelyn Place
Princeton, N. J. December 21, 1946

Dear John Barrett:
herewith my report on Sartre[1], which I complement by also enclosing a little booklet by Egon Vietta[2] which, at the same time you may please consider as my Christmas Card to you.

This pamphlet, »Theology without God«, gives a lot of succinct information on the movement of Existentialism as a whole and Sartre in particular, and one may well consider even to publish it at the same time and within the English edition of »L'Être et le Néant« if you should dicide in favor of the latter[3].

Please accept all my very best wishes for Christmas and the New Year, in which I am joined by my son who is now here with me.

I hope to see you very soon.

Very cordially yours,
Hermann Broch
[BF]

1 John D. Barrett, Herausgeber der Bollingen Series, hatte Broch gebeten, ein Gutachten über Jean-Paul Sartres Werk *L'Être et le Néant* (1943) zu schreiben. Vgl. KW 10/1, S. 275-278.

2 Egon Vietta, *Theologie ohne Gott. Versuch über die menschliche Existenz in der modernen französischen Philosophie* (Zürich: Artemis, 1946).

3 Erste amerikanische Ausgabe: Jean-Paul Sartre, *Being and Nothingness. An Essay on Phenomenological Ontology,* übersetzt von Hazel E. Barnes (New York: Philosophical Library, 1956).

1947

551. An George Saiko

12. 1. 47 Princeton

Liebster Goss,
Das MS[1] ist eingelangt und an H. M.[2] weitergegeben; anbei Kopie meines Begleitschreibens[3], das keineswegs bloß zum Fenster hinaus geredet ist, sondern Wort für Wort meine ehrliche Überzeugung darstellt: ich gratuliere Dir also sehr aufrichtig und herzlich zu dieser Leistung. Daß mir daneben die ganze Romanschreiberei mehr und mehr als eine inadäquate Beschäftigung vorkommt, und [ich] überzeugt bin, daß unsere Zeit – wenn überhaupt – nach anderen Kunstformen zu ihrem Audruck verlangt, gehört in eine andere Kategorie. Im Vergil habe ich den Versuch unternommen, zu anderen Ausdrucksformen durchzustoßen, und auch das ist m. E. inadäquat geblieben. Nun versuche ich es vom Wissenschaftlichen her. Was freilich nicht hindert, daß ich den Bergroman doch einmal (für den Nachlaß) fertigstellen werde. Doch, wie gesagt, innerhalb der Roman-Kategorie selber hast Du den ganzen verfügbaren Bereich abgeschritten.

Weißt Du übrigens, daß der »ausgestopfte Portier«[4] einstens wirklich eine Realität war? der maurische Neger, Leibhusar eines Grafen Palffy, später Oberst, Freund Mozarts und berühmter Schachspieler, zum Schluß ausgestopft für das kaiserliche Raritätenkabinett und daselbst verbrannt? Ich werde Dir, falls Du es nicht hast, das Material verschaffen.

Im übrigen betreibe die deutsche Ausgabe!! Ich werde alles für die amerikanische[5] versuchen, doch darf man sich nicht allzuviel Hoffnungen machen: die Leute werden das Buch hier erst schlucken, wenn es von einem europäischen Erfolg getragen ist. England wäre günstiger, aber dort herrscht Papiernot, und für die enormen Übersetzungsspesen haben sie kein Geld.

Bitte sei so lieb und expediere die beigeschlossenen Briefschaften; die Adressen findest Du auf den Briefen vermerkt. Bitte bestätige das PEN-Paket, wenn es bei Dir eintrifft, und
sei umarmt von Deinem alten
Hermann

[GSa]

1 Das Manuskript von Saikos Roman *Auf dem Floß*. Vgl. Fußnoten 1 und 2 zum Brief vom 3. 7. 1946.
2 Broch schickte das Manuskript an den amerikanischen Verleger Houghton Mifflin in Boston.
3 Vgl. Brochs Gutachten in KW 9/1, S. 393.
4 Bezieht sich auf die Figur des Joschko in *Auf dem Floß*, der nach seinem Tode vom Fürsten ausgestopft werden soll.
5 Eine amerikanische Ausgabe des Romans ist bis heute nicht erschienen.

552. An Hans Reisiger

One Evelyn Place
Princeton, N. J. 30. 1. 47

Lieber Freund Reisiger,
unsere Briefe haben einander gekreuzt, und ich hoffe, daß Sie den meinen – den Dank für Ihren guten, schönen Geburtstagsgruß – inzwischen erhalten haben.

Mittlerweile habe ich versucht, den »Vergil« an Sie absenden zu lassen. Es hat nicht funktioniert; Bücher werden bloß bis 1 Pfund Gewicht für Deutschland bei der Post angenommen. Haben Sie keinen amerikanischen Soldaten, der als Adressat verwendbar wäre? Ich glaube, daß ein solcher sich doch leicht finden lassen sollte, und in diesem Fall wird das Buch sofort auf den Weg gebracht werden.

Burgmüller scheint ähnliche Schwierigkeiten mit der Versendung der »Fähre« zu haben; bisher habe ich – und auch das sind schon Monate her – nur ein einziges Heft zu Gesicht bekommen. Natürlich möchte ich Ihr Stück im Weihnachtsheft haben, und ich lege daher einen Zettel für Burgmüller bei (nicht zuletzt auch wegen der Porto-Ersparnis, denn die Luftpost frißt mich finanziell auf).

Aber nicht nur die Luftpostporti fressen mich auf; noch viel mehr tut das die Korrespondenz, die ins Gigantische angewachsen ist. Und seit meinem 60. – geht es Ihnen nicht auch so? – ist mir das Wissen um die vielen Jahre hinter mir und der so wenigen vor mir ein steter Begleiter geworden. Wie sollen wir das, was wir noch zu sagen haben, zu sagen berechtigt und verpflichtet sind, noch herausbringen? Ich übertreibe nicht, wenn ich sage, daß ich mich in einem Zustand ständiger Scham und Verzweiflung befinde.

Bei mir ist die Sache noch durch meine Unstetheit verschärft: denn wenn man mit 60 sich auf ein ganz neues Gebiet begibt, also ich auf das der Massenpsychologie, so ist es fast grotesk sich einzubilden, da noch Entscheidendes leisten zu können. Und doch bleibt mit keine andere Wahl.

Doch genug des Jammers. Wann wird man endlich das mündlich besorgen können? Denn dann ist es legitim. Sie müssen einmal herüberkommen. Und zur Vorbereitung: ließe sich nichts von Ihnen hier veröffentlichen? Falls Sie hiefür Material haben, schicken Sie es mir bitte; ich werde mich intensiv darum kümmern!

Inzwischen von Herzen und in Freundschaft Ihr

Hermann Broch

[HaR]

553. An Volkmar von Zühlsdorff

One Evelyn Place
Princeton, N. J. 15. 3. 47

Liebster Volkmar,
Dank für Ihren soeben eingelangten guten Brief. Ich kann es Ihnen nachfühlen, wenn sie vom Anblick der heimatlichen Landschaft bewegt sind, und fast mit Beschämung weiß ich um den Mut, der Sie alle erfüllt hat, als Sie sich entschlossen haben, dem Volk drüben zu Hilfe bei der Wiederaufbauarbeit zu kommen. Die tiefe innere Befriedigung, die aus Ihren Zeilen spricht, ist wohlberechtigt.

Etwas freilich vermisse ich in Ihrer Schilderung und ebenso in Hubertus'[1] Berichten: wo sind die Nazi? Ich bin nämlich überzeugt, daß sie nach wie vor vorhanden sind. Ich spreche nicht von den militanten Organisationen, die sicherlich am Werke sind – haben Sie Del Vayos Aufsatz in der letzten »Nation«[2] gesehen? –, sondern ich spreche von all den Menschen, denen Sie tagtäglich begegnen, und die zu den

Nachläufern Hitlers gehört haben, und die es heute selber nicht mehr wissen. Denn das Gedächtnis des Menschen ist unglaublich kurz, insbesondere für seine eigenen Irrtümer und Missetaten, und deshalb vermag er sich unausgesetzt selbst zu belügen: von den vielen braven und anständigen Menschen, die Sie heute treffen, sind m. E. mehr als die Hälfte brave, anständige Heil-Hitler-Schreier gewesen und wissen heute nicht mehr, daß sie es gewesen sind.

Und das ist die Gefahr: ohne Bewußtsein gibt es auch kein Selbstbewußtsein (im wahrsten Doppelsinn des Wortes), und ohne Selbstbewußtsein vermag kein Volk sein politisches Geschick bewußt in die Hand zu nehmen. Bei der heutigen Verelendung, in der es ausschließlich um ein Stückchen Brot und ein Stück Kohle geht, läßt sich zudem von niemandem verlangen, daß er Einsicht in seine eigenen Haltungen und Handlungen gewinne, doch wenn einmal – hoffentlich! – dieser entsetzliche Zustand überwunden sein wird, dann muß der Deutsche endlich zu erfassen lernen, was eigentlich vorgegangen ist und wozu er seine Hand geboten hat. Und das ist auch meine Hoffnung: einem Volk wie etwa dem amerikanischen läßt sich eine solche Einsicht nicht beibringen, vor allem nicht, weil ihm Politik nicht Gewissensfrage sondern Sport ist, und auch mit den lateinischen Völkern ist da wenig anzufangen, weil da die clarté zu sehr nach außen gerichtet und nicht Selbsterkenntnis ist, wohl aber sind bei den Deutschen die Voraussetzungen hiefür gegeben, und deswegen glaube ich, daß jede künftige politische Bewegung, die wahrhaft deutsch sein will, von hier aus ihren Ausgang zu nehmen haben wird; gelingt dies, so kann Deutschland einstmals das wichtigste geistige Zentrum Europas werden.

Fürs erste aber muß der gegenwärtige Zustand überwunden werden. Daß es so weit hat kommen müssen, ist m. E. vor allem auf Unfähigkeit zurückzuführen, Unfähigkeit gepaart mit der Erzsünde der Gleichgültigkeit gegen fremdes Leid. Wäre es bloß böser Wille, so würden nicht allüberall in der Welt ähnliche Zustände herrschen, sogar in Rumänien, wo wahrlich nicht Hungersnotwendigkeit vorhanden wäre. Das Elend des dreißigjährigen Krieges war ein Kinderspiel dagegen.

Angesichts all dieser Vorgänge verzweifle ich mehr und

mehr an meinem Demokratiebuch; trotzdem muß es fertig werden. Ich arbeite unter Aufwendung all meiner Energie, komme aber doch nur im Schneckentempo vorwärts. Daran sind natürlich auch viele äußere Abhaltungen mitschuld, vor allem die europäische Korrespondenz, das Schicken von Paketen usw.

Ich wollte, ich könnte Ihnen mehr Pakete schicken. Aber allein schon meine österreichischen Angehörigen beanspruchen mehr, als ich finanziell zu leisten imstande bin; ich stecke bereits in Schulden und kann mir doch nicht helfen, denn es geht ja dort – wo es womöglich noch ärger als in Deutschland sein soll – wirklich auf Leben und Tod. Und ich sitze hier doch im geheizten Zimmer und habe meine reichlichen Mahlzeiten. Ich bin nur froh, daß Sie anderweitig genug Pakete bekommen; vor allem ist es ja für die Kinder lebenswichtig.

Hoffentlich ist Hubertus wieder wohlauf. Bitte sagen Sie ihm wie der Prinzessin (deren Artikel ich leider nicht gesehen habe) alles Herzliche von mir, und grüßen Sie die Kinder, denen ich noch immer die Ballons schuldig bin. Ich drücke Ihnen die Hand, freundschaftlichst Ihr

Hermann

Vergil wird vom Verlag für Sie abgesandt.

[BA]

1 Hubertus Prinz zu Löwenstein.
2 J. Alvarez del Vayo, »Nazi Plots and French Plans«, in: *The Nation,* 164/10 (8. März 1947), S. 266-269.

554. An Berthold Viertel

16. 3. 47 Princeton

Lieber brüderlicher Freund Berthold,
vorige Woche habe ich das Öst. Tagebuch[1] erhalten und damit auch diesen liebevollen Aufsatz, mit dem Sie mich bedacht haben.

Wie soll man für so viel Hilfsbereitschaft und Freundschaft danken? Man kann nicht, und so schicke ich Ihnen anbei bloß als Zeichen gemeinsamer Gesinnung und Verbundenheit ein paper[2], das meinem politischen Buch entnommen ist: es ist – über Wunsch der hiesigen Universitätsleute – als Eingabe für die Bill of Rights Commission der UN appretiert worden und schläft dort, vergraben in der Papierlawine, seinen ewigen Schlaf. Aber darob kränke ich mich nicht; so gehört es sich.

Das Buch[3] wird, glaube ich, recht anständig werden, falls es – woran ich zweifle – je fertig werden wird. Eingeklemmt zwischen steigender Arbeitslast und abnehmender Arbeitskraft, zwischen zu viel Jahren hinter mir und zu wenig vor mir, befinde ich mich in einem recht panikösen Zustand. Und zwischendurch sehne ich mich danach Sie zu sehen.

Lassen Sie sich die Hand drücken, Lieber,

stets Ihr
Hermann B.
[DLA]

1 Berthold Viertel, »Hermann Broch«, in: *Österreichisches Tagebuch,* 2/2 (1947), S. 7-8.
2 »Bemerkungen zur Utopie einer ›International Bill of Rights and of Responsibilities‹, KW 11, S. 243-277.
3 Brochs politisches Buch. Vgl. KW 11 und KW 12.

555. An John D. Barrett

1 Evelyn Place
Princeton, New Jersey May 13th, 1947

Dear John Barrett,
I hear from Jacques Schiffrin[1] that you agree to use my introduction[2] for a German edition of Bespaloff's essay on the Iliad, and I am very glad about it. I shall write immediately to Brody.

He also says you have no objections to the length of my study. Anyway, it has already been reduced to about half of its original length, to about twenty pages. The manuscript is now with Mrs. Untermeyer who is giving it the final touches, for as I wrote this essay in English it seemed necessary to have someone look it over.

As I cannot make the clean copy myself because of my broken arm, and as I do not want to burden Mrs. Untermeyer with it, I hope it will be possible for the Bollingen to have these copies made. Perhaps Miss Gillmore would like to take care of it. She lives in the same house as Mrs. Untermeyer and it would be most convenient for her to get the directions from Mrs. Untermeyer, taking dictation where necessary.

You spoke of an honorarium for me. I feel much too indebted to Bollingen to take an honorarium for this small service. It is my pleasure to present it to you, a pleasure to be published by you.

However, if you wish to reimburse me for the secretarial help I had to have because of my crippled condition[3], this is the most I would accept. With best greetings I am

Cordially yours
Hermann Broch
[BF]

1 Französischer Übersetzer und Pléiade-Herausgeber, der 1940 in die USA emigrierte. Vgl. Brochs Nachruf auf ihn: KW 9/1, S. 419-420. Schiffrin war damals Lektor im Pantheon Verlag, New York, wo Brochs *Tod des Vergil* erschienen war.

2 »Mythos und Altersstil«, KW 9/2, S. 212-233. Broch schrieb die Einleitung zur englischen – nicht zur deutschen – Übersetzung von Rachel Bespaloffs – ursprünglich auf Französisch publiziertem Buch – *On the Iliad* (New York: Pantheon, 1947); eine deutsche Ausgabe ist nicht erschienen.

3 Vom 2. bis 29. 4. 1947 hielt Broch sich zur Behandlung im Princeton Hospital auf, da er sich den linken Unterarm dreifach gebrochen hatte. Während dieser Zeit verfaßte er die Einleitung »Mythos und Altersstil«.

556. An H. F. Broch de Rothermann

Princeton, 29. Mai 47

L. A.,
wie Dein eigener Vater gehörst Du zum Typ »Schön ist es auch anderswo und hier bin ich sowieso«; der Unterschied zwischen uns liegt in der Sublimierungs-Stärke. Denn während ich meine Fern-Gier, mein Fernweh durch Erschließung stets neuer geistiger Gebiete – Mathematik, Philosophie, Dichterei, Psychologie und jetzt schließlich Politik – zu befriedigen trachte, brauchst Du die physische Autogeschwindigkeit, um zum »andern« zu gelangen. Wäre ich nicht so introvertiert wie ich bin, so wäre ich daneben wahrscheinlich auch noch archäologischer Forschungsreisender geworden. Und gerade das hättest Du mit Deinem starken Schuß Extravertismus werden können, wenn Du Dich nicht so lange jeglicher Trieb-Sublimierung widersetzt hättest. Kurzum, es geht immer um das Produktivmachen einer tiefeingewurzelten Unrast, die man kaum verlieren kann und auch nicht verlieren will, weil man ganz genau spürt, daß in ihr etwas spezifisch Menschliches steckt; wo wäre die Menschheit hingekommen, wenn sie nicht von dem rastlos »Neu-Gierigen« vorwärtsgetrieben worden wäre? Für diese Neu-Gier opfert man gern ein großes Stück Sicherheit; wäre ich z. B. bloßer Romancier geblieben, so hätte ich ein ganz bequemes Leben gehabt. Was aber wahrlich nicht bedeutet, daß Du Deinerseits bei der Auto-Raserei bleiben sollst. [. . .]

[GW 8]

557. An John D. Barrett

1 Evelyn Place
Princeton, New Jersey June 9, 1947

Dear Mr. Barrett:
Thank you very much for your letter of May 28th with which you forwarded me the letter of the Bollingen Foundation of June 2nd and their final check[1].

I am enclosing herewith my answer to the Bollingen Foundation and the signed document as requested.

As to your question about the status of my work I want to say again that I feel very badly about my not being able to submit the finished work by now, as I had planned an year ago. Nevertheless, you and the Bollingen Foundation will understand that a work of such dimensions has its own rules which the author has to follow. I believe that whatever degree of perfection I may have reached in my work is due to my uncompromising compliance with those rules. I think therefore that I should not change this method and I hope that the quality of the work will show that I am right.

The first part of the book, dealing with the epistemological foundations is nearly completed while I just am about – as I told you – to extract from the third volume an essay on the psychology of democracy[2], which I considered of particular urgency. The second volume[3] too is already at hand but only in a very sketchy form.

I take the occasion to thank you, dear Mr. Barrett, for the helpful attitude you always showed me during all these years, and I am

Very sincerely yours,
Hermann Broch

Encl.

[BF]

1 Am 30. 6. 1947 hörten die Vorschußzahlungen der Bollingen Foundation in New York für Brochs *Massenwahntheorie* auf.
2 »Die Zweiteilung der Welt«, KW 11, S. 278-338.
3 Vgl. KW 12, S. 258-330.

558. An Berthold Viertel

15. 6. 47 Princeton

Liebster Freund B. V.,
natürlich bin ich immer glücklich, wenn ich meine Stimme zu Ihrem Preis erheben kann, und das habe ich auch sofort

Waldingern[1] geschrieben. Er hat aber neben dem »Silberboot« auch noch den »Plan«[2] vorgeschlagen, und ich habe gemeint, daß man es zuerst einmal da anbieten soll, denn in dem silbernen Boot sitzen wir schon allzusehr als Familie beieinander, und es erschiene mir daher vorteilhaft, auf andern Plan hinauszutreten. Wenn Ihnen aber das Boot doch lieber sein sollte, so disponieren Sie bitte bei Waldinger um.

Vor Monaten schickte ich Ihnen ein Kapitel aus meinem Demokratie-Buch: ein Kapitel zum Kapitel Menschenrechte[3]. Ich hätte gerne Ihr Urteil gehört, werde es mir aber – hoffentlich haben Sie die Sendung erhalten – jetzt mündlich einholen; spätestens nächste Woche rufe ich bei Ihnen an.

In Freundschaft und Herzlichkeit
Ihr H. B.

Der Chaplin-Aufsatz[4] war tief und überzeugend – ich habe mich sehr damit gefreut!

[DLA]

1 Ernst Waldinger (1896-1970), österreichischer Lyriker, emigrierte 1938 in die USA; von 1947 bis 1965 Professor für deutsche Literatur am Skidmore College in Saratoga Springs/New York. Waldinger war mit Broch befreundet. Vgl. Waldingers Rezension »Der Tod des Vergil«, in: *Aufbau* (N. Y.) 11/43 (26. 10. 1945), S. 11.
2 Hermann Broch, »Rede über Viertel«, in: *Plan,* 2. Folge, Nr. 5 (1947), S. 297-301; ferner in: KW 9/1, S. 104-110.
3 Vgl. Fußnote 2 zum Brief vom 16. 3. 1947.
4 Berthold Viertel, »Chaplin und sein Monsieur Verdoux«, in: *Austro American Tribune,* 5/11 (Juni 1947).
(Chaplins Film *Monsieur Verdoux* war 1947 von United Artists nach einer Idee von Orson Welles produziert worden. Der Film war Chaplins erster großer Mißerfolg. Viertel – und offenbar auch Broch – schätzte den *Monsieur Verdoux*.)

559. An Else Spitzer

Princeton, 15. 6. 47

Sehr Liebe,
merkwürdig, daß Dich und wahrscheinlich auch Fritz noch immer die sogenannte Heimatlosigkeit stört[1]. Da bin ich viel israelitischer, denn ich habe mich tatsächlich, bei aller Liebe zu manchen Landschaften, mein ganzes Leben lang ausschließlich diasporesk gefühlt, wovon ich allerdings die Wiener Küche ausnehmen muß, die immerhin eine Heimatsbindung darstellt, während ich, obwohl American citizen, das hiesige Gefraß [. . .] nicht ausstehen kann. Aber ansonsten fühle ich mich auch ohne Heimatsgefühl durchaus glücklich, und manchmal mache ich hiezu ein Kitschgedicht.

Ansonsten aber gibt es bloß nackte Verzweiflung, weil ich nicht vorwärtskomme, weil ich meine Verpflichtungen nicht erfülle, weil ich ungetan von dannen werde gehen müssen. [. . .] Der Fall[2] – ein gewöhnliches Gestolpere auf einer Stiege – war mein Fallen, oder richtiger des Fallens Anfang. Obwohl ich wiederhergestellt bin, und auch dies schon wieder ein selbstgetippter Brief ist. Ich bin neugierig, was Fritz berichten wird. Ich hätte zu viel innere Widerstände, um nach Österreich zurückzukehren, wenn ich auch weiß, daß Schweinerei international ist. Meine Europafahrt ist natürlich verschoben. Ich wäre ja ohnehin mit dem Buch nicht rechtzeitig fertig geworden, und die jetzige Unterbrechung hat mir den Rest gegeben.

Grüße Fritz, und sehr viel Liebes Dir

Deines alten
H.

[GW 8]

1 Else und Fritz Spitzer lebten im Londoner Exil.
2 Vgl. Fußnote 3 zum Brief vom 13. 5. 1947.

560. An Waldo Frank[1]

June 20, '47, Princeton

Waldo, Liebster,
sei bedankt! (Und wenn ich deutsch schreibe, muß ich Du sagen – sei auch hiefür bedankt!) Dein Brief war eine ausgesprochene Freude, trotz des pessimistischen Untertones, der leise und elegisch, dennoch vernehmlich daraus hervortönt.

Über diesen Pessimismus aber werden wir kaum mehr hinwegkommen; wer eine unlösbare Aufgabe auf sich genommen hat – aus innersten Gründen hat auf sich nehmen müssen –, der wird eben pessimistisch. Die Unlösbarkeit, die augenblickliche Unlösbarkeit (denn einmal wird sie gelöst werden, aber wahrscheinlich bloß revolutionär) besteht m. E. in folgendem: auf der einen Seite wissen wir um eine zweite Realität, wie sie von der modernen Malerei, von Joyce und Kafka teilweise, wenn auch noch unzureichend ausgedrückt wird, und auf der anderen Seite haben wir eine moralische und politische Aufgabe, wissen aber ganz genau, daß diese auf der Ebene der überkommenen, landläufigen Realität, die wir schon längst als unehrlich empfinden, gehandelt und gelöst werden muß. Der Maler hat es da viel leichter; er kümmert sich nicht um das Edukatorische und Politische, und wenn er es dennoch tut, so wird er eben seine Realitätssuche aufgeben und zum politischen Karikaturisten werden. Ich kann dazu eine ganze Reihe von Beispielen anführen. Wir aber dürfen das nicht tun; wir sollen die beiden Dinge vereinen, und dies ist fast unmöglich. Kafka – über den übrigens in der letzten »Neuen Rundschau« ein ganz ausgezeichneter Aufsatz von Günther Anders[2] erschienen ist, vielleicht der bisher beste – und Joyce durften sich noch in den ivory tower der reinen Realitätssuche zurückziehen; wir dürfen das nicht mehr tun: der »Dichter« als solcher hat keinen Platz mehr; alles, was wir erreichen können, ist ein »anständiger« Schreiber zu sein, denn »Anständigkeit« ist das nächstliegende politische Ziel, und so muß sie auch in unsere Darstellungsmethode eingehen.

Im letzten kommt es auf die Wiedergewinnung von »Schlichtheit« an; doch es wird eine neue Schlichtheit sein müssen, also eine, in welche die neue Realität einverarbeitet sein wird. Man kann Schlichtheit nicht einfach dekretieren; sie wird sonst unweigerlich Romantizismus und Kitsch. Der Mensch, der neue Mensch wird nicht auf der Ebene eines Picasso oder Kafka leben, weil niemand auf einer solchen Ebene leben kann (zumindest so lange die Lunge Luft zum Atmen und der Magen Futter zum Essen braucht), aber seine Lebensebene wird über dieser liegen, so daß sie ihm zur *natürlichen* Sicht geworden sein wird. So war es immer; was wir Fortschritt nennen, war immer ein Vorstoß zu neuen Realitäten (vielleicht sogar immer unter Anführung des Künstlers), und immer mußte dann die alte, die überalterte Realität schmerzlich aufgelöst werden, ehe sie in Hegelscher Synthese mit der neuen sich wieder zu Schlichtheit und Natürlichkeit finden konnte. Diesen Prozeß wollte ich auch im »Vergil« symbolisieren – der ja überhaupt allerlei darstellen sollte –, u. z. an dem besonders krassen Fall, in welchem die Auflösung der alten Realität bis zur völligen Selbstvernichtung, zur »Nichtung«, zur Zerknirschung an sich geführt hat. Es ist der paradigmatische Fall der »Krise« sowohl im persönlichen wie kulturellen Leben wie überall sonstwo, und wie sie immer wieder zu beobachten ist. Selbstverständlich wird der »Vergil« dieser Aufgabe nicht gerecht: man kann das Künftige nur andeuten, aber nicht schildern; nicht einmal echte Prophetie kann man mehr leisten, geschweige denn wenn einer zu den zwölf allerkleinsten Propheten gehört, also über das Utopische, das noch lange nicht das Prophetische ist, keinesfalls hinauszureichen vermag. Es geschieht das, was eigentlich nicht geschehen darf, nämlich daß der Künstler, der die Krise darstellen will, selber von ihr erfaßt worden ist, also sie statt im Werk, das er vorhat, am Werksprozeß, also an sich selber darstellt; das soll nicht geschehen, ist aber in der Situation, in der wir uns befinden, unvermeidlich.

Ähnliches glaube ich bei Dir entdecken zu können. »City Block«[3] ist auf dem Weg zur Entdeckung der neuen Realität. Später wurde Dir – berechtigterweise – das Politische und Moralische wichtiger, und es begann der Kampf um die Vereinigung zweier unvereinbarer Dinge. Auch hier wird, freilich in einem sehr sublimierten Sinn, Krise durch Krise dargestellt. Und wenn Du jetzt, wie Du schreibst, zu den

Anfängen, also zum »City Block« usw. zurückkehrst, so heißt das eben, daß es nun wieder die andere Seite ist, die sich vordrängt, also das Realitäts- statt dem moralischen Problem, kurzum, daß Sisyphus nun seinen Stein wieder einmal am andern Ende anpackt. Es ist eine Sisyphusarbeit, darüber sind wir uns wohl einig und klar, aber sie hat etwas Tröstliches an sich: nicht das Tragen und Befördern des Steins ist das Wesentliche, nein, der *Akt des Aufnehmens* ist das Wesentliche – hat man den Stein nur wirklich erst auf die Schultern gehoben, so ist ein Stück Wirklichkeit, ein Stück Moralität geschehen. Möge Dir der Stein diesmal leicht sein.

Möge ihm die Erde leicht sein, sagt man auf die Gestorbenen; in Wahrheit sollte es auch der Segensspruch für die Lebenden sein. Denn wir, die wir in der Krise der Realität leben müssen, haben eben an dieser Realität zu tragen und zu schleppen. Kein Wunder, daß das auch in unser privatestes und persönlichstes Leben hier auf Erden eingreift, daß wir ständig den »abyss« sehen, von dem Du schreibst. Aber auch das muß man *dankbar* hinnehmen. Denn Krise bedeutet Aufbruch, auch wenn es ein Abgrund ist, der aufbricht.

Ich bin dem Leben, dem Sein, dem Schicksal und, wenn man will, Gott grenzenlos dankbar für jeden mir geschenkten Tag, für jeden, an dem ich meinen Stein noch ein Stückchen schleppen darf. Und für jeden, an dem es mir vergönnt ist, noch ein Stückchen Realität zu sehen. Natürlich ist das alles auch noch außerdem von der entsetzlichen Angst, der wahrhaft metaphysischen Angst des Nicht-fertig-Werdens begleitet; es ist eine Gnade unserer Krisen-Generation, daß wir nicht »fertig werden« können, aber es ist zugleich auch – individuell genommen – der furchtbarste Fluch, der auf uns lastet. Ich weiß, wie kurz die Zeit ist, die noch vor mir ist, und ich fürchte diese Kürze; aber ich weiß, daß man bloß hiedurch auch die Intensität des Lebens und Erkennens erhält, die uns gewährt ist. Und so ist es ein verhältnismäßig leichtes farewell, in dem zu leben es einem vergönnt ist.

Grüße Deine Lieben. Und da mein Arm geheilt ist, kann ich Dir recht kräftig die Hand drücken. In Freundschaft und Liebe

H. Broch

[GW 8, MTV]

1 Waldo Frank (1889-1967), amerikanischer Schriftsteller, Übersetzer und Historiker (Südamerika-Experte). Frank schrieb eine Rezension über Brochs *Tod des Vergil:* »The Novel as Poem«, in: *New Republic,* 113/8 (20. 8. 1945), S. 226-228.
2 Günther Anders, »Franz Kafka – Pro und Contra«, in: *Die Neue Rundschau,* 58/6 (Frühjahr 1947), S. 119-157.
3 Waldo Frank, *City Block* (New York: Scribner's Son, 1932). Die erste Auflage des Romans erschien 1922 in Waldos Eigenverlag, Darien/Connecticut.

561. An Volkmar von Zühlsdorff

5. 7. 47 Princeton

Liebster Volkmar,
Ihr guter Pfingstgruß – Sie wissen wie unbemerkt Pfingsten hier vorübergeht – ist soeben eingetroffen; er hat sich mit meinem Brief v. 11. 6. gekreuzt, der inzwischen hoffentlich bei Ihnen eingetroffen ist, ebenso die große und kleinere Zeitungssendung via Bremen. Und so werden Sie wohl auch die Ursache meines langen Schweigens, mein inzwischen wieder völlig zusammengeflicktes, aber doch heftig zerbrochen gewesenes Skelett, schon wissen.

Natürlich stimme ich Ihnen bei: wer Hunger hat, der hat wenig Sinn für ethische Probleme. Und nichts ist wichtiger als diesem höllischen Zustand ein Ende zu bereiten. Ja, ich bin sogar überzeugt, daß bei seiner Fortdauer gerade die einstigen Nazi-Gegner ihren ehemaligen Widerstand gegen Hitler bereuen werden. Selbst wenn, wie Sie sagen, der Nazismus von innen ausgebrannt wäre, es will mir scheinen, daß man ihn mit Hungerkuren weitaus am besten wieder von außen anfachen könnte.

Aber ich glaube gar nicht – und darin stimmen wir eben nicht überein –, daß er von innen ausgebrannt ist. Selbst wenn man zugibt, daß die Hitler-Methode die Auslese des Niederträchtigsten gewesen ist, die Differenz zwischen dem Voll- und Halbniederträchtigen ist nicht so arg groß; sie ist leider arg klein. Ich nehme an, daß Sie Kogons *SS-Staat*[1] gelesen haben. Ich halte das Buch für korrekt, sowohl in seiner Fakten-Darstellung wie in seinen Folgerungen. Und so etwas brennt sich nicht so leicht aus: dazu müßte man im Gesunden operieren, also nicht nur in Deutschland (wo überdies idiotisch operiert wird), sondern auf der ganzen Welt. Und ebensowenig wie der einzelne Deutsche weiß, wie sehr er verhitlert ist, so wenig weiß es sonstwo der einzelne. Und darum immer wieder meine Frage vor den Hubertus-Briefen[2]: wo sind die Nazi? wo ist der Nazi-Geist? denn nichts von alldem ist darin auch nur angedeutet, und gerade hier, gerade in einer deutschsprachigen amerikanischen Zeitung müßte das klargestellt werden. Denn selbst wenn die Deutschen infolge des unmittelbaren furchtbaren Erlebnisses etwas gelernt haben sollten – was ich ja eben auch nicht für gesichert halte – hier herüben hat bestimmt noch keiner was gelernt.

Und in diesem Zusammenhang: die Einladungen für mich nach Deutschland häufen sich. Natürlich muß ich erst mit meinem Buch[3] fertig sein, denn sonst wird es, angesichts meines Alters, niemals fertig – aber dann? halten Sie es für erlaubt und angebracht? Sie wissen, daß nach der spanischen Judenaustreibung die Juden über 300 Jahre, gemäß einer von der Tradition weitergegebenen allgemeinen Parole, das Land gemieden haben. Und heute sind die Dinge noch weit zugespitzter. Von den neuen antisemitischen Demonstrationen in Wien werden Sie ja wahrscheinlich nichts wissen: die Leute »beneiden« die Juden, weil sie »gescheit gewesen sind, rechtzeitig weggegangen zu sein« und haben jetzt das Gefühl, daß diese Oberschlauen zurückkommen, um ihnen Arbeit und Brot wegzunehmen. Es ist also keine einfache Entscheidung.

All meine Grüße und Wünsche für die Gesamtfamilie. Wie sehr ich mich über die Heidelberger Professur[4] freue, habe ich ja schon neulich geschrieben. Kahlers schließen sich meinen Wünschen an. Canbys sehe ich nächste Woche, denn ich fahre für zwei Tage nach Killingworth.

Ihnen, lieber Volkmar, alle
guten und freundschaftlichen
Gedanken Ihres
Hermann

[BA]

1 Eugen Kogon, *Der SS-Staat. Das System der deutschen Konzentrationslager* (Berlin: Verlag der Frankfurter Hefte, 1947).
2 Hubertus Prinz zu Löwenstein veröffentlichte regelmäßig Berichte über das Nachkriegsdeutschland in der amerikanischen Zeitschrift *America-Herold und Lincoln Freie Presse,* die in Winona/Minnesota erschien.
3 *Massenwahnheorie.*
4 1947 nahm Hubertus Prinz zu Löwenstein einen Lehrauftrag für Geschichte und Staatsrecht an der Universität Heidelberg wahr. Volkmar von Zühlsdorff war damals sein wissenschaftlicher Assistent.

562. An Willi Weismann[1]

8. 7. 47, Princeton

Lieber, verehrter Herr Weismann,
Ihr Brief v. 20. 5. traf vorige Woche, der v. 7. 6. traf gestern ein. Seien Sie für beide bedankt. Und ich weiß nicht, ob ich Ihnen auch schon für die *Fähre*-Hefte[2] gedankt habe, die vor etlichen Wochen einlangten: ich glaube, daß ich sie bestätigt habe (u. z. via Heinz Norden[3]), aber danken kann ich Ihnen erst jetzt, denn erst jetzt komme ich zum Lesen und damit zur richtigen Freude daran. Kürzlich las ich Ihre »Insel«[4], tief beeindruckt von ihrer im wahrsten Doppelsinn des Wortes »großen« Todesnähe: die Schönheit dieses Stückes liegt für mich in der Idealität, die sich da zwischen Lebens- und Todesinsel auftut; nicht nur ich, viele werden Ihnen das danken.

Und um beim Dank zu bleiben: ich bin tief berührt, daß Sie sich an der Münchner Universität[5] für mich verwendet haben, umso berührter, als es ein Jugendehrgeiz von mir gewesen war, einstens an einer deutschen Universität lehren zu können. Soll also solcher Jugendtraum, sozusagen ohne eigenes Zutun, mithin wirklich traumhaft, tatsächlich sich noch erfüllen? Soweit die Beantwortung bei mir liegt, wäre zu sagen:

1) Ich bin weder mit meiner Massenpsychologie, noch mit meinem politischen Buch fertig, und ehe dies nicht der Fall

ist, darf ich meinen Schreibtisch nicht verlassen, umsoweniger als ich ja gerade mit dem politischen Buch nach Deutschland kommen möchte: hier ist mir seine Wirkung am wichtigsten. Und angesichts meiner langsamen Arbeitsweise kann ich noch keinen Termin setzen. Außerdem aber muß ich ja erst durch diese Bücher meine Befähigung zum wissenschaftlichen Lehrer dartun, d. h. zum polito-wissenschaftlichen, denn Literaturgeschichte möchte ich eigentlich nicht sehr gerne vortragen; dazu gibt uns unsere Zeit zu wenig Zeit.

2) Ich habe gewisse Bedenken gegen die Bekleidung öffentlicher Stellen durch heimkehrende Emigranten. Diese Bedenken decken sich zwar nicht mit denen von Th. Mann, laufen aber im Effekt aufs gleiche hinaus. Man muß sich nämlich fragen, ob das Wiedererscheinen von Emigranten an sichtbarer Stelle nicht zur Wiederanfachung des Nazismus benützt werden könnte. Ich glaube, daß man das bald wird klarer durchschauen [können]. Vorderhand ist ja alles noch etwas vernebelt.

Doch ob so oder so, es ist eine Ehre für mich, und Sie haben mir mit Ihrem Plan eine ehrliche und schöne Freude bereitet.

Zum Geschäftlichen: es ist jetzt, infolge der wachsenden Übersetzungskosten, überaus schwierig, hier deutsche Bücher zu placieren, doch wenn Sie den Versuch wagen wollen, so schicken sie mir bitte die von Ihnen genannten Werke, Schlüter, Burgmüller, Ottow[6] etc., und ich werde mit Hilfe eines hiesigen Agenten mich nach Kräften dafür einsetzen. Und wenn Sie Korrespondenzen mit Autoren, Verlegern etc., deren Adresse Sie nicht haben, durch mich befördern wollen, so ist mir das natürlich stets nur ein Vergnügen.

Nehmen Sie die herzlichsten Grüße Ihres ergebenen

Hermann Broch

[WW, YUL]

1 Willi Weismann (geb. 1909), gründete 1946 den Willi Weismann Verlag in München.

2 Im Willi Weismann Verlag, München, erschienen die Jahrgänge 1 und 2 (1946, 1947) der von Herbert Burgmüller redaktionell betreuten literarischen Zeitschrift *Die Fähre,* die 1948/49 unter dem Titel *Literarische Revue* fortgeführt wurde. Das Heft 8 des ersten

Jahrgangs (1946) war Broch zum 60. Geburtstag gewidmet. Darin erschien als Vorabdruck ein Auszug aus Brochs Drama *Die Entsühnung* (vgl. KW 7, S. 423). Andere Hefte der *Fähre* des Jahrgangs 1946 enthalten Nachdrucke (in Auszügen) aus Brochs Werk.

3 Heinz Norden, Übersetzer, Bruder von Ruth Norden, einer Freundin Brochs. Heinz und Ruth Norden lebten in den ersten Nachkriegsjahren in Deutschland.

4 Willi Weismann, »Die Insel« (Erzählung), in: *Die Fähre* 1/7 (1946), S. 393-398. (Es handelt sich um den Bericht eines Kriegserlebnisses.)

5 Weismann bemühte sich, Broch eine Professur in Politikwissenschaft an der Universität München zu verschaffen. Da Broch mit den entsprechenden wissenschaftlichen Publikationen nicht aufwarten konnte, blieben diese Bemühungen erfolglos.

6 Herbert Burgmüller, *Gang in den Herbst. Erzählung* (München: Willi Weismann, 1948); Herbert Schlüter, *Noch fünf Jahre. Roman* (München: Willi Weismann, 1948); Herbert Schlüter, *Im Schatten der Liebe. Novellen* (München: Willi Weismann, 1948); Fred Ottow, *Der besessene König. Karl XII von Schweden* (München: Willi Weismann, 1947).

563. An Ruth Norden

27. 7. 47 Princeton

Mein sehr Liebes,
ich war von Deinem Kabel sehr gerührt; hoffentlich hast Du mein Danktelegramm richtig erhalten. Ich habe hiezu die Army Cables – ich weiß nicht, ob Du diese Einrichtung (s. Beil.) kennst – verwendet, denn bei meinem völligen Geldmangel hätte es nicht zu mehr gereicht. Du brauchst aber darüber nicht zu erschrecken; seit vorgestern nämlich hat sich die Lage wieder einmal ins Günstigere gewendet.

Wie weit Du über die Sache orientiert bist, weiß ich nicht mehr; ich habe vergessen, was ich Dir schon mitgeteilt habe. Also kurz, ab 1. Juli war ich völlig mittellos; die Massenpsychologie war – gegen alle Verträge – nicht fertig, und ich konnte infolgedessen nicht noch mehr von Bollingen erwarten oder gar fordern. Noch viel weniger aber konnte ich, wie von Canby geplant, hier beim Institute for Advanced Study eine Forschungsstelle für Massenpsychologie erwarten; man kann nicht eine Lebensstellung mit $ 10 000.– pro Jahr verlangen, wenn man nicht das Geringste vorzuweisen hat. Die finanzielle Katastrophe hat mich dabei weit weniger getroffen als die Schande und die Blamage; das Finanzielle hat mir noch niemals wirklich Sorgen gemacht: hier allerdings hat es mich auch bedrückt, erstens weil ich voller Schulden stecke (u. a. auch an Dich), und zweitens weil ich meine Paketsendungen (die freilich an meinen Schulden mitschuldtragend sind) nicht fortsetzen konnte. Kurzum, es war nicht schön.

Für diese Katstrophe war und ist vor allem meine Korrespondenz verantwortlich zu machen. Seit der Wiedereröffnung Deutschlands und Österreichs ist die Hälfte meiner Zeit auf Briefschreiben aufgegangen, vielleicht sogar mehr als die Hälfte. Und von diesem wiederum die Hälfte auf den Verkehr mit Leuten, die Pakete, Rat oder sonstwelche Leistungen von mir verlangen, einfach weil sie Hunger haben und sich daher – mit Recht – an den Satten wenden. An und für sich ist es grotesk, daß ein Menschenschicksal durch Korrespondenz zugrunde gerichtet sein soll, doch ich bin ein Beispiel dafür.

Jedenfalls aber mußte etwas geschehen. Und da hatte es sich ergeben, daß Bollingen mich vor ein paar Monaten aufforderte, eine Einleitung zu dem Homer-Buch von Rachel Bespaloff zu schreiben[1]. Ich hielt mich verpflichtet, das anzunehmen und auch jede Bezahlung auszuschlagen, weil ich fand, daß ich das den Bollingen schuldig sei. Beides hat sich als schlauer erwiesen als es gedacht war. Die Einleitung – ich hatte sie im Spital *englisch* geschrieben und glaube Dir eine Kopie geschickt zu haben – hat einen solchen Eindruck allenthalben gemacht, daß ich jetzt gebeten worden bin, eine englische Hofmannsthal-Ausgabe[2] für Bollingen zu besorgen, u. z. für etwa $ 2000.–, womit ich wieder ein paar Monate weiter komme und meine Schulden zahlen kann (Ärzte allein über $ 300.–!), so daß ich geradezu gezwungen war, die Sache anzunehmen.

Natürlich ist es keine ungemischte Freude. Es ist mir da eine fürchterliche Arbeitslade zusätzlich aufgebürdet worden. Mit der Massenpsychologie, resp. dem politischen Buch (das übrigens immer besser, d. h. richtiger wird) darf ich nicht unterbrechen; sonst stünde ich in einem halben Jahr noch ärger da als ich am 1. Juli gestanden bin, und so muß ich beide Arbeiten nebeneinander leisten, und da ich jetzt schon 17 Stunden am Schreibtisch sitze, so weiß ich nicht, wie ich das noch unterbringen soll, d. h. durch völlige Stoppung jeglicher Korrespondenz. Das ist die einzige Möglichkeit.

Gewiß, manche geschäftliche Briefe oder halbgeschäftliche lassen sich nicht umgehen. Z. B. mit den Verlagen. Hätte ich nicht korrespondiert, so wäre die franz. Ausgabe des Vergil[3] (Nouvelle Revue Francaise) nicht zustande gekommen. Und jetzt schreibt Weismann wegen der Professur in München, von der Du ja bereits weißt, die ich aber gleichfalls nicht annehmen kann, ehe ich die Bücher nicht fertig gebracht habe. Solche Dinge lassen sich nicht vermeiden, und ich werde müder und müder. [. . .]

[DLA]

1 »Mythos und Altersstil«, KW 9/2, S. 212-233.

2 Hugo von Hofmannsthal, *Selected Prose* (New York: Pantheon, 1952). Broch schrieb dazu die »Introduction«, S. 9-47. Vgl. »Hugo von Hofmannsthals Prosaschriften«, KW 9/1, S. 300-334.

3 *La Mort de Virgile,* übersetzt von Albert Kohn (Paris: Gallimard, 1952).

564. An Ea von Allesch

28. 7. 47

Liebes,
soeben langen Deine Zeilen v. 22. ein; sie haben sich mit den meinen vom gleichen Tag gekreuzt, die also hoffentlich inzwischen bei Dir eingetroffen sind, von denen ich aber trotzdem Kopie beilege, denn mein Brief v. 30. VI. (– leider habe ich von dem keine Kopie –) ist offenbar auf der Post verloren gegangen. Jedenfalls bin ich froh, endlich wieder von Dir Nachricht zu haben, noch froher, daß es Dir wieder besser geht, egal ob dies durch Blau-Einwirkung oder anderswie bewirkt worden ist; jedenfalls lasse ich ihn schön grüßen.

Deine Fragen sind z. T. schon vorige Woche, d. h. in der beil. Kopie beantwortet. Die Situation für mich hat sich seitdem einerseits gebessert, andererseits verschlechtert: gebessert weil ich eine Hofmannsthal-Ausgabe für einen New Yorker Verlag übernommen habe und ein Honorar bekomme, das mir für ein Jahr hinaus das Leben sichert, hingegen verschlechtert, weil ich nun auch noch diese Arbeit in den Tag hineinquetschen muß, denn weder die Massenpsychologie, noch das politische Buch dürfen unterbrochen werden, und mehr als 17 Stunden im Tag kann ich, müdigkeitsgeplagt wie ich bin, nicht am Schreibtisch sitzen. Ich werde mir Karten drucken lassen, besagend daß ich keine Briefe mehr beantworten kann[1]: nach wie vor laufen zirka 200 Briefe im Monat ein.

Anbei eine kleine Mustersendung. Darf ich Dich bitten, sie weiterzuexpedieren? aber verwechsle sie nicht.

Die Hofmannsthal-Arbeit mußte ich übernehmen, weil wegen der Kraus-Ausgabe[2] noch immer unterhandelt wird, und ich daher die fette Taube in der Hand nehmen mußte: allerdings wäre mir der magere Spatz am Dach interessanter gewesen. Einen Aufsatz mit existentialistischen Streiflichtern bekommst Du bald gedruckt. [. . .]

Ja, zur Kraus-Ausgabe: die Büchersendungen treffen regelmäßig ein; ich hatte die ersten bereits in dem verlorengegangenen Brief bestätigt, und seitdem sind die weiteren pünktlich eingelangt. Ich bin Dir sehr dankbar dafür.

Das Mehl habe ich inzwischen bereits reklamiert und werde schauen, daß Du ehebaldigst Ersatz (eventuell vom Wiener Lager wenn möglich) bekommst. [. . .]

Polgar[3] ist in Californien, und ich weiß seine Adresse nicht. Aber es wird ihm wohl alles nachgeschickt.

Viel, viel Liebes
H

[DÖL]

1 Broch verschickte damals einige Monate lang Karten mit folgendem aufgedruckten Text: »My dear Friend: As such I crave your indulgence for taking this method of communicating with you. I am so overwhelmed with work that I am absolutely unable to write letters for the time being. Greetings and good wishes.«

2 Broch hätte lieber eine Ausgabe mit Werken von Karl Kraus als von Hugo von Hofmannsthal zusammengestellt. In die Studie »Hofmannsthal und seine Zeit« bezog Broch die Auseinandersetzung mit Kraus ein. Vgl. besonders das dritte Kapitel dieser Studie mit dem Titel »Der Turm von Babel«, KW 9/1, S. 221 ff.

3 Alfred Polgar war ein gemeinsamer Freund Ea von Alleschs und Hermann Brochs.

565. An Hermann J. Weigand

August 16, '47, Princeton, N. J.

Für Hermann Weigand

Dantes Schatten[1]

Er nahm's nicht leicht, was ihm so leicht gegeben,
Und doch nicht schwer, was schwer von ihm sich wandte:
Um Beatrice webt das zeitlos Unbenannte,
In dem er schwebt, in dem die Zeiten schweben,
So daß sich nichts in ihm zu ihm bekannte –
Ward's ihm zuteil? er mußt's zur Ganzheit heben
Ins eig'ne Sein. Oh, fand er sich? er fand sich bloß daneben
Im Namenlosen fremd, und trotzdem hieß er Dante.

Sein Mut war Einsamkeit und darum Flucht,
Ein Mut, der mehr die Freunde als die Feinde traf;
Die Qual jedoch traf ihn, zwar immer nur verbucht,
Dennoch der Wachheit Schmerz, dennoch die Angst vor Schlaf,
Dennoch das nahe End' reif-reich im Bildgeflute,
Der Namen Himmelsangst reif-reich im höllschen Mute.

Ja, und dieses Sonnett, lieber Dr. Weigand, eigentlich kein Gedicht, wurde skizziert, als ich von Ihrem Anwurf meiner Dante-Identifikation[2] getroffen wurde: dann habe ich es liegen lassen, weil es mir zu wenig Gedicht und zu sehr gereimtes Aperçu war, doch als gestern die Separata der PMLA[3] einlangten, und ich Ihre Vergil-Analyse in Druck las, zugleich aber nochmals Ihrem Anwurf gegenüberstand, da konnte ich nicht anders, da mußte ich meinen Dank an Sie irgendwie aussprechen, und da habe ich das Sonnett eben doch einigermaßen fertiggestellt.

Da man Gedrucktes bekanntlich immer viel »zusammenfassender« liest als ein MS, bin ich von der Schärfe Ihrer Analyse jetzt erst recht berührt und recht eigentlich beglückt. Eine ganz besondere Freude ist es mir, daß sie die Knabenstreiterei zwischen Augustus und Vergil (wegen der weißen Fesseln des Pferdes)[4] als den menschlichen Kern des Ganzen entdeckt haben: so war es von mir gefühlt, und niemandem ist es bisher aufgefallen. Ebenso haben Sie ein geheimes Problem aufgedeckt, da Sie feststellten, daß die ersten 513 Seiten eine Einheit sind, und daß die letzten drei Seiten einen eigenen zweiten Teil bilden; ich habe mich aus eben diesem Grund lange nicht entschließen können, die (wesentlich rationalere) Vierteilung im Druck sichtlich zu machen – ich wollte das Buch ohne Zwischentitel gedruckt haben. Und daneben folgt Ihre Analyse Seite um Seite mit verblüffend korrekten X-Strahlen-Bildern. Sie müssen also das mäßige Sonnett verzeihen – ich konnte nicht anders.

Es wäre so schön, Sie vor Ihrer Abreise noch sehen zu können. The ghost goes west: sind Sie im September noch erreichbar? [. . .]

[GW 8]

1 Vgl. KW 8, S. 67 und S. 213-215.
2 Vgl. Fußnote 6 zum Brief vom 12. 2. 1946.
3 Vgl. Fußnote 2 zum Brief vom 12. 2. 1946.
4 Vgl. KW 4, S. 369-370.

566. An AnneMarie Meier-Graefe Broch

18. 8. 47 (Montag)

Mein Liebes, Gutes, Süßes, soeben langt Dein Brief vom letzten Sonntag ein; inzwischen hast Du ja hoffentlich auch meine Briefe v. 5. und 12. ds. erhalten.

Anstatt daß Du aus all meiner Schreiberei und der Federn-Korrespondenz das herausliest, was Du herauslesen sollst, nämlich wie unaufhörlich ich mich mit Dir beschäftige, nennst Du es Übern-Ozean-hin-quälen. Und in jedem Brief, aber wirklich in jedem schreibe ich Dir, wie mir Sag Harbor[1] (ohne daß man es Sentimentalität nennen könnte) unaufhörlich vor Augen steht, und daß ich unaufhörlich von einem Leben mit Dir in Frankreich – besonders seitdem Du von dem Haus geschrieben hast – träume, aber das hörst Du nicht. Statt dessen brichst Du mir das Herz, indem Du meldest, daß das Deine zerspringt.

Natürlich bin ich außerdem in einer miserablen Verfassung. Die beiden letzten Monate waren doch eine wirkliche Katastrophenzeit. Und Du weißt, daß meine Panik nicht meinem Lebensunterhalt gilt, wohl aber meiner Arbeit, die schlechthin mein Sein ist, die ich aber nur leisten kann, wenn meine ohnehin sehr geringen Lebensbedürfnisse halbwegs befriedigt werden. Essen muß ich, und weder von Dir noch von dem Erich[2] kann ich mich erhalten lassen, letzteres umsoweniger als ich ja von hier wegdränge. Aber eben die Vorsorge für diesen Lebensunterhalt hat mir die Zeit Deiner Abwesenheit, die ich ausschließlich dem Buch[3] habe widmen wollen, damit ich mich bei Deiner Rückkunft freier bewegen kann, gründlich zerstört. Ich kann also auch den Hofmannsthal nicht mehr zurücklegen und werde es umsoweniger tun, als gewisse Hoffnungen bestehen, aus dieser Ausgabe ein Book-of-the-Month-Buch zu machen[4]. Das wird wohl der »Ersatz« sein, den mir Canby zu bieten hat, wenn es mit dem Institut[5] nichts werden sollte. Im übrigen habe ich mir die Arbeit schon einigermaßen organisiert, und ich werde sie leisten können, wenn es keine Abhaltungen mehr gibt.

Ich fürchte mich vor den nächsten Monaten, weil es ja wirklich auf Leben und Tod geht, u. z. kompromißlos. Und daß ich das sage, ist doch um Gotteswillen kein »Quälen«. Du kannst höchstens daraus sehen, wie gequält ich bin. Und sicherlich ist es nicht Un-Liebe, wenn diese Gequältheit wächst, wenn ich Dich in N. Y. weiß – im Gegenteil, es ist Liebe, und das könntest Du wirklich schon kapieren.

Was aber Deine Rückkunft anlangt, so möchte ich wiederholen, was ich neulich nach Vence[6] schrieb: Du mußt die Schweiz unbedingt noch vor Deiner Abreise erledigen, ja ebendarum, falls nötig, die Abreise um ein paar Tage oder Wochen verschieben, denn die Schweizer Sache[7] darfst Du wegen einer so kurzen Aufenthaltsverlängerung nicht verschlampen. Dein Re-entrance gilt doch noch für weitere drei Monate, wenn ich nicht irre, und Überfahrt kannst Du Dir bestimmt verschaffen.

Ich muß schließen, mein Süßes, denn ich will, daß der Brief sofort abgeht; vielleicht erreicht er Dich noch in St. Cyr[8]. Die Wolle wird natürlich besorgt; ich hoffe, daß es bis zum Ende der Woche Zeit hat, denn ich komme kaum vor Freitag nach N. Y.

Sehr bei Dir, mein sehr Liebes
H.

[AMB]

1 Im September 1946 hatten Broch und AnneMarie Meier-Graefe Broch in Sag Harbor/Long Island (New York) einen gemeinsamen Urlaub verbracht.
2 Broch wohnte bei Erich von Kahler zur Untermiete.
3 *Massenwahntheorie,* bzw. deren dritter Teil, der sich zu einem eigenständigen »politischen Buch« entwickeln sollte.
4 Dazu kam es nicht.
5 Broch strebte eine Anstellung am Institute for Advanced Study in Princeton an.
6 Stadt in Südfrankreich.
7 AnneMarie Meier-Graefe Broch verhandelte damals ergebnislos mit einem Schweizer Verleger über die Publikation der Werke Julius Meier-Graefes.
8 St. Cyr-sur-Mer in Südfrankreich ist der ständige Wohnsitz AnneMarie Meier-Graefe Brochs.

567. An H. F. Broch de Rothermann

20. 8. 47

Lieber Alter, sei [bedankt] für Deine beiden soeben hier eingelangten Briefe, besonders aber für Deine Sorge um mich: manchmal kommt es mir vor, als sei sie wirklich nicht nur eine Redensart von Dir, und das tut gut. Und wenn Du mir tatsächlich diese österreichische Korrespondenz abnimmst, so wäre das natürlich eine große Hilfe. Natürlich darf es nicht darauf hinauslaufen, daß ich nun außer mit Fritz[1] auch noch mit Dir zu korrespondieren habe. Du müßtest die Sache wirklich selbständig machen. [. . .]

»Social Research« bringt (in der Winternummer) nicht die »Bill of Duties« sondern die »International University«[2], und das ist natürlich für UNESCO, wird auch dort von der New School unterbreitet. Wegen der »Bill of Duties« aber beginnt sich jetzt einiges beim State Dept., resp. UN zu rühren. Wirklicher Lärm wird erst entstehen, bis das politische Buch fertig ist.

Das Buch wird überraschend gut. Manchmal staune ich selber darüber, kann mich aber natürlich auch irren. Jedenfalls – und das ist sicher – geht es weit tiefer als alles, was in den letzten Dezennien in diesem Feld geäußert worden ist. Für den Publikumserfolg ist das natürlich schlecht, aber ich trachte, das Schwerverständliche vermittels Petit-Druck vor dem Durchschnittsleser wegzuschwindeln. Die Gedankenkonzentration, die dazu nötig ist, ist sehr arg, und das ist, wie könnte es auch anders sein, mit ein Grund meines Übelbefindens. Zudem: die Arm-Geschichte[3] war wirklich ein Einschnitt; seitdem das passiert ist, ermüde ich weit mehr als früher, und wenn ich zwölf Stunden am Schreibtisch gesessen bin, habe ich einen Kopf wie ein pressure cooker in Hochbetrieb. Daher meine Schlaganfall-Furcht; jetzt habe ich das Rauchen beträchtlich eingeschränkt. [. . .]

Weigand: nachdem ich seinen Anwurf der Dante-Identifikation[4] gelesen hatte, träumte ich, daß ich Dante in der Gonzagagasse[5] spazieren gehen sah (umso erklärlicher, als die Herzöge von Gonzaga nicht gar so weit von Florenz entfernt waren), und auf einer der Firmentafeln, neben den Heidts, den Pollaks, den Schwarz & Silbermanns etc., stand geschrieben »So daß sich nichts in ihm zu ihm bekannte, ein Höllenmut, und trotzdem hieß er Dante.« Aus diesem hint machte ich ein Sonett für Weigand, das ich – obwohl es am Ende noch nicht völlig gelungen ist – hier beilege. [. . .]

Sei umarmt, mein Alter
H.

[YUL]

1 Brochs Bruder.
2 Der Artikel erschien dort nicht. Vgl. KW 10/1, S. 67-112: »Philosophische Aufgaben einer Internationalen Akademie«.
3 Vgl. Fußnote 3 zum Brief vom 13. 5. 1947.
4 Vgl. Brief vom 16. 8. 1947.
5 Die Brochs hatten von 1896 bis 1938 eine Wohnung in Wien I, Gonzagagasse 7.

568. An Daniel Brody

Princeton, 24. 8. 47

[. . .] Zum Weigand-Aufsatz, der Dir inzwischen zugegangen ist: am Schluß mutmaßt er, daß ich mich mit Dante identifiziere, und nachdem ich es gelesen hatte, sah ich im darauffolgenden Nacht-Traum Dante im Wiener Kaiviertel, einen flotten Spazierstock in der Hand spazierengehen, offenbar aus einem Büro kommend, denn auf einer der Firmentafeln, neben allen Pollacks, Hirschmanns, Heidts, etc., stand geschrieben:

»Er nahm's nicht schwer, was schwer von ihm sich wandte,
So daß sich nichts in ihm zu ihm bekannte,
Ein Höllenmut, und trotzdem hieß er Dante.«

Daraus habe ich das beiliegende erst jetzt fertiggestellte und eigentlich recht geglückte Sonnett gemacht, das Du bitte der Gattin samt all meinen guten Gedanken an sie von mir geben mögest. [. . .]

[GW 8]

569. An Egon Vietta

Princeton, 14. 9. 47

Lieber guter Freund Egon Vietta,
wie Sie aus dem Umschlag ersehen, ist mein vorgestriger Brief wegen Unterfrankierung an mich zurückgelangt. Doch

zugleich ist auch Ihr Brief vom 13. VIII. hier eingetoffen, und so habe ich Gelegenheit, das »additional postage« mit additional thanks auszunützen.

Ich danke Ihnen für die Generosität Ihrer Anerkennung. Solche Generosität habe ich, hat das Buch bisher noch nicht erfahren, denn bisher gab es bloß drei Anerkennungstypen: erstens den rein technisch-philologischen wie den Weigands, dessen Aufsatz ich Ihnen geschickt habe, und den ich natürlich voll akzeptiere, zweitens den kleinerer Kritiker-Literaten, die mit dem Buch nichts Rechtes anzufangen wissen, und drittens den von Leuten, die ich zwar meinerseits voll respektiere, die aber ihrerseits über einen süß-sauren Respekt nicht hinauskommen, offenbar weil sie in dem Buch eine etwas unheimliche Gefährdung ihrer eigenen Einstellung und Tätigkeit wittern. Glauben Sie mir, es ist nicht Arroganz, die mich das sagen läßt: das Buch ist mir bereits viel zu ferne, als daß ich es richtig einschätzen könnte; ich weiß, daß es ein unfertiges Buch ist, daß ich noch drei Jahre Arbeit hätte daran setzen müssen, daß ich es vielleicht überhaupt nicht hätte veröffentlichen dürfen; doch ich weiß auch, daß ich auf keinerlei Darstellungs- und damit auf keinerlei Publikums-Konventionen Rücksicht genommen habe. Es mag sein, daß manche jener andern dies gleichfalls erkannt haben; Sie allein jedoch hatten die Generosität es auszusprechen.

Wenn ich von Nicht-Veröffentlichung spreche, so hat das einen für mich sehr guten Grund. Sie erwähnen die »Gültigkeit« des Buches. Nun, das Buch *ist* gültig *gewesen*, u. z. so lange ich an keine Veröffentlichung gedacht habe, also vor meiner Auswanderung und das Jahr nachher. Denn unter der Hitler-Bedrohung, die einem ja den Tod recht nahe gerückt hat – einige der Passagen waren im Gefängnis geschrieben[1] – war ich nicht nur sicher, nichts mehr veröffentlichen zu können, sondern wollte mich, solange es noch möglich war, privat mit dem Todeserlebnis vertraut machen; das braucht jeder, dem die Religionstradition nicht den traditionellen Trost spenden kann. Ich erreichte dies durch schärfste Konzentration auf das Todeserlebnis, durch ein richtiges Hineinarbeiten in traumhafte Trancezustände und ein fast automatisches Niederschreiben. So lange ich das tat, *war* das Niedergeschriebene für mich gültig; es war mir wirklich vergönnt, hinter den Vorhang zu blicken. Das, was später zum letzten Teil wurde, war ein richtiger Nachttraum, fast eine Vision, völlig ungeordnet, kaum durchschaubar, trotzdem ein Wissen. Und sonderbarerweise hatten sich die alten Symbole des Todes, Nachen, Fackel, Pferd usw. ganz automatisch eingestellt. Aber als ich mich daran machte, aus diesen Aufzeichnungen ein Buch zu machen, da schwand mir dieses ganze starke Erlebnis hinweg: das Kunstwerk, wenn es ein solches wurde, hat das Erlebnis erschlagen. Das war gewissermaßen meine Sünde, freilich eine fast erzwungene, da ich ja all den Menschen und Organisationen, die mir hier Vertrauen entgegenbrachten und mir geholfen haben, ein Stück Produktion habe geben müssen.

So grotesk es klingt, das Buch war also für mich persönlich ein Verlust, ein Erlebnisverlust. Aber wahrscheinlich war auch das richtig. Wahrscheinlich haben diese Dinge nochmals und auf anderer Stufe erlebt zu werden, wahrscheinlich immer wieder, und wahrscheinlich müßte man hiefür sehr alt werden, wie wir ja überhaupt die Gebühr auf hohes Alter hätten: leider wird erst in zwei Generationen das Durchschnittsalter auf 150 hinaufgebracht werden. [. . .]

[GW 8, MTV]

1 Vgl. den letzten Teil der dritten Fassung des Vergil-Romans mit dem Titel »Erzählung vom Tode«, in: *Materialien zu Hermann Broch ›Der Tod des Vergil‹*, hrsg. v. Paul Michael Lützeler, (Frankfurt: Suhrkamp, 1976), S. 160-169.

570. An Karl Kerényi[1]

One Evelyn Place
Princeton, N. J. 25. 9. 47

Lieber verehrter Professor Kerényi,
vor wenigen Tagen erhielt ich durch unsern Freund Brody »Prometheus« und »Niobe«: Sie können sich wohl vorstellen, welche Freude mir diese Sendung ist, sowohl der Aufsatz als solcher wie die große Ehre, die Sie mir mit Ihrer Zitierung

erwiesen haben, sowohl die Widmung als solche wie die in ihr enthaltene Vergil-Anerkennung[2]. Ich schulde Ihnen also zumindest vierfachen Dank, und, wenn man die einfachen Kombinationen dieser vier Dankelemente nimmt, fünfzehnfachen etc., doch ob nun einfach, vierfach oder n-fach, er kommt von Herzen.

Ich bin in arithmetische Spielereien geraten, als ich Ihren so außerordentlichen und so überaus aufschlußreichen Aufsatz las. Sie führen nämlich die Kinderzahl der Niobe an, 14, 18, 19, 20, und beziehen sie, sicherlich mit Recht, auf die Mondperiode von 28 Tagen, die ja gleichzeitig auch die Frau- und Mutterschaftsperiode an sich ist. Trotzdem ist man nicht befriedigt, denn man fragt sich: warum nicht gleich 28 Kinder – warum diese Sparsamkeit? Der Mythos ist im allgemeinen niemals sparsam, am allerwenigsten in Zahlen. Ebenso läßt sich mit den Zahlen 18, 19, 20 wenig anfangen: sie liegen allesamt *über* der von Ihnen angedeuteten Zweidrittelperiode. Und als ich mich darüber noch wunderte, sprang es mir auf einmal in die Augen, daß diese Zahlen ja gute alte mathematische Bekannte sind. Und zwar folgende.

Den Griechen waren bereits die zyklischen Multiplikationsgruppen bekannt:

1 × 1 : 1	1 × 2 : 2	1 × 3 : 3	etc.
	2 × 1 : 2	2 × 2 : 4	
		3 × 1 : 3	

Nehmen Sie nun die achte Gruppe:	1 × 8 : 8	
	2 × 7 : *14*	
	3 × 6 : *18*	also Ihre Zahlen.
	4 × 5 : *20*	
	5 × 4 : 20	
	6 × 3 : 18	
	7 × 2 : 14	
	8 × 1 : 8	

U. z. ist dies eine ausgezeichnete Gruppe, dann vermindern Sie die Resultatszahlen 8, 14, 18, 20, um je 1, so erhalten Sie lauter Primzahlen, nämlich 7, 13, 17, 19, deren magische und kosmogonische Bedeutung ich nicht weiter unterstreichen muß. Diese Eigenschaft teilt diese achte Gruppe bloß mit den ersten vier. Es sind also 8, 14, 18, 20, gewissermaßen »korrigierte« Primzahlen, also solche, deren magischen Charakter man entweder abschwächen oder verstecken wollte.

Nun kommt die Frage – so weit man das vorhergegangene akzeptiert –, warum bloß 14, 18, 20 als Kinderanzahl gelten sollen, nicht aber auch die nicht minder berechtigte 8. Hiefür ließe sich ein verhältnismäßig banaler Grund, nämlich der der Symmetrie angeben: geht man nämlich auf die Mondperiode zurück, so würde die Zahlenreihe komplett 8, 14, 18, 20, 28 bedeuten, wobei die Differenz zwischen 20 und 28 wiederum 8 ist. Die Zahl 28 als letzte dieser Reihe scheidet aber aus, weil sie nicht in der zyklischen Multiplikationsgruppe enthalten ist, und so hat aus Symmetriegründen auch die erste, also die 8 auszuscheiden, umsomehr als sie ja auch symmetrisch in 28 minus 20 am Ende wiederholt ist.

So weit, so gut, wenigstens insoweit als man derartige Zahlenspekulationen überhaupt zulassen will. Aber was macht dann die 19 in der Kinderanzahl? Fast hat es den Anschein, als sollte sie das enfant terrible oder sonst eine Mißgeburt symbolisieren. Denn das ist ja eine der Primzahlen, die »versteckt« gehören. Wenn man diese zyklischen Multiplikationsgruppen in ihrer Gesamtheit untersucht, so ließe sich mit Müh und Not eine Auszeichnung der 19 für die achte Gruppe konstruieren, aber das ist so kompliziert, daß ich eher an einen Tippfehler in der Mythosüberlieferung glaube, es sei denn, daß diese 19 aus einer ganz anderen, mir unbekannten mythischen Quelle hier hereingeschneit ist.

Da Sie über Zahlenmystik sicherlich unendlich mehr als ich wissen, brauche ich keine Literaturangaben zu machen. Ich wäre dazu auch außerstande, denn seit ich 1938 meine Bibliothek in Wien[3] zurückgelassen habe, muß ich mir jeden Quellennachweis mühselig in der Universität zusammensuchen; mit meiner Bibliothek ist auch mein Gedächtnis in Wien zurückgeblieben.

Lassen Sie mich Ihnen noch sagen, wie sehr mich Ihr Natur-Aufsatz im letzten Eranos[4] bereichert hat, und so lassen Sie sich, unter Wiederholung meines Generaldankes, auch hiefür danken.

Mit einem herzlichen Gruß und den besten Empfehlungen

aufrichtigst Ihr

Hermann Broch[5]

[GW 8]

1 Karl Kerényi (1897-1973), ungarischer klassischer Philologe und Religionswissenschaftler; lebte seit 1943 in der Schweiz; ab 1948 Forschungsleiter des C. G. Jung Instituts in Zürich.

2 Karl Kerényi, *Prometheus. Das griechische Mythologem von der menschlichen Existenz* (Zürich: Rhein-Verlag, 1946); *Niobe. Neue Studien über antike Religion und Humanität* (Zürich: Rhein-Verlag, 1947), zuerst erschienen in *Centaur* (Amsterdam), (1946), S. 681-692.

3 Vgl. Fußnote 1 zum Brief vom 27. 4. 1946.

4 Karl Kerényi, »Die Göttin Natur«, in *Eranos-Jahrbuch* 14 (1946), S. 39-86.

5 Kerényi beantwortete Brochs Brief mit folgendem Schreiben:

21. 10. 47, Tegna pr. Locarno

Lieber verehrter Herr Broch,

vorgestern gab mir Freund Brody Ihren zweiten Brief in Lugano, nachdem ich den ersten von ihm bei der Eranos-Tagung erhalten hatte. Damals mußte ich aber, nach meinem eigenen Vortrag, mitten in der Eranos-Tagung nach Rom fahren, wo mich meine Töchter aus Budapest erwarteten. Tolnay kann darüber mehr erzählen: er war dabei.

Seit kurzem bin ich wieder hier und wollte gern und ausführlich auf Ihre geistreichen arithmetischen Ausführungen, die an sich sehr amüsant sind, antworten, als Sie nun meine Antwort mir vorwegnehmen: natürlich ist es so, wie Sie in Ihrem zweiten Brief sagen. Ich muß nur hinzufügen, daß nicht nur 28 sondern auch 29 als Zahl der Tage in einem Mondmonat figurieren, und ⅔ davon ergeben, nach oben abgerundet, 20. Ja in Betracht dessen, daß der griechische Mondmonat in drei Dekaden eingeteilt war, dürften sogar 10 als ⅓ gelten und 20 als ⅔. So umrahmen alle drei Zahlen (18, 19, 20) die Zweidrittelmarke – je nachdem. Sie fragen aber, warum nicht 28, resp. 29 oder 30 Kinder? Weil die Niobe eben die dunklere, unglückliche Partnerin der Leto ist. Die Mutter der Artemis und des Apollon herrscht über der helleren Monatshälfte oder doch über dem hellsten Drittel. Denn wir wissen aus kleinasiatisch-griechischen Kalendern, daß diese hellste Zeit auf 9-10 Tage berechnet war. Mein Niobe-Aufsatz, der diese Details bringt, ist nur in der Zeitschrift Centaur erschienen, wird aber wohl auch einem Albae Vigiliae-Heft den Namen geben.

Es freut mich aber außerordentlich, daß wir durch diese mythologische Arithmetik in einen Briefwechsel geraten sind und hoffe bald auch sonst von Ihnen zu hören. Oder: kommen Sie nicht hierher oder nach Rom, wo ich in der amerikanischen Akademie arbeite? Was für geistige An- und Aufregungen würde das ergeben!

Seien Sie sehr herzlich gegrüßt von Ihrem

Karl Kerényi

571. An Eugen Claassen[1]

Princeton, 28. September 1947

Lieber verehrter Dr. Claassen,
vielen Dank für Ihre vor wenigen Tagen hier eingelangten, so freundlichen Zeilen. Ich habe oft mit Bangen an Ihr Geschick gedacht, denn ich war von Ihrem Anti-Nazitum überzeugt, und ich bin froh, daß Sie durch die Grauenszeit heil hindurchgekommen sind. Ihr Besuch 1938 war einer der wenigen versöhnlichen Erinnerungen, die ich aus der Hitlerzeit mitgenommen habe.

Und lassen Sie sich auch zur Wiederaufnahme Ihrer Verlagstätigkeit beglückwünschen. Ich freue mich über die Energie Ihres Wiederaufbauwerkes; Ihre Verlagsliste ist sowohl an Umfang wie an Niveau ausgesprochen imponierend.

Wegen des Langgässer-Buches[2] habe ich sofort bei Kurt Wolff (Pantheon) angerufen: der Verlag ist immer noch auf der Suche nach einem britischen Mitverleger zwecks Aufteilung der sonst untragbaren Übersetzungskosten und kann sich infolgedessen noch immer nicht entscheiden.

Ich muß übrigens richtigstellen, daß ich nicht, wie Sie annehmen, »bei Pantheon tätig« bin; ich bin lediglich Verlagsautor. Aber wenn ich ein Buch wie das Langgässersche treffe, dann setze ich mich dafür ein, ob nun bei Pantheon oder anderswo. Ich verständige also Prof. Gurian vom Pantheon-Bescheid, damit er sich entscheide, ob er das Buch nicht doch Knopf, der sich ja auch dafür interessiert hat, definitiv anbieten soll.

Wenn Sie irgend etwas anderes haben, das in die Pantheon-Produktion, deren letzten Katalog ich beilege, hineinpassen könnte, so stehe ich Ihnen natürlich immer gerne zur Verfügung.

Das gewünschte Separatum Prof. Weigands (Yale University) lege ich gleichfalls bei. Fast alle Universitäten haben jetzt Seminare etc. über den »Vergil«, und ich beginne mich sowie das Buch mit Mißtrauen zu betrachten; diese allzu raschen akademischen Würden sind mir anrüchig: sie könnten an Anrüchigkeit bloß durch pekuniären Erfolg – der gottlob leider ausgeblieben ist – übertroffen werden.

Mit einem herzlichen Gruß,

aufrichtigst Ihr Hermann Broch

[EC]

1 Eugen Claassen (1895-1955), deutscher Verleger. Claassen war damals daran interessiert, Brochs *Massenwahntheorie* zu verlegen. Da Broch das Buch nicht abgeschlossen hatte, zerschlug sich der Plan.

2 Elisabeth Langgässer (1899-1950), *Das unauslöschliche Siegel* (Hamburg: Claassen & Goverts, 1946). Der katholische Publizist Waldemar Gurian hatte bei Broch angefragt, ob er einen Verleger in den USA wisse, der den Roman der Langgässer auf Englisch publizieren könne. Broch hatte beim Pantheon Verlag Kurt Wolffs, der seinen Vergil-Roman herausgebracht hatte, vorgefühlt, doch zeigte man dort kein Interesse.

572. An Hannah Arendt[1]

30. 9. 47 Princeton

Hannah, liebe,

[. . .] Wäre ich nach N. Y. gekommen, so hätte ich das alles mit Freuden selber besorgt; doch ich komme erst nächste Woche. Ich muß meinen Hofmannsthal-Plan fertig bringen[2].

Langsam stellt sich das ein, was sich üblicherweise in der Beziehung zwischen Dienstmädchen und Dienstgeberin einstellt: es wird trotz anfänglicher Antipathie zu einem leise homosexuellen Verhältnis, weil sie es sonst überhaupt nicht aushielten. Demgemäß verliere ich nach und nach meinen anfänglichen Ekel und finde sogar, daß sich bei H. Ansätze zu etwas finden, was ich als Gegensatz zum Existenzialismus »Essentialismus« nennen möchte. Alles natürlich recht schwach. Und zudem lese ich Doctorarbeiten aus sämtlichen deutschen Universitäten von Greifswald bis Marburg über Grammatik, Romantik, Goethik, Stil etc. bei H.[3]

Von Herzen und immer
H.

[YUL]

1 Hannah Arendt (1906-1975), deutsch-amerikanische Schriftstellerin und Professorin für Politik und Geisteswissenschaft. Sie emigrierte 1933 nach Frankreich, 1941 in die USA und lernte Broch 1943 durch die Vermittlung der gemeinsamen Freundin AnneMarie Meier-Graefe in New York kennen. Bereits 1946 veröffentlichte Hannah Arendt ihren ersten Artikel über Broch: »No longer and not yet«, in: *The Nation,* 163/11 (14. 9. 1946), S. 300-302. Sie edierte auch die beiden Essay-Bände der alten Broch-Ausgabe des Rhein-Verlags.

2 Vgl. den Brief vom 27. 7. 1947.

3 Wie der Korrespondenz Brochs mit der Bibliothek der Princeton University zu entnehmen ist (YUL), las er damals Hofmannsthal-Sekundärliteratur von Walter A. Berendsohn, Rudolf Borchardt, Walther Brecht, Curt Freiwald, Emma Hannöver, Johannes Heberle, Ilse Hechler, Friedrich Hermann, Werner Kraft, Herbert Lindner, Karl J. Naef, Walter Perl, Grete Schaeder, Johann Sofer, Herbert Steiner, Wolfgang Stendel, Emil Sulger-Gebing, Ika Alida Thomièse, Werner Vordtriede, Elisabeth Waldmann und Grete Wiesenthal.

573. An Erich von Kahler

30. 9. 47

Lieber Guter, der beil. von Mama[1] glücklicherweise geöffnete und sodann glücklicherweise zu mir geratene Brief Sterns[2] hat mich wegen seiner Beilage natürlich höchlich interessiert, umsomehr als ich gerade jetzt die Polemik in den von Bouchi mitgebrachten »Temps modernes« – ich hebe das Heft für Dich auf – gegen den Löwith-Aufsatz[3] lese. Hinter all dem steht freilich nichts anderes als die Grundfrage: hat der Philosoph im Notfall Märtyrer zu sein? Und da es eine Frage ist, die im letzten eigentlich nicht nur für den Philosophen, sondern für jedermann zu bejahen ist, weil sie das Zentrum dessen ist, was man Anständigkeit nennt, so ist der Mensch Heidegger damit gerichtet. Und seine Eingabe[4] ist demgemäß recht jämmerlich, denn er weiß natürlich, worum es da geht. Dabei bin ich im Grunde recht milde gegen derartige Fälle; denn oft weiß der Mensch nicht, ob der Notfall eingetreten ist oder ob er selber zu Fall gekommen ist.

Ich bin froh, daß die Sachen dort[5] funktionieren, und daß sie Dir doch augenscheinlich etwas Spaß machen. Hoffentlich kommst Du daneben wenigstens so weit zur eigenen Arbeit, daß Du die Niederschrift des Aufsatzes[6], der ein Buch ist, beendigen kannst, so daß Du den Kopf für das Bollingen-Projekt[7] frei hast.

Bei mir beginnt der Hofmannsthal irgendwie Form anzunehmen. So wie sich zwischen Dienstmädchen und der Gnädigen langsam eine Art homosexuelles Verhältnis entwickelt, genau so geht es mir mit H.: mit leichter Perversität überwinde ich meinen Ekel.

Nebenbei träume ich, im wahrsten Wortsinn, nämlich in der Nacht, unaufhörlich Literatur, vorgestern einen ganzen Roman, den ich sogar teilweise skizzieren konnte, und der einen Sinn gibt, ja tatsächlich das repräsentieren würde, was ich »Essentialismus« nennen würde. Ich habe es Frances[8] gegeben, die damit natürlich nichts wird anfangen können. Überhaupt, das Gedränge am Ausgang wird ärger und ärger, und damit auch meine farewell-Stimmung, in die ich mich hineinzureden hüte, aber aus der ich mich auch nicht herauszureden vermag.

Du gehst mir ab, und im Niederschreiben merke ich, wie niederträchtig das Deutsche doch manchmal ist: eine so ekelhafte Zweideutigkeit wie Abgehen gibt es in keiner anderen Sprache. Also eindeutig: sei umarmt.

H.

Wo finde ich »den Erben laß verschwenden«[9]? Ich habe mir jetzt die »Nachlese«[10] der Jugendgedichte aus der Bibliothek geholt, aber es ist nicht dabei.

[GW 8]

1 Gemeint ist Kahlers Mutter Antoinette von Kahler (1862-1951).

2 James Stern (geb. 1904), englischer Schriftsteller und Übersetzer; übertrug gemeinsam mit seiner Frau Tania Brochs Einleitungs-Essay »Hugo von Hofmannsthals Prosaschriften«: »Introduction«, in: *Hugo von Hofmannsthal: Selected Prose* (New York: Pantheon Books), S. 9-47.

3 Vgl. Karl Loewith, »Les implications politiques de la philosophie de l'existence chez Heidegger«, in: *Les Temps Modernes,* 2/14 (Nov. 1946), S. 343-360. Mit dieser Studie setzten sich polemisch auseinander die Aufsätze von Alphonse de Waehlens, »La philosophie de Heidegger« und Eric Weil, »Le cas Heidegger«, beide in: *Les Temps Modernes,* 2/72 (Juli 1947), S. 113-127 und S. 128-138. Seit ihrem Erscheinen wurde *Les Temps Modernes* von Jean-Paul Sartre – bis zu dessen Tod im Jahre 1980 – herausgegeben.

4 Nach Kriegsende wurde gegen Martin Heidegger durch die französische Besatzungsbehörde ein Lehrverbot ausgesprochen, das erst 1951 aufgehoben wurde. Aus Anlaß der Angriffe auf seine Haltung während der Zeit des Nationalsozialismus machte Heidegger am 4. 11. 1945 eine briefliche Eingabe an das Rektorat der Albert-Ludwigs-Universität in Freiburg. In Auszügen wurde dieser Brief in französischer Übersetzung veröffentlicht in dem Artikel von Alfred de Towarnicki, »Visite à Martin Heidegger«, in: *Les Temps Modernes,* 1. Jg. (1945/46), S. 717-724. Vgl. auch Fußnote 3.

5 Erich von Kahler war damals Gastprofessor für Germanistik an der Cornell University in Ithaca, New York.

6 Seit dem Sommer 1947 arbeitete Kahler an der Studie »The Crisis of the Individual«, die er in den folgenden Jahren zu einem

Buch ausweitete und erschien unter dem Titel *The Tower and the Abyss or the Transformation of Man* (New York: G. Braziller, 1957).

7 Von der Bollingen Foundation in Washington D. C. erhielt Kahler damals für den Zeitraum von drei Jahren ein Stipendium zur Ausarbeitung der Studie »Die Verinnerung des Erzählens«, in: *Neue Rundschau* 68/4 (1957), S. 501-547, 70/1 (1959), S. 1-54 und 70/2 (1959), S. 177-220.

8 Frances B. Colby (geb. 1906), amerikanische Schriftstellerin aus dem Bekanntenkreis Brochs. Bei der Skizze handelt es sich um folgendes Fragment (YUL): »›Outline for a Novel *Victorious Defeat*‹.

1. Theme: We are living in a time in which all traditional values are crumbling; Hitler has made a terrible cleaning job: he made the moral world absolutely naked, showing that there exists no truth, no decency, no pity, that everybody acts cowardly or brutal, and that there exists only one right, the right of the stronger one. Every lie can become truth, when it is supported by the stronger one.

Nevertheless, although people are acting in this way, although they are following Hitler's way (even when they are his ›enemies‹), the human soul is not only black, it has also its white spots, and all progress of mankind is due to these white spots: in the long range the ›idealists‹ with their white spots are making history, in spite of the defeat they usually suffer personally.

The novel will show the fate of a man with a very ›white spotted‹ soul, of a man who suffers deeply from the relativism in the Hitlerian world, of a man who is searching for the absolute moral, knowing that this absolutism must exist und that life is not worth living whithout this basic clean ethics.

2. The character and the world. a) Family background. The hero comes from a money making New England family with strong Puritan remnants. All human instincts are guided in the channel of ›duty‹, but duty is identical with money. They are decent people who would like to be ›good‹, and sometimes they even believe to be very good, especially because they don't feel very happy. They are suspicious towards happiness – a happy man never is really ›good‹; happiness und selfishness are too close to each other. One has always the feeling, that the two parents are ashamed to live under the same roof as two people of different sex; one cannot imagine why they married, and also the child feels that these two people are ashamed of having produced a living proof of their sex.

Nevertheless or because there is this strange feeling of shame and of an almost tender guilt, the atmosphere of the house has a touch of timidity and mutual respect: it is as if these two people, knowing about their lack of real happiness, are always anxious not to hurt each other more than strictly necessary. One could even say that it is a certain atmosphere of intimacy; there is a certain confidence between the two parents, for they know their respective limitations. On the other hand they are full of suspicion against the outside world: cheated by their life, they think that they are cheated by everybody. The father's ruthlessness in business derives partly from this point, but also the mother's incapability to have a human relation with her servants is to [be] understood under this point of view. The whole world is ›bad‹, they alone are ›good‹.

No wonder that the child became an introvert. Without brother or sister naturally lonely, he begins to build up his own world. ›Good‹ and ›evil‹ are an early problem for him. The evil stands under the sign of a multitude of ›No‹, and he accepts it. But somewhere there must be also a ›Yes‹, indicating the good, for which the soul is borne, and for this ›Yes‹, unobtainable from his parents, he is striving.

There is a library in the house. But nobody reads. Who reads is ›lazy‹; books are made for school purposes, not for ordinary life. It is also bad for the eyes. Thus, his first ›sin‹ against the ›Nos‹, by which he is surrounded, is to read secretly. He discovers poetry. One day he finds a book of collected verses in the library; the book is marked by the maiden name of his mother, and some of the poems – spring and love poems – are marked with pencil. He concludes that his mother also had or has even still her secret life. And he concludes, that she must be unhappy; probably all married women are unhappy. He decides to become a poet himself and never to marry, not even the cook, although he has had the intention to do so after having grown up.

b) The problem of work and profession. His grandfather owned a paper mill in Maine; this was an annex to the wood which the family owned since settler times. But with the opening of the West it became reasonable to get hold of the cheaper lumber materials; terrains in the West were bought, not always in a very clean way – the second half of the 19th century in the West was turbulent enough to handle there with the law and the local politicians –, and the hydraulic forces made it profitable to build mills there. The original factory in Maine became specialized for high quality papers, while the main production was transferred to the West. This was already the achievement of his father, and with the end of the century the plants employed already serveral thousand workers.

There was never a doubt about, that he should succeed his father in the leadership of this business. His college years in Harvard were directed to this purpose; he was studying engineering (as ordered by his father) and ecònomics (tolerated by his father). All the other departments and especially the humanities had the sign of ›No‹; they were ›forbidden‹.

All this seemed natural to him. In this respect he was a normal boy, doing his job, healthy, sportive, apparently without troubles. He has the normal relations with his class mates, reluctant only when they are speaking about women. There his attitude of his early youth has not changed. Women have to be protected by men, in order to prevent their unhappiness. Not one of his class mates has this protective attitude, and this impedes real relations with them.

A little girl, fourteen years old, frêle, dreamy, becomes the subject of his tender protectiveness. A child wants protection; there is the purity and simplicity, which later is lost. Sometimes he knows that there is no reality in this – the imaginative reality only, he made for himself as he found his mother's poetry book –, and then he knows also that this little girl will grow up and fall in love with somebody else (for of course he can't marry her), but he closes his eyes. She is the daughter of a cousin of his father, the youngest of four children, the eldest of whom is a girl in his age of twenty, and two boys.

He doesn't know it, but this little girl becomes the symbol of the forbidden things in his life. He has forgotten, or almost forgotten, that he once had the phantasy to become a poet, but now he sees a poet in her. And in his letters to her – still very childish and very pure letters – he pushes her in this way. She answers with adoration.

The family meets his relation to the little girl with irony. Especially her elder sister treats him as a childish little boy who never will grow up. He stands it. He can't say that it is love which makes him act in this way; but he has organized his emotional life around the person of the little girl, and this emotional life is very rich: if he would have been an artist, a poet, a writer, he had found another nucleus for his emotions –, now he makes a piece of phantasy or of art out of his life, without knowing that he is doing so.

Nevertheless, somehow he feels that something is wrong about it. He is a healthy young man who wants earthly tenderness, and he is involved in a relation frustrated in itself; he is gifted and able to learn, and he ist studying things which are not in real connection with his mind. In spite of all the richness of his life, open to nature, open to knowledge, open to love, he feels that he is living besides his own life.

The real life, he feels, must be connected with the absolute ›good‹, with the absolute ›Yes‹. The religious question raises for him. He didn't spend much thoughts about religion during his youth. Now it becomes serious. But it is intermingled with all his other emotions. The little girl enters in his deliberations: the cult of the Virgin in Catholicism touches him suddenly, and for a moment he thinks that this sensation is the grace (about which he never had the slightest real idea). He begins to attend Catholic services, and these secret church visits are a repetition of his secret readings in the library of his parents. He doesn't know that it is a repetition, but he feels himself in the same mood, and there is also the same mood of opposition against the father in it. However, it is just this parallelism which is one of the causes for the failure of his catholic experiment: he couldn't become the poet, he wished to be during his boyhood, and now he can't become the catholic believer; instead of being a poet he is preparing himself for entering in the family business, and instead of changing religion he remains a Protestant like his ancestors.

In the middle of these mental troubles a solution comes to him like a gift: it is the war; 1917 America declares war to Germany. The mood in Harvard becomes suddenly very belligerent, and feeling that there is an escape out of his difficulties, he gives himself entirely to this general mood, joining the navy as an engineer after having passed his last examinations.

This decision clears also his problem of profession. Although he thinks that he has postponed the problem for the duration, he sees clearly that he never will be the ›young industrial leader‹ that was his destiny in the eyes of his family and even in his own. But he knows, too, that this also is a ›No‹ and not a ›Yes‹.

c) The forces of the social surroundings and the Ego. The war is over, and the hero – now almost a real hero, having made convoy service for more than a year – comes home. He has not seen the battlefields of France, but he was near enough to the war for putting the question ›What was, what is the sense of all this?‹.

He is amazed that this question which is on the lips of many of his comrades so long as they were in danger became oblivious as the danger is over. But he is terrified to find nothing of this question in the mind of the people who were staying at home. Sure, the war was a good business, but it would have been much better to sell weapons to England and to stay out. Only idealistic idiots like Wilson are going into wars« (Das Fragment bricht hier ab.)

9 Hugo von Hofmannsthals Gedicht »Lebenslied« beginnt mit der Zeile »Den Erben laß verschwenden«, in Hugo von Hofmannsthal, *Gesammelte Werke in Einzelausgaben, Bd. 1: Gedichte und lyrische Dramen* (Frankfurt: S. Fischer, 1952), S. 12.

10 Hugo von Hofmannsthal, *Nachlese der Gedichte* (Berlin: S. Fischer, 1934).

574. An Abraham Sonne

8. 10. 47 Princeton

Mein lieber, sehr lieber A. S.,
vorgestern traf ich zufällig Dr. Lauterbach[1], ein Zufall, der mich sehr beglückt hat, denn es stellte sich heraus, daß er nicht nur Dich kennt, sondern sogar ein Jugendfreund von Dir ist, und daß er also viel von Dir zu erzählen wußte, so daß ich zum ersten Mal ein Bild Deines dortigen Lebens erhielt. Weit weniger froh war ich allerdings zu hören, daß es Dir während der Kriegszeit gesundheitlich nicht gut gegangen ist: jünger werden wir freilich nicht, aber ich hoffe doch, daß der entfernte Appendix sich günstig auswirken wird, und daß Du hiedurch zu einem erträglichen Dauerzustand gelangen wirst.

Im allgemeinen mache ich keine Gedichte und noch viel weniger zeige ich sie her. Aber neulich insinuierte mir ein Kritiker danteske Ambitionen mit dem Vergil[2] – ich kann Dir die Broschüre schicken, falls sie Dich interessiert –, und als ich das gelesen hatte, träumte ich in der darauffolgenden Nacht von Dante: er promenierte in der Wiener Textilei, sic Gonzagagasse, u. z. mit einem Spazierstöckchen als flotter Jud im Kaftan, und auf einer Firmentafel, neben all den andern Textilisten, stand:

»Er nahm nicht schwer was schwer von ihm sich wandte,
und daß sich nichts in ihm zu ihm bekannte:
so namenlos war er, und trotzdem hieß er Dante.«

Es war ein bösartig-heiterer Traum, auf dessen analytischen Inhalt ich nicht eingehe. Doch ich machte das folgende Gedicht »Dantes Schatten« daraus:

»Er nahm's nicht leicht was ihm so leicht gegeben
und doch nicht schwer was schwer von ihm sich wandte:
Um Beatrice webt das zeitlos Unbenannte,
in dem er schwebt, in dem die Zeiten schweben,
so daß sich nichts in ihm zu ihm bekannte –
war's ihm zuteil? Zur Ganzheit mußt' er's heben
ins eig'ne Sein. Oh, fand er sich? er fand sich bloß daneben
im Namenlosen fremd. Und trotzdem hieß er Dante.

Sein Mut war Einsamkeit und darum nichts als Flucht,
ein Mut, der mehr die Freunde als die Feinde traf;
der Schmerz jedoch traf ihn, zwar stets zum Vers verflucht,
dennoch der Wachheit Qual, dennoch die Angst vor
Schlaf:
Ist's Höllenmut, der singt, ist's Himmelsangst,
die schweiget?
Das nahe End', gereift, sich in den Anfang neiget.«

Warum schreibe ich Dir dies? einfach weil sich Dein Bild zu dem, was ich da entworfen habe, assoziiert hat, kurzum, die Himmelsangst, die Dich – vielleicht zu viel – schweigen gelehrt hat, und die auch mir, viel später als Dir, immer näher rückt: insbesondere alles Literarische, sogar das Dichterische wird mir mehr und mehr fremd; es hat keinen Platz mehr in dieser Welt, mag es auch einstens, in anderer Form, wieder aufleben. Vielleicht gelingt es mir mit der Massenpsychologie, noch etwas Sinnvolles zustandezubringen.

Wenn es Dir danach ist, schreib ein Wort. Aber jedenfalls sollst Du wissen, daß ich in Liebe und Freundschaft an Dich denke.

von Herzen
Hermann
[AS, BB]

1 Leo Lauterbach (geb. 1886), wohnte damals in Jerusalem.
2 Vgl. den Brief vom 16. 8. 1947.

575. *An Gaston Gallimard*[1]

le 10 octobre 1947

Cher Monsieur,
J'espère qu'entre temps vous avez déjà reçu ma lettre du 27 septembre. Depuis, Jacques Schiffrin (Panthéon) m'a écrit que vous avez l'intention de publier d'abord les »Somnambules«[2] et ensuite le »Virgile«[3]. Permettez-moi de vous dire un mot à ce sujet.

La scène littéraire française se trouve en ce moment dans un stage extrêmement mouvementé et en plein développement, dû surtout aux existentialistes et leurs œuvres. Or je pense que dans les discussions et les controverses que ces œuvres ont soulevées, une place assez importante sera accordée au »Virgile« car ce livre et l'idéologie qu'il exprime est – j'en suis certain – tout aussi moderne que le mouvement existentialiste, auquel assurément il n'appartient pourtant pas. Pour cette raison il me semblerait plus avantageux d'introduire mes publications en France en débutant avec le »Virgile«.

Il ne peut y avoir de doute, d'autre part, que les »Somnambules« sont bien plus accessibles au grand public que le »Virgil«, mais il ne faut pas non plus oublier que les »Somnambules« ont été écrit il y a presque 20 ans et que pour cette seule raison ils ne sauront faire naître un aussi vif intérêt que celui qui accueillera un livre qui ressort tout entier de la période que nous traversons actuellement. Si, néanmoins, vous croyez qu'il serait plus indiqué de gagner d'abord le public français par la publication de cette œuvre plus facile, je ne saurais naturellement m'y opposer, car ce sont là des délibérations qui sont idoines d'un domaine avec lequel je ne suis pas familier, mais je persiste à penser que le »Virgile« pourrait devenir – si j'ose ainsi m'exprimer – un excellent cheval de tête pour les »Somnambules«. Cette conviction est d'autant plus forte du fait que, à mon avis, le public français est justement celui qui de tous est le plus mûr et le mieux préparé (particulièrement par les efforts existentialistes) pour digérer et apprécier une œuvre tell que le »Virgile«, dont le niveau dépasse le niveau du roman »littéraire« et touche –

c'est du moins ce que j'ai tenté et espère avoir réalisé dans ce livre dans une certaine mesure – à la philosophie pure.

Je serais très intéressé de connaître votre avis et votre décision à ce sujet et je vous saurais gré de me faire connaître en même temps à qui vous pensez confier la tâche délicate de la traduction de ces livres. [. . .]

En anticipant le plaisir de vous lire, croyez-moi, cher Monsieur, votre cordialement dévoué

H. Broch

[GW 8]

1 Gaston Gallimard (1881-1975), französischer Verleger.
2 Hermann Broch, *Les Somnambules,* übersetzt von Pierre Plachat und Albert Kohn (Paris: Gallimard, 1956/1957).
3 Hermann Broch, *La Mort de Virgile,* übersetzt von Albert Kohn (Paris: Gallimard, 1952).

576. An Ruth Norden

21. 10. 47

Liebes, sehr Liebes,
Dein Brief ist nun schon seit über 14 Tagen hier, und ich schäme mich, ihn noch nicht beantwortet zu haben. Das hat mancherlei Gründe. Ich will sie systematisieren:

(1) Der Hofmannsthal hat sich als eine Riesenarbeit entpuppt. Natürlich will und werde ich etwas Anständiges daraus machen. Aber in meiner Eingleisigkeit bin ich außerstande, etwas anderes daneben zu machen. Trotzdem versuche ich, meine eigene Arbeit daneben weiterzuführen, muß es auch machen, damit ich deren Faden nicht völlig verliere. Und ich fühle mich umso mehr dazu gezwungen, als es geradezu lächerlich ist, sich in einer Zeit wie dieser auf literarische und literatur-historische Fragen zu konzentrieren. Das politische Buch brennt mir auf den Nägeln. Ich stimme Dir bei, daß die Russen ihren Austritt aus der UN vorbereiten, und daß Marshall[1] da so gut er kann nachhilft. Der Zug geht zu einem Two World System. Seit 1944 war mir das klar;

erinnere Dich an meine Ansätze von 1940 (in der City of Man), wie ich nachzuweisen suchte, daß man vor allem sich mit dem Blocksystem befassen muß, weil dieses stärker als jeder Einheitswunsch sich erweisen wird. Du weißt, daß ich (abgesehen von einem turmhohen Narzismus) nicht eingebildet bin, aber daß ich mich zum Denken diszipliniert habe und daher in vielem mich tiefer in ein Problem hineinzubohren vermag als es gemeiniglich getan wird. Und daß ich mich da aus Langsamkeit, aus Neurose, aus Kleinverantwortungen, aus der Verpflichtung, Unglücksbriefe zu beantworten und Pakete zu schicken außerstande sehe, meine Erkenntnisse mitzuteilen, bringt mich zur Raserei und zur Verzweiflung. Und jetzt hat sich zu alldem der Hofmannsthal hinzugesellt. Ich muß ihn machen, weil ich sonst keinen Heller zum Leben habe. Ich beklage mich nicht darob, denn ich betrachte es als eine gerechte Strafe für meine Zeitverwüstung. Hätte ich diese nicht begangen, so wäre ich heute hier Institutsmitglied mit 10 000 im Jahr. Und heute ist es so, daß ich das erste Geld für den Hofmannsthal nicht eher bekomme, ehe ich nicht den Gesamtplan des Werkes abgeliefert haben werde. Und ich bin noch immer nicht so weit, bin also infolgedessen zumindest für die nächsten 14 Tage noch immer völlig geldlos. Du kannst Dir also vorstellen, unter welchem Druck ich arbeite.
[. . .]

[DLA]

577. An Helene Wolff

25. 10. 47 Princeton

Liebste Frau Helene,
Sie wollen biographische Daten, aber es will mir scheinen, als hätte ich keine Biographie[1]. Jedenfalls hier das, dessen ich mich erinnere:

Geboren am 1. November 1886 in Wien. Schulen in Wien. Mit 19 zum ersten Mal in Amerika, um den Baumwollhandel zu lernen. Nichts gelernt. Mit Müh und Not sodann Textilmaschinenbau und -technologie erlernt und darin diplomiert. Voller Widerwillen, weil ich eigentlich Mathematik habe studieren wollen, aber statt dessen gab es bloß Handelsfächer für mich und im Zusammenhang damit Versicherungsmathematik, dies als Lichtpunkt. Hierauf Eintritt in die Industrie, worin ich es zu Ehrenstellen brachte; nur mit Mühe ließ sich der Kommerzialrat vermeiden, und das ist eigentlich bedauerlich, denn das hätte sich auf den Büchern gut gemacht. (NB. die Sage geht[2] und wird von meinen Überschätzern immer wieder verbreitet, daß ich Vorstand des österreichischen Industrieverbandes gewesen sei; das war ich niemals, vielmehr bloß bescheidenes Vorstandsmitglied des Textilverbandes, und auch das bitte ich zu verschweigen.) 1927 kam die große Industriekrise für Österreich, und da mir mieser als meinen Berufskollegen vor meinem Geschäft war, habe ich früher als die andern meine Fabriken verkauft, und viele haben das für einen kommerziellen Geniestreich angesehen; in Wahrheit war es die Ergreifung der ersten Fluchtmöglichkeit. Ich verdanke also der Industriekrise, daß ich heute kein kleiner Baumwollangestellter Down Town bin. Nachher begann ich wieder systematisch Mathematik zu studieren, mußte aber hiezu, um das Doktorat zu machen, auch Latein nachholen, und das habe ich aus Faulheit einfach verschlampt. Seit meinem 30. Jahr habe ich unentwegt Philosophie geschrieben, aber niemals etwas publiziert[3], u. z. infolge Neurose. Immerhin ist mir dabei klar geworden, daß eine untheologische Philosophie eigentlich überhaupt keine mehr ist, und daß man, fühlt man sich gezwungen auf Theologie zu verzichten, eine neue, subjektivere Philosophiebasis finden müsse, und so entstanden 1928-30 die Schlafwandler, eigentlich ein philosophischer Versuch. Ab 1930 spielt sich die Biographie in Veröffentlichungen ab. 1933 »Unbekannte Größe« (ein für viel Geld geschriebener, danebengegangener Roman – niemals daran denken, niemals davon sprechen), 1932 Studie über Joyce, 1934 ein in Zürich uraufgeführtes Stück; daneben eine Reihe von Essays und Novellen. Ein großer Roman »Demeter«[4] wurde während dieser Zeit fast fertiggestellt, wurde aber wegen des »Vergil« unterbrochen. 1938 Flucht nach Amerika, Guggenheim, Rockefeller-Fellowship, Akademie-Award, Pantheon. 1955, wenn ich es erlebe, Nobelpreis. 1972 Gedenktafel an meinem Wiener

Geburtshaus. 1986 Gedenkfeier in Wien zum hundertjährigen Geburtstag. Wollen Sie noch mehr Details?

Vorderhand aber sind wir verblieben, daß wir mit den »Sleepwalkers« nicht vor Jänner herauskommen.

K. W.[5] erhebt Einspruch gegen die von mir vorgeschlagenen Damenringkämpfe und Kriegsszene auf dem Umschlag. Ich stelle also statt dessen zur Diskussion:

(1) Leutnant im langen Uniformrock, Stil der »Fliegenden Blätter« oder des »Punch«. Hiezu Jahreszahl 1888.

(2) Mutter Hentjen hinterm Büfett ihres Lokals (obwohl mir die Ringkämpferinnen charakteristischer erschienen) im deutsch-impressionistischen Stil. Hiezu Jahreszahl 1903.

(3) Jahreszahl 1918. Zur Wahl: entweder einen Schieber im George Grosz-Stil,
oder das Heilsarmeemädchen und den jungen Juden im Stil der »Neuen Sachlichkeit«, wie er um diese Zeit erstmalig aufkam.

Natürlich sind das alles bloß Vorschläge, und überhaupt ist mir alles recht. (NB. falls der junge Jude, oder z. B. auch der jüdische Doktor gewählt wird, bitte keine Kaftans, sondern wie im Buch beschrieben, mit langen Gehröcken.)

An Gurian[6] habe ich auftragsgemäß geschrieben, daß Sie sich noch mindestens eine Woche Entscheidungsfrist ausbedingen. Doch da Sie nun keinesfalls mehr meine Langgässer-Studie[7] brauchen und ich sie – über Gurians Betreiben – vielleicht in Deutschland veröffentlichen werde, wäre ich sehr dankbar, wenn Sie sie mir gelegentlich zurückschickten.

Im übrigen habe ich gestern und heute – seit etwa 18 Jahren zum ersten Mal – wieder in den Schlafwandlern gelesen. Sie sind unzweifelhaft ein ausgezeichneter Roman und haben die lange Zeit gut durchgehalten. Sehr viel Herzliches
Ihres

HB.

Noch besser als einzelne Figuren auf dem Umschlag würden mir kleine Szenen gefallen, z. B.
(ad 1) Elisabeth in die Coupéetür
kletternd, während Lt. Pasenow
zuschaut,

(ad 2) Esch und Mutter Hentjen zur
Lorelei kletternd,
etc. etc.

[KWB]

1 zum Folgenden die Zeittafel am Schluß dieses Bandes.
2 Vgl. Brief vom 11. 5. 1932.
3 Broch hat vor 1930 durchaus eine Reihe von Studien veröffentlicht. Siehe dazu im einzelnen die Bände KW 9/1, 2; KW 10/1, 2; KW 11; KW 13/1; KW 6; KW 8.
4 »Demeter« war 1935/36 Brochs Titel für eine geplante Trilogie, von der er nur die erste Fassung des ersten Bandes *(Die Verzauberung)* fertigstellte. Vgl. KW 3. Broch sah den Titel »Demeter« auch für die dritte Fassung dieses Romans vor.
5 Kurt Wolff.
6 Vgl. Fußnote 2 zum Brief vom 28. 9. 1947.
7 »Randbemerkungen zu Elisabeth Langgässers Roman *Das unauslöschliche Siegel«,* in: *Literarische Revue,* Jg. 4 (1949), S. 56-59, ferner in KW 9/1, S. 405-411.

578. An Hannah Arendt

25. 10. 47

[. . .] Wahrlich langweilig hingegen ist mir der Hofmannsthal, und wenn ich auch weiß, daß man ihn, seiner Absicht nach beurteilt, in jene – bei Plato beginnende – Reihe stellen kann, die ich als essentialistische bezeichnen will, er fällt einem in einem fort wieder aus der Reihe heraus. Denn das Essentialistische ist eben nichts anderes als die Ur-Vokabel, die Ur-Assoziation, die innerhalb jeder Sprache stets neue Sprache schafft, also das Wunder vollbringt, das Symbol mit der Konkretheit des Urbildes zu erfüllen, und gerade davon hat H. blutwenig gehabt; im Gegenteil, der Abstand zwischen Urbild und Symbol wird von ihm bis ins Allegorische erweitert, und um die Sache wieder zusammenzuleimen, braucht er die Konkretheit des Schauspielers und womöglich noch überdies die der musikalischen Untermalung: er hat nicht Theater-, sondern Librettoblut.

Das macht mir die Arbeit so entsetzlich schwer; sie geht zu oft gegen mein Gewissen: ich seiltanze auf dem dünnen Strick, der in orthodoxen Restaurants zwischen Milchigem und Fleischigem gespannt ist. Wobei das Bild nicht stimmt, denn bei mir ist der Strick zwischen Koscherem und Trefigem gespannt, und wenn ich ins Trefige falle, erschlage ich mich, umgekehrt aber den Hofmannsthal. Und so geht die Sache unendlich langsam vonstatten, während die Demokratie-Untersuchung – die ich, bei aller innern Unsicherheit, doch für richtig und wichtig halte – mehr und mehr zurückbleibt. [. . .]

[YUL]

579. An Hermann J. Weigand

Princeton, N. J., 9. 11. 47

Mein sehr lieber Dr. Weigand,
Ihre guten Zeilen waren eine große Freude für mich, erstens weil es ein Brief von Ihnen war, und zweitens weil eine so überaus gute Stimmung aus ihm spricht. Und die Anschaulichkeit Ihrer Reiseschilderung[1] läßt alle Quellen des Fernwehs in einem aufspringen. Fast mit Neid schaue ich zu Ihnen hin, allerdings mit jenem zivilisierten, der kein Mißgönnen, sondern nur Vergönnen und Mitfreuen kennt.

Was Sie auf dieser Fahrt erlebt haben – so liest es sich recht deutlich aus Ihrem Brief –, das ist das Phänomen des »Sattsehens«, also etwas, das ich nicht zu übersetzen wüßte, denn mit saturated oder mit saturé läßt sich das Phänomen zwar zur Not umschreiben, doch kaum als der in-sich-geschlossene Vollbegriff, der es im Deutschen ist, gänzlich wiedergeben. Dürfen wir aber daraus schließen, daß Sattsehen, um mit Morgenstern zu sprechen »ein völlig deutscher Gegenstand«[2] sei? oder daß man dem deutschen Auge einen besonders starken visuellen Hunger zuzusprechen habe? Mit derlei Fragen überschreitet man natürlich den sprachpsychologischen Bereich und gerät in vages Phantasieren, so daß man sich davor zurückhalten muß. Und trotzdem stolpert man immer wieder, sobald man sich mit der Sprache befaßt, über solche Phänomene – hier ist es das spezifisch deutsche »Behagen«, das sich mit der »Sattheit« verbindet –, und man möchte wünschen, daß es zu solch ungeordneter Sprachlyrik (die darin wohl das Wesentliche ist) auch einen systematischen Zugang gäbe, wie er wohl von der Sprachgeschichte her zumindest teilweise geschaffen werden könnte.

Ich lege hier ein Heft des »Silberbootes« bei. Der Aufsatz von Werner Kraft »Karl Kraus und die Sprache«[3] berührt ein wenig diese Themen. Kennen Sie Kraus' Studien und Aphorismen zur Sprachlehre[4]? Ich möchte sie mir jetzt aus Österreich kommen lassen. Im übrigen enthält dieses Silberboot-Heft auch sonst noch manches Lesenswerte. Das kurze Stück von Beheim[5] machte mir in seiner nüchternen Grausamkeit einen ausgesprochen starken Eindruck, und die beiden Gedichte von Staude[6] tragen den weichen Stempel einer zarten Vollkommenheit.

Wenn mich ein literarisches oder sonst ein künstlerisches Produkt berührt – auch wenn es, wie hier, keineswegs zum Letzten greift –, so wächst natürlich auch sofort wieder der Wunsch nach Selbstproduktion; manchmal wird das so stark, daß ich die ganze Massenpsychologie und all die anderen Arbeiten, zu denen ich mich verpflichtet fühle, einfach zum Teufel jagen möchte. Aber einmal muß man mit der Prävalenz des Ethischen gegenüber dem Ästhetischen Ernst machen und schweigen lernen: hätte Rilke den Ausweg ins Wissenschaftliche gehabt, er hätte ihn wahrscheinlich gewählt; er hat sich bitter genug beklagt, daß er keine Möglichkeit dazu gehabt hat. Augenblicklich hänge ich allerdings in der Luft zwischen dem Wissenschaftlichen und dem Dichterischen, denn ich bin ausschließlich mit der Hofmannsthal-Ausgabe beschäftigt, die mir weit mehr Arbeit macht, als ich vorausgesehen hatte.

Mit allen guten Wünschen und Grüßen Ihr herzlich ergebener

Hermann Broch

[GW 8]]

1 Vor Antritt einer Gastprofessur an der University of California at Berkeley im Herbst 1947 hatte Hermann Weigand eine Reise zum Lassen Volcanic National Park in Nord-Kalifornien unternommen, worüber er Broch berichtete.
2 Christian Morgenstern, »Der Mond«: »Als Gott den lieben Mond erschuf,/ gab er ihm folgenden Beruf:/ – Beim Zu- sowohl wie beim Abnehmen/ sich deutschen Lesern zu bequemen,/ – ein *a* formierend und ein *z* –/ daß keiner groß zu denken hätt./ – Befolgend dies, ward der Trabant/ ein völlig deutscher Gegenstand.« In: *Alle Galgenlieder* (Wiesbaden: Insel, 1947), S. 48.
3 Werner Kraft, »Karl Kraus und die Sprache«, in: *das silberboot* 3 (1947), S. 319-324.
4 Vgl. Karl Kraus, *Die Sprache* (Wien: Verlag ›Die Fackel‹, 1937).
5 Martin Beheim-Schwarzbach, »Der Bote«, in: *das silberboot,* 3/6 (1947), S. 303-304. (Es handelt sich um eine Kurzgeschichte.)
6 Franz Staude, »Die Seifenblase« und »In ein Stammbuch«, in: *das silberboot* 3/6 (1947), S. 324.

580. An Waldemar Gurian

Princeton, N. J., 9. 11. 47

Lieber Freund Dr. Gurian,
vielen Dank für Ihre Zeilen v. 3. ds., desgleichen für die Fahnen, sowie für die deprimierenden Zeitungsausschnitte.

Diese Schriftstellertagung[1], die freilich eher eine Nachtung war, ist wahrlich deprimierend. Wer hat sie eigentlich einberufen? Wer hat damit politische Propagandaabsichten verwirklichen wollen? Denn es gibt heute nichts, das nicht – und das ist durchaus berechtigt – so oder so politischen Zwecken zu dienen hat, und wenn es wirklich da noch außerdem eine Tagesordnung für den Schriftstellerberuf gegeben haben sollte, so war sie eine Tarnung. War die Verhandlungstechnik russisch inspiriert, so war sie sicherlich zweckentsprechend, war sie westlich, so war sie miserabel, denn daß eine Auseinandersetzung zwischen Ost und West stattfinden werde, war vorauszusehen, ebenso aber, daß in jeder derartigen Diskussion – oder richtiger Schlagwortauswechslung, oder noch richtiger Wortwechselausschlagung – die Kommunisten die Oberhand gewinnen mußten, einfach weil sie die einzigen sind, welche politische Schulung besitzen und nicht nur wissen, wovon sie reden, sondern auch wovon sie reden wollen. Dem ist Mr. Lasky[2] (ein Korrespondent von Herald Tribune, wie ich erfahre) wahrscheinlich nicht gewachsen. Wenn man diese Themen hätte sachlich behandeln wollen, so hätte man eine »Bill of Rights for the Writer« auf die Tagesordnung setzen müssen; nur so wäre den Schlagworten zu entgehen gewesen. So aber war die Pause des Schweigens, die Elisabeth Langgässer gefordert hat, viel zu kurz; sie hätte auf Kongreßdauer ausgedehnt werden müssen.

Langgässer: Knopfs[3] reader hat das Buch aufs höchste gepriesen und aufs wärmste empfohlen, mußte aber zugeben, daß die best-seller-Aussichten mehr als gering seien, und daraufhin wurde das Projekt gedroppt, weil das eben den Prinzipien eines Kommerzverlages entspricht; die Ihnen von Knopf erteilte Auskunft war also durchaus korrekt. Ich habe daraufhin nochmals mit Helene Wolff gesprochen, selbstverständlich ohne Knopfs Absage zu erwähnen, und wiederum den Eindruck gehabt, daß Pantheon sich auch weiterhin mit der Veröffentlichungsabsicht trägt. Meine Langgässer-Studie, die sich nun endlich doch dort gefunden hat, wird dem britischen Verleger, der die Übersetzungskosten teilen soll, zwecks Anfeuerung zugeschickt. [. . .]

[GW 8]

1 Am 8. 10. 1947 fand in Berlin der erste gesamtdeutsche Schriftstellerkongreß nach dem Kriege statt.

2 Melvin J. Lasky (geb. 1920), amerikanischer Publizist; von 1943-1945 Kriegshistoriker des amerikanischen Heeres in Frankreich und Deutschland. Gründer und Mitherausgeber der Zeitschrift *Der Monat* (1948) in Berlin.

3 Der New Yorker Verleger Alfred A. Knopf. Langgässers Roman *Das unauslöschliche Siegel* erschien nicht auf Englisch.

581. An Egon Vietta

Princeton, N. J., 14. 11. 47

Mein lieber Freund,

[. . .] Die von Ihnen hervorgehobenen Schwächen des Vergil stimmen haargenau. Und sind demgemäß Wunden-Salz. Denn hinter dem Vergil steht natürlich schlechtes Gewissen, eben jenes, das ich in ihn, soweit er als historische Gestalt auftritt, hineinprojiziert habe. Und hinter diesem Ge-wissen steht das Wissen um die *Unmoralität des Kunstwerkes* – ob bei Savonarola, ob bei Kierkegaard, es ist immer das nämliche. Aber das läßt sich in verschiedene Abstufungen zerlegen, etwa so: (1) das Spielerische des Kunstwerkes ist in einer Zeit der Gaskammern unstatthaft, (2) wenn das Grunderlebnis des Vergil von den Gaskammern etc. bedingt war, so war es ein Sakrileg, es in einen Roman zu verwandeln, (3) wenn ich mich schon in dieses an sich unmoralische Unternehmen eingelassen hatte, so hätte ich – im Vertrauen auf das Eigengesetz des Kunstwerkes – so weit durchstoßen müssen, daß – *vielleicht* nach *völliger* Verwandlung ins Kunstwerk –, also nach völliger Ausmerzung sämtlicher Romanreste, nun auf neuer Ebene das Ur-Erlebnis wieder aufscheint.

Wenn es Sie nicht langweilt, oder richtiger auf die Gefahr hin, Sie zu langweilen, will ich kurz sagen, warum es so gekommen ist, d. h. warum ich etwas erzeugt habe, was ich als Zwitter empfinde: ich wurde hierzulande mit einem Vertrauen und mit Ehren aufgenommen, wie ich es mir niemals erhofft hatte; ich bekam sofort eine Guggenheim-Fellowship, gleich darauf den Akademie-Preis, hatte hiedurch meinen Lebensunterhalt gesichert, und es war daher nur natürlich, daß ich eine Gegenleistung und nicht nur Versprechungen bieten durfte, besonders nachdem mich Kurt Wolff zur Fertigstellung des MS aufgefordert hatte – ich *mußte,* sozusagen wieder aus moralischen Gründen, endlich publizieren, u. z. verhältnismäßig rasch, umsomehr als ich inzwischen für das Projekt meiner Massenpsychologie (wiederum ein Akt wundersamen Vertrauens) eine Rockefeller-Fellowship erhalten hatte, und nun auch noch diese Arbeit über mir hing. Die Romanform, die ich dem Vergil gab, stellte nicht nur die

Linie des geringsten Widerstandes dar, sie war nicht nur dem Thema immerhin noch am verwandtesten, sondern sie war auch dasjenige, was all diese Leute, im nobelsten Sinne meine Wohltäter, von mir erwartet haben. Indes, eben darum durfte ich auch diese Form nicht mehr zur Gänze zerschlagen: ich hatte das Geld von der offiziellen Kunstpflege empfangen, ich hatte einen Verleger parat, der bis zu einem gewissen Grade mit mir gehen wollte, und ich durfte daher – nachdem ich die Unmoralität des Ehren- und Geldempfanges (gleich Vergil) auf micht genommen hatte – mich nicht meinen subjektiven Wünschen mehr hingeben; kurzum, ich hatte irgendetwas, das noch Romanklänge hören ließ, zu produzieren. Ich rettete mich in Dialoge. In diesen dachte ich die Romanform auf andere Weise zu umgehen, d. h. ich versuchte eine Modernisierung des platonischen Dialogs. Aber bald stieß ich auch damit gegen eine Wand; denn während der Arbeit sah ich, daß der von mir angestrebte platonische Dialog mich in erkenntnistheoretische Subtilitäten führte, die mir das Ganze neuerlich umzustoßen drohten, u. z. weil ich sie, der Romanforderung entsprechend, aus dem innersten Gefühlsleben der Person hätte hervorholen müssen, und dieser Generalumbau hätte zumindest 200 weitere Seiten erfordert. Freilich hätte damit die ganze Opfertheorie eine viel tiefere Begründung erfahren, und ebenso wäre damit die Läuterung des Vergil, die ihn am Schluß »gnadefähig« macht, wirklich begründet gewesen. Das alles aber wiederum um den Preis – das ist ja die Eigengesetzlichkeit des Kunstwerkes – der völligen Zerschlagung der Romanform, und dieser Preis hätte eingeschlossen: drei Jahre weitere Arbeit und gänzliche Unverständlichkeit des Produktes. Zu alle dem brannte mir, unter dem Eindruck der Kriegsereignisse, die Massenpsychologie auf den Fingern. Und so beließ ich es, schlechtesten Gewissens, beim Zwitter in der Zwitterhaftigkeit. Ich konnte nur so und nicht anders handeln und fühle mich doch schon dafür bestraft.

Natürlich wird ein Philologe wie Weigand bloß von dem in dem Buch angezogen, was seinen Vorstellungen entspricht, also dem, was darin romanhaft sich noch erfassen läßt. Und so ist es ja hier durchgängig mit der Kritik ergangen; Weigand ist bloß der kultivierteste und subtilste in dem Chor.

Und auch dieses Mißverständnis rechne ich, obwohl ich es ertrage, zu meiner Strafe. Am erfreutesten war ich von einer Fünfzeilen-Kritik aus Tennessee, deren Kern einfach lautete: »If there exist great books in our time, I am a damned fool if this one is not one of them or even the only one.« Sonst nichts. Aber ich glaube nicht, daß daraufhin mehr als 10 Exemplare nach Tennessee verkauft worden sind. Im übrigen führt die Kritik hier eben genau dasselbe Eigenleben wie sie es überall führt. Sie hat ihre innere Rangordnung, teilt sich in »advanced« und »conservative«, verachtet sich gegenseitig und hält sich ansonsten natürlich für wichtiger als die Produktion, die ihr das Material abgibt. Im Augenblick ist Kafka die große Mode, und wahrscheinlich hat kein einziger von all den Kritiker-Knaben die wahre Größe Kafkas wirklich erkannt: daß hier ein Mensch ohne jede Kunstabsicht, geschweige Literaturabsicht einfach wie aus einem traumhaften Zwang heraus etwas aufgeschrieben hat, das Realitätseinsicht höchsten Grades gewesen ist; *bei ihm ist das Ur-Erlebnis intakt* geblieben, und trotzdem hat selbst er die Niederschrift als unmoralische Blasphemie empfunden, denn sonst hätte er nicht die Verbrennung seiner Manuskripte angeordnet.

Es mag sein, daß die deutsche Kritik und das deutsche Publikum spüren werden, daß auch hinter dem Vergil ein gültiges Ur-Erlebnis steht. Vielleicht haben Sie damit recht. Und wenn auf diese Weise das Buch einigen Leuten in Deutschland wirklich etwas geben und so an der Neuformung des deutschen Geistes mitwirken könnte – denn die Neuformung des abendländischen Geistes, auf die es im letzten ankommt, wird ja doch wieder in Deutschland einen Zentralpunkt haben –, so wäre das schon eine gewisse Rechtfertigung für mich. Und daß mir eine solche wichtiger wäre, als aus Deutschland Geld zu bekommen, können Sie sich wohl vorstellen.

Ich habe ja mit Brody schon viel über die Veranstaltung einer innerdeutschen Ausgabe korrespondiert; u. z. ebensowohl hinsichtlich des Vergil wie hinsichtlich der Schlafwandler. Er steht diesen Dingen im allgemeinen ablehnend gegenüber. Und das läßt sich auch verstehen und muß, wenigstens von mir, verstanden werden. Nicht nur, daß das Buch vor

1938 bevorschußt worden ist (d. h. der Demeter-Roman, den ich sodann wegen des Vergil abgebrochen habe, so daß der Vergil als notwendiger Ersatz betrachtet werden muß), es hat heute die Herstellung des Buches unvergleichlich mehr gekostet, als es 1938 gekostet hätte, und dies alles bei unvergleichlich geringeren Absatzaussichten. Wenn der Verlag also auf dem Standpunkt beharrt, daß er sich nicht durch eine innerdeutsche Ausgabe selber konkurrenzieren will, und daß er lieber eine Regelung des Exports nach Deutschland abwartet, um sodann wenigstens einen Teil seiner Kosten dort hereinzubringen, so muß das respektiert werden. Brody ist kein Industrieverleger; er ist einer der ganz wenigen, die die alte deutsche Verlagstradition aufrechterhalten, und er ist mir solcherart zu einem Freund geworden, dessen Interessen mir ebenso wichtig sind wie meine eigenen. So sehr ich also wünsche, daß meine Bücher jetzt, gerade jetzt den Weg zu deutschen Menschen fänden (aber nicht zu den Nazis), so wenig werde ich Brodys Entschlüsse zu beeinflussen suchen: er muß dasjenige tun, was seinem Verlag dienlich ist. [. . .]

[GW 8]

582. An Daniel Brody

19. 11. 47

Lieber Guter,
im Brief der Gattin stand, daß Du noch schreiben würdest, und da ich vertrauensvoll bin, habe ich daran geglaubt und auch meine Antwort noch nicht weggeschickt (umsoweniger, als sie Euch jetzt nicht erreicht hätte), sondern habe gewartet. Das Vertrauen wurde belohnt: gestern kam Dein Brief.

Mein Telegrammdank hat Euch hoffentlich noch in Zürich erreicht – sic Telegrammdank, nicht Danktelegramm –, und so laßt Euch beide nochmals für die guten Wünsche danken, die ich jetzt mehr denn je brauche.

Weiters habe ich nochmals für alle Bemühungen in der Paketangelegenheit zu danken; meine Reue habe ich in dem zwecks Weiterbeförderung beigetanen Brief an die Gattin ausgedrückt. Ich habe also beschlossen, von der Schweiz aus bloß Geschenkschecks zu expedieren, Spezialpackeln aber von hier. Hiezu muß aber vor allem einerseits Gallimard zahlen, andererseits Bollingen das nämliche für den Hofmannsthal tun, sonst kann ich überhaupt nichts tun, obschon mir die Wiener Briefe das Herz zerreißen. Und noch ärger sind natürlich die deutschen.

An Bollingen bin ich selber Schuld. Denn mein Gesamtplan des Werkes samt Einleitungsprobe ist noch immer nicht abgeliefert, und ehe ich das nicht effektuiere, kann ich keinen Kontrakt bekommen. Das ist nur selbstverständlich. Andererseits ist die Sache viel komplizierter, als ich mir vorgestellt hatte, und da [mir] in derartigen Dingen jede Fähigkeit zum Schwindeln fehlt, muß ich den Hunger (weniger den eigenen wie den der anderen) leider in Kauf nehmen. Jetzt bin ich so weit, doch nun muß noch die ganze Sache übersetzt werden.

Daß ich hiedurch wieder einmal an der eigenen Arbeit verhindert bin, bringt mich natürlich zur Verzweiflung. Natürlich wird der Hofmannsthal was Anständiges werden, aber ich habe Wichtigeres zu tun. [. . .]

[GW 8, BB]

583. An H. F. Broch de Rothermann

Princeton, 22. 11. 47

Liebster Alter,
endlich der lange erwartete Brief von Dir, und er klingt weitaus weniger erfreulich als ich erhofft, ja eigentlich erwartet habe.

Du schreibst aber, daß Du Dich verpflichtet fühlst, mir über Deine Situation reinen Wein einzuschenken, und da mußt Du ihn m. E. doch ein bissel reiner machen: in was besteht der »schwere berufliche Rückschlag«? Ich kann mir kaum etwas darunter vorstellen, höchstens, daß man Dir eine Art Neben-Job als Dokumenten-Übersetzer oder so was ähnliches gegeben hat[1].

Jedenfalls kannst Du diesmal die Beruhigung haben, daß,

wenn derartiges gleich am Anfang passiert ist, Du Dir nicht selber die Schuld zu geben brauchst. Das hat also nichts mit Neurose zu tun. Hingegen fällt unter diese Kategorie: (1) der Autounfall, denn da muß Dir die Wiederholung dieser Art von Begebenheiten kleineren und größeren Stiles schon selber auffallen, (2) die Schwer- oder Unverkäuflichkeit des Wagens, denn da hast Du Dich offenbar mit ungenügender Erkundigung einfach einem wishful thinking ergeben, (3) Einbürgerung[2], bei der ich fast vermute, daß Du eine Gedächtnislücke hast, wenn ich auch das nicht mit Bestimmtheit behaupten möchte, wobei ich aber mit Spannung erwarte, ob es sich bestätigt.

Zur Pechsträhne aber eine Fabel aus 1001 Nacht[3]: Ein Mann, dem es an der Wiege nicht gesungen war, stieg immer höher in Amt und Würden auf, gewann das Vertrauen und die Liebe des Kalifen, wurde Vezir, erhielt einen Palast mit einem wundervollen Garten, und alles ging ihm gut aus. Eines Abends geht er in den Garten, setzt sich auf den Rand der Zisterne, und da fällt ihm sein Vezirring hinunter; er schaut voll Angst in die Zisterne, und da sieht er den Ring glänzen, denn er ist auf die einzige dort unten befindliche Wasserpflanze gefallen. Er läßt ihn vom Gärtner heraufholen, aber ist voll dunkler Angst; das war einfach *zu viel Glück*. Und richtig, am Abend kommen die Häscher des Kalifen, und ohne Verhör wird er ins Gefängnis geschmissen. Dort sitzt er jahrelang. Eines Tages kommt ihm eine plötzliche unbändige Begierde; er möchte einmal noch Granatkerne essen. Er fleht den Kerkermeister an, und der, aus Mitleid mit dem, der so tief gefallen ist, schiebt ihm eine Schale mit Granatapfelkernen herein. Da springt aus einem Winkel eine fette Ratte heraus und frißt ihm die Kerne weg. In diesem Augenblick erfüllt ihn Hoffnung. Das war *zu viel Unglück*. Und richtig, noch am nämlichen Abend kommt eine Abordnung des Kalifen, bringt ihm ein Ehrengewand, und wenn er nicht gestorben ist, lebt er noch heute als Vezir.

Fabeln sind nicht gerade ein Trost, aber trotzdem können sie was sagen; und diese sagt: jeden Augenblick kann es anders werden. [. . .] Was mich in diesem Zusammenhang anlangt, so gebe ich natürlich auch nicht die Lebenspläne auf. Aber der Unterschied zwischen uns beiden beträgt eben

24 Jahre, nicht mehr und nicht weniger. In Deinem Alter habe ich mir mein Leben völlig neu aufgebaut; was ich bis dahin getan, war weiß Gott nicht erfolgreich; es bestand im Gegenteil lediglich aus einer Kette von Rückzugsgefechten, und ich muß sagen, daß Du da in den letzten 10 Jahren besser bestanden hast. Heute jedoch bin ich 61, und ich habe weit weniger Hoffnungen auf einen Neubeginn als Du. Daß weder meine Massenpsychologie noch mein politisches Buch fertig sind, ist für mich ein Gegenstand schwerster Scham, umsomehr als ich mit beiden Arbeiten Dinge zu geben hätte, welche die Welt dringend braucht. Gewiß, ich bin ein Mensch, der sehr viel Zeit zu allem braucht – das kann ich kaum ändern –, aber weil ich das weiß, hätte ich mir eben ein Eremitendasein einrichten müssen und nicht so leben dürfen, wie ich es getan habe. Meine Unfähigkeit, irgendjemand wehzutun, hat mich an den Rand des Ruins gebracht, sowohl äußerlich wie innerlich. Hätte ich wenigstens einen Band der Massenpsychologie fertig gehabt, so wäre mir die Stelle in Princeton sicher gewesen. Das ist das Äußerliche. Innerlich hingegen ist mir die Gewißheit geworden, daß ich dasjenige, was man hochtrabend »Lebenswerk« nennt, nicht mehr zuende bringen werde. All das ist mir im Frühjahr, als ich mir den Arm gebrochen habe und ich außerdem ohne einen Cent dagestanden bin, erschreckend klar geworden. Wäre ich vollkommen defaitistisch, so hätte ich in einem solchen Moment völlig aufgeben müssen, und es ist vielleicht eine Narrheit, es nicht zu tun. Indes, ich halte an meiner Narrheit fest; d. h. ich arbeite weiter und habe meine Arbeitslast sogar (zwecks Broterwerb) mit dem Hofmannsthal verdoppelt.

Meine Überarbeitung ist also einerseits durchaus rational begründet, und andererseits und sogar noch besser irrational, rational weil ich mein Leben verdienen muß, irrational aber weil ich unter der Verpflichtung stehe, das, was ich noch zu sagen habe, möglichst vor dem großen Adieu – im wahrsten Wortsinn à Dieu – zu vollenden, und überdies die Schande, die ich auf mir lasten fühle, auszuwetzen. Daraus magst Du verstehen, warum »ein Federl in mir gesprungen ist«. Nicht nur, daß es bekanntlich auch männliche Wechseljahre gibt, und es nur natürlich ist, wenn ich jetzt in diese hineingeraten bin, sie haben mich in einem Augenblick getroffen, in dem ich doppelte und dreifache Anstrengungen machen muß, um meinem Leben jenen Sinn zu geben, um dessentwillen es mir allein lebenswert erscheint, und das ist eben einfach zu viel: meine Spannkraft reicht dafür nicht mehr aus, und eine nicht mehr ausreichende Spannkraft, besonders wenn das Versagen so plötzlich und geradezu katastrophenmäßig einsetzt, gibt einem folgerichtigerweise das Gefühl einer gesprungenen Feder.

Man kann das wahrlich nicht hysterisch nennen. Ich bin kein hysterischer Typus. Auch mein Verhältnis zur Arbeit ist nicht hysterisch. Und auch dem Altern gegenüber habe ich keine hysterische Einstellung, wenn auch allerlei gegen die damit zusammenhängende Verkürzung der mir noch gegebenen Zeit. Trotzalledem wirkt das alles zusammen auf meine Gesundheit, d. h. der Organismus revoltiert gegen die ihm auferlegte psychische und physische Überlastung. Meine Beschwerden kennst Du; sie haben sich einfach vermehrt, vielleicht etwas mehr, als sie sich unter normalen Umständen mehren dürften, doch nicht etwa so sehr, daß man sie gefährlich nennen dürfte. Aber ich spüre trotzdem, daß ich vorsichtig mit mir umgehen sollte. Und ich weiß auch, daß ein Toter oder Halbgelähmter (was ich am meisten fürchte) nicht sehr gut arbeitet. Hier freilich liegt die Schwierigkeit: ich muß mir das Maximum dessen zumuten, was ich mir ohne Gefährdung noch zumuten kann – doch wo liegt diese delikate Grenze? [. . .]

[GW 8, YUL]

1 Broch de Rothermann arbeitete seit dem Frühjahr 1947 als Simultandolmetscher für die UNO in New York und wurde im September des gleichen Jahres als Dolmetscher zur Second General Assembly der UNESCO nach Mexico City entsandt. Broch de Rothermann sollte die französische Eröffnungsrede von Jacques Maritain ins Englische übertragen, doch konnte er mit dem Tempo Maritains nicht Schritt halten und hörte nach dem ersten Drittel der Rede mit dem Übersetzen auf. Daraufhin erhielt er den ihm bereits zugesagten Vertrag als Dolmetscher bei der UNO nicht.

2 Im Sommer 1948 wurde H. F. Broch de Rothermann amerikanischer Staatsbürger.

3 Broch hat das Märchen erfunden; es ist in der 1001-Nacht-Sammlung nicht enthalten.

584. An Willi Weismann

28. 11. 47

Lieber Herr Weismann,
vielen Dank für Ihre Briefe v. 11. u. 29. 10., die beinahe gleichzeitig jetzt hier eintrafen.

Gewiß, ich bin gegen »Klagen« und insbesondere gegen solche in apokalyptischer oder hymnischer Form, wie sie jetzt in der gesamten Literatur und selbstverständlich am häufigsten in Deutschland produziert werden. Aber damit habe ich nicht die »Fähre« gemeint, obwohl sie auch hier als sporadische Passagiere auftauchen. Noch weniger freilich liebe ich eine Haltung, die so tut als wäre nichts gewesen, also mit dem gleichen Ästhetizismus fortfährt, der schon vor Hitler unerträglich gewesen ist. Auch das geht nicht gegen die »Fähre«, sondern weit mehr gegen die hiesigen Literateure und ihre Welt- und Realitätsblindheit. Doch zwischen diesen beiden Negativa gibt es ein Positivum: das Bemühen um eine richtige Analyse der Geschehenszusammenhänge. Und es will mir scheinen, daß es gerade in Deutschland Leute geben muß, die dazu fähig und gewillt sind. Wenn Sie die um sich sammeln könnten, so wäre das eine große Sache. Und daraus würde sich sozusagen von selbst ein Aktionsprogramm entwickeln.

Das »Silberboot« hat Auszüge aus Haeckers Tagebüchern[1] gebracht: ich schöpfe daraus die Hoffnung, daß vielleicht Sie sie zur Gänze publizieren werden; es wäre schön, wenn Sie diese ganz außerordentlichen Äußerungen in Ihrem Verlage hätten.

Damit komme ich auch schon zu meinen Bücherwünschen. Selbstverständlich würde ich dieses Haeckersche Tagebuch sofort nach Erscheinen gerne bekommen. Und kennen Sie das »Tagebuch eines Verzweifelten« des von den Nazis erschlagenen Percyval Reck-Malleczewen[2]? es ist, herausgegeben von Thesing, angeblich in einem bayrischen Verlag herausgekommen.[3]

Wenn Sie so gütig wären, mir diese Bücher zu senden – es werden noch weitere Wünsche nachfolgen –, so möchte ich mein Tauschangebot wiederholen. Es erscheint mir in der jetzigen Zeit die angemessenste Form des Güterverkehrs zu sein, trotz der mutig-optimistischen Schilderung, die Sie (fast als Einziger) von der dortigen Lage geben. Und das nämliche gilt für Ihre eigenen Verlagswerke – es sei denn, daß ich sie hier zu placieren vermag.

Jahnn[4] scheint mir hier placierbar; natürlich hat es Zeit bis zur Drucklegung. Mit einer Schweizer Ausgabe wird es aber schwer halten: zumindest der Rhein-Verlag steht auf dem Standpunkt, daß sich für ihn bloß Bücher rentieren, die er späterhin nach Deutschland exportieren kann, also noch nicht in deutscher Ausgabe vorliegen.

Mit allen guten Wünschen und Grüßen, aufrichtigst Ihr

Hermann Broch

[WW, YUL]

1 Theodor Haecker, *Tag- und Nachtbücher 1939-1945* (Olten: Summa-Verlag, 1948). Ein Vorabdruck erschien in *das silberboot* 3/4 (1947), S. 187-194 unter dem Titel »Aus den ›Tag- und Nachtbüchern‹«.

2 Friedrich Percyval Reck-Malleczewen (1884-1945), deutscher Schriftsteller; zunächst Offizier, dann Arzt, betrieb anthropologische Studien. Ende 1944 wurde er von der Gestapo verhaftet und am 16. 2. 1945 im Konzentrationslager Dachau umgebracht. Vgl. seine Werke *Bockelson. Geschichte eines Massenwahns* (Berlin: Schützen-Verlag, 1937); ferner *Das Ende der Termiten. Ein Versuch über die Biologie des Massenmenschen.* Fragment (Lorch, Stuttgart: Bürger, 1946).

3 Friedrich Percyval Reck-Malleczewen, *Tagebuch eines Verzweifelten* (Lorch, Stuttgart: Bürger, 1947). Das Vorwort und das Nachwort dazu schrieb Curt Thesing.

4 Hanns Henny Jahnn (1894-1959), deutscher Schriftsteller und Orgelbauer; emigrierte 1933 nach Bornholm/Dänemark, wo er als Pferdezüchter und Hormonforscher tätig war; kehrte 1950 nach Hamburg zurück. Folgende Romane Jahnns erschienen damals im Willi Weismann Verlag in München: *Armut, Reichtum, Mensch und Tier* (1948); *Fluß ohne Ufer. Roman in 3 Teilen* (1949/1950). Broch bemühte sich damals vergeblich, für Jahnn einen amerikanischen Verleger zu finden.

585. An Eugen Claassen

Princeton, 12. Dezember 1947

Lieber Herr Dr. Claassen,
vielen Dank für Ihre Zeilen vom 23. Oktober, die erst vor wenigen Tagen hier eingelangt sind.

Ich habe erst kürzlich mit Kurt Wolff wieder wegen des Langgässer-Buches gesprochen. Er hat meinen Bericht über das Buch[1] – ich weiß nicht, ob Ihnen die Existenz dieses Berichtes (den ich übrigens jetzt einmal veröffentlichen möchte) bekannt ist – zwar vervielfältigen lassen, um ihn britischen Verlegern zuzusenden, aber da die Übersetzungs- und natürlich auch die sonstigen Herstellungskosten immer weiter steigen, scheint mir die Sache immer aussichtsloser zu werden. Und außer Pantheon gibt es hier nur wenige literarisch ambitionierte Verlage. Prof. Gurian, der jetzt wieder nach N. Y. kommen wird, und der, wie Sie wohl wissen, sich als Freund E. Langgässers sehr für das Buch einsetzt, wird mit mir besprechen, wem man das Werk noch anbieten kann.

Von Ihren sonstigen Verlagswerken – deren Liste qualitativ durchaus imponierend ist – dürfte nur wenig in die Wolffsche Produktion passen. Aber mich interessiert eine ganze Anzahl daraus. Ich führe fußend die in Betracht kommenden Bücher an und bitte Sie, mir diese, soweit erschienen, sofort, resp. gleich nach Erscheinen, selbstverständlich gegen Berechnung zu schicken. Sollte es mir gelingen, das eine oder das andere bei Pantheon oder anderswo zu placieren, so werde ich mit aller Energie Wieder-Gutschrift für den betreffenden Band verlangen.

Dagegen schicke ich Ihnen nächster Tage das von mir eingeleitete Homerbuch von Rachel Bespaloff[2], das Sie vielleicht interessieren könnte. Der Rhein-Verlag, Zürich, hat bestimmt noch einen größeren Stock des ersten und dritten Bandes der »Schlafwandler«; der zweite Band, dessen Kisten zufällig in Leipzig zurückgeblieben sind, ist in die Bombungen geraten, so daß nur wenige Exemplare sich jetzt in Zürich befinden. [. . .]

Mit allen guten Wünschen für Weihnachten und das Neue Jahr und einem herzlichen Gruß,

aufrichtigst Ihr Hermann Broch

[EC]

1 Vgl. Fußnote 7 zum Brief vom 25. 10. 1947 an Helene Wolff.
2 Vgl. Fußnote 2 zum Brief vom 13. 5. 1947.

586. An Emil Ludwig[1]

1 Evelyn Place
Princeton, New Jersey 12. 12. 47

Verehrtester Herr Doctor,
Ihre so spontane Zustimmung zu meinem »Vergil« war umso größere Freude für mich, als ich Sie Ihnen zu verdanken habe. Trotzdem kann ich Zustimmung wie Freude erst als endgültig indorsieren, bis Sie mehr von dem Buch kennen, und ich habe daher den Rhein-Verlag in Zürich ersucht, Ihnen ein Exemplar zu schicken: natürlich will ich Ihnen nicht zumuten, das ganze umfangreiche Buch zu lesen – ich täte es meinerseits auch nicht –, aber es soll doch eine Art Richtigstellung sein, denn das Stück, das Sie in Händen hatten (– wohl das in der Münchner »Fähre«[2] –) ist m. E. eine ziemlich unzureichende Kompilation.

Sie sind so gütig, meinen Stil mit dem Wassermanns[3] und Hofmannsthals zu vergleichen. Da man bekanntlich seine eigene Stimme nicht kennt, wäre ich niemals auf diesen Vergleich verfallen und habe auch jetzt, da Sie mich darauf aufmerksam machen, einigen Widerstand dagegen. Nichtsdestoweniger hat er etwas Divinatorisches, wenn auch von anderer Seite her: mit Wassermann habe ich eine höchst reale Verwandtschaft, da seine jüngste Tochter meinen Sohn geheiratet hat[4], und mit Hofmannsthal bin ich im Augenblick äußerst verbunden, da ich die Herausgeberschaft für eine englisch-amerikanische Hofmannsthal-Auslese (in zwei Bänden) übernommen habe –, übrigens eine weit kompliziertere und schwierigere Aufgabe als ich mir anfänglich vorgestellt hatte.

Sobald ich diese Arbeit sowie mein massenpsychologisches Buch beendet haben werde, hoffe ich nach Europa und in die Schweiz zu kommen. Es wird mir dann eine besondere Freude sein, Sie aufsuchen zu dürfen. Für heute bitte ich Sie, mit meinem Dank meine herzlichsten Wünsche zu Weihnachten und ein von der Welt möglichst ungestörtes, möglichst gutes neues Jahr entgegenzunehmen. Und daß diese Wünsche sich auch auf Ihr Werk, auf ungestört gedeihliche Arbeit beziehen, versteht sich von selbst.

Mit verehrungsvollem Gruß, aufrichtigst Ihr

Hermann Broch

[YUL]

1 Emil Ludwig (1881-1948), schweizerischer Schriftsteller; während der zwanziger Jahre vielgelesener Verfasser von Romanbiographien (über Napoleon, Bismarck, Wilhelm II. u. a.). Er emigrierte 1940 in die USA, dort auch als Sonderbeauftragter Roosevelts tätig; Vertreter des Vansittartismus. 1945 kehrte er in die Schweiz zurück.

2 Hermann Broch, »Vergil und die Freunde«, in: *Die Fähre* 1/3 (1946), S. 139-150. (Es handelt sich um eine gekürzte Fassung des Anfangs vom 3. Kapitel »Erde – Die Erwartung«; KW 4, S. 219-245.)

3 Jakob Wassermann.

4 Brochs Sohn H. F. Broch de Rothermann hatte Eva Wassermann am 26. 10. 1941 geheiratet.

587. An Herbert Zand[1]

One Evelyn Place
Princeton, N. J. 12. 12. 47

Lieber Herr Zand,
gestern traf – offenbar etwas verspätet, denn Princeton liegt im Staat New Jersey, nicht wie von Ihnen adressiert, im Staat New York – Ihre Sendung ein, und ich habe unverzüglich Ihre Novelle[2] gelesen.

Lassen Sie mich es gleich heraus sagen: Sie sind ein Mann von unverkennbar starkem Talent. So etwas zu hören, mag Sie (obwohl Sie es wissen) wahrscheinlich freuen; mich hätte es mit 23 auch gefreut, nur hat es mir keiner gesagt. Aber im Grunde ist es gar nicht so erfreulich. Denn diese Begabung legt Ihnen schwerere Verpflichtungen auf als dem Schriftsteller und Dichter früherer Jahrzehnte und Jahrhunderte auferlegt gewesen waren. Ich sage das ohne Feierlichkeit und ohne Belehrungsabsichten. Ich frage mich einfach: was kann ein mit solchem Talent geschlagener junger Mensch heute damit anfangen.

Zuerst: auch die Kunst ist an »Fortschritt« gebunden; damit ist nicht gesagt, daß sie »besser« wird, zumindest nicht qualitativ besser, wohl aber, daß sie innerlogischen Gesetzen gehorcht, und jedes Abweichen von ihnen unweigerlich den Kunstcharakter als solchen überhaupt aufhebt. Der künstlerische Fortschritt aber heißt *Aufdeckung neuer Realitäten.* Zeiten mit einer fixierten Realitätssicht (also vor allem alle Zeiten des Glaubens) haben diese Forderung weniger stringent aufgestellt; damals durfte der Künstler noch weitgehend »zum Vergnügen« arbeiten, zu seinem eigenen wie zu dem der andern, obwohl auch damals die Frage nach der Realität, die eben vor allem eine theologische war, sich nie ganz zum Schweigen bringen ließ. Die Metaphysik und die Technik des künstlerischen Ausdruckes – man braucht bloß die Entwicklung der mittelalterlichen Malerei anzuschauen – sind immer Hand in Hand gegangen. Heute freilich, da wir in allem andern denn einem gesicherten Weltbild leben, ist die Forderung nach Realität, nach immer tieferer, immer tiefer fundierterer Realität unabweisbarer als je geworden. Wir können uns mit keiner Oberfläche mehr begnügen. Warum all die Experimente, Tiefenexperimente so großer Künstler wie z. B. Picasso, an deren Ernsthaftigkeit keinen Augenblick gezweifelt werden darf? Warum hat ein Joyce ein Sklavenleben im Dienst eines einzigen Buches auf sich genommen? Denn neue Realitäten lassen sich nicht aushecken, wie der Laie meist glaubt, und sie sind keine »interessanten Themen«, denen der Un-Künstler stets nachjagt. Ja, sie sind nicht einmal bedeutsame »Erlebnisse«, meinetwegen Realitätserlebnisse, die der Künstler in seinem privaten Leben gehabt hat. Nein, nichts dergleichen stimmt, vielmehr können die neuen Realitäten nur aus schärfster und dabei kritischester Arbeit gewonnen werden: die Realität ist der Kunst nicht »gegeben«, sondern sie wird von ihr geschaffen und neugeschaffen; das war bei Michelangelo und Rembrandt genau so wie es heute bei Picasso ist.

Es ließe sich einwenden: ist das nicht ein fürchterliches und sogar unmoralisches l'art pour l'art? Denn da unsere Zeit unsicher und zerrissen ist, läßt sich die neue Realität nicht mehr in einer gemeinsamen Sprache ausdrücken, vielmehr muß die neue Sprache, die von der neuen Realität gefordert wird, von jedem einzelnen Künstler neu konstruiert werden. Führt das nicht zum ärgsten Subjektivismus und Relativismus und darüber hinaus zur völligen Unmittelbarkeit? Angesichts eines so unzugänglichen Werkes wie etwa dem Joyceschen möchte man solche Frage bejahen. Und doch ist die Sache nicht ganz so arg. Man muß nur bedenken, wie rasch das Ungewohnte gewohnt wird; ein Schönberg, für die vorige Generation noch »zu schwer«, macht heute einen geradezu romantischen Eindruck, und wenn man hier ganz komplizierten Neger-Jazz hört, so weiß man, daß diese Generation ohneweiters einen Strawinski versteht oder in Kürze verstehen wird. Wer echte Kunst erzeugt, kann ziemlich sicher sein, daß er bei augenblicklicher Erfolglosigkeit – die er als echter Künstler auf sich nehmen muß – schon bei der nächsten Generation Anerkennung finden wird.

Aber: so sehr wir gewillt sind, auf augenblicklichen Erfolg zu verzichten, wir müssen ihn doch haben. Dies ist eine Antinomie, die unserer Epoche vorbehalten ist. Wir können nicht auf die nächste oder übernächste Generation warten, wenn diese überhaupt noch leben soll. Denn unsere Aufgabe ist es, uns sofort – mit allen unseren Kräften, und mögen die noch so schwach sein – an dem Prozeß der Selbsterziehung zu beteiligen, dem die Menschheit sich *heute,* nicht morgen zu unterwerfen hat, wenn dem Grauen ein Ende gesetzt werden soll. M. a. W. wir haben eine politische Aufgabe, jeder von uns hat sie, und wenn wir mit Worten reden, die erst morgen verstanden werden, so können wir ebensogut schweigen. Das ist eine echte Antinomie, denn die Kunst läßt sich nicht zur »verständlichen«, zur sofort verständlichen Sprache kommandieren. Alles Gerede von der Notwendigkeit politischer Kunst, kommunistischer oder sonstwelcher, ist leeres Gefasel. Es gibt bloß entweder Kunst oder gar keine.

In diesem Entweder-Oder habe ich mich fürs Schweigen entschieden. D. h. ich habe – und glauben Sie mir, daß das nicht leicht war und ist – mich zum Verzicht auf die Kunst entschlossen und lebe ausschließlich meiner wissenschaftlichen (massenpsychologischen) Arbeit, weil ich meine, daß ich damit etwas Notwendiges leisten kann, d. h. etwas zur Klärung der politischen Ideologie werde beitragen können.

Vielleicht wird die neue Generation, also die, der Sie angehören, eine bessere Lösung finden. Vielleicht wird die künstlerische Sprache, die den Massen verständlich, sofort verständlich ist, überhaupt nicht mehr die des gedruckten Papiers, sondern die des Kinos sein. Ich halte das für überaus wahrscheinlich; die künstlerische Entwicklung des Films steckt noch in den Kinderschuhen, und was da noch erfolgen wird, ist für uns unabsehbar. Und wenn daneben doch noch das bedruckte Papier in Frage kommt, so wird es m. E. nicht mehr der Roman (diese spezifische Kunstform des 19. Jahrhunderts) sein, sondern etwas ganz anderes. Doch eines steht fest: dieses »andere« wird, soferne es kommt, wieder aus den lyrischen Wurzeln aller Dichtung emporsteigen; an der Lyrik der neuen Generation wird ersichtlich werden, ob die neue Menschheit jetzt auch einen dichterischen Ausdruck haben wird.

Mehr denn je ist demnach heute die Lyrik ausschließlich eine Angelegenheit der neuen Generation. Aus diesem Grunde halte ich mich vor Lyrik zurück; ich fühle mich zu ihr sozusagen nicht mehr berechtigt. Wenn hie und da doch etwas derartiges von mir erscheint, so ist es Gelegenheitsgedicht, kann nicht mehr sein, will nicht mehr sein (im wahrsten Doppelsinn des Wortes). Aber ich schaue wachsam auf die lyrische Produktion der Jungen. Und so möchte ich auch gerne Ihre Gedichte sehen. [. . .]

[HZ]

1 Herbert Zand (1923-1970), österreichischer Schriftsteller; seit 1961 war er Mitarbeiter der damals von Wolfgang Kraus in Wien gegründeten Österreichischen Gesellschaft für Literatur.

2 Gemeint ist Zands Novelle »Das Mädchen aus Sinope«, die er selbst 1948 verbrannte und nicht erhalten geblieben ist.

588. An Ea von Allesch

Princeton, 29. 12. 47

Liebes,
Dein Weihnachtsgruß hat sich mit dem meinen gekreuzt, und hoffentlich ist dieser (mitsamt den vielzuvielen Beilagen, die ich Dir zur Weiterleitung aufgehalst habe) richtig bei Dir eingelangt.

Hab Dank. Aber wie liest Du meine Briefe? Du schreibst über Todesahnungen, worauf ich antworte, daß ich sie auch hätte, daß in mir im Laufe dieses Jahres ein Federl gesprungen sei, daß mich das aber nicht eigentlich unglücklich macht, sondern daß ich mehr denn je das Leben als ein Geschenk, als ein Noch-Geschenk empfinde, *»froh über jeden Tag, den ich noch hier sein kann«,* was aber doch um Gotteswillen nur die Welt und nicht, wie Du es auslegst, Amerika bedeutet. Ja, ich bin glücklich, noch auf dieser Welt zu sein, obwohl mir das letzte Jahr gerade genug zugesetzt und mich vor allem gelehrt hat, daß die vor mir liegende Zeit nicht mehr ausreicht, um die Ernte einzubringen, auf die ich mir eigentlich ein gutes Anrecht erworben habe.

Was Amerika selbst anlangt, so hat man natürlich ein fast beschämtes Gefühl in einem Land zu leben, in dem man alles kaufen kann, was man will, freilich bloß wenn man das Geld dazu hat, denn es ist alles maßlos teuer geworden. Nichtsdestoweniger im Vergleich mit Europa ist es natürlich ein Paradies. Das weiß ich, und ich bin wahrlich nicht undankbar. Trotzdem bin ich gewissen Sinns amerikamüde. Denn obwohl es mir letztlich gleichgültig ist, wo ich lebe und wie ich lebe, wenn ich nur die Möglichkeit zum Arbeiten habe, ich spüre doch die Anstrengungen, die einem die klimatische wie die seelische Atmosphäre hier auferlegt. Man steht unter steter Akklimatisierungsanstrengung.

Selbst ein verhältnismäßig so junger Mensch wie Armand spürt das. Er ist Dolmetscher bei der UN und ist in dieser Eigenschaft jetzt bei den Konferenzen in Mexico; er schreibt begeistert von dort, einfach weil es ein *altes* Land ist, während hier alles den Charakter des Soeben-Fertiggestellten hat. Sein ganzer Ehrgeiz aber ist eine Anstellung bei einer der europäischen Organisationen der UN, und ich hoffe, daß es ihm doch noch gelingen wird. Er hat es auch nicht eben leicht, teils durch eigene Schuld, teils durch Pech, bemüht sich aber sehr darüber hinwegzukommen. Als Immediat-Dolmetscher (ein Virtuosenberuf mit allen Verrücktheiten der Virtuosität) hat er sich einen ausgesprochenen Namen gemacht. Vorderhand aber hat er sicherlich nicht die Mittel seine Mutter herüberzubringen, abgesehen davon, daß er hinüber will. [. . .]

Nochmals Dank für Wörterbuch, Plan[1] und Fackeln[2]! Und viel, sehr viel Liebes

H.

[DÖL]

1 Gemeint ist die österreichische Nachkriegszeitschrift *Plan*.

2 Hefte der von Karl Kraus herausgegebenen Zeitschrift *Die Fackel*.

1948

589. An Günther Anders[1]

Princeton, N. J. 3. 1. 48

Lieber Günther Anders,
Kahler, der über Weihnachten hier war, brachte das interessante Heidegger-Dokument[2] zurück, und ich lege es hier mit allem Dank bei.

Dahingegen habe ich Ihrer Weisung gemäß ihm Ihre Kafka-Arbeit[3] gegeben. Er wird von Ihrer Analyse, die er partienweise ja schon kennt, nicht weniger als ich begeistert sein.

Ihr Kafka-Bild ist so viel- und tieffältig, ist so präzis und so ausblicksreich, daß man es nur Zug um Zug bejahen kann. Nur unter dieser Voraussetzung möchte ich noch einen weiteren Zug zur Diskussion stellen, nämlich Kafkas Spontaneität: mir will scheinen, daß seit den Griechen niemals – vielleicht bloß mit Ausnahme Hölderlins – das Unbewußte so spontan immediat in den dichterischen Ausdruck gehoben wurde, wie dies bei Kafka immer wieder geschieht. Das ist seine »Unschuld«, zwar keine so groß dimensionierte wie die der Griechen, dennoch eine, die er mit ihnen teilt. Fast ließe sich von einer »mythischen Qualität« sprechen – in dem Ihnen vor einigen Tagen geschickten Büchel[4] habe ich gerade dies anzudeuten versucht –, und ich glaube nun, daß sich dies auch in Ihrer Ansicht bestätigt. Denn da der Mythos metapher-bildend ist, d. h. die Metapher nicht »benützt« sondern schafft, nimmt er sie ebenso wörtlich, »nimmt er sie beim Wort«, wie es von Ihnen bei Kafka aufgedeckt worden ist. Ich möchte gerne wissen, ob Sie mir da beistimmen; wir müssen einmal darüber reden, und ich hoffe sehr, daß Sie, sobald das Wetter wieder für menschlichen Genuß brauchbar geworden ist, bestimmt wieder nach Princeton kommen.
[. . .]

Inzwischen Ihnen und Ihrer verehrten Gattin nochmals alle guten Wünsche für das unheimliche 48-Jahr und hiezu

einen herzlichen Gruß Ihres
Hermann Broch

[GW 8]

1 Günther Anders (geb. 1902 in Breslau), deutscher Schriftsteller, emigrierte 1933 nach Frankreich, 1936 in die USA, kehrte 1950 nach Deutschland zurück; lebt in Wien.
2 Vgl. Fußnote 4 zum Brief vom 30. 9. 1947 an Erich von Kahler. Kahler lehrte damals als Gastprofessor für deutsche Literatur an der Cornell University in Ithaca/New York und war daher über Weihnachten 1947 nur zu Besuch in Princeton gewesen.
3 Vgl. Fußnote 2 zum Brief vom 20. 6. 1947.
4 Broch schickte Anders das Buch von Rachel Bespaloff, *On the Iliad* (New York: Pantheon, 1947), mit seiner Einleitung. Vgl. KW 9/2, S. 212-232, S. 294.

590. An Bettina und Victor von Kahler[1]

19. 1. 1948

Liebste Frau Bettina,
lieber Freund V. K.,
Dank und Dank. Und um gleich in der Mitte, nämlich in medias res anzufangen: mit der Widmung[2] kenne ich mich nix aus; da müssen Sie mir schon Bucheinsicht gewähren, und das muß an Ort und Stelle geschehen. Vorderhand weiß ich bloß via Bouche[3], daß ich Kaher geschrieben habe, und das ist bei meiner Unvertrautheit mit diesem Namen immerhin begreiflich zu verzeihen; jedenfalls bringe ich eine Anzahl L zwecks Einfügung mit.

Ernster ist die musikalische Diskussion. Fürs erste möchte ich Broch zitieren, pg. 10: »The style of old age is not always a product of the years; it is a gift implanted along with his other gifts in the artist, ripening, it may be, with time, often blossoming before its season under the foreshadow of death, or unfolding of itself even before the approach of age or death.«[4]

Mit diesem Satz hoffe ich alle jene Phänomene gedeckt zu haben, die bei den verschiedensten Künstlern immer wieder auftreten: das Vor-Wetter-Leuchten des Altersstiles, für das Sie mit dem Hinweis auf die Quartette Opus 59 ein so schönes Beispiel gegeben haben.

Ich möchte den Satz jetzt verschärfen: ein Künstler, der

nicht von Anbeginn seinen Altersstil in sich trägt, entwickelt sich überhaupt nicht; m. a. W. Entwicklung heißt Ausreifen des in der Anlage bereits vorhandenen Altersstiles. Es ist der Weg vom Ahnen zur Bewußtwerdung; nur wer wie Athene reinstes Bewußtsein darstellt, springt fix und fertig aus dem Kopf des Zeus, braucht keine Entwicklung, und wer überhaupt nie was geahnt hat, nicht einmal wo Gott wohnt, der kann sich nicht entwickeln. Bach – das muß zugegeben werden – kommt da der Athene sehr nahe, obwohl ich unbeschadet meines musikalischen Amhoreztums[5] zu behaupten wage, daß eine genaue Stilanalyse selbst bei Bach zur Feststellung gewisser Entwicklungsstadien führen müßte. Einfach weil es nicht anders sein kann.

Daß Bach schlechthin das Wunder gewesen ist, darüber sind wir uns wohl einig. Nur daß ich da nicht einfach den Hut ziehen kann, sondern – wenn auch stammelnd und lallend – nach der möglichen Ursache des Wunders frage; dabei bin ich zu dem Antwortversuch gelangt: weil hier »großer Stil« und »Altersstil« sich in seltener Einmaligkeit verschmolzen haben. Der Stil des Barock war »groß«, aber was Bach von dem unzweifelhaft großen Händel unterscheidet, ist der Hinzutritt seiner unerschütterlichen, ja undurchdringlichen Klarheit, seiner künstlerisch abstrakten Ratio, kurzum alles dessen, was ich, mit einigem Fug, als Altersstil und seine Unbestechlichkeit bezeichne.

Epochen des »großen Stiles« sind also mit solchen des »Altersstiles« keineswegs zu verwechseln, und dieser ist wiederum nicht ohne weiteres mit Dekadenz zu verwechseln; wohlgemerkt, das sind alles bloß Anhaltspunkte für Koordinatensysteme, um das Wunder halbwegs verstehen zu können: mehr beansprucht das nicht zu sein. Aber es ist wenigstens ein Anhaltspunkt, um den Dingen »irgendwie« beizukommen.

Doch kein Zweifel: das 19. Jahrh. war kein großer Stil, war aber Vorbereitung für den ausgesprochenen Altersstil des 20. Und weil wir in diesem sind, durfte ich Strawinskij neben Joyce und Picasso stellen (von denen keiner eigentlich großen Stil darstellt); das Ganze ist ja keine Rangverleihung, sondern die Diagnostizierung eines gewissen Tonus.

Natürlich läßt sich das ganze komplexe Problem nicht auf

33 Seiten unterbringen, kaum in einem ganzen Buch. Unzählige Einzeluntersuchungen sind zu so etwas nötig. So habe ich z. B. vor vielen Jahren versucht, mathematisch-gruppentheoretisch mich dem Stilproblem anzunähern, indem ich gewisse architektonische und musikalische Details aus einer Epoche zu analysieren mich erfrecht habe. Herausgekommen ist dabei nichts, u. z. wegen Amhorezismus, doch einmal wird einer kommen, dem es glücken wird.

Unter keinen Umständen kann – wie Sie zu wünschen scheinen – aus derlei Untersuchungen die Musik ausgeschaltet bleiben. Im Gegenteil, sie wird dereinst den Mittelpunkt aller geschichtstheoretischen Untersuchungen bilden, denn sie ist das einzige Produktionsfeld, auf welchem das Mirakel der Entwicklung in völlig rationaler Form in Erscheinung tritt: in Erscheinung tretend und doch noch nicht sichtbar, weil wir hiefür noch nicht genügend visuell, d. h. mathematisch geschult sind.

Hugh, hat es bei Karl May geheißen; aber in Amerika wird es merkwürdigerweise nicht verstanden. Und leider kann ich nicht sagen: alles weitere mündlich – nicht etwa, weil ich nicht komme (Sie werden sich wundern, wie ich auf einmal da sein werde) –, sondern weil ich mündlich ein schlechter Diskutant bin. Also sage ich bloß: auf Wiedersehen.

In Herzlichkeit Ihr
H. B.

[YUL]

1 Victor von Kahler (1889-1963), Vetter Erich von Kahlers; Prager Industrieller, emigrierte 1938 über Frankreich und Portugal in die USA. Er teilte mit Broch das Interesse an Musik. Bettina von Kahler (1895-1970) war Victor von Kahlers zweite Frau.

2 Broch hatte Victor und Bettina von Kahler ein Exemplar des *Vergil* geschickt mit der Widmung »Jahr um Jahr entfliehet . . .« (vgl. KW 8, S. 134 und 206) und dabei statt »Kahler« »Kaher« geschrieben.

3 AnneMarie Meier-Graefe Broch.

4 Vgl. Hermann Broch, »Mythos und Altersstil«, KW 9/2, S. 212 und S. 294.

5 Amhorez: Jiddisch für »Unwissender«; vgl. Fußnote 1 zum Brief vom 19. 6. 1943.

591. An Hans Reisiger

One Evelyn Place
Princeton, N. J. 31. 1. 48

Lieber und bester Hans Reisiger,
das war ein schönes Wiedersehen mit Mary Stuart[1], war es um so mehr, als sie in diesen Jahren womöglich noch schöner geworden ist: vor 14 Jahren, als Sie in Seefeld an der Arbeit waren, da sagten Sie, Sie hofften, daß man sich bei dem Buch »in einer guten Hand« fühlen werde: nun, diese gute, feste und dabei doch so feinfühlige und weiche Hand spürt man heute erst recht, und mit doppelter Freude gibt man sich ihrer Führung hin. Und wie tief und sehnsüchtig blüht ein Sommerabend am See, wenn Sie ihn in die Hand nehmen. An einem solchen Sommerabend – er war nicht so schön wie die Ihren – war ich in Lochleven und habe an Sie gedacht.

Es ist ungemein erfreulich, daß das Buch nun seinem 40. Tausend zustrebt, und daß es auch eine italienische Ausgabe davon gibt – doch wie steht es mit der englischen? Hat Rowohlt einen Agenten in England? Es wäre unvorstellbar, daß sich nicht dort (oder in Schottland!) ein Verleger fände. Aber auch hier in Amerika[2] sollte es meines Erachtens placierbar sein, besonders wenn die augenblickliche Buchhandels-Krise überwunden sein wird. Jedenfalls, wenn Sie oder Rowohlt meinen, daß ich dafür etwas machen könnte, so verfügen Sie bitte über mich. Von mir ist bloß Gewohntes zu berichten, und das ist Ihnen nicht unbekannt: zu rasches Altern und zu langsame Arbeit; ich kämpfe mit der Kürze der Zeit, die noch vor einem liegt, und mit all der verlorenen, die hinter einem liegt, das heißt, ich versuche all das noch auszusprechen, was ich auszusprechen versäumt habe, und das ist eine treppenwitzhafte Aufgabe, die sich nicht erfüllen läßt. Und solcherart verschiebt sich auch meine Europafahrt immer wieder.

Es ist ja merkwürdig, daß einem das Noch-Aussprechen so wichtig ist: es ist fast, als ob man mit größter Eile Bücher fertig machte, damit sie ja noch rechtzeitig bei der Alexandrinischen Bibliothek zum großen Band abgeliefert sein mögen. Es sieht nämlich auf der Welt nicht schön aus – haben Sie das auch schon bemerkt? Und trotzdem ist es irgendwie eine Gnade, gerade in dieser Zeit zu leben, oder richtiger, es soweit überlebt zu haben – welche Haupt- und Staats- und Weltaktion, wobei das Geistige noch wesentlich bedeutungsvoller als das Politische ist.

Daß ich Ihnen als Schildknapp[3] begegnete, versteht sich. Aber ich hoffe doch sehr, Ihnen als Reisiger begegnen zu können, und zwar in absehbarer Zeit. Haben Sie Dank, lieber Freund: Ich drücke Ihre gute feste Hand.

Hermann Broch

[HaR]

1 Vgl. zum Folgenden Brochs Brief an Reisiger vom 1. 8. 1946; ferner Fußnote 3 zum Brief vom 26. 2. 1936 an Stefan Zweig.

2 Zu einer amerikanischen Publikation des Reisigerschen Romans kam es damals nicht.

3 Mit der Figur Rüdiger Schildknapp hatte Thomas Mann im *Doktor Faustus* Hans Reisiger karikiert.

592. An Eugen Claassen

Princeton, 31. Januar 1948

Lieber Herr Dr. Claassen,
Dank für Ihre soeben eingelangten Zeilen vom 23. 12., Dank für Ihre guten Wünsche und Dank im voraus für die angekündigte Büchersendung, deren Ankunft ich Ihnen natürlich melden werde. [. . .]

Amerikanische Placierungen: selbstverständlich werde ich mein möglichstes dafür tun. Wissenschaftliche Bücher haben die Chance, bei den subventionierten University Press-Verlagen unterzukommen. Belletristik ist beinahe ausschließlich auf die Kommerzverlage angewiesen, und die beurteilen ein Buch ausschließlich nach seinen eventuellen Bestseller-Qualitäten. Es wäre ja auch unmoralisch, etwas anderes auf das noch immer schwer erhältliche Papier zu drucken, umsomehr als der Buchhandel hier augenblicklich eine Absatzkrise durchzumachen hat.

Für den Bense[1], den mir Vietta geschickt hat, käme also eventuell eine University Press in Betracht; ich habe jetzt das Buch Prof. Hermann Weyl[2] zum Lesen gegeben. Für das »Unauslöschliche Siegel« lasse ich jetzt meine Langgässer-Studie[3] übersetzen, damit dieser Kommentar bei weiteren Buch-Anbietungen – Gurian denkt jetzt an »New Directions«[4] – verwendet werden kann; leider habe ich das Stück nicht gleich Englisch geschrieben, will es aber jetzt dafür in Deutschland oder in der Schweiz veröffentlichen.

Mit meiner Reise nach Deutschland sowie in die Schweiz und nach Österreich (wohin ich unbedingt müßte) ist es fürs erste noch übel bestellt. Ich muß vorher unter allen Umständen meine Massenpsychologie zum Abschluß gebracht haben, einesteils weil es vielleicht eine wichtige Veröffentlichung werden wird, andernteils weil ich für diese Arbeit bezahlt worden bin und überdies äußerlich, d. h. im Akademischen, viel für mich von der Fertigstellung abhängt. Bedauerlicherweise bin ich ein unverbesserlich langsamer Arbeiter, trotz oder wegen täglich 17stündiger Arbeitszeit, und so heißt es, die Reise aufschieben, wenn auch nicht aufheben. Vielleicht wird es bis 1949 währen. Aber dann hoffe ich mit Bestimmtheit, Sie begrüßen zu dürfen.

Nehmen Sie nochmals Dank und hiezu einen herzlichen Gruß

Ihres aufrichtig ergebenen
Hermann Broch

[EC]

1 Max Bense, *Konturen einer Geistesgeschichte der Mathematik* (Hamburg: Claassen & Goverts, 1946). Zu einer Publikation dieses Bandes in Amerika kam es damals nicht.

2 Hermann Weyl (1885-1955), Schweizer Mathematiker, von 1933 bis 1953 Professor am Institute for Advanced Study in Princeton.

3 Vgl. KW 9/1, S. 405-411.

4 Dieser Versuch blieb erfolglos.

593. An Rudolf Brunngraber[1]

Princeton, N. J., 17. 2. 48

Lieber Freund Brunngraber,
Ihr guter Sylvester-Brief ist soeben eingetroffen, zugleich mit der »Technokratie«[2], die ich sozusagen sofort aus dem Papier heraus und – gleich vorwegnehmend gesagt – mit Begeisterung gefressen habe.

Ihre Gegenüberstellung von Nietzsche und Technokratie ist ein blendender Gedanke, Ihre Nietzsche-Analyse ist von jener unanfechtbaren Schärfe, die allein Respekt bedeutet, und indem Sie ihn als Romantiker bezeichnen, heben Sie jenes Moment heraus, das des Unheils Wurzel ist: wo das Vorgestrige mit modernen Mitteln vertreten wird, da entsteht Dämonie. Nur der Kleinbürger ist dämonisch, wie Goethe schon festgestellt hat, und Nietzsche hat dem motorisierten Kleinbürger des 20. Jahrhunderts das Rüstzeug zur Dämonie geliefert. Dabei hat er es gesehen und vorausgesehen, hat als der Moralist, der er war, die Konsequenzen gehaßt und hat sie doch apokalyptisch gewollt, einfach weil er sich selber in der dämonischen Rolle gefallen hat. Diese ganze Zwiespältigkeit der »schwerterrasselnden Schalks- und Psalterweise« haben Sie vollkommen meisterhaft dargestellt, und sie ist mir überdies – das ist die private Freude daran – eine erwünschte Bestätigung meiner eigenen Anschauungen. Nicht minder entsprechen Ihre Darlegungen zur Technokratie meinen eigenen Anschauungen. Auf eine Frage allerdings – die Hauptfrage meiner Massenpsychologie – gehen Sie nicht ein: dürfen wir uns auf die Technik fatalistisch verlassen? wird sie den ihr adäquaten rationalen Heilszustand automatisch aus Eigenem zustande bringen, oder ist das ein unerlaubter Fatalismus? Das ist natürlich wieder das dialektische Hauptproblem Marx', und es hat zu seiner Revolutionstheorie geführt. Und Fatalismus fällt oftmals mit wishful thinking zusammen. Ob die Lösungsansätze, die ich dazu beizubringen hoffe, wirklich haltbar sind, wird sich erweisen, aber leider nicht mehr zu meinen Lebzeiten, umsomehr als es mehr als fraglich geworden ist, ob ich mit meinen Untersuchungen noch zu Lebzeiten fertig werde.

Eines ist mir klar: mit der Marxschen Lösung allein kommen wir nicht mehr aus. Ich bin also mehr als neugierig zu sehen, wohin Sie Ihre Gedankengänge noch führen, wenn Sie – unvermeidlicherweise – sie noch weiter verfolgen werden.

Nun etwas Praktisches hiezu: was hat Ihr Verleger schon zur Übersetzung der Bücher getan? Die beiden Essay-Bücher[3] zusammen würden einen überaus repräsentativen Band ergeben. Natürlich steht dagegen, daß das hiesige Publikum nichts mehr von der europäischen und deutschen Katastrophe und den an sie geknüpften theoretischen Betrachtungen hören will, und daß daher die Verleger vor Büchern dieser Art zurückschrecken. Und wie steht es mit »Atlantis«[4]?

Am ehesten freilich wäre m. E. natürlich »Irrelohe«[5] placierbar. Und aus pekuniären Gründen sollte man das vielleicht forcieren. Läßt man aber das Pekuniäre beiseite, so würde ich meinen, daß dieses Buch nicht den richtigen Eindruck von Ihnen und Ihrer Kapazität vermittelt. Stammte es nicht von Brunngraber, so würde ich das Buch rückhaltlos bejahen, aber im Rahmen Ihrer Potenz kann es bloß als Nebenarbeit gelten: seine Vorzüge sind in Ansehung des Autors Selbstverständlichkeiten, und Ihr Können verpflichtet Sie zu Leistungen, die das für Sie Selbstverständliche jedesmal aufs neue sprengen.

Daß das Nicht-Selbstverständliche zugleich das Unverständliche werden kann, ist eine Gefahr, die man auf sich zu nehmen hat, umsomehr als ich im Gegensatz zu Ihnen der Ansicht bin, daß die neue Generation einen Joyce oder Picasso anstrengungslos verstehen wird, ja schon versteht; ich bin mit genügend viel jungen Leuten beisammen, um das behaupten zu dürfen. Daraus folgt zweierlei: (1) die Welt ist bereits daran, ein neues Symbol-Vokabular zu entwickeln, (2) doch ist es sicherlich nicht gestattet, diese letzte Phase einer nahezu schon abgestorbenen Epoche als richtunggebend für die Zukunft zu nehmen – es handelt sich um Vorahnungen der neuen künstlerischen Gestaltungsmöglichkeiten. Niemand hat schärfer als eben Sie herausgestellt, daß wir uns an der größten historischen Wende des bisherigen Menschheitslebens befinden –, es ist also nur natürlich, daß wir (die wir es nicht mehr erleben werden) ganz neuen Ausdrucksformen entgegengehen, Ausdrucksformen, von denen wir noch nicht das geringste zu ahnen vermögen. Gewiß, Kafka war bereits da. Und er berührt mit seiner lyrischen Äußerung, ja, *lyrischen,* neue Realitäten, aus denen die Menschheit wahrscheinlich ihr neues Weltgefühl beziehen wird. Aber er besitzt noch nicht das neue Vokabular, so schön – für uns – das von ihm gebrachte, oder richtiger das in seiner Syntax gebrauchte ist. Und darum schaue ich zur neuen Lyrik hin, nämlich als dem Symptomreservoir, an dem sich vielleicht einiges erkennen läßt. Th. Wolfe ist ein Neuer. Seine Lyrik, von der ich ebenso begeistert bin wie Sie es sind, ist nach wie vor »Außen-Lyrik«, denn je mehr ein Vokabular erstarrt, desto mehr wendet es sich von innen nach außen, d. h. desto mehr *macht* es das Innen zu einem Außen. Kafka dagegen hat die Gabe, jedes Außen zu einem unmittelbaren Innen zu machen, zum unmittelbaren Innen-Ausdruck.

Ich sage also nicht, daß die Lyrik *die* Kunst der Zukunft sein wird. Sie ist bloß ihr legitimer, vielleicht ihr einzig legitimer Vorläufer. Ob es einen neuen Roman geben wird, weiß ich nicht (glaube aber nicht an ihn), wohl aber weiß ich, daß es Radio, Fernsehen und den Film geben wird, und daß sich in diesen Ausdrucksgebieten das neue lyrische Vokabular auswirken wird, genau so wie sie die Gebiete der neuen Musik (deren Vokabular sich gleichfalls herauszubilden beginnt) sein werden. Es ist kein Zufall – ich glaube das schon einmal geschrieben zu haben –, daß ein so außerordentlich moderner Mensch wie Sie sozusagen wider Willen in den Film geraten ist. [. . .]

[GW 8]

1 Rudolf Brunngraber (1901-1960), österreichischer Schriftsteller.
2 Rudolf Brunngraber, *Was zu kommen hat. Von Nietzsche zur Technokratie* (Wien: Neues Österreich, 1948).
3 Vgl. ferner: R. Brunngraber, *Wie es kam. Psychologie des 3. Reiches* (Wien: Neues Österreich, 1946).
4 R. Brunngraber, *Die Engel in Atlantis. Roman* (Berlin: Rowohlt, 1938).
5 R. Brunngraber, *Irrelohe. Erzählungen.* (Wien: Fromme & Co., 1947).

594. An Friedrich Torberg

Princeton, 12. 3. 48

Liebster Celeritas,
Deiner ebenso schonungsvollen wie schonungslosen Aufforderung gemäß ist das Retourcouvert samt Inhalt an Dich abgegangen: über Deine schonungsvolle Absicht weißt Du selber Bescheid, doch daß der allzurasche Entriß eine Schonungslosigkeit war, muß Dir gesagt werden. Ich hätte mich wirklich sehr gern eingehender mit dem Buch[1] beschäftigt, denn erstens ist es wert, daß der Edle darüber schwitz', und zweitens haben sich mir schon bei dem flüchtigen Durchlesen, das Du mir vergönnt hast, eine Reihe prinzipieller Fragen zum Geschichtel-Erzählen wieder ergeben, die Dir zu intimieren mir Freude gemacht hätte. [. . .]

Immerhin, ungeachtet aller Zeitbedrängtheit weiß ich, sah ich, las ich genug, um Dir meine Gratulation wiederholen zu können: [. . .] ein Buch, das eine Szene wie die in der »Neuen Rundschau«[2] abgedruckte enthält, hat seinen Pegel gesetzt, und da kann einem niveaumäßig nix mehr passieren; überdies hast Du das Pegel-Niveau mit schönster Stetigkeit und Kraft höhenbeständig gehalten. Einwände? Trotzdem Einwände? Ja, bloß den alten gegen das Geschichtenschreiben überhaupt. Und daß ich davon nicht abkomme, ist nicht Deine Schuld, nicht einmal die meine, und doch in gewissem Sinn die Deine: ich verstehe nicht, daß ein Mensch von Deinem Talent so unbedingt formkonservativ bleibt. Du wirst den Gegeneinwand vorbringen, daß eine Zeit wie die unsere keine Zeit zum artistischen Experimentieren mehr hat, und daß es für den Künstler heute wichtiger ist, sich ethisch verständlich zu machen, kurzum daß das Ethische über dem Ästhetischen steht, und da bin ich sicherlich der erste, der beipflichtete. Nur daß ich meine, daß dies einer der Gründe ist, durch die sich die alte Romanform aufhebt. [. . .]

Ich hoffe sehr, Dich bald zu sehen, ebenso aber nochmals die Fahnen. Inzwischen Euch beiden alles Herzliche Deines

HB

[FTo, FT]

1 Friedrich Torberg, *Hier bin ich, mein Vater. Roman* (Stockholm: Bermann-Fischer, 1948). Vgl. dazu Brochs Rezension in KW 9/1, S. 401-402.
2 Ein Vorabdruck dieses Romans erschien unter dem Titel »Der Pakt mit dem Teufel. Ein Romankapitel« in: *Neue Rundschau* 59. Jg. (Winter 1948), S. 65-77.

595. An Egon Vietta

Princeton, N. J., 12. Mai 1948

Lieber Freund Vietta,
Ihr lieber Brief vom 23. April traf vor wenigen Tagen hier ein, und ich habe Ihnen vor allem für die Sorge um mich zu danken, die Sie darin äußern. Nun, Sie haben ganz recht: es geht mir nicht gut, und ich beginne fast schon selber um mich besorgt zu sein. Das Schönste ist, daß Sie selber zum großen Teil an all dem schuld sind. Und das muß ich Ihnen wirklich erzählen.

Sie waren so freundlich, meine »Bemerkungen zum Stilproblem im Vergil«[1] den Hamburger Akademischen Blättern vorzulegen, und schrieben daraufhin im Jänner, daß Sie den deutschen Text dieses kleinen Aufsatzes haben wollten. Da ich aber keinen deutschen Text hatte, glaubte ich diese fünf Seiten in ein paar Stunden übersetzt zu haben, und nun sitze ich den dritten Monat an dieser Übersetzung, die inzwischen auf ca. 70 oder 80 Seiten angewachsen und noch immer nicht fertiggestellt ist[2]. Und um die ganze Sache noch grotesker zu gestalten, trafen vorige Woche die Akademischen Blätter mit Ihrer Übersetzung und Ihrem schönen Vorwort ein.

Sie können sich ja vorstellen, was passiert ist: als ich mit der Übersetzung begann, wurde mir klar, daß man mit derart apodiktischen Feststellungen, wie ich sie da gemacht habe, nichts Rechtes anfangen kann, und daß sie erkenntnistheoretisch unterbaut werden müssen, um wirkliche Gültigkeit zu erlangen. Nun sind das ja Themen, über die ich seit mindestens 30 Jahren nachgedacht habe, und über die ich daher einigermaßen Bescheid weiß, so daß ich nun endlich daran gehen muß, die alte, bereits überständige Ernte einzusammeln. Das Stilproblem scheint mir u. a. auch eine gute Gelegenheit dazu zu sein, denn es umfaßt ja das ganze Gebiet der Symbolformen. Ich glaube, daß ich dabei zu nicht ganz unwichtigen Einsichten gelangt bin; nur fürchte ich, daß ich Ihnen die Sache vorderhand noch nicht schicken kann, denn wahrscheinlich gehört das Ganze nochmals umgebaut.

Die Katastrophe bei all dem liegt natürlich im Zeitverlust. Ich bin im Augenblick ganz auf die Einkünfte aus meinen schriftstellerischen Arbeiten (vor allem aus der Hofmannsthal-Ausgabe) angewiesen, und so war ich gezwungen, diese erkenntnistheoretische Zwischenarbeit so rasch wie mir irgend möglich hinter mich zu bringen. Die letzten drei Monate waren daher mit womöglich noch intensiverer Arbeit als sonst ausgefüllt, und so blieb mir nichts anderes übrig, als einfach alle Korrespondenz ausnahmslos zurückzustellen. Trotzdem hat es mir nichts genützt, denn meine Finanzlage ist im Augenblick verzweifelt, wenn auch nicht ernst, da ich eben diese Dinge nicht ganz ernst nehmen kann. [. . .]

[GW 8]

1 Hermann Broch, »*Der Tod des Vergil.* Betrachtungen Hermann Brochs zum Stil seines Werkes«, *Hamburger Akademische Rundschau,* 2/9-10 (1948), S. 497-501. Ferner unter dem Titel »Stilprobleme im *Tod des Vergil*« in KW 4, S. 484-489.

2 »Über syntaktische und kognitive Einheiten«, KW 10/2, S. 246 bis 299.

596. An Eugen Claassen

Princeton, 24. Mai 1948

Lieber Dr. Claassen,
Ihr Brief vom 11. Februar liegt nun schon seit einigen Wochen hier, und daß ich ihn, entgegen meiner sonstigen Gepflogenheit, nicht sofort beantwortet habe, ist vor allem auf meine, im Augenblick ganz unbeschreibliche, Überarbeitung zurückzuführen.

Vor allem aber lassen Sie sich auf das Allerherzlichste für

Ihre schöne Büchersendung danken. Ich bin gerade daran, Hedwig Conrad-Martius'[1] Werk zu studieren, das mir wirklich außerordentlich viel gibt. Die übrigen Bücher müssen wegen Zeitmangel noch etwas warten. Die zum Teil sehr schönen Reidemeister-Aufsätze[2] habe ich gleichfalls Weyl gegeben, ebenso die beiden Langgässer-Bändchen; die »Geistesgeschichte der Mathematik« scheint er noch nicht zu Ende gelesen zu haben, doch hoffe ich sehr, daß gerade mit dieser Studie hier etwas zu machen sein wird. (NB.: Daß Reidemeister nach Princeton kommt, dürften Sie wohl schon wissen.)

Meine Langgässer-Studie lege ich hier bei. Wenn Sie sie gutheißen, so leiten Sie sie bitte an den Verlag Willy Weismann, Herzogparkstraße 2, München (27), weiter, denn ich habe Herrn Weismann, den ich davon separat verständige, schon seit längerer Zeit einen Beitrag für seine »Literarische Revue« versprochen[3].

Mit der »Massenpsychologie« steht es so, daß mit ihrer Fertigstellung wohl nicht vor dem Jahre 1950 zu rechnen ist; es werden ja immerhin drei starke Bände werden. Verlegerisch hat der Rhein-Verlag eine allgemeine Option auf meine gesamte Produktion, doch halte ich es für nicht ausgeschlossen, daß Sie mit Dr. Brody zu irgendeiner Verständigung werden gelangen können, falls Sie sich bei Beendigung des Werkes noch für die Sache interessieren sollten. Jedenfalls danke ich Ihnen sehr für Ihr freundliches Interesse und kann Ihnen nur versichern, daß ich mich sehr freuen würde, ein Buch in Ihrem Verlag zu haben. Im Augenblick arbeite ich an einer ausgedehnten erkenntnistheoretischen Studie[4] – eine Zwischenarbeit, die sich als eine richtige innere Notwendigkeit erwiesen und plötzlich eingeschoben hat –, und es mag wohl sein, daß auch diese in den Rahmen Ihres Verlages hineinpassen könnte. Jedenfalls hören Sie noch darüber.

Ich hoffe, daß die »Schlafwandler«, welche der Rhein-Verlag an Sie abgesandt hat, richtig eingetroffen sind. Und ich hoffe sehr, daß ich doch in absehbarer Zeit dazu kommen werde, Ihnen diese persönlich dedizieren zu können.

Inzwischen, mit einem herzlichen Gruß

Ihr Hermann Broch

[EC]

1 Hedwig Conrad-Martius, *Bios und Psyche. Zwei Vortragsfolgen* (Hamburg: Claassen & Goverts, 1949).
2 Kurt Reidemeister, *Das exakte Denken der Griechen. Beiträge zur Deutung von Euklid, Plato, Aristoteles* (Hamburg: Claassen & Goverts, 1949). Vgl. auch Fußnote 1 zum Brief vom 31. 1. 1948 an Eugen Claassen.
3 H. Broch, »Randbemerkungen zu Elisabeth Langgässers Romans *Das unauslöschliche Siegel«, Literarische Revue,* Jg. 4 (1949), S. 56-59; ferner in KW 9/1, S. 405-411.
4 »Über syntaktische und kognitive Einheiten«, KW 10/2, S. 246 bis 299.

597. An Frank Thiess

Princeton, N. J., 24. Mai 1948

Liebster Frank,
Dein Brief liegt nun schon acht Wochen hier und ich habe ihn aus folgenden Gründen noch nicht beantwortet; erstens hat er sich mit einem von mir an Yvonne[1] (Aussee) gerichteten gekreuzt, so daß ich dessen Beantwortung erwartete, und zweitens, weil gerade die letzten drei Monate für mich eine Arbeitsüberlastung bedeutet haben, die mich zwang, meine ins Katastrophale angewachsene Korrespondenz kurzerhand völlig zu unterbrechen.

Und dazu laß' mich gleich etwas Autobiographisches einfügen: es war nicht leicht (obwohl man es mir leichter als den meisten andern gemacht hat), hier eine Lebensposition zu finden, und es gelang eigentlich auch nur, weil ich, speziell im Wissenschaftlichen, mehr versprach, als ich zu halten vermochte, d. h. ich wäre wohl dazu imstande gewesen, wenn ich nicht nach Kriegsschluß mit einer derartigen Flut von Korrespondenzen, Paketanforderungen, etc. überschüttet worden wäre, daß ich für ein gutes Jahr mit nichts anderm beschäftigt war. Die Konsequenzen waren fürchterlich: eine mir fix versprochene Universitätsstelle ging mir wegen Nichtfertigstellung meiner Arbeit verloren, und jetzt bin ich fieberhaft daran, das Versäumte – wenn überhaupt noch möglich – aufzuholen. Kurzum, ich habe alle Nachteile des

Ruhmes, aber nicht einen einzigen seiner Vorteile, und mit wachsender Arbeitslast sinkt (altersgemäß) die Arbeitsenergie.

Über unserer Wiederbegegnung waltet ein böser Stern. Sofort nach Erscheinen meines »Vergil« in der Schweiz ersuchte ich meinen dortigen Verleger, Deine Adresse ausfindig zu machen und Dir ein Exemplar zu schicken; sonderbarerweise schrieb der Verlag, daß Du unauffindbar wärest. Endlich kam der Brief von Yvonne, den ich unverzüglich beantwortete, sie bittend, Eure Adresse dem Verlag auch direkt mitzuteilen, was ich dann auch meinerseits tat. Aber das Buch scheint trotzdem nicht in Deine Hände gelangt zu sein. Ebensowenig ist das »Reich der Dämonen«[2] hier eingetroffen, auf das ich wahrlich gespannt bin, und ich hoffe nur, daß dieser Brief, den ich mit einer rekommandierten Sammelsendung durch meinen Freund Egon Vietta in Hamburg Dir zugehen lasse, vor einem ähnlichen Los bewahrt sein wird.

Du scheinst auch meine Nachricht aus Schottland im Jahre '38 nicht erhalten zu haben, als ich den Empfang der von Dir expedierten Manuskripte[3], für die ich Dir noch immer dankbar bin, bestätigt hatte. Jenen Roman habe ich freilich niemals fertiggestellt. Das Vergil-Thema, das mir ungleich wichtiger war, hat sich mir dazwischen geschoben, und jetzt, da der Vergil beendet ist, geht es mir wie Dir: ich will keine Romane mehr schreiben. Ich bin bereits seit Jahren mit einer massenpsychologischen Theorie beschäftigt (die mir auch die akademische Position hätte verbürgen sollen), arbeite im Augenblick intensivst an erkenntnistheoretischen Studien und gebe daneben, als vorläufigen Broterwerb, eine 2-bändige englische Hofmannsthal-Auslese heraus.

Hier freilich versteht keiner, daß man das Romanschreiben, wie überhaupt die ganze Literatur, als überflüssig empfindet. Dieses fortgeschrittenste Land der Welt ist seelisch und geistig etwa 30 Jahre zurück, und das wird natürlich auch politisch nicht ohne Folgen bleiben. Ich bin ganz überzeugt, daß man in Deutschland jetzt politisch wirken könnte – vorausgesetzt, daß man dies dürfte; hier darf man zwar, aber man kann nicht, weil einfach der Boden dafür noch nicht vorbereitet ist. Z. B. versuche ich mit meiner Massenpsychologie eine neue Fundierung der demokratischen Struktur vorzuzeichnen, bin aber sicher, daß es einfach nicht gehört werden wird. Nichtsdestoweniger ist es für mich ein Muß, obwohl ich genau weiß, daß ich damit nicht einmal auf eine Nachwelt rechnen kann, sondern daß ich bestenfalls einmal als »Vorläufer« registriert werden werde. *Was nicht genau in seine Zeit paßt, gilt nicht.*

Wir kommen ja beide in das Alter, in welchem man noch rasch dasjenige aussprechen muß, das einem wahrhaft wichtig ist. Das testamentarische Alter besteht eben darin, daß man Testamente macht. Für Deine lieben Wünsche zu meinem, ach so Sechzigsten sei innigst bedankt, und da auch Dein, leider nicht minder Sechzigster bevorsteht, laß Dir von Herzen wünschen, daß die Jahre der Testamente für Dich zugleich auch Jahre der fruchtbaren Ernte werden mögen. Weiters aber wünsche ich *mir,* daß es im nächsten oder spätestens übernächsten Jahr ein Wiedersehen geben wird. Von Rechts wegen sollte ich ja bereits in Europa sein, vor allem natürlich in Wien, aber bevor ich meine Bücher nicht fertig habe, darf ich meinen Schreibtisch nicht verlassen. [. . .]

[GW 8]

1 Ehefrau von Frank Thiess.
2 Frank Thiess, *Das Reich der Dämonen. Der Roman eines Jahrtausends* (Berlin, Wien: Zsolnay, 1941).
3 zu Brochs Roman *Die Verzauberung.*

598. An Willi Weismann

One Evelyn Place
Princeton, N. J. 7. Juni 1948

Lieber Herr Weismann,
Ihre Briefe vom 12. 1., 3. 2. und 5. 3. blieben bis heute unbeantwortet, und für alle Ihre Büchersendungen habe ich Ihnen noch immer nicht gedankt. Da Sie mich aber als prompten Briefbeantworter kennen, werden Sie wohl vermutet haben, daß bei mir etwas besonderes vorliegt. Und so war

es auch: durch einen Zufall, der sich allerdings als Schicksal entpuppte, bin ich in eine erkenntnistheoretische Arbeit[1] hineingeraten, die anfänglich nur ein kurzes Intermezzo hätte sein sollen, bald aber zu einer mir höchst wichtigen Angelegenheit geworden ist, da sich die Notwendigkeit einstellte, in dieser Studie grundlegende, bei mir in den letzten 20 Jahren herangereifte Erkenntnisse zu verwerten. Ich habe nun darüber alles andere zurückgestellt, wahrlich mit schlechtem Gewissen, umsomehr als meine sonstigen Arbeitspflichten mich schon auf das Äußerste bedrückten und belasteten, und so hat unter anderm auch meine ganze Korrespondenz daran glauben müssen. Ich bin mit dieser Schrift, die sich nun freilich nach vier Monaten intensivster Arbeit ihrem Ende zuneigt, noch immer nicht fertig, will aber meinen schon so lange überfälligen Brief an Sie nicht noch länger aufschieben, und so lassen Sie mich bitte nur ganz kurz antworten:

Herausgeberschaft:

Ich habe schon Herbert[2], geschrieben wie sehr mich Ihr Antrag geehrt und erfreut hat und habe ihm auch gleichzeitig gewisse Vorschläge bezüglich der Durchführung gemacht. Ich stelle mir vor, daß Sie mir in der »Literarischen Revue« einen Raum von etwa 1 bis 2 Bögen für eine »Amerikanische Stimme« zur Verfügung stellen, und daß ich diesen Teil von hier aus redigiere[3]. Allerdings wäre ich bei meiner jetzigen Überlastung außerstande, diese zusätzliche Arbeit allein zu leisten und möchte daher – falls es eben dazu kommt – mich in der Redaktion mit meinem Freund Heinrich Blücher[4] teilen, der eine viel bessere publizistische Erfahrung als ich besitzt und infolgedessen für das Vorhaben ganz besonders geeignet wäre. Ich werde Ihnen darüber noch berichten, insbesondere auch noch über die Möglichkeit einer Honorierung der hiesigen Mitarbeiter.

Langgässer-Besprechung:

Ich habe das MS an Dr. Claassen (dem Verleger Elisabeth Langgässers) zur Weiterleitung an Sie geschickt; es wird wohl nächster Tage bei Ihnen eintreffen.

Büchersendungen:

Lassen Sie sich nochmals für diese mir sehr wertvollen Bücher bestens danken, nicht zuletzt für den Reck-Malleczewen

und den Haecker[5], die beide ein erschütterndes Bild der deutschen Schreckensjahre geben.
Lebensmittelsendungen:
Ich habe Ihnen seinerzeit einen Tauschverkehr Bücher-Lebensmittel vorgeschlagen. Das habe ich natürlich nicht vergessen; es ist nur durch die obgeschilderten Umstände alles ins Stocken gekommen. Es geht nun dieser Tage von der Schweiz ein Paket an Sie ab.
H. H. Jahnn:
Die Auszüge in der L. R.[6] haben mich sehr berührt, aber um hier etwas für die Bücher unternehmen zu können, müssen sie als Ganzes vorliegen. Ich hoffe also, recht bald das mir in Aussicht gestellte Umbruch-Exemplar zu bekommen, damit ich den einen oder andern Verleger dafür interessieren kann. Inzwischen ist hier das Projekt aufgetaucht, einen Sammelband deutscher Nachkriegsliteratur[7] (herausgegeben und eingeleitet von meinem Freund Robert Pick, mit dem ich die Sache schon besprochen hatte) zu veröffentlichen, und vor allem möchte ich in einer solchen Anthologie eben Jahnn vertreten sehen. Wären Sie und Herr Jahnn damit einverstanden?
Waldo Frank:
Ich hoffe sehr, daß die Veröffentlichung dieses Autors zu Stande kommen wird[8].
Neue Form der L. R.:
Vielen Dank für die letzten Hefte, die tatsächlich eine außerordentliche redaktionelle Leistung darstellen. Es war eine ausgezeichnete Idee, die verschiedenen Länder in separaten Heften zu Worte kommen zu lassen. Insbesondere das spanische Heft war ausnehmend gut geglückt.
Politisches Buch:
Ich weiß nicht, ob ich Ihnen bereits schrieb, daß ich – vor allem zum Broterwerb – die Herausgabe einer englischen Hofmannsthal-Auslese in 2 Bänden übernommen habe. Diese, sowie die eingangs erwähnte erkenntnistheoretische Arbeit, hat nun die Fertigstellung des politischen Buches neuerlich verzögert. Und das tut mir umsomehr leid, als ich glaube, zu dem Thema der Demokratie etc. wirklich etwas Entscheidendes sagen zu können. Wenn es aber einmal so weit sein wird, so wäre es mir natürlich ganz besonders

wichtig (wichtiger noch als bei meinen andern Büchern), daß das Buch in Deutschland verbreitet werde. Ich danke Ihnen also sehr für Ihr diesbezügliches Interesse und werde gewiß die Sache sofort nach Beendigung des MS aufnehmen. Der Rhein-Verlag hat zwar auch für dieses Buch das Prioritätsrecht, doch da politische Schriften etwas außerhalb des Rahmens dieses Verlages liegen dürften, ist wohl anzunehmen, daß darüber ein Sonderabkommen zu erzielen sein wird.

Novellen:

Soweit ich mich erinnere, sind im Ganzen bloß 4 oder 5 Novellen[9] von mir erschienen, und, mit Ausnahme der einen Geschichte in der »Neuen Rundschau«[10], gefallen sie mir eigentlich nicht recht. Außerdem besitze ich keine einzige mehr davon, aber vielleicht könnte sie Herbert verschaffen, so daß Sie sie dann durchschauen könnten. Und wenn sie sich schon nicht für ein Bändchen eignen sollten (gegen das der Rhein-Verlag sicher nichts einzuwenden haben würde), so könnte man doch die eine oder andere in der L. R. abdrucken.

Dr. Kurt Wolff[11]:

Über meine Veranlassung schickte Ihnen Dr. Wolff vor einiger Zeit das MS einer Novelle, und ich bat ihn auch, Ihnen eine Kopie des Gutachtens, das ich dazu schrieb, zukommen zu lassen. Dr. Wolff machte mir den Vorschlag, ich möge eine Einleitung zu diesem Stück schreiben, falls Sie daran denken, es in Ihrem Verlag aufzunehmen. Nun ist diese Novelle eine Jugendarbeit des Verfassers; er hat sie vor 16 Jahren geschrieben, und nach 16 Jahren kann man nicht gut ein »neues Talent« dem Publikum vorstellen, so interessant diese Arbeit auch tatsächlich ist. Entweder müßte der Verfasser mit einer neuen und womöglich umfassenderen Arbeit hervortreten oder aber – und das will ich Dr. Wolff wahrlich nicht wünschen – der Autor müßte verblichen sein. Dagegen habe ich mir überlegt, daß die Arbeit Wolffs recht gut in einen Sammelband neuer deutscher Prosa (vom Expressionismus zum Surrealismus, etc.) passen würde, und für so etwas ließe sich eine theoretische Einleitung recht gut machen. Bitte lassen Sie sich diese Angelegenheit durch den Kopf gehen und teilen Sie mir mit, was Sie davon halten.

Für heute nur mit einem sehr herzlichen Gruß und den besten Wünschen.

Stets Ihr
Hermann Broch
[WW, YUL]

1 »Über syntaktische und kognitive Einheiten«, KW 10/2, S. 246-299.
2 Herbert Burgmüller gab damals die im Münchner Willi Weismann Verlag erscheinende Zeitschrift *Literarische Revue* heraus.
3 Burgmüller und Weismann suchten Broch als Ko-Redakteur der *Literarischen Revue* zu gewinnen. Dieser Plan zerschlug sich bald.
4 Heinrich Blücher, Gatte Hannah Arendts, Philosophieprofessor.
5 Vgl. Fußnoten 1 und 3 zum Brief vom 28. 11. 1947 an Willi Weismann.
6 Hans Henny Jahnn, »Armut Reichtum Mensch und Tier«, in: *Die Fähre* 2/9 (1947), S. 531-537; »November«, in: *Literarische Revue* 2/1 (1948), S. 29-49.
7 Robert Pick (Hrsg.), *German Stories and Tales* (New York: Knopf, 1954). Die Sammlung enthält auch auf den Seiten 205-232 die englische Übersetzung von Brochs »Die Erzählung der Magd Zerline« aus den *Schuldlosen* (»Zerline. The Old Servant Girl«).
8 Vgl. Waldo Frank, *Südamerikanische Reise* (München: Weismann, 1951).
9 Vgl. dazu den Novellenband KW 6 dieser Ausgabe. Der Weismann Verlag plante Brochs Novellen zu publizieren. In der Folge formte Broch diese Novellen um zu dem Roman *Die Schuldlosen* (vgl. KW 5), wobei er freilich neue Teile hinzudichtete.
10 Hermann Broch, »Eine leichte Enttäuschung. Novelle«, in: *Neue Rundschau,* 44/1 (April 1933), S. 502-517. Vgl. KWG, S. 127-144.
11 Kurt H. Wolff (geb. 1912), deutsch-amerikanischer Soziologe und Schriftsteller. Wolffs *Vorgang* erschien erstmals in dem Band: Kurt H. Wolff, *Vorgang und immerwährende Revolution. Prosa und Szenen* (Wiesbaden: B. Heymann, 1977). Vgl. Brochs Verlagsgutachten zu *Vorgang* in: KW 9/1, S. 398-401.

599. An Hans Reisiger

One Evelyn Place
Princeton, N. J. 14. Juni 1948

Lieber guter Freund Hans Reisiger,
Sie haben das Schönste über den Vergil geschrieben, das je darüber gesagt worden ist, und ich hätte Ihnen schon längst dafür danken sollen. Aber Sie können sich einfach keine Vorstellung davon machen, wie es jetzt bei mir hergeht: man mag es Undiszipliniertheit oder Mystik nennen, jedenfalls lasse ich mich von meinen innersten Bedürfnissen treiben und bestimmen, und so habe ich trotz dringender anderer Verpflichtungen, trotz einer eben dadurch davonschwimmenden Universitätsstelle, trotz sehr bedrängender Geldsorgen, etc. mich von einer erkenntnistheoretischen Arbeit[1] übermannen lassen, die mich jetzt schon vier Monate vollkommen mit Beschlag belegt; vielleicht wird es ein richtiger Blödsinn, aber irgendwie traue ich meinem guten Stern, obwohl er sich schon so lange als wohlwollend erwiesen hat, daß er eigentlich alles Recht hätte, auch einmal zu erlahmen.

Ich fasse mich also ganz kurz und werde einfach »geschäftlich«:
»Mary«[2]:
Wie sehr ich mir wünschen würde, daß dieses, von mir so sehr geliebte Buch hier gedruckt werde und Erfolg habe, brauche ich Ihnen nicht erst zu sagen. Wenn irgend möglich, so schicken Sie mir bitte noch ein Exemplar, denn mein Widmungsexemplar gebe ich begreiflicherweise nicht gerne aus der Hand.

Sie haben mir aber nicht geschrieben, ob Rowohlt hier und speziell in England – wo doch der Boden für eine »Mary« besonders günstig sein sollte – schon irgendwelche Angebote gestellt hat. Bitte sagen Sie mir auch darüber ein Wort.
Junger Wagner[3]:
Neuauflagen bereits gedruckter Bücher sind hier schwer durchzusetzen, aber ich hielte es nicht für ausgeschlossen, daß Norton Publishing Co. 101 Fifth Avenue, New York 11, N. Y. für die Sache Interesse hätte, da er der einzige amerikanische Verleger ist, der sich auf Musik-Literatur speziali-

siert hat. Ich würde demnach vorschlagen, daß entweder Sie oder List darüber direkt an Norton schreiben. Wenn Sie übrigens Kurt Wolff's habhaft werden könnten, der jetzt in Deutschland reist und sicherlich auch nach München kommen wird, so sollten Sie die ganze Angelegenheit mit ihm besprechen.

Ihr hiesiger Besuch:

Schreiben Sie bitte unter Berufung auf mich an Dr. Else Staudinger, American Committee for Emigré Scholars, Writers and Artists, 66 Fifth Avenue, New York 11, N. Y., unter Angabe aller persönlichen Daten, akademischen Arbeiten, etc. Mrs. Staudinger hält so ziemlich alle amerikanischen Universitäten und Schulen in Evidenz, und wenn sich irgendwo etwas Passendes ergeben sollte, so sollte dann die Autorität Thomas Manns in Aktion gesetzt werden. Schön wär's wenn's gelänge!

Faustus[4]:

Gedanklich ein herrliches Buch, schwächer in seinen sozusagen erzählenden Teilen (die m. E. ein völlig überflüssiges Festhalten an der althergebrachten Romanform darstellen). Ich bin daran, einen Aufsatz darüber zu schreiben, und das ist kein leichtes Beginnen. Lesen Sie die Besprechung Erich Kahlers in der letzten Neuen Rundschau[5]; sie ist hervorragend. Manns Brief, in dem er selber das Werk erläutert, haben Sie mir leider nicht geschickt.

Ja, wann werden wir wohl wieder in Tirol – oder sonst wo – zusammen sitzen können? Ich bin sehr abstrakt geworden und habe eigentlich wenig Sehnsucht nach irgend einer »Heimat« (außer, daß ich wieder einmal eine richtige grüne Bergwiese *riechen* möchte).

Aber nach Ihnen ist mir sehr bang.

Lassen Sie sich die Hand drücken.

Von Herzen Ihr, HB

[HRei]

1 »Über syntaktische und kognitive Einheiten«, KW 10/2, S. 246-299.
2 Hans Reisiger, *Ein Kind befreit die Königin* (Berlin: Rowohlt, 1939).
3 Hans Reisiger, *Unruhiges Gestirn. Die Jugend Richard Wagners* (Leipzig: P. List, 1930).
4 Thomas Mann, *Doktor Faustus* (1947).
5 Erich Kahler, »Säkularisierung des Teufels. Thomas Manns Faust«, in: *Neue Rundschau* 59/10 (Frühjahr 1948), S. 185-202.

600. An Friedrich Torberg

Princeton, 23. 6. 1948

Liebster F. T.,
Als ich mit Marietta[1] sprach, sagte ich ihr, daß ich vor dem kompletten Zusammenbruch stünde. Sie hat das natürlich ebensowenig geglaubt wie sonst jemand. Denn bloß das betroffene Kamel weiß um die Gefahr des drohenden letzten Strohhalms. Niemand konnte sich vorstellen, unter welcher Höchstleistungs-Spannung ich während dieser letzten Monate gestanden bin. Eben darum mußte ich um freie Terminwahl für die Aufbürdung des Strohhalms bitten. [. . .] Das Referat[2], dessen Abschrift hier beiliegt, ist bereits im Spital diktiert, denn der gefürchtete Kollaps ist pünktlich eingetreten. Als einzige Gegenleistung von Dir verlange ich, daß Du von diesem Kollaps niemandem etwas sagst, am allerwenigsten natürlich Alma[3], etc. Es wird ohnehin schon genug über mich und meinen Zustand in New York herumgeschwätzt, und ich bitte Dich daher, jedem Gerücht entgegenzutreten und höchstens zuzugeben, daß ich eine leichte Muskelkontusion am Bein habe, die in Kürze überwunden sein wird. Was wir auch hoffen wollen[4].

Ich umarme Euch beide.

HB

[FT]

1 Ehefrau von Friedrich Torberg.

2 Brochs Rezension zu Torbergs *Hier bin ich, mein Vater,* die unter dem Titel »Literatur der Anständigkeit« erstmals erschien in: *Aufbau* (N. Y.), 14/27 (2. 7. 1948), S. 11-12; ferner in: KW 9/1, S. 401-402.

3 Alma Mahler-Werfel.

4 Am 17. Juni 1948 wurde Broch mit einem Hüftbruch, den er sich in der New Yorker Wohnung seiner Übersetzerin Jean Starr Untermeyer bei einem Fall auf der Treppe zugezogen hatte, in das Princeton Hospital in Princeton eingeliefert. Aus diesem Krankenhaus wurde er geheilt erst am 6. April 1949 entlassen. Die ersten drei Wochen verbrachte Broch im Streckverband; danach mußte er Monate lang im Gipsverband das Bett hüten. Verlängert wurde der Krankenhausaufenthalt durch eine am 27. Februar 1949 erfolgte Hernia-Operation.

601. An Elisabeth Langgässer

27. 6. 48

Ihr lieber Gruß[1], verehrteste gnädige Frau, war eine aufrichtige Freude: wie wichtig Sie mir sind, hat Ihnen Gurian (– alles Schöne an ihn, falls Sie ihn noch sehen –) wohl erzählt, und so hoffe ich sehr, daß auch der direkte Kontakt zu Ihnen hin nicht mehr abbrechen wird.

Mit allen guten Wünschen,
herzlichst
Hermann Broch

[EL]

1 Die Briefe Elisabeth Langgässers an Hermann Broch sind abgedruckt in: *Literaturwissenschaftliches Jahrbuch,* N. F., 5. Bd. (1964), S. 309 ff.

602. An Friedrich Torberg

Princeton Hospital, 29. 6. 48

Liebster,
nein, auf lange Zeit hinaus kann ich von keinerlei Houris umtanzt und umkocht werden, es sei denn hier im Spital: ich bin eine Kombination von Hiob und Lazarus (leider ohne Hund zum Schwären-Lecken), und meine größte Angst ist – das hast Du offenbar aus meinen Andeutungen (diktiert) nicht entnommen – daß Bouche[1] in Frankreich etwas davon erfahren könnte; sie möge wie Göttin in Frankreich leben und *in ihrem Urlaub durch nichts gestört sein*. Also deswegen! [...]

Die Referats-Bagatelle[2] wurde unter sehr realen Schmerzen geboren. Wenn Du gewartet hättest, wäre es ein sehr anständiger Aufsatz geworden: »Politische Literatur als

Emigrationsfrucht«. So konnte ich dies – was in Deinem Buch das Wichtigste ist – gerade nur andeuten.

Vieles Liebes Euch beiden.

HB

Bouche soll nicht einmal wissen, daß ich im Spital bin.

[FT]

1 AnneMarie Meier-Graefe Broch.
2 Vgl. Fußnote 2 zum Brief vom 23. 6. 1948.

603. An Daniel Brody

Princeton, N. J., 17. Juli 1948

Vielgeliebter, dennoch Liebensunwürdiger,
also Du willst mir den Kopf waschen. Das ist allerdings löblich, denn hier im Spital kann ich nur schwer einen Friseur auftreiben, der das besorgt, und dabei ist es bei dieser Hitze so notwendig. Was mir passiert ist, magst Du aus dem beiliegenden Brief an Krell – bitte weiterleiten – gütigst entnehmen, es ist kein Spaß. Was aber den Kopfwaschbrief anlangt, für den ich Dir im übrigen von Herzen danke, so solltest Du eigentlich in Deinem Archiv die von Dir zum Streitobjekt erhobenen Kurzgeschichten[1] haben, denn ich hatte sie Dir immer geschickt, und wenn sie Dir gefallen, so darfst Du sie natürlich drucken. Aber ich, der ich sie nicht besitze, finde sie nicht gut genug für den Rhein-Verlag, wenn auch die »Vorüberziehende Wolke«[2] und das Stück in der N. R.[3] ganz gute Novellen sind. Die Entscheidung steht durchaus bei Dir.

Anders freilich verhält es sich mit den Aufsätzen. Nicht nur, daß sie ein Muß für mich waren, sie werden auch ein Muß für Dich werden; Du wirst nicht lange gefragt werden, sondern wirst drucken müssen. Natürlich werde ich zuerst einmal das Heft für die Albae Vigiliae[4] zusammenstellen, freilich erst wenn der Hofmannsthal fertig sein wird. Und nach den Albae nehme ich nochmals die erkenntnistheoretische Eskapade[5] her, da sie leider zum bessern Verständnis oder Unverständnis völlig umgearbeitet werden muß. Und wenn ich Dir dazu sage, daß die Fachleute davon entzückt sind, so heißt das nicht, daß ich Dir Dein eigenes Urteil wegnehmen will, sondern daß Du Dich darauf freuen sollst. [. . .]

Alles in allem ist meine Flucht in die Krankheit, obwohl ein wenig übers Ziel geschossen, durchaus geglückt. Wenn ich nicht die vielen Kondolenzbriefe samt zugehöriger Dankespflicht sowie die allzuvielen Kondolenzbesuche hätte, die ich nicht hinausschmeißen kann, es wäre trotz der augenblicklichen Höllenhitze einfach der Himmel. [. . .]

[GW 8]

1 Vgl. Fußnote 9 zum Brief an Willi Weismann vom 7. 6. 1948.
2 Hermann Broch, »Vorüberziehende Wolke. Novelle«, in: *Frankfurter Zeitung,* 77/294-296 (21. 4. 1933), S. 9; ferner in KW 6, S. 144-154.
3 Vgl. Fußnote 10 zum Brief vom 7. 6. 1948.
4 Broch plante damals, seine drei Aufsätze zum Thema Mythos in einem der im Rhein-Verlag Daniel Brodys erscheinenden Albae-Vigiliae-Hefte zu publizieren. Vgl. KW 9/2, S. 177-233.
5 »Über syntaktische und kognitive Einheiten«, KW 10/2, S. 246 bis 299.

604. An Herbert Zand

Princeton, N. J., 23. 7. 48

Lieber Herbert Zand,
[. . .] Mit dem Priesterberuf des Dichters stimme ich nicht überein; das ist mir zu »erhaben«. Der Künstler hat Realitäten *erstmalig* zu entdecken und zu erkennen, d. h. sie in der ungeschminktesten und direktesten Form, ohne eine Spur von Dekoration darzustellen. Ich wage zu behaupten, daß im Vergil, trotz seiner scheinbaren Überladung, nicht ein Wort steht, das nicht vom Erlebnis her bestimmt ist; nichtsdestoweniger mache ich ihm und mir den Vorwurf, daß die Um-

wandlung des Erlebnisses in eine Art Romanform schon unzulässig gewesen ist. Ihr Stromgedicht[1] ist desgleichen aus dem Bedürfnis nach unmittelbarem Ausdruck einer neuerlebten Realität entstanden (bis auf einige Füllworte und Füllzeilen), und ebendarum mußte Ihnen darin die Form – warum Strophe, Vers und Reim? – zum Problem werden. Sie haben ganz richtig mit dem Ausdruck auch diesen selber wieder in Frage stellen müssen. Das hat mit keinerlei Priesterschaft etwas zu tun, aber es ist ein Baustein zur Neubegründung der kommenden Realität.

Realität ist *Verläßlichkeit,* und damit wird die Seins-Realität zum ethischen Faktor. Wo die Realität verläßlich ist, da werden auch die Werte, da wird auch der Mensch wieder verläßlich. Und darauf kommt es an. In der Massenpsychologie (zumindest der meinen) geht es nicht um das Verhalten der Massen – das ein Außensymptom ist –, wohl aber geht es um den Menschen, der Massenbindungen sucht, weil er sich verloren fühlt; der moderne Mensch lebt in der unverläßlichsten aller Welten. [. . .]

[GW 8]

1 Herbert Zand, »Strom ohne Ufer«. Dieses Gedicht erschien in Zands Gedichtband *Die Glaskugel* (Wien: Donau Verlag, 1952), S. 65-67.

605. An Elisabeth Langgässer

One Evelyn Place
Princeton, N. J. 5. August 1948

Liebe verehrte Freundin,
ich darf Sie so ansprechen, erstens weil ich mich als älteren Herrn betrachte, und zweitens weil es vorbestimmte Affinitäten gibt, für die unsere Bücher gewisse Symptome sind, trotzdem aber über die Bücher hinausreichen. Ich war also über Ihren Brief »enorm glücklich«, nicht minder aber, daß Sie beim »Vergil« etwas ähnliches gespürt haben wie ich beim

»Siegel«. Aber lassen Sie mich gleich hinzufügen, daß mir die Gedichte[1] keinen geringeren Eindruck gemacht haben.

Nebenbei fühle ich mich Ihnen gegenüber etwas schuldbewußt. Ich habe für die hiesigen Verleger einen Bericht über das Siegel geschrieben[2] und wollte ihn zu einem richtigen Essay erweitern, bin aber im Augenblick derart mit Arbeit, vor allem wissenschaftlicher Art, überlastet, daß ich nicht mehr dazugekommen bin. Ich habe also das Stück mit nur geringen Änderungen an Burgmüller für seine »Literarische Revue« geschickt, hoffe aber trotzdem, daß es, obwohl unzureichend, seinen Dienst tun wird.

Ich glaube, daß Ihnen der Name Hermann Weyls, des bedeutenden Mathematikers, und auch seiner Frau[3], der Übersetzerin von Ortega y Gasset, bekannt sein dürfte. Ich habe ihnen das Siegel gegeben, und sie sind schlechterdings begeistert. Ich wollte nur, daß wir schon endlich die amerikanische Ausgabe zustande brächten.

Ich schicke diesen Brief durch meinen Schweizer Verlag mit dem Auftrag, Ihnen einen »Vergil« zu schicken, denn er gehört in Ihre Hände. Hoffentlich kann ich einmal eine Widmung nachtragen.

Sehr aufrichtig Ihr
Hermann Broch
[EL]

1 Elisabeth Langgässer, *Der Laubmann und die Rose. Ein Jahreskreis* (Hamburg: Claassen & Goverts, 1947).
2 Vgl. Fußnote 3 zum Brief vom 24. 5. 1948 an Eugen Claassen.
3 Helene Weyl hatte u. a. Jose Ortega y Gassets *La rebelión de las masas* ins Deutsche übersetzt: *Der Aufstand der Massen* (Stuttgart: Deutsche Verlagsanstalt, 1947).

606. An Daniel Brody

Princeton, 5. August 1948

Liebster,
soeben ist Deine rührende Karte eingetroffen; sei Du wie Daisy innigst bedankt. Und hier der gewünschte Bericht:

Grundursache allen Übels war die erkenntnistheoretische Arbeit[1], welche ich als Insel in der Insel mitten in den Hofmannsthal-Auftrag eingeschaltet habe, gleichzeitig die Hofmannsthal-Bezahlung hiedurch hinauszögernd. Ich mußte also mit der größten Intensität arbeiten, um fertig zu werden, und war nach fünf Monaten vollständig erschöpft. Dazu kamen noch Nebenaufträge für meine politische Arbeit. Konferenzen usw., und so kam es, daß ich im Zuge dieser Hetzerei auf dem überglatten Boden der Untermeyerschen Wohnung einfach hingeplumpst bin. Es ist ein Schenkelhalsbruch knapp an der Hüfte, doch der hiesige ausgezeichnete Chirurg entschloß sich, entgegen der üblichen Methode nicht zu nageln, sondern mich konservativ in Gips zu legen. Das wird bis Mitte Oktober dauern. Ich bin aber durchaus glücklich, denn die Hetzerei hat aufgehört, und ich arbeite wieder am Hofmannsthal. Nur Briefe diktiere ich. [. . .]

[GW 8, BB]

1 »Über syntaktische und kognitive Einheiten«, KW 10/2, S. 246 bis 299.

607. An AnneMarie Meier-Graefe Broch

17. 8. 48

Mein Liebes, Gutes, eben wollte ich Dir wieder schreiben, als Deine Zeilen v. 10 einlangten. Am gleichen Tag habe auch ich Dir geschrieben. Und der Einfachheit halber beantworte ich der Reihe nach: [. . .]

Arbeit: soeben das zweite Kapitel Hofmannsthal[1] in Reinschrift beendet; es wird jedenfalls eine ausgezeichnete Arbeit, wenn auch etwas ganz anderes als man sich gemeiniglich unter einer Einleitung vorstellt. Ich werde vorschlagen, sie als eigener kleiner Nachtragsband zur Ausgabe zu veröffentlichen, denn so erdrücke ich den Hofmannsthal. Ich werde kaum vor Deiner Rückkunft fertig sein, denn jetzt kommt der schwerste, der kunstphilosophische Teil[2]. Jedenfalls war es ein ersprießlicher Arbeitssommer.

Übersiedlung. Wie ich Dir schon schrieb, verlasse ich

Princeton unbedingt im Spätherbst. Ob ich mich dann sofort in High Falls isolieren werde können, weiß ich noch nicht. Soeben aber mit Chagall[3] gesprochen (der *morgen* segelt), und er bestätigte neuerdings, daß er nicht die Absicht hat, das Haus anders zu verwerten: er will ein Refugium bei Kriegsgefahr haben, und einen andern Mieter als uns kriegt er nicht sofort hinaus; natürlich hat er das nicht so ausdrücklich gesagt, aber ich habe es erraten, denn wenn kein Krieg kommt, will er bis ins Frühjahr hinein, vielleicht sogar bis zum Sommer drüben bleiben. Und gar wenn er es, wie Du schreibst, dort so schön haben wird.

Ich habe den Eindruck, daß die Russen jetzt eher Krieg provozieren wollen, soferne Amerika wirklich so ungerüstet ist wie vorgegeben wird. Und für ein ungerüstetes Land hat Amerika viel zu sehr auf den Tisch gehauen; dadurch ist eine schier unentwirrbare diplomatische Situation entstanden. Nach den Wahlen wird man wohl sehen. Ich schreibe das nicht wegen Theorie, sondern wegen der Entscheidungen, die heute schwieriger denn je zu treffen sind: (1) kommt kein Krieg, so soll man eine Übersiedlung nach Europa ernsthaft erwägen, erstens wegen Lebensverlängerung, zweitens wegen Geld; (2) wenn das Haus[4], das Du gefunden hast, wirklich so reizvoll ist, so könntest Du fragen, was eine Option für ein Jahr kosten würde, (3) falls jedoch Krieg käme, so müßte man alle Werte, also vor allem Deine Möbel, so rasch als möglich herüberschaffen, und ich würde Dir daher vorschlagen, sie doch so einzulagern, daß sie bei Verschlechterung der Lage abtransportiert werden können, worüber Du mit einem Spediteur (Marseille?) sprechen müßtest. [. . .] *[AMB]*

1 Vgl. das Kapitel II »Aufbau und Behauptung einer Persönlichkeit inmitten des Vakuums«, KW 9/1, S. 175-221.
2 Vgl. das Kapitel III »Der Turm von Babel«, KW 9/1, S. 221-284.
3 Marc Chagall (geb. 1887), lebte von 1941 bis 1948 in den USA; 1948 kehrte er nach Frankreich zurück. AnneMarie Meier-Graefe Broch war mit Chagall befreundet. Sie plante damals, dessen Haus in High Falls/New York zu mieten, doch kam es wegen Brochs langem Krankenhausaufenthalt nicht dazu.
4 AnneMarie Meier-Graefe Broch wurde damals ein Haus in St.-Cyr-sur-Mer zur Verfügung gestellt, das sie in der Folge kaufte.

608. An Hans Reisiger

Princeton, 18. August 1948

Liebster Freund Reisiger,
wirklich, diese Reaktion auf den »Faustus«[1] habe ich vorausgesehen, aber ich wollte erst abwarten, ob sich meine Annahme bestätigen würde. Es läßt sich natürlich gegen Ihre Auffassung nur wenig einwenden. Eines jedoch muß gesagt werden: wer Sie kennt, der liebt Sie und weiß um die Verzerrung, und das große Publikum ahnt nicht, für wen Schildknapp steht. Unter diesem Gesichtswinkel ist das Unglück wirklich nicht so groß. Weiters wäre dazu auch zu sagen, daß Mann selber sich in diesem Buch kaum freundlicher behandelt hat als seine Freunde. Es ist ein fürchterlich autobiographisches Werk, und ich verstehe, daß es ihn so hergenommen hat. Und natürlich wird ihm die Schildknapp-Entgleisung noch lange nachgehen, denn die unvermeidliche Spannung mit Ihnen berührt ihn bestimmt außerordentlich. Freilich geht es auch Ihnen auf die Seele, und wie leid dies mir tut, brauche ich Ihnen nicht eigens zu sagen. Am schönsten und besten wäre es eben doch, wenn Sie herüber kämen, und von rechts wegen sollte Mann das vermitteln. Er hat immerhin einen gewissen Einfluß bei den Universitäten, und eine Aussprache mit Ihnen müßte ihm eigentlich sehr erwünscht sein. Daneben aber werde ich meinerseits die Sache mit Frau Staudinger[2] gleichfalls besprechen.

Allerdings bin ich im Augenblick unbeweglich: ich habe mir vor 2 Monaten die Hüfte gebrochen und werde kaum vor November das Spital verlassen können. Bedauern Sie mich aber nicht darob, denn ich habe zum ersten Mal seit Mösern eine wahrhaft ruhige Arbeitszeit. [. . .]

[GW 8]

1 Vgl. Fußnote 3 zum Brief vom 31. 1. 1948 an Hans Reisiger.
2 Else Staudinger leitete damals das American Council für Emigrés in the Professions, Inc. in New York und war einwandernden Intellektuellen und Akademikern bei der Stellensuche behilflich.

609. An Christian Gauss

One Evelyn Place
Princeton, New Jersey August 23, 1948

Dear Dean Gauss:
For a long time I had the intention to write to you not only for thanking you for your visit of departure, but also to tell you that my recovery takes its normal course and that – it sounds a little bit absurd, but it's true – I have the best summer of my life for since a long time I could not work so peacefully as I do now in the hospital. I must say that I am even a little bit afraid when I think that I shall leave this eremitage in October[1] to return into the rough world.

I just received from Hadley Cantril the enclosed two resolutions of Unesco which may interest you. In one of them you see also the suggestion for the foundation of an international university. President Hovde[2] has sent my paper[3] on this topic (the copy of which you have in your hands) to the Unesco Headquarters in Paris, but as yet there is still no reply from there. I am so accustomed that all my works need five to ten years to come into publicity that I am not impatient at all.

I hope you had a very good summer, and if the circumstances with me would not be somehow peculiar, I would say such a good summer as I have had. However, I wish that you and Mrs. Gauss have a really restful and pleasant vacation.

Most sincerely yours
Hermann Broch

[PU]

1 Vgl. Fußnote 4 zum Brief vom 23. 6. 1948.
2 Brynjolf Jakob Hovde (geb. 1896) hatte 1945 Alvin Johnson im Amt des Präsidenten der New School for Social Research in New York abgelöst. Hovde war Historiker, Soziologe und Skandinavist.
3 »Philosophische Aufgaben einer Internationalen Akademie«, KW 10/1, S. 67-112.

610. An Volkmar von Zühlsdorff

5. 9. 48

Liebster Volkmar,
Dank für Ihre guten Zeilen: ich muß kurz antworten, denn meine Arbeitsenergie ist etwas beschränkt und infolgedessen durch die eigentliche Arbeit völlig aufgebraucht; dieses monatelange Sitzen in Gips nimmt einen doch etwas her. Vor allem nehmen Sie alle sehr viel Dank für Ihre guten Wünsche; ich weiß wie freundschaftlich Sie meiner gedenken, und ich bin froh darüber. Und dann sagen Sie bitte der Prinzessin wie Hubertus, daß meine wärmsten Wünsche bei ihnen sind; es ist schön, daß die Familie – eine Besiegelung der Heimatszugehörigkeit – sich festigt und erweitert. Und glauben Sie mir: Deutschland (mitsamt Österreich) ist mir keineswegs fremd geworden; all das drüben ist mir nach wie vor nahe, und daß ich von Haßgefühlen frei bin, brauche ich Ihnen nicht zu sagen.

Aber ich habe vor meiner Abreise unsäglich viel *Verächtliches* gesehen, und das macht mich mißtrauisch. Zudem bekomme ich unaufhörlich Berichte, u. z. von Leuten, die mir verläßlich erscheinen, mit Morgenthau[1] nichts zu tun haben und zum überwiegenden Teil keine Juden sind. Der Bericht über den Bischof[2] stammt von einem Mann, der soeben aus Nürnberg zurückgekehrt ist. Weiters sagen alle diese Berichte übereinstimmend (1) daß die Nazipropaganda allerwärts zunimmt, (2) daß die Besatzungstruppen durchaus überzeugt sind, den Krieg für die Juden geführt zu haben, (3) daß demgemäß der Antisemitismus allerwärts an Stärke gewinnt, allerdings ohne jüdische Objekte, (4) daß die Nazi an allen Stellen, nicht zuletzt in den Universitäten vorrücken. Gerechtigkeitshalber muß freilich hinzugesetzt werden, daß die Berichte aus der russischen Zone auch nicht anders lauten. Aber es sind *übereinstimmende* Berichte, und wo so viel Rauch ist, da muß eben auch ein Feuer sein. Wie ist es möglich, daß Sie nichts davon bemerken? Daß Hubertus in seinen Berichten nichts erwähnt?

Ferner: als James Franck seine Deutschland-Aktion vor mehr als zwei Jahren startete[3], schrieb ich – ich glaube, daß

Sie meinen Schriftsatz[4] damals bekommen haben –, man möge doch die Gelegenheit benützen, um den wahren Deutschen, den Leuten der totgetretenen und verschwiegenen Widerstandsbewegung zu helfen. Warum nehmen sich die Deutschen nicht selber ihrer Helden an? ist für sie nicht das Eiserne Kreuz wichtiger als solch wahrer Heldenmut? warum werden diese Leute nicht herausgestellt und geehrt? Gewiß, ich weiß, es sind zu viele Kommunisten unter ihnen gewesen, aber es waren *deutsche* Kommunisten, und durch eine solche Behandlung treibt man sie erst recht den Russen in die Arme.

Widerstandsbewegung und Judenfrage sind die beiden Punkte, um die es geht. Ich bin kein jüdischer Nationalist, aber ich weiß zu genau, was Demagogie heißt, und daß dies ihr Hauptansatzhebel ist. Und über diese beiden Punkte wird in Deutschland *geschwiegen;* in keiner Zeitung, in keiner Zeitschrift habe ich auch nur die leiseste Andeutung gesehen. Und ebenso wäre es für Amerika – gerade in Hubertus' Berichten[5] – von größter Notwendigkeit, daß diese Dinge offen ausgesprochen werden. Z. B. Heldentaten, von denen ich gleichfalls gehört habe, wie das Verstecken von Juden etc. *müssen* zur Kenntnis gebracht werden. Das ist die ethisch-politische Pflicht, die jetzt in Deutschland und von Deutschland aus erfüllt werden muß. Keine Beschönigungen! aber eine Ehrentafel! [. . .]

[BA]

1 Henry Morgenthau (1891-1967), 1934-1945 US-Finanzminister; entwarf den sog. Morgenthau-Plan, der die Teilung Deutschlands und seine Rückführung auf den Stand eines Agrarlandes zum Ziele hatte.

2 Gemeint ist Theophil Wurm (1868-1953), deutscher evangelischer Theologe, von 1919-1933 Kirchenpräsident, 1933-1949 Landesbischof von Württemberg. Nach anfänglichem Bemühen um einen Ausgleich mit dem Nationalsozialismus protestierte Wurm nach 1939 gegen die Euthanasie und trat für die Judenchristen ein. 1945-1949 war er Vorsitzender des Rates der Evangelischen Kirche Deutschlands.

3 Vgl. den Brief Brochs vom 30. 1. 1946 an James Franck.

4 »Bemerkungen zu einem ›Appeal‹ zugunsten des deutschen Volkes«, KW 11, S. 428-448.

5 Vgl. Fußnote 2 zum Brief vom 5. 7. 1947.

611. An AnneMarie Meier-Graefe Broch

14. 9. 48

Mein Süßes, endlich eine Nachricht. Da ich so lange nichts hörte, meinte ich, daß Du doch schon in die Schweiz gefahren seist und hielt es daher für sinnlos, Briefe noch nach St. Cyr zu schicken, die Dich ja dann doch erst in Paris erreicht hätten. Und natürlich tut mir das jetzt leid, denn ich lasse Dich nicht gerne ohne Nachricht. Aber andererseits geize ich mit jeder Minute. Das Briefschreiben ist mir eine fürchterliche Anstrengung, nicht aus physischen Gründen, wohl aber weil ich ängstlich darauf bedacht bin, den Arbeitsrhythmus nicht zu unterbrechen. Fange ich in der Früh mit Briefschreiben an, so gerät mir der Tag außer Ordnung, und am Abend bin ich immer so erschöpft, daß ich mich nicht mehr zu Briefen haben kann.

Und dazu gleich zu den sogenannten »Erfolgen«, die Dein Wahrsager prophezeit hat, so weit ich derjenige bin, der – wäre es nur so – te touche de près:

(1) Der Hofmannsthal ist weit davon entfernt, ein »Erfolg« zu sein. Natürlich wird er »gut«, aber dafür muß ich eben viel zu viel Arbeit hineinstecken. Überdies wird er viel zu lang und muß daher als eigener Nachtragsband zur Ausgabe erscheinen. Ich versuche nun, ihn so aufzubauen, daß er auch separat in andern Sprachen, vor allem natürlich deutsch erscheinen kann, aber all das ist toll zeitraubend. Drei Viertel des Buches sind fertig, doch das letzte ist das Schwierigste, besonders weil es die Auseinandersetzung mit dem Essentialismus enthalten soll.

(2) Ich hoffe immerhin, Ende Oktober damit fertig zu sein, damit ich sodann sofort zur Erkenntnistheorie zurückkehren kann. Ich denke unaufhörlich über diese nach und merke dabei stets aufs neue, wie mir das hiezu unbedingt nötige mathematische Instrumentarium fehlt. Was ich gekonnt habe, ist in den vielen Jahren vergessen, und um mich auf den heutigen Stand der Wissenschaft zu bringen, bräuchte ich Jahre, ganz abgesehen davon, daß ein altgewordener Kopf seine Lernfähigkeit eingebüßt hat. Trotzdem ist es das einzige, was mir wirklich auf der Seele liegt. Gelingt es, so ist der

»Erfolg« auf einen ganz kleinen Kreis beschränkt, allerdings auf den, der mir wichtig ist. Von einem Gelderfolg kann natürlich keine Rede sein. Und dabei laufe ich Gefahr – trotz Weyl[1] –, daß das Ganze ein Bledsinn ist; die Blüchers[2] wissen zu wenig von Mathematik, um die Sache wirklich zu beurteilen, so daß also ihre Begeisterung, auch wenn ich gerne ihr lausche, nicht ausschlaggebend ist.

(3) Ich habe Gauss meine »International University« als Ferienlektüre mitgegeben. Vor wenigen Tagen schrieb er mir, daß dies das bedeutendste edukatorisch-philosophische Dokument sei, das er seit vielen Jahren gelesen hat, und er hat auch schon der Princeton Press vorgeschlagen, es in einer etwas erweiterten Form (etwa 160 Seiten) zu veröffentlichen; die Princeton Press hat sich demgemäß an mich gewandt, doch ich konnte und kann mich dazu nicht entschließen. Die Erweiterung kostet mich mindestens drei bis vier Monate aller-intensivster Arbeit – also unter Rückstellung der Erkenntnistheorie –, und bringt nicht mehr als höchstens $ 500.- bis 600.-[3].

(4) Knopf will den Bergroman[4] bringen, ja er faselt sogar von einer darauffolgenden Brochschen Gesamtausgabe mit Sleepwalkers, Virgil und einer Sammlung aller meiner Essays. Das ist natürlich verlockend oder wäre es, wenn nicht der Bergroman ein volles Jahr Überarbeitung beanspruchte und mir nicht unendlich mies davor wäre. Natürlich könnte ich mich in den Roman hineinarbeiten, und sicherlich würde am Ende etwas durchaus Repräsentables herausschauen, aber das Gefühl verlorener Zeit würde mich nicht einen Augenblick verlassen. Das Ganze würde also ausschließlich unter äußern Moventien stehen, einerseits unter dem Wunsch, eine vorhandene Arbeit wie den Bergroman nicht verkommen zu lassen, und andererseits unter der Hoffnung auf die Gesamtausgabe, die für den Nobelpreis etc. wichtig wäre. Aber aus äußerlichen Gründen soll man nichts machen. Zudem ist als erste Anzahlung kaum mehr als $ 1500.- zu bekommen, bestenfalls 2000. Hätte mir Knopf den Antrag gemacht, bevor ich mit dem Hofmannsthal begonnen habe, so hätte ich mit beiden Händen zugegriffen, so aber habe ich ihm gesagt, daß ich mir die Sache noch überlegen muß, und daß ich keinesfalls vor dem Frühjahr, d. h. nach

Abschluß der Erkenntnistheorie, mich an den Roman machen könnte. Und wenn ich daran denke, daß ich dann darunter ebenso ächzen würde wie ich es jetzt beim Hofmannsthal tue, so kann ich auch das nicht als »Erfolg« werten.

(5) Ein vollkommener Mißerfolg ist die Massenpsychologie samt dem dazugehörigen politischen Buch. Und für die Welt, wenn man so großen Ausdruck verwenden darf, wäre das wohl jene Publikation, zu der ich eigentlich verpflichtet wäre. Gewiß kann auch eine Erkenntnistheorie in die Welt hineinwirken, aber das dauert Generationen. Und zu allem ist hier die Blamage des gebrochenen Versprechens gegenüber den Rockefellers wie gegenüber den Bollingens. Von der zerstörten Hoffnung auf das Institut ganz zu schweigen. Wie lange ich jetzt noch zur Fertigstellung benötigen würde, läßt sich kaum abschätzen; unter drei Jahren läßt es sich kaum machen. Und selbst wenn ich mit dem dritten Band, also dem politischen Buch beginne (– erinnere Dich an die Kapitel in Sag Harbor[5], und wie richtig sie sich bereits jetzt, trotz Clem[6], erweisen –), so laufe ich trotzdem Gefahr, es ohne die beiden ersten Bände, auf die es basiert ist, nicht zustande zu bringen. Und Geld kann ich für eine so oft verkaufte Arbeit nun nicht nochmals im voraus bekommen.

Mein »Erfolg« besteht also in einem unausgeführten und in seiner Gänze unbewältigbaren Arbeitsprogramm. Und wenn man hinzurechnete, was noch in meinem Kopf steckt und nicht einmal Programmform angenommen hat (weil ich mich davor zurückhalte), so wird das Ausmaß phantastisch. Der einzige »Erfolg« besteht im Bewußtsein meines Reichtums. Aber das ist ein Reichtum, von dem man nicht leben kann, und je älter und zerbrechlicher ich werde, desto mehr laufe ich Gefahr, überhaupt nichts mehr zu arbeiten, wenn ich nicht eine gewisse finanzielle Sicherheit habe. Es ist natürlich eine Schande, daß man einem Menschen, der so viel kann und sich schließlich immerhin auch bewiesen hat, in seinem Alter – das siebente Jahrzehnt ist eben bereits Greisenalter – keine Sicherheit bietet, aber an dieser Schande bin ich zum Großteil selbstschuldtragend, und das schmerzt. Nichtsdestoweniger habe ich Canby gegenüber die Schande meiner Lage kräftig unterstrichen, und es hat auch gewirkt, denn er hat nun meinen Fall zu Yale gebracht. Obwohl noch vage, hat er von dort folgendes Projekt gebracht:

(6) Man wird mir vielleicht – denn da haben eine ganze Menge Leute zuzustimmen – ab 2. Semester, also Februar, eine Position als residence professor für zwei Jahre antragen. Die Pflichten eines residence professor's sind gering; Thomas Mann war das in Princeton, und er hat dafür bloß sechs Vorlesungen pro Jahr halten müssen. Meine Bezahlung wäre die gleiche wie die von Th. M., nämlich $ 4000.-, was damals viel, heute wenig ist, doch dafür würde man mehr von mir verlangen, nämlich zumindest eine Vorlesung in 14 Tagen, wenn nicht gar wöchentlich. Dahingegen würden sie mich zum Ehrendoctor[7] machen, was der Th. M. hier nicht geworden ist. Die unangenehmste Verpflichtung aber ist, daß ich eine Privatsprechstunde für die verehrenden Studenten haben soll, und zu diesem Zweck würde mir eine Gratiswohnung in einem der Colleges, die allerdings sehr hübsch sind – ich habe ja schon einmal dort ein paar Wochen gewohnt – zur Verfügung gestellt werden. Die Vorteile einer solchen Anstellung wären seine Dauer. Daß man mir bloß zwei Jahre anbieten will, verstehe ich, denn schließlich kann ich ja auch eine akademische Niete sein. Wenn es aber gut funktioniert, wäre Prolongation ziemlich sicher, und das führt schließlich auch zu einer kleinen Alterspension. Wenn also die Sache sich tatsächlich konkretisierte – woran ich vorderhand noch nicht glaube –, so müßte ich m. E. wohl akzeptieren, umsomehr als es eine Verpflichtung wäre, die mir genügend Zeit für die andern Arbeiten ließe. Daß mir das Ehrendoctorat wichtig wäre, ist nicht kindisch, oder nur sehr partiell kindisch. Es gehört einfach zu meinem äußern Status, für den Th. M., Werfel etc. den Pegel angegeben haben.

Und dies ist ja überhaupt die ganze Geschichte mit dem »Erfolg«. Eigentlich will ich nur die paar mir übriggebliebenen Jahre zur Fertigstellung, d. h. zur niemals erreichbaren Fertigstellung meines Programms verwenden. Erfolg als solcher ist mir wurscht; das glaubt mir zwar niemand, aber ich habe es, scheint mir, doch bewiesen. In meinem Alter kann man nicht mehr erfolgshungrig sein. Nur wer sich ändert, bleibt jung, nicht der, der an den Haltungen und Werten seiner Jugend starr festhält; der ist schon von vorneherein altersstarr. Aber ich brauche Erfolg, damit ich leben, d. h. essen und arbeiten kann. Dazu gehört auch das Ehrendoctorat und schließlich der Nobelpreis. Ein Kowet[8] baut sich auf dem andern auf. Und vielleicht würde ich nicht einmal anders denken, wenn ich ein reicher Mann wäre; der Ehrgeiz, sein Leben aus eigenem zu verdienen und nicht durch Erbschaft oder eine reiche Frau, ist schließlich nicht der schlechteste.

Und das ist auch die Sache mit uns zweien. Abgesehen davon, daß Du kaum genug Geld für Dich allein hast, wäre es mir unerträglich, wenn ich nicht der Hauptverdiener wäre. Natürlich kann man in Frankreich billig leben, und die Daten, die Du gibst, sind wirklich ermutigend. Aber nicht nur, daß wir trotzdem selbst mit den $ 2000.- von Knopf (wenn ich sie bekomme) damit nicht einmal ein Jahr auskämen, man weiß auch nicht, ob die Preise so bleiben. Außerdem bin ich noch gar nicht sicher, ob Roth[9] weiter zahlen wird etc. Nichtsdestoweniger: in welcher Form immer ich Dollar verdiene, es wäre nur richtig, damit in einem möglichst billigen Land zu leben, vielleicht in Italien statt in Frankreich, da es dort noch billiger sein soll. Ich schreibe das so ausführlich, einerseits um meine Unentschlossenheit in den Lebensplänen zu begründen – wozu ja auch noch immer die politische Unsicherheit hinzuzurechnen ist –, andererseits aber, um mir die Dinge selber tunlichst klar zu machen. Und so käme ich auf folgendes Eventualprogramm:

bis Oktober 48 – Hofmannsthal,

von Dezember 48 bis Juli – Erkenntnistheorie,

ab Herbst 49 für ein volles Jahr Bergroman, der in Europa zu schreiben wäre, wenn es politisch möglich ist,

ab Jänner 51 Massenpsychologie wieder in Amerika.

Sollte Yale (unberufen) dazukommen, so müßte der Europa-Aufenthalt auf Feriendauer verkürzt werden. Ich habe bei alldem die Termine etwas gestreckt, weil ja Übersiedlungen etc. dazwischen hineinkommen, und mir jede Veränderung eine fürchterliche Störung bedeutet. Und trotzdem sind das Termine, die nur bei intensivster, konzentriertester Arbeit eingehalten werden können. Zur Massenpsychologie käme ich also erst in meinem 65. Jahr, also entsetzlich spät. [. . .]

[AMB]

1 Hermann Weyl, der damals in Princeton lebte, hatte sich lobend über Brochs Studie »Über syntaktische und kognitive Einheiten«, KW 10/2, S. 246-299, geäußert.
2 Heinrich Blücher und Hannah Blücher (= Hannah Arendt).
3 Brochs Aufsatz »Philosophische Aufgaben einer Internationalen Akademie«, KW 9/1, S. 67-112, wurde damals nicht publiziert.
4 *Die Verzauberung*. Brochs Freund Robert Pick, damals Lektor im Alfred A. Knopf Verlag in New York, hatte die Verbindung zum Verlag hergestellt.
5 Vgl. Fußnote 1 zum Brief vom 18. 8. 1947. Wahrscheinlich hatte Broch damals die ersten Entwürfe zum Aufsatz »Die Zweiteilung der Welt«, KW 11, S. 278-337 gemacht. Ein Jahr später arbeitete er sie dann aus.
6 Clement Greenberg (geb. 1909), amerikanischer Kunsthistoriker. Vgl. seine Bücher *Surrealist Painting* (London 1945); *Joan Miró* (New York: Quadrangle Press, 1948).
7 Broch erhielt keinen Ehrendoktor und auch keine besoldete Professur an der Yale University. Vgl. Fußnote 1 zum Brief vom 20. 4. 1949, ferner Fußnote 1 zum Brief vom 1. 6. 1950.
8 Kôwed: von Hebräisch »kâbôd«: die Ehre.
9 Wilhelm (William) Roth, Wiener Industrieller, emigrierte 1938 in die USA und lebte in New York. Er half einigen exilierten Autoren und zahlte Broch damals eine Unterstützung von $ 50 monatlich.

612. An Hermann J. Weigand

Princeton, 16. 9. 48

Lieber verehrter Freund,
Dank für Ihren entzückenden Trostbrief. Doch so undankbar es klingt: dieser Hüftbruch bedarf keines Trostes; I have the hip of my life, d. h. ich habe seit vielen Jahren zum erstenmal verpflichtungslose Ruhe. Gewiß, die Anfangswochen im Streckverband waren nicht ganz erfreulich, doch seitdem ich eingegipst bin und im Lehnstuhl sitzend arbeiten kann, fürchte ich geradezu den Augenblick, an dem (voraussichtlich zweite Oktoberhälfte) der Jüngling wieder ins Leben treten muß.

Mit dieser rosigen Schilderung möchte ich mir aber nicht Ihren Besuch verscherzt haben. Es wäre so schön, Ihnen wieder einmal gegenüber sitzen zu können. Trotzdem möchte ich nicht, daß Sie meinethalben eine solche Reise, wie es die von New Haven nach Princeton immerhin ist, auf sich nähmen; ich bin absolut gerührt, daß Sie das beabsichtigen, möchte aber einen Vermittlungsvorschlag machen: wenn Sie in New York zu tun haben sollten – und ich hoffe natürlich, daß Sie ein dringendes Geschäft dorthin rufen wird –, so schließen Sie die Princeton-Fahrt an; anders aber nicht. Ich hätte ein zu schlechtes Gewissen Ihnen gegenüber.

Im übrigen irren Sie, wenn Sie meinen, daß Sie mir Trost spenden können; im Gegenteil, Sie sind ein Salz-in-die-Wunden-Streuer: wenn ich nämlich Ihre ungeheuere Arbeitsenergie sehe, diese Kombination eines rodenden Pioniertums mit hochrangiger Wissenschaftstätigkeit und überdies mit einem immerhin zeitraubenden Lehrberuf, so kann ich Sie nur anstaunen, mich aber schmerzlich verachten. Denn all mein Krankenhausglück besteht ja in der Isoliertheit, in der mein Einbahngehirn hier funktionieren darf, ohne Unterbrechungen, ohne Ablenkungen, ganz einer einzigen Arbeit hingegeben.

Dabei ist es eine verhältnismäßig leichte Arbeit, zumindest gemessen an der erkenntnistheoretischen, mit der ich die erste Jahreshälfte ausgefüllt hatte: ich mußte mich endlich entschließen, die Hofmannsthal-Ausgabe (für Bollingen) fertigzustellen. Das ist aber nur anscheinend leicht; für einen Nicht-Philologen, wie ich es bin, ist es gar nicht leicht. Ich bemühe mich, ein Gesamtbild der Zeit 1880-1910 aufzubauen und von hier aus die Gestalt Hofmannsthals sozusagen einzukreisen; damit habe ich mir eine ganz reizvolle, aber viel zu voluminöse Aufgabe gestellt. Statt einer Einleitung wird es ein ganzes Buch.

Und Ihnen muß ich gewiß nicht sagen, um wie viel beglückender eine Befassung mit Goethe als mit Hofmannsthal ist. Was Karl Kraus auf diesen gesagt hat, trifft nämlich zu: »Es gelang ihm, künstliche Blumen zu erzeugen, die natürlich welken«[1]; es ist ein bösartiges, ein allzu bösartiges Wort, dennoch eines, das einen zwingt, den Gründen seines Wahrheitsgehaltes nachzugehen, und die liegen eben in den spezifischen Bedingungen der Periode. Rilke hat sich von diesen Bedingungen viel intensiver freigemacht als Hofmannsthal;

hier sind die Ansätze zu solcher Freimachung – die Überwindung des Ästhetischen – erst im »Turm«[2] zu finden. Bei Rilke hat man das Gefühl, daß er sich trotz seines frühen Todes bereits vollendet hat, bei Hofmannsthal ist jedoch das Wichtigste, das er noch zu sagen gehabt hätte, ungesagt geblieben; das läßt sich behaupten, denn aus all seinen Äußerungen geht hervor, wie sehr sein Lebenswissen seiner dichterischen Produktion vorausgeeilt ist. [. . .]

[GW 8]

1 Kein wörtliches Zitat; vgl. Karl Kraus, *Pro domo et mundo* (München: Albert Langen, 1912), Ausgewählte Schriften, Band 4, S. 107: »Wunder der Natur! Die Kunstblumen des Herrn von Hofmannsthal, die um 1895 Tau hatten, sind nun verwelkt.« Vgl. ferner: Karl Kraus, »Der Schmock, das Talent und die Familie«, *Die Fackel* 366/367, S. 29: »Herrn von Hofmannsthal werdet ihr an seinen Früchten erkennen, denn der Jünger wirft immer ein schiefes Licht auf den, der auch nicht an der Quelle saß und Kunstblumen sich zum Kranze wand.«
2 Hugo von Hofmannsthal, *Der Turm* (1925).

613. An Willi Weismann

dzt. Hospital Princeton N. J. 17. 9. 48

Lieber Herr Weismann,
Ihr Brief v. 7. 8. ist besonders lange gereist; er traf erst Anfang September hier ein. Ich bin sehr, sehr froh, wenn ich Ihnen und Ihrer Familie eine kleine Freude machen konnte, weniger froh allerdings, daß das immer nur in so kleinem Ausmaß geschehen kann; aber jedenfalls Fortsetzung folgt.

Ich habe Ihnen nicht nur für Ihren Brief, sondern auch für den vor wenigen Tagen eingelangten »Perrudja«[1] zu danken, und heute sind die »Täuschungen« von Schirmbeck[2] eingetroffen. Und gleich zu diesen: haben Sie einen bestimmten Zweck mit diesem Suhrkamp-Buch im Auge? oder ist es ein Freundschaftsgruß, der nur sich selbst als Zweck hat? Jedenfalls Dank!

Zum Perrudja: ich konnte das umfangreiche Werk noch nicht zu Ende lesen; der starke und ernste Geist, der da dahinter steht, ist aber natürlich schon nach wenigen Zeilen erkennbar. Irgendwie bin ich an Barlach erinnert, obwohl wenig äußerliche Anhaltspunkte hiefür vorliegen. Ob das Buch, das außerdem nur ein erster Band ist, für den außerdeutschen Sprachraum brauchbar ist, wage ich kaum zu entscheiden. Rein kommerziell besehen, hat es m. E. keine guten Aussichten; bei dem jetzt üblichen Übersetzungstarif von 1.5 ct pro Wort betragen die Übersetzungsspesen für die 260.000 Worte des Buches nahezu $ 4000.–. Ohne die Hoffnung auf einen gesicherten Absatz wird kein amerikanischer Verleger solche Vorspesen wagen. Und eben dies ist die Hauptfrage: die Produktion des amerikanischen Verlages wird vom salesman bestimmt; der salesman hat zu wissen und zu bestimmen, welche Käuferschichten für ein Buch in Frage kommen, und demgemäß wird die ganze Propaganda eingerichtet. Die einzige mir bekannte Ausnahme sind Kurt Wolffs Pantheon Books, die meinen »Vergil« und jetzt auch die »Sleepwalkers« herausgebracht haben; Wolff macht überhaupt keine Propaganda, kann aber dafür nur sehr kleine Auflagen drucken, so daß Bücher mit so starken Vorspesen überhaupt für ihn nicht in Frage kommen. Von den großen Kommerzverlagen haben dagegen bloß Knopf und Viking einige literarische Ambitionen, und da Knopf der Wagemutigere von den beiden ist, habe ich schon vor Monaten einen seiner deutsch-lesenden editors[3] auf Jahnn aufmerksam gemacht; ich nehme an, daß auch von dort ein Exemplar bei Ihnen angefordert worden ist. Jedenfalls werde ich darüber hören. [. . .]

Was mich anlangt, so hätte ein kombinierter Band – wie ihn Herbert [Burgmüller] vorschlägt – immerhin den Reiz der Neuheit. Ich kann mir schon vorstellen, daß streng philosophische Essays und gewisse aufs Gedankliche gerichtete Lyrik recht gut zusammengespannt werden können, denn da besteht eine bestimmte innere Verwandtschaft. Wie die Kurzgeschichten dazu paßten, sehe ich noch nicht; zudem stehe ich zwar für alle meine Essays noch ein (soweit ich mich erinnere), vielleicht auch für manche Gedichte (für viele sicherlich nicht), jedoch nur für zwei der Kurzgeschichten, nämlich »Vorüberziehende Wolke« und »Leichte Enttäuschung«[4]. Doch die größte Schwierigkeit liegt am Material selber: wenn Herbert es nicht hat, läßt sich überhaupt kaum etwas machen; ich besitze nichts davon, und Dr. Brody, dem ich darum schrieb, kann es auch nicht finden, denn er gleichfalls hat ja eine ganze Odyssee hinter sich. Ohne Material läßt sich nicht entscheiden, ob der Kombinationsband (der vermutlich jedenfalls ein Wagnis ist) zu empfehlen sein wird, oder ob die usuelle Form vorzuziehen wäre. Essays und Gedichte könnten je einen Band füllen (wobei es übrigens fraglich ist, ob die wissenschaftlich-philosophischen Essays – nicht die literarischen und ästhetischen – in den Rahmen eines literarischen Verlages wie den Ihren passen), doch mit den Kurzgeschichten allein läßt sich kaum ein Band machen; dazu müßte ich noch einige dazu schreiben, und das wäre im Augenblick ganz unmöglich. Daß Sie sich wegen all dieser Fragen mit Dr. Brody auseinandersetzen müßten, versteht sich von selbst, da er ja die Vor-Option auf alle Buchausgaben hat.

Mit dem politischen Buch ist es ein Jammer. Ich ersticke in unfertigen Manuskripten. Fürs erste bin ich mit der Fertigstellung meiner englischen Hofmannsthal-Ausgabe beschäftigt; die Einleitung wird leider ein ganzes Buch. Vorher habe ich mich – vielleicht schrieb ich es Ihnen schon – das Halbjahr bis zu meinem Unfall in erkenntniskritischen Arbeiten vergraben, welche die Frucht zwanzigjähriger Vorstudien sind und nun endlich beendet werden sollen; dazu soll ein weiteres halbes Jahr nach der Fertigstellung des Hofmannsthals herhalten. Vor Juni 1949 kann ich also nicht zum politischen Buch, das mir auf den Nägeln brennt, zurückkehren. Außerdem aber steht es in Konkurrenz mit einem Roman[5], den ich für den »Vergil« knapp vor Beendigung – mehr als die Hälfte liegt bereits in Reinschrift vor – unterbrochen hatte, und zu dessen Herausgabe ich nun gedrängt werde; das würde wiederum nahezu ein Jahr beanspruchen, denn ein Buch, das man vor zwölf Jahren stehen gelassen hat, bedarf sicherlich der Umarbeitung. Und hinter allem erhebt sich der Schatten der dreibändigen Massenpsychologie, in die ich bereits unendlich viel Arbeit hineingesteckt habe, die ich den hiesigen Institutionen schuldig bin etc. Ich bin also in einem unbeschreiblichen Gedränge und kann für die Zukunft gar nichts versprechen. Das Ganze ist eben die Funktion meines Alters: plötzlich ist man alt und sieht die Notwendigkeit zur Einbringung der Ernte, und da das Gewitter bereits am Himmel steht, so gibt es Panik, eine umso größere, als es eigentlich eine recht reiche Ernte wäre.

Zu meinen bisher unerfüllten Verpflichtungen, wenn zwar diese nur kleineren Ausmaßes, gehört auch ein Aufsatz über den »Faustus«[6]. Das ist keine leichte Aufgabe. Das Buch ist nicht »besser« oder »größer« als die vorangegangene Produktion Th. Manns; es ist auf einer ganz andern Ebene geschrieben, ja wohl einer »höheren« (wobei man sich über das Skalar von »Höher« zu einigen hätte), und gerade das ist das Bewundernswerte an Mann: er hätte es wahrlich leicht gehabt, wenn er einfach einen Roman nach dem andern produziert hätte, und daß er das nicht getan hat, sondern auf der steten Suche nach neuen Aufgaben gewesen ist – der Durchschnittsschriftsteller befindet sich bloß auf der Suche nach neuen »Stoffen« –, das ist ihm hoch anzurechnen. Die neue Ebene ist hier durch das »Intro-Geniale« und das Musikalische gegeben, durch die, man möchte fast sagen theologische Introspektion beider, und dazu gehört eben auch der Teufel. Dahingegen ist das Autobiographische und Schlüsselromanhafte schlechterdings daneben geraten; da hat ihn eben der Teufel, sein Teufel geritten. Irgendwie hat er sich kraft Goethe-Identifikation vorgestellt, nicht nur den Faust, sondern zugleich auch »Dichtung und Wahrheit« zu schreiben, vielleicht auch, weil ihn das Alter getrieben hat, möglichst viel auf einmal zu sagen. Es ist nicht einmal »Dichtheit und Wahrung« geworden; alle diese Partien sind undicht, und es wird nichts darin gewahrt, nicht einmal die zur Aufschlüsselung gezeigten Gestalten: man begibt sich nicht ungestraft auf solch prekäres Gebiet. Trotzdem müßte Reisiger[7] sich nicht so getroffen fühlen; er ist eben nicht getroffen, und wer ihn unter Schildknapp erkennt, der weiß, daß er nicht getroffen ist, während die andern ohnehin nicht wissen, wer Schildknapp sein soll. Das habe ich ihm auch zum Troste geschrieben, und es erscheint mir richtig. Doch über das Buch selber zu schreiben ist schwieriger. Wenn es mir gelingt, schicke ich Ihnen den Aufsatz für die »L. R.«[8]. Inzwischen freue ich mich, daß Sie den Langgässer-Aufsatz bringen. [...]

[WW, YUL]

1 Hans Henny Jahnn, *Perrudja. Roman,* 2 Bände (Berlin: Kiepenheuer & Witsch, 1929).
2 Heinrich Schirmbeck, *Gefährliche Täuschungen. Erzählungen* (Berlin: Suhrkamp, 1947).
3 Robert Pick.
4 Vgl. Fußnote 10 zum Brief vom 7. 6. 1948
5 *Die Verzauberung* (zweite Fassung).
6 Thomas Mann, *Doktor Faustus* (1947). Broch schrieb diese Studie nicht.
7 Vgl. Fußnote 3 zum Brief vom 31. 1. 1948 an Hans Reisiger.
8 *Literarische Revue.*

614. An Daniel Brody

Princeton Hospital, 19. 9. 48

Liebster,
soeben rief mich Emmy an und sagte mir, daß Du sie schlechten Gewissens aufgefordert hast, sich um mich zu kümmern. Darüber bin ich sehr gerührt. Ich hatte die Sache den Ferands mitgeteilt, damit sie sich über mein konstantes Schweigen nicht wundern; außerdem gingen sie damals gerade auf Urlaub, doch nach ihrer Rückkunft war Emmy bereits hier, und da haben wir Dir auch den gemeinsamen Brief geschickt, den Du inzwischen wohl schon erhalten haben dürftest. Außerdem wird Dir Emmy wohl auch geschrieben haben, daß ich unberufen o. k. bin und wunschlos mich meines Spitals freue.

Weniger o. k. sind die weiteren Aussichten. Ich habe Gründe, nicht im Kahler-Haus zu bleiben, u. a. wegen meiner Schwerbeweglichkeit, die mir für ein paar Monate das Treppensteigen verbieten wird. Ich brauche ein Parterre- oder ein Aufzugszimmer, aber ich brauche auch Verköstigung, und wie ich das in N. Y., das zur ersten Wahl steht, finden werde, und wie ich das werde erschwingen können, ist eine ernstliche Sorge.

Eine weitere Sorge ist das Arbeitsprogramm. Ich ersticke in unfertigen Manuskripten. Der Zufall wollte es, daß Weismann wegen dieses Programmes anfrug, sonst hätte ich Dir ohnehin darüber geschrieben. Bitte lies also den beil. Weismann-Brief und ebenso *meine Antwort*. Solltest Du mit dieser einverstanden [sein] – und ich sehe eigentlich nicht warum nicht –, *so leite sie bitte an ihn weiter;* andernfalls schicke sie an mich zurück (mit Deinen Ausstellungen).

Zu den verschiedenen Weismann-Vorschlägen würde ich warten, bis er sich an Dich wendet. Prinzipiell sehe ich nicht ein, warum Material, das der Rhein-Verlag nicht druckt, nicht in Deutschland herauskommen soll; ich bin zwar nicht druckhungrig, aber es gehört zur äußeren Fasson des Dichter- und Schriftstellerberufes, unentwegt gedruckt zu werden. Für die streng philosophischen Essays wäre mir Claassen freilich lieber als der allzu literarische Weismann, umsomehr als Claassen überhaupt ein besseres Niveau hält. Die Erkenntnistheorie z. B. würde ich, falls Du sie nicht nimmst, unbedingt Claassen geben, ebenso eine fertiggestellte Schrift über »Philosophische Grundlagen internationaler Erziehung«[1], die jetzt bei der UNESCO liegt. Natürlich ließe sich überhaupt bei Claassen – der übrigens Dich aufzusuchen die Absicht hat – alles placieren, nur möchte ich den Weismann, der nach seinen Briefen ein lieber Mensch ist, nicht allzusehr vor den Kopf stoßen. Am liebsten wäre es mir, wenn Du all diese Fragen für mich entschiedest; es wäre sogar wirklich eine große Entlastung für mich.

Und das ist eben das Problem des unbewältigbaren Arbeitsprogramms und der Lebenszeitkürze. Was mir passiert ist, zeigt eben, daß ich dieses Tempo im siebenten Lebensjahrzehnt nicht mehr durchhalte. Und eben dadurch bin ich ja auch sowohl arbeitsmäßig wie finanziell in das bottleneck geraten, in dem ich stecke. Und das nun ist jetzt auch die Frage: was zuerst vornehmen, sobald im November der Hofmannsthal – über dessen deutsche Ausgabe gleichfalls entschieden werden muß (200 Seiten!) – fertiggestellt sein wird?

Innerer Zwang treibt mich zur Erkenntnistheorie; an die habe ich jetzt ein halbes Jahr gesetzt, und in einem weitern halben Jahr könnte sie, wenn ich Ruhe habe, beendet sein. Ich habe mit Weyl und andern Mathematikern darüber gesprochen, und ich habe den Eindruck, wirklich einige Entdeckungen gemacht zu haben; anders wäre es auch zu fürchterlich, denn in der Sache steckt eine mehr als zwanzigjährige Denkarbeit. Aber irgendwelches nennenswerte Geld erwarte ich mir nicht davon; das halbe Jahr kann ich zur Not, zur knappen Not just mit dem Bollingen-Honorar für den Hofmannsthal bestreiten, und da darf ich ja nicht etwa krank werden.

Nun aber kam Knopf, hat mir bereits zweimal seinen Direktor ins Spital herausgeschickt und will durchaus einen Roman haben. Ich habe ihm den Bergroman gegeben, und er ist recht begeistert. Ich natürlich weniger. Denn erstens kann ich mir nicht vorstellen, wie ich zu einem Roman zurückkehren und ein Jahr Umarbeitung daran verschwenden soll – mich langweilen Romane entsetzlich –, und zweitens, viel mehr als $ 1500.– Anzahlung kann ich da nicht bekommen, und damit ist das Umarbeitungsjahr nicht gedeckt. Was der Rhein-Verlag bei den heutigen Zeitläuften dazuschießen kann, ist ausrechenbar auch nicht viel, denn mehr als etwa 1000 Exemplare kannst Du von einem solchen Buch nicht verkaufen. Ich kann also gerade ein weiteres Jahr leben, bloß für die Befriedigung, ein MS, das immerhin Arbeit gekostet hat, endlich verwerten zu können. Knopf will mir die Sache schmackhafter machen, indem er mir für nachher eine Broch-Gesamtausgabe verspricht, d. h. unter Erwerbung des Vergils und der Sleepwalkers sowie sämtlicher philosophischer Schriften, die er sofort dem Bergroman folgen lassen will. Aber er möchte, daß ich zuerst mit dem Roman beginne und die Erkenntnistheorie aufs Eis lege. Und wie sehr mir das gegen den Strich geht, kann ich Dir gar nicht sagen. Fürs erste habe ich Knopf gesagt, daß ich mich nicht entscheiden kann. Was aber soll ich tun? [. . .]

[GW 8, BB]

1 »Philosophische Aufgaben einer Internationalen Akademie«, KW 10/1, S. 67-112.

615. An Hannah Arendt

Princeton Hospital, 27. 9. 48

Sehr Liebe,
verzeihen Sie die verspätete Antwort: ich wollte erst den H. fertig haben, und hier ist er. Ich bin diesmal auf Ihr Urteil besonders gespannt, denn das Experiment, das ich mit diesem Kapitel angestellt habe, hat mir als Experiment-Anordnung, wie es in der Physik heißt, zwar Spaß gemacht, erscheint mir jedoch als Resultat jetzt stinkfad. Z. B. die Abschnitte über Symbol[1] und Traum usw., worüber ich manches Neue weiß, weil es der Massenpsychologie entnommen ist, scheinen mir für den hiesigen Leser einfach unerträglich zu sein; doch ich kann sie nicht missen. Amüsanter sind die Assimilations-Abschnitte[2], einfach weil sie aus Ihrem, mir damals noch unbekannten Rahel[3] vor-plagiiert sind. (In der deutschen Buch-Ausgabe möchte ich auch darauf hinweisen, insbesondere wenn die Rahel gedruckt wird, wie es sich wohl gehörte –, was ist mit diesem Druck? was ist mit Posen? es gibt ja noch andere Schweizer Verlage!)

Am ärgsten ist, daß ich nun vor dem abschließenden vierten Kapitel[4] stehe und nichts darüber weiß, als daß ich zum Anfang zurückzukehren haben werde, also zur Weiterentwicklung der Welt aus dem 19. ins 20. Jahrhundert, und daß ich die Stellung des Hofmannsthalschen Werkes darin zu präzisieren haben werde. Mir ist mies davor, und das Nachdenken tut meinem hohlen Kopf weh; die Gedanken, in die man tief versinkt, sind immer seicht, und so ist es nur adäquat, daß ich die deutsche Ausgabe »Kleine Geistesgeschichte des Vakuums« nennen will.

Es wäre schön, wenn Sie kämen, mich über all das zu trösten. Ich bin noch in der cast, vielleicht noch zwei bis drei Tage (die ich zur Erledigung der angesammelten Korrespondenz verwenden will), und dann kommt die Bettperiode, während welcher ich vor allem die Vogelstein[5] beenden und das Gutachten aufsetzen werde. (Infolge der erst jetzt erfolgten Rückkehr Barretts und der Krankheit Kurt Wolffs ist keine Zeit verloren.) Weiter will ich nun den Roman[6] doch lesen, um zu sehen, ob er sich zu einer innern Notwendigkeit umlügen läßt. Über all das möchte ich sehr, sehr gerne mit Ihnen reden, z. B. Anfangs nächster Woche. Aber: ich weiß, was Zeit bedeutet und will kein schlechtes Gewissen Ihnen gegenüber wegen Zeitdiebstahl haben. [. . .]

[YUL]

1 KW 9/1, S. 198 f., S. 210 f.
2 KW 9/1, S. 176 f.
3 Hannah Arendt, *Rahel Varnhagen. Lebensgeschichte einer deutschen Jüdin aus der Romantik* (München: Piper, 1959).
4 Zur Ausarbeitung dieses vierten Kapitels kam Broch nicht mehr.
5 Julie Braun-Vogelstein, *Geist und Gestalt der abendländischen Kunst* (s'Gravenhage 1956). Vgl. Brochs Gutachten in KW 10/1, S. 285-291.
6 *Die Verzauberung*.

616. An Daniel Brody

30. 9. 48

Liebster,
in der gedrängten Überfülle des gestrigen Briefes hatte ich, wie mir hinterher auffiel, überhaupt keine Gelegenheit, von Rührung zu sprechen. Und so trage ich roschhaschonig[1] nach, daß ich über das »Unbesehen-Nehmen« der Erkenntnistheorie sehr gerührt war, freilich nicht sehr lange, denn dann fiel mir ein, daß ich ja der beste und verantwortlichste Leser für den Rhein-Verlag bin, und daß Du das auch weißt, wissend um meine Verantwortlichkeit, die sich nicht trauen würde, irgendwas zu empfehlen, was nicht unbesehen genommen werden kann. Aber trotzdem bleibt es bei der Rührung, und wenn ich mit der Erkenntnistheorie fertig bin, werden wir sehen, ob es bei dem Unbesehen bleibt.

Sei roschhaschonig umarmt: möge Sein Antlitz Dir leuchten.

Immer Dein
H.

[GW 8, BB]

1 Rosch-haschone: Jüdisches Neujahrsfest.

617. An John D. Barrett

Princeton Hospital
Princeton, N. J. October 8, 1948

Dear John Barrett:
I didn't hear from you but I assume that you have already returned from Europe, and I hope that you had a fruitful and interesting time there.

With me things are going all right. I am still in the Hospital where I shall probably have to stay until the middle of November. My cast was taken off and my bones are healing on schedule. I worked a lot during these months; the Hofmannsthal is nearly finished and, though too long, I think it's a good piece. We have to discuss the matter of the length. Right now I hate to cut it down.

I badly need two books by Hofmannsthal which I have been unable to get from the Princeton libraries. They are:

»Die Berührung der Sphären«[1]
»Ad me ipsum«[2]

Have you any possibility to get them for me? I am sure that Christiane Zimmer[3] possesses them, but she does not like to lend them out, I believe.

With my best regards to the whole office,

Cordially yours,
Hermann Broch
[BF]

1 Vgl. KW 9/1, S. 288, Fußnote 2.
2 Vgl. KW 9/1, S. 297, Fußnote 7.
3 Tochter Hugo von Hofmannsthals, geb. 1902; lebte damals in New York, wo sie in der Sozialfürsorge tätig war.

618. An Hermann J. Weigand

Princeton Hospital, 14. 10. 48

Verehrter lieber Freund,
mit Ihrer Beurteilung meiner geistigen Fähigkeiten haben Sie ja leider recht, doch da Sie recht haben, darf ich für mich in Anspruch nehmen, daß Narren die Wahrheit sprechen: meine neidvolle Bewunderung Ihrer Arbeitskraft und Arbeitsweise ist schon ganz richtig, auch wenn Sie mit dem Produktiv-Ertrag, den Ihnen die letzten Jahre gebracht haben, nicht zufrieden sind –, wer ist schon zufrieden? Nur der Dilettant ist es.

Damit ist nicht gesagt, daß meine Unzufriedenheit mich zum Non-Dilettanten stempelt. Wer wie ich sieben Bücher begonnen hat und sie in einem Jahr fertigstellen soll – in Wahrheit brauche ich für jedes sieben Jahre, insgesamt also neunundvierzig –, der ist ein Dilettant. Und nicht zuletzt weil ich mich als ein solcher fühle, schaue ich mit bewunderndem Neid zu Ihnen hin. Wollen Sie ein Dilettantismus-Beispiel haben? Hier ist es: ich habe mir eine Theorie zu Hofmannsthals Wendung zur Librettisten-Profession gemacht; aus dem Chandos-Brief geht seine Sprach-Verzweiflung hervor, und wer sprachverzweifelt ist, der wird gerne geneigt sein, die Musik als Ausdrucksunterstützung herbeizurufen[1]. Damit war ich recht *zufrieden,* bis ich heute in der undilettantischen und wirklich fachmännischen Naef-Monographie[2] die nämliche Theorie – von mir bisher übersehen – in einem kleinen Nebensatz skizziert fand. Kurzum, der Dilettant ist *zu früh* produktiv, einfach weil er unvorbereitet an seine Arbeit herantritt, und ebenhieraus entspringt seine Zufriedenheit. [. . .]

Vorher freilich muß ich mit dem Hofmannsthal fertig werden; daß die Einleitung nun glücklich zum Ausmaß eines eigenen Bändchens angewachsen ist, glaube ich Ihnen bereits geschrieben zu haben, und ich hoffe nur, daß aus dem Bändchen nicht noch ein Band werden wird. Jetzt bin ich bei Hofmannsthals Verwendung des Symbols, u. a. im Gegensatz zu der bei den Symbolisten um die Jahrhundertwende, also Maeterlinck[3] usw. einerseits, Alexander Blok[4] und den Russen andererseits. Und da ertappe ich mich wieder einmal bei einer sträflichen, dennoch für mich wohlberechtigten Ignoranz: schon als junger Mensch empfand ich all diese Symbolisierei so schief und daher langweilig, daß ich sie einfach beiseite gelegt habe und im Grunde nichts davon weiß. Heute rächt sich das, obwohl ich meine, daß meine damalige Einstellung sich wohl vertreten ließe. Doch mit Ignoranz läßt sich nichts vertreten, und so heißt es, Versäumtes nachholen; gibt es irgendwelche gültige Publikationen über den Symbolismus jener Tage? Ich wäre Ihnen ungeheuer dankbar, wenn Sie mir da an die Hand gingen.

Wenn ich Glück habe, werde ich mit diesen letzten fünfzig Seiten des Hofmannsthal (wenigstens in Rohschrift) noch während meines Spitalaufenthaltes fertig, d. h. bis Anfang November, wozu ich freilich das zusätzliche Glück brauche, bis dahin gehfähig zu sein. Wenn all diese glückhaften Voraussetzungen zutreffen, würde ich dann nach N. Y. übersiedeln, da mir dort – das ist in Anbetracht meines Krücken-Zustandes sehr wichtig – für ein paar Wochen eine ebenerdige Wohnung angeboten wurde. Es besteht also die Möglichkeit, einander in N. Y. zu treffen. Jedenfalls berichte ich Ihnen darüber rechtzeitig. Doch ob N. Y. oder Princeton, ich freue mich von ganzem Herzen auf das Wiedersehen. [. . .]

[GW 8]

1 Vgl. KW 9/1, S. 312 f.

2 Karl J. Naef, *Hofmannsthals Wesen und Werk* (Zürich: Max Niehans, 1938), S. 307: »In dem Willen, die Wirkung des einfachen dichterischen Wortes zu transzendieren, liegt der tiefste Grund auch für Hofmannsthals Bündnis mit der unsinnlichsten oder übersinnlichsten aller Künste, der Musik.«

3 Vgl. KW 9/1, S. 226 f.

4 Alexander Blok (1880-1921), russischer Lyriker. Er wird in Brochs Hofmannsthal-Studie nicht erwähnt.

619. An Gustav Regler[1]

Princeton, N. J., 31. 10. 48

Lieber Herr Regler,
daß Sie den »Vergil« so hochschätzen, ist natürlich eine Freude. Und doch habe ich immer das Gefühl, mich dagegen zur Wehr setzen zu müssen. Nicht etwa aus Bescheidenheit. Ich plage mich so sehr mit meinen Arbeiten – und der Vergil war noch etwas ganz anderes als Plage –, daß ich recht genau um die Qualität des Erzeugten weiß; ich weiß, daß ich nicht bloß Literatur im landläufigen Sinn erzeuge. Aber ich weiß auch, daß es eine Schwäche und ein Kompromiß, vielleicht eine notwendige Durchzugsstation gewesen ist, in der literarischen Form geblieben zu sein, und das bringt mich in schuldbewußte Abwehr-Haltung gegen jede Zustimmung. Am »Vergil« habe ich – zu jenen Zeiten, als er noch kein »Buch« war und auch keines hätte werden sollen – etwas erlebt, was mit »Dichten« nichts mehr zu tun hatte, und da habe ich auch gelernt, daß alles Dichten, das nicht über das Dichten hinausgeht, heute keine Geltung mehr haben kann, keine mehr haben darf.

Ich sage das, weil Sie mir wegen dieses Buches Freundschaft entgegenbringen; ich werde also im Menschlichen für etwas bezahlt, das eigentlich heute keinen Kurs mehr haben dürfte. Und so fühle [ich] mich etwas beschämt; Menschliches erfordert menschliche Gegenleistung, nicht eine literarische, und am allerwenigsten eine außer Kurs geratene. Und zur menschlichen Gegenleistung bin ich ja kaum mehr fähig. Wenn man das siebente Dezennium erreicht hat, muß man um die Ernte besorgt sein: wäre ich bloß Dichter und Romanfabrikant gewesen, so könnte ich heute auf ein »Lebenswerk« zurückblicken und ruhig Feierabend machen; in unseren Zeiten jedoch ist das Nur-Dichtertum – s. oben – eine m. E. unerlaubte Angelegenheit geworden, fast eine verantwortungslose, u. z. verantwortungslos sowohl der Welt wie dem eigenen Seelenheil gegenüber; denn wir leben gleich dem Urmenschen (gleich Ihren Urmenschen) wieder im Dschungel, diesmal freilich im kalten Dschungel, und wer nichts zu seiner Lichtung und Entwirrung beiträgt, für den gilt der schöne Ausspruch »Ein Mensch was kommt arm auf der Welt, ist besser man hackt ihm gleich den Kopf ab«. Ich habe mich also bemüht, solches Kopfabhacken zu vermeiden, und das bedeutet hier die Vermeidung verarmender Einseitigkeit. Wie weit so etwas glückt, das weiß man selber nicht, zumindest ehe man nicht die Ernte eingesammelt hat, um vor allem sich selber Rechenschaft abzulegen. Heute ist es meine Pflicht, die Ernte vieler Jahrzehnte einzusammeln; vielleicht ist es mir gelungen, etwas zur Dschungellichtung beizutragen. Ich habe augenblicklich nicht weniger als sieben angefangene Bücher fertigzustellen, zwar im Grunde alle das gleiche Thema behandelnd, dennoch von der Erkenntnistheorie bis zur Politik reichend, und von Rechts wegen sollten sie alle in einem Jahre fertig sein, während ich in Wahrheit für jedes sieben Jahre brauche, insgesamt 49, also eine etwas zu langausgedehnte Erntezeit. Ich kann es also nur annähernd leisten, und auch das nur, wenn ich völlig eremitenhaft lebe. Daher meine menschliche Kargheit, von der ich redete. Ich dürfte mir nicht einmal einen solchen Brief erlauben.

Ich bin sehr gerührt, daß Sie wegen meiner Finanzlage besorgt sind. Meine finanzielle Sicherheit habe ich freilich in Europa zurückgelassen, aber ich weine ihr nicht nach. Außerdem hätte ich sie mir hier wahrscheinlich wieder schaffen können, wenn ich einen Roman nach dem andern herausgebracht hätte. Daß ich es nicht getan habe und auch nicht tun werde, ist mein Luxus, und für Luxus muß man zahlen, besonders wenn es ein moralischer Luxus ist. Gewiß sollte man in meinem Alter ökonomisch gesichert leben können, da ja die Zeit der Krankheiten und Unfälle beginnt, und vielleicht werde ich das noch irgendwie im Akademischen erreichen, doch ansonsten heißt es, diese Gefahr auf sich nehmen und aufs Glücks vertrauen; bei meinem jetzigen Unfall bestand das Glück in der Versicherungsgesellschaft[2]. Immerhin, es wäre richtiger gewesen und für mich erfreulicher, wenn ich Ihnen den Vergil hätte schicken können; stattdessen kaufen Sie ihn und schicken mir Ihre Bücher.

Haben Sie Dank für den »Amimitl«[3]. Angesichts meiner Stellungnahme zu meinen eigenen Büchern darf ich wohl annehmen, daß Sie verstehen, wenn ich nicht mit uneingeschränktem Lob komme. Weitaus am meisten berührt bin ich von Ihrem archäologisch-psychologischem Verständnis; hier geht es um Realitäten und um das Bemühen zur Erfassung der Realität. Weniger einverstanden bin ich mit der Verquickung dieses Bemühens mit dichterischer Kommentierung. Dichterische und archäologische Intuition sollen auseinandergehalten werden. Bei allen Schwächen des Vergil, er ist kein dokumentierter historischer Roman; er ist aus sich selbst und in seiner eigenen Autonomie geboren. Eine Urzeit-Phantasie, wie Sie sie versuchen, ist ein so gewagtes Unternehmen, daß es durch das Theoretische, das da hineingearbeitet ist, zu einer Art Schulwandtafel »Das Zeitalter der Dinosaurier« reduziert wird. Und das ist eine Vergeudung Ihrer echten Phantasiekraft. Oder genauer gesagt, Sie machen es Ihrer Phantasiekraft zu leicht, und dadurch vergeuden Sie sie; das ist schade. Zufälligerweise habe ich zum Thema des Menschenopfers sogar meine eigene Erfahrung: in einem vor dem »Vergil« beinahe fertiggestellten Roman habe ich eben diesem Thema mich anzunähern versucht, und wenn ich auch den Roman[4] eigentlich wegen des »Vergil« unterbrochen habe, es geschah nicht minder, weil ich fand, daß er noch weitaus tiefer fundiert gehört hätte, als ich es getan hatte. Ob ich ihn nochmals aufnehme, ist sehr die Frage, umsomehr als ich ja mit begrenzten Zeiten rechnen muß.

Zum Archäologischen aber eine Frage: *welche* Städte haben die Azteken erobert, und wer waren die Städtegründer? Tolteken? Inkas? Mein Sohn[5] kam von den Guatemala-Ausgrabungen – im übrigen vollkommen begeistert –, und er erzählte, daß man in tieferen Schichten auf Knochen *hoch* gewachsener Menschen, also einer durchaus rätselhaften Rasse gestoßen sei. Leider mußte er das Land verlassen, weil er sich eine schwere Tropeninfektion geholt hatte; jetzt ist er in Europa. Also seien Sie infektions-vorsichtig.

Ansonsten beneide ich Sie natürlich. Denn ich bin realitäts-hungrig und möchte das alles gesehen haben. Es ist das Antäushafte in uns: wir fühlen uns glücklicher und stärker, wenn wir den Stein der Vergangenheit berühren dürfen. [. . .]

[GW 8]

1 Gustav Regler (1898-1963), deutscher sozialistischer Schriftsteller; emigrierte 1941 nach Mexiko. Vgl. seinen Roman *Sterne der Dämmerung* (Stuttgart: Behrendt, 1946).
2 Da sich Brochs Unfall in Jean Starr Untermeyers New Yorker Wohnung zugetragen hatte, zahlte deren Unfallversicherung für Brochs Krankenhausaufenthalt.
3 Gustav Regler, *Amimitl oder die Geburt eines Schrecklichen. Novellen* (Saarbrücken: Saar-Verlag, 1947).
4 *Die Verzauberung*. Vgl. KW 3, S. 278.
5 Von September 1947 bis August 1948 hielt H. F. Broch de Rothermann sich in Mexiko und Guatemala auf. Er arbeitete dort zusammen mit der Archeological Section der Carnegie Foundation als Field Officer, wobei er vor allem photographische Arbeiten übernahm. Im Sommer 1948 kehrte er nach Princeton zurück, da er in Guatemala an einer Tropengelbsucht erkrankt war. Im Oktober des gleichen Jahres reiste er nach Europa, wo er in Paris und Genf an einer Reihe von Konferenzen als Dolmetscher teilnahm (u. a. für die UNESCO).

620. An Elisabeth Langgässer

1. 11. 48

Verehrteste Freundin,
daß Sie den »Vergil« so hochschätzen[1], ist freilich eine Freude für mich. Und doch habe ich immer das Gefühl, mich gegen solche Bejahung zur Wehr setzen zu müssen. Nicht etwa aus Bescheidenheit. Wenn man sich so plagt, wie ich es tue – und der »Vergil« war noch etwas ganz anderes als Plage –, da ist man nicht mehr bescheiden, sondern weiß um die Qualität des Erzeugten; ich weiß, daß ich nicht bloße Literatur erzeuge. Aber ich weiß auch, daß es eine Schwäche und ein Kompromiß (bestenfalls eine notwendige Durchzugsstation) gewesen ist, in der literarischen Form geblieben zu sein, und eben das bringt mich in eine geradezu schuldbewußte Abwehr gegen jegliche Zustimmung. Am »Vergil« habe ich – zu jenen Zeiten, da er noch kein »Buch« war und keine Absicht bestand, ihn zu einem zu machen – etwas erlebt, was mit Dichten nichts mehr zu tun hatte, und da habe ich auch gelernt, daß alles Dichten, das nicht über das Dichten hin-

ausgeht, heute keine Geltung mehr haben kann, keine Geltung mehr haben darf.

Bei Joyce habe ich zum erstenmal den Roman, der über den Roman hinausgeht, verkörpert gefunden, bei Ihnen – und das ist eben mehr – das Dichten, das über das Dichten hinausreicht. Sie mögen mir einwenden, daß das eine Forderung sei, welche bloß durch Zwitterformen erfüllt werden kann: das Kunstwerk war stets eine so integere Einheit, daß es nicht über sich selbst hinaus transzendieren kann, es sei denn, daß solches Transzendieren mit ein Teil des Kunstwerkes sei, also keine Spezialforderung für unsere Zeit bedeute. Das ist ein teilweise berechtigter Einwand, denn ein Werk wie der Joycesche Doppel-Roman, der noch Roman und es doch schon nicht mehr ist, hat tatsächlich etwas Zwitterhaftes an sich. Aber die Sache wird bei der bildenden Kunst wesentlich klarer: vor jedem guten Bild bis etwa 1900 dürfen wir ohneweiters »schön« sagen; vor Picassos »Guernica« (– Goya war da ein Vorläufer –) ist der Ausdruck »schön«, obwohl er durchaus berechtigt wäre, einfach eine Blasphemie am menschlichen Leid. Hier ist das Malen bei aller künstlerischen Perfektion über sich selbst hinausgegangen. Und genau auf diesem Wege befinden Sie sich mit dem »Siegel«.

All das hätte ich in dem Aufsatz über Sie[2] unterbringen sollen, und es ist mir unbehaglich, es nicht getan zu haben. Aber der Aufsatz war ja ein Resumé für die hiesigen Verleger (– Knopf beschäftigt sich noch immer mit dem Buch –), und nicht nur, daß eine Konstatierung von »Dichten hinter dem Dichten« jeden Verleger in die Flucht gejagt hätte, es ist das ein Thema, das sich in einem Aufsatz überhaupt nicht bewältigen läßt. Und so habe ich das Stück so drucken lassen, wie es war (umsomehr als es Gurians und Claassens Sanktion hatte), ganz abgesehen davon, daß bei meiner fürchterlichen Zeitknappheit die Fertigstellung sich viel zu lange hinausgezögert hätte.

Ich bin ziemlich überzeugt, daß Ihr nächstes Buch – arbeiten Sie schon daran? – meine Auslegung noch um ein Stück weiter verifizieren wird. Sie können sich vorstellen, wie gespannt ich darauf bin.

Einmal hoffe ich Ihnen die Hand drücken zu können. Fürs erste freilich soll ich nicht weniger als sieben angefangene

Bücher innerhalb eines Jahres fertigstellen (darunter einen alten Roman), und in Wahrheit brauche ich für jedes sieben Jahre, im ganzen also 49!

Verehrungsvolle und herzliche
Grüße Ihres
Hermann Broch

[GW 8, EL, MTV]

1 Am 8. 9. 1948 hatte Elisabeth Langgässer aus Rheinzabern (Pfalz) an Broch geschrieben:

Mein verehrter, großer Freund!
Da Sie mir selbst diesen Namen gegönnt haben, greife ich ihn mit tausend Freuden auf und danke Ihnen von ganzem Herzen für den »Tod des Vergil«, den ich gestern von der Schweiz aus bekommen habe. Mein erster Impuls war, mich in das Meer der Worte zu werfen – hoffend, daß mich ein Delphin wieder an das Land trüge wie Arion; aber schon nach den ersten Zeilen fühlte ich, daß ich rettungslos untergehen würde – wenigstens für 3-4 Wochen; und so habe ich mir verboten, an dieses Geschenk zu rühren, bevor ich Ihnen dafür gedankt hätte. Aber was hilft aller Vorsatz? Das Geschenk rührt an *mich,* und jeder einzelne Satz, jedes Wort überspült diesen Vorsatz wieder wie Wellen den Sand, wenn die Flut ansteigt – diese traubenblaue, purpurne Flut, die ich immer wieder empfinde, wenn ich Ihr Buch aufschlage. »Buch« ist ein falscher Ausdruck. »Welt« ist schon richtiger. »Welt aus dem Meer entstiegen« – sagt eine Stimme in mir.

Und so danke ich Ihnen heute, indem ich zu lesen anfange, und wenn ich es fertig gelesen habe (nein! »fertig« liest sich das sicher nicht), will ich wiederkommen und mit Ihnen sprechen.

Seien Sie so herzlich gegrüßt, wie ich selbst mich geehrt fühle durch Ihr Geschenk!

Ihre, Ihnen ganz ergebene
Elisabeth Langgässer

[GW 8, EL]

2 Vgl. KW 9/1, S. 405-411.

621. An Egon Vietta

Princeton, 2. 11. 48

Mein lieber Egon Vietta,

[. . .] Und da ich nun schon von mir berichte, lege ich auch eine Abschrift meines Arbeitsprogramms bei, das ich kürzlich habe zusammenstellen müssen, und von dem ich gleich ein paar Kopien gemacht habe. Es ist eigentlich ein tragisches Dokument. Denn jetzt bin ich 62, und es ist keineswegs ausgemacht, ob ich das Programm noch werde ausführen können. Und selbst wenn es mir gelänge, dies noch zustandezubringen, ich kann und darf darüber hinaus kaum mehr etwas planen, obwohl ich noch Material für drei weitere »Lebenswerke« in mir trage. M. a. W., ich trachte noch die Ernte einzubringen, aber nochmals säen und anbauen scheint mir recht ausgeschlossen zu sein. [. . .]

(1) Hofmannsthal 240 Seiten[1] (als Nachtragsband der von mir besorgten englischen Hofmannsthal-Auslese bei Bollingen, deutsch entweder bei Bermann oder Brody). Fertigstellung November 1948.

(2) Erkenntnistheorie[2], an der ich mich im ersten Halbjahr totgerackert habe und die sofort nach Hofmannsthal wieder aufgenommen werden soll. (Schweizer Ausgabe bei Brody, deutsche vermutlich bei Claassen Hamburg – englische Übersetzung noch fraglich.) Fertigstellung Frühjahr 1949.

(3) Philosophische Grundlagen Internationaler Erziehung[3]. Für UNESCO geschrieben, dzt. 60 Seiten. Soll auf Wunsch der Universität auf etwa das Doppelte oder Dreifache ausgedehnt werden (Princeton University Press). Fertigstellung Herbst 49.

(4) Mythologisches Denken. Drei Aufsätze[4]. Zwei sind fertig. Für den dritten brauche ich zwei Monate. (Bestellt vom Rheinverlag.) Fertigstellung Winter 49.

(5) Psychologische Grundlagen der Demokratie[5]. Mir im Augenblick das wichtigste Buch. Zu einem Drittel fertig, soll aber noch weitere 200 Seiten haben (Knopf reflektiert darauf für Amerika, Oprecht eventuell für die Schweiz). Fertigstellung Sommer 50.

(6) Massenpsychologie[6]. 3 Bände von Rockefeller finan-

ziert, von Bollingen vorausbezahlt, sollte also schon längst fertig sein. Bestenfalls aber erst Winter 51 fertig.

Das alles ist knapp gerechnet, erfordert eiserne Gesundheit, eremitenhafteste Abgeschiedenheit und 365 Arbeitstage im Jahr. Außerdem keine Zeile Korrespondenz. Nun nimmt mir aber Knopf nicht das politische Buch, wenn ich ihm nicht auch den Bergroman gebe. Dessen Überarbeitung[7] braucht aber sicherlich 6 bis 8 Monate, so daß sich die Termine wieder um diese Zeit verschieben. Also

(7) Bergroman (engl. bei Knopf, deutsch bei Brody).

Außerdem will Brody eine Gedichtsammlung[8] bringen, Weismann (München) eine deutsche Parallelausgabe, daneben eine Sammlung der phil. Aufsätze[9]. [. . .]

[GW 8]

1 KW 9/1, S. 111-275.
2 KW 10/2, S. 246-299.
3 KW 10/1, S. 67-112.
4 KW 9/2, S. 177-232.
5 KW 11, S. 243-396.
6 KW 12.
7 Das Fragment der dritten Fassung des Romans *Die Verzauberung* erschien unter dem Titel *Demeter* erstmals 1967 im Suhrkamp Verlag, Frankfurt. Vgl. KW 3, S. 404 f.
8 KW 8.
9 KW 10/1 und KW 10/2.

622. An Hermann J. Weigand

Princeton, 26. 11. 48

Lieber verehrter Freund Dr. Weigand,
der Tabak ist eingetroffen, und ich danke Ihnen mit Begeisterung; er ist wirklich großartig. In meine Begeisterung mischt sich aber die Bitterkeit des bekannten Wermuttropfens: Sie sind mir zuvorgekommen; als ich nämlich hörte, daß ein Mensch sein Leben mit einer einzigen Pfeife dahinfristet, war ich zutiefst entsetzt und wollte unverzüglich diesem Skandal

ein Ende bereiten, d. h. Ihre 42er-Sammlung vermittels eines zweiten Stückes eröffnen, bedurfte jedoch, wegen meiner Immobilität, hiezu der Hilfe eines pfeifenkundigen Freundes in N. Y., so daß ich nur hoffen kann, daß das Stück sich bereits auf dem Wege zu Ihnen befindet, und daß es qualitativ befriedigend ist, denn Pfeifenkaufen ist ja eine der subtilsten Geheimkünste.

Es war schön für mich, Sie hier gehabt zu haben, und ich habe Sie sehr ungern wieder weggehen lassen. Das Positivum dieser zwei kurzen Stunden lehrte mich, daß ich ein etwaiges Scheitern der Yale-Pläne als doppeltes Negativum empfinden würde; ich hoffe also, daß alles gut ausgehen wird, und daß ich anfangs 1949 in Yale [Ihnen] wieder gegenübersitzen werde.

Freilich muß ich dazu wieder auf meinen Beinen sein, die sich nur recht langsam aus dem abstrakten in einen konkreten Zustand rückverwandeln; immerhin gibt es schon Fortschritte, u. z. im wahrsten Wortsinn, denn wenn auch mühselig, ich schreite in meiner Gehmaschine nun doch schon langsam den Korridor entlang.

Leider sind die Gehversuche, Massagen etc. recht zeitraubend, und das ist natürlich für den Hauptzweck des Spitalaufenthaltes, die Fertigstellung der Hofmannsthalarbeit, hinderlich. Der Bowra[1] war mir übrigens dabei höchst förderlich; er hat viel Vergessenes in mir wieder lebendig gemacht und nebenbei meiner Abneigung gegen den Monumental-Töner George sowie meiner Neigung für Yeats frischen Stoff geliefert. Und hinsichtlich Rilke bin ich zwiespältig geblieben: ein koketter Eremit, der an beiden gelitten und sich's nicht leicht gemacht hat. Das Wagner-Buch[2] ist in manchem sehr aufschlußreich, wenn es auch mit seiner technischen Reichhaltigkeit einen Laien wie mich einfach erschlägt. Jedenfalls waren beide Bücher (die morgen zurückgehen) ein ausgesprochener Gewinn für mich, und ich danke Ihnen sehr herzlich, nicht zuletzt aber auch für die vorsorgliche Art, mit der Sie mir die Rücksendung erleichterten. [. . .]

[GW 8]

1 C. M. Bowra, *Das Erbe des Symbolismus* (Hamburg: J. P. Toth, 1947). Das Kapitel über George findet sich auf den Seiten 151-209.

2 Annemarie Wagner, *Unbedeutende Reimwörter und Enjambement bei Rilke und in der neueren Lyrik* (Bonn: Röhrscheid, 1930).

623. An Volkmar von Zühlsdorff

26. 11. 48

Liebster Volkmar,
vor allem muß ich Sie bitten, mein Fürsprech bei der Prinzessin und Hubertus[1] zu sein: ich bitte beide um Entschuldigung, daß ich ihnen nicht sofort direkt geschrieben habe; aber sie wissen ja sicherlich auch so, daß ich mit all meinen Glückwünschen bei ihnen und dem kleinen Ankömmling[2] bin. Und zur Begründung meiner Entschuldigung brauche ich wohl nicht wieder meine unbeschreibliche Überlastung anzuführen. Diese sechs Monate Spital haben mich gelehrt, über mein vertanes Leben Bilanz zu machen; meine eigentliche Ernte liegt immer noch am Feld, und da die Nacht sehr bald da sein wird – ich bin 62 –, so versuche ich, noch einzuheimsen, was möglich ist. Ich habe sieben angefangene Bücher, darunter die dreibändige Massenpsychologie, fertigzustellen, und selbst wenn die sieben wirklich noch beendbar sein sollten, wird das Wesentlichste, das ich noch mit mir herumtrage, ungesagt geblieben sein. Und das ist sogar objektiv etwas schade; für mich aber ist es in einer fast geheimnisvollen Weise schuld-bedrückend, das Pfund nicht abgestattet zu haben.

Bitte danken Sie Hubertus für das schöne »Spiel«[3]. Fast ist es mir zu schön, d. h. zu George-nahe. Ich meine damit nicht, daß es mir ästhetisch zu sehr abhängig ist, nein, ich nehme, wo immer ich George begegne, gegen ihn Stellung. Er war für vieles in Deutschland verantwortlich, weit mehr als Nietzsche, dessen gesunde Skepsis ihm gefehlt hat. Er hat sich an Monumentalworten berauscht und damit auch die andern. »Zehntausend muß die heilige seuche raffen, Zehntausende der heilige krieg«[4]: so etwas steht an der Grenze des politischen Verbrechens, ist bösestes Spießertum und zeigt sich ästhetisch an Naziwörtern wie »raffen«.

Und weil ich im Polemisieren bin: ich mache mir keine Vorstellung von Deutschland; ich trachte mir ein Bild zu machen und finde nichts als Widersprüche. Z. B., ich zweifle Ihre Darstellung der Nürnberger Verfahren selbstverständlich nicht mit einem Wort an. Doch wie reimt sich das mit der überall anderwärts gemeldeten Nazi-Freundschaft der Besatzungsbehörden? wie mit den IG-Freisprüchen, wie mit dem Freispruch der Ilse Koch[5]? Leider hebe ich mir keine Zeitungsausschnitte auf, aber dutzendemale habe ich Beschwerden über Ämterbesetzungen durch Nazi gelesen, nicht zuletzt in den Schweizer Zeitungen, die ich hie und da bekomme. Das Ganze ist ein Wust. Man hängt Generalstabsoffiziere, weil sie den Krieg vorbereitet haben, als ob irgend ein Generalstab einschließlich des amerikanischen je etwas anderes zu tun gehabt hätte, und man entlastet Konzentrationslager-Kommandanten, weil sie »befehlsgemäß« gehandelt haben. Und man erpreßt Geständnisse in Nürnberg, aber man wäre betreten, wenn Judenmorde eingestanden werden, da diese Fakten offenbar tabu sind. Am ehesten verstehe ich noch den 20. Juli, denn da sind offenbar doch ein paar Kommunisten mitbeteiligt gewesen, deren Heroisierung man jetzt verhindern will.

Das sind natürlich lauter Widersprüche, die von der Besatzungsbehörde ausgehen. Und daß sie die Bevölkerung affizieren und infizieren, ist nur selbstverständlich. Trotzdem kann sie nicht ganz schuldlos daran sein: in all diesen Dingen gibt es eine gegenseitige Beeinflussung, und wenn die Amerikaner klagen, sie könnten nicht anders handeln, weil sie nie wissen, mit wem sie eigentlich zu tun haben, so ist das sicherlich nicht ganz unberechtigt. Ich habe jetzt eine ausgezeichnete Studie einer deutschen Psychologin (Bayer[6]) im MS gelesen – leider gibt es dzt. hier für derlei kaum eine Publikationsmöglichkeit –, und sie gipfelt in Nietzsches Wort: »Mein Gedächtnis sagt: das habe ich getan. Mein Selbstbewußtsein sagt: das kann ich nicht getan haben. Also siegt mein Selbstbewußtsein.«[7] Und es kann auch gar nicht anders sein. M. a. W., der Mensch ist wie er ist, und man kann weder von den Deutschen noch von den Amerikanern anderes erwarten oder verlangen. Unrichtig jedoch finde ich – weil ich schon im Polemisieren bin –, daß Sie, der Sie dort sind, die Sachlage so ohne Mißtrauen anschauen; ich kann es begreifen, und vielleicht würde mich das Heimatgefühl auch hiezu bewegen, wenn ich dort wäre. Aber ich halte es trotzdem für unrichtig, und da divergiere ich auch mit Hubertus' Artikeln: allzuviel ist in Deutschland vorgegangen, als daß man dieses Land einfach als ein nazivergewaltigtes hinstellt, und ich halte das auch für politisch unrichtig. Dem »Amerika Herold«[8] werfe ich vor, daß er nur rosagefärbte Deutschlandberichte bringt, und vielleicht würden sie Hubertus' Berichte ablehnen, wenn er sich dem nicht fügt. Trotzdem müßte wenigstens der Versuch hiezu gemacht werden. Wenn in Deutschland nicht über den 20. Juli gesprochen werden darf, so muß es in Amerika geschehen, und erst recht muß auf das Antisemitismus-Problem eingegangen werden, eben weil es in Deutschland so exempelhaft kraß aufgeworfen ist – und weiterbesteht. Beschönigungen dienen dem Unheil, dem künftigen Unheil. [. . .]

[GW 8]

1 Helga Maria Prinzessin und Hubertus Prinz zu Löwenstein.
2 Margarete Prinzessin zu Löwenstein war am 3. 10. 1948 in Wertheim, dem Familiensitz der Löwenstein-Wertheim-Freudenberg, geboren worden.
3 *Ein Spiel vom Reich,* unveröffentlichte Dichtung von Hubertus Prinz zu Löwenstein, nur als Privatdruck 1948 erschienen.
4 Stefan George, *Der Stern des Bundes* (Berlin: Georg Bondi), Gesamtausgabe Band 8, S. 31.
5 Eine KZ-Aufseherin, die damals aus Mangel an Beweisen freigesprochen worden war.
6 Nicht ermittelt.
7 Das Nietzsche-Zitat aus *Jenseits von Gut und Böse* lautet wörtlich: »›Das habe ich getan‹, sagt mein Gedächtnis; ›Das kann ich nicht getan haben‹, sagt mein Stolz. Endlich gibt das Gedächtnis nach.« Zit. nach Friedrich Nietzsche, *Jenseits von Gut und Böse. Zur Genealogie der Moral* (Stuttgart: A. Kröner, 1943), S. 78.
8 Vgl. Fußnote 2 zum Brief vom 5. 7. 1947.

624. An James Stern

Nov. 29, 1948

Dear Jimmy,
You told Busch[1] that I do not answer letters. You do not know me. It is my compulsion neurosis to answer *every* letter,

but you wrote me from Amenia[2] that I should not feel compelled to reply and so I did not – not because you gave me permission to leave your letter unanswered, but because I hoped to be able to send you the whole Hofmannsthal study along.

Well, this optimism was wrong and when Tania[3] says that I am vague, it is always because I am so optimistic in timing. I am overburdening myself with avalanches of work – I started no less than seven books – always with the hallucination that the whole thing would be done in one month. Of course every one of the seven books needs about seven years, and it all will be finished – if everything goes well – in 42 years, since the Hofmannsthal will really come to an end within the next weeks.

I was also wrong in the timing of my hospitalization. Busch was quite right in telling you that I expected to be in New York in December; it was my own fantasy. Speaking with the doctors, I now see that it will take until January.

If therefore you find it appropriate that we may meet before that time, I can only say that I shall always be delighted to see you in Princeton. I enclose a timetable for this purpose. Any day is all right with me except for the next weekend.

Regarding your translation[4], it would be highly interesting for me to see it, and the same certainly can be said about Steiner. But for the complicated questions for which you apparently would like to have a »concilium«, my English definitely is not sufficient, and I doubt whether Steiner's is. How would it be with Helene Wolff? Or with Wolfgang Sauerländer? Both have a lot of practice in the translation business. As to Steiner, I think he will be here for the Christmas vacation. (He probably would suggest Eleanor Wolff[5] for a »concilium«.)

How did you like my selection of aphorisms? If you feel that any of them should be omitted or some others added, please tell me so.

All my best to both of you,

Always,
Broch
[GW 8]

1 AnneMarie Meier-Graefe Broch.
2 Kleine, am Hudson gelegene Stadt im Staat New York.
3 Frau von James Stern.
4 Vgl. Hermann Broch, »Introduction« (übersetzt aus dem Deutschen von James und Tania Stern), in: *Hugo von Hofmannsthal. Selected Prose* (New York: Pantheon, 1952), S. 9-47. Es handelt sich um die Einleitung »Hugo von Hofmannsthals Prosaschriften«, KW 9/1, S. 300-332.
5 Eleanor L. Wolff (geb. 1907), amerikanische Übersetzerin; lebt in New York.

625. An Egon Vietta

Princeton, 30. 11. 48

Liebster Egon Vietta,
natürlich haben Sie recht: Bücher haben ein mystisches Geschick, und wenn sie »wirken« sollen – und so sehr man lediglich für sich schreibt, der mystische Wunsch nach »Wirkung« (der nicht bloß Autoreneitelkeit ist) ist doch mitschwingend einverwoben –, dürfen sie nicht zu lange zurückgehalten werden: wenn sie zu lange über das mystische Datum ihres ersten Erscheinens versteckt bleiben, so werden sie später bloße Kuriosa, die zwar respektvoll betrachtet, d. h. Themen für Literarhistoriker und Doktorarbeiten werden, aber keine lebendigen Diskussionsfaktoren mehr sind. [. . .]

Obwohl ich alles einsehe und umsomehr einsehe, als Ihr freundschaftliches Eintreten für meine Arbeiten mir eine tiefe Freude ist, für die ich Ihnen nicht genug danken kann, es ist jede einmal abgeschlossene Arbeit für mich so ferngerückt, daß ich die »Wirkungsfrage« – obwohl sie im Laufe der Arbeit selber, wie gesagt, ihre Rolle spielte – am Ende kaum mehr auf mich selber beziehen kann; das fertige Buch wird für mich etwas Fremdes, als stammte es gar nicht von mir, so daß ich mich dafür kaum mehr einzusetzen vermag. Insbesondere empfinde ich so gegenüber allem »Dichterischen«, das ich produziert habe, und das hängt wohl damit zusammen, daß zwischen dem ersten »Dichtungsakt« und seiner Umwandlung zu einem Buch ein fast blasphemischer Rationalprozeß eingeschaltet ist, der zwar zum künstlerischen Handwerk gehört, mir aber das Produkt völlig entfremdet. Mit der rein philosophischen Produktion ist es anders. Meine erkenntnistheoretische Studie, die ich bis zum Sommer fertig zu haben hoffe, *soll* Wirkung haben, und dafür kann ich mich einsetzen. Ebenso bin ich sofort gepackt, wenn mir, wie es jetzt eben geschehen ist, ein hier wirkender, recht bedeutender Logiker schreibt, er fände im »Zerfall der Werte« der Schlafwandler, auf die er jetzt zufällig gestoßen ist, die Basis für eine logisch-logistische Reorganisation der gesamten Soziologie, und mich einlädt, mich mit ihm zusammen an diese Arbeit zu machen. (Wäre ich jünger, ich täte es bedenkenlos und sofort, so aber – mit meinen 62 – muß ich meine *sieben* angefangenen Bücher, darunter die Massenpsychologie und die Erkenntnistheorie, fertigstellen und kann nur hoffen, daß mir das noch gelingen wird, während ich die Hoffnung auf die dahinter lauernde Wissenschaftslehre trotz dreißigjähriger Vorarbeit wohl aufgeben muß.) Dies alles nur zur Erklärung meiner geringen Insistenz in der Frage der Vergil-Verbreitung, obwohl es mir fast undankbar Ihnen gegenüber vorkommt, daß ich all Ihre schönen Bemühungen nicht mit größerer Energie unterstütze. [. . .]

Fürs erste muß ich jetzt mit dem Hofmannsthal fertig werden, vor allem, weil ich es dem Verleger schuldig bin, dann aber, weil ich die Hände für die erkenntnistheoretische Arbeit freibekommen muß. Ich weiß nicht, ob ich Ihnen schon erzählt habe, daß aus der Einleitung ein ganzes Buch geworden ist (etwa 240 Seiten), das eine komplette Geistesgeschichte – natürlich nur in Grundzügen – von 1860 bis 1930 enthält. Ich konnte eben Hofmannsthal bloß als Zeit- und nicht als Eigenerscheinung plastisch machen; daß er dabei trotz Plastizität in den Hintergrund geraten ist, kann man bloß mit einem tant pis abtun. Im Schlußwort gelange ich – wie konnte es bei einer Geistesgeschichte anders sein? – bis zum Existentialismus, und daß daneben, insbesondere für den Abschnitt vor dem ersten Krieg, auch der neue Tanz eine Rolle zugedacht bekam, versteht sich von selbst. Also genug Berührungspunkte mit Ihnen. [. . .]

Für mich war es besondere Freude, die »Schlafwandler« so eingehend als Vor-Station des existentialistischen Romans behandelt zu sehen[1]. Gäbe es schon meine erkenntnistheoretischen Studien, so ließen sich sowohl die Zusammenhänge wie die Gegensätze genauer präzisieren. Im Hofmannsthal glaube ich einiges Prinzipielle zum Verhältnis Kunst–Phänomenologie zu sagen, und es kehrt sich im Grunde *gegen* den Existentialismus, in dem ich (neben manchem andern) einfach Romantik – Sie sagen fin de siècle – wiederzuerkennen meine. Heidegger war und ist Monumentaldenker, aber alles Monumentaldenken ist zum größten Teil, wie sich das eben auch bei George gezeigt hat, ein Spiel mit Wolkenmassen. Man muß ein sehr großer und ein sehr selbstkritischer Dichter sein, um nicht am Sprachwolkigen zuschanden zu werden. Der Unterschied zwischen dem Seyn (es genügte auch Sein) und dem Seienden ist unzweifelhaft wahrheitsträchtig, aber zugleich auch von höchster Gefährlichkeit. Ich habe jetzt Heideggers Platon[2] gelesen und vieles darin bewundert, nicht zuletzt wieder Platon und seine unablässige Selbstkritik, seine »Definitionsverzweiflung«. Hält man aber Sartre dagegen, so hat er das Wolkige wohl präzisiert und »erkaltet«, hat aber infolgedessen, wie es der Physik entspricht, auch richtig Wasser daraus gemacht. Gewiß ist das bloß ein Witz, aber dahinter steht etwas Vertretbares: die ganze Philosophie, sowohl in ihrem Umfang wie in ihrem zeitlichen Ablauf, läßt sich an den drei Koordinaten »Cogito ergo sum«, »Sum ergo cogito«, »Sum et cogito« bestimmen, und wenn man das in wirklich scharf formalisierter Sprache besorgt – ich spreche wahrlich nicht positivistisch –, so wird sich manches klären. Und ebensoviel offen bleiben. Doch das läßt sich leider nicht im Rahmen eines ohnehin schon zu langen Briefes erledigen. [. . .]

[GW 8]

1 Egon Vietta, *Theologie ohne Gott. Versuch über die menschliche Existenz in der modernen französischen Philosophie* (Zürich: Artemis, 1946). In diesem Buch über Sartre geht Vietta auf den Seiten 6-8 auf Brochs *Schlafwandler* ein. Vgl. ferner: Egon Vietta, *Versuch über die menschliche Existenz in der modernen französischen Philosophie. Zum philosophischen Werk von Jean-Paul Sartre* (Hamburg: Hauswedell, 1948), S. 6, wo Brochs *Schlafwandler* ebenfalls zitiert werden.

2 Martin Heidegger, *Platons Lehre von der Wahrheit. Mit einem Brief über den »Humanismus«* (Bern: A. Francke, 1947).

626. An Rudolf Brunngraber

Princeton Hospital, 2. 12. 48

[. . .] Ich freue mich, daß wir in der Auffassung des Films so überaus einig gehen. Und wie ich Ihnen schon einmal schrieb: ich beneide Sie fast, daß Sie an dieser Arbeit sind, die – bei all ihren (industriellen) Nebenscheußlichkeiten – doch etwas Reales und Zukunftsweisendes ist. Und dabei halte ich das Industrielle – so scheußlich es ist – sogar für eine Notwendigkeit; der Film ist für die Massen bestimmt, mehr noch: er bezieht seine ganze künstlerische Daseinsberechtigung aus eben dieser Bestimmung, und wo die Masse der Konsument ist, da muß die Industrie Produzent sein, da eben das eine zum andern gehört. Vielleicht wird man sogar eine gewisse Dosis Kitsch mitnehmen müssen, sozusagen als unmerklichen Katalysator, denn den hat es in *jeder* Kunst (nicht zuletzt im Theater und im Roman) gegeben, die sich gewissen Konvenüs zu unterwerfen hat, um dem Publikum das »Anspringen« zu erleichtern. Wesentlich für den neuen Künstler ist, daß er das weiß, und daß er darüber hinaus eben doch die Weltrealität, die echte Weltrealität erfaßt und an ihr die Massen zum Mitgehen zwingt. Was Sie da von Ihren neuen Unterhandlungen mit den Amerikanern erzählen, kann geradezu als Beispiel dafür verwendet werden: ich hoffe und wünsche, daß Sie mit Ihrer Ansicht durchdringen werden.

Was nun das Naturalismusproblem in diesem Zusammenhang angeht, so ist vor allem festzuhalten, daß die photographische Linse grundsätzlich naturalistisch ist. Ich halte nichts von surrealistischen und sonstwie literarisierten Filmen. Aber darum können Sie den andern Künsten nicht Naturalismus vorschreiben. Die sind ihren eigenen, streng logischen Weg gegangen, an dem sich nicht rütteln läßt: Joyce und Picasso und Schönberg haben so arbeiten müssen, wie sie es *logisch gemußt* haben. Da ist kein Schwindel drin, sondern nur Könnerschaft. Das einzige, was Sie daraus folgern können ist – mit Vorsicht! – die Erreichung eines Endzustandes: diese Künste haben, vielleicht, für Jahrhunderte hinaus ihre letzte Möglichkeit erschöpft, und ebendeshalb haben sie ihre früher dominierende Stellung an den Film abzutreten. [. . .] *[YUL]*

627. An Elisabeth Langgässer

One Evelyn Place
Princeton, N. J. 3. 12. 48

Liebe verehrte Freundin,
um gleich vom Zentrum aus anzufangen: es geht Ihnen[1] (wie mir) gar nicht ums Dichten. Noch vor kurzem, eine halbe Generation vor der meinen, war der Künstler mit seinem Beruf ziemlich identisch, d. h. er lebte in der Meinung, daß seine Mittel den Zweck heiligten; das Mittel war die Erzeugung eines anständigen oder halbwegs anständigen Kunstwerkes, der Zweck jedoch war furchtbar: insbesondere der Schriftsteller hielt sich für einen »bedeutenden Menschen«, und das mußte er sich, womöglich durch »Erfolg«, unaufhörlich bestätigen, und das Ganze war Eitelkeit, entweder die grobe Eitelkeit des Erfolges oder die subtilere, narzißtische des Arbeitsgelingens oder natürlich beides zusammen; das Wort »bedeutend« hat gerade im Deutschen einen eigenen Klang, ist weder durch »significant« noch durch »important« zu übersetzen, und daraus hat sich – Goethe ist dafür kaum verantwortlich zu machen – die Gestalt des eitlen deutschen Dichterfürsten entwickelt, halb Führer der Nation, halb Gaukler für die Menge, immerzu aber bedeutend. Noch bei Th. Mann merkt man die Nachwehen dieses prekären Dichterfürstentums, wenn auch skeptisiert in seinem Problem vom »kranken Künstler«, dem großen Herrn im Geistigen, der trotzdem ausgestoßen ist und daher um die Gunst der Minderwertigen immer wieder buhlen muß. All das ist einem fremd geworden; es geht einen nichts mehr an.

Mit Th. Mann meldet sich erstmalig das »schlechte Gewissen« der dichterischen Tätigkeit an; nur beruhigt er es – Krankheit ist überall die billigste Entschuldigung – allzu rasch. Dichtung ist »Auftrag«; für jene Dichterfürsten war es Gottesauftrag, und alles war in Ordnung, während für Th. Mann es schon zweifelhaft wird, ob es nicht vielleicht doch Teufelsauftrag ist, also Krankheit, in der sich Teufelsbesessenheit zeigt. Indes er nimmt es hin, vielleicht als Schicksalsgegebenheit. *Sie* nehmen es nicht mehr hin. Sie dichten aus Verzweiflung, und das ist eine ganz andere Ebene; Ihr

Grundproblem ist das des *Ketzers,* also das des zwar teufelsbesessenen Gotteszweiflers und doch dabei gottbesessenen Gottsuchers, kurzum das Problem der Suche nach dem unbekannten Auftraggeber vermittels Erfüllung des Auftrages. Sie müssen also das Dichten ungleich »ernster nehmen«, als es unsere Vorgänger getan haben, obwohl es Ihnen lange nicht so ernst damit ist wie denen, die mit ihrer Künstlerschaft eine mehr oder minder »heilige Mission« zu erfüllen glaubten; Sie erfüllen keine Mission, sondern befinden sich auf einer Suche, und da Sie überdies wissen, daß der Ketzer *undemütig* ist, wird Ihnen die Suche, trotzdem sie Ihnen beinahe heilige Notwendigkeit darstellt, zum schlechten Gewissen, umsomehr als Sie ja daraus Vergnügen gewinnen, angefangen mit der Öffnung von Ahnungsaspekten und den Ansätzen zu deren Formulierung, kurzum der Künstlerfreude bis hinunter zum äußern Erfolg: da wird die Suche zur Versuchung (wenn auch nur im Nebenthema, während sie bei Th. Mann das Hauptthema ist), und so kommen Sie zu Ihrer schönen Formulierung von der »Schwelle, die man selber ist«[2] und über die man nicht hinausgelangt. Das ganze »Siegel« ist auf dieses Problem abgestellt, ohne es – wie könnte es das auch? – lösen zu können; der Schluß ist künstlerisch befriedigend, aber eben doch nur eine Kunst-Antwort.

Und das ist nicht nur das Problem des »Siegels«, sondern auch Ihres Briefes; es ist eben das Problem, das Sie niemals verläßt. Nur bringen Sie es mit einem zweiten in Verbindung, das zwar dazu gehört, aber doch separat gehalten werden muß, weil es ein technisches ist, das Problem der Simultaneität. Was überirdisch ist und in der Ewigkeit sich befindet, das ist sozusagen (und sogar mathematisch) »zeitlos«, also logisch simultan, und wenn wir irgendeine Verbindung mit »drüben« spüren, so berufen wir uns auf unsere innere »Einheit«, auf unsere innere Simultaneität, die mit zur Grundstruktur unserer Träume gehört. Die Musik in ihrer Zeitaufhebung ist das Musterbeispiel der künstlerischen Simultaneität, das lyrische Gedicht soll die Totalität einer einzigen Sekunde geben, der Roman die eines (zumindest eines) Menschenlebens –, doch ist ein Menschenleben nicht in einer einzigen Sekunde zu geben? Je mehr der Roman zur musikalischen Kunst drängt (vielleicht unberechtigterweise), desto »stagnierender« wird er, desto mehr wird er durch musikalische Architektonik und Themenverwebung die Simultaneität suchen und desto mehr wird er ein (vielfach gleichfalls musikalisches) Symbol-Raccourci benützen, das sich von der diskursiven Sprache entfernt und am Ende rein subjektiv wird. All das *ist* Joyce: nicht von ihm ausgesprochen, wohl aber zur Meisterschaft ausgearbeitet – vermutlich das Ende der Romankunst überhaupt, zumindest der im alten Sinn. Der alte Beer-Hoffmann, einer der liebenswürdigsten Dichterfürsten, die ich kannte, majestätisch und dabei jüdischwitzig, fragte mich einmal über Joyce aus; als ich ihm ähnliches wie das hier Gesagte erzählte, schüttelte er bloß den Kopf: »Dos geht nicht, dozu braucht man ä Mund ringsherum«, und tatsächlich: es geht nicht. Und dann setzte er noch was Weises hinzu: »Wenn man tiefseefischt und zu tief geht, platzen die Fische, wenn sie an die Oberfläche kommen; beim Dichten muß man das Netz genau so weit hinablassen, daß die Fische an der Platzensgrenze sind und doch nicht platzen«. Und trotzdem ist das bloß eine technische Überlegung, und von einer solchen darf man nichts abhängig machen, weil sie im letzten ein Schielen zum Publikum ist; im Gegenteil, falls notwendig, kann man da nur mit einem »Erst recht« antworten. Denn im letzten handelt es sich nicht mehr um das Publikum, sondern um die Gnade, und die ist Simultaneität, nämlich »alles in einem Augenblick«.

Hinter alldem steht aber, und gerade bei Ihnen, die Grundfrage: »Kann man, darf man noch dichten?« Einerseits ist es eine ketzerische Überheblichkeit, ein Ringen mit dem Engel ohne Gegenwert für die ausgerenkte Schulter, also etwas an der Grenze zwischen schwarzer und weißer Magie – »Ich lasse dich nicht, du verfluchtest mich denn«[3] –, also in jeder Beziehung verboten, dennoch Verlockung, weil korrekte Magie (im Gegensatz zur inkorrekten, die den Zauberer auf jeden Fall zerreißt) vielleicht doch das positive Resultat zeitigen könnte, kurzum die Hoffnung, die trügerische Hoffnung auf die Gnadenwirkung des absolut korrekten Kunstwerkes, trügerisch wie jede Hoffnung auf »gute Werke«. Andererseits zeigt sich, erweist sich der Trug an der technischen Unmöglichkeit des neuen Meta-Romans, zeigt sich an der Joyceschen Sackgasse. Mein Vergil-Experiment will ich dazu erst gar nicht anführen; abgesehen von seinen sonstigen Unzulänglichkeiten, es hat sich das Blasphemische solchen Experimentierens, wie ich Ihnen schrieb, gründlich gerächt. Also fast eine verzweifelte Situation, nichtsdestoweniger keine beklagenswerte. Denn soll es in einer Welt, in der alles drunter und drüber geht, in der – und das scheint mir das wesentlichste zu sein – sogar die Grundlagen aller Wissenschaft erschüttert sind, gerade die Kunst, gerade das Dichten in den eingefahrenen Gleisen weiterlaufen? Die Maler haben – weil die Hand meistens weiser als der Kopf ist – bereits vor dreißig und vierzig Jahren die Konsequenzen aus der Situation gezogen und haben mit ihrer Tradition gebrochen, auf die Gefahr hin, daß damit die Malerei sich (für Jahrhunderte hinaus) selber aufhebt. Nun ist aber die Revolution der Malerei – eben weil sie von der Hand besorgt wurde – rein vom Technischen ausgegangen, und das ist für den Kopf verboten; gerade das Überwiegen des Technischen ist Joyce vorzuwerfen. Und so läuft es schließlich auf einen Anti-Intellektualismus hinaus: sollen wir es nicht ganz aufgeben? sollen wir unsere Überheblichkeit nicht brechen und einfach schlicht und anständig, ohne jede Eitelkeitbefriedigung, dahinleben, dem Mitmenschen zur Hilfe und das Gute wie das Schmerzliche des Durchschnittslebens auf uns nehmend? wartend, daß die Gnade zu uns komme, da wir sie mit unsern Mitteln nicht erarbeiten können, ja sogar vielleicht hinwegschieben?

All das war Analyse, und nicht zuletzt Analyse Ihres Werkes, und von rechtswegen hätte ich das alles in meinem Aufsatz über Sie unterbringen müssen. Doch da das hier alles nur Andeutung ist, so wäre der Aufsatz ein Buch geworden, und dazu hat es nicht gereicht. Es ist möglich, daß ich da zu viel von mir selber in Sie hineinprojiziert habe, vermutlich jedoch nicht sehr viel; ich habe das »Siegel«, die Novellen und die Gedichte[4] gelesen, und habe immer den ersten Eindruck bestätigt gefunden, den ich sofort nach den ersten Zeilen des »Siegels« hatte, so daß ich wohl meinen kann, mit meiner Sicht korrekt zu sein: das ist nicht mein Verdienst, sondern das Ihre, d. h. das Verdienst Ihrer Ehrlichkeit und Ihrer wundervollen Plastizität. Ich brauchte also nicht viel

Einfühlungsgabe, um zu wissen, daß da ein Mensch ist, der sich auf ähnliche Weise wie ich abplagt. Und zu dem es daher eine Brücke gibt.

Nun können Sie natürlich sagen, daß eine Analyse keine Antwort gibt, ja daß sie sogar additionell die Fragen erweitert. Aber etwas anderes läßt sich nicht tun, und eine erweiterte Frage ist zum Teil auch Antwort, zumindest Antwort-Ansatz. Wenn jemand sich auf dem Ketzerweg befindet, so kann er ihn nur fortsetzen, hoffend, daß hiedurch – das Ketzerische und das Mystische, das echt Mystische sind bekanntlich (und vor allem der Kirche bekannt) sehr nahe verwandt – am Ende dem eigenen Seelenheil und damit dem des Nebenmenschen genützt werde, oder man muß es radikal abbrechen und sich in die Demut zurückziehen. Da bei Ihnen nicht die Gefahr besteht, daß das Mystische eines schönen Tages ins Literatenhafte umkippt, so ist es nur legitim, wenn Sie Ihre Suche fortsetzen. Der andere Weg steht Ihnen ja immer frei. Aber es mag wohl sein, daß Sie inzwischen von der Romanform, gerade weil Sie sie so vollkommen beherrschen, eines Tages völlig abkommen werden. Es ist möglich, daß sich vom rein Lyrischen her ein völlig neuer Zugang für Sie eröffnen wird. So etwas läßt sich nicht entscheiden; es entscheidet sich ohne Zutun: nur Grundentscheidungen wie Dichten oder Nicht-Dichten können vom Gewissen her entschieden werden, und selbst da ist man seiner Entscheidungsfreiheit nicht sicher.

Sie werden vielleicht fragen, wie ich für mich entschieden habe. Grundsätzlich habe ich mich nach dem Vergil für Dichtung-Schluß entschieden; außer ein paar Gedichten, die ich von Zeit zu Zeit machte – wahrscheinlich um mir zu beweisen, daß meine Askese nicht auf Impotenz zurückzuführen ist –, ist auch tatsächlich seit dem Vergil nichts mehr entstanden, und die Gedichte verstecke ich, um sie (wie immer) schließlich irgendwie zu verlieren. Das ist natürlich ein Verzicht, weil ja das Dichten – das gehört zu seiner eitlen Sündigkeit – manchmal eine geradezu geile Verführung ist; für den Introvertierten bedeutet Dichten die »Welt«, und wer wirklich dichtet und nicht photographiert, will aus lauter Weltsehnsucht neue Menschen kennen lernen, eben jene, die er erdichtet. Zudem habe ich einen alten (chthonischen) Roman beinahe fertig, den ich vor zwölf Jahren zugunsten des mir wichtigeren Vergil – damals noch nicht Vergil und ebendarum wichtiger – kurzerhand liegen ließ und auch seitdem nicht angeschaut habe, obwohl drei Jahre harter Arbeit darin stecken, und die Rettung dreier sonst verlorener Jahre ist natürlich noch eine Separat-Verführung. Immerhin, bis jetzt bin ich der Verführung nicht erlegen. Und ansonsten schließe ich Kompromisse; z. B. habe ich nahezu drei Jahre hier in Amerika ausschließlich für Hilfs-Arbeit, d. h. zur Herüberbringung von Hitler-Opfern etc. verwendet und bedauere nicht, es getan zu haben. Andere haben dafür in den Krieg gemußt. Ansonsten aber trachte ich, meine erkenntnistheoretischen und psychologischen Arbeiten (vor allem die ersten) fertigzustellen. Nicht nur weil es Zeit ist, eine dreißigjährige, bereits überständige Ernte einzusammeln – mit 62 droht das Schlußgewitter –, sondern noch viel mehr, weil ich glaube, damit ein Stück essentieller Wahrheit herausstellen zu können; gelingt das, so ist es gleichfalls ein Stück jenes schlichten Lebens, von dem ich vorhin gesprochen habe. Und daneben gibt es natürlich auch noch Brotarbeit, z. B. jetzt eine europäische Geistesgeschichte von 1860 bis 1930 als Schlußband einer Hofmannsthalausgabe, freilich bloß Pseudo-Brot, da ich dafür viel zu viel Zeit brauche und (allerdings nicht ohne Freude) eine Unmenge Arbeit hinein tue. Jedenfalls bin ich voller Ungeduld, damit fertig zu werden, um zur mathematisch-erkenntniskritischen Arbeit, die nicht einen Heller trägt, zurückkehren zu können.

Dies nur, um zu zeigen, wie ich es anstelle, um mich mit dem Problemkomplex, den ich Ihnen imputiert und doch nicht imputiert habe, auseinanderzusetzen. Das ärgste Problem ist für mich natürlich mein Alter, d. h. die limitierte Zeit, die noch vor mir liegt, und der Zeitmangel, der diese Zeit noch um vieles verkürzt. Daß ich meinen Arbeitstag auf 16 bis 17 Stunden hinaufschraube, ist bloß eine Scheinlösung. Trotzdem: die metaphysische Angst vor dem »Nicht-fertig-werden« hat eine Berechtigung; das Schuld-Abstatten gehört zum Seelenheil. Allerdings, neulich sagte einer unserer Spitals-Neger – ich bin und arbeite nämlich seit sechs Monaten (nach einer wohlgeglückten Flucht in die Krankheit) mit einem Hüftbruch im Spital – in mein Zimmer kommend: »Why d'ya work so hard, Mr. Broch?« – »Well«, antwortete ich, »because I'm an old man, and I have to finish my work before I'm called off.« Darauf er: »Don't y'think our Lord knows when He calls you that your work is done and finished?« Ich wollte, er hätte recht.

Ich habe zu viel von mir erzählt. Und vielleicht hat der ganze Brief von mir gehandelt, statt, wie intendiert, von Ihnen. Aber es ist die Geschichte vom Andersenschen Rentier[5], das sich erbötig macht, das kleine Mädchen zur Schneekönigin zu tragen und es ihr vorzustellen, dort aber zuerst seine eigene Geschichte erzählt, »weil es meinte, daß diese interessanter sei«. Also verzeihen Sie, und haben Sie Dank für Ihren wunderschönen Brief, hiezu alle Wünsche zu Weihnachten und fürs neue Jahr – auf jeden Fall Valérys[6] Segensspruch: que le travail soit avec nous!

In Herzlichkeit Ihr
Hermann Broch
[GW 8, EL]

1 Am 22. 11. 1948 schickte Elisabeth Langgässer aus (22 b) Rheinzabern (Pfalz) folgenden Brief an Broch:

Sehr verehrter und lieber Hermann Broch!
Nun trage ich Ihren Brief vom 1. 11. bereits so lange auf dem Herzen, daß er zu brennen anfängt und ich unbedingt zu löschen, d. h. ihn zu beantworten, anfangen muß. Dieser Brief ist nämlich mit mir auf eine große Vortragstournee gegangen, und immer wieder, wenn ich von der »Transzendenz» im besonderen, *heutigen* Sinn des dichterischen Wortes gesprochen habe (in kleinen und größeren Kreisen), habe ich Sie und Ihren »Vergil« als Kronzeugen angerufen und aus Ihren Versen zitiert. So war mir Ihr Brief ein richtiger Talisman, eine Wünschelrute, die an den verschiedensten Punkten meiner Reise heftig gezuckt und über (sich selbst noch verborgenen) Wasseradern ausgeschlagen hat. Es ist ja *so* richtig, was Sie von der Aufhebung der Dichtung im Vollzug des dichterischen Vorgangs schreiben – so wahr wie nichts auf der Welt! Und plötzlich wurde mir vollkommen klar, warum wir beide, Sie und ich, uns verstehen *müssen,* und daß wir ganz genau das Gleiche wollen, das Gleiche anstreben mit jedem Wort. Ich habe dann (krank nach Hause zurückgekommen – mein Herz machte allerhand Tänze durch die schreckliche Überanstrengung der ganzen Reise) in dem »Vergil« weitergelesen und habe von

neuem bestätigt gefunden, daß es zurzeit keine erregendere Lektüre für mich gibt. (Daneben hält sich auf gleicher Höhe die Lyrik Wilhelm Lehmanns). *Nichts* ist mir so sehr eine Bestätigung meines eigenen Weges wie dieses »Buch«. (Nein – natürlich ist es kein »Buch«, kein Roman, nichts von all dem, was sich einfangen läßt!) Aber: wie geht der Weg weiter? Und wohin? Der neue Roman, an dem ich zurzeit arbeite, bringt mich fast um. Er ist pure Existenz, pure Aussage eines metaphysischen Sachverhalts. Ein riesiges Bezugssystem, ein einziger Transformator, der schreckliche Spannungen umzusetzen sucht. In was umzusetzen? Ich weiß es nicht. Ich tappe vollkommen im Dunkel. Manchmal scheint sich dieses Dunkel aufzuhellen – aber die Blitze einer flüchtigen und unfaßbaren Erkenntnis gehen allzuschnell vorbei und lassen mich nur in umso tieferer Finsternis zurück. Immer wieder versuche ich, alles *gleichzeitig* auszusagen – eine wahrhaft hybride Anstrengung und doch die eigentliche Möglichkeit, nicht von den ausgelassenen Assoziationen wie von liegengebliebenen Sprengkörpern auseinandergerissen zu werden. Natürlich ist das keine »Schriftstellerei« mehr, sondern ein fortwährender Schwertertanz, eine tödliche Bedrohung, ein Wissen um die haarscharfe, dünne Grenze zwischen Erkenntnis und Wahnsinn. Wie hilft man sich? Daß ich plötzlich Herzgeschichten (ohne erkennbare organische Ursache!) bekommen habe, ist nur ein Index für diesen Zustand. Nur ein Riese könnte ihn aushalten – oder ein spielendes Kind, das nicht weiß, zwischen welchen Gefahren es sich hin- und herbewegt.

Ich müßte all diese Dinge einmal gedanklich von mir *weg* formulieren – vielleicht wäre das eine, wenn auch schwache Barriere gegen den Abgrund. Gott, warum wird man so gequält? Immer deutlicher wird mir bewußt, daß niemand seinem Ursprung, d. h. seiner Bestimmung entfliehen kann, und daß er sich unablässig auf diesen Ursprung hinbewegt. Der Ursprung aber – was ist er anderes als die Schwelle, die man beständig überschreiten muß, um ihrer gewahr zu werden, die Schwelle, die man selber ist?

Bitte, schreiben Sie mir wieder; es ist mir unendlich wichtig, daß Sie's tun. Vielleicht können Sie mir einiges erklären, einiges bestätigen. Wann wird übrigens Ihr Aufsatz in der »Literarischen Revue« erscheinen? Burgmüller hat noch nichts darüber hören lassen.

Mit vielen herzlichen Grüßen und guten Wünschen

bin ich Ihre

Elisabeth Langgässer

[GW 8]

2 Vgl. Fußnote 1, gegen Ende des Langgässer-Briefes.

3 Verkehrung des Wortes, das Jakob während des Kampfes mit

dem Engel an diesen richtet: »Ich lasse dich nicht, es sei denn, du segnest mich.« (*Genesis* 32, 27).

4 Vgl. Fußnote 2 zum Brief vom 28. 9. 1947, Fußnote 7 zum Brief vom 25. 10. 1947 an Helene Wolff, Fußnote 1 zum Brief vom 5. 8. 1948. Vgl. ferner: E. Langgässer, *Das Labyrinth. Fünf Erzählungen* (Hamburg: Claassen & Goverts, 1949).

5 Hans Christian Andersen, »Die Schneekönigin«, in: H. C. A., *Gesammelte Märchen* (Leipzig: Carl B. Lorck, 1847), S. 107: »Das Rennthier erzählte Gerda's ganze Geschichte, aber zuerst seine eigene, denn diese erschien ihm weit wichtiger.« Allerdings erzählt das Rentier seine Geschichte nicht der Schneekönigin, sondern der alten Lappin.

6 Wahrscheinlich kein wörtliches Zitat. Der Satz faßt allerdings das Wesentliche des Aufsatzes »La France travaille« von Paul Valéry zusammen. Vgl. Paul Valéry, *Regards sur le monde actuel et autres essais* (Paris: Gallimard, 1945), S. 253-263.

628. An Nani Maier[1]

Princeton, N. J., 5. 12. 48

Liebes Fräulein Nani Maier,

Haben Sie für Ihre guten Zeilen herzlichen Dank. Wenn ich Ihnen bei der Arbeit irgendwie von Nutzen sein kann, wird es eine Freude für mich sein.

Es ist mir eine Ehre, daß Sie mich in Ihrer Dissertation[2] mit Musil und Kafka zusammenstellen. Ich war mit Musil befreundet und könnte Ihnen daher manche Frage, die Sie vielleicht zu stellen haben, recht authentisch beantworten. Es war ein ungeheuer komplexer Geist, messerscharf und klar, ein Schriftsteller von geradezu lateinischer Prägung, und der »Mann ohne Eigenschaften« war ein ganz großer Wurf. Gewiß überwiegt darin das Schriftstellerische über dem Dichterischen, d. h. es ist das ganze Werk ins präzis Rationale gehoben. Hofmannsthal sagte: »Die Tiefe muß man verstecken. Wo? An der Oberfläche«[3], und genau das war Musils Grundprinzip. Es ist ein für mich anfechtbares Prinzip; gewiß, vor falschen Tiefsinnigkeiten – dem Fehler vieler Symbolisten – muß man sich hüten und im Gegenteil trachten, jeden Gedanken bis zur höchsten Präzision aufzuhellen, doch das eigentlich Dichterische manifestiert sich erst im unaufhellbaren Rest und wird erst in diesem existenzberechtigt. Aus eben diesem Grunde habe ich in den »Schlafwandlern« eine scharfe Trennung zwischen dem Rationalen und dem Irrationalen gezogen, in dem ich ersteres in Gestalt [des] »Zerfalls der Werte« streng vom eigentlichen Roman separiert, zugleich aber dafür die volle, sozusagen wissenschaftliche Verantwortung übernommen habe, zeigend, daß hier der Autor selber spricht, ohne daß er sich hinter eine seiner Personen versteckt, d. h. ihr – stets eine gewisse Unehrlichkeit – einen Teil der Verantwortung für das Gesagte auflastet. Ganz anders verhält es sich mit Kafka: hier ist ein Nur-Dichter am Werk, und wie groß dieser Dichter ist, brauche ich Ihnen nicht eigens zu erzählen; so außerordentlich klug Kafka war, seine dichterische Reinheit und Einfachheit wußte genau, daß das unauflöslich Irrationale und nichts anderes ihre Aufgabe war, und so gelang es ihm, eine für jeden anderen unzugängliche Realitätsschichte aufzudecken und eine Dichtung zu schaffen, welche die Ansätze zu einem neuen Mythos enthält.

Etwas teile ich jedenfalls mit Kafka und Musil: wir haben alle drei keine eigentliche Biographie; wir haben gelebt und geschrieben, und das ist alles. Ich habe also zu der im »Silberboot«[4] erschienenen kurzen Biographie kaum etwas hinzuzusetzen, nur etwas richtigzustellen. Ich war zwar Vorstandsmitglied des Textil-Arbeitgeber-Verbandes, niemals jedoch »Syndikus des Industriellen-Verbandes«; ein Syndikus hat eine juristische Funktion, und außer meiner Tätigkeit als Mitglied des Gewerbegerichtes habe ich nie etwas mit Juristerei zu tun gehabt, so daß also hier – ich weiß nicht von wem – eine tatsachenwidrige Rangerhöhung vorgenommen worden ist. Ansonsten bin ich 1886 geboren, habe besser schreiben als lesen gelernt – das Lesen macht mir noch immer Schwierigkeit –, dafür aber so gut rechnen, daß ich unbedingt Mathematiker werden wollte. Das ist mir zum Teil gelungen, denn mit Rücksicht auf die textilindustriellen Unternehmungen meines Vaters hatte ich Textiltechnologie zu studieren, zuerst an der Wiener Webschule[5], dann am Textiltechnikum in Mühlhausen i. Elsaß[6]. Dann ging ich, ebenfalls im Dienste der Baumwolle, auf meine erste Studienreise nach Amerika[7].

Daneben freilich hatte ich begonnen, Mathematik zu studieren, konnte das aber erst 1929[8] wieder voll aufnehmen, als ich die Industrie verließ. Natürlich habe ich mich dazwischen unausgesetzt mit Mathematik beschäftigt, umsomehr als ich sie für meine erkenntnistheoretisch-philosophischen Studien brauchte, denn ohne Mathematik läßt sich kaum mehr philosophieren. Zugleich aber entdeckte ich etwas anderes: jene Gebiete der Philosophie, welche für die mathematische Behandlung unzugänglich sind, vor allem also die Ethik oder die Metaphysik, werden bloß im Theologischen »objektiv« d. h. werden ansonsten relativistisch und im letzten »subjektiv«, und eben diese Subjektivität drängt mich dorthin, wo sie radikal legitim ist, nämlich ins Dichterische. Und so habe ich 1929 auch die »Schlafwandler« zu schreiben begonnen, sozusagen als subjektive Legitimation der von ihnen getragenen und im »Zerfall der Werte« skizzierten Wert- und Geschichtsphilosophie. [. . .]

[GW 8]

1 Eine Studentin der Germanistik an der Universität Wien.

2 Nani Maier promovierte 1949 an der Universität Wien mit der Dissertation *Franz Kafka und Robert Musil als Vertreter der ethischen Richtung des modernen Romans* (maschinenschriftlich). Broch behandelte sie darin nicht.

3 Hugo von Hofmannsthal, »Buch der Freunde«, in: *Aufzeichnungen,* Bd. 15 der Werkausgabe von Herbert Steiner (Frankfurt: S. Fischer), S. 47.

4 Vgl. diese Notiz in *das silberboot,* 2/1 (März 1946), S. 53-54.

5 Von 1903-1906.

6 1906 und 1907 studierte Broch Textiltechnologie an der Lehranstalt für Spinnerei und Mechanische Weberei in Mühlhausen/Elsaß; er schloß das Studium dort im Sommer 1907 ab und erwarb den Titel eines Textilingenieurs.

7 Von Mitte September bis Mitte November 1907 unternahm Broch eine Reise durch die Südstaaten der USA, wo er sich vor allem über den Baumwollmarkt informierte.

8 Vgl. dazu Fußnote 1 zum Brief vom 5. 2. 1925. Nicht erst 1929, sondern bereits im Herbst 1925 nahm Broch das Studium der Mathematik – und anderer Fächer – an der Universität Wien auf.

629. An Mary Hottinger[1]

December 20, '48

Dear Mrs. Hottinger:
The Bollingen Series have forwarded to me your letter of Dec. 2nd. and asked me to reply directly to you.

The reason I chose »Dämmerung und nächtliches Gewitter«[2] was that this piece departs largely from the usual style of Hofmannsthal. One could even say that this dream-like prose poem has in spots the same kind of an approach to a second reality that Kafka has.

On the other hand it is only an experiment and even an incomplete one, while the »Märchen der 672. Nacht«[3] is a well-rounded piece of art. So if you prefer to translate the »Märchen« I have no objections at all.

I read with great pleasure your version of the »Andreas«[4], and I am sure that the other translations will be equally splendid.

Please, accept my very best wishes for the New Year

very sincerely yours
Hermann Broch

[BF]

1 Mary Hottinger (geb. 1893), englische Übersetzerin, die Hofmannsthals *Andreas* ins Englische übertrug (London: J. M. Dent, 1936).

2 Vgl. »Twilight and Nocturnal Storm« in: Hugo von Hofmannsthal, *Selected Prose* (New York: Pantheon, 1951), S. 215-219, übersetzt von James und Tania Stern.

3 Das »Märchen« wurde nicht in *Selected Prose* aufgenommen.

4 *Andreas* ist in der Übersetzung von Mary Hottinger (siehe Fußnote 1) in *Selected Prose* übernommen worden (S. 3-125).

630. An Werner Vordtriede

Hospital, Princeton, N. J. – 21. 12. 48

Lieber Dr. Vordtriede,
haben Sie für Ihr Weihnachtsgeschenk – denn ein solches ist Ihre Hofmannsthal-Schrift[1] – allerwärmsten Dank. Haben Sie gewußt, daß ich die englische Hofmannsthal-Auslese (zwei starke Bände bei Bollingen) herausgebe und einleite? Sie können sich also vorstellen, wie sehr mich jetzt alles, was mit Hofmannsthal zusammenhängt, interessiert, und daß mir Ihre Studie besonders wichtig ist. Und ich fühle mich sehr geehrt, daß Sie auch den »Vergil« als Vergleichsobjekt herangezogen haben.

Wenn ich übrigens meine Arbeit zu Hofmannsthal eine Einleitung nenne, so ist das ein understatement. Gewiß, sie war als Einleitung gedacht, doch sie ist – ein Thema zieht ja eben immer ein anderes nach sich – immer weiter gewachsen und ist jetzt richtig auf etwa 250 Seiten gediehen, so daß sie als eigener Nachtragsband herausgebracht werden muß. Ich bin an die Sache mit einigem Zögern herangegangen, vor allem weil ich ja kein Philologe bin, aber nun hoffe ich, daß sich doch etwas recht Anständiges daraus entwickelt hat.

Ich hatte dabei – so merkwürdig es klingt – besonders günstige Arbeitsbedingungen, nämlich das Spital. Im Juni hatte ich mir die Hüfte gebrochen, gewissermaßen als Flucht in die Krankheit, um dem Übermaß äußerer Verpflichtungen zu entgehen, und wenn auch manches kein Vergnügen war, besonders die schwere Eingipsung während der Sommermonate, der Arbeitsertrag hat das alles ziemlich wettgemacht. Fast fürchte ich, im Jänner oder Februar wieder ins rauhe Leben zu treten.

Nehmen Sie bitte nochmaligen Dank sowie herzlichste Weihnachts- und Neujahrsgrüße entgegen.

Aufrichtigst Ihr
Hermann Broch

[WV]

1 Werner Vordtriede, »Der Tod als ewiger Augenblick. Ein wiederkehrendes Symbol bei Annette von Droste-Hülshoff und Hugo von Hofmannsthal«, *Modern Language Notes,* 63. Jg. (1948), S. 520-525. Brochs *Tod des Vergil* wird dort auf S. 521 erwähnt.

1949

631. An Melvin J. Lasky

Princeton Hospital, Princeton N. J.
January 12, 1949

Dear Mr. Lasky[1]:
Many thanks for your letter of November 22. I apologize for the belated answer which is due to my prolonged presence in the hospital. I should be glad to contribute something to your magazine[2]. In regards to the Hofmannsthal, this has turned out to be a book. I shall try to find a suitable chapter[3]. I will look over my novel with the same purpose and view. I hope you can give a few weeks for this.

Many thanks for sending me the copies of »Der Monat« which turns out to be an excellent magazine and good propaganda as well.

When I looked through the magazine it occurred to me that you might occasionally want to print something by Werner Richter, whose name as a publicist and historian is probably known to you. Among other things he has written an excellent trilogy on the three liberal German princes, Ludwig II, Friedrich III, and Kronprinz Rudolf, and recently a major study on the rise of France since 1870[4]. I have the feeling that his writing would fit well into your magazine and suggested to him that he writes you directly.

Yours sincerely,
Hermann Broch
[DLA]

1 Vgl. Fußnote 2 zum Brief vom 9. 11. 1947 an Waldemar Gurian.
2 *Der Monat*.
3 Aus Brochs Hofmannsthal-Studie wurde im *Monat* nichts veröffentlicht. Auszüge aus Brochs Werk erschienen kurz nach seinem Tode in *Der Monat*, 3/36 (Sept. 1951), S. 632-651.
4 Vgl. Fußnoten 2 und 3 zum Brief vom 2. 1. 1942. Ferner: W. R., *Kaiser Friedrich III* (Zürich: Rentsch, 1938) und *Frankreich. Von Gambetta zu Clemenceau*, ebenda 1946. Vgl. zu letzterer Studie auch Brochs Rezension, KW 10/1, S. 292-297.

632. An Hannah Arendt

14. 2. 49

Hannah, Liebe,
hier haben Sie das Symbol meines Lebens: vor sechs Wochen schrieben Sie mir, vor fünfen kam der Kravchenko[1], und ich habe nicht geantwortet, nicht gedankt, weil ich dachte, Ihnen spätestens innerhalb drei Wochen zumindest die Hälfte des politischen Buches schicken zu können. Ich habe wie ein Wilder gearbeitet, um dieses Büchel, das ich auf 180 Seiten veranschlagt hatte, sozusagen postwendend fertig zu machen: jetzt bin ich richtig auf der Hälfte des gedachten Pensums, d. h. auf Seite 80, nur hat es nicht drei, sondern sechs Wochen gedauert, und es ist nicht die Hälfte, sondern just ein Sechstel, bestenfalls ein Fünftel des ganzen Buches[2].

Und um gleich wie das berühmte Andersen-Rentier[3] weiter von mir zu erzählen: ich bin ob dieses Buches in Verzweiflung. Ich wollte für dieses Buch 500 000 Leser haben, erstens weil es eine »message« bringt und daher wirklich gelesen werden sollte, zweitens weil es mir zusteht, endlich einmal etwas Geld zu bekommen, und drittens weil ich Knopf versprochen habe, ihm etwas derartiges zu liefern. Also müßte es so leicht als möglich geschrieben sein und nicht mehr als höchstens 240 Seiten haben. Aber ich habe mir damit eine unmögliche Aufgabe gestellt. Offenbar lassen sich philosophasterische Neuentdeckungen nicht auf den ersten Anhieb popularisieren. Deswegen wollte ich ja das Ganze als dritten Band der Massenpsychologie bringen, in der schon systematisch vorbereitet ist, was ein System, was ein Modell ist, inwieferne solche Begriffe auf die Politik ihre Anwendung finden können, usw. Statt dessen habe ich die Sache hier von Anfang an, eben von wegen der Leichtigkeit, mit Schmonz[4] garniert, und als ich zum Wesentlichen kam, nämlich zur Neufundierung des Naturrechts, da wurde die Geschichte eben mangels methodischer Vorbereitung doppelt schwer, wahrscheinlich schwerer, als sie gewesen wäre, wenn ich es sozusagen wissenschaftlich angepackt hätte.

An und für sich ist die Neufundierung des Naturrechtes, das ich jetzt aus guten Gründen auf Menschenrecht umtaufe

– wüßten Sie eine bessere Bezeichnung? –, wirklich eine fast überraschende Angelegenheit, und deswegen habe ich auch kein zu schlechtes Gewissen, Sie zu bitten, das Zeugs zu lesen, obwohl es mir furchtbar ist, Ihnen Zeit wegzunehmen; allzugut weiß ich, was Zeit bedeutet. Auch Monsieur[5] bitte ich um zwei Lesestunden. Soweit ich die Literatur kenne – ich kenne sie allerdings nur bis etwa 1936 –, ist nichts dergleichen je konstruiert worden. Der Staatswissenschaftler Schiffer[6], den ich gefragt habe, meint – hoffentlich mit Recht –, daß auch nachher nichts ähnliches zu finden ist. Und so bitte ich Sie sogar um rasche Lesung, denn ich brauche Ihren Rat: soll ich das Ganze umschreiben? kann ich wagen, es in der vorliegenden Form Knopf zu geben?

Und jetzt wissen Sie auch, warum ich mir die Rippen gebrochen habe. Ich will vom Leben, das mir in steter Forderung und mannigfach aufgedrängt wird, nichts mehr wissen, darf von ihm nichts mehr wissen wollen; ich will in meiner Zelle bleiben und meinen Nachlaß vorbereiten. Warum? das ist freilich unergründlich; gewiß, die Zeit ist entsetzlich kurz geworden, und es wäre an der Zeit, sie zu »genießen« – und doch und doch: man könnte schier meinen, daß es so etwas wie Seelenheil gibt. Und dazu noch ein Goethe-Vers[7]:

Sieht der ab von seiner Haft,
Weil er schon das Ende absieht,
Hat er's lang noch nicht geschafft;
Absehn ist noch immer Abschied.

Und es kann auch von Busch sein. Jedenfalls denke ich noch an bestseller bei Knopf. [. . .]

Adler hat das gesamte MS geschickt[8]. Ich fliege es durch und schicke es Ihnen. Außerdem verlange ich von ihm, daß er Baeck[9] um ein Attest schreibt, resp. um Zusicherung einer Einleitung. *Soll das Baeck direkt an Cohen*[10] *schreiben?* Bitte sagen Sie mir das baldigst.

Und nun eben Dank für den Brief und Dank für den Kravchenko: auch wenn nur ein Viertel stimmt – aber es stimmt dreiviertel –, ist es genug, und daß er selber ein sehr schiefer Geselle ist, beeinträchtigt das nicht; es ist, wie ich mir's vorstellte, aber es war doch notwendig, es zu lesen, genau wie es notwendig ist, die KZ-Berichte zu lesen, obwohl man sich da auch alles vorstellen kann. Im übrigen, der Adler ist sehr der Mühe wert.

Grüßen Sie Monsieur. Von ganzem Herzen

love

H.

[GW 8]

1 Viktor Andreevich Kravchenko (geb. 1905), russischer Diplomat, der in die USA emigrierte. Gemeint ist sein Buch: *I Chose Freedom. The Personal and Political Life of a Soviet Official* (New York: Scribner, 1946).

2 »Menschenrecht und Irdisch-Absolutes«, KW 12, S. 456-510 und S. 573.

3 Vgl. Fußnote 5 zum Brief vom 3. 12. 1948.

4 Schmonzes: Herkunft unsicher; umgangssprachlich für »leeres Gerede« bzw. »Wichtigtuerei«.

5 Heinrich Blücher, Der Gatte Hannah Arendts.

6 Walter Schiffer (1906-1949), deutscher Völkerrechtler, der während der Zeit des Nationalsozialismus über die Schweiz in die USA emigrierte. Von 1943 bis 1948 war er Mitglied des Institute for Advanced Study in Princeton, 1944/45 lehrte er an der Syracuse University. Vgl. seine Bücher: *Die Lehre vom Primat des Völkerrechts in der neueren Literatur* (Leipzig und Wien: F. Deuticke, 1937) und *The Legal Community of Mankind. A Critical Analysis of the Modern Concept of World Organization* (New York: Columbia University Press, 1954).

7 Diesen im Divan-Ton geschriebenen Vers entwarf Broch auf der Rückseite eines Briefes von Hannah Arendt, in dem diese ihm geschrieben hatte: »Und nun der alte Goethe, der mich für immer in meiner Schüchternheit bestätigt hat, was viel besser und angenehmer ist, als sie durch psychologische Kunststückchen loszuwerden«: »Nüchtern-mystisch, mystisch-nüchtern,/ Anders ist es nicht zu machen./ Darum ist dein Wissen schüchtern,/ Deine Schüchternheit dein Wachen.«

8 H. G. Adler, *Theresienstadt 1941-1945. Das Antlitz einer Zwangsgemeinschaft* (Tübingen: Mohr, 1955). Vgl. Brochs Rezension in KW 9/1, S. 404-405.

9 Leo Baeck (1873-1956), Rabbiner. Die Jahre 1943 bis 1945 verbrachte Baeck wie H. G. Adler im Konzentrationslager Theresienstadt. Von 1948 bis 1953 lehrte Baeck Judaistik am Hebrew Union College in Cincinnati und war gleichzeitig Präsident der World Union for Progressive Judaism (1946-1956).

10 Elliot E. Cohen, Herausgeber der New Yorker Monatsschrift *Commentary* von 1945 bis 1959.

633. An Werner Kraft

15. 2. 49

Lieber Dr. Kraft,

[. . .] Eine Richtigstellung: ich klage nicht über das Überflüssigwerden der Kunst; ich stelle bloß diesen Prozeß fest. Und ich halte das für eine objektive Tatsache, nicht für meine persönliche Meinung oder Entscheidung. Denn jede Zeit hat ihre »Leitwerte«; die tauchen in Wellen auf und verschwinden wieder; die Kunst war Leitwert in Athen (jedoch nicht in Rom), dann wieder in der Renaissance, vielleicht noch in der Romantik; zu anderen Zeiten, so im Mittelalter, war sie bloß »Begleitwert«, und mehr kann sie für die nächste Periode auch nicht sein, besonders da sich ja auch – ein Symptom – ihr innerer Akzent verschoben hat, d. h. ihre intern-künstlerischen Leitwerte sind zu anderen Ausdrucksformen, wie etwa zum Film, übergegangen. Auch an der Stellung des jeweiligen Naturalismus läßt sich das beobachten. [. . .]

[GW 8]

634. An Hans Reisiger

15. 2. 49

Lieber Freund H. R.,

[. . .] Ich habe das Gefühl, daß ich zehnmal besser arbeiten würde, wenn ich wieder einen richtigen Berg sehen könnte; oder genauer, es ist weniger das Visuelle, das diese Art Heimweh verursacht, es ist vor allem und ganz intensiv die Sehnsucht nach dem Alpengeruch, nach dem einer Bergwiese im Winter, ja sogar auch nach dieser merkwürdigen Föhn-Atmosphäre, die Ihnen so schlecht tut, während sie mich nie gestört hat. Nun, vielleicht gibt es doch noch ein Zusammentreffen in der dortigen Gegend. Und gleich bei dieser Gelegenheit: haben Sie etwas von Fritz Jerusalem[1] gehört? wir wechselten 1940 noch einige Briefe, doch dann begann die Postverbindung schwierig zu werden, und so schlief sie ein. Ich wüßte gerne, was er macht.

Sind Sie die Schwindelanfälle in Partenkirchen gänzlich losgeworden? Natürlich kann das Einstellen des Rauchens nur günstig sein – ich wollte, ich hätte gleichzeitig die Energie dazu, bevor ich dazu gezwungen sein werde –, doch wenn Sie es durchaus nicht aushalten: wäre Ihnen nicht die so viel leichtere Pfeife gestattet? Zigaretten sind mir unmöglich geworden, aber die Pfeife spüre ich überhaupt nicht. Wenn es also Ihr Arzt erlaubt, möchte ich Ihnen eine amerikanische Pfeife schicken.

Ich möchte umso lieber jetzt hinüberkommen, als ich die »Demeter«[2] fertigstellen soll. Sowohl Brody wie der amerikanische Verlag wollen das Buch so bald wie möglich haben. Und natürlich könnte ich es in der Ursprungsumgebung[3] am besten zustandebringen: außerdem könnte ich dabei Geld ersparen. Aber nicht nur, daß ich hier vielleicht nun doch – unberufen und unberufen – eine dauernde akademische Stellung bekommen werde, ich muß unbedingt erstens meine englische Hofmannsthalausgabe, zweitens meine »Politik der Humanität« und drittens meine Erkenntnistheorie fertigstellen, lauter Bücher, die sozusagen vor dem Abschluß stehen und doch noch Monate Arbeiten benötigen. Welch ein Beruf! Ein Wiener Mädel, das nach Paris ging und dort eine richtige grande cocotte wurde, kam nach Wien zurück, um's Mutterl zu besuchen, und gefragt, wie es ihr in ihrem Pariser Glanze ginge, antwortete sie: »Une vie abominable und a schwer's Gschäft.« Das ist eine wahre Geschichte, und genau das sind wir.

Ich bin maßlos überarbeitet. Noch immer im Spital, denn durch die lange Immobilität und den Gips hat sich eine Muskelatrophie mit Zirkulationsstörungen entwickelt, die nur ganz langsam weicht; weiters mit drei Büchern auf der Schreibmaschine und schließlich mit einem täglichen Posteinlauf von durchschnittlich 10 Briefen, frage ich mich oft, warum nicht alles hinschmeißen und die letzten Jahre einfach »leben«. Ein solcher Brief wie dieser hier an Sie ist für mich schon ein Stück »Leben«, nämlich menschliches Zwiegespräch. Ansonsten läuft alles in der Kategorie Pflicht ab. Mit Manns bin ich völlig außer Kontakt geraten; aber ich will einen großen Aufsatz über den Faustus schreiben[4], nicht nur wegen der Größe dieser Leistung, sondern sozusagen auch als menschliches Tribut gegen einen, der mir wichtig ist; es gibt nicht viele.

Anja Herzog, die sich übrigens immer nach Ihnen erkundigt, drängt, ich möge nach Mexiko kommen: sie nennt es das menschlichste Land der Erde, weit menschlicher als alles in Europa – ich stelle mir vor, daß Asien und besonders China noch menschlicher sein müßten –, aber sicherlich ist es menschlicher als die U.S.A., die kein richtiger Platz zum Sterben sind. Daß man in einem »Funeral Parlor« geschminkt aufgebahrt wird, ist eine gespenstige Idee; der Tod wird hier weggeleugnet. Nebenbei: wissen Sie, ob der alte Professor Friedländer[5] in Aussee wirklich gestorben ist? ich hörte es gerüchteweise aus der Schweiz, doch bevor ich kondoliere, muß ich mich doch vergewissern. Er hatte einen Schlaganfall mit Seh- und Bewegungsstörungen, aber in seinem letzten Brief von Weihnachten, den er freilich diktiert hatte, berichtet er von langsamer Besserung. Im übrigen war jeder seiner Briefe voller Klagen gegen Burgmüller; es ist ein Zerwürfnis, das mich auf 4000 km Entfernung eigentlich nichts angeht, und aus dem ich außerdem absolut nicht klug werde. Aber ich möchte Sie wirklich nicht damit behelligen, obwohl Sie mir immer wieder als die kompetente Auskunftsperson genannt werden. Viel lieber möchte ich von alldem nichts wissen. Und man soll sich dieses so viel zu kurze Leben nicht verarmen lassen. In unserem Alter muß man aus dem Traum erwachen, um in den Schlaf eingehen zu können.

Der Brief ist zu lang geworden; es war die Freude, mit Ihnen wieder einmal sprechen zu dürfen. Nehmen Sie Glückwünsche zum Aischylos[6]. [. . .]

[GW 8, HRe]

1 Nicht ermittelt.
2 Dritte, Fragment gebliebene Fassung des Romans *Die Verzauberung*. Vgl. KW 3, S. 404 f.
3 Von September 1935 bis Juli 1936 hatte Broch in Mösern/Tirol an der ersten und zweiten Fassung der *Verzauberung* gearbeitet.
4 Diese Studie wurde nicht geschrieben.
5 Adolf Albrecht Friedländer (1870-1949), Wiener Medizinprofessor, den Broch in den Jahren zwischen 1936 und 1938 in Bad Aussee kennengelernt hatte. Vgl. Friedländers Publikationen:

Diplomatie. Nationale und internationale Psychologie (Halle: Neberts, 1919); *Medizin und Politik* (Stuttgart: Enke, 1929); *Wilhelm II. Versuch einer psychologischen Analyse* (Halle: Marhold, 1919).
6 Hans Reisiger, *Äschylos bei Salamis. Erzählung* (Hamburg: Rowohlt, 1952).

635. An Karl Kerényi

Hospital, Princeton, 19. 2. 49

Lieber verehrter Professor Kerényi,
in einem Buch von Ihnen[1] einen Platz bekommen zu haben, ist eine große Ehre; ich brauche Ihnen nicht eigens zu sagen, wie sehr ich es als solche empfinde. Und gar in einem solchen Buch. Aber eben weil es ein *solches* Buch ist, empfinde ich die Ehre als einigermaßen unverdient. Denn was hat ein ignoranter Dilettant, wie ich es bin, in einem so profund gelehrten Werk zu schaffen?

Das ist ja der Mangel des Nur-Philosophen geworden: seine Spekulationen sind bloß Meinungen, sind ein Herumhantieren mit Wolken, die bei jeder Berührung mit dem Empirischen und dem wirklichen Wissen sich in nichts auflösen. Mein Mißtrauen gegen alles rein Spekulative und Dialektische ist turmhoch; das ist ja einer der Hauptgründe, um deretwillen ich philosophisch so wenig publiziert habe, obwohl meine erkennntnistheoretischen Aufzeichnungen bereits Tonnengewicht haben: ich versuche, sie zu mathematisieren, da mir dies, mangels anderweitigen Wissens, als der einzige Weg zur Erreichung halbwegs konsistenter Aussagen erscheinen will.

Diese Klage ist natürlich Neid, der Neid des Unbemittelten. Aber es ist ein dankbarer Neid. Sie haben mir mit diesem Buch unendlich viel gegeben. Und durch Ihre souverän meisterhafte Darstellung haben Sie die Fülle in einer Weise gebändigt, daß man im ersten Augenblick gar nicht merkt, wie viel Sie einem schenken; erst hinterher weiß man, wie groß die Bereicherung war und wie sehr sie als solche bleibt.

Ich drücke Ihnen dankbar und verehrungsvoll die Hand; nehmen Sie alle guten Grüße. [. . .]

[GW 8]

1 Vgl. Karl Kerényi, *Niobe* (Zürich: Rhein-Verlag, 1949). Kerényi zitiert dort auf S. 36 aus Brochs Aufsatz »Die mythische Erbschaft der Dichtung«. Vgl. KW 9/2, S. 202-211.

636. An Hannah Arendt

21. 2. 49

Hannah, Liebe,
ich wollte Ihnen die Mühe des Lesens und vor allem des Schreibens ersparen, als ich Ihnen sagen ließ, daß die Sache doch nochmals umgebaut werden müsse, bin also über Ihren Brief doppelt gerührt. Ich polemisiere also gerührt.

(1) Wenn ich die Schrift[1] als eine ausschließlich rechtstheoretische und rechtsphilosophische aufzäume, müßte es fachlich gemacht werden, d. h. mit dem ganzen zugehörigen Apparat. Manches habe ich mir dazu vorbereitet, weil es ja ein Teil der Massenpsychologie werden soll, und wenn ich so weit bin – wenn, oh wenn –, ließe sich auch diese Separatveröffentlichung vornehmen. Nur brauche ich dann dazu die Hilfe eines Staatsrechtlers, der die ganze Literatur kennt. Ich selber bin ja ein unbeschriebenes Blatt, und wo es beschrieben ist, da ist es (sogar mir und eben mir) unleserlich.

Es ist mein Schicksal, alles, was ich wirklich entdecke, irgendwo als Appendix zu verstecken. So ging es mit der Geschichtsphilosophie in den Schlafwandlern, und so wird es wohl auch mit dem Menschen-Naturrecht gehen. U. zw. weil ich es zur Fundierung der Politik brauche: wo denn soll der gesetzschaffende Akt fundiert werden als im Vor-Gesetz?

(2) Ohne Ich-Theorie keine Werttheorie, ohne Werttheorie keine Ethik und Ästhetik. Und nachherüberzurück keine Anthropologie. Auf diesen simplen und dabei radikalen Sachverhalt muß man immer wieder hinweisen. Und ich

glaube vertreten zu können, habe es doch auch schon durchgeführt und nur wieder versteckt, daß hier der Schlüssel zu jeglicher Symboltheorie verborgen liegt.

Die Ich-Expansion wie -Reduktion sind nicht nur psychologische, sondern auch erkenntnistheoretische Fakta, die durch nichts abzuleugnen sind; es handelt sich nur darum, sie in ihrer Ganzheit zu erfassen. Mit Analogieschlüssen wie Ich-Expansion und Imperialismus darf man freilich nicht operieren; das ergibt bloß die Erklärung von Teilwerten. Nein, das halte ich – wenn ich es auch in dem kurzen Abriß kaum anzudeuten vermochte – für äußerst hieb- und stichfest. Ohne das Wert-Modell des Ich wäre mir der Aufbau der Massenpsychologie schlechterdings unmöglich gewesen (und mit ihm ebenso).

(3) Am Beispiel der Fünfzigjährigen ist ein Formalfehler, der Sie verwirrt hat. Zuerst muß man nachweisen, wo das positive Recht bei Erreichung des »negativen Pols«, also der Todesstrafe, mit sich selber in Konflikt kommt, und dann kann man erst mit dem Beispiel einsetzen. Das wird vollkommen klar werden.

(4) Alle (magischen) Primitivgesellschaften haben Gesetze ohne Strafen, d. h. die Gesetzübertretung ist so viel wie Selbstmord. Ein Rest davon ist die »Ehre«, ohne die man nicht leben kann. Ihr spartanisches Gegenbeispiel stimmt daher nicht; man kann ohneweiters aus »Ehre« sich als Fünfzigjähriger zur Exekution stellen. Um diesen Einwand abzuschneiden, habe ich ja in das Beispiel den »Verlust der bürgerlichen Ehren« einbezogen.

(5) Mit dem Gesetz und dem Dekret haben Sie schon recht: aber der Drehpunkt *ist* die Strafe. M. a. W., die Gesetze wollten noch Konkretisierung des Gottes- und Naturrechtes sein; doch *weil* diese Fundierung dahinschwand, verschob sich der Gesetzes-*Schutz* immer weiter zur Strafe hin, und ebendeswegen durfte und *mußte* ich diese in den Mittelpunkt der Begriffsbildung rücken. Zwischen Gesetz und Dekret besteht lediglich die Formaldifferenz der »Delegierung«. Daß man in einer Zeit des dahinschwindenden Rechtsgedankens bedenkenlos auf die Delegierungsgesetzgebung durch Dekrete übergeht, ist nur selbstverständlich; die (imperialistische oder sonstige) Zwangsherrschaft ist eine Paralleler-

scheinung hiezu, und wie so oft verkreuzen sich Parallelerscheinungen auch miteinander kausal.

(6) Die Todesstrafe wurde von mir bloß, pour fixer les idées, als Maximum angenommen. Deswegen habe ich sie ja durch die These der Nichtverschärfbarkeit ergänzt. Ebensogut können Sie langsames Rösten auf kleinem Feuer als Maximum annehmen. Es läßt sich nur schwer feststellen, was wirklich eine »Maximalstrafe« ist; doch welche Torturen man immer sich ausdenkt, sie enden mit dem Tod, und wenn der Körper sich gegen sie aufbäumt, so bäumt er sich gegen den Tod auf. Also durfte das weggelassen werden; es handelte sich ja bloß darum, das Modell in der irdischen Absolutheit zu verankern.

(7) Wenn Sie zwischen meinem Menschenrecht und dem Natur-, besser Gottesrecht unterscheiden, so kann ich nur beipflichten: im letzten Abschnitt weise ich ja darauf hin – es ist der Unterscheid zwischen Recht und Gerechtigkeit. Wichtig war mir:

(a) Die Gerechtigkeit ist von »oben« bestimmt und gestattet keine Modellerrichtung; im Gottes- und Naturrecht werden Recht und Gerechtigkeit miteinander verwechselt, und deshalb führten sie beide zu keinen Modellen;

(b) im Irdischen kann man bloß mit Modellen operieren;

(c) das Menschenrecht ist Modell, ohne deshalb positives Recht zu sein;

(d) zum Unterschied vom »Recht an sich«, das ein Formal-Modell ist, ist das Menschenrecht inhaltliches Modell;

(e) man braucht sowohl das Formal- wie das inhaltliche Modell; erst beide zusamen (in ihrer gegenseitigen Bedingtheit) bilden ein Modell der »Gerechtigkeit«, und erst in ihrem Zusammenhalt konkretisieren sie sich im positiven Recht;

(f) das sogenannte »Rechtsempfinden« weiß das ganz genau, obwohl bisher noch nicht formuliert, und eben darum gibt es von hier aus den Zugang zu einer Politik der »Anständigkeit«.

Und eben weil das noch nicht scharf genug dargestellt ist, muß ich [es] umarbeiten.

Soweit meine gerührte Polemik. Hoffentlich spüren Sie auch den Dank heraus; hoffentlich bringe ich die korrigierte Fassung bald fertig. Alles ist zu viel, viel zu viel, das kommt vom vertanen Leben.

Und anbei der Brief Barretts[2]. Ich habe nun bei Brody das Kerényische Super-Gutachten[3] urgiert. Was soll dazwischen hier geschehen? haben Sie die Sache nicht initial mit Wolff[4] und Schiffrin[5] besprochen?

Und nun hiezu eine ganz andere Angelegenheit: wie Sie wissen, habe ich im Vorjahr für den todkranken Schiffer[6] eine Kollekte zusammengebracht, die mir einen Hüftbruch (der freilich auch andere Gründe hatte) und ihm eine kleine Lebenssicherung bis August 49 eingetragen hat. Ich glaube kaum, daß man auf eine Verlängerung der Sorge um ihn über diesen Termin hoffen kann, aber es gibt bekanntlich Wunder. Ich will aber heuer nicht wieder zehn-dollar-weise sammeln: ich möchte, daß er sein – wegen seiner Krankheit noch immer nicht fertiggestelltes – Buch bei einem Institut, z. B. beim »Institute for World Affairs«[7] (wo ich die Leute kenne) einreicht, und daß zwei, höchstens drei Sponsoren das Institut hiefür alimentieren. Die Arbeit selber ist außerordentlich, sozusagen genial-eng und eng-genial, wie es sich für einen juristischen Geist gehört. Ich bin von der Schärfe und Reinlichkeit dieser Denkart ungemein beeindruckt, und ebendarum finde ich den Fall für besonders tragisch, denn der Mensch ist ja erst 43 Jahre alt. Und ist von Todesangst durchschüttelt.

(NB. was geschähe mit der Furcht, wenn es keinen Tod gäbe? ich würde es ja gerne ausprobieren, aber ansonsten läßt sich darüber absolut nichts aussagen, denn auf unmögliche Prämissen kann man höchstens dichtend etwas aufbauen.)

Um aber auf Schiffer zurückzukommen: ich habe in der Sache noch nichts unternommen. Ein Institut wie eben das für World Affairs werde ich wohl jedenfalls mobilisieren können, doch das hat nur Sinn, wenn sich wirklich Sponsoren dazu finden. Ich habe im Vorjahr mit World Affairs gesprochen, denn ich hoffte erst, daß man den regulären Weg eines »projects« gehen könnte, d. h. Beanspruchung einer Finanzierung durch Rockefeller oder ähnliche Stellen. Das wurde mir abgelehnt, weil die Rockefeller-Zuschüsse für die internen projects verwendet werden, kurzum, weil diese Quelle für Eigenzwecke reserviert werden sollte. Allerdings habe ich damals nicht mit Alvin Johnson selber gesprochen, und es mag immerhin sein, daß die Dinge einen bessern Weg nehmen, wenn er sich selber für Schiffer einsetzt. Das soll also jedenfalls versucht werden. Doch daneben will ich etwaige Privatsponsoren nicht außeracht lassen; der August ist bald da. Und so wollte ich Sie fragen: glauben Sie, daß Frau Braun-Vogelstein für so etwas zu haben wäre, wenn sich ein Institut mit einer offiziellen Anfrage an sie wendet? Es handelt sich, wie gesagt, nicht um charity, sondern um die Finanzierung einer m. E. wichtigen wissenschaftlich-staatstheoretischen Untersuchung. Und natürlich ist nicht gemeint, daß Sie oder Monsieur sich dafür einsetzen: das ist nur eine rein akademische Anfrage. (Auch ich würde dabei nicht in den Vordergrund treten; es wäre eine rein offizielle Sache.)

Adler schreibe ich also jetzt, daß Leo Baeck direkt sich mit Cohen in Verbindung setze. Das Gesamt-MS bekommen Sie nächste Woche.

Ich hoffe, daß man jetzt wirklich schon auf *baldiges* Wiedersehen sagen kann. Mit ganzem Herzen und mit ganzer Seele und mit ganzem Vermögen

immer Ihr
H.

Vordtriede mit Dank retour; ich habe auch so ein Exemplar[8]. Es ist schön und eine Ehre, daß er mich zitiert, aber es ist die Geschichte vom Engel in Smežow, die mir kürzlich, als ich anderweitig zitiert wurde, eingefallen ist:

In Smežow lebt ein Jid, und dem erscheint eines Nachts ein Engel Gottes. Am Morgen rennt er natürlich zum Rebbe mit der Geschichte, aber der Rebbe regt sich darüber nicht auf. Schreit er: »Rebbe, wos is? gloobt Ihr mir nit? Es war ä Engel.« – »Glooben tu ich der schon.« – »Aber ä Engel, Rebbe, ä scheiner groisser Engel.« – »Jo.« – »Rebbe, ä Engel von Gott.« – »Jo.« – »No Rebbe is dos nix?« – »Ae Powele vün ä Engel, wenn se ihn schicken af Smežow.«

[GW 8]

1 »Menschenrecht und Irdisch-Absolutes«, KW 12, S. 456-510.
2 Broch hatte an John D. Barrett, den Leiter der Bollingen Series, ein Gutachten über eine Studie von Julie Braun-Vogelstein *(Geist und Gestalt der abendländischen Kunst)* geschickt. Vgl. KW 10/1, S. 285-291.

3 Broch bat seinen Verleger Daniel Brody, sich an Karl Kerényi zu wenden, damit er ein weiteres Gutachten über Julie Braun-Vogelsteins Manuskript an Barrett schicke. Julie Braun-Vogelstein war mit Hannah Arendt befreundet.
4 Kurt Wolff.
5 Jacques Schiffrin, Mitarbeiter Kurt Wolffs im Pantheon Verlag in New York, wo die Bollingen Series, eine Reihe der Bollingen Foundation, erschien. Vgl. Brochs »Abschiedsworte für Jacques Schiffrin«, KW 9/1, S. 419-420.
6 Walter Schiffer; vgl. Fußnote 6 zum Brief vom 14. 2. 1949.
7 Das Institute for World Affairs – ein Programm innerhalb der New School for Social Research in New York – wurde von Brochs Freund Hans Staudinger und von Adolf Lowe geleitet.
8 Vgl. Fußnote 1 zum Brief vom 21. 12. 1948.

637. An Anna Lindemann[1]

One Evelyn Place
Princeton, N. J. 21. 2. 1949

Hochverehrte Frau Professor!
Verzeihen Sie die etwas verspätete Beantwortung Ihres Schreibens v. 23. Nov. Ich bin seit vielen Monaten mit einem schweren Hüftbruch spitalsinterniert, und das verlangsamt natürlich sowohl Arbeit wie Korrespondenz.

Ich brauche Ihnen nicht zu sagen, wie sehr ich mich durch Ihre Anfrage geehrt fühle. Und ich brauche Ihnen auch nicht zu sagen, wie gerne ich einen deutschen Lehrauftrag annehmen würde. Wenn ich trotzdem nicht zusagen kann, so hat das gewichtige Gründe, u. z.

1) ich habe 1944 unter den Auspizien der Rockefeller Stiftung eine umfassende Untersuchung massenpsychologischer Phänomene in Angriff genommen; die Resultate sollen in einem drei- bis vierbändigen Werk niedergelegt werden, und da dieses erst bis zur Hälfte gediehen ist, fühle ich mich der Stiftung gegenüber verpflichtet, es hier abzuschließen, ehe ich einen andern Auftrag übernehme;

2) diese wissenschaftliche Arbeit ist mir wesentlich wichtiger als meine literarische, und wenn ich einen Lehrauftrag

übernehme, so könnte ich mich kaum entschließen, Literatur vorzutragen; dagegen würde ich sehr gerne meine massenpsychologischen Resultate jungen Menschen zur Kenntnis bringen, und das setzt voraus, daß meine gegenwärtigen Untersuchungen erst abgeschlossen seien.

Ich glaube, daß Sie diese Gründe vollauf würdigen werden.

Indem ich Sie, hochverehrte Frau Professor, bitte, den Ausdruck meines aufrichtigen Dankes entgegen zu nehmen, bin ich

in ausgezeichneter
Wertschätzung ergeben
Hermann Broch

[YUL]

1 Anna Lindemann war seinerzeit kommissarische Leiterin der Gesellschaftswissenschaftlichen Fakultät der Friedrich-Schiller-Universität Jena. Sie hatte – auf Betreiben Herbert Burgmüllers hin – Broch einen Lehrauftrag angeboten. In ihrem Brief hieß es: »Wir suchen für unsere im Aufbau befindliche Gesellschaftswissenschaftliche Fakultät an der Friedrich-Schiller-Universität Jena einen fortschrittlichen Psychologen, der die Psychologie in ihrer gesellschaftlichen Bedeutung darstellen könnte, oder auch die gesellschaftlichen Grundlagen eines anderen Faches (Herr Burgmüller sprach von Literatur) darbieten könnte.«

638. An Karl Ludwig Schneider

21. 2. 49

Verehrter lieber Herr Schneider[1],
vielen Dank für Ihre freundlichen Zeilen v. 20. 1. sowie für die Nummern der »A. R.«[2], die vor wenigen Tagen eingetroffen sind, innerlich wohlgelungen und äußerlich in wesentlich verbesserter Aufmachung. Und angesichts der Schwierigkeiten, mit denen Sie zu kämpfen hatten (und wahrscheinlich ja noch immer zu kämpfen haben), ist das wohl ein Erfolg, zu dem man Sie beglückwünschen kann. Ich kann mir sehr wohl

vorstellen, was es heißt, jetzt in Deutschland ein solches Unternehmen wie das Ihre zu führen und auf qualitativer Höhe zu halten.

Gegen die Verschiebung der Veröffentlichung[3] für Ende April habe ich selbstverständlich nichts einzuwenden, und das nämliche gilt für Kahler. Dagegen ist es leider ausgeschlossen, daß ich Ihnen noch einen separaten Beitrag für dieses Heft liefere. Ich bin jetzt seit vollen neun Monaten mit einem Hüftbruch im Spital, muß dringendst zwei Bücher fertigstellen (eines über Hofmannsthal, dessen englische Herausgabe ich übernommen habe, das andere mir noch wesentlich dringlichere über die psychologischen Grundlagen der heutigen Weltpolitik, beide jedoch von den Verlegern erbarmungslos urgiert), und wenn ich mir auch mein Spitalszimmer in einen Arbeitsraum umgewandelt habe, das Arbeitstempo ist doch ein wenig herabgemindert.

Ich freue mich, daß Sie sowohl die »Schlafwandler« wie den »Vergil« besprechen werden[4], bin jedoch der Ansicht, daß ich Ihrem Referenten da nicht allzu viel dreinreden soll. Und ich könnte es umsoweniger, als ich hiezu die »Schlafwandler« erst selber wieder lesen müßte. Und wahrscheinlich würde ich kaum mehr eine Beziehung zu dem Buch finden, z. T. wohl auch, weil mir der Roman als Kunstgattung überhaupt kaum mehr etwas sagt; in meinem Hofmannsthalbuch trachte ich zu zeigen, wie sehr der Roman ein Erzeugnis des 19. Jahrhunderts ist, wie sehr er zu Wagner und Brahms gehört, und all das spätromantische, überinstrumentierte Getue – die letzten Ausläufer reichen bis heute, und die Schlafwandler muß ich ehrlichkeitshalber dazurechnen – wird mir fast physisch unerträglich. Dagegen stehe ich nach wie vor zu den in das Buch hineingearbeiteten wert- und geschichtsphilosophischen Skizzen: sie wurden damals (selbstverständlicherweise) von der Fachphilosophie übersehen, doch nun sickern sie langsam zu ihrem Ursprungsgebiet zurück, und mehr und mehr höre ich von Philosophie-Seminaren, in denen diese Theorien behandelt werden. Einmal hoffe ich ja doch, sie auch fachphilosophisch zusammenfassen und vertiefen zu können. Wenn Sie also das Buch einem nicht nur literarisch sondern auch philosophisch interessierten Referenten geben könnten, so wäre mir das freilich lieb.

Ähnliches gilt auch für den Vergil. Und auch hier möchte ich Ihrem Referenten nichts dreinreden. Dagegen schicke ich Ihnen eine ausgezeichnete, rein technische Analyse des Buches, die aus Vorlesungen Prof. Weigands[5] an der Yale University hervorgegangen ist. Sie ist ein ausgezeichnetes Instrument zur Erkenntnis der technischen Struktur usw., mag also Ihren Referenten interessieren.

Verzeihen Sie, daß ich den Jaspers-Band[6] nicht früher bestätigt habe. Ich glaubte, er sei von anderer Seite gekommen und habe daher in der unrichtigen Richtung gedankt. Ich bin ganz ungemein froh, dieses bedeutende Werk zu besitzen und danke Ihnen aufs wärmste dafür.

Mit allen guten Wünschen und Grüßen

Ihr ergebener
Hermann Broch
[KLS, YUL]

1 Karl Ludwig Schneider (1919-1981), Literaturwissenschaftler; damals Doktorrand am Germanischen Seminar der Universität Hamburg und Herausgeber der *Hamburger Akademischen Rundschau.*
2 *Hamburger Akademische Rundschau,* erschien von 1946 bis 1950.
3 Hermann Broch, »Geschichte als moralische Anthropologie. Erich Kahlers ›Scienza Nuova‹«, in: *Hamburger Akademische Rundschau,* 3/6 (1949), S. 410-416; ferner: KW 10/1, S. 298-311.
4 Diese Besprechungen erschienen nicht.
5 Vgl. Fußnote 2 zum Brief vom 12. 2. 1946.
6 Karl Jaspers, *Von der Wahrheit* (München: Pieper, 1947),

639. An Volkmar von Zühlsdorff

Princeton, N. J., 28. 2. 49

Liebster Volkmar,
heute ist der erste Tag, den ich nach einer zweiten (nicht ganz leichten und vorderhand noch recht schmerzhaft nachwirkenden) Bauch-Operation außer Bett bin – alles noch Nachzügler meines Unfalls –, und dies ist auch der

Grund, der mich Weihnachtskarte und Weihnachtsbrief noch nicht beantworten ließ. Doch nicht nur, daß ich mir vorgenommen hatte, daß die erste Außer-Bett-Handlung zu Ihnen gerichtet sei, es traf heute auch Ihr »Washington Stuff«[1] ein.

Wir stimmen in allem überein, Volkmar, bis auf die Fragen der Taktik und der politischen Erziehung, eben als Erziehungstaktik. Wir stimmen überein in dem Wunsch nach einer »anständigen« Führung der Weltgeschichte, und wir stimmen über den Begriff der Anständigkeit überein. Und wahrscheinlich stimmen wir auch in der Verzweiflung überein, denn wir wissen beide, daß Politik mit machiavellistischer Unanständigkeit geführt wird, ja daß Machiavelli ein Moral-Engel war, wenn man ihn mit dem vergleicht, was heute, geradezu als nachträgliche Bestätigung Hitlers, geschieht und offenbar sich immer noch weiter verschärft. Wahrscheinlich stehen wir beide auf verlorenem Posten.

Worin differieren wir? Was die National Weeklies[2] und die Hubertus-Berichte angeht, so erachte ich für unrichtig, Deutschland als ein Land von unschuldigen und jetzt zu Unrecht verfolgten Lämmern darzustellen. Es ist das Land der Nazi gewesen, und hoffentlich stimmt dieses Perfektum; ich erhalte Dutzende von Briefen, speziell aus Österreich – doch niemand wird mir einreden können, daß es in Deutschland anders sei –, und wahrscheinlich gehen diese Briefe bereits in die Hunderte, welche vom ungebrochenen Weiterleben des Nazismus berichten. Dies haben Sie früher nicht zugegeben; erst jetzt, wo es sich herausstellt, daß die Militärregierung diese Elemente benützt, nehmen Sie deren Vorhandensein zur Kenntnis. Und da finde ich es von äußerster Notwendigkeit, daß ein großes amerikanisches Blatt wie die »N. W.« ihre Leser zur Unterscheidung zwischen den beiden Bevölkerungsgruppen erziehe: der Deutsch-Amerikaner *war* hitlerisch eingestellt – dafür habe ich genügend Beweise gesehen –, und wenn er jetzt lediglich von dem den Deutschen zugefügten Unrecht hört, so nimmt er das als eine Rechtfertigung Hitlers. Er wird erst zu einer anderen Meinung gelangen, wenn er vom inner-deutschen Anti-Hitlertum hört. Und gerade wenn die Militärregierung sich davon fernhält, ja das demokratische Deutschland als quantité négligeable behandelt, ist es publizistische Pflicht, diesen klaffenden Riß aufzuzeigen: es gibt zwei Deutschlande.

Ferner halte ich es für unrichtig, den Morgenthauplan immer weiter zu bekämpfen und anzugreifen. Daß Morgenthau als Jude eine Haßpolitik betrieben hat, war vielleicht nicht staatsmännisch, war es sogar sicherlich nicht, aber es war menschlich verständlich. Heute wird der Haß in ihm wahrscheinlich ebenso zusammengefallen sein wie bei den meisten anderen Juden. Dabei verdient der deutsche Spießbürger solchen Haß, und möglicherweise verdient er ihn noch immer. Ich war doch bis 38 in Österreich, und was ich da an Spießbürgergemeinheit und -niedertracht erlebt habe, ist schlechterdings unschilderbar. Trotzdem kann ich keinen Haß mehr aufbringen. Und am allerwenigsten wünsche ich Rechtsbeugungen (Ilse Koch)[3] zum Zweck eines politischen Schaugepränges. Dagegen aber wünsche ich drakonisches Vorgehen gegen alle jene Leute, welche um ihres persönlichen Vorteiles willen Juden, politische Gegner, usw., ins KZ gebracht haben, oder aber durch Androhung von Anzeigen etc. sich Vorteile verschafft und erpreßt haben; die Reihe dieser Verbrechen läßt sich endlos fortsetzen, umsomehr als die Gutheißung des KZ als politische Institution allein schon ein Verbrechen darstellt: all dem läßt sich mit den Bestimmungen des vorhandenen Strafrechts beikommen, all das ist unter Anstiftung und Beihilfe zum Mord usw., usw., zu rubrizieren, und unter eben diesem Gesichtswinkel hätten auch die ganzen Denazifizierungsverfahren aufgezäumt werden müssen; das Geschwätz mit den Mitgliedsnummern war schlechterdings ein Schwindel, denn gerade am Anfang sind Leute zur Partei gegangen, welche in ihr eine ebenso legale politische Unternehmung wie die jeder andern Partei gesehen haben. Und ich werfe auch niemandem vor, daß er hinterher die Partei nicht mehr verlassen hat; das war eben unmöglich. Aber ich weiß von Fällen, in welchen Leute ihre Reue durch Hilfeleistungen an Juden etc. bekundet haben, während umgekehrt andere, obwohl nicht der Partei zugehörig, an den Verbrechen partizipiert haben, um sich hiedurch Vorteile zu verschaffen, und hier hätte die strafrechtliche, wahrhaft nicht politische Diskrimination einsetzen müssen. Statt dessen ist das Ganze aufs politische Gebiet zurückgespielt worden, und die Justiz ist zur Dienerin dieser neuen Politik degradiert worden.

Am meisten empören mich, wie ich schon neulich schrieb, die Scheinheiligkeiten dieser Prozesse. Es gibt keinen Generalstab, der nicht Kriegsvorbereitungen träfe, und dafür Leute zu hängen – ganz abgesehen davon, daß mir jede Todesstrafe ein Greuel ist –, wäre bloß gestattet, wenn jegliche Generalstabstätigkeit, also auch die eigene, als Verbrechen gebrandmarkt werden würde. All das geht ins Absurde. Was nun die Erschießung von Gefangenen anlangt, so las ich vor einigen Monaten den Bericht eines Captains, der mit der Bradley-Armee[4] während der Bulge-Battle[5] aus den Vogesen vorgestoßen war, etwa vierzig deutsche Gefangene gemacht hatte, aber nochmals zurückgehen mußte, so daß angeblich keine andere Wahl blieb, als die vierzig Mann zu erschießen; dieser Captain beschreibt nun tiefgerührt, wie furchtbar es war, Siebzehn- und Achtzehnjährige, welche weinend um ihr Leben gebettelt haben, erschießen zu müssen. Ich hoffe, diesen Zeitungsabschnitt noch finden zu können, und schicke ihn Ihnen, sobald ich ihn finde. Und um von diesem Irrsinn nochmals auf die Ilse Koch zurückzukommen: hier erpreßt man Geständnisse, und bei der Ilse Koch wird die Anklage in einer Form erhoben, daß der schließliche Freispruch zur Notwendigkeit wird, obwohl sich von Anfang an eine ganz andere Anklage hätte erheben lassen. Mehr noch, es sind Tausende von SS-Leuten, die unmittelbar am KZ beteiligt gewesen sind, niemals zur Verantwortung gezogen worden, während Soldaten, die teilweise sicherlich unter Panik gehandelt haben – das nämliche halte ich natürlich den Amerikanern zugute –, gehenkt werden.

Auf all diese Widersinnigkeiten will ich jetzt nicht weiter eingehen. Aber seit Jahren arbeite ich an meiner Massenpsychologie, deren Thema ja nichts anderes als »Bekehrung« ist, nicht religiöse Bekehrung, zu der ich nicht berufen bin, wohl aber eine Art säkularisierte Bekehrung zur schlichten Anständigkeit. Auch hier im Spital habe ich unablässig weiter daran gearbeitet und theoretisch bin ich zu ein paar überraschenden Ergebnissen gelangt, dabei aber genau wissend, daß keinerlei theoretische Erkenntnis unmittelbar etwas nützt. Hätte ich nur ein wenig publizistische Gabe, ich würde trachten, von der Theorie wegzukommen. Doch eben das fehlt mir. Im übrigen zum Publizistischen: ist dieser Bericht über die Prozesse hier veröffentlicht worden? soll ich mich um die Veröffentlichung bemühen?

Lieber Volkmar, ich bin noch einigermaßen schwach, muß also schließen. Sobald ich nur kann, schreibe ich wieder – freilich, bei meiner Arbeitslast kann ich eigentlich niemals, aber irgendwie werde ich es eben doch zusammenbringen. Meine Gedanken sind bei Ihnen allen. In Herzlichkeit Ihr

H. Broch

[GW 8]

1 Politische, in Washington D. C. erscheinende Berichte über Deutschland, die von Zühlsdorff Broch zugeschickt hatte.

2 Gemeint sind die Zeitschriften *America Herold* und *Sonntagspost,* die im Verlag National Weeklies Inc. in Winona, Minnesota erschienen.

3 Vgl. Fußnote 5 zum Brief vom 26. 11. 1948 an Volkmar von Zühlsdorff.

4 Omar Nelson Bradley (geb. 1893), amerikanischer General, von 1949 bis 1953 Chef des vereinigten Generalstabs der amerikanischen Streitkräfte.

5 Battle of the Bulge: Ardennenschlacht, die am 16. 12. 1944 begann.

640. An Elisabeth Langgässer

4. 3. 49

Haben Sie, liebe Freundin, meinen langen Dezember-Brief[1] erhalten? Und nochmals hiezu: ich sehe Möglichkeiten zur Placierung des »Siegels«, wenn man die Übersetzung oder zumindest eine *anständige* Roh-Übersetzung billig in Deutschland anfertigen lassen könnte.

Mit herzlichen Wünschen und
Gedanken Ihr
Hermann Broch

Ich bin noch immer im Spital.

[EL]

1 Vgl. den Brief vom 3. 12. 1948.

641. An Hermann Kasack

Princeton, N. J. – 6. 3. 49

Ruth Norden hat mir *Die Stadt hinter dem Strom*[1] ins Spital gebracht. Ich brauche Ihnen wohl nicht zu sagen, wie tief ich von diesem außerordentlichen Werk berührt bin; das ist ein notwendiges Buch, und sein Vorhandensein ist eine absolute Notwendigkeit. Wahrscheinlich bedauern Sie das Vorhandensein in gewisser Beziehung. Wer ein solches Buch schreibt, braucht zu seiner Konzipierung eine trancegleiche Konzentration, die alles, was nachher kommt, also die eigentliche Umformung zur Buchgestalt, die Herrichtung zum Druck usw. geradezu als Blasphemie erscheinen läßt. Ich spreche da sozusagen als »Fachmann«, da es mir ja mit dem »Vergil« – die Parallelität unserer beiden Grundeinstellungen kann nicht übersehen werden – genau so ergangen ist: das Phänomen des »Vorsterbens« hat Sie in einem wahrscheinlich noch stärkeren Grade ergriffen, mußte stärker gewesen sein, weil Sie in viel intensiverer Todesgefahr wie ich gestanden sind. Daher auch die intensive (für mich unerreichbare) Unmittelbarkeit des Resultats. Werden Sie noch weiter dichten? werden Sie, nachdem Sie diese Grenze erreicht haben, es noch können? Ich bin sehr gespannt, wie Sie diese Frage für sich lösen werden. Für mich ist es ja einfacher: ich habe meine philosophisch-wissenschaftlichen Untersuchungen, an denen ich seit dreißig Jahren arbeite, noch nicht fertiggestellt, und da mir die Einbringung dieser Ernte eine Art Seelenheil bedeutet – freilich warum? –, so ist mein Lebensrest wohl damit ausgefüllt.

Ich wünschte, daß das Buch hier erschiene, bin auch überzeugt, daß es dazu kommen wird, aber es wird wohl Zeit brauchen. Als Kafkas »Schloß« vor 15 Jahren in England herauskam – und das war England, nicht Amerika! – wurden keine 300 Exemplare verkauft. Da muß man die Zeit reifen lassen. Und im Lande der »Funeral Parlors« und der in ihnen aufgebahrten geschminkten Leichen wird die Reifezeit noch lange dauern. Aber was ich meinerseits zu ihrer Abkürzung tun kann, tue ich.

Zu einem solchen Buche gratuliert man nicht. Aber ich darf Ihnen die Hand drücken. [. . .] *[HKa]*

1 Hermann Kasack, *Die Stadt hinter dem Strom* (Berlin: Suhrkamp, 1947).

642. An Carl Seelig

Princeton Hospital, N. J., 8. 3. 49

Nein, lieber guter Freund Seelig, bei mir ist es nicht »der Geist, der über den Körper triumphiert«, wohl aber jene heitere Idiotie, die man gemeinlich und fälschlicherweise als Weisheit agnosziert, in Wahrheit aber mit dieser gar nichts zu tun hat; introvertiert bis zum Exzeß, nehme ich es halt hin, wie's kommt. Zudem war das in diesem Fall gar nicht schwierig. Ich war mit äußeren Verpflichtungen derart überhäuft, daß das Spital die einzige Lösung war, mit der ich mir Ruhe zur Arbeit habe verschaffen können, und diese Ruhe habe ich nicht nur redlich ausgenützt, sondern auch heftig genossen. Der Hüftbruch als solcher war nichts, umsoweniger als wir einen ausnehmend kühlen Sommer hatten, und ich daher unter dem schweren Gipsverband nicht allzusehr zu leiden hatte. Unangenehmer war ein Leistenbruch, den ich mir im Zusammenhang mit der Affäre zugezogen habe, oder der durch sie zum Vorschein gekommen ist: den konnte man erst jetzt operieren, und das war kein reines Vergnügen, im Gegenteil, es war eine recht komplizierte Angelegenheit, die mich, obwohl sie unberufen prinzipiell überstanden ist, noch über Gebühr beschäftigt. Dies also ist meine physische Biographie der letzten neun Monate; es versteht sich, daß ich Julia[1] nichts davon erzählt habe, denn das hätte weder ihr noch mir etwas genützt, hätte vielmehr nur zu Kondolenzen und Kondolenz-Danksagungen geführt, und gerade solche Dinge kann ich nicht brauchen.

Von Rechts wegen hätte ich natürlich in diesen neun Monaten den kleinen Hofmannsthal austragen sollen. Aber wie das nun einmal bei ungeliebten Kindern ist, es gab Geburtsschwierigkeiten. Von Rechts wegen hätte es bloß eine Einleitung von 50 Seiten werden sollen, doch da ich an dem Bild des sterbenden Österreich, ohne das H. überhaupt nicht zu verstehen ist, am meisten interessiert war (wohl auch aus autobiographischen Gründen), habe ich die ganze Sache viel zu breit angelegt, und so ist aus der Einleitung ein separater Band von etwa 240 Seiten entstanden, der eigentlich eine ganze Geistesgeschichte 1880-1930 darstellt. Das Ganze hat als eine Art Brotarbeit begonnen, denn Herausgabe und Einleitung waren ausgezeichnet bezahlt, indes, man entgeht seinem Schicksal nicht: für mich gibt es keine Brotarbeit, und all die Arbeit, die ich in das Buch hineingesteckt habe, kann mir niemand bezahlen. Am ärgsten ist, daß ich sechs weitere Bücher begonnen habe, die ich gleichfalls nicht vernachlässigen darf; das politische, von dem ich Ihnen schrieb, ist eines von ihnen und ist mir wesentlich wichtiger, freilich noch lange nicht so wichtig wie meine Erkenntnistheorie, an der ich nun seit dreißig Jahren arbeite, und deren Fertigstellung ich nun eben durch das politische Buch zu finanzieren habe. Ich brauche dringendst eine Lebensverlängerung von etwa 50 Jahren und werde sie nicht bekommen. Ich wüßte also kaum, wie ich da noch eine Publikation über Einstein, an die Sie in so gütig-freundschaftlicher Weise denken, einschieben soll; zudem fühle ich mich hiefür fachlich-physikalisch nicht gewachsen. Kürzlich kam hier Barnett's »Einstein's Universe«[2] heraus, ein ganz ausgezeichneter Überblick, umsomehr als er selber daran mitgearbeitet hat. Etwas anderes als Sachliches würde er auch nicht dulden; mit rein persönlichen Erinnerungen könnte ich meine Freundschaft mit ihm – gestern war er hier bei mir – recht nachhaltig gefährden.

Sie schreiben nie über sich selber. Immer nur sorgen Sie sich für andere, und hinsichtlich Polgar haben Sie mit Ihrer Sorge recht; er gehört nach Europa, und das geht auch wieder aus dem entzückenden »Andererseits« deutlich hervor. Sobald ich auf den Beinen bin, besuche ich ihn.

Haben Sie Dank für alles. [. . .] *[GW 8]*

1 Julie Else Wassermann (1876-1959), Frau Jakob Wassermanns, Schwiegermutter von Brochs Sohn Hermann Friedrich; lebte seit 1937 in der Schweiz.

2 Lincoln K. Barnett, *The Universe and Dr. Einstein. With a Forword by Albert Einstein* (New York: Sloane, 1948).

643. An Daniel Brody

Nebbich noch immer Princeton Hospital, 15. 3. 1949

Lieber, Guter,
mit ebensolcher Rapidität wie Du greife ich zur Schreibmaschine, um Dein soeben eingelangtes Wertestes v. 9. ds. Punkt für Punkt zu beantworten:

Büro-Übersiedlung. Ich habe eine Einladung der Yale-University als resident professor[1] für zuerst einmal drei Monate ab 1. April. Das ist ehrenvoll aber ohne Gewinn, denn der resident professor hat zwar keine Lehrverpflichtung, sondern gilt bloß als Zierde, kriegt aber dafür bloß Wohnung und Futter und sonst nix, obwohl er ein bis zwei Stunden des Tages den neugierigen boys, die ihn besuchen wollen, widmen muß. Nun wäre es immerhin möglich, daß sich daraus eine mehr oder minder permanente Sache entwickeln könnte, etwa drei Jahre, und für drei Jahre in full board gesheltert zu sein, ist etwas, was man nicht ohneweiters ausschlagen darf. Also habe ich prinzipiell zugesagt, um nun gerade hiedurch in eine unangenehme Lage zu geraten: die Operation war weit komplizierter (wie ich Dir ja schon schrieb) als ich mir vorgestellt hatte; ich kann vor Schmerzen kaum kriechen, und es ist ganz ausgeschlossen, daß ich am 1. April die Stelle antrete. Das habe ich soeben der Universität mitgeteilt. Ob die Einladung für den laufenden kurzen Term unter diesen Umständen aufrecht erhalten wird, wird sich bald erweisen; ich fürchte, daß irgend eine vage Verschiebung fürs nächste Jahr erfolgen wird, hingegen keine bindende Zusage. In diesem Fall denke ich sehr daran, das Büro für einige Zeit nach Europa zu verlegen. Ich habe $ 50.- pro Monat fix[2], und wenn ich auch einiges dazu verdienen werde, so reicht das nicht für das schweizerische Bundesgebiet, wohl aber für Mösern (wohin ich aber nicht gehe) und vielleicht für die französischen oder italienischen Alpen. An und für sich ist der Plan freilich verfrüht: wenn ich hinüberkomme, muß ich nicht nur nach Österreich, sondern werde auch von sämtlichen Freunden auf dem Kontinent überschwemmt werden, so daß ich überhaupt zu keiner Arbeit kommen würde, denn ich bin nicht so vielseitig und geschwind wie Vietta, der sich gleichfalls einstellen wird. Es wäre also wohl richtiger, zuerst einmal drei der sieben Programmbücher hier fertig zu stellen. Was glaubst Du?

Weitere Professuren. Die Universität Jena[3] hat mir eine Professur, Bedingungen nach meiner Wahl, angeboten. Es beginnt mich zu reuen, daß ich es abgeschlagen habe. Schließlich hätten sie mir ja als Amerikaner nichts tun können, und im Kriegsfall wäre ich schon noch rechtzeitig über die Grenze entkommen. Doch ich habe mich nicht getraut, umsoweniger als Papierli-Amerikaner keinen vollen Konsularschutz genießen, nämlich nicht in ihrem Heimatland, wobei freilich plötzlich Deutschland-Österreich als Einheit ausgelegt werden könnte. Also, es war mir unbehaglich, und jetzt tut es mir leid, weil es eigentlich recht interessant hätte sein können. – Weiters ist mir eine Gastprofessur in Colombo, Ceylon[4] angeboten worden. Und da wiederum fürchte ich das Klima und meinen Bauch.

Vorüberziehende Wolke. Ich bin nicht wegen des Buches aufgeregt, sondern wegen Senilität, wie Du eigentlich gemerkt haben solltest. Es ist kurzerhand erschreckend, daß ich mich an nichts erinnere. Und deswegen, nur deswegen möchte ich so rasch wie möglich aufgeklärt werden. Daß Du den »Bahnhofsplatz«[5] gelesen hast, ist mir eine gewisse Beruhigung, hingegen ist es aufregend, daß ich mir nicht vorstellen kann, wo Du ihn gelesen hast. Und ebendarum möchte ich, daß Du den Weismann (dem Du ja wohl meinen Brief geforwarded hast) anhältst, immer per Luftpost zu schreiben, und wenn es nicht anders geht, eben über Dich. Was aber den Vertrag mit ihm anlangt, so hast Du ja, wie ich ausdrücklich schrieb, weiße Karte, nur bestehe ich darauf (a) daß ich die Fahnen bekomme, (b) daß eine Vorauszahlung von M 12.- für die beiden Abonnements, deren Bestellkarten ich beigelegt habe, unverzüglich erlegt werde. Am liebsten würde ich ja eine Zusatznovelle fabrizieren, erstens um zu sehen, ob ich so etwas noch machen kann und wie das heute ausschauen würde, und zweitens, [. . .] um dem Band ein etwas besseres Gesicht zu geben. Aber habe ich die Zeit dazu? [. . .]

[GW 8, BB]

1 Broch verbrachte drei Monate – von Anfang Mai bis Ende Juli 1949 – als Fellow am Saybrook College der Yale University.
2 Vgl. Fußnote 9 zum Brief vom 14. 9. 1948.
3 Vgl. den Brief vom 21. 2. 1949.
4 Brochs Bekannte Edit Rényi (= Edith Ludowyk-Gyömroi) hatte sich in Colombo für Broch eingesetzt. Sie lebte dort im Exil.
5 »Die Heimkehr«, KW 6, S. 162-196.

644. An Willi Weismann

Saybrook College
Yale University, New Haven, Conn. 20. 4. 49

Lieber Herr Weismann,
Dank für Ihre Briefe v. 17. 2. und 15. 3. sowie für Ihre Karte v. 5. 3.; sie langten allesamt mit gewaltiger Verspätung ein: mit der Schiffspost klappt es eben nicht, und so wiederhole ich meine Bitte, dringendere Nachrichten via Dr. Brody zu schicken; Sie verursachen ihm keine Mehrkosten, da ein einzelnes Blatt ohne Mehrgewicht stets seinen ohnehin regelmäßigen Briefen beigelegt werden kann.

Ich bin endlich spitalsentlassen und trete am 2. Mai meine Gastprofessur an der Yale University (s. *obige Adresse*) an. Wie Sie sich vorstellen können, bin ich mit all meinen Arbeiten in Rückstand, und hiezu kommen nun die neuen Universitätsverpflichtungen. Ob ich unter diesen Umständen den gewünschten Artikel über Waldo Frank werde schreiben können, ist etwas fraglich[1]. Natürlich täte ich es gerne, aber vielleicht finde ich Ihnen jemanden andern dafür. Oder möchte ihn Herr Hennecke[2] schreiben?

Bitte schauen Sie sich doch den Inhalt der »Heimkehr« an, und sagen Sie mir ein paar Worte darüber. In der »Rundschau« war eine Novelle »Leichte Enttäuschung«[3] gedruckt: sie handelte von einem vielstöckigen Traumhaus; im obersten Stock wohnt eine Wäscherin, im Parterre befindet sich ein Lederlager. Diese Geschichte gehört in den Band, aber auch jene, welche ich jetzt bereits mehrfach in meinen Briefen geschildert habe. Die Sache muß sich doch endlich aufklären lassen.

Wie erfreut ich über Ihre verschiedenen Übereinkommen mit Dr. Brody bin, habe ich ja bereits geschrieben. Ich bin überzeugt, daß alle Beteiligten sich an der weitern Entwicklung der Verbindung erfreuen werden.

Daß Sie Musil bringen wollen, ist ein schönes Unternehmen. Erst kürzlich wurde in der »Gegenwart«[4] wieder auf ihn hingewiesen. Leider war es bisher unmöglich – und ich habe mich sehr dringlich darum bemüht –, ihn in Amerika unterzubringen. Aber vielleicht mag das noch werden.

Die Nordens[5] haben auch »Perrudja«[6]. Wissen Sie Ihre Adresse? ich gebe sie Ihnen jedenfalls: 10 Downing Street, New York 14, N. Y., also nicht London und das Haus des Prime Ministers.

Mit den herzlichsten Grüßen, stets Ihr

Hermann Broch

[WW, YUL]

1 Einen Aufsatz über Waldo Frank hat Broch nicht geschrieben.
2 Hans Hennecke (geb. 1897), deutscher Literaturkritiker und Übersetzer aus dem Englischen und Französischen; zeitweilig Redakteur der *Fähre* bzw. der *Literarischen Revue*.
3 »Eine leichte Enttäuschung«, KW 6, S. 127-144.
4 *Die Gegenwart,* kulturpolitische, von Benno Reifenberg begründete Halbmonatsschrift, die von 1945 bis 1958 erschien; bis 1948 in Freiburg im Breisgau, danach in Frankfurt, herausgegeben von Max von Brück und Michael Freund.
5 Ruth und Heinz Norden.
6 Hans Henny Jahnn, *Perrudja* (Berlin: Kiepenheuer & Witsch, 1929).

645. An die Redaktion des »Aufbau«, Berlin (Ost)

22. April 1949

Sehr geehrte Herren,
verzeihen Sie meinen verspäteten Dank für Ihr Kabel[1] v. 6. April; ich habe nicht nur gerade das Spital (nach einem durch einen schweren Unfall verursachten zehnmonatlichen Auf-

enthalt) verlassen, sondern mußte auch sofort meine Übersiedlung nach Yale, wo ich eine Gastprofessur anzutreten habe (Adresse umseitig), vornehmen. Bei meinem einigermaßen geschwächten Zustand war ich also gezwungen, alle Korrespondenz für ein paar Wochen zu unterbrechen.

Dies wäre schon Grund genug, um mich zu verhindern, Ihrer freundlichen Aufforderung Folge zu leisten. Doch auch sachliche Gründe hindern mich daran: das von Ihnen aufgeworfene Problem ist nämlich m. E. unrichtig erstellt. Denn das Nichtzustandekommen des deutschen Friedens ist unzweifelhaft ein Produkt der gegenwärtigen Spannung, und mir ist es fast unverständlich, daß Sie aus dem ganzen Fragenkomplex just diesen einen Punkt herausheben und ihn bereinigt haben wollen und dabei die Krankheit unberücksichtigt lassen; ehe nicht die Grundspannung beseitigt ist, gibt es keinen deutschen Frieden, und am allerwenigsten läßt sich da mit Aufrufen, die immer nur wishful thinking oder bestenfalls Propaganda sind, etwas ausrichten.

Freilich ist jede Friedenspropaganda begrüßenswert. Aber die muß auf genaueren und korrekteren Fakten basiert sein, als uns zur Verfügung stehen. Abgesehen von der russischen Nachrichtensparsamkeit, gibt es im vorliegenden Fall – möglicherweise mit Berechtigung – so viel Geheimdiplomatie, daß sich unsereins überhaupt kein klares Bild von den wirklichen Vorgängen zu machen vermag. Denn es handelt sich ja im Augenblick weit mehr um eine Auseinandersetzung zwischen Staaten als um eine zwischen Sozialismus und Kapitalismus, und so lange die Staatsmaschinen die sozialen Grund-Institutionen sind, und infolge ihrer Autonomie sogar Totalitär-Ansprüche haben, sind die spezifischen Staatstraditionen übermächtig, und die menschliche Vernunft hat der Staatsvernunft zu weichen, ja wird von dieser – das ist keine Staatsmystik – einfach automatisch benützt. Wie wollen Sie diese autonomen hypertrophischen Staatsmaschinen in ihren Automatismen beeinflussen? Selbst die verantwortlichen Maschinisten sind dem unentrinnbar unterworfen.

Das klingt fatalistisch, pessimistisch und skeptisch, ist es aber bloß hinsichtlich eines unmittelbaren Eingriffes in die praktische Politik. Es bleibt genug für uns zu tun. Man muß sich bloß vor allem wishful thinking zurückhalten, also auch vor wishful acting. Ich arbeite seit Jahren an einer Massenpsychologie, und wenn nicht inzwischen doch der Krieg ausbricht – an den ich übrigens nicht glaube, weil er der Staatsvernunft beider Parteien zuwiderliefe –, so hoffe ich, mit meiner Arbeit einen kleinen Baustein zur künftigen Weltkonstruktion herbeitragen zu können. Das Theoretische, auch wenn man es noch so skeptisch zu betrachten hat, will mir für den Augenblick als der einzige Weg erscheinen, auf dem der Schriftsteller – pflichtgemäß – zu einer Auseinandersetzung mit der heutigen Weltlage gelangen kann.

Mit nochmaligem Dank für Ihre Einladung begrüße ich Sie als

Ihr ergebener
H. Broch
[GW 8]

1 Die Redaktion der Zeitschrift *Aufbau* hatte Broch am 6. 4. 1949 folgendes Telegramm geschickt: »Aus tiefer Besorgnis und im Bemühen um einen gemeinsamen Weg erbitten wir Ihre Stellungnahme zu der Frage ob ein Friede mit Deutschland eine sofortige Entspannung der Weltlage herbeiführen könnte und welche Schritte zum schnellen Abschluß eines Friedens mit Deutschland wünschenswert sind Antwort bis 5 Seiten für Friedensheft Mai Zusage erbeten an Redaktion Aufbau = Johannes R. Becher Paul Wiegler Alexander Abusch«. Jahrgang 5, Heft 5 (Mai 1949) des *Aufbau* enthält Bodo Uhses Artikel »Gespräch um den Frieden«, S. 387-389, in dem das Ergebnis der Umfrage zusammengefaßt wird. Im gleichen Heft sind Antworten auf die Umfrage abgedruckt von Rudolf Alexander Schröder, Ulrich Noack, Reinhold Schneider, Hans Leip, Ernst Penzoldt, Alfred Meusel, Manfred Hausmann und Horst Lange. Obgleich die Redaktion auf S. 480 behauptet »Wir haben *alle* Stimmen veröffentlicht, die Echo auf unseren Aufruf gegeben haben«, wurde Brochs Brief nicht publiziert.

646. An Berthold Viertel

New Haven, Conn., 4. 5. 49

Liebster Berthold, lieber altvertrauter Freund,
womit soll man anfangen? ich glaube mit Gratulationen zur jungen Ehe[1], denn immer fangt es im einfach Menschlichen an: zum Händedruck zieht man den Handschuh aus. Möge es Ihnen beiden noch gut gehen auf dieser Erde.

Über Ihren Erfolg bin ich restlos glücklich. Ihr Erfolgshaß stammt von Ihrer Lyrik her: der Lyriker hat bloß ein einziges Publikum, nämlich sich selber, und wenn er kein Dilettant ist, ist es das schwerüberzeugbare Publikum, während das äußere nur so daneben herläuft; das Theater hingegen ist ausschließlich aufs äußere Publikum ausgerichtet, muß es als seine eigene Wesenheit anerkennen, und der Theatermann darf sich, muß sich daher ohne Scham um den Erfolg bemühen. Freilich gibt es auch da Unterschiede; der Kitschier umschmeichelt, der Künstler übermannt das Publikum, und eben dieses so überaus schwierige Übermannen ist Ihr Fall. Und darum ist Ihr Erfolg in einem tieferen Sinn wichtig; Sie haben ihn zu akzeptieren. [. . .]

Und es versteht sich, daß ich in dieser Zeit gelernt habe, daß auch meine Zeit begrenzt ist; bisher war es für mich unvorstellbar gewesen. Jetzt weiß ich, daß der Kreis sich zu schließen beginnt; ich habe mir ein Gedicht dazu gemacht, das ich beilege, denn ich habe den Eindruck, daß es mit Ihnen ebenso bestellt ist. Freilich spielt bei Ihnen noch etwas anderes mit: als Disraeli Premier wurde, waren ihm kurz vorher die Eltern und die Schwester gestorben, und da nahm er die Freudenbotschaft mit den Worten »Ich habe mein Publikum verloren« auf. Der Vater ist sozusagen das Ur-Publikum.

Und zum Gedächtnis: zum ersten Mal trafen wir einander im Cottage-Sanatorium, dann in Sievering bei Anja Herzog (jetzt Mexiko), dann bei mir, Gonzagagasse 7, Ecke Rudolfsplatz. Dagegen habe ich mit dem Europa-Verlag nie etwas zu tun gehabt; ich war stets beim Rhein-Verlag, Zürich, Dr. Brody, mit dem ich Sie anläßlich einer Volksheim-Vorlesung bekannt gemacht habe.

Wenn Sie Mündliches über mich hören wollen, rufen Sie

meinen Onkel August Schnabel[2] an. Das ist ein sehr merkwürdiger und imponierender Mann, der zehn Jahre in den Staaten trotz Alters an der Drehbank gestanden ist. [. . .]

In Liebe alles Freundschaftliche Ihnen beiden. Von ganzem Herzen Ihr

H. Broch

[GW 8]

1 Berthold Viertel hatte damals Elisabeth Neumann geheiratet.

2 August Schnabel (1874-1949), Bruder von Brochs Mutter; er emigrierte 1938 in die USA, arbeitete dort in einer Fabrik in New Jersey und kehrte 1948 nach Wien zurück.

647. An Elisabeth Langgässer

Saybrook College, Yale University
Yale Station DR 1002-A
New Haven, Connecticut 7. 5. 49

Liebste Freundin,
verzeihen Sie diese verspätete Antwort, und zur Erklärung, umsomehr als Sie nach ihr fragen, meine physische Situation: vor einem Jahr hatte ich infolge eines Unfalls einen recht komplizierten Hüftbruch erlitten, und daraus ergab sich eine zehnmonatliche Spitalszeit, gekrönt durch eine nicht minder komplizierte Bauchoperation, die offenbar gleichfalls durch den Unfall nötig geworden war. Mit Ausnahme der Operation, an die sich einige echte Leidenswochen anschlossen – so weit einer, der dem Konzentrationslager entronnen ist, überhaupt noch von Leiden reden darf –, war die ganze Sache durchaus erträglich, ja vielleicht sogar eine geglückte Flucht in die Krankheit, denn das Spital hat mir viel Muße zur Arbeit gegeben. Von rechtswegen hätte ich zur Rekonvaleszenz noch einige Wochen dort bleiben müssen, doch da hätte ich meine hiesige Gastprofessur (Adresse s. oben) verloren; ich war ohnehin schon reichlich verspätet, und so habe ich, mühselig genug, die Übersiedlung vorgenommen, bin aber jetzt recht froh, daß ich es getan habe.

Haben Sie Dank für Ihren wertvollen Brief[1] und den Einblick in Ihre Arbeitsweise, den Sie mir darin vergönnen. Ich bin der letzte, der Ihnen abraten würde, irgendetwas gegen das innere Müssen zu unternehmen; es gehört zur Lebensdemut, sich diesem zu fügen. Trotzdem ist das zweischneidig: man muß zu unterscheiden wissen; es gibt ein inneres Wissen und eine innere Verführung, und gerade das selbst wachsende »Wort« kann immer wieder ins Reich einer geradezu geilen Verführung hinüberspielen. Ich kenne das Traumhafte des »Ins-Wort-treten« nur allzugut, diese verlockende Fahrt ins Dunkle, diesen wissenden Traum im Traume, der mich beglückt und trotzdem unsicher macht – aber eben mit solcher fängt die »harte Gnade« erst an, die Rückweisung aufs eigene Ich, die eigentliche Lebens- und Sterbensaufgabe. Sie sprechen vom stummen Meditieren; das habe ich nicht gemeint; es handelt sich für mich immer noch um ein »Erarbeiten«, nur daß dies sich vom Fabulieren oder gar Publizieren mir immer weiter entfernt. Und wenn ich das »Siegel« sowie Ihre wundervollen Gedichte richtig verstehe, steckt etwas ähnliches in ihnen.

Daß ich das »Siegel« hier unbedingt gedruckt sehen will, gehört auf ein anderes Blatt. Und da haben Sie wie Claassen, dem ich unter einem schreibe, meinen Vorschlag gründlich mißverstanden. Natürlich habe ich niemals daran gedacht, daß das Buch auf gut Glück drüben übersetzt werde. Es handelt sich lediglich um eine Verringerung der Übersetzungskosten. Fände ich drüben jemand, der die Übersetzung oder zumindest eine brauchbare Rohübersetzung machen könnte, so müßten ein oder zwei Probekapitel angefertigt werden – das ist das einzige Risiko dabei –, um diese den hiesigen Verlegern (vor allem also Knopf) zu zeigen. Werden diese akzeptiert und wird man sich über den Preis einig, so geht alles seinen normalen Gang, genau so, als ob das Buch hier zur Übersetzung gelangte; nur bereits wohlbekannte Übersetzer brauchen keine Probekapitel vorzulegen. Es wäre also nur recht vorteilhaft, wenn Claassen einen solchen Übersetzer finden könnte.

Es ist gut, daß Sie sich auf dieser Welt befinden: im letzten muß man Ihnen, wie für so vieles, dafür danken. Und das tue ich von Herzen als Ihr ergebener

Hermann Broch

[GW 8, EL]

1 In Elisabeth Langgässers Brief aus Rheinzabern vom 19. 3. 1949 heißt es:

Lieber und verehrter Freund,
wie lange ich Ihren Dezember-Brief mit mir herumgetragen und wieder und wieder gelesen habe, kann ich gar nicht sagen; schließlich hatte ich das Gefühl, ihn beantwortet zu haben (in Gedanken tat ich es ja oft, oft!), so daß ich gestern einen richtigen Schock bekam, als Ihre freundliche Karte mich daran erinnerte.

Dieser Brief – oh, wie gut ich ihn verstehe, und wie sehr ich ihn für mich ablehnen muß als eine Versuchung. Als Versuchung zu einem meditativen, unweglosen, reinen Leben, das mir nicht zusteht. Aber selbst, wenn ich's wollte, ich *könnte* es ja nicht, weil das Wort über mich verfügt wie das Embryo über die Mutter. Ich habe gar keine andere Wahl, als es auszutragen. Begreifen Sie? Das hängt andererseits mit meiner eigentümlichen Arbeitsweise zusammen, die – nach dem Wort von Hans von Marées – die »Erscheinung« (ich würde sagen: die »Gestalt«) an das Ende des künstlerischen Prozesses stellt. Ach, ich weiß ja nie, wohin »es« mit mir hinauswill; ich fühle mich unter dem schrecklichen und unerbittlichen Vollzug eines Mysteriums, das mir seine geheimen Riten und harten Gesetze auferlegt, seine Peinigung, seine Züchtigung und seine Blendung. Wie das Ausgetragene nachher aussehen wird: menschlich oder kentaurisch, eine Mischform, ein Weihgefäß oder ein enthülltes Geheimnis – ich weiß es nicht. Bekommt doch auch ein Kind Arme und Beine und alle zehn Fingerchen, ohne daß das Bewußtsein der Mutter etwas ab- oder zufügen kann. Im übrigen versuche ich als Christ zu leben, so gut es geht – »in getroster Verzweiflung« zu leben, wie Luther das nennen würde. Oder auch nach dem augustinischen Grundsatz: »ama et fac quod vis!«

Am Ende ist man allerdings wie der Reiter über den Bodensee geritten, und es war ein Glück, daß man nicht ahnte, wohin das Pferd seine Hufe setzte, als es die sichere Erde, die zuverlässige, hinter sich ließ und über die Eisfläche jagte. [. . .]

[GW 8]

648. An Willi Weismann

Saybrook College
Yale Station DR 1002-A
New Haven, Connecticut 15. 5. 49

Lieber Herr Weismann,
Ihre Zeilen v. 19. 4. trafen gestern ein, die per Luftpost gesandten Fahnen mitsamt dem Brief des Herrn Zöllner bereits vor einigen Tagen. Für alles besten Dank!

Meinen Brief, mit dem ich mich mit dem Titel »Vorüberziehende Wolke«[1] einverstanden erklärt habe, müßten Sie eigentlich (via Dr. Brody) längst erhalten haben. Weniger einverstanden jedoch bin ich mit dem Inhalt: in seiner jetzigen Form gefällt mir der Band ganz und gar nicht: das ist weder für Sie noch für mich repräsentativ, denn diese Novellen waren ursprünglich nichts anderes als experimentierte Romananfänge und -bruchstücke, die zwar zur Zeit ihres Entstehens einen gewissen Wert hatten und daher auch veröffentlicht werden durften, heute aber – nach allem was in der Welt geschehen ist – kein Gewicht mehr haben. Und da wir jetzt die Neuveröffentlichung nicht mehr inhibieren können, muß sie mit größerem Gewicht ausgestattet werden. Ich habe mich also entschlossen, *drei* weitere Stücke dazu zu schreiben. Dadurch werden die vier Novellen (die dann allerdings eine andere Reihenfolge erhalten) in eine straffe innere Bindung gestellt werden, ja es wird aus ihnen geradezu ein ganzer Roman entstehen, zwar sehr loser Form, dennoch ein Roman. Ob man es dann Roman oder Novellen nennen will, bleibe verlegerischen Erwägungen überlassen; m. E. zieht das Publikum immer einen Roman vor. Doch ob so oder so, ich bin überzeugt, daß mein Entschluß sich für den Verlag vorteilhaft auswirken wird.

Ich habe mit den neuen Stücken bereits begonnen, und in ganz wenigen Wochen werden Sie diese neuen MS-Teile zusammen mit den Fahnen bekommen. So lange müssen Sie Geduld haben, und ich glaube umsoeher, daß Sie diese Geduld haben sollten, als es nicht günstig ist, gerade in einer Zeit schlechtesten Geschäftsganges das Buch herauszubringen. Inzwischen bitte schicken Sie mir *per Luftpost* eine zweite Parie der Fahnen.

Für mich ist diese Ergänzung des Buches, wie Sie sich vorstellen können, eine fürchterliche Mehrbelastung, umsomehr als ich (s. obige Adresse) eine Gastprofessur hier in Yale angenommen habe, u. z. ohne Einschaltung einer Rekonvaleszenzzeit nach meiner schweren Operation. Aus diesen Gründen wird es mir auch, wie ich schon neulich schrieb, recht schwer fallen, jetzt einen Einführungsaufsatz für Frank zu übernehmen. Wenn es möglich ist, tue ich es gerne; aber versprechen kann ich es nicht.

Anbei eine Bestellkarte für Desch[2] zur frdl. Weiterleitung. Angesichts meiner Mehrleistung nehme ich an, daß Sie meinen Vorschuß um diese Abonnementsbeträge erhöhen werden.

Mit allen guten Wünschen und Grüßen, stets Ihr

Hermann Broch

[WW, YUL]

1 Unter diesem Titel sollte die Sammlung der alten Novellen erscheinen.

2 Kurt Desch (geb. 1903), gründete 1945 den Verlag Kurt Desch.

649. An Daniel Brody

New Haven, 16. 5. 49

Liebster,
alles war falsch: ich habe mich um-entschieden. Bitte lies die beiliegende Kopie meines Briefes an Weismann. Ich füge drei weitere Novellen ein, und das ist für mich leichter als Umänderungen. Durch diese drei weitern Stücke wird den bestehenden die idiotische Geheimnistuerei, die in ihnen webt, weggenommen werden, nicht aber ihre Traumhaftigkeit, denn auch die neuen Teile werden traumhaft sein. Und das ist möglich, weil ja all diese Erzählungen nichts anderes als Konkretisierung einer einzigen Traumsituation sind, die

mich mein ganzes Leben und auch heute noch begleitet; eben darum wird sich das Ganze zu einem zusammenhängenden, roman-artigen Gebilde artig zusammenrunden. [. . .]

[GW 8, BB]

650. An Abraham Sonne

New Haven, 24. 5. 49

Sehr, sehr Lieber,
ich glaube, daß keinerlei Stillschweigen unsere Verbundenheit aufheben wird, nicht einmal jenes letzte, auf das wir uns – immerhin altgeworden – vorzubereiten haben. Umso tiefer ist die Freude, wenn ein Lebenszeichen von Dir eintrifft.

Das Wissen um das Ende ist mir eigentlich erst während der zehnmonatigen Spitalszeit klargeworden: elf Jahre bin ich nun in diesem Land (und Du in Palästina), und diese elf Jahre sind vorbeigeflogen, und wenn sich nun nochmals elf anschließen sollten – was durchaus fraglich ist –, so werden sie ebenso rasch, vielleicht noch rascher vorbeifliegen. Ich erschrecke nicht darüber, aber es freut mich auch nicht. Denn das Altern hat sich bei mir, ohne daß sich das sonstige Lebensgefühl der letzten vierzig Jahre viel geändert hätte, als Gefühl einer ständig wachsenden Bereicherung eingestellt, und wenn ich diese Bereicherung definieren sollte, so müßte ich sie als wachsende Wachheit und (insbesondere seit der Gefängniszeit) als dankbare Wachheit definieren. Die Romantiker, diese Idioten – nicht umsonst waren sie Antisemiten, ob sie nun Novalis oder Eichendorff oder sogar auch Heine geheißen haben – haben immer wieder vom Einschlafen ohne Aufwachen geschwärmt und gesungen, während ich immerzu aufs endgültige Aufwachen (tunlichst ohne Wiedereinschlafen) warte. Gewiß mag dieser Wachheits-Reichtum Selbsttäuschung sein, Selbsttäuschung aus Todesfurcht; ich mißtraue mir da. Doch ebendarum arbeite ich ja. Das ist der einzige Sinn der Arbeit: die Bestätigung der Täuschungsbefreitheit, die Bestätigung des Reichtums, die Bestätigung der Wachheit. Du lebst seit so vielen Jahren in großer Wachheit, so daß Du es Dir nicht mehr zu bestätigen brauchst. Bei mir ist es anders; ich muß es mir bestätigen, wahrlich nicht durch äußere Erfolge, die mir eigentlich seit jeher wurscht waren (obzwar etwas mehr Geld – gerade für die letzten Meilen – nicht unangenehm wäre), wohl aber um des guten Gewissens willen, sozusagen als säkularisierte letzte Ölung. Und dieses Beginnen (das in Wahrheit ein Enden ist) ist mir so wichtig, daß ich alles andere dafür opfere; ich will mich in der Wachheit nicht mehr stören lassen, vor allem nicht durch jenen Dämmerzustand, in dem sich das Glück des jüngern Menschen vollzieht. Also fliehe ich alles – das kennst Du aus eigener Erfahrung –, gewissermaßen zugunsten meines Reichtums verarmend. Und aus dem gleichen Grund habe ich viel zu viel Arbeiten begonnen: acht Bücher, von denen mir die Erkenntnistheorie am wichtigsten ist, während eine Theorie der Politik, eine Frucht der Massenpsychologie, am aktuellsten wäre und gerade mit Dir besprochen werden müßte.

Äußerlich habe ich jetzt eine Art Gastprofessur in Yale. Was nachher mit mir geschieht, weiß ich noch nicht zu sagen. Vielleicht Europa. Keinesfalls will ich nach Princeton zurück. Außerdem halte ich es für überflüssig, das Ende, auch wenn man sich damit abgefunden hat, mutwillig zu beschleunigen. Im Gegenteil, gerade deshalb soll man es hinauszuzögern suchen. Und das Klima ist hier wahrscheinlich nicht minder mörderisch als in Palästina. *Könnten wir einander nicht,* sagen wir nächstes Frühjahr, *in Südfrankreich treffen?* Da Israel heute zu den teuersten Ländern gehört, genauso wie Amerika, könntest Du es wohl gleichfalls finanziell schaffen. Und da dies ein geradezu konkreter Vorschlag ist, müßtest Du eigentlich antworten, mag Dich auch – ich weiß es – gleich mich jeder Veränderungsplan erschrecken. Bist Du sonstwie äußerlich an Palästina gebunden? ich glaube wohl nicht mehr, und deshalb dürftest Du den Forderungen Deiner Konstitution immerhin nachgeben.

Sei umarmt. Von Herzen Dein

H.

[GW 8]

651. An Maria und Robert A. Kann[1]

New Haven, 25. 5. 49

Liebste Mariedl, lieber Robert,
[...] Nun zu größeren Themen, Roberts Einwänden. Die Bezeichnung advocatus diaboli ist kein schlechtes overstatement: es ist leicht, vom andern Grobheit zu verlangen, wenn man selber säuselt. Die Sache ist ja, daß ich Kritik *brauche*. Nun: (1) Humanitäres Manifest[2] ist bis zu einem gewissen Grad richtig, denn das paper war ja für den Verleger gedacht. (2) An eine wirkliche Vollstreckbarkeit der »Bill of Duties« glaube ich nicht, obwohl es [eine] ungleich leichtere Art internationaler Sanktionen wäre als die jetzigen bei Friedensstörungen etc. Aber es kommt nicht immer auf die praktische Durchführbarkeit an; die Geste und die Phrase sind in der Propaganda ungleich wichtiger als die Tat, ja sie sind bereits die Tat, und gerade der Kommunismus mit seinem »Verrat an der Arbeiterklasse« (der nur so weit ein Verrat ist wie der der Kirche an ihren Gläubigen) ist das klarste Beispiel hiefür –, allewei wir hätten schon die Geste. (3) Nicht die Staatenvielfalt, sondern die Einzigkeit und Einmaligkeit der englischen Position hat im 19. Jahrhundert den Frieden verbürgt; England hat durch Gewichtsverteilungen eine Art Weltregierung ausgeübt. M. a. W., es war ein durch England reguliertes elastisches Gleichgewicht, während jetzt ein Gleichgewicht *ohne Waaghalter,* fast möchte man sagen ein starres Gleichgewicht in Erscheinung tritt, ein Gleichgewicht *per se,* und da läßt sich wohl behaupten, daß sich jedes Zweiparteiensystem immer noch als tragfähiger als ein Vielparteiensystem erwiesen hat.

Was nicht hindert, daß ich doch an eine langsame Überwältigung des Westens glaube, kaum an einen Generalkrieg und Generalskrieg. Und wenn es den kommunistischen Weltstaat geben wird, der dann nicht mehr wird Staat heißen dürfen und doch einer sein wird, wird er sich wieder in seine Bestandteile auflösen, und auch das wird schlecht sein. Nur sehen möchte ich das alles noch, zumindest als Photographie im »Life« des Jahres 2100; z. B. die Hinrichtung des Weltstaatpräsidenten – wo? nicht in Chicago, eher in Kalkutta.

Ich bin hier allem Anschein nach über den Sommer hin eingeladen, komme aber trotzdem für ein paar Wochen nach Princeton. Nicht zuletzt des armen Schiffers[3] wegen. Und dann? Sicherlich weiß es Gott, aber er sagt es mir nicht, und ich mach ihm nicht die Freud neugierig zu sein.

Love to both of you, einschließlich der Kinderschar.

Immer Ihr
H. B.

[RK]

1 Robert A. Kann (geb. 1906), Historiker; Dr. jur. 1930 Universität Wien, praktizierte als Jurist in Wien von 1931 bis 1938, als er in die USA emigrierte. Er war von 1942 bis 1945 Mitglied des Institute for Advanced Study, lehrte seit 1947 Geschichte an der Rutgers University in New Brunswick, New Jersey. Kann schrieb später einen Aufsatz über Broch: »Hermann Broch und die Geschichtsphilosophie«, in: *Historica. Studien zum menschlichen Denken und Forschen,* hrsg. v. Hugo Hantsch, Eric Voegelin und Franco Valsecchi (Wien: Herder, 1965), S. 37-50 (Festschrift für Friedrich Engel-Janosi zum 70. Geburtstag).

2 »Bemerkungen zur Utopie einer ›International Bill of Rights and of Responsibilities‹«, KW 11, S. 243-276.

3 Vgl. Fußnote 6 zum Brief vom 14. 2. 1949 an Hannah Arendt.

652. An Werner Kraft

New Haven, Conn., 28. 5. 49

Lieber Dr. Kraft,

Die Post hat diesmal in beiden Richtungen unglaublich rasch funktioniert: lassen Sie sich ebenso rasch für Ihre Worte, für Ihre Wünsche zu meiner Spitalentlassung, für Ihren Trost und für das George-MS[1] danken. Diese Eile tut Not, weil ich jetzt wieder eine allgemeine Korrespondenzpause einlegen *muß*. Denn ich habe seit meinem Eintreffen in Yale nicht weniger als 250 Briefschaften expediert, d. h. ich habe – in Papier umgerechnet – ein ganzes Buch Korrespondenz geschrieben, und das führt schlechterdings zum Selbstmord.

Natürlich kann kein Mensch alle seine Pläne ausarbeiten – damit haben Sie vollkommen recht –, aber ein gewisser Prozentsatz muß konkretisiert werden; ich wiederhole: es geht um die Bestätigung des »innern Reichtums«, die jedem Menschen mitgegeben ist; tritt der Reichtum nicht ins Konkrete, so ist der Mensch ein Schwindler und fühlt sich auch als solcher, d. h. er fühlt sich »verworfen«, und ebenhiedurch wird die an sich unerklärliche Arbeitswut mit dem »Seelenheil« verknüpft. Und es ist absurd, sich Verworfenheit vermittels Korrespondenz zuzuziehen; dabei müssen Sie wissen, daß unter jenen 250 Briefen allerhöchstens 25 – darunter die Ihren – sich befanden, die mir wirklich wichtig waren. Fast alles andere ist Muß-Korrespondenz. Und zu allem kommen jetzt noch die akademischen Anforderungen, die ich einfach aus pekuniären Gründen habe auf mich nehmen müssen.

Und so habe ich vor allem richtigzustellen: ich bin nicht »traurig«, wie Sie annehmen, nein, das bin ich niemals, denn mir ist das Dasein so unaufhörlich »reich«, daß ich als Grundgefühl eigentlich bloß Dankbarkeit kenne (besonders eben seit meiner Nazi-Haft), aber ich tobe oftmals gegen mich selber, weil ich es nicht besser leiste. Es ist eine Schraube ohne Ende: meine sogenannten Brotarbeiten wie der Hofmannsthal oder jetzt die Professur wurden bloß notwendig, weil die Hauptarbeiten wegen Korrespondenzen und anderen Verpflichtungen nicht rechtzeitig fertig wurden, und jede Brotarbeit bringt mich noch tiefer in diesen Wirbel hinein.

Der George-Aufsatz ist wichtig; er ist es sowohl in literarhistorischer Beziehung wie in Ansehung des Verhältnisses zwischen Judentum und Deutschtum. Ich bin froh, daß ich ihn lesen durfte, auch wenn er kaum Material für meine Hofmannsthal-Arbeit bringt; alles, was Sie analysieren, enthüllt neue Aspekte. Ich möchte die Studie hier dem »Commentary« zeigen; es mag sein, daß sie ihm zu spezifisch literarhistorisch ist, doch ich meine, daß sie recht gut in die Zeitschrift passen könnte. Wäre Ihnen das recht?

Daß ich an Ihren Ausführungen über das Hofmannsthal-George-Verhältnis[2] brennend interessiert wäre, brauche ich demnach nicht eigens zu sagen, doch ich *will nicht,* daß Sie sich Abschrift-Arbeit machen: irgendwann wird schon einmal ein zweites Exemplar wieder bei Ihnen auftauchen. [. . .]

[GW 8]

1 Werner Kraft, »George und das Judentum«, in: *Neue Schweizer Rundschau,* Jg. 17 (1949/50), S. 619-625.
2 Werner Kraft, »George und Hofmannsthal«, in: *Neue Schweizer Rundschau,* Jg. 21 (1953/54), S. 86-97.

653. An Hannah Arendt

New Haven, Conn. – 28. 5. 49

Hannah, sehr Liebe,
Ich muß Ihnen was sehr Verschmocktes[1] sagen: das Grundgefühl meines Lebens ist Reichtum und Dankbarkeit (insbesondere seit meiner Gefängniszeit), und wenn ich diesen Reichtum definieren soll, so müßte ich ihn als Wachheit bezeichnen. Aber zu dieser Wachheit gehört auch Skepsis, und so glaube ich mir weder Reichtum noch Wachheit, solange ich mir nicht beides vermittels der Arbeit konkretisiert habe. Diese Selbstbestätigung hat mit äußerem Erfolg nichts zu tun (so angenehm es wäre – wie Sie so richtig bemerken –, etwas mehr Geld zu haben), aber im Gegenteil, der Erfolg läßt mich an dem Wert meiner Arbeit erst recht zweifeln: der Sinn der Arbeit, ihr einziger Sinn liegt in der autonomen Selbstbestätigung. Eben darum gehe ich ja – so erfolgswidrig – unausgesetzt nach allen Richtungen zugleich. Mit Partialwachheiten ist mir nicht gedient. [. . .]

[GW 8]

1 Von »Schmock«: Slowenisch: Narr. Gebraucht im Sinne von »gesinnungsloser Zeitungsschreiber« (nach der Gestalt in Gustav Freytags *Journalisten*). Im Wienerischen gebraucht für »eitler, aufgeblasener Mensch«.

654. An Daisy Brody

New Haven, 9. 6. 49

Liebste Frau Daisy,
natürlich haben Sie recht: ich habe im Mai über 250 Briefe geschrieben oder, richtiger, schreiben müssen, und da es ein full-time job ist, ist es zugleich sowohl psychischer wie physischer Selbstmord. Nichtsdestoweniger darf man doch hie und da zum eigenen Vergnügen schreiben, und eben hiezu habe ich ja noch überdies Ihren Brief provoziert: ich wollte mich zu meinem Vergnügen zwingen.

Ich weiß nicht, unter welchem Gesichtswinkel Sie die von Ihnen gelobte – thank you – Heilsmarie[1] heute betrachten. Denke ich zurück, so steht auf der ersten Ebene eine Aufforderung an den Juden Nuchem: »Laß dich von keiner noch so zarten Legendenhaftigkeit verführen, sondern bleib beim abstrakten Buch, bleib ein Jud, bleib bei deiner Thora.« Auf einer zweiten Ebene jedoch ist es eine Aufforderung an den Dichter: »Laß dich nicht vom Heilversprechen verführen; Dichtung vermittelt Dir keine Gnade, vielmehr liegt der Gnadenweg in der Erkenntnis, und erst wenn du diesen bis zum äußersten ausgeschritten haben wirst, wird es dir vielleicht möglich sein, zur Dichtung zurückzukehren, nur daß du sie dann freilich nicht mehr brauchen wirst.« Und daran habe ich mich seitdem gehalten. Mir ist das gerade jetzt doppelt klar, da ich mich mit den alten Novellen und dem Bergroman befasse; ich kann heute sicherlich »besser« dichten als vor zwanzig Jahren (und Sie werden das auch sehr bald an den neuen Einschub-Novellen bestätigt finden), aber es befriedigt mich nicht mehr, wie es mich damals befriedigt hat; der darin liegende Erkenntnisfortschritt ist mir zu gering. Sie erinnern sich meines Aufsatzes über den Altersstil; zu diesem habe ich noch hinzuzufügen: der alternde Mensch, der alternde Künstler, der keine Zeit mehr vor sich sieht, will aus allem, was er macht, die ganze Erkenntnistotalität gewinnen, und deswegen sucht er sich aufs absolut Wesentliche zu reduzieren und wird so »abstrakt«, wie es Beethoven in den letzten Quartetten gewesen ist. Bei meinen neuen Novellen muß ich mich geradezu zähmen, um nicht ins Abstrakte zu geraten.

Sie wissen, daß mir der äußere Erfolg ziemlich gleichgültig ist; er hat sich immer noch eingestellt. Würde ich ihn mir wünschen, so würde er mich unglücklich machen. Denn nie ist der Jud unglücklicher – wie es in einem Weisheitsspruch heißt –, als wenn er erreicht, was er sich gewünscht hat. Trotzdem bin auch ich irgendwie vom Äußeren bestimmt, und ich meine sogar, daß das ganz legitim ist. Zu meinen so kurz gewordenen Lebzeiten darf ich mit nichts Unrepräsentativem mehr herauskommen; das ist eine Angelegenheit der »Form«, genau so wie das Kunstwerk an eine »äußere« Form gebunden ist, und hier ist die Form eine Art Höflichkeit mir selbst gegenüber. Ich mache jetzt aus den Novellen etwas Repräsentatives, und deswegen darf der Weismann nicht jammern. Das Arge ist nur, daß ich nimmer weiß, wie ich das alles unterbringen soll, denn die Bollingen drängen auf den Hofmannsthal.

Liebe Frau Daisy, die letzten Worte (über Bollingen) versetzen mich wieder in Panik. Und so stoppe ich, so gerne ich weiterschreiben möchte. Aber ich bin mit sehr viel Gedanken bei Ihnen.

Immer Ihr getreuer
HB

[GW 8]

1 »Geschichte des Heilsarmeemädchens in Berlin«, in: *Die Schlafwandler,* KW 1, S. 416 ff.

655. An Hannah Arendt

9. 6. 49

Sehr Liebe,
also hier ist das gewünschte neue Magazin mit dem Einstein-Artikel[1]. Man soll nicht hart und gerecht sein. Außerdem neigen erste Nummern zum Proklamatorischen. Und oftmals bleibt es dabei. Einstein aber fühlt sich als Moses; nur daß seine Gesetztafeln ein Flachrelief sind. Und das aus dem

Felsen geschlagene Wasser ist zwar dry aber nicht sparkling; immerhin gemessen an Ascolis[2] Zeitschrift ist diese ein Born.

Ich beneide – ehrlich – jeden Voll-Marxisten. Er weiß Antwort auf jede Frage, nur nicht auf jene, die in jeder Antwort steckt. Und eben darauf kommt es an. Fast ließe sich sagen: Existenz und damit Metaphysik ist *mit der Struktur der Fragefunktion* identisch. Der Mensch als Mensch existiert durch die Frage, und durch die Frage existiert die Existenz. Das habe ich gewußt, ehe ich noch etwas von Heidegger wußte, aber unzweifelhaft läuft es bei ihm in der gleichen Richtung, und wenn ich nicht so ein Saugedächtnis hätte, könnte ich es wohl auch nachweisen. (Im übrigen: haben Sie »Was ist Humanismus?« und »Was ist Metaphysik?«[3]??; der Vietta hat versprochen, mir beides zu schicken.) Aber weil dem so ist, wird die Logistik erst ihren vollen Sinn haben, wenn sie imstande sein wird, die Struktur der Frage zu formalisieren; von hier aus dürfte unendlich viel zu erwarten sein – wahrscheinlich eben die korrekten Grundlagen einer plausiblen a-deistischen Metaphysik. Und daß ich jahrelang daran herumgearbeitet habe, und daß das alles ergebnislos bleiben soll, macht mich rasend.

Mit den Menschenrechten[4] aber steht es so: positivistisch betrachtet, sind sie kurzerhand nicht-existent, und deshalb müssen sie – solange man, wie sich's eben gehört, irdisch-rational-wissenschaftlich denkt – kurzerhand als nicht-existent betrachtet werden. Hiezu kommt, daß jeder Versuch zur Konkretisierung dieser naturrechtlichen Gebilde einen Umschlag ins Negative erfordert: das positive Recht besteht aus »Verboten«. Eben darum habe ich die Bill of Rights durch eine Bill of Duties ergänzt, oder präziser gesagt, ersetzt.

Aber auch zur Setzung von Pflichten gehört ein Absolutes, nicht nur zur Setzung von Rechten. Aber da Pflichten – im Gegensatz zu den von Gott oder der »Natur« verliehenen Rechten – irdisch sind, muß ihr absolutes Element gleichfalls im Empirischen und Konkreten gesucht werden. Hier liegt die methodologische Parallele zur Physik und zu ihrem »irdisch Absoluten«. Selbstverständlich ist eine Parallele bloß Illustration; wird sie zu Analogieschlüssen verwendet, so wird sie zur Quelle von Unsauberkeiten. Identisch dagegen ist die Methode als solche, denn der Mensch ist kein Doppeladler und kein behmisches Löwel, sondern hat nur einen Kopf und in diesem nur ein Gehirn. D. h. die Methode des Erkennens ist immer die gleiche und besteht in der (mehr oder minder sokratischen) »Befragung« der Realität, auf daß diese sukzessive ihre Absolutheitsqualitäten enthülle. Und daß sich das im sozialen und daher ethischen Gebiet ebenso verhält, glaube ich nachweisen zu können.

Damit aber hat's ein End'. Denn die »Erkennung« des Irdisch-Absoluten läßt sich nicht mehr mit empirischen Mitteln vornehmen. Die Absolutheit der Lichtgeschwindigkeit bedarf der deduktiven Konstruktion, und diese wiederum ist in der logischen Struktur der »Frage« verankert. Sie wissen, daß Gauß von diesem Sachverhalt so beunruhigt war, daß er sogar den Irrsinnsversuch unternahm, die Winkelsumme des Dreiecks empirisch zu überprüfen. Trotzdem war die Beunruhigung berechtigt. Denn in der »Frage« steckt die Induktion, also der Schluß zum Unbekannten hin, also damit der zu Existenzen, die außerhalb des Empirischen liegen. Und hier tritt Husserl (nicht Heidegger) in seine Rechte. Damit das Irdisch-Absolute (ob Lichtgeschwindigkeit oder Versklavung oder sonstwas) »plausibel« werde, bedarf es der »Logos-Existenz«, also eines empirisch unerreichbaren, hoch »oben« schwebenden Gebildes, das noch kein Mensch gesehen hat und das doch mit Sicherheit in allem Denken wirksam ist. M.a.W., der Denkvorgang ist zwar empirisch, doch wenn er selber »befragt« wird, liefert er die Existenz eidetischer Gebilde, weil das Mirakel der Induktion funktioniert. Und wenn man einmal das zugegeben hat, nebenbei erfreut über die darin mitlaufende Widerlegung des Positivismus, so ist man über die Nicht-Existenz des »Naturrechtes« oder der »Menschenrechte« doch nicht mehr so ganz sicher. Denn schließlich sind auch diese eidetische Gebilde.

Nichtsdestoweniger gehe ich nicht so weit, ganz einfach weil »Naturrecht« oder »Menschenrechte« viel zu qualitätsbeladen sind, um ohne weiteres als eidetische Gebilde gelten zu können. Dagegen darf als solches das »Recht an sich« gelten, und ebendarum verwende ich dieses, um der Plausibilität des Irdisch-Absoluten die ihr nötige deduktive Stütze zu verleihen. Wir müssen uns aber darüber klar sein, daß das

»Recht an sich« – ich weiß nicht, wie Sie über dieses denken – in einer sehr engen Verwandtschaft mit den Menschenrechten steht, nämlich mit dem »Anspruch auf Gerechtigkeit«. So sehr ich Ihnen also zustimme, daß mit den Menschenrechten in ihrer alten Fassung nichts mehr zu machen ist, umsomehr als sie sich praktisch ohnehin schon aufgehoben haben, man kommt in der Philosophie doch immer wieder zu dem Schluß »es muß doch was da sein«, und dieser wird noch am präzisesten mit der Methode der Ausklammerung dargestellt. Und in der Tat: man kann das positive Recht im Verhältnis zu den legendären Menschenrechten immerhin als eine Konkretisierung dieser Methode ansehen.

Daß ich wohl nie mehr dazukommen werde, all die hiezu geleisteten Vorarbeiten (insbesondere die der exakten logischen Begründung) in diesem Leben fertigzustellen – über diese Panik will ich mich nicht noch weiter auslassen; zumindest sollte die Arbeit über die eidetischen Gebilde fertig sein. Aber Knopf hat – konfidentiell, weil noch nicht ofiziell – den Bergroman akzeptiert, und jetzt muß auch das noch eingeschoben werden. Wann? wie? Dabei noch die Schwierigkeit der Hochqualität, die ich nur bei äußerster Ungestörtheit erreichen kann –, kurzum, ich bin schon wieder im Jammern.

Schiffer ist gestorben[5]. Infolgedessen müssen wir die application bei Braun-Vogelstein zurückziehen[6]. Natürlich wäre es schön, ein paar Dollars für die Witwe zu haben, aber da werden sich hoffentlich schon noch andere Quellen finden, und dem Adler habe ich geschrieben, allerdings – seitdem ich seine kafkaisierte Philosophie kenne – weniger feurig als früher. Was aber den Werner Kraft anlangt, so werden Sie überrascht sein: wir stimmen völlig überein; nur scheinen Sie nicht zu wissen, daß Literarhistorie eben im Wichtignehmen der gleichgültigsten Dinge besteht. Und da sagte ich mir, daß Commentary doch einmal auch ein so kleines Stück jüdischer Literarhistorie drucken könnte.

Habe ich Monsieur[7] mit der Prophezeihung seiner Regierungskarriere Gottbehüt beleidigt? Es war wishful thinking; ich möchte in einem von ihm regierten Land leben. [. . .]

[GW 8]

1 Albert Einstein, »Why Socialism?«, in: *Monthly Review* (New York), Mai 1949.
2 Max Ascoli (geb. 1898), italienischer Juraprofessor, der 1931 in die USA emigrierte. Von 1933 an unterrichtete er an der New School for Social Research in New York, deren Dekan er 1940/41 war. Im April 1949 gründete er die bis 1968 erschienene Halbmonatsschrift *The Reporter*.
3 Martin Heidegger, *»Über den Humanismus«*. Durchgesehener und an einigen Stellen erweiterter Text eines Briefes, der im Herbst 1946 an Jean Beaufret geschrieben wurde (Frankfurt: Klostermann, 1949). Ferner: Martin Heidegger, *Was ist Metaphysik?* (Bonn: F. Cohen, 1930).
4 Hermann Broch, »Menschenrecht und Irdisch-Absolutes«, KW 12, S. 456-510.
5 Vgl. Fußnote 6 zum Brief vom 14. 2. 1949 an Hannah Arendt.
6 Vgl. die Fußnoten 2 und 3 zum Brief vom 21. 2. 1949 an Hannah Arendt.
7 Heinrich Blücher.

656. Leserbrief an die »Saturday Review of Literature«

[Juni 1949]

Bollingen Foundation

Sir: We think that before raising grave accusations against a foundation it would have been only fair to investigate the activities of the body (*SRL* June 11). If Mr. Hillyer[1] had taken the trouble to do that, he would have discovered that the list of fellows and authors of the Bollingen Foundation includes personalities of the most diverse background and extraction, Jews as well as gentiles, refugees as well as Americans, but all of them good, confirmed democrats. He would have found names like Paul Radin, Huntington Cairns, Herbert Read, R. P. Blackmur, Benedetto Croce, St. John Perse, James H. Breasted, Jr., Herbert Friedmann, Max Raphael, Joseph Campbell, Charles de Tolnay, Walter Friedlander, Victor Zuckerkandl, none of whom could be suspected of Fascist or authoritarian leanings.

We, the undersigned, refugees from Nazism, whose writings and public records give evidence of our violent repugnance to the dogmas and methods of dictatorial regimes, wish to testify to the effect that we have received the most generous unconditional support from the Bollingen Foundation. The vacation season has made it impossible to get in touch with other fellows or authors of the Foundation. But we feel certain that all of them would be happy to join us in protest against the defamation of an institution which has intended and done nothing but good to studies and arts in this country.

Hermann Broch,
Erich Kahler,
Siegfried Kracauer.

New York, N. Y.
[SRL]

1 Robert Hillyer, »Treason's Strange Fruit. The Case of Ezra Pound and the Bollingen Award«, in: *The Saturday Review of Literature,* 32/23 (June 11, 1949), S. 9-11 und S. 28. – Im Februar 1948 hatte Ezra Pound den Bollingen-Library of Congress Award mit $ 1000 für seine *Pisan Cantos* erhalten. Pound stand damals unter der Anklage des Hochverrats wegen seiner Unterstützung Mussolinis.

657. An Rudolf Brunngraber

New Haven, Conn., 16. 6. 49

Lieber guter Freund Rudolf Brunngraber,
es ist schön, Ihnen danken zu können, und selbst wenn Ihre rührende Bemühung um die Zusprechung des Wiener Literaturpreises an mich ein positives Resultat gefördert hätte, es hätte mein Dank nicht größer sein können als er ist, denn ins Gewicht fällt bloß Ihre freundschaftliche Fürsorge. Es tut mir nur leid, daß Sie sich ob des negativen Ausganges augenscheinlich geärgert haben. Sie wissen doch, daß wir niemals unsere Erfolge und Ehren für uns selber, sondern nur für

andere suchen: als Disraeli Premier wurde, sagte er: »I lost my public«, denn Eltern und Schwester waren ihm damals bereits gestorben, und mich hätte der Preis wohl vor allem meines Sohnes wegen gefreut. Ansonsten aber erwarte ich nichts von Österreich und Wien, am allerwenigsten die Eingabe zum Nobelpreis[1]. Genau so wie mit dem Literaturpreis – den der American Academy for Arts and Letters habe ich erhalten[2] – ist es mir mit dem Wiener Ehrendoktorat ergangen. Eine Gruppe von Leuten hat sich dafür eingesetzt (vielleicht auch wissend, daß alles Akademische mir von nutzen sein könnte), und konfidentiell kann ich Ihnen mitteilen, daß die in Betracht kommenden Stellen meine Arbeit, die sie allerdings kaum kennen dürften, zwar hochgepriesen, aber als zu wenig »österreichverbunden« befunden haben; dabei wurde auf die Ebner-Eschenbach verwiesen, angeblich den letzten Literatur-Ehrendoktor der Wiener Universität. Unausgesprochen steht hier hinter alldem entweder echte Nazigesinnung oder wenigstens »Die Juden war'n gscheit; die san rechtzeiti' aussigangen«. Nehmen Sie das um Himmelswillen nicht als »bittere« Bemerkung; ich habe zu spät zu schreiben begonnen, spät genug, um den äußern Erfolg und das Verhältnis zum Publikum (das z. B. für Thomas Mann zum Dauerproblem geworden ist) mir vollkommen gleichgültig zu machen. Ich arbeite ausschließlich zu meiner Selbstbestätigung; d. h. ich fühle einen gewissen Reichtum in mir, bin gegen ihn mißtrauisch, und muß ich ihn daher zur Gestalt zu bringen versuchen, damit sich das Mißtrauen einigermaßen (niemals vollständig) besänftige. Daher rührt auch die erfolgswidrige Vielfalt meiner Produktion; jetzt sollen nicht weniger als acht verschiedenartige Bücher fertiggestellt werden. Kein Wunder also, daß ich die Welt durch stagelgrüne Brillen betrachte, und daß ich gerade darum das Dasein liebe. [. . .]

[GW 8]

1 Ein Jahr später wurde Broch vom österreichischen PEN-Club für den Nobelpreis nominiert. Vgl. Fußnote 1 zum Brief vom 11. 3. 1950.

2 Vgl. Fußnote 1 zum Brief vom 23. 4. 1942 an Hadley Cantril.

658. An Willi Weismann

18. 6. 49

Lieber Herr Weismann,
vielen Dank für Ihre Zeilen v. 25. 5., welche (nicht per Luftpost) soeben eingetroffen sind. Da mein ausführlicher Brief v. 11. ds. inzwischen wohl in Ihre Hände gelangt ist, habe ich diesen heute nur in Ansehung Ihrer Ausführungen zu ergänzen:

Zu den Gründen, welche mich zum Zusammenschluß der Novellen zu einem romanartigen Gebilde bewogen haben, habe ich nichts mehr hinzuzufügen; ich habe den Eindruck, daß Sie sie als durchaus stichhaltig anerkennen werden. Die einzige Schwierigkeit liegt, wie ich sehe, nun bei der Druckerei: könnten Sie den gefürchteten Verdacht des Geldmangels nicht durch eine entsprechende Vorauszahlung aus der Welt schaffen? Schließlich handelt es sich doch nur um ganz wenige Monate, fast nur um Wochen, und da kann der Zinsverlust kaum ins Gewicht fallen. Natürlich hätten wir die ganze Schwierigkeit vermeiden können, wenn Sie meine vielen Briefe einmal richtig beantwortet hätten: ich habe wegen der »Heimkehr« gerade genug gejammert, und wenn Sie mir davon eine Abschrift hätten machen lassen, resp. mir das sonstige Material geschickt hätten, so hätte ich meine jetzige Entscheidung getroffen, ehe mit dem Druck begonnen worden wäre, und die ganze Angelegenheit wäre einfacher gewesen. Aber darüber wollen wir nun nicht mehr rechten. Die Hauptsache ist die Publikation selber, und die wird unzweifelhaft eine schöne und repräsentative werden. Ebendarum ist es auch erfreulich, daß Sie sie in guter Ausstattung herausbringen. Was den Titel anlangt, so ziehe ich die Brodyschen »Neun Erzählungen, beinahe ein Roman« eigentlich dem von Ihnen vorgeschlagenen »Roman in Novellen« vor; ich habe den Eindruck, daß jener publikums-attraktiver wirken könnte.

Sie haben natürlich recht, wenn Sie sagen, daß das Arbeitsübermaß mich gesundheitlich zurückwerfen könnte. Das befürchte ich immerzu, kann es aber doch kaum ändern. Ich kann bloß versuchen, meine fürchterliche Korrespondenz einzudämmen; ich bettle jedermann an, mich in Ruh zu lassen, aber jeder meint, daß es auf sein eigenes kleines Anliegen bei mir nicht ankomme. Und so habe ich alle Nachteile des Ruhmes und keinen seiner Vorteile. Doch wie immer dem auch sei: ich setze alles daran, um mit den vier Zusatz-Geschichten rechtzeitig fertig zu werden.

Ihr so freundliches Angebot zur Besorgung von Büchern nehme ich sehr gerne an. Über die Zeitschrift »Thema«[1] habe ich Ihnen neulich geschrieben, und heute würde ich Sie bitten, mir vom *Verlag Klostermann, Frankfurt,* folgende Veröffentlichungen zu bestellen:

Martin Heidegger[2]: »Hölderlin und das Wesen der Dichtung« (1936), »Hölderlins Hymne – Wie wenn am Feiertage« (1941), »Hölderlins Gedicht – Andenken« (1943), »Hölderlins Elegie – Heimkunft« und »An die Verwandten« (1944).

Friedrich Georg Jünger[3]: »Griechische Mythen« (1947) und »Über das Komische« (1948).

Ich nehme an, daß Sie, wenn Sie die Bücher an Ihre Adresse beordern, den üblichen Verlagsrabatt bekommen werden. Ich bitte, sodann damit mein Konto zu belasten und die Sendung an mich vorzunehmen. Und im voraus vielen Dank.

Mit allen guten Wünschen und Grüßen, herzlichst Ihr

Hermann Broch

[WW, YUL]

1 *Thema. Zeitschrift für die Einheit der Kultur,* hrsg. v. Hans Eberhard Friedrich. Der erste Jahrgang 1949/50 erschien in Gauting bei München (Thema-Verlag). Nach Erscheinen von Heft 8 wurde die Zeitschrift 1950 nicht mehr publiziert.

2 Martin Heidegger, *Erläuterungen zu Hölderlins Dichtung* (Frankfurt: Klostermann, 1944). Der Band enthält die von Broch genannten Studien: »Heimkunft/An die Verwandten«, S. 9-30; »Hölderlin und das Wesen der Dichtung«, S. 31-47; »Wie wenn am Feiertage . . .«, S. 47-74; »Andenken«, S. 75-143.

3 Friedrich Georg Jünger, *Griechische Mythen* (Frankfurt: Klostermann, 1947); *Über das Komische* (Frankfurt: Klostermann, 1948).

659. An den Alfred A. Knopf Verlag

Saybrook College
Yale University
Yale Station DR-1002-A
New Haven, Conn. June 18, 1949

Dear Mr. Glauber:
Many thanks for your letter. I shall be very happy to see you again, and I would like to suggest that you meet me either for dinner or for lunch. To make it simple I give you my schedule, so that you have your choice; I am free for dinner *Wednesday* and *Friday* (trains from G. C.[1] at 4.00, 4.10, 4.30, 5.05, 5.25, 6.00 and besides these a Pullman train at 5.00 p. m.). For luncheon *Thursday* (trains from G. C. at 10.00, 10.30, 11.15 a. m. and 12 noon).

I would appreciate if you would let me know as soon as possible (e. g. by telegram) which day is convenient for you. It is not necessary to tell me in advance the train you will choose; I shall be at home (Room 979) and you drop in after you have arrived.

No doubt, I shall be pleased to reach an agreement with you and to have settled this book which by mistake – it is only the title of the first chapter – you are calling »Der Wanderer«[2]. I have different titles in mind, all connected with Demeter, so »Demeter or the Bewitchment«, »Man bewitched by Demeter«, »The Sons of Demeter«, »Demeter's Lost Sons« etc. However, that's no problem now. The best idea for a title comes in the very last moment when the book goes to print.

Looking forward to having you here,

cordially yours
Hermann Broch
[UT]

1 Grand Central Station in New York City.
2 Broch bereitete die dritte Fassung der *Verzauberung* vor.

660. An Ernst Bloch

Saybrook College
DR 1002-A Yale Station
New Haven, Conn. 19. 7. 49

Liebster Ernst Bloch,
es war mir eine große Freude, daß ich Karola[1] noch vor ihrer Abreise sehen konnte; ich durfte mit ihr sogar noch die Aufregung wegen Jans[2] Verspätung und hinterher die Freude über sein schließliches Eintreffen teilen. Ich hoffe, daß nun beide ebenso wohlbehalten bei Ihnen eingetroffen sind.

Die Nachrichten, die Karola von Ihnen hatte[3] und mir mitteilte, klingen ermutigend, und sie tun es umsomehr, als sie von einem skeptischen Menschen stammen: sollten Sie Ihre Ansicht nicht ändern, oder richtiger ändern müssen, so gibt es wieder Hoffnung. Dann sind wir wieder jung, und das ist schön. (Wenn aber die Jugend dieses Idiotenlied noch immer weiter plärrt, so gebe ich jede Hoffnung auf.)

Im übrigen wird mir die Lebensnotwendigkeit der Hoffnung[4] zunehmend rätselhafter. Warum ist mir die künftige Bewohnlichkeit dieses Planeten so überaus wichtig? Für mich, der ich in wenigen Jahren unnachsichtlich von des Planeten Erde aufgenommen sein werde, könnte, dürfte, müßte seine Atomzersprengung eine erfreuliche Unterbrechung der Ewigkeitslangeweile sein. Doch nein, ich wünsche, daß das Leben auf der Oberfläche ungestört weitergehe. Ihnen, dem expert in Hoffnungen und Wünschen, habe ich über das Mythische und Metaphysische solcher Haltungen nichts zu erzählen: das wäre Anmaßung. Ich wundere mich nur immer wieder, wie tief das Mythische und Metaphysische in einem sitzt: auch alle angeblich a-metaphysischen und antimetaphysischen Systeme sind metaphysisch bedingt; alle Kreter lügen.

Der geisteswissenschaftliche Sektor der Universität Jena[5] (Komm. Leiter Frau Dr. Lindemann) hat mich eingeladen; Karola dürfte Ihnen wohl davon erzählt haben. Wäre ich mit der Massenpsychologie fertig, so hätte ich eine Gastprofessur sehr gerne angenommen: aber sie ist eben nicht fertig, und es ist fraglich, ob sie je fertig werden wird. Denn sie steht unter acht Büchern, die ich alle innerhalb eines Jahres beenden soll, und von denen jedes einzelne acht Jahre benötigt. Mit den hieraus resultierenden 64 Jahren möchte ich mich schon abfinden, wenn ich sie nur bekäme. [. . .]

Grüßen Sie Karola und Jan, grüßen Sie Herzfeldes[6]. Ein Care geht dieser Tage an Sie ab, um Sie zum Schreiben zu zwingen, doch ohne daß Sie den Zwang ernsthaft nehmen sollen: ich respektiere jeglichen Zeitmangel, umsomehr als ich den meinen respektiert haben will. Und lassen Sie sich die Hand drücken.

In Herzlichkeit Ihr
Hermann Broch

[YUL]

1 Ernst Blochs Frau. Broch kannte die Blochs bereits aus deren österreichischer Emigrationszeit 1934/35; sie trafen sich damals öfters in Wien.
2 Blochs Sohn (geb. 1937), Chemiker.
3 Bloch trat 1949 eine Professur für Philosophie an der Universität Leipzig an.
4 Anspielung auf Blochs Hauptwerk *Das Prinzip Hoffnung,* über das Broch 1947 ein Verlagsgutachten geschrieben hatte. Vgl. KW 10/1, S. 279-280.
5 Vgl. Brief vom 21. 2. 1949 an Anna Lindemann.
6 Vgl. Brief vom 2. 4. 1946 an Wieland Herzfelde.

661. An Joseph H. Bunzel

Saybrook College, New Haven 20. 7. 49

Dank, mein Alter, und nun sind die Dinge sehr einfach geworden. Denn der Brody will eigentlich nur den Ur-Ur[1], und der ist tatsächlich in dem Faszikel enthalten. Die JJ[2] besitzt bloß den Ur, und faute de mieux habe ich ihm diesen angetragen; er versteift sich aber – weiß Gott warum – lt. soeben eingelangten Brief auf den Ur-Ur. Und nun kann er ihn haben.

Wegen dieser 9 Seiten (einzeilig, also eigentlich 18) werden wir aber nicht das ganze Faszikel[3] über den Ozean hinschicken. Hast Du jemanden, der die paar Seiten säuberlich und gegen Bezahlung kopieren kann und will? Soweit mir die Kopierpreise bekannt sind, kann man für eine einzeilige Seite 50 bis 60 cts bezahlen. Solltest Du dort jemanden finden, so schicke ich das MS sofort zurück; andernfalls treibe ich hier wen im German Dept. auf. Es versteht sich übrigens, daß Brody nicht nur die Abschrift, sondern auch die Portoauslagen – Du hast bereits $ 1.50 bezahlt – zu vergüten hat. Also bitte um raschesten Bescheid!

Nebenbei: die Yale Library will alle meine MS, Notizbücher, Tagebücher, Klosettpapiere etc. für künftige Doctoranden haben. Du wirst also nach meinem w. Ableben das Unikat des Ur-Ur etc. hoffentlich teuer verkaufen können, umsomehr als ich bestätigen kann und werde, daß die handschriftlichen Teile im Gefängnis Bad Aussee geschrieben worden sind[4].

Hast Du dem Smith[5] geschrieben?

In Liebe und in Yale und seid beide umarmt

H.

Ich bin also, wie Du siehst, in vollster Nachlaßvorbereitung. Eine zumeist zumieste Sache.

[MTV, YUL]

1 »Die Heimkehr des Vergil«, erste Fassung des Vergil-Romans. Vgl. KW 6, S. 248-259, ferner KW 4, S. 509-510.

2 Jadwiga Judd. Sie besaß die fertige dritte Fassung des Vergil-Romans mit dem Titel »Erzählung vom Tode«. Dieses Manuskript ging verloren.

3 Broch schenkte Bunzel damals die Manuskripte der ersten, zweiten und eines Fragments der dritten Fassung des Vergil-Romans; heute in YUL. Vgl. *Materialien zu Hermann Broch »Der Tod des Vergil«,* hrsg. v. Paul Michael Lützeler (Frankfurt: Suhrkamp, 1976), S. 11-169. Vgl. ferner KW 4, S. 509-512.

4 Vgl. *Materialien zu Hermann Broch »Der Tod des Vergil«,* a.a.O., S. 160-169.

5 Nicht ermittelt.

662. An Dolf Sternberger

New Haven, Conn., 21. 7. 49

Lieber Dr. Sternberger[1],
für Ihren Brief vom 6. ds. und seine guten freundschaftlichen Worte sehr aufrichtigen Dank.

Ich würde Ihnen sehr gerne ein Stück aus dem Hofmannsthal geben, aber ich möchte das erst tun bis ich (im August) die Arbeit an dem Buch wieder aufnehme; es ist viel leichter und zeitsparender, im Zuge der Arbeit ein zur Einzelpublikation geeignetes Stück zu finden, als zu diesem Zweck ein umfangreiches MS eigens durchzusuchen, und ohne Zeitsparsamkeit brächte ich bei meiner etwas absurden Arbeitsweise (bei der sich ein Buch ins andere schiebt) überhaupt nichts fertig. Warum sich im Augenblick das politische Buch in den Vordergrund geschoben hat, habe ich in meinem letzten Brief erklärt; es mußte verlegerisch unter Dach und Fach gebracht werden, und daß es nun wieder in den Hintergrund zurückkehren soll, ist mir schmerzlich. Aber die Unterbrechung der Hofmannsthal-Arbeit hat schon allzulange gewährt.

Mit gleicher Post geht Ihnen also die für den amerikanischen Verleger angefertigte outline jenes politischen Buches zu[2]. Und hiezu ein paar kommentierende Bemerkungen, vor allem weil ich über die methodologischen Voraussetzungen nichts in die outline habe aufnehmen können.

Eine soziologisch-historisch-politische Theorie nämlich muß, um mit dem Anspruch auf wissenschaftliche »Richtigkeit« auftreten zu dürfen, folgenden Bedingungen genügen:

(a) sie muß ein (dialektisches) Wirklichkeitsmodell sein, dessen Funktion womöglich logistisch nachprüfbar sein soll;

(b) sie hat in ihrer Modellfunktion eine »realitätstreue« Analyse des von ihr erfaßten Realitätsausschnittes und der in ihm von ihr selektierten Geschehnisse und Kräfte zu liefern;

(c) sie muß auf Grund solcher Analyse trachten, die Konstanten der »Entwicklungsrichtung« innerhalb des beobachteten Geschehens zu bestimmen;

(d) und sie muß nach den Mitteln fahnden, mit denen die Geschehnisgestaltung sich beeinflussen läßt, auf daß die »Entwicklungsrichtung« eingehalten werde.

Eine wirkliche Annäherung zur Erfüllung dieser Bedingungen – eine 100%ige gibt es nicht – ist bisher, wie man ruhig behaupten darf, bloß von Marx vollzogen worden. Zugleich wird aber gerade an Marx klar – und das läßt sich eigentlich bloß mit der augustinisch-katholischen Metapolitik vergleichen –, daß ein makelloses Theoriengebäude in seiner Rückprojizierung in die Sozialrealität höchst merkwürdige »Fehlsituationen«, wie ich sie nennen möchte, zu erzeugen vermag. In meiner Massenpsychologie beschäftige ich mich sehr eingehend mit diesen »Fehlsituationen«. Schuldtragend ist die Autonomie der Spekulation. Es handelt sich um »Entfremdungsprozesse« unter dialektisch-scholastischer Leitung. Der katholische Dogmatismus des Spätmittelalters verhält sich zum Urchristentum beiläufig so wie der Bolschewismus zu dem Humanitätsideal des Frühmarxismus.

So wenig aber die Kirche fähig war oder je fähig sein wird, sich zum Urchristentum zurückzubilden, so wenig läßt sich vom Marxismus verlangen, daß er – um der Humanität willen – zu einem Frühstadium zurückkehre. Es mag eine »Fehlsituation« noch so arg sein, sie wird nicht behoben, indem man zu ihrer jeweiligen Ausgangsposition zurückkehrt. Die Rektifikation verlangt stets eine Wiederaufrollung des »Ganzen«. Die papale Verrottung ließ sich nicht durch inter-katholische Diskussionen beheben, vielmehr mußten hiezu die eigentlichen Glaubenswurzeln wieder freigelegt werden, und mit einer an äußeren Argumenten haftenden Polemik läßt sich nichts von den einstigen Marxschen Humanitätszielen wiedergewinnen. Wer sich aufs neue an die menschenunmögliche Aufgabe einer humanitätsorientierten Politik heranmachen will (an und für sich ein Wahnsinniger), der muß immer wieder *ab ovo* beginnen, d. h. auf die logischen und dialektischen Grundlagen zurückgreifen. Genau das versuche ich in meiner Massenpsychologie wie in dem ihr vorauszuschickenden politischen Buch zu tun. Und obwohl einerseits der ungeheueren prinzipiellen Schwierigkeiten, andererseits meiner persönlichen Unzulänglichkeiten – jeder hat solche – durchaus bewußt, hänge ich an dem Vorhaben. Denn wenn es festgefügte Theorien der Inhumanität gibt, so kann, soll, muß es auch eine nicht minder festgefügte *Theorie der Humanität* geben; ich werde die Aufgabe sicherlich nicht bewältigen, aber ich kann mein Steinchen zum Bau herbeitragen.

In meiner outline, die wegen ihres verlegerischen Zweckes tunlichst vereinfacht zu sein hatte, durfte ich auf derlei methodologische Erwägungen nicht eingehen. Doch auch in einer politischen Schrift darf auf derlei nicht eingegangen werden. Und das ist mit einer der Gründe, die mich bewogen haben, die jetzige Fassung (mit einigen Abänderungen und Zusätzen) zur sofortigen Veröffentlichung vorzuschlagen.

Es ließe sich einwenden, daß trotz der Auslassung des Methodologischen die Arbeit noch zu theorie-überlastet sei, um politisch wirken zu können. Ich bin nicht dieser Ansicht. Mit Schlagwortpolitik und Programmen sind die Massen übersättigt, sie wollen gediegenere Kost haben, umsomehr als sie doch seit Marx immerhin an eine solche gewöhnt sind. Ob es mir gelungen ist, die neuen Grundlagen, mit denen ich die Theorie der Politik oder präziser die Theorie der Humanität auszustatten versuche, einem allgemeinen Verständnis zugänglich zu machen, ist natürlich eine andere Frage. Jedenfalls will ich sie hier, der besseren Übersicht wegen, kurz rekapitulieren:

(1) die Denk- und Erkenntnisrevolution, in der wir uns befinden, zeigt unzweideutig – und gerade die Naturwissenschaften gehen darin wegweisend voraus –, daß zur Gewinnung präziser Erkenntnisse fortab stets die reale Erkenntnisfunktion als solche, nämlich die abstrakte Gestalt eines »Beobachters an sich« (trotzdem, bei aller Abstraktheit, die Menschengestalt) in das Beobachtungsfeld einprojiziert werden muß;

(2) hieraus ergibt sich ein neuer Absolutheitsbegriff, den ich als den der »irdischen Absolutheit« bezeichnen will;

(3) im Gegensatz zum alten, rein logisch fundierten Absolutheitsbegriff ist der neue vornehmlich der einer »unteren Grenze«, hat also »Negativ-Charakter«;

(4) im Gebiet des Rechtes – also dem Formalgebiet kat'exochen der Sozialwissenschaften und der Sozialerkenntnis – wird ganz offensichtlich die Introduktion der (abstrakten) Menschengestalt gleichfalls unvermeidbar werden;

(5) hiebei ist die »irdische Absolutheit«, die als Pegel der Sozialbeziehungen zu gelten hat, im Phänomen der »Totalversklavung« (konkretisiert durch das Konzentrationslager) nur allzudeutlich sichtbar;

(6) es handelt sich hiebei um Formalkonstatierungen, nicht um inhaltliche oder gar gefühlsmäßige, und weil es Formalkonstatierungen sind, ergibt sich aus ihnen eine Neufundierung des an sich legendären Menschenrechtes, ohne das es keine soziale Humanität gäbe;

(7) umgekehrt läßt sich von hier aus und wohl nur von hier aus die unheimliche Erscheinung des Totalitarismus verstehen und ihm jene Formaldefinition geben, die zu seiner Bekämpfung vonnöten ist;

(8) zu dieser Bekämpfung genügt aber nicht eine internationale Anerkennung der »Menschenrechte«, wie das jetzt – auf der Linie des geringsten Widerstandes – in der UN durchgesetzt wurde[3], nein, es gehört hiezu, ob national oder international, eine Anerkennung und Kodifizierung der grundsätzlichen »Menschenpflichten«, denn aus dem »Negativ-Charakter« des »irdisch Absoluten« lassen sich immer nur Pflichten, niemals Rechte gewinnen – nicht nur, daß sie haltbarer als diese sind, sie sind auch die notwendige Überleitung zum positiven Recht, auf das es im letzten ankommt.

Diese theoretischen Überlegungen und Ergebnisse (vielleicht sogar bis zu einem gewissen Grad Neuentdeckungen) finden Sie in der outline von Seite 1 bis 23. Außerdem schließe ich als Illustration ein Exemplar meiner detailliert ausgearbeiteten »Bill of Duties«[4] bei, die der UN – fürs erste zur Archiv-Vermoderung – von einigen führenden Leuten der Princeton University vorgelegt worden ist.

Ab Seite 23 – die Auseinanderhaltung sollte typographisch schärfer gemacht werden – beginnt der praktische Teil, also das wishful thinking. Nichtsdestoweniger (und trotz der Vermoderung in den UN-Archiven) möchte ich zu prophezeien wagen, daß die Demokratie, sofern sie bestehen bleiben will und – denn nur auf dieses Wollen kommt es an – bestehen bleibt, eine Entwicklung nehmen wird, die der von mir vorgezeichneten recht ähnlich sein könnte, einfach weil die Streubreite der jetzt offenstehenden Entwicklungsmöglichkeit verhältnismäßig sehr gering ist. Dazu bedarf es weder

der Intuition, noch der Anmaßung, noch der Unverbindlichkeit, die allesamt der Prophetie sonst anhaften.

Was die Veröffentlichungsform anlangt, so habe ich an eine Broschüre vor allem wegen der Massenverbreitung gedacht; eine solche läßt sich mit einem Zeitschriftartikel nicht erzielen. Außerdem ist die Schrift, besonders wenn man noch die »Bill of Duties« hinzufügt – und dies hielte ich für vorteilhaft –, weit länger als ein Zeitschriftartikel sein dürfte. Ohne Zweiteilung der Arbeit ginge es natürlich überhaupt nicht. Aber wenn Sie das Stück trotzdem in die Vierteljahrshefte der »Wandlung« aufnehmen wollen, so werde ich dies, insbesondere da Sie ja die weitaus bessere Einsicht in die deutschen Publikumsverhältnisse haben, sicherlich gerne akzeptieren.

Sollten Sie sich jedoch zur Broschürenform entschließen, so würde ich Ihnen für die Vierteljahrshefte eine andere Arbeit von mir vorschlagen, die m. E. für Zeitschriftveröffentlichung viel besser geeignet wäre und außerdem, wie mir scheint, recht gut in den Rahmen der »Wandlung« passen würde.

Es handelt sich um das Problem der sogenannten »Internationalen Universitäten«. Bereits im Jahre 44 habe ich der »New School for Social Research« in N. Y. vorgeschlagen, ihr Studienprogramm zu dem einer »Internationalen Universität« zu erweitern[5]. Zwei Jahre später, 1946, wollte die New School den Vorschlag aufgreifen und gab mir den Auftrag zur Skizzierung eines Gründungsaufrufes[6], der das philosophisch-wissenschaftliche Programm des Projektes enthalten sollte; mit diesem Gründungsaufruf sollte das schwierige Geschäft des money-raising begonnen werden, u. z. mit Unterstützung der UN, resp. der UNESCO. Daß man sich da keine allzugroßen Hoffnungen auf Verwirklichung machen konnte, war dabei freilich allen Beteiligten klar. Und tatsächlich hat sich seitdem die Situation nicht wesentlich verändert; das Projekt liegt – auch hier zuerst einmal zwecks Vermoderung – im Archiv der UNESCO. Aber auch hier glaube ich, daß die Idee am Ende gute Früchte tragen wird. Jedenfalls aber könnte man darangehen, sie zu veröffentlichen, und so lasse ich Ihnen auch diesen »Gründungsaufruf« zugehen.

Die Ideenverwandtschaft dieses Stückes mit der politischen outline brauche ich nicht eigens zu unterstreichen; sie ist auffallend und ist selbstverständlich. Gewiß ist auch dieses Stück als Zeitschriftenartikel zu lang; aber abgesehen davon, daß es zweigeteilt gebracht werden könnte, sind hier Kürzungen möglich. Die englische Fassung, welche die UNESCO in Händen hat, ist etwa um 25% gekürzt. Freilich halte ich Kürzungen hier nicht gerade für vorteilhaft. Im Gegenteil, mir ist der Vorschlag einer hiesigen University Press, welche die Schrift als kleines Buch herausbringen will, wenn ich sie auf etwa 130 Seiten erweitere, durchaus sympathisch, denn mancherlei Ergänzungen scheinen mir da notwendig zu sein. Für die »Wandlung« allerdings käme eine solche Erweiterung sicherlich nicht in Betracht.

Zusammenfassend: ich würde am liebsten die politische outline (samt »Bill of Duties«) als Broschüre herausbringen und den »Gründungsaufruf« in dem Vierteljahrsheft der »Wandlung« gedruckt sehen, und ich würde mich außerordentlich freuen, wenn sich eine Möglichkeit hiezu ergäbe.

Alle drei Stücke, outline, »Bill« und »Gründungsaufruf« gehen Ihnen als rekommandiertes Geschäftspapier-Päckchen zu, und ich hoffe sehr, daß dieses auch richtig einlangt. Denn der »Gründungsaufruf« ist (als deutscher Text) ein Unikat geworden, und von der outline habe ich jetzt nur mehr ein einziges Exemplar hier. Die paar Exemplare, die da waren, sind von einer Hand in die andere gegangen, und so ist schließlich ein sozusagen natürlicher Schwund entstanden. Ich bitte Sie daher sehr, die Ihnen gesandten Exemplare mit *besonderer Sorgfalt* zu behandeln. Wäre es nicht möglich, sie dort zu einem räsonablen Preis abschreiben zu lassen? hier kann ich mir das nämlich nicht leisten. Und ich habe jetzt, wie ich Ihnen neulich schrieb, Guthabungen in Deutschland.

Vielen Dank für die Zusendung der erbetenen »Wandlung«-Hefte. Ich lasse Ihnen den Gegenwert von meinem deutschen Konto zugehen.

Bitte verständigen Sie mich vom Eintreffen der Manuskripte (die wohl etwa drei Wochen reisen dürften), und im übrigen bin ich auf Ihre Meinung über die Veröffentlichungsmöglichkeiten durchaus gespannt.

Mit einem herzlichen Gruß, aufrichtigst Ihr

H. Broch

[GW 8]

1 Dolf Sternberger (geb. 1907), deutscher Philosoph und Politologe; damals Mitherausgeber der in Heidelberg von 1945 bis 1949 erscheinenden Kulturzeitschrift *Die Wandlung*.
2 Zweite Fassung von Brochs Aufsatz »Trotzdem: Humane Politik«, KW 11, S. 364-396. Vgl. auch KW 11, S. 505.
3 Seit Anfang 1946 arbeitete die UN-Kommission für Menschenrechte unter dem Vorsitz von Anna Eleanor Roosevelt an der Formulierung der »International Bill of Human Rights«. Am 10. 12. 1948 einigte man sich in der UNO auf die »Universal Declaration of Human Rights«.
4 »Bemerkungen zur Utopie einer ›International Bill of Rights and of Responsibilities‹«, KW 11, S. 243-276.
5 »Bemerkungen zum Projekt einer ›International University‹, ihrer Notwendigkeit und ihren Möglichkeiten«, KW 11, S. 414-425.
6 »Philosophische Aufgaben einer Internationalen Akademie«, KW 10/1, S. 67-112. – Keine der hier genannten Studien Brochs wurde damals publiziert.

663. An Franziska von Rothermann

9. 8. [1949]

Liebe gute Fanny,
vor allem laß Dir zum Geburtstag[1] gratulieren: langes Leben brauche ich Dir nicht zu wünschen, denn das wirst Du wie alle Rothermanns sowieso haben, aber ich wünsche Dir, daß die vielen Jahre, die noch vor Dir liegen, von keinerlei Beschwernis getrübt werden, und daß daher die augenblicklichen Störungen, von denen mir Pitz[2] schreibt, wirklich nur augenblickliche seien und bald behoben sein werden: ganz ohne Zwischenfälle geht es ja bei einem alternden Organismus niemals ab – auch bei mir meldet sich ja der Körper einmal an diesem, ein andermal an jenem Ende, jetzt z. B. leider besonders intensiv mit den Zähnen –, aber es läßt sich immerhin unter Kontrolle halten, und damit muß und kann man zufrieden sein. Und als Zusatzwunsch für mich wünsche ich mir zu Deinem Geburtstag Dich baldigst zu sehen.

Wenn das aber so weiter geht, werde ich niemals nach Europa kommen. Ich habe gerade Pitz geschrieben, daß ich das fürchterliche Arbeitsübermaß, das auf mir lastet, ohneweiters bewältigen könnte, wenn nicht diese gräßliche dauernde Korrespondenz wäre. Die Briefschreiberei bringt mich schlechterdings um. [. . .]

Viele innige Gedanken von Deinem alten

H.

[YUL]

1 Brochs geschiedene Frau Franziska von Rothermann war am 6. 8. 1949 fünfundsechzig Jahre alt geworden.

2 H. F. Broch de Rothermann.

664. An Else Spitzer

12. VIII. 49

[. . .] Und um in dieser Polemik fortzufahren: wieso kommst Du auf die Idee, daß mich dieses Land hier glücklich macht? die pursuit of happiness? Der schwäbische Pessimismus hat einen sehr schönen Ausspruch hervorgebracht: »Ich bin überall a bissele ungern«, und das stimmt auch auf mich. Allerdings bin ich auch überall ein bissele gern, erstens weil ich zum Hier und Jetzt ein durchaus abstraktes Verhältnis habe und bloß in meinem Einsamkeitsbedürfnis nicht gestört sein will, und zweitens weil das Leben an sich mir eine geradezu frenetische Freude bereitet, kurzum mein eigentlichstes hobby ist.

Leider komme ich nicht zu dem hobby. Ich habe *acht* Bücher fertigzustellen, darunter zwei Romane (wegen des Brots) und unter den acht sind nicht einmal die mir wichtigsten philosophischen (mit Ausnahme einer erkenntnistheoretischen Studie), so daß ich also alle Aussicht habe, überhaupt nicht mehr zu meiner eigentlichen Arbeit zu gelangen. Ob ich mein derzeitiges geradezu unmenschliches Tempo ein- und aushalten werde können, ist ja sehr die Frage. [. . .]

[GW 8]

665. An Nani Maier

New Haven, Conn., 12. 8. 49

Liebe Nani Maier,
aber von Zürnen kann doch keine Rede sein; ich muß mir halt die Dinge tunlichst vereinfachen, und das ist alles. Also:

Mein Vater stammt aus Mähren, ist in jungen Jahren recht mittellos nach Wien gekommen, hat sich – wie so viele böhmisch-mährische Juden – mit Textilhandel befaßt und hat sich verhältnismäßig rasch emporgearbeitet. Bereits um die Jahrhundertwende hatte er bedeutende industrielle Interessen in Böhmen und 1906 hat er die »Spinnfabrik Teesdorf« in Nieder-Österreich erworben, deren Umfang unter seiner Leitung stark erweitert wurde. Meine Mutter dagegen (geb. Schnabel) entstammt einer alteingesessenen Wiener Familie in Rudolfsheim. Ich wurde am 1. Nov. 1886 als erstes Kind dieser Ehe geboren; mein Bruder ist drei Jahre jünger. (NB. mein Vater hieß Joseph, meine Mutter Johanna.)

Neben der Webschule, die ich in Wien absolvierte, war ich ordentlicher Hörer der Wiener Technik für Versicherungsmathematik. Dann ging ich ans Technikum Mülhausen i. E.

Über die Lücke zwischen 1907 (Rückkehr aus Amerika) und 1928 ist wenig zu berichten. Meines Vaters Wunsch gemäß trat ich in seine Unternehmungen ein, und die Kriegsverhältnisse zwangen mich, etwas zu früh eine leitende Stellung daselbst zu übernehmen. Etwa ab 1916 war ich der leitende Verwaltungsrat der »Spinnfabrik Teesdorf«. Mein Vater hatte sich auf die Präsidentenstelle zurückgezogen.

Während meiner industriellen Zeit habe ich mich weiter intensiv mit Mathematik und Philosophie, vorzüglich Erkenntnistheorie befaßt. Von 1929 bis 1932[1] habe ich als außerordentlicher Hörer (da ich ja Realschüler war) Mathematik und z. T. auch Philosophie (Schlick) an der Wiener Universität studiert. Ich wollte das Doktorat noch nachtragen, doch da kam mir die schriftstellerische Arbeit (Schlafwandler 1929 etc.) in die Quere.

Ich glaube, daß dies das Wesentliche ist. Hätte ich eine Autobiographie zu schreiben, ich hätte wegen Materialmangel allerlei Schwierigkeiten. Doch wenn Sie noch etwas wissen wollen, so fragen Sie nur ruhig.

Mit einem herzlichen Gruß Ihr

Hermann Broch.

[GW 8]

1 Statt richtig 1925 bis 1930. Vgl. Fußnote 1 zum Brief vom 5. 2. 1925.

666. An Dolf Sternberger

New Haven, 16. 8. 49

Lieber Dr. Sternberger,
sehr herzlichen Dank für Ihre soeben eingetroffenen Zeilen v. 9. 8. Ich freue mich aufrichtigst über Ihre Zustimmung; es gibt ja nicht viel Leute im Erdenrund, an deren Zustimmung einem gelegen ist, mehr noch, es darf deren nur wenige geben, denn im allgemeinen hat einem, arbeitet man ehrlich, die Meinung der Leserschaft gleichgültig zu sein. Trotzdem brauchen gerade diese Stücke eine Leserschaft, und so bin ich sehr froh, daß Sie die Absicht haben, sie in der N. R.[1] zu veröffentlichen.

Freilich bedauere ich dabei, daß die so ausgezeichnete »Wandlung«, in der ich mir die Veröffentlichung gedacht habe, nunmehr mitsamt ihrer »Schriftenreihe« zu existieren aufhören soll. Andererseits aber bin ich überzeugt, daß Sie die N. R. wirklich wieder zu einer »Neuen« machen werden. Und so nehmen Sie vor allem zu dieser neuen Wirksamkeit einen warmen Glückwunsch entgegen.

Nun zu den einzelnen Stücken:

Humanitätspolitik. Ihr Rebellionsgefühl – Voranstellung der »Rechte« gegenüber den »Pflichten« – ist eine natürliche Folge des Terror-Regimes; auf diese Weise akkumulieren sich ja Revolutionsenergien. Doch gerade darum erscheint es mir so wichtig, die Ziele zu formulieren, zu denen die Revolution hinzuführen hat; sonst schlägt sie ja (Napoleon, Rußland) ihrerseits wieder in Tyrannei um. Wenn mein Aufsatz hiezu Anregungen geben kann, so werde ich sehr glücklich sein. Das Wesentliche bei alledem scheint mir die (in den Wissenschaften vorbereitete, doch auch schon in der neuen Kunst deutlich ersichtliche) allgemeine Umstellung unserer Weltsicht zu sein: der Beobachter im Beobachtungsfeld, das »subjektoide« Element, wie ich es nenne. Von hier aus erscheint mir die Aufrollung des ganzen Fragekomplexes »relativ-absolut« und damit eben auch der einer (im letzten politischen) neuen Ethik möglich zu sein. In den Büchern – sowohl dem politischen wie in der Massenpsychologie – glaube ich mich diesen Fragen wirklich anzunähern. Der Aufsatz[2] ist notwendigerweise rudimentär. Jedenfalls werde ich, sobald Sie sich über Erscheinungstermin etc. im Klaren sind, noch einige aufklärende Abänderungen anbringen. Bitte lassen Sie mich also wissen, *wann Sie das definitive MS* brauchen.

Bill of Duties[3]. Die endgültige Fassung wurde bereits englisch geschrieben. Die deutsche Vorfassung befindet sich in Princeton und ist bei meiner noch immer anhaltenden Schwerbeweglichkeit nicht so bald erreichbar, müßte aber dann noch außerdem in endgültige Form gebracht werden. Unter diesen Umständen würde ich eine Rückübersetzung des bei Ihnen befindlichen Textes – *soferne die Übersetzungskosten nicht zu hoch sind* – als praktischeste Lösung begrüßen.

Internationale Universität[4]. Auch hier ist die Hervorhebung der neuen Sicht (der »subjektoiden Methode«) das Wesentliche, stellt die Verbindung mit den beiden andern Schriften dar. Daß die Veröffentlichung an und für sich Zeit hat, versteht sich; sie hätte jetzt bloß den Vorzug der Aktualität, weil die Diskussion über das Thema bereits im Gange ist. Jedenfalls hätte ich das MS, das ein *Unikat* ist, gerne *abgeschrieben*. Würden Sie also so freundlich sein, dies besorgen zu lassen und mir sodann die Kosten mitzuteilen? Vielen Dank im voraus!

Bei dieser Gelegenheit: die von Ihnen so freundlich angekündigten »Wandlung«-Hefte sind nicht eingelangt. Waren sie richtig nach Yale adressiert?

Mit viel guten Wünschen und Grüßen, stets Ihr

Hermann Broch

[YUL]

1 *Neue Rundschau.*
2 »Trotzdem: Humane Politik. Verwirklichung einer Utopie«, in: *Neue Rundschau* 61/1 (1950), S. 1-31; ferner in KW 11, S. 364-396.
3 »Bemerkungen zur Utopie einer ›International Bill of Rights and of Responsiblities‹«, KW 11, S. 243-276.
4 Vgl. Fußnoten 5 und 6 zum Brief vom 21. 7. 1949.

667. An Willi Weismann

New Haven, 30. 8. 49

Lieber Herr Weismann,
als ich am 16. ds. Ihren Flugpostbrief v. 6. beantwortete, war der v. 27. 7. noch nicht eingelangt: er traf erst vor wenigen Tagen ein, und Frau Dr. Brodys Titelvorschlag[1] hat mich sehr entzückt; er ist geradezu ein Kolumbus-Ei. Bevor wir uns jedoch endgültig entscheiden, meine ich, daß sowohl Sie wie Brodys das ganze Buch lesen sollten. Unter dem Gesichtspunkt der literarischen Konstruktion, die das Buch entschieden ist, läßt sich kein besserer Titel vorstellen, doch unter dem Gesichtspunkt des Buch-Inhalts, der zu einem Aufriß des Vor-Hitlerdeutschlands geworden ist, könnte man den Titel als zu literarisch empfinden. Also warten wir mit der Entscheidung noch ein paar Tage.

Vor 14 Tagen habe ich Ihnen die Fertigstellung gemeldet. Die Prosatexte[2] konnte ich Ihnen auch schon schicken. Aber mit den Gedichten[3] bin ich noch immer nicht zufrieden. Das sind nämlich besonders heikle Stücke: da der Roman aus Novellen besteht, ist die Zeitstimmung immer nur streiflichtartig erfaßt, und das genügt für diese unheilschwangere Epoche nicht. Es mußte also eine kräftige Zusammenfassung der Gesamtatmosphäre gesucht werden, und das konnte allein im Lyrischen geschehen: hätte ich es in Prosa tun wollen, so wäre das Buch auf den doppelten Umfang angeschwollen. Die Gedichte sind also zentral, müssen aber eben darum sowohl inhaltlich wie formal dieser zentralen Bedeutung entsprechen. Die daraus entstehende Verzögerung tut mir leid, aber ich habe zwei Trostgründe: a) der Drucker wartet noch, wie mir Dr. Brody vor ein paar Tagen schrieb, d. h. er treibt nicht mehr so ungeduldig an, und b) dem Mozart ist die Don-Juan-Ouvertüre auch erst 24 Stunden vor der Vorstellung eingefallen. Also wird es auch hier gehen; vielleicht klappt es schon morgen. An der Verlangsamung ist natürlich meine fürchterliche Überarbeitung mitschuldtragend.

Inzwischen ist Bubers »Moses«[4] eingetroffen. Ich dachte, daß das Buch bei Ihnen erschienen sei, und bin jetzt, da ich sehe, daß das nicht der Fall ist, doppelt gerührt von diesem so überaus freundlichen Gedenken. Seien Sie vielmals bedankt, umsomehr bedankt, als mich das Buch ganz ungemein interessiert: freilich ist das auch ein Schaden, denn ich dürfte von rechtswegen jetzt überhaupt nichts lesen. [. . .]

Mein nächster Brief wird Ihnen also das Manuskript bringen.

Inzwischen alles Herzliche Ihres
Hermann Broch

[WW, YUL]

1 Am 27. 7. 1949 schrieb Weismann an Broch: »Frau Dr. Brody ist nämlich m. E. auf den einzig richtigen Ausweg aus unserer Titelkalamität gekommen. Sie schlägt vor, dem Buch überhaupt keinen anderen Titel zu geben als einfach ›Beinahe ein Roman‹.« (uv. YUL).

2 »Ballade vom Imker«, »Die Erzählung der Magd Zerline«, »Die vier Reden des Studienrats Zacharias«, »Ballade von der Kupplerin«, »Erkaufte Mutter«, »Steinerner Gast«. Vgl. KW 5.

3 »Stimmen 1913, 1923, 1933«. Vgl. KW 5.

4 Martin Buber, *Moses* (Zürich: Gregor Müller, 1948).

668. An Willi Weismann

Hotel Duncan
1151 Chapel Street
New Haven 11, Conn. 23. 9. 49

Lieber Herr Weismann,
vielen Dank für Ihre Briefe v. 29. 8. & 14. 9. Ich konnte nicht rascher antworten, da ich, wie Sie aus obiger Adresse er-

sehen, leider übersiedelt bin. Ich konnte mit bestem Willen keinerlei Lehrverpflichtung übernehmen, und so hatte ich meine College-Wohnung an einen regulären Lehrer abzutreten. Ich bleibe in loser Konnexion mit der Universität, und deshalb habe ich auch die Absicht in New Haven zu bleiben, denn die Leute sind bemüht, ein günstiges Wohnarrangement für mich im Yale-Areal zu schaffen, aber ich dränge umsoweniger jetzt darauf, als ich im laufenden Semester und wahrscheinlich auch kaum im nächsten nicht einmal Einzelvorträge übernehmen kann. Ich habe mir übermäßig viel zugemutet, und würde ich mir noch mehr auflasten, so würde die Sache gefährlich werden. So also hatte ich nur die Wahl zwischen regulärer akademischer Tätigkeit (mit dem Vorteil einer gewissen finanziellen Dauersicherheit) und der Eigenproduktion; ich habe mich zu letzterer entschieden, weil sie mir innerlich wichtiger ist (und mir vielleicht eben doch noch ein Kompromiß mit der Universität offen läßt), und so habe ich vorige Woche definitiv mit Knopf abgeschlossen[1]. Unangenehmerweise haben die Zeitungen jetzt voreilig meine Berufung nach Yale ausposaunt, was mir natürlich eine Fülle von Gratulationen, Interviews und vor allem Dementis eingetragen hat; der Teufel soll die Reporter-Rasse holen.

Knopf. Eine der Hauptgründe meines Abschlusses war für mich die Vorsorge für mein politisches Buch, das Knopf bloß unter der Bedingung der Mitlieferung eines Romans genommen hat. Und das ist nicht unverständlich. Für das politische Buch brauche ich einen starken Publizitäts-Verleger wie es eben Knopf ist. Er braucht aber hiezu ein Aufbau-Instrument, und das soll der Roman werden, den er als Sensation herausbringen will, da ja der »Vergil« etc. ganz ohne Publizität gebracht worden ist. Sofort nach Erscheinen des Romans will er gleichzeitig Stücke des politischen Buches in diversen Magazinen unterbringen, um solcherart das Publikum darauf vorzubereiten. Es soll eine recht groß (und kostspielig) aufgezogene Kampagne werden. Für die Wirkung meiner politischen Theorien kann ich nur hoffen, daß es gelingen wird. Daß er die Option auf den jetzt fertiggestellten Roman hat (den er natürlich noch nicht gesehen hat), versteht sich von selbst; ebenso aber auch, daß er die Option wohl ausüben wird, denn es würde sein Programm stören, wenn dieser Roman anderwärts erschiene. Es ist nur die Frage, ob er dieses Buch vor oder nach dem Bergroman bringen wird. Das eine hätte den Vorteil, rasch mit einem neuen Buch von mir herauszukommen, dagegen den Nachteil einer Publikation, die für das amerikanische Publikum weniger geeignet ist als der Bergroman. (Während [er] für Deutschland m. E. recht sensationell werden könnte.) Auf sämtliche außerenglische Rechte hat Knopf verzichtet. Aber Sie mögen sich vorstellen, daß die Unterhandlungen recht zeitraubend gewesen sind, und das in einer Zeit, in der ich jede Sekunde gebraucht habe.

Unser Buch. Ich glaube also, daß das Buch in Deutschland ausgesprochen sensationell wirken könnte; jedenfalls wird es für Sie wie für Dr. Brody eine gewisse Überraschung sein, denn es ist (gerade in literarischer Hinsicht) etwas durchaus Neues geworden. Ich möchte auch, daß Sie es als Ganzes sehen, und deshalb schicke ich die Prosateile nicht allein. Zwei der Cantos sind fertig, und auf ein paar Tage kommt es jetzt nicht mehr an; außerdem möchte ich, der Sicherheit halber, das gesamte Manuskript richtig durchpaginiert haben. Daß ich den 1. Sept. als Ablieferungstermin nicht eingehalten habe, bedrückt mich ein wenig, aber nicht allzusehr. Das Resultat spricht für sich selber. Und das Tempo bleibt für mich selber erstaunlich. Und die Einhaltung des Weihnachtstermins erscheint mir nicht gar so wichtig; auch Dr. Brody hat Ihnen ja darüber geschrieben. Etwas mehr Sorge macht mir – auch für Sie – der soziale Inhalt des Romans. Denn gleich den *Schlafwandlern* schildert er in Streiflichtern den deutschen Zustand, diesmal den um 1923, und die Dinge werden recht kraß gesagt. Für einen Moralisten gibt es also genug Angriffspunkte und gar für einen nationalistischen. [. . .]

Deutsche Magazine. Wie Sie aus dem Brief an die *Wandlung* sehen, werden dort (resp. in der mit ihr vereinigten *Neuen Rundschau*) eine Anzahl Beiträge von mir erscheinen. Es handelt sich um die ersten Stücke aus meinem (mir so wichtigen) politischen Buch, und sie werden an prominenter Stelle gebracht werden[2]. Ich mache also hier dasselbe, was Knopf mit den amerikanischen Magazinen zu tun gedenkt. Auch wenn *Sinn und Form* (das übrigens ausgezeichnet, jedenfalls besser als der *Aufbau* ist) solche politische Stücke von mir bringen würde, wäre das höchst begrüßenswert. Mit der dort erschienenen »Heimkehr«[3] steht es allerdings anders; mir ist es peinlich, daß der Text nicht mit der endgültigen Fassung (im Buch) übereinstimmt. Im übrigen werden diese politischen Publikationen dem Roman wahrscheinlich nützen.

Meine Europa-Reise. Der neue Roman für Knopf muß am 1. Okt. 1950 abgeliefert sein. Vorher aber muß ich den »Hofmannsthal« für Bollingen fertigstellen, wofür ich zumindest zwei Monate brauche. Und für die technischen Schlußarbeiten braucht man, wie ich eben wieder sehe, immer mehr Zeit als man annimmt. Außerdem kommen Unglücksfälle, wie eine Übersiedlung nach Art der jetzigen etc. immer dazwischen. Ich möchte den Bergroman sehr gerne in Europa fertigstellen, umsomehr als das Buch eigentlich das Einatmen europäischer Luft unbedingt bräuchte. Aber damit ich das leisten kann, müßte ich direkt vom Schiff sofort wieder an den Schreibtisch gelangen. Und dazu kommt die Arbeitsunterbrechung des Ein- und Auspackens usw. Kurzum eine Fülle schwerwiegender Probleme, wie ich ja überhaupt kaum mehr weiß, wie diese Arbeitsfülle samt dem dazugehörigen Leben zu bewältigen.

Goethe in Dachau[4]. Dank für das Buch. Natürlich hat es mich höchlich interessiert. Es hat den ungeheuren Vorteil echtester Unmittelbarkeit, hinter der ein echter Charakter steht. Würde Sie ein größeres, wissenschaftlicheres Werk über das KZ-Thema interessieren[5]? Leider sind Bücher dieser Art für Amerika nicht brauchbar. Das Publikum will von dem Thema schlechterdings nichts wissen.

In aller Herzlichkeit Ihr
Hermann Broch
[WW, YUL]

1 Über die dritte Fassung der *Verzauberung (= Demeter)*.
2 Vgl. Fußnote 2 zum Brief vom 16. 8. 1949.
3 »Die Heimkehr«, in: *Sinn und Form* 1/3 (1949), S. 118-149. Ferner in: KW 6, S. 162-196.
4 Nico Rost, *Goethe in Dachau. Literatur und Wirklichkeit*. Aus dem Holländischen von Edith Rost-Blumberg (München: Weismann, 1949).
5 Broch dachte an das Theresienstadt-Buch von H. G. Adler. Vgl. KW 9/1, S. 404 f.

669. An Erich von Kahler

Hotel Duncan, 1151 Chapel Street, New Haven 11, Conn.
12. 10. [1949]

Mein sehr sehr geliebter Mensch,
natürlich keine Antwort: aber niemand kann's so gut verstehen wie ich –, es ist zu viel, alles ist zu viel. Aber aus gerad eingetroffenen Zeilen Hannas[1] sehe ich, daß Du nicht nach Princeton zum Geburtstag kommst, und so laß Dir hier sagen, daß Du mir erhalten bleiben sollst.

Mir ist die Verschiebung der Princeton-Fahrt auch lieber, weil das Romanchen[2] noch immer nicht fertig ist. Ich habe die Ablieferung für den 1. Sept. versprochen, und jetzt sind wir Mitte Oktober. Es ist wie mit einer gebrochenen Hüfte: als man mich vor einem Jahr aus dem Gips herausnahm, glaubte ich, daß ich innerhalb vier Wochen herumspringen würde, und noch immer hinke ich wie eine Schnecke; wie Du auf Urlaub gegangen bist, habe ich mit der Reinschrift begonnen, der ich vier Wochen gegeben habe –, doch jetzt ist es wirklich zu Ende. Die Gedichte waren halt verflucht schwer, und von Rechts wegen müßte ich Ihnen noch drei Wochen geben.

Soeben den »Roman des Romans«[3] durchflogen, u. z. mit argen Minderwertigkeitsgefühlen angesichts der stupenden Arbeitskraft dieses alten Mannes. Was der alles geleistet hat, während er den Faustus fertigbrachte! Ansonsten ist dieses Tagebuch höchst unangenehm. Diese Haltung »Schaut, was für ein einfacher menschlicher Mensch ich bin, obwohl . . .« ist überaus zuwider. All das hängt mit der Immoralität des rein Schriftstellerischen zusammen: der Schriftsteller ist der Rhetor; er hat Meinungen, also mit rhetorischer Überzeugungskraft, ohne wahrhaft etwas zu beweisen. Du weißt, wie mich das bedrückt. Das beste, was man auf den Schriftsteller, soweit er Künstler ist, nämlich auf die gesamte Kunst sagen kann, ist: Schmonzes mit Herzblut.

Anbei ein soeben eingelangtes Mann-clipping.

Wann also kommst Du? ich will dann unbedingt in Princeton sein. Und was ist mit dem Yale-Vortrag?

Wünsche, Wünsche, Wünsche
in Liebe, Liebe, Liebe H.

[YUL]

1 Hanna Loewy.
2 *Die Schuldlosen.*
3 *Thomas Mann, Die Entstehung des Doktor Faustus, Roman eines Romans* (Amsterdam: Bermann-Fischer; Querido, 1949).

670. An H. F. Broch de Rothermann

New Haven, 14. 10. 1949

[. . .] »Jenseits«: wenn ich sage, daß ich mich bereits im Jenseitigen befinde, so meine ich nicht, daß ich mich hier nur noch als Geist herumbewege. Trotzdem hat sich meine sozusagen irdische Situation gründlich geändert. Im Gegensatz zu Deiner Formulierung habe ich keine »Ziele« mehr. Wenn man in eine Lage wie die meine geraten ist, hat man keine »irdischen« Ziele mehr, sondern nur noch »Aufgaben«, in die man seine ehemaligen Ziele so gut und so schlecht, wie es eben geht, unterbringen muß. Das ist an sich schon keine leichte Aufgabe, denn die Einsicht in die menschliche Lebensganzheit wächst zunehmend – ist wenigstens mir (täusche ich mich nicht) in diesem letzten Jahr ungemein gewachsen –, möchte gewissermaßen zur Selbstberuhigung formuliert werden und kann doch kaum mehr dazu gelangen, einfach weil die Zeit fehlt, kurzum weil es keine Zielsetzungen mehr gibt. Man wird immer mehr zu einem reichen Mann auf einsamer Insel, auf der man mit dem Reichtum nichts mehr anzufangen weiß, es sei denn, daß das Einsamkeitsbedürfnis dadurch nur noch mehr gesteigert wird; alles, was einen nicht mehr fördert – und es gibt nur noch sehr wenig, was einen fördern kann – wird zur schmerzhaften Störung. [. . .]

[GW 8]

671. An Werner Kraft

New Haven, Conn., 21. 10. 49

Liebster Dr. Kraft,

[. . .] Dank für Ihre Gedichte[1]: sie sind schön wie immer. Auffallend ist mir Ihr Konservativismus im Gedicht. Sie beschäftigen sich so intensiv mit der ganzen Dichtung unserer Zeit, sind ihr geradezu unübertrefflicher Darsteller (z. B. Ihr außerordentlicher Supervielle-Aufsatz[2]) und halten doch davon eine seltsame Distanz mit Ihrer eigenen Produktion, die Sie sozusagen zum Dreidimensionalen verhaften, fast könnte man es als Dreiklang bezeichnen. Darin steckt etwas sehr richtiges: alles Un-Dimensionale muß notgedrungen im Dreidimensionalen ausgedrückt werden; es gibt keinen anderen Bezugspunkt. Und das stimmt auch mit Ihrem Gedanken von der Gnosis im Atheismus schön überein. Nur fehlt mir dann eine letzte Konsequenz bei Ihnen (s. Ihr Gedicht »Bitte«), nämlich, daß im »gnostischen Atheismus« endlich mit dem Nicht-Aussprechen des Gottes-Namens wirklich Ernst gemacht werde. Es sind durchaus antinomische Haltungen, die sich daraus ergeben, ein »Beten ohne Gott«, Inbrunst im absolut Unvorstellbaren – ganz im Geheimen suche ich immerzu darum herum. Und ebendarum habe ich auch immerzu das beschämende und schuldbewußte Gefühl, am Wesentlichen vorbeizulaufen. Man könnte auch sagen, daß jegliche Formung bereits das Verlogene streift: von hier gesehen wäre »Ich stehe auf dem Kapitol . . .«[3] eine echte, spät-skeptische Einsicht. (Vielleicht ist auch das, was Sie als Ihre »Nicht-Arbeit« bezeichnen, von hier aus bedingt.)

Ein Stück dieser Einsicht steckt ja auch in den Existentialisten, und sie gehen damit – obwohl sie ihn verflachen – ganz folgerichtig über Heidegger hinaus. Wenn Sie «L'Être et le Néant«[4] gelesen haben, werden Sie das bestätigt finden, oder – um Sie zu zitieren – »falsche Philosophie, die vieles richtig beleuchtet«; von Rechts wegen sollten Sie darüber schreiben. [. . .]

[GW 8]

1 Werner Kraft, *Figur der Hoffnung. Ausgewählte Gedichte 1925-1953* (Heidelberg: L. Schneider, 1955), »Bitte«: S. 119.

2 Werner Kraft, »Jules Supervielle«, in: W. K., *Wort und Gedanke. Kritische Betrachtungen zur Poesie* (Bern und München: Francke, 1959), S. 283-298.
3 Der Vers »Ich stehe auf dem Kapitol / Und weiß nicht, was ich soll.« stammt angeblich von Maximilian Wolfgang von Goethe (1820-1883), einem Enkel Goethes.
4 Jean-Paul Sartre, *L'Être et le Néant* (Paris 1943). Vgl. Brochs Gutachten darüber in KW 10/1, S. 275-278.

672. An Trude Geiringer

Hotel Duncan, 1151 Chapel Street, New Haven 11, Conn.
3. 11. 49

Sehr, sehr Liebes, mir macht die räumliche Entfernung, die sich da auftun wird, ein schweres Herz, trotz der Nicht-Ausnützung der Nah-Entfernung.

Nichtsdestoweniger: immer wieder bin ich über Deinen Lebens-Negativismus erstaunt und eigentlich von ihm erschreckt –, ich habe doch schließlich auch meine Enttäuschungen, sogar schwere Enttäuschungen, aber meine Lebensdankbarkeit nimmt mit jedem Tag, der mir hier noch vergönnt ist, geradezu geometrisch zu. Glaubst Du, daß es ein Vergnügen ist, mit 63 (und notabene – das ist nicht Eitelkeit – bei meinem Rang) in kleinen Provinzhotels ohne Spur einer Alterssicherheit herumzusiedeln? kannst Du Dir vorstellen, was es heißt, ein Lebenswerk nicht fertigstellen zu können, weil man keine Assistenten hat und sich nicht einmal eine Sekretärin leisten kann? was es bedeutet, sich 17 Stunden hintereinander abzuschinden und zu wissen, daß das schließlich zu einem Schlaganfall führen *muß,* wobei man nur hoffen kann, daß es damit wirklich aus ist? Und trotzdem empfinde ich das alles als ein Reichtum, über den ich mich tagtäglich nur wundern kann. Nichts in der Jugend läßt sich damit vergleichen. Es ist geradezu blasphemisch, wenn Dir alles, was mit der Emigration zusammenhängt, als »Abstieg« vorkommt.

Daß ich Dich vor der Abreise noch sehe, versteht sich von selbst. Doch ich möchte auch Erni[1] sehen, und so werde ich

Sonntag anrufen: vielleicht kann ich ihn wenigstens in N. Y. treffen. Inzwischen sei bedankt, sehr innig

H.

[YUL]

1 Ernst Geiringer, Ehemann Trude Geiringers.

673. An Willi Weismann

Hotel Duncan, 1151 Chapel Street, New Haven 11, Conn.

11. 11. 49

Lieber Herr Weismann,
Dank für Ihre Briefe v. 2. & 8. ds. Der letztere ist, wie Sie sehen, in der erstaunlich kurzen Zeit von zwei Tagen hier eingelangt. Und hiezu kurze Antwort:

Literarische Revue. Ihre Gründe sind durchaus stichhältig. Aber es ist schade, daß sie stichhältig sind. Werden Sie noch meinen Hofmannsthal-Beitrag bringen? Falls nicht, so bieten Sie ihn bitte irgend einer anderen Zeitschrift an. Die *Neue Rundschau*[1] dürfte durch meine meta-politischen Aufsätze im Augenblick zwar etwas broch-überfüttert sein, doch wie wäre es mit dem *Aufbau?* Nicht nur, daß Uhse[2] gerade wieder um einen Beitrag ersucht hat, es sitzt ja auch Herbert[3] dort, dem ich so etwas eigentlich schuldig wäre. Als Zweitabdruck kämen auf jeden Fall (also auch dann, wenn Sie den Aufsatz noch bringen) die Wiener Zeitschriften in Frage, die ich allesamt verschnupft habe, weil ich ihren Mitarbeit-Einladungen nicht nachgekommen bin; ich weiß nur nicht, was davon noch existiert.

Manuskript

1) *Imker*[4]. Die Gestalt des Imkers steht mit den »Cantos« in unterirdischer Verbindung und läßt erst am Ende, nämlich im »Steinernen Gast«, seine volle Bedeutung erkennen. Formal wichtig war hier das Balladeske – ich wollte nur, es wäre mir in der »Kupplerin«, dem Gegenstück hiezu, ebensogut geglückt –, und Aufgabe dieser Form war eine Unterbre-

chung des Erzählungsflusses, eine Unterbrechung, die zugleich das Ganze zu verkürzen hatte; das Ganze ist ja ein roman raccourci, wie ich es nennen möchte.

2) *Cantos* (Singular Canto, daher bloß Canto 1923) dienen gleichfalls dem raccourci; hätte ich die Zeitstimmung, oder genauer den jeweiligen Zeitgehalt in den Haupttext hineingearbeitet, so wäre mir der um weitere 50 % angewachsen. Bloß die Irrationalität des Lyrischen erlaubte das hier nötige raccourci. Daß das Lyrische immer wieder ins Philosophische ausschlägt, ist kein Verlegenheitsausweg; auch das Philosophische gehört zur Zeittotalität, sozusagen als ihr Selbstkommentar. Von einer *Weglassung* der Cantos kann also *keine Rede sein;* das hieße einen Mann mit offenem Hosenschlitz auf die Straße schicken. Sie werden sehr bald merken, daß das Buch ohne diese Gedichte etwas Unvollkommenes wäre. Ich bin da meiner Sache völlig sicher, und wenn ich selber noch Einwendungen habe, so sind sie bloß qualitativer Natur, d. h. ich spüre bei einzelnen Gedichten (keineswegs bei allen), daß noch ein weiterer Vorstoß zur endgültigen Form gemacht werden müßte. Und ebendarum möchte ich da (trotz meinem Zeitmangel) noch herumbosseln. Hingegen könnte folgenden Einwendungen *sofort* Rechnung getragen werden:

a) *Benennung*. Sie fürchten eine Verwechslung von Cantos und Cantus (obwohl der Singular »Canto 1923« dem Leser zeigen könnte, daß es sich da um keinen Druckfehler handelt), und Dr. Brody findet, daß das Wort Canto durch Ezra Pound[5] diskreditiert sei. Ich würde daher vorschlagen, diese Gedichte für den ersten und dritten Teil *»Vorsprüche«* resp. für den zweiten *»Vorspruch«* zu betiteln. Tun wir dies, so muß freilich die Datierung wegfallen, denn z. B. ein »Vorspruch 1923« klingt wie eine Neujahrsgratulation. Da aber eine Datierung unbedingt, u. z. in den Titeln gebraucht wird, würde ich sie in die Zwischentitel verlegen, so daß diese zu lauten hätten: »Die Vorgeschichten 1913«, »Die Geschichten 1923«, »Die Nach-Geschichten 1933«.

b) *Lyrik-Angst*. Sie fürchten, daß der Leser von der Lyrik-Fülle am Buch-Anfang abgeschreckt werden könnte. Mit der Betitelung »Vorsprüche« wäre diese Befürchtung einigermaßen entkräftet, denn an Motti (– man könnte es natürlich auch Motti nennen –) ist der Leser seit jeher gewohnt, und außerdem können Motti in *Petit-Druck* gesetzt werden, so daß das lyrische Volumen – wenigstens fürs Auge– verringert wird. Einverstanden? Darüber hinaus können meine Konzessionen nicht gehen, und ebenso dürfte der Petit-Satz nicht zur Miniatur werden! Jedenfalls, bei Akzeptierung meines Vorschlages vergessen Sie bitte ja nicht, die Jahreszahlen 1913, -23, -33 auf die Zwischentitel zu verlegen. Das ist dann wirklich hochwichtig. Nebenbei: Ich habe das Manuskript Hannah Arendt (welche den Essay über meine Bücher im *Monat*[6] hatte) gegeben, und sie hat ganz spontan, also ohne die geringste Einwirkung meinerseits, die Cantos als den geistigen Mittelpunkt des Buches empfunden.

3) *Haupttitel*. Es gibt keine politische Dichtung. Das ist meine tiefste Überzeugung, und ich sehe es immer wieder bestätigt, beispielsweise bei einem Lyriker von so außerordentlicher Kapazität wie es Brecht ist, und der infolgedessen notwendig sein Hauptausdrucksmittel – wo die Verhältnisse anders liegen – im Theater suchen mußte. Aber wenn der Roman und die Lyrik sich nicht ins Politische zwingen lassen, sie sind ihm (insbesondere der Roman) doch verhaftet, nur daß dann das Politische ins Metapolitische emporgehoben zu werden hat. Und in der Zeit, in der wir leben, scheint mir dieses Metapolitische die einzige Legitimation für die Romanschreiberei zu sein. Wenn Sie das Gefühl haben, daß es mir [in] dem Buch gelungen ist, die Formung der deutschen Geschichte in den fraglichen Dezennien festzuhalten, so bestätigt mir das erfreulicherweise, daß ich die in der Periode schwebende metapolitische Atmosphäre getroffen habe. Und ich bin ziemlich überzeugt, daß dies genau das ist, was das Publikum braucht. M. E. könnte das Buch ein großer deutscher Erfolg werden, vielleicht auch ein französischer und britischer, doch weniger ein amerikanischer. Und ebendarauf wäre, so weit ich es übersehen kann, die Publizitäts-Kampagne einzustellen. Und natürlich gehört hiezu auch der metapolitische Titel. Wenn Sie einen besseren Titel als »Die Schuldlosen« finden, so wäre ich natürlich hocheinverstanden, nur müßte er, wie gesagt, in der gleichen Linie liegen. Um Himmelswillen keinen »literarischen« Titel! Nebenbei, was ich bereits gesagt habe, die

»Schuldlosen« deuten die Fortsetzung der »Schlafwandler« an.

4) *Durchnumerierung*. Joyce hat die Kapitelnumerierung auch im *Ulysses* verwendet. Hier will ich damit andeuten, daß es sich zwar um Einzelgeschichten handelt, daß sie aber, in die richtige Reihenfolge gestellt, trotzdem einen Roman ergeben; die Numerierung ist sozusagen das äußerste Oberflächenband um das ganze Paket. Außerdem wird damit die Gesamtsymmetrie unterstrichen. Am Ende werden Sie nämlich erkennen, daß das Buch aus Erzählungspaaren besteht, I. & XI., II. & X., III. & IX., IV. & VIII., V. & VII., während VI. (»Die leichte Enttäuschung«) isoliert in der Mitte steht. (Auch das war ein technischer Kniff, denn anders hätte ich diese schwächste der Geschichten nicht legitimieren können.) Ich erzähle Ihnen diese Motivationen, da dies zu Ihrer Entscheidung beitragen kann, aber auch beitragen soll.

5) *Inhaltsverzeichnis und Entstehungsbericht*. Mir ist es sehr recht, daß Sie den Entstehungsbericht zur Gänze bringen wollen. Ich werde mir jetzt das Stück nochmals anschauen; vielleicht läßt sich die Formulierung noch vereinfachen und dem general reader, also dem Romanleser, verständlicher machen. Jedenfalls scheint mir die Rückverlegung dieser Seiten ans Ende empfehlenswerter; wenn schon – wie Sie befürchten – der Leser von der Lyrik am Anfang abgeschreckt werden könnte, wie sehr also erst, wenn er sich plötzlich mit kunsttheoretischen Überlegungen über die Romanform konfrontiert sieht. Ich glaube, daß Sie mir da beistimmen. – Was aber das Inhaltsverzeichnis anlangt, so bin ich nach Gedächtnisrekonstruktion ziemlich *sicher,* daß der »Verlorene Sohn« (damals »Die Heimkehr«) in der *Literarischen Welt*[7] 1934 erschienen ist. Wenn Sie also von Herbert keine zusätzlichen Mitteilungen bekommen, so darf es wohl bei dieser Angabe bleiben. [. . .]

[WW, YUL]

1 Hermann Broch, »Hugo von Hofmannsthals Prosaschriften«, in: *Neue Rundschau* 62/2 (1951), S. 1-30; KW 9/1, S. 300-332.

2 Bodo Uhse (1904-1963), deutscher Schriftsteller, von 1949 bis 1958 Chefredakteur der DDR-Zeitschrift *Aufbau*. Vgl. Brochs Brief an Bodo Uhse vom 28. 12. 1949.

3 Herbert Burgmüller publizierte verschiedentlich im *Aufbau*. Vgl. seinen Aufsatz »Begegnung mit H. Broch«, in: *Aufbau* 5/1 (1949), S. 38-44.
4 »Ballade vom Imker«, KW 5.
5 Ezra Pound, *The Cantos 1-84* (1948); das Werk erschien in Fortsetzungen seit 1925.
6 Hannah Arendt, »Hermann Broch und der moderne Roman«, in: *Der Monat* 1/8-9 (Juni 1949), S. 147-151.
7 »Die Heimkehr«, in: *Neue Rundschau* 44/2 (Dez. 1933), S. 765-795.

674. An Daisy Brody

15. 11. 49

Liebe Freundin Daisy,
Sie haben schon recht: ich habe bei der Herstellung dieses Romans[1] ganz besonders an Sie gedacht. Und haben doch nicht ganz recht: nicht der Imker wurde Ihnen zu Ehren komponiert, sondern die Zerline, u. z. in Erinnerung an die starke Beziehung, die Sie in jener fernen Zeit zur Mutter Hentjen hatten; ich wollte mit der Zerline ein Gegenstück zur Mutter Hentjen erzeugen, im Gegensatz zu deren Dummheit und Gehemmtheit und Primitivität diesmal ein höchlich lebendiges, höchlich waches (auch sexuell) und verstandesmäßig geradezu gefinkeltes Weibsstück, trotzdem in gewissem Sinn eine Schwester der anderen, und m. E. ist diese Absicht auch recht gut verwirklicht worden. Dagegen weiß ich nicht, ob es mir gelungen ist, die beabsichtigte Reaktion bei Ihnen auszulösen, denn leider haben Sie sich in den Imker verliebt. Und ebendarum ist es Ihnen auch nicht aufgefallen, daß die Zerline ihr altes Thema »Komm auf mein Schloß mit mir«[2] wiederaufgenommen hat, also der Don Juna dem Juan recht nahe steht, und die Baronin nicht umsonst Elvira heißt. Und schließlich der steinerne Gast.

Was aber den Imker anlangt, so ist er am Ende eben dieser steinerne Gast, dabei durchaus im Mozartschen Sinn ein ernster Bote des Himmels. Nun aber gehört es zu meiner Ehrlichkeit – und nebenbei zu jener, die man vom Kunstwerk zu fordern hat –, daß ich nichts Unbewiesenes hinschreibe: wenn ich von einer Person behaupte, daß sie ein großer Dichter ist, so muß das (wie eben beim Vergil) auch tatsächlich gezeigt werden, und wenn einer ein Himmelsbote sein und außerdem singen soll, so darf beides nicht in der Luft hängen bleiben; das ist der Sinn der Benennung »Cantos«, welche – den Rahmen des Buches fast sprengend – letztlich den abstrakten Himmel zeigen, atheistisch, wenn man will, dennoch eine *mögliche* neue Form der Gläubigkeit; natürlich behaupte ich nicht, daß der Imker meine Cantos-Texte gesungen hat, wohl aber ist anzunehmen – das ist einer meiner technischen Tricks –, daß das der Geist seines Gesanges war. Im Weismann-Brief habe ich die Konzession gemacht, die Benennung »Cantos« auf »Motti« abzuändern, aber wegen des Imkers ist es eine dumme Konzession, und ich werde sie wohl zurückziehen müssen. Eher käme »Sänge« in Betracht. Bitte überlegen Sie sich doch noch das Problem.

Über das Problem des Haupttitels denken Sie ohnehin nach. Natürlich sind die »Schuldlosen« ein aggressiver Titel, da ja mit Ausnahme des Imkers und des Trutscherls Melitta niemand in dem Buch schuldlos ist. Aber es ist in seiner Aggressivität ein metapolitischer Titel, und eben darum erwarte ich von ihm Zugkraft, besonders in Deutschland, wo die Schuldfrage, nicht zuletzt die metaphysische, noch lange nicht erloschen ist. [. . .]

Ich brauche Ihnen nicht eigens zu sagen, welche Freude Ihr Brief für mich war, nicht zuletzt weil er ja doch Fortsetzung einer Diskussion ist, die jetzt so selten geworden ist, aber in Gedanken doch immerzu weitergeht; dafür ist der Brief Zeugnis, und das ist schön. Und dafür ist mein Dank bei Ihnen, und daß ihm alles Herzliche und Freundschaftliche und ein bißchen Sehnsucht nach dem Erker der Königinstraße[3] beigepackt ist, das ist nur selbstverständlich. [. . .]

[GW 8]

1 *Die Schuldlosen.*

2 Vgl. W. A. Mozart, *Don Giovanni* (Text von Lorenzo da Ponte), 1. Aufzug, 9. Auftritt (Nr. 7. Duettino): »Reich mir die Hand mein Leben, / Komm auf mein Schloß mit mir.«

3 Bis Mitte der dreißiger Jahre wohnten die Brodys in München, Königinstraße 35. Der Erker dieses Hauses war Daisy Brodys Studierzimmer.

675. An Erich von Kahler

New Haven, Conn., 18. 11. 49

Mein Guter,
ich war von Deinem Anruf *sehr* gerührt, wollte Dir auch gleich schreiben, aber Du bist mir halt zuvorgekommen. Die letzten Tage vor der Roman-Absendung[1] waren eben Hölle. Aber jetzt ist er aus dem Haus draußen. Und vorderhand finde ich ihn noch gut, freilich wissend, daß sich das bald ändern wird; dann wird die gewohnte Scham einsetzen.

Aber ich muß ja nicht viel darüber schreiben, da ich Dich in 8 Tagen sehen werde. Ich treffe Samstag um 12h Mittag ein, um Sonntag sodann mit sehr schwerem Herzen wegzufahren. Die Jahre bei Dir, mein Alter, waren wahrscheinlich die letzten guten Jahre [. . .] meines Lebens, und mir gruselt ein wenig vor dem Lebensabend. Wie ich meine schwierige, teils furiose, teils gebrechliche psychische Maschine werde intakt halten können, sehe ich nicht. Und von dieser Intaktheit hängt ja das bißchen Restproduktivität ab. Und gerade die wäre wichtig. Wahrscheinlich ist ja alles Geistige wie ein Eisberg, bei dem bekanntlich bloß 10 % sichtbar sind (bei Genie-Eisbergen 11 %) während bei mir just ein Spitzel von 2 bis 3 % herausschaut. [. . .]

[GW 8]

1 *Die Schuldlosen.*

676. An Werner Kraft

New Haven, Conn., 19. 11. 49

Liebster Dr. Kraft,
Ihr guter Brief traf nach unglaublich kurzer Reisezeit gestern hier ein. Also müßte ich aus graphologischem Interesse eigentlich mit der Hand schreiben. Aber das geht nicht: ich bin geborener Linkshänder, und das hat man mir in der Jugend

buchstäblich weggeprügelt; infolgedessen bekomme ich nach 10 Minuten unweigerlich einen Schreibkrampf in der vergewaltigten rechten Hand. Wäre die Schreibmaschine nicht erfunden worden, ich hätte – ob gut oder schlecht – nie Schriftsteller werden können. [. . .]

Allgemeines zum Dichten. Jedes Kunstwerk muß die Totalität seiner Entstehungszeit in sich erhalten. Das ist sein »Stil« und sein Geheimnis, sein Stil-Geheimnis. Ich bin nun überzeugt, daß diese Zeit genau so ihre Stilformen produzieren wird wie jede andere, und daß nur das, was dem entspricht, Bestand haben kann. Die Welttotalität, die jeweilige, schafft die jeweilige Form. »Sohingegen« (eigentlich ein durchaus plastischer Ausdruck) freilich zu halten ist, daß gewisse Formen, wie z. B. das Sonett geradezu zeitloses Gepräge haben, eine Sache, die eigentlich sehr genau untersucht werden sollte.

Item *Gott:* schon bei den Romantikern können Sie bemerken, wie er zum bloßen Gedicht-Requisit herabgesunken ist. Und ebendarum: *wenn es Gott gibt, ist schon der Glaube an ihn* (vom Unglauben ganz zu schweigen) *schlechterdings Blasphemie.* Ohne so überspitzt formuliert zu sein, finden Sie das bei Kierkegaard, vor allem – unausgesprochen – aber bei Kafka, und ich möchte behaupten, daß gerade darin Kafkas mythische Kraft liegt, denn damit steht er an der Schwelle einer neuen Weltgläubigkeit, welche kommen wird, d. h. auf dem Wege sich befindet. [. . .]

[GW 8]

677. An Daniel Brody

6. 12. 49

Liebster,

Steinerner Gast. Ich mußte dem idiotischen Handtäschchen aus der »Leichten Enttäuschung« eine haltbare Symboldeutung geben, und da in der »Schwachen Brise« das Selbstmordmotiv angeschlagen ist, habe ich die beiden kombiniert. An irgend einer Stelle mußten die Schwächen der sonderbaren Herstellungsart dieses Buches zum Vorschein kommen. Und ich habe das umsomehr auf mich genommen, als ich das Übernatürliche – prinzipiell – immer nur ins innere Geschehen verlege (selbst im Vergil), während es von außen besehen völlig natürlich zugehen muß. Ein äußerer Sterbegrund für den A. hätte also auf jeden Fall gefunden werden müssen, und da war mir der Selbstmord immerhin plausibler als eine Prostataoperation. Und es war auch eine gute Überleitung zum nachfolgenden Satyrspiel.

Gedichte. Ich freue mich sehr, daß Dir mein agnostizistisches Prophetengedicht[1] Eindruck gemacht hat. Wenn Du dieses mit dem Gerede im Steinernen Gast zusammenhältst, so findest Du, was ich von dem – notwendigen – Wiedererwachen der abendländischen Gläubigkeit halte und wie ich sie mir beiläufig vorstelle. Und damit stehe ich nicht allein. Zumindest finde ich das nämliche in Kafka, und eben darum nenne ich ihn einen mythischen Dichter; sehr gerne würde ich das einmal mit allen Belegen ausführen, um der idiotischen Kafka-Auslegung der Literaten ein Ende zu bereiten. Und ebenso gerne möchte ich einmal einen mythischen Gedichtzyklus in diesem Sinn fabrizieren; das würde über den Vergil hinausreichen und dichterisch sozusagen das Endziel dieses, d. h. meines Lebens bedeuten. Die drei Cantos-Gruppen waren gewissermaßen eine Vorübung hiezu, und deswegen haben sie mich auch so unbändige Arbeit gekostet. Aber es war der Mühe wert. Lies nun die drei Gruppen zusammen, und ich bitte auch Daisy, das zu tun. Sie bilden ein wohlausgewogenes und dabei doch, dem Roman gemäß, dreiteiliges Ganzes. Das Prophetengedicht ist nun etwas gekürzt, da ich alle nur halbwegs entbehrlichen Nebengedanken (als feuilletonistisch) weggelassen habe. Und auch das Gedicht von der Spießerdämonie hat nun eine gewisse Monumentalität erhalten, während der Abgesang auf dem Gipfel Nebo fast heiter ausklingt, wie es dem Imker entspricht. Ich lege die neue Fassung, wie sichs gehört, in zwei Fassungen bei; und bin sehr gespannt zu hören, was Ihr dazu sagt. [. . .]

Ich habe jetzt das Manuskript zugebündelt und werde es erst wieder anschauen, bis die Fahnenkorrekturen eintreffen werden; so sehr die Gedichte der Mühe wert waren, ich habe mich an meinen anderen Arbeiten aufs schwerste versündigt, und es ist höchste Zeit, daß ich mit diesem Buch definitiv Schluß mache. Dagegen schlage ich vor:

(1) Von der Annahme ausgehend, daß man die angreifenden Zachariasse im voraus angreifen muß, möchte ich dem »Entstehungsbericht« noch zwei Absätze anhängen, die Du anbei (ditto in zwei Parien) als Seite 4 A (blau) findest, und in denen Du gütigst bemerken mögest:

(a) es sind alle hier möglichen moralischen Einwände von vornherein vorweggenommen,

(b) ich habe den von Dir herrlich geprägten Ausdruck der »Zachariasse« verwendet, erstens weil sich von nun ab jeder schämen wird, ein Zacharias zu sein, zweitens aber weil sich daraus ein *Schlagwort* entwickeln könnte (– Weismann sollte es in der Publizität verwenden –), das dem Vertrieb des Buches ungeheuer nützen könnte, denn so etwas greifen die Leute gerne auf.

(2) Durch diese zwei Absätze wird der »Entstehungsbericht« auch für das breite Publikum interessant. Ich möchte das sogar auch im Druck hervorheben, nämlich den philosophischen, d. h. kunst-technischen Teil des Stückes petit oder so ähnlich drucken, hingegen diesen Teil in gewöhnlichen Druck bringen. Dies habe ich auch durch den Zeilenabstand des letzten Absatzes angedeutet.

(3) Sofern Du alldem beistimmst, gebe ich meinen Widerstand gegen die Anfangsplacierung des »Entstehungsberichtes« auf, d. h. erkläre mich einverstanden, daß er *Deinem Willen gemäß am Anfang gedruckt werde* (obwohl ich noch immer gewisse Neigungen habe, ihn selbst in dieser vergrößerten Gestalt ans Ende zu stellen).

(4) Natürlich ließe sich die Sache auch teilen, d. h. der »Entstehungsbericht« in alter Form als Nachwort benützt werden, während aus dem neuen letzten Absatz ein eigenes »Vorwort« gemacht werden könnte.

Ich bitte Dich also, Dir diese vier Punkte durch den Kopf im Gänsemarsch ziehen zu lassen und mir dann Deine Entscheidung mitzuteilen, ebenso ob Du noch irgendwelche textliche Abänderungen wünschest. Bevor Du Dich hiefür nicht entscheidest, hat es keinen Sinn, Weismann etwas davon zu sagen, und ebendarum habe ich in meinem Brief auch nichts erwähnt. Doch solltest Du meinem obigen Vorschlag zustimmen, so *schicke Weismann die für ihn bestimmte Parie und gib ihm die nötigen Erläuterungen.*

Titel. Der obige neue Absatz gibt mir auch Gelegenheit, eine Erklärung des Titels »Die Schuldlosen« zu bringen, und gerade diese Erklärung bestärkt mich, es bei diesem Titel zu belassen; er hat den Vorteil (neben den anderen bereits erörterten) einer gewissen *Monumentalität,* und gerade das braucht das Buch. [. . .]

[GW 8, BB]

1 Gemeint ist der letzte Abschnitt der »Stimmen 1933«, KW 5, S. 242 f. »Es genügt nicht, daß du dir kein Bild von Mir meißelst; . . .«.

678. An Willi Weismann

Neue Adresse: 78 Lake Place, New Haven 11, Conn.
12. 12. 49

Lieber Herr Weismann,
daß Sie am 6. 12. (Datum Ihres Briefes) das Restmanuskript noch nicht erhalten haben, ist beunruhigend. Das Manuskript ist nämlich bereits am 19. 11. eingeschrieben Flugpost an Sie abgegangen, während das für Brody bestimmte Exemplar zwei Tage später gefolgt und bereits am 2. 12. von ihm bestätigt worden ist. Freilich gibt es jetzt zur Weihnachtszeit allerlei Postverspätungen, aber daß eine Flugpostsendung über 17 Tage brauchen soll, ist doch einigermaßen auffallend.

Bitte lassen Sie mich also postwendend wissen, ob inzwischen die Sendung eingetroffen ist. Sollte es nicht geschehen sein, so müßte einerseits ich hier die Postreklamation einleiten, und andererseits müßte Dr. Brody Ihnen sein Exemplar, sei es in Original, sei es – ich trau der Post nicht mehr – in Abschrift zur Verfügung stellen. Da ich diesen Brief via Lugano schicke, wird Dr. Brody ja hiezu Stellung nehmen.

Inzwischen habe ich auch die »Cantos 1933« programmgemäß nochmals abgeändert, und Dr. Brody hat bereits die richtiggestellte definitive Fassung, hiezu auch das für Sie bestimmte Exemplar, das er Ihnen übermitteln wird. Sollte das Manuskript mit der ersten Fassung inzwischen noch bei Ihnen eingetroffen sein, so bitte ich, diese zu vernichten und die neue dem MS einzureihen.

An und für sich bin ich, wie gesagt, mit der Titellosigkeit einverstanden. Doch mittlerweile ist mir ein ganz brauchbarer Titel eingefallen: »Die Imkergesänge 1913, 1923, 1933«[1]. Das gäbe dem Leser einen Fingerzeig, wie er diese Gedichte einzuordnen hätte. Ich habe sogar auch schon daran gedacht, das ganze Buch »Die Imkergesänge« zu betiteln, aber es will mir scheinen, daß »Die Schuldlosen« zugkräftiger wirken könnten. Ich bin neugierig, was Sie und Dr. Brody dazu sagen werden.

Ich freue mich, daß Sie sich mit dem »Imker« zu befreunden beginnen. Von Rechts wegen gehörten die beiden »Balladen«, also die vom »Imker« und die von der »Kupplerin« noch etwas vertieft, aber ich fürchte, daß ich die hiezu nötige Zeit einfach nicht mehr aufbringen werde.

Und natürlich freue ich mich, daß Ihnen die Gesamtkonstruktion etwas sagt; ich bin überzeugt, daß sich dieser Eindruck noch vertiefen wird, wenn Sie das Gesamtbuch erst in Händen haben werden. Am schwierigsten war der Einbau der (m. E.) leicht schwachsinnigen »Leichten Enttäuschung«, denn es galt, den darin enthaltenen, in der Luft schwebenden Symbolismen wie dem des Handtäschchens, der Wäschewinde, des Wäschereiberufes einen handfesten Sinn im Zusammenhang zu geben. Das ist, wie ich glaube, restlos gelungen.

Hier haben nicht viele Leute das MS gesehen: Hannah Arendt (die Verfasserin des Broch-Essays im *Monat*[2]) war darunter, und sie war so begeistert davon, daß sie Dolf Sternberger geschrieben hat, sich unbedingt Vorabdrucke für die *Neue Rundschau*[3] zu sichern; insbesondere hat sie ihm die »Erzählung der Magd Zerline« anempfohlen, und ebendarauf möchte Sternberger sich pränumerieren. Die Entscheidung steht bei Ihnen, doch ich meine, daß Sie gleichfalls damit einverstanden sein werden. Weiters möchte ich Burgmüller für den *Aufbau* die »Cantos« oder wie immer sie heißen werden, zur Verfügung stellen. Und eventuell könnte man noch etwas *Sinn und Form* geben; ich lege ein paar Zeilen für Huchel[4] zur freundlichen Weiterleitung bei.

Würden Sie so lieb sein, mir von der letzten *Literarischen Revue* mit meinem Hofmannsthal-Beitrag[5] noch drei Hefte zu schicken. Vielen Dank!

Ihnen und Ihrer Familie alle guten Weihnachtswünsche!

Mit einem herzlichen Gruß Ihr
Hermann Broch

[WW, YUL]

1 »Stimmen 1913, 1923, 1933«.
2 Hannah Arendt, »Hermann Broch und der moderne Roman«, in: *Der Monat* 1/8 (Juni 1949), S. 147-151.
3 Vorabdrucke aus *Die Schuldlosen* erschienen nicht.
4 Peter Huchel (1903-1981), deutscher Lyriker, von 1949 bis 1962 Chefredakteur der DDR-Zeitschrift *Sinn und Form*.
5 »Der junge Hofmannsthal. Aus einer Studie über Hofmannsthal und seine Zeit«, in: *Literarische Revue* 4/5 (Sept. 1949), S. 287-292. Es handelt sich um den Abschnitt »2. Wunderkind, wunderschauendes Kind« aus »Hofmannsthal und seine Zeit«, vgl. KW 9/1, S. 181-190.

679. An Daisy Brody

16. 12. 49

Liebste Freundin Daisy,
Ihr Kartenbericht über die N. W.deutsche Rundfunksendung[1] hatte einen schwebenden Freundschaftston, und so war er gerührte Freude für mich. Und es scheint mir, daß es schon dringlich geworden ist, nicht nur per Rundfunk zu Ihnen [zu] reden: ich hoffe sehr, daß ich spätestens im Herbst 1950 drüben sein werde.

Die Schwierigkeiten habe ich Dani gegenüber schon so oft geschildert, daß ich sie nicht wieder aufzählen muß. Vor allem möchte ich noch den Hofmannsthal und den Bergroman hier fertig bringen; dann freilich kommt die Angst vor

Europa, d. h. vor den dortigen Verpflichtungen, unter denen Wien die schwerwiegendsten sind. Mir graut vor der unumgänglich notwendig werdenden Fahrt nach Wien, und mir graut vor dem Zeitverlust, der Wochen, ja Monate ausmachen wird, und den ich mir nicht leisten darf. Wenn ich die ersten Monate in absoluter Verborgenheit drüben verkrochen verbringen könnte, wäre es leichter.

Das Problem ist für mich umso ernster, als die Verschiebung der erkenntnistheoretischen Arbeit mir eine ausgesprochene Qual ist. Zwei Romane, die einem wider den Strich gehen, ist ein bißchen viel für einen alternden Herrn. Dabei habe ich natürlich während der letzten Monate viel Romanhaftes gelernt: würde ich jetzt noch drei Romane schreiben, so würde ich einen zustandebringen, der dieser Zeit adäquat wäre, also Lebensberechtigung beanspruchen dürfte. Freilich wäre er noch mehr lyrik-angenähert als die bisherigen: das einzige, was dem ungeheueren Volumen unserer Zeit die Waage zu halten vermag, ist das Volumen des Ich oder des Selbst, und dieses wiederum ist so groß, daß es eben nicht rein romanmäßig zum Ausdruck zu bringen ist (ein Fehler Joyces), sondern nach rein lyrischen Formen verlangt. Aber auch hiezu genügen die überkommenen Formen nicht, und ebendarum hab ich jetzt zehn volle Wochen verloren: die Cantos, die ich zuerst für ein Kinderspiel gehalten habe, und die statt dessen zur ärgsten Sklaverei geworden sind, allerdings mich am Ende gelehrt haben, wie sich der Zugang zu neuer Lyrik öffnen ließe. Aber das ist gelobtes oder ungelobtes Land, das ich nicht mehr betreten werde. [. . .]

[GW 8]

1 Thilo Koch hatte als Leiter der Abteilung »Das literarische Wort« eine Sendung über Brochs *Der Tod des Vergil* für den Nordwestdeutschen Rundfunk (damals noch in Berlin-Wilmersdorf) zusammengestellt. Vgl. Brochs Brief an Thilo Koch vom 16. 2. 1950.

680. An Hermann Weyl

New Haven, Conn., 20. 12. 49

Lieber verehrter Professor Weyl,
Sie haben mir im Sommer mit der Zusendung Ihres Eranos-Separatums[1] eine große Freude bereitet, und es drückt mich sehr, daß ich Ihnen nicht früher gedankt habe. Aber mir ist damals sozusagen aus heiterer Hölle ein Roman in den Schoß gefallen: ich hatte einem deutschen Verleger voreiligerweise die Erlaubnis gegeben, meine vor zwanzig Jahren verstreut publizierten, von mir längst vergessenen Kurzgeschichten zu sammeln und zu einem Band zu vereinigen, und als die Druckfahnen eintrafen, hatte ich das Gefühl einer Köchin, welche verdorbene Kost servieren soll; also tat ich das nämliche, was jede Köchin in einem solchen Fall tut: ich packte das Zeug in eine reichliche Beiz-Sauce ein, und das wurde – keine leichte Aufgabe – ein lyrisch unterbauter Roman. Diese Arbeit mußte ich zwischen meine andern, ebenso dringlichen einschieben, und das ergab eine richtige Panik mitsamt den zugehörigen Lähmungserscheinungen.

Dabei wußte ich, daß ich aus Ihrem Vortrag außerordentliche Bereicherung empfangen würde, doch es dauerte Wochen, ja Monate bis ich zu dieser Bereicherung gelangte. Natürlich wurde es auch eine teilweise schmerzliche Bereicherung. Denn das logisch-mathematische Grenzgebiet ist ja für mich ein zunehmend unerreichbarer werdendes Sehnsuchtsland, zu dem ich mit spezifischem Dilettanten-Schmerz hinschaue. Und gerade eine Schrift, welche wie die Ihre den ganzen Umkreis der Probleme – angefangen von dem des mathematischen Erkenntnisgehaltes bis zu dem der Existenz überhaupt – sichtbar werden läßt, ist durchaus geeignet, jenen faszinierten Schmerz anzustacheln. Freilich hat Dilettantismus daneben auch seine spezifischen Befriedigungen; wenn dem Dilettanten etwas einleuchtet, so ist er sofort mit dem stolzen Ausruf zur Hand: »Genau so habe ich es mir vorgestellt.« Ich bitte Sie daher, es mir nicht zu verargen, daß ich just mit diesem Ausruf Ihre Ausführungen begleitet habe, und auch den dazugehörigen Stolz müssen Sie mir verzeihen. Seit etwa dreißig Jahren plage ich mich mit der

Frage des *»Beobachters im Beobachtungsfeld«*[2], einer Frage, die mir eben an der Realivitätstheorie aufgegangen ist, und an der ich auch gelernt habe, daß mit positivistischen Mitteln da kein Auslangen zu finden ist. Natürlich handelt es sich da nicht um den empirischen Beobachter, sondern um einen abstrakten, um den »Beobachter an sich«, und an der Absteckung seiner Kapazitäten wird man wohl zu einer Neufassung des Apriori- und des Kategorienbegriffs vorschreiten können, ja wahrscheinlich wird es möglich werden – die Notwendigkeit hiezu liegt vor –, den Komplex Absolutheit–Relativismus unter eine neue Beleuchtung zu stellen. Im letzten geht das alles merkwürdigerweise ins Moralische.

Hätte ich nicht die Scheu des Dilettanten gehabt, ich wäre Ihnen mit diesen Fragen schon im Spital gekommen. Aber Ihre Besuche waren mir zu wertvoll, und ich wollte Sie nicht verscheuchen. Dagegen überwinde ich heute die Scheu und lege ein MS bei, das mit jenen Belangen in einem gewissen, wenn auch losen Zusammenhang steht. Es handelt sich um die Idee einer Internationalen Universität[3]; Präs. Hovde[4] von der New School hatte die Idee vor drei Jahren aufgegriffen und angeregt, ich möge die philosophischen Grundlagen für ein solches Institut skizzieren. Das MS war daher ursprünglich für eine Spezialnummer von »Social Research« bestimmt, doch da für das Projekt nicht die nötige – in viele Millionen gehende – finanzielle Grundlage zu finden war, ist auch die Propagandanummer von »S. R.« niemals erschienen. Jetzt west, wie Sie wohl wissen, das Projekt im Labyrinth der UNESCO, oder richtiger es verwest dort. Und schließlich ist auch kein Schade drum: denn nicht auf die Internationalität kommt es dabei an, sondern auf die Methoden-Einheit, also die Einheit der Erkenntnis und demzufolge der Wissenschaft; dies aber muß (und wird) aus der Forschung selber wachsen, sehr langsam, sehr sicher, und kann durch organisatorische Maßnahmen kaum befördert werden. Und wenn Sie das Thema nicht interessiert, bitte schicken Sie mir das MS *ungelesen* zurück. Ich brauche Ihnen nicht eigens zu sagen, wie sehr ich fluche, wenn ich mich verpflichtet halte, ein Manuskript zu lesen, das mir thematisch gleichgültig ist. [. . .]

[GW 8]

1 Hermann Weyl, »Wissenschaft als symbolische Konstruktion des Menschen«, in: *Eranos-Jahrbuch,* Bd. 16 (1948), S. 375 ff.
2 Vgl. Brochs Studie »James Joyce und die Gegenwart«, KW 9/1, S. 77 f.
3 »Philosophische Aufgaben einer Internationalen Akademie«, KW 10/1, S. 67-112.
4 Vgl. Fußnote 2 zum Brief vom 23. 8. 1948.

681. An Daisy Brody

New Haven, 26. 12. 49

Liebe Freundin Daisy,
Dank für Ihre Zeilen, die sich mit den meinen, offenbar gleichzeitig geschrieben – hoffentlich sind diese inzwischen bei Ihnen eingelangt – gekreuzt haben.

Wegen des »Steinernen Gastes« habe ich soeben Dani geschrieben, und hier haben Sie's: kennen Sie das Verleger-Gehöhne gegen den armen Autor, der angeblich kein Manuskript aus der Hand zu geben vermag? wehe aber, wenn – wie es hier geschehen ist – ein Manuskript zehn Minuten zu früh das Haus verläßt! sofort wird gemerkt, daß da etwas an der Perfektion fehlt. Natürlich haben Sie recht: der »Steinerne Gast« hat noch schwache Stellen, und da bei meiner dichten Webung keine Flicken und Flecken anbringbar sind, gehörte das ganze Stück nochmals geschrieben. Doch diese vier Wochen darf ich mir nimmer leisten, und dies ist schade; der »Steinerne Gast« verdiente Perfektheit, gerade weil er auf so viel verschiedenen Ebenen spielt, hinauf bis zu einer, die beinahe in Vergilscher Sphäre liegt, hinab bis zu der des Satyrspiels, worunter ich – Dani hat danach gefragt – die Besitzergreifung des Ganzen durch Zerline verstehe. Und natürlich schmerzt es mich, daß ich da nicht das Letzte habe herausholen können; aber es war ohnehin ein Wunder, daß ich die Sache in so kurzer Zeit immerhin zustande gebracht habe.

Und so nehme ich die herrlichen Droste, für die ich Ihnen wie Dani ganz herzlich danke, als Belohnung, als verdiente Belohnung, weil ich mich so entsetzlich geplagt habe. Und das ist leider wortwörtlich wahr: nach dem Tempo dieses Buches bin ich aufs äußerste erschöpft und darf mir doch keinen Tag Ruhepause gönnen. Die Situation beginnt unheimlich zu werden.

Im übrigen, da Sie die Zerline ganz richtig als Schloßherrin bezeichnen, sind mir Don Juan-Titel eingefallen, so z. B. »Komm auf mein Schloß mit mir«, oder »Zerline und der Steinerne Gast«, aber kaum ausgesprochen, waren sie auch schon wieder verworfen.

A glückseligs neuchs Jahr. [. . .]

[GW 8, BB]

682. An Bodo Uhse

78 Lake Place, New Haven 11, Conn. (Neue Adresse!)
28. 12. 49

Lieber Dr. Uhse[1],
seit Wochen, d. h. seit Eintreffen Ihres Briefes aus Sülzhayn, wollte ich Ihnen sagen, wie tief ich es bedauere, daß Sie mit so schweren Gesundheitsstörungen – Folgen Ihrer Kriegszeit? – zu schaffen haben: ich hoffe von Herzen, daß Sie inzwischen die Anstalt haben verlassen können, und daß Sie sich auf dem Weg fortschreitender Genesung befinden.

Die Ursache meiner Antwortverzögerung ist die übliche, also chronische Arbeitsüberlastung, chronischer Zeitmangel, und das war diesmal umsomehr Schreibbehinderung, als das von Ihnen angeschlagene Thema sich nicht peripherisch behandeln läßt. Schon in meinem ersten Brief an Sie schrieb ich, soweit ich mich richtig erinnere, daß die Frage der Friedenserhaltung sich nicht mit Aufrufen, Enunziationen, deklamatorischen Kongressen – der New Yorker[2] war für mich ein höchst unangenehmer Eindruck – lösen läßt. Und auch mit kurzen Briefen kommen wir dem Problem nicht näher. Wir sind überzeugt, daß Friede ein anstrebenswertes Gut ist, doch mit dieser Wohlgesinnung befinden wir uns in dem verwerflichen Bereich des wishful thinkings, und wenn wir ihn verlassen wollen, so heißt es, sich um das Problemzentrum zu bemühen, *um die Richtung konkreten Handelns aufweisen zu können*. Ich halte mich also für verpflichtet, diesmal weiter auszuholen; verzeihen Sie, wenn ich damit etwas ins Akademische gerate.

Kriege sind – auf eine banal kurze Formel gebracht – Funktion der Staatsautonomien und Staatssouveränitäten. Denn Staaten jedweder Form (und unabhängig von ihrer Wirtschaftsstruktur, also auch von der kommunistischen) sind strategische Gebilde, und als solche haben sie eine Grundeinstellung, ja sind zu ihr geradezu verpflichtet: sie wollen *autarke Festungen mit strategisch idealem Vorfeld* sein. Nur wenn sie das erreichen, sind sie saturiert und können non-aggressiv werden. Doch was sie da erreichen müssen, ist die Erfüllung einer Doppelbedingung: die wirtschaftliche Autarkie verlangt nach strategischer Insularität (durch Meerbegrenzung oder sonstwelche geographische Unzugänglichkeit), und die strategische Insularität verlangt nach Autarkie, kurzum nach kontinentalen Ausmaßen. Diese Ideal-Situation ist bisher bloß den USA beschieden worden, u. z.. – sonst wäre die kanadische Grenze ein Unruhefaktor gleich der karibischen geblieben – durch die gemeinsame Meerbeherrschung mit England, dem an sich zwar gleichfalls meergeschützten, jedoch nicht autarken Saturierungspartner. Daß es neben solch saturierter auch unsaturierte Friedfertigkeit gibt, nämlich die der sogenannt neutralen Staaten, ist kein Gegeneinwand; sie sind Objekt, nicht Subjekt der Weltstrategie, u. a. auch – so Holland, Belgien, Portugal – Juniorpartner des angelsächsischen Saturierungskonzerns.

Daß Staaten, welche »wirtschaftlich aufeinander angewiesen« sind, miteinander Frieden halten, ist eine Legende; zwei solche Staaten sind wirtschaftlich unsaturiert und betrachten einander mit Habsucht und Raubgier. Bloß strategische, nicht wirtschaftliche Interessengemeinschaften haben sich bisher als haltbar erwiesen. Unsaturierte Staaten hingegen halten bloß dann Frieden, wenn sie gleichstark sind und sich voreinander fürchten. Das ist die einfache Formel des europäischen Gleichgewichtes, mit welchem der saturierte angelsächsische Block – unter Führung der britischen Diplomatie – während des 19. Jahrh. den Weltfrieden bis zu einem gewissen Grad vor allzu schweren Störungen bewahrt hat.

Rußland – wirtschaftlich schon seit langem autark – verlangt heute die gleiche strategische Saturiertheit, wie sie der angelsächsische Block besaß und teilweise noch besitzt. Vom Staatsgedanken aus gesehen, ist das ein vollberechtigter Wunsch, umsomehr als im Zeitalter der Atombombe nur noch Gesamtkontinente – allerdings wie lange noch? – als verteidigbare Festungen gelten können. Kurzum, Rußland würde den gesamten eurasischen Kontinent als strategisches Festungsgebiet benötigen. Bei der Invarianz der Staatsziele hat sich auch dieses schon längst angemeldet: es ist das jahrhundertealte Streben Rußlands nach dem warmen Meer.

Staatsmänner dienen nicht allgemeinen Ideen, sondern den Staatszielen ihres Landes. Kein russischer Staatsmann wird daher von den strategischen Sicherheitszielen Rußlands Abstand nehmen; die »eurasische Insel« gehört zu seiner Verantwortung. Doch wird er darum Krieg anstreben? Sicherlich nicht. Denn Krieg enthält immer unberechenbare Risiken, und solange es aussichtsreiche Chancen gibt, die Staatsziele auf friedlichen Wegen zu erreichen, wird kein verantwortungsbewußter Staatsmann seinem Lande Kriegsrisiken aufbürden. Und im besondern sieht die Situation folgendermaßen aus:

(1) Rußland ist im Wiederaufbau begriffen, ist kriegserschöpft und kann keinen neuen Krieg brauchen;

(2) das Siegesrisiko ist kaum geringer als das Kriegsrisiko, denn dem Sieger wird die schier unlösbare Aufgabe zufallen, sowohl daheim wie in der ganzen Welt die schlechterdings irreparablen Kriegsschäden wiedergutzumachen und die Ordnung wiederherzustellen;

(3) Verelendung führt immer zur Opposition, und genau so wie sie heute allenthalben eine kommunistisch gefärbte Opposition hervorgebracht hat, ist dann eine unter nationalistischer Flagge segelnde antikommunistische Opposition zu gewärtigen;

(4) die gegenwärtige prokommunistisch-nationale Opposition der Völker, insbesondere der südasiatischen, ist das beste Vehikel für die russischen Staatsziele, denn man braucht bloß – durchaus in bester demokratischer Tradition – diesen Volkswillen gewähren zu lassen, um den eurasischen Block unter Sowjetführung zusammenzuschweißen;

(5) auf der Seite der Westmächte ist kein ideologisches Moment zu finden, das – die Idee der free enterprise ist sicherlich nicht hiezu imstande – es mit der Zündkraft der kommunistischen Lehre aufzunehmen vermöchte.

Weder Rußland noch dem Weltkommunismus wäre also heute durch einen neuen Weltkrieg geholfen. Die frühere kommunistische Schule, welche alles auf die Weltrevolution abgestellt hatte, ja ihrethalben auch ohneweiters einen Weltkrieg entfacht hätte, entpuppt sich zunehmend als irrealistische Romantik: Weltkrieg und Weltrevolution sind zwar zwei einander bedingende, vielleicht sogar identische Phänomene geworden, aber gerade darum kann das Ende des Krieges auch das Ende der Revolution bedeuten. Der Stalinismus dagegen betreibt Realpolitik, und die muß, *so lange es Staaten gibt,* vor allem nackte, d. h. geopolitisch orientierte Staatspolitik sein, und er hat damit bisher vollauf Recht behalten. Das heißt nicht, daß deswegen der Gedanke der Weltkommunisierung fallen gelassen worden sei; im Gegenteil, die kommunistische Zündkraft wird allenthalben angefacht (u. a. auch mit dem zugkräftigen Schlagwort von der Weltrevolution), aber die ideologische Expansion wird nicht mit Waffengewalt gefördert: erst wenn der russische Block in friedlicher Expansion so gesichert und übermächtig geworden sein wird, daß der ideologische Krieg keine Risiken mehr in sich birgt, dann mag er als letzter Schlag gewagt werden. Doch dann wird er wohl auch gar nicht mehr nötig sein, vielmehr werden vermutlich auch dann, ja sogar dann erst recht, genau so wie heute die bessern Chancen im Prozeß der friedlichen Durchdringung liegen, hie und da unterstützt von entsprechend vorbereiteten lokalen Revolutionen.

In gewissem Sinn läßt sich der heutige Friedenswille Rußlands mit den angelsächsichen des 19. Jahrh. vergleichen. Man hat damals England Heuchelei vorgeworfen, weil jene Pax Britannica vor allem selbstsüchtigen Zwecken gedient hat. Doch Selbstsucht war immer noch die beste Bürgschaft für Ehrlichkeit, und die Selbsttäuschung, mit der die meisten Engländer geglaubt haben – und wie viele Russen tun heute dasselbige? –, daß sie lediglich von moralischen Motiven bewegt werden, ist naiv aber nicht unverzeihlich, umsomehr als der Weltfrieden dabei nicht schlecht gefahren ist. Warum soll also eine Pax Moskowita nicht das nämliche leisten? Ist nicht gerade der Kommunismus berufen, das Gefüge der Staatsautonomien und Staatssouveränitäten – soferne er es überhaupt bestehen läßt – ein besseres Gleichgewicht zu verleihen, als es das gebrechliche des 19. Jahrh. gewesen ist? Muß man in dem Widerstand dagegen nicht einfach kapitalistische Umtriebe vermuten?

Der Vergleich stimmt nicht völlig. Der angelsächsische Block des 19. Jahrh. war saturiert, und der von ihm angestrebte Friede war daher – was er eigentlich zu sein hat – der stabile des status quo, und um diesen zu schützen und höchstens kleinere Berichtigungen zuzulassen, genügt es, für das Kräftegleichgewicht zwischen den unsaturierten Staaten zu sorgen und deren Konflikte entsprechend abzustoppen. Und gewiß könnte das nämliche von Rußland geleistet werden, wenn es einmal seinen Saturierungspunkt erreicht haben wird. Aber der kann nur mithilfe einer gründlichen Niederreißung des alten, ohnehin schon schwer erschütterten status quo erreicht werden. *Und das ist der Kern der gegenwärtigen Kriegsgefahr.* Denn obwohl der dürftige Friede, den wir heute genießen, gleichfalls auf Kräftegleichgewicht beruht, es ist nicht mehr eines, das kunstvoll von einer stärkeren Macht in Funktion gehalten ist, sondern es ist das zwischen den beiden Hauptblocks der bewohnten Welt, und wenn dieser Friede von Rußland benützt wird – wozu es schier zwangsläufig getrieben wird –, um für sich die eurasische Festung auszubauen, d. h. die westliche Saturiertheit zugunsten der eigenen zu zerstören, tritt eine so katastrophale Gleichgewichtsstörung ein (– Eurasien beherbergt mehr als zwei Drittel der Erdbevölkerung! –), daß der bedrohte Westen kaum eine andere Wahl hätte, als sich kriegerisch dagegen zu wehren; täte er es nicht, er würde auf Amerika zusammenschrumpfen, und dieses würde, schon seiner Überproduktion wegen, über kurz oder lang seine Unabhängigkeit einbüßen. Niemals könnte Rußland ein ähnliches Los beschieden werden, auch nicht, wenn die jetzige Pax Americana (zu der die Britannica geworden ist) aufrecht bliebe.

Der Westen befindet sich also in einer grauenhaft schwierigen Lage, und wer die westliche Politik ausschließlich unter dem Gesichtspunkt der Wallstreet-Beeinflussung betrachtet

(Wallstreet-Imperialismus), macht sich einer sträflichen Kurzsichtigkeit schuldig. Die Furcht vor dem russischen Übergewicht ist fast zweihundert Jahre älter als die vor dem Kommunismus, war seit jeher ein wichtiger Faktor in der europäischen Gleichgewichtspolitik, ein so wichtiger, daß der angelsächsische Block sogar die Bismarcksche Reichsgründung trotz der ihr innewohnenden wirtschaftlichen und strategischen Westgefährdungen favorisierte, und davon auch nicht abging, als diese unter Wilhelm II. und Hitler vollkommen eklatant geworden waren. Im Gegensatz zum Standpunkt des verantwortungsbewußten russischen Staatsmanns stellt sich dem westlichen die heutige Lage etwa folgendermaßen vor:

(1) die Westmächte fürchten den Krieg womöglich noch mehr als es Rußland tut, denn sie wissen,

(a) daß der Krieg ihnen auf jeden Fall eine schlechterdings untragbare Verelendung bringen würde,

(b) daß selbst im Fall eines Sieges ihnen kein Gewinn erwachsen kann, vielmehr sie vor die unlösbare Aufgabe der Weltschäden-Wiedergutmachung gestellt wären,

(c) daß gerade wegen dieses weiterbestehenden Weltelends der Kommunismus auch weiterhin unaufhaltsam bliebe,

(d) und daß selbst ein besiegtes Rußland nicht dauernd zu polizieren ist, also in absehbarer Frist zu seiner traditionellen Politik zurückkehren würde;

(2) dahingegen darf das »Friedensrisiko«, insbesondere das der friedlichen Verelendung, nicht das Kriegsrisiko überwiegen, einerseits weil das englische Volk, das heroische Anstrengungen macht, seinen – trotz Sieges – beispiellos gesenkten Lebensstandard wieder zu heben, einem neuerlichen Rückschlag kaum mehr gewachsen wäre, und andererseits, weil Amerikas Bevölkerung es nicht einsehen würde, daß sie mitten im Frieden auf ihren Lebensstandard, der noch immer der höchste in der Welt ist, verzichten sollte, und das kann bloß verhütet werden, wenn das Saturierungs-Minimum, das der Westblock noch genießt, erhalten bliebe;

(3) die Westmächte haben demnach alles Interesse, ihre traditionelle Friedenspolitik fortzusetzen, und wenn sie auch eingesehen haben, daß sie ihrer Arbiter-Stellung im Gleichgewichtsspiel der Mächte verlustig gegangen sind, also nur

mit ihrem eigenen Gewicht und mit ihrer eigenen Anstrengung das Weltgleichgewicht erhalten können, es ist dieses die letzte Friedenshoffnung für sie, und die kann sich bloß erfüllen, wenn der heutige Weltzustand zu einem stabilen gemacht wird, zu einem neubeginnenden status quo, zu dessen Anerkennung Rußland gezwungen zu werden hat, da in der Außenpolitik bloß Zwang und nichts anderes gilt;

(4) welche Zwangsmittel aber stehen den Westmächten noch zur Verfügung? bloß das des Wettrüstens, also sicherlich ein Irrsinns-Mittel, nämlich eines, das den Völkern hier wie drüben unsinnige Lasten auferlegt, aber vom Westen dank der größeren Produktionskapazität des Landes noch leichter als von Rußland ertragen wird, so daß eine gewisse kleine Aussicht besteht, es werde unter dem Druck der Unerträglichkeit wenigstens temporär ein Friedensabkommen sich ermöglichen lassen;

(5) ob ein solches Friedensabkommen mehr als eine bloße Atempause bedeuten kann, hängt ganz davon ab, wie weit sie benützt wird, um in den Randländern des Westblocks, insbesondere in den asiatischen, das vollkommen verloren gegangene Vertrauen zur angelsächsischen Führung wieder zu stärken und – allerdings nicht mithilfe der Anpreisung und den Schlagworten der free enterprise – den kommunistisch-russischen Nimbus zu entlegendisieren;

(6) gelingt das nicht und bleibt es bei einer bloßen Atempause, so wird nach ihr der Irrsinn des Rüstungswettlaufes wieder aufgenommen, und ob dann der (in einem solchen wesensgemäß immer eingekeimte) Kriegsausbruch noch hintanzuhalten sein wird, ist natürlich mehr als fraglich, da ja der kleinste Zwischenfall zwangsläufig die – von beiden Parteien gefürchtete – Katastrophe entfesseln kann.

Die Westmächte sind also – bei all ihrer ökonomischen und industriellen Stärke – bereits heute in einer geradezu verzweifelten Lage, und sie haben daher alle Ursache zum Mißtrauen gegenüber den Sowjets, denn diese wissen ebensogut wie die Dinge stehen und sind vom unerbittlichen Gesetz der Staatsmechanik genötigt, jede Schwäche des Partners radikal auszunützen. Was jedoch außerhalb des angelsächsischen Raumes kaum gewußt wird, ist die Kriegswilligkeit (keineswegs Kriegslust) des Volkes, eine Willigkeit, die der des russischen Volkes sicherlich nicht nachsteht. Das ist eine Grundstimmung, zu deren Erfassung man einige Jahre hier gelebt haben muß, und sie hat sicherlich nichts mit dem Gerede jener verschwindend kleinen Minorität zu tun, welche von einem militärischen Spaziergang nach Moskau faselt, damit dort endlich »Ordnung gemacht werde«, und die von niemandem, am allerwenigsten von den Militärs, ernstgenommen wird. Dagegen zeigte sich die Grundstimmung recht deutlich im Fiasko Wallaces[3] und seiner Rußlandpolitik. Wollte man sie als eine »kapitalistische« Stimmung betrachten, so ginge man gründlich fehl, Nein, das amerikanische Volk liebt die Verdiener-Visagen durchaus nicht (obwohl das Geldverdienen eine Art Nationalsport darstellt), aber seine eigentlichste Abneigung gilt dem »Beamten«, gilt dem Staat und seinen Regierungsgewalten. Wer immer die Staatsgewalt repräsentiert – und sei er noch so beliebt, ja geliebt wie ein Churchill oder Roosevelt –, er wird von vorneherein mit Mißtrauen betrachtet, und nicht einmal eine so verehrungswürdige Gestalt wie die Lincolnsche hat es je zu ikonographischem Rang gebracht. Das steht mit der ikonographischen Tradition des Ostens und Rußlands in schärfstem Widerspruch. Gewiß läßt sich sagen, daß wir herüben viel zu wenig über die Verhältnisse in den östlichen Volksdemokratien wissen, um darüber ein Urteil fällen zu können. Aber wo viel Rauch ist, da gibt es auch ein Feuer, und genau wie das russische Volk bloß über die kapitalistischen Mißstände orientiert ist, und diese auch tatsächlich und unableugbar bestehen, genau so unableugbar ist es, daß der Sowjetismus und das von ihm vertretene Einparteiensystem seine klaglose Funktion auf einen überaus starken Polizeiapparat zu stützen hat. Das geht dem Angelsachsen wider den Strich, und es geht ihm auch wider den Strich, wenn ihm gesagt wird, daß es sich da bloß um Übergangserscheinungen handelt, die nach Erreichung des Weltkommunismus wegfallen werden: derartigen Versprechungen wird nicht geglaubt; dazu ist das Mißtrauen gegen Regierungsmachthaber und Regierungsinstitutionen viel zu groß. Allzugenau weiß man, daß in der Politik bloß das hic et nunc gilt, und daß die beste Gewähr für eine erträgliche Zukunft eine erträgliche Gegenwart ist. Ebendarum ist es auch völlig irrig zu meinen, daß die hiesigen Kommunistenprozesse den Beweis für einen kapitalistischen Totalitarismus oder gar Fascismus liefern; nein, selbst diejenigen, welche diese Prozesse – zögernd und fast beschämt (jedenfalls mit allerlei juristischen Entschuldigungen) – gutheißen, sind sich darüber einig, daß der »kalte Krieg« für eine derartige Durchbrechung der amerikanischen Tradition verantwortlich ist, daß es sich also nicht um Racheakte eines beleidigten Systems oder Dogmas handelt, sondern um peinliche Kriegsmaßnahmen, deren man sich so rasch als nur irgend möglich entledigen muß. Würde in diesen Prozessen die Todesstrafe verlangt werden (wie es zu geschehen hätte, wenn sie Nachahmungen der totalitären Maßnahmen wären), es würde das Land in einen Schrei der Empörung ausbrechen; die Proteste sind ja auch heute laut genug, und sie müssen – wo wäre das in einem totalitären Land möglich? – geduldet, ja gehört werden! Kurzum, es geht da höchst konkret um die sonst so legendär erscheinende Bürgerfreiheit, und da die Angelsachsen durchaus bereit sind, diese zu verteidigen und sie auch nach außen zu verteidigen, ist der amerikanische Staatsmann gezwungen, sich gegen jede von außen kommende Gefährdung zu wenden. Hier gibt es etwas wirklich Verteidigungswürdiges, Verteidigungspflichtiges, und gerade das macht die verzweifelte außenpolitische Situation des Westens – in der kriegerische Verteidigung so viel wie ausgeschlossen erscheint – doppelt verzweifelt.

Befinden wir uns also in einer ausweglosen Sackgasse? Ist dies das einzige Resultat, das aus der etwas langatmigen Analyse zu gewinnen ist? Nun, insolange als die Situation ausschließlich von den souveränen Staatsautonomien und der von ihnen bedingten Staatsmechanik bestimmt wird, ist sie ausweglos, schlechterdings ausweglos. Denn beim Fortbestehen dieser Verhältnisse sind weder vom russischen noch vom westlichen Staatsmann irgendwelche ausschlaggebende Konzessionen zu verlangen oder zu erwarten; der eine wird unverändert an der »friedlichen« Erweiterung der russischen Einflußzonen weiterarbeiten, und der andere wird ebenso unverändert sich mit allen Mitteln dagegen wehren, obwohl, ja gerade weil es zu ihrer beider Verantwortung gehört, den Frieden zu erhalten: vor lauter Friedenswillen wird es schließlich zum Krieg kommen. Gibt es da noch eine Möglichkeit, diesem Friedenswillen zur Verwirklichung zu verhelfen?

Damit aber ist auch schon die Antwort erteilt: nur eine Durchbrechung des Souveränitätsprinzips gestattet das Wiederaufleben der Hoffnung auf einen ehrlichen, dauernden Frieden. Die radikalste Durchbrechung der Souveränitäten wäre nun freilich die Etablierung eines Weltstaates – aber wie soll der eingerichtet werden? nach dem Muster der amerikanischen oder nach dem der sowjetischen Verfassung? Können auf dieser Basis haltbare Kompromisse geschlossen werden? Wenn das tatsächlich möglich wäre, so müßte bereits jetzt ein Kompromißwille vorhanden sein, und wäre der vorhanden, so wäre der Weltstaat fast überflüssig, vielmehr könnten die beiden Blocks friedlich nebeneinander leben. Wie aber die Dinge jetzt liegen, ist viel eher zu erwarten, daß die Einrichtung des Weltstaates die Gegensätze bloß verschärfen würde, d. h. daß er infolge ihrer Unüberbrückbarkeit niemals zustande käme. Der Westblock ist – da er durch seine Schwäche dazu gezwungen ist – sicherlich konzessionsbereit, nicht zuletzt in der Frage des Souveränitätsprinzips, aber Rußland – durch Stärke dazu befugt – ist heute sein kategorischester Vertreter und wird auch im Weltstaat-Problem kategorisch Unnachgiebigkeit bekunden.

Man muß also bescheidener sein. Der logische Ort für solche Bescheidenheit ist die UN. Die UN ist als Versammlung souveräner Staaten gegründet worden, und wenn sie auch die Aufgabe hat, diese Souveränitäten zu schützen, sie ist doch auch, ja das noch viel mehr, das Forum, welches internationale Abkommen einzuleiten und deren Einhaltung zu überwachen hat, und indem sie das tut, wird sie – wenigstens juristisch – zum Treuhänder gewisser, an sie abgetretener Souveränitätsteile der vertragsschließenden Mitgliedstaaten. Würde es beispielsweise gelingen, ein allgemeines Abrüstungsabkommen, zu dem natürlich auch die Einschränkung der Atom-, Gift- und Bakterienbewaffnung gehören würde, im Schoß der UN zu treffen, so würde dieser das Kontrollrecht und die Kontrollpflicht zufallen, und in deren Ausübung würde sie für Vertragsdauer einen Teil der einzelstaatlichen Rüstungshoheit in ihre internationale Obhut nehmen. Die Rüstungshoheit ist nun allerdings das Kernstück der einzelstaatlichen Souveränitäten, und darum besteht wenig Hoffnung, daß sich der Souveränitätsabbau in absehbarer Zeit just in diesem zentralen Gebiet wird bewerkstelligen lassen können: allen bisherigen Erfahrungen gemäß (insbesondere denen der Atom-Kommission) ist hier der schärfste Widerstand der souveränitätsbewußten Sowjets zu erwarten; es ist nicht einmal zu erwarten, daß der derzeitige Vorschlag zur Einschaltung einer interimistischen Atom-Rüstungspause durchgehen wird. Wenn irgendetwas erreicht werden soll, so kann das nicht in einem solchen Zentralgebiet, sondern nur in einem mehr peripheren geschehen.

Freilich sind selbst in den Souveränitäts-Peripherien die Aussichten recht skeptisch zu betrachten. Das hängt mit der UN-Struktur zusammen. Denn im Gegensatz zu den realen Machtverhältnissen haben die Weststaaten im Schoß der UN das Übergewicht, und das ist [die] begreifliche Ursache für russisches Mißtrauen und für eine Vorsicht, die sich oft genug, fast sabotagemäßig, in der Ausübung des Vetos ausgewirkt hat. Eine Vermehrung der Stimmenanzahl des russischen Blocks wäre allerdings, so sehr sie Angelegenheit parlamentarischer Gerechtigkeit wäre, nicht wünschbar oder auch nur zuträglich, da hiedurch die – an sich höchst gefährliche – Schwäche des Westblocks nur noch weiter intensiviert werden würde; wünschbar wäre eine Vergrößerung der »neutralen« Stimmenanzahl. Immerhin, auch in ihrer heutigen Struktur hat die UN mancherlei nutzbringende Arbeit geleistet, und selbst wenn diese manchmal – so in der Frage der Menschenrechte – als bloß platonisch zu werten ist, man muß zufrieden sein, daß sie überhaupt vorhanden ist, und trachten, sie vom Peripherischen her weiter zu stützen.

Auf welchen Peripherie-Gebieten wäre also ein Versuch zum Abbau der Souveränitäten zu unternehmen? Damit beschäftigen sich die beiden folgenden Desiderats-Skizzen.

A. WIRTSCHAFTSPOLITIK

Wirtschaftspolitische Maßnahmen stehen mit den Problemen der Souveränität gewöhnlich nur in einem sehr losen Zusammenhang. Hier können sie jedoch nicht umgangen werden, denn die kommunistische Einstellung ist wesensgemäß eine wirtschaftspolitische, und außerdem erfüllt sie im Verhältnis zu andern Staaten propagandistische Aufgaben. M. a. W., der Gegensatz zwischen Ost und West ist zwar – das muß gegenüber den rein marxistischen Auslegungen immer wieder betont werden – in erster Linie ein von der Staatenmechanik bedingter, vornehmlich geopolitischer Konflikt, doch darum darf der ihm eingewobene Gegensatz der beiden Wirtschaftsformen nicht vernachlässigt bleiben.

Kapitalistische Theoretiker bezeichnen manchmal den Sozialismus als »künstliche« Wirtschaftsform, während sie die freie Wirtschaft als »natürlich gewachsen« empfinden. Das ist oberflächlich gesehen. Daß ein Kollektiv von Aktionären »natürlich« und irgend ein anderer gesellschaftlicher Zusammenschluß im Erwerb und zum Betrieb von Produktionsmitteln »künstlich« sein soll, ist schwer aufrechtzuhalten; im Augenblick liegt der Sozialismus vor allem in Eigentumsrechten des Staates, und das wird auch inmitten vollkapitalistischer Wirtschaften durchaus »natürlich« ausgeübt. Nicht anders verhält es sich mit der »Planung«, die gleichfalls eine »natürliche« Funktion jeglicher Wirtschaft ist.

Nichtsdestoweniger haben die Theoretiker da einen Ausdruck übernommen, der einen sehr realen Hintergrund hat, zumindst in der angelsächsischen Welt, ja man kann geradezu sagen beim angelsächsischen Mann von der Straße: es ist das tiefe Mißtrauen gegen alles rein Spekulative, das tiefe und sehr gesunde Wissen um die Unbeständigkeit jeglichen Dogmas. Es ist da die gesunde Skepsis eines ungemein praktischen Geistes am Werke. Gewiß wünscht auch der amerikanische Arbeiter eine gerechtere Güterverteilung, aber er weiß, daß keine Volkswirtschaft – und sei sie noch so gründlich kommunistisch organisiert – mehr hergeben kann als sie erzeugt, und er weiß auch, daß sich im Sozialismus Einkunft-Unterschiede ergeben, welche mehr oder weniger sich den bestehenden annähern; er zieht es also vor, den Ausgleich durch seine Gewerkschaften und durch Streik zu bewerkstelligen, anstatt sich in eine Staatsabhängigkeit zu begeben, die ihm am Ende das Streikrecht zu verweigern vermag. Auf Versprechungen à la longue läßt er sich nicht ein; er will seinen Vorteil hic et nunc sehen, und eine Verelendung durch produktionsunterbrechende Revolutionen und

Kriege, aus denen dereinst einmal seinen Kindern eine goldene Zeit erstehen soll, erscheint ihm ohne Sinn. Der europäische Sozialismus erscheint ihm als eine Mangelmaßnahme, und er versteht auch, daß in der Zeit des Mangels die Engländer eine Durchsozialisierung ihres Landes vorgenommen haben, aber er sieht das nicht als Ideal vor sich, so wenig ihm der Kriegssozialismus ein Ideal ist, und am allerwenigsten läßt er sich dieses Ideal durch rein spekulative Überlegungen und Dogmen nach Art der marxistischen einreden. Seine Haltung ist in seinem Umkreis genau so nüchtern wie die der amerikanischen Wissenschaft in der ihren: reine Spekulation ist verdächtig, und was nicht durch empirisch nachweisbare Tatsachen und Experimente erhärtet wird oder bewiesen werden kann, wird nicht anerkannt. Das ist eine überaus fruchtbare Geisteshaltung, und sie ist, so läßt sich behaupten, die grundlegende des ganzen amerikanischen Volkes; sicherlich ist sie keine kapitalistische.

M. a. W., die Wissenschaftsmethoden Englands und Amerikas sind als Ausdruck des angelsächsischen Geistes vor allem (und manchmal mehr als recht ist) auf den empirisch-objektiven test und seine statistische Erfassung aufgebaut, während die kontinentale und insbesondere die deutsche Forschung noch immer von starkem Vertrauen zur Spekulation getragen wird; zur Zeit Marx' war dieses Vertrauen überhaupt noch unbegrenzt, und daß der Kommunismus zu einer »Überzeugung« hat werden können (von der unter Strafandrohung nicht abgewichen werden darf) verdankt er zu einem guten Teil jenem einstigen Vertrauen zur Spekulation, umsomehr als es eine Spekulation in wissenschaftlicher Form war und dies auch beibehalten hat. Für das amerikanische Denken aber ist das unakzeptabel. So unwissenschaftlich die freie Wirtschaft auch ist, sie hat für den Amerikaner – und keineswegs nur für den kapitalistisch eingestellten – den Vorzug der praktischen Bewährtheit, und wenn er auch die Prinzipien des Marxismus keineswegs a limine ablehnt, sie haben für ihn die Anrüchtigkeit des unbeweisbaren Dogmatismus, d. h. er wird sie erst akzeptieren, wenn sie die praktische Probe aufs Exempel bestanden haben werden. Mit »Überzeugungen« kann er nichts anfangen, am allerwenigsten auf einem so eminent praktischen Gebiet: ob kapitalistisch oder sozialistisch gewirtschaftet werden soll, ist für ihn eine technische Frage, nicht viel anders wie die Entscheidung, ob gepreßtes Papier oder Beton für Wohnhäuser verwendungsgeeigneter ist; auch hiefür wird nicht mit Überzeugungen operiert.

Sonderbarerweise ist aber nun der Augenblick gekommen, in dem es möglich wäre, eine vernunfthafte, nicht überzeugungsbelastete Basis zur Behandlung dieser Fragen zu finden. Nur ein Narr könnte leugnen, daß die kommunistische Wirtschaft unendlich segensreich für Rußland gewirkt hat, und daß sie wahrscheinlich der einzige Weg gewesen ist, um das völlig rückständige Land während einer einzigen Generation auf die jetzige Höhe zu bringen: aus einer nicht einmal agrikulturell befriedigenden Rumpfwirtschaft wird – falls nicht nochmals eine kriegerische Störung eintritt – in absehbarer Zeit eine moderne Vollwirtschaft entstanden sein, noch keine Überflußwirtschaft wie die amerikanische, dennoch eine, die es wenistens in der Rohproduktion mit dieser wird aufnehmen können. Es wird also über kurz oder lang möglich werden, zwischen den beiden Wirtschaftsformen verhältnismäßig objektive korrekte Vergleiche anzustellen. Und hiezu sind nun umsomehr Handhaben geboten als eine ganze Reihe sozialistischer Zwischenformen in Europa entstanden sind, vor allem in Schweden und England, die in die Untersuchung einbezogen werden müßten. Doch das ist eine Aufgabe, die nur von einem internationalen Forum zu lösen ist, und sie kann, sie soll, sie muß zu einer [der] vornehmsten der UN werden. Es ergäbe sich demnach etwa als Vorschlag:

(1) Die UN (bzw. ihr ökonomischer Rat) möge eine Kommission zum Studium der Vorzüge und Nachteile der verschiedenen Wirtschaftsformen – also vor allem der sozialistischen und kapitalistischen – in den einzelnen Mitgliedstaaten berufen;

(2) die Kommission sei vornehmlich aus Wirtschafts- und Finanzwissenschaftlern, Technokraten etc. zusammengesetzt, doch seien auch Männer der Praxis zugezogen, wobei Ost- und Westblock möglichst paritätisch vertreten sein sollen;

(3) in erster Linie hätte die Kommission die Struktur der Vergleichsschemen zu finden, die sie ihren Arbeiten zugrundelegen will, u. z.

(a) hinsichtlich der Produktionsbedingungen und der produzierbaren Güterquanten,

(b) hinsichtlich der Güterverteilung und der Preise,

(c) hinsichtlich der Lebenshaltung der an der Produktion beteiligten Personen;

hiebei wird es wohl notwendig sein, zumindest drei Grund-Schementypen zu entwerfen, nämlich für Mangel-, Voll- und Überflußwirtschaften, vorausgesetzt, daß sich über deren Definition eine Einigung erzielen läßt;

(4) erst nach Festlegung dieser Vorbedingung wird die Kommission an das Studium der von ihr zu lösenden, sachlichen Probleme herangehen können, u. z. vor allem

(a) welche Wirtschaftsformen gestatten die weitestgehende Hebung des Lebensstandards der an der Produktion beteiligten Personen? daß Mangelwirtschaften nach Sozialisierung verlangen, ist mit einiger Sicherheit vorauszusetzen –, doch gilt das auch noch für Vollwirtschaften?

(b) in welchem Verhältnis steht der privatwirtschaftliche Unternehmernutzen zu den Generalregien einer kollektivwirtschaftlichen Produktionsstätte? bei welchen Produktionsstätten (Erzeugungsarten, Erzeugungsdimensionen etc.) ist ersteres und wann letzteres günstiger?

(c) lassen sich bei Überflußwirtschaften Luxusgüter überhaupt planen? vorderhand ist eine sozialisierte Überflußwirtschaft noch nicht bekannt, und es ist nicht ausgeschlossen, daß sie eine contradictio in adiecto wäre –, inwieweit würde ihr Wegfall den allgemeinen Lebensstandard senken?

(d) Mangelwirtschaften sind immer krisenfrei – doch sind im Sozialismus auch Vollwirtschaften, wie von ihm versprochen, krisenfrei zu machen? auch in einer geplanten Wirtschaft bedeuten unabsetzbare Waren Krisen? geben die russischen Daten und Statistiken hierüber Aufschluß?

etc. etc. Denn das sind ja bloß ein paar, sozusagen auf gut Glück herausgegriffene Fragen des ganzen Komplexes;

(5) Es versteht sich, daß sämtliche Mitgliedstaaten sich zu verpflichten hätten, der UN-Kommission uneingeschränkte Einsicht in alle vorliegenden Daten und Statistiken zu gewähren und ihr den Besuch von Betriebsstätten usw. zu gestatten;

(6) Als Untersuchungszeit wäre fürs erste wohl eine Zeitspanne von fünf Jahren anzunehmen.

Nicht nur der wissenschaftlichen Erkenntnis würde durch eine derartige großangelegte Untersuchung höchster Gewinn gebracht werden, sie hätte eben auch den politisch unschätzbaren Wert, die Selbstanpreisungen des Kommunismus und der free enterprise endlich durch objektive Tatsachen zu ersetzen. Kurzum, es steht der Menschheit das umfassendste wirtschaftswissenschaftliche Experiment gerade jetzt zu Gebote, und da es ein Experiment ist, welches dem angelsächsischen Geist durchaus entspricht, ist anzunehmen, daß der Westen gerne darauf eingehen wird, umsomehr als er – selbst auf die Gefahr hin, daß die free enterprise dabei schlecht abschnitte – gerne alles ergreift, was zu einer dauernden Friedenssicherung führen könnte. Viel zweifelhafter steht es auf der Seite Rußlands, das dank seiner Stärke wahrscheinlich auch diese Wirtschaftsstudien als Beeinträchtigung seiner Souveränität ablehnen wird, vor allem aber freilich als Beeinträchtigung des Propagandawertes der kommunistischen Idee: als »Überzeugung« wirkt sie propagandistisch, doch in dem Augenblick, in dem sie auch nur die leiseste Kritik an ihrer Gültigkeit und deren Umfang gestattet, verliert sie ihren Überzeugungscharakter und büßt damit den größten Teil ihres politischen Wertes ein.

Dagegen ist allerdings zu halten, daß die fünfjährige Untersuchungszeit einen Wirtschaftsfrieden mit einer gewissen Ausdehnung des Warenaustausches bedeuten würde, also dem russischen Wiederaufbau zugute kommen könnte, und daß der Kommissionsbericht keinesfalls völlig antikommunistisch ausfallen dürfte, so daß den Sowjets durch die Unterstützung des Verfahrens kaum ein nennenswertes Risiko erwüchse: rechnet man die tatsächlich bestehende Friedensbedürftigkeit Rußlands hinzu, so ergibt das ein optimistischeres Bild.

B. HUMANITÄTSPOLITIK

Friedenspolitik ist Humanitätspolitik; und verpflichtet zu jener, ist die UN auch zu dieser verpflichtet. Ebendarum wurden die Menschenrechte in die Obhut der UN gegeben.

Zu den Grundrechten des Menschen gehört unparteiische Rechtsprechung; die von der Demokratie entwickelte Gewaltentrennung, der von ihr gewährleistete Schutz der richterlichen Unabhängigkeit hat eben diesem Zweck zu dienen. M. a. W., der Staat fühlt sich ob der seinen Gesetzen angetanen Verletzung beleidigt, führt darob auch durch seinen Staatsanwalt Klage, ordnet sich aber einem von ihm unabhängigen Forum unter. Das ist eine sozusagen interne Durchbrechung der Staatssouveränität.

Je totalitärer ein Staat wird – und in jedem Staat stecken unausrottbar diese Tendenzen –, desto mehr wehrt er sich, sowohl extern wie intern, gegen jegliche Antastung seiner Souveränität. Das ist ein geradezu automatischer Ablauf, und in den Grenzfällen, von denen der Einparteien-Staat wohl das auffälligste Beispiel ist, wird das völlig offenkundig; es entsteht notgedrungen ein Konflikt zwischen administrativer und judizieller Gewalt, in welchem diese (auch wenn das konstitutionsgemäß keineswegs intendiert ist) notwendigerweise den Kürzern zieht.

Insbesondere wird das durch das Delikt des Landesverrates klar. Denn wo die Legalität politischer Tätigkeit auf eine einzige Partei beschränkt ist, da wird jede andere politische oder gar oppositionelle Tätigkeit zu einem Versuch gewaltsamen Umsturzes gestempelt, umsomehr als sich Opposition hier nur in Gestalt von Verschwörung zu entwickeln vermag. Und abgesehen davon, daß der Richter der herrschenden Partei angehören muß, weil er sonst sein Amt überhaupt nicht bekleiden könnte, es ist auch das Strafgesetz, an das seine Entscheidungen gebunden sind, logischerweise und ganz bewußt den Parteibedürfnissen angepaßt. Und demgemäß sind auch die vorgesehenen Strafen durchaus drakonisch; sie lauten zum überwiegenden Teil auf Tod.

Hunderttausende von Menschen wurden durch die Hitler-Gerichte – von den außergerichtlichen Morden ganz zu schweigen – dem Galgen, dem Beil, der Erschießung überantwortet. Und in Spanien (weniger in Mussolini-Italien) hat es sich ebenso verhalten. Soll diese schöne fascistische Sitte für alle Ewigkeit perpetuiert werden? Oder wäre es nicht an der Zeit, mit der ekelerregenden Henkerei Schluß zu machen? Allzuviel Galgen stehen noch immer in der Welt. Wer gegen die Kriegsschlächterei und für Frieden, gegen Fascismus und für Humanität ist, der muß auch gegen die Todesstrafe sein: die Todesstrafe muß eingeschränkt, nicht aber in ihrer Anwendung erweitert werden.

Um solches zu erreichen, ist es aber offenbar nötig, den judiziellen Souveränitätsverzicht des Staates nicht nur zu erhalten, sondern sogar auszudehnen. Vor allem hätte das – um bescheiden zu sein – in jenen Fällen zu geschehen, in welchen der Staat sich unmittelbar angegriffen glaubt und infolgedessen am Angeklagten Rache-Justiz übt: also in den Fällen des Landes- und des Hochverrats. Hier hätte die UN einzugreifen und einen Teil der Gerichtshoheit der Einzelstaaten zu übernehmen.

Demnach wäre vorzuschlagen

(1) die UN möge einen Gerichts-Senat etablieren, der in paritätischer Vertretung des Ost- und Westblocks mit Berufsrichtern besetzt werden soll und die nachstehenden Aufgaben zu erfüllen hätte,

(a) er hat als Appellations-Gericht für alle Fälle von Landes- und Hochverrat, welche in den Mitgliedstaaten geführt werden, zu wirken,

(b) er hat seine Entscheidungen nicht nur nach Formalgesichtspunkten zu treffen, sondern ist befugt, eine Wiederaufnahme des Beweisverfahrens vor seinem eigenen Forum anzuordnen.

(c) jeder Mitgliedsstaat ist berechtigt, Landes- und Hochverratsanklagen direkt bei diesem internationalen Gerichtshof einzubringen;

die Mitgliedstaaten sollen sich verpflichten, jene Angeklagten, welche von diesem internationalen Gerichtshof freigesprochen werden, als politische Flüchtlinge aufzunehmen, so daß sie nach Schluß des Verfahrens nicht gezwungen sind, in ihr Heimatland zurückzukehren;

(2) die UN möge eine juristische Kommission einberufen, welche ein allen Mitgliedstaaten anzuempfehlendes einheitliches Gesetzesstatut zur Behandlung von Landes- und Hochverrat auszuarbeiten hätte; es versteht sich, daß dieses auch, ja in erster Linie für den sub (1) genannten internationalen Gerichtshof richtunggebend wäre;

(3) die UN möge einen dreigliedrigen Begnadigungs-Senat errichten, dessen Wirksamkeit nicht nur auf die Fälle von Landes- und Hochverrat beschränkt sei, sondern von jedem

zum Tode Verurteilten in den einzelnen Mitgliedstaaten angerufen werden kann, besonders also dann, wenn ihm der eigene Staatschef Begnadigung verweigert hat.

Abgesehen davon, daß das Maßnahmen sind, welche der Gerechtigkeit dienen und daher die Rechtssicherheit in der Welt erhöhen würden, hätten sie auch einen bedeutenden erzieherischen Wert: sie würden der Welt zeigen, daß das Leben des Individuums wieder als höchstes Gut zu gelten beginnt, und gerade das ist für ein Wiederaufleben der Humanität schlechterdings unerläßlich.

Was die Akzeptierungsmöglichkeit für diese Vorschläge anlangt, so wäre nur das zu wiederholen, was zum Kapitel WIRTSCHAFTSPOLITIK bereits gesagt worden ist. Die Weststaaten würden wahrscheinlich gern derartige Vereinbarungen aufgreifen, umsomehr als ihnen Prozesse, wie der gegen die New Yorker Kommunisten geführte[4], unliebsam sind, und die sie recht gerne an ein UN-Forum abgeben mögen; dagegen bleibt es zweifelhaft, wie sich der Osten zu den Vorschlägen verhalten würde: vielleicht ist Optimismus berechtigt.

Theorien sind richtig oder unrichtig, komplett oder lückenhaft. Dagegen sind praktische Vorschläge verwirklichbar oder sind es nicht, d. h. sie bleiben der Realität gegenüber (auch wenn sie an sich sinnvoll sind) im Bereich des Utopischen stecken. Über das Utopische in meinen Desideraten mache ich mir – das dürften Sie gemerkt haben – keine Illusionen. Deswegen haben sie aber doch den Vorteil der Konkretheit; hinter ihnen steht einerseits das Bemühen um eine nüchterne Betrachtung der Problemlage, andererseits eine, wie ich glaube, recht haltbare Theorie, nämlich die meiner Massenpsychologie, deren letzter Zweck es ist, eine sinnvolle Stellungnahme zu den Prinzipien und den aktuellen Fragen der Politik zu gewinnen. (Einen größern Aufsatz dieser Art von mir werden Sie im nächten Heft der »Neuen Rundschau«[5] finden.) Ungeachtet aller Utopie-Gefahr glaube ich daher, daß mit derartigen konkreten Bemühungen allein es möglich ist, einen Baustein zum Geschehen der Wirklichkeit und damit zum Gebäude des Weltfriedens herbeizutragen; die Wirklichkeit geht aus einer Menge – vielfach anonymer – Utopien hervor. Dagegen scheint mir, wie gesagt, überhaupt nichts getan, wenn man sich mit Aufrufen und dergleichen ins Gebiet der frommen Wünsche zurückzieht.

Ich würde es daher nur für zuträglich halten, wenn meine Ausführungen zur öffentlichen Diskussion gestellt werden würden; Kritik nehme ich gerne entgegen, da ich daraus nur lernen kann. Es würde mich daher ausgesprochen freuen, wenn Sie meinen Text (der übrigens für den Druck eine verkürzende Überarbeitung erfordert) bringen wollten, und es wäre mir Beruhigung, wenn Sie ihn bringen könnten, denn das würde zeigen, daß die Zensurverhältnisse in der Ostzone doch nicht so scharf sind, wie hier behauptet wird. Sollte es aber nicht möglich sein, so behalte ich mir – eben der Diskussion wegen – anderweitige Publikation vor. Finde ich genügend Unterstützung, so würde ich sogar trachten, die Vorschläge zur UN zu bringen.

Eine Veröffentlichung bei Ihnen[6] wäre mir umso lieber als ich – Ihrer freundlichen Einladung gemäß – Ihnen einige Stücke aus meinem neuen Roman[7] zum Vorabdruck geben möchte, und ich es für angebracht hielte, daß Ihre Leser wüßten, wie ich politisch denke. Jedenfalls habe ich den Verlag Weismann beauftragt, Ihnen so bald als möglich Druckfahnen zugehen zu lassen.

Nehmen Sie die herzlichsten Wünsche zum neuen Jahr entgegen, sowohl für Ihre Arbeit wie für Ihre Gesundheit wie für Ihr persönliches Sein.

Aufrichtigst Ihr
Hermann Broch
[AMB]

1 Vgl. Fußnote 2 zum Brief vom 11. 11. 1949 und Fußnote 1 zum Brief vom 22. 4. 1949. – Broch schickte diesen Brief seinerzeit nicht ab. Eine Neufassung, datiert 15. 4. 1950, blieb Fragment (teilweise abgedruckt GW 8, S. 423-443 und GP, S. 149-170) und wurde ebenfalls nicht abgesandt.

2 Auf welche New Yorker Konferenz Broch anspielt, konnte nicht ermittelt werden.

3 Henry A. Wallace (1888-1965), US-Politiker, Landwirtschaftsminister unter den ersten beiden Regierungen Roosevelts, von 1940 bis 1944 Vize-Präsident; 1948 ließ er sich – erfolglos – als Präsi-

dentschaftskandidat der dritten Partei, der Progressive Party, aufstellen. Innenpolitisch unterstützte er Roosevelts New Deal-Programm, außenpolitisch strebte er einen Ausgleich mit der Sowjet-Union an.

4 Wahrscheinlich Anspielung auf den damals stattfindenden Prozeß gegen Ethel und Julius Rosenberg (1918/16-1953), die im April 1951 wegen Hochverrats zum Tode verurteilt wurden. Die Anklage beschuldigte sie, in geheimen Atom-Angelegenheiten für die Sowjet-Union spioniert zu haben. 1953 wurde das Urteil vollstreckt.

5 »Trotzdem: Humane Politik. Verwirklichung einer Utopie«, in *Neue Rundschau* 61/1 (1950), S. 1-31; ferner KW 11, S. 364-396.

6 In der DDR-Zeitschrift *Aufbau*.

7 *Die Schuldlosen*. Von diesem Roman erschienen keine Vorabdrucke.

1950

683. An Rudolf Hartung

New Haven, Conn., 2. 1. 1950

Lieber Dr. Hartung[1],
vielen Dank für Ihren Brief v. 20. 12. Und Dank für all die Mühe, die Sie dem MS angedeihen lassen, vor allem aber Dank für Ihre kritischen Bemerkungen.

Lassen Sie mich gleich mit Ihrer Kritik an der Andreas-Gestalt beginnen, da Sie ja damit eine Zentralfrage des Romans berühren. Ich war hier durch das Novellenmaterial gebunden, vor allem also durch die »Heimkehr« und die »Leichte Enttäuschung«. Laut »Heimkehr« ist A. holländischer Edelsteinhändler, ist von einer gewissen, sehr schwachen Abenteuerlust besessen, sogar darin ein wenig zudringlich, wenn er auch ein gewisses Feingefühl für das Atmosphärische und die ihm begegnenden Dinge besitzt. Letzteres zeigt sich auch in der »Leichten Enttäuschung«; die Neugier steigert sich hier einerseits zur Lüsternheit, sinkt aber dabei ins Weichliche herab, wird geradezu verschwimmend. Abenteuerlust und Weichlichkeit, zwei disparate Dinge, und es hieß, the best of it zu machen. Ich habe mir mit dem Geldinstinkt geholfen; das ist A.s wirkliche Aktionsfähigkeit, und weil sie ein wirklicher Instinkt ist, fällt sie ihm, trotz seiner sonstigen Trägheit, nicht schwer. In diesem Sinn habe ich die »Schwache Brise«, die sein Jugendbild liefert, ausgebaut. Sein eigentliches Problem ist seine Asozialität; die entsteht aus seiner Trägheit und seiner ausschließlichen Befassung mit dem Geld, d. h. beides macht ihn politisch »neutral«. Und diese Asozialität, gepaart mit seiner Lüsternheit, macht ihn zum »Genußmenschen«. Sein Vater hat seine Trägheit ganz richtig erkannt, und aus solchem »Erkannntwerden« entsteht die Prüfungsangst des Sohnes. Das Gegengewicht ist die Mutter, um derentwillen die Trägheit überwunden wird; er macht noch mehr Geld als der Vater, muß aber dann eine Ersatzmutter suchen, für die das erworbene Geld tatsächlich verwendet werden kann; auch diese Motive sind jetzt bereits in der »Schwachen Brise« angeschlagen. Von der Mutter her stammt auch (psychoanalytisch gesprochen) sein zwiespältiges Verhältnis zu den Frauen; seine Lüsternheit ist etwas

Verbotenes, und eigentlich schwingt in alldem der Wunsch nach Impotenz mit. Dies scheint gleichfalls in der »Schwachen Brise« auf. Und der Weg vom Wunsch nach Impotenz zu dem nach Selbstmord ist nicht weit. Hier aber geht die psychologische Konstruktion (und Struktur) in die metaphysische über. A. ist feinfühlig und intelligent genug, um seinen Selbstmordwunsch ins Fruchtbare zu verwandeln, und so löst er nicht nur sich selber, sondern auch die sichtbare Weltoberfläche, die Alltagswelt ins Nicht-Seiende auf. Er wird damit zum Exponenten des modernen Geistes. Andererseits ist er ein viel zu kleiner (und überdies asozialer) Mensch, um damit über »Eindrücke« und Betrachtungen hinauszugelangen. Er wird immer dazu gezogen, seine Probleme doch auf der Alltagsebene zu erledigen. Er verläßt innerlich die Frau, bei der er potent ist (»ein Mädchen niederen Standes«) und sucht sich eine, die ihn radikal impotent macht. Daraufhin bleibt ihm nur mehr die Mutter und die Geldbeschäftigung übrig. Aber das schlechte Gewissen darob akkumuliert sich; er gerät nach und nach in Trancezustände, und in einem solchen erschießt er sich schließlich wirklich, freilich um in der Sterbestunde nun nochmals und definitiv ins Metaphysische vorzustoßen.

Ich hatte (und habe) den Eindruck, soweit man solche Dinge selber beurteilen kann, daß mir die Darstellung dieser ungemeinen Komplexheit immerhin gelungen ist. Nach Ihren Äußerungen ist es mir nicht gelungen, und als Entschuldigung kann ich bloß sagen, daß es eben eine allzu komplizierte Aufgabe gewesen ist. Doch was läßt sich jetzt noch machen? Würde ich den ganzen Roman, wie ich es unter normalen Umständen jedenfalls getan hätte, nochmals schreiben, so bin ich sicher, daß die Gestalt eine Plastizität gewonnen hätte, die dank ihrer Einwandfreiheit auch dem Leser plausibel geworden wäre; doch ich sehe nicht, wie sich das jetzt noch mit Flickreparaturen bewerkstelligen ließe. Oder haben Sie da eine Idee? Vielleicht wird mir angesichts des Druckbildes noch das eine oder das andere einfallen, obwohl ich in den Fahnen tunlichst nichts mehr korrigieren möchte. Ansonsten scheint es mir wohl notwendig, das Risiko der jetzigen Fassung auf sich zu nehmen, also das Buch so, wie es ist, herauszubringen; eine gewisse Erklärung wird ja dem Leser durch den Entstehungsbericht geliefert. Und eben angesichts Ihrer Einwände stimme ich nun Herrn Weismann und Dr. Brody zu, daß der »Entstehungsbericht« an den Anfang gestellt werden soll.

Nun zu den Detailkorrekturen. [. . .]

[GW 8]

1 Rudolf Hartung, damals Lektor im Münchner Weismann Verlag; seit 1963 Redakteur (und seit 1968 Mitherausgeber) der *Neuen Rundschau*.

684. An Waldo Frank

New Haven, Conn., 12. 1. 50

Waldo, Lieber,
verzeih, daß ich deutsch schreibe. Englisch würde es eine Viertelstunde mehr beanspruchen, und ich geize mit Minuten. Aber auf englisch sage ich: What a life! what slave life is bestowed on us!

Der jetzt fertiggestellte Roman ist mir aus heiterer Hölle in den Schoß gefallen. Ich habe unbedachterweise dem Verlag Weismann gestattet, meine alten, allüberall verstreuten, von mir längst vergessenen Kurzgeschichten (die teilweise Roman-Anfänge sind) zu sammeln, und als im Juni die Druckfahnen einlangten, habe ich mich so sehr in den Boden hinein geschämt, daß ich, um zu retten, was zu retten war, und den Stücken noch nachträglich einen guten Sinn zu geben, keine andere Wahl hatte, als sie nachträglich in einen gemeinsamen Roman-Rahmen einzubauen. Vehine[1], und es war gut. [. . .]

Was die Romane anlagt, so weiß ich natürlich, daß sie »gut« sind. *Aber* mir fällt das Romanschreiben so leicht, daß es mir schwerfällt. Die Erkenntnisse, um die es mir geht, liegen tiefer, als daß sie romanhaft ausdrückbar wären, und wenn sie auch in meinen Romanen aufscheinen – kein Mensch kann sich von seinen Problemen befreien, und sie verfolgen ihn in alle seine Äußerungen hinein –, so wird ihnen durch solche Placierung doch Unrecht getan. Wenn ich politische Philosophie, oder wenn ich Erkenntnistheorie betreibe, so erfülle ich die mir auferlegten Verantwortungen sowohl mir selber wie meiner Arbeit wie der Welt gegenüber, doch wenn ich Romane schreibe, habe ich das Gefühl der Verantwortungslosigkeit. Und alles kommt auf das Verantwortungsbewußtsein an. Selbst wenn es mir gelänge, die Ausdrucksbreite der Romanform noch um ein Stückchen zu erweitern –, was ist damit schon getan? Das waren noch Probleme eines Joyce, und so sehr ich ihn bewundere, ich weiß, daß dies bestenfalls eine Sache der Literaturgeschichte geworden ist. Kafkas Genie freilich reicht unendlich über das Joycesche hinaus, weil es im Gegensatz zu diesem sich einen Pfifferling um das Ästhetisch-Technische kümmert, sondern das Ethische unmittelbar an der irrationalen Wurzel anpackt. Indes ein Genie wie Kafka wird einmal in einem Jahrhundert geboren, und außer solcher Ur-Genialität gibt es keine Entschuldigung mehr für Literatur, umsomehr als Kafka bereits außerhalb der Literatur steht. Solltest Du wirklich einmal Deine Roman-Theorie[2] schreiben, und solltest Du dann wirklich so gütig sein, mir einen Platz darin anzuweisen, so hoffe ich, daß Du zu meiner Einstellung zum Roman, sei es zustimmend, sei es polemisch Dich äußern wirst. Ganz scharf formuliert: der Roman, c'est de la littérature, ist also Angelegenheit des Literaturerfolges und der Literatureitelkeit, und das hat mit dem Verantwortungsbewußtsein des geistigen Arbeiters – in unserer grauensreichen (grauenhaften und reichen) Zeit! – nichts mehr zu schaffen.

Vielleicht, ja wahrscheinlich überschätze ich meine Philosophie, meine Erkenntnistheorie. Aber selbst wenn dem so wäre, hier – nicht mit den Romanen – muß die Probe auf's Exempel gemacht werden. Und um dieser Probe willen kann ich auch keine Lehrstelle akzeptieren, um die ich mich möglicherweise hätte hier bewerben können, und die mir wohl eine etwas bessere finanzielle Sicherheit geboten hätte, als ich sie jetzt habe. Immerhin, ich bin in einer gewissen losen Verbindung mit Yale geblieben, und wenn sich diese ohne eigentliche Lehrverpflichtung verdichten ließe, so wäre das ein großes Glück für mich. Deshalb bin ich noch hier. Sollte jener Glückszufall nicht eintreffen, so werde ich vermutlich für längere Zeit nach Europa gehen, wo ich mit meinen spärlichen Honoraren sparsamer als hier zu leben vermag.

Und da wir beim Geld sind: kannst Du herausfinden, ob die Falschmeldung der »Authors of Today«[3] sich noch in der *zweiten* Auflage vorfindet. Ich hatte nämlich mit einem dieser Nachschlagewerke – und ich glaube es war »Authors of Today« – eine diesbezügliche Korrespondenz, und es wurde mir versprochen, die Sache in der zweiten Auflage richtigzustellen; sollte das nicht geschehen sein, so werde ich den Verlag auf $ 100 000 einklagen; vielleicht kann ich mich solcherart doch noch, unter Lukrierung meines Judentums, finanziell rangieren. Was die Encyclopaedia Judaica[4] anlangt, so mögen sie mich dort einfach vergessen haben, und einmal werden sie schon daraufkommen, daß ich auf der Welt bin; aber es mag auch sein, daß ich dort wegen meiner katholischen Heirat (vor 40 Jahren) ausgeschieden worden bin. Ich bin übrigens daran, diesen Katholizismus-Rest auszumerzen; das hat noch vor meinem Absterben zu geschehen, wenn auch nicht wegen der Encyclopaedia, die nicht mein Ehrgeiz ist. Überhaupt, der Künstler, der vom brennenden Ehrgeiz besessen ist, ist nichts wert; gewiß, er muß besessen sein, aber vom brennenden Un-Ehrgeiz. Und das brennt, wie Du wohl aus eigener Erfahrung wissen dürftest, noch mehr als der Ehrgeiz. [. . .]

[GW 8]

1 Vehine: Hebräisch: »und siehe!«.

2 Eine Romantheorie hat Waldo Frank nicht verfaßt.

3 Stanley J. Kunitz, Howard Haycraft (Hrsg.), *Authors Today and Yesterday* (New York: Wilson, 1933). Das Werk wurde 1942 unter dem Titel *Twentieth Century Authors. A Biographical Dictionary of Modern Literature* überarbeitet neu herausgebracht. Der Broch-Artikel findet sich dort auf den Seiten 197-198. Auf S. 198 wird Broch bezeichnet als »a refugee from Hitlerism, though he is impeccably Aryan and Teutonic«. In der Neuauflage dieses Werkes von 1955 – Broch-Artikel auf den Seiten 123-124 – heißt es: »In *Twentieth Century Authors,* 1942, Broch was called a ›German novelist.‹ Jean Starr Untermeyer points out that this is incorrect. She writes: ›Broch was born and bred Austrian, and he was likewise born a Jew. In early manhood he became a Catholic, but is was well known among his intimate friends that in his last years

he had planned to make a formal return to the faith of his fathers.‹ She goes on to say that Jewish thinking, especially Jewish mysticism, played a decisive role in his philosophy.«

4 *Encyclopaedia Judaica,* Band 4 (Jerusalem: Macmillan, 1971). Der Broch-Artikel findet sich dort auf S. 1385.

685. An Frank Thiess

New Haven, Conn., 17. 1. 50

Mein lieber Frank,
Dein Neujahrsbrief traf pünktlich zum Jahresanfang hier ein, und ich hoffe, daß mein Weihnachtsgruß ebenso pünktlich in Aussee gewesen ist. Zwei Karten, die ich Dir im Herbst schrieb, die eine nach Bremen, die andere nach Aussee, beide schäbig verspätete Geburtstagswünsche, blieben unbestätigt. Und ich habe umsomehr den Verdacht, daß nichts eingelangt ist, als Du mit Deinem schönen Seemannsvergleich unser Berufselend wieder aufgreifst, zu dem ich Dir im Juli (glaube ich), eine so schöne Formel geliefert habe, nämlich den Ausspruch einer in Wien geborenen Pariser grande cocotte: »Une vie abominable und a schwer's Gschäft.«

Aber *warum* hängen wir an diesem Sklavenberuf? Ehrgeiz? Nein, wir arbeiten in brennendem Un-Ehrgeiz, denn nur dem Brennen als solchem sind wir ausgeliefert, genau wissend, daß der Ehrgeiz uns die Arbeit verdürbe. Also Geld? Die Dichterfürstlichkeit der G. Hauptmann-Generation ist uns lächerlich geworden; wir sind die Bedürfnislosigkeit an sich. Also was sonst? Die Anwort heißt *Verantwortung,* sowohl künstlerische wie soziale wie politische Verantwortung, in die es uns hineintreibt, einfach weil wir spüren, daß seit den Tagen Athens es niemals eine Zeit gegeben hat, welche dem Intellektuellen einen so großen Teil der Welt- und Lebensgestaltung aufgebürdet hat, wie es heute geschieht; sogar der Intellektuelle des Mittelalters, der Kleriker, hatte ein privateres Dasein. Zu dieser Verantwortungspflicht aber gehört Erkenntnis, und dies ist nicht bloße Meinung; nein, sie muß sich bestätigen, und die Bestätigung läßt sich nur in der

Arbeit und durch die Arbeit verschaffen. Kurzum: Selbstbestätigung und Verantwortungspflicht, das ist unsere Versklavung; wir können nur damit leben, und es raubt uns das Leben, raubt es uns so sehr, daß wir einander nicht einmal mehr schreiben können, obwohl gerade die Verantwortung von uns verlangte, daß wir uns zu gemeinsamem Wirken zusammenschlössen. [. . .]

[GW 8]

686. An Alvin Johnson

New Haven, Conn., Jan. 18. 1950

Dear Dr. Johnson[1],
I imagine the best way to thank you for your letter is to tell you how I thought about my *Virgil* in relation to you, after the book was printed. Naturally I was tempted to present you with a copy, but I refrained from doing so, and this not only because I hate to enforce the reading of my writings, but also because I had all reason to tell myself:

»Here is a man really close to life, a great scholar, standing with both feet on the ground and, all his life long, helping his fellow men – how can I, without contradicting all the admiration and the respect I have for him, give him a piece of *›Asphaltliteratur‹?* I cannot, and especially because he would have the impression that I am evaluating my achievement so highly as to offer it to him, while in fact I dislike and even rather disdain this whole kind of production, for I know only too well that a story is just a story, and that the story-teller and even the poet who – forgetting the period in which we live – still thinks himself and his products a kind of world center, is far from *›Wandeln auf der Höhe der Menschheit‹* and simply doesn't know what is really important today.«

I have a certain right to such opinions; they surely are not false modesty: I am aware of the difference between a good and a bad book, and though not doubting that with all the pains which I put into my work I produce good books, I cannot take part in the self-overrating of the writing profession. The *Virgil* was not written as a »book«, but (under Hitler's threat) as my private discussion with death, and that I turned it afterwards into a book was a weakness and nearly a blasphemy which gave me pretty disagreable guilt feelings. So I found it legitimate to hide the book from you – cowardly perhaps, but also in deference to you – and you may imagine how surprised I was when, about two years ago, I met you in the School and discovered that the book was not hidden at all, and that you knew it without all the negative feelings you were supposed to have. No, you had positive feelings, and now, even emphasizing them with a jar of Johnson mixture (which is pure delight) you are confirming them again.

Can Alvin Johnson be so mistaken? Certainly not; he knows what is true and what is false. But can I myself be so mistaken? I am arrogant enough to be sure of my judgements and of my perhaps harsh evaluations of the literary profession. It seems therefore, that the difference is an unsolvable antinomy. Nevertheless I can promise you that some time there will be again an Aeschylos, or a Sophocles, the poet of *responsibility:* the intellectual is about to play an increasingly decisive rôle in the shaping of the world, and it is just for this reason that the littérateur, the *irresponsible intellectual par excellence,* will have to *disappear*. Of course, that's wishful thinking, but it was also that of Dante and Virgil, and they both proved that it can be realized.

I tried to show this kind of wishful thinking in my picture of Virgil. This mislead my friend Hermann Weigand of Yale in his excellent »Program Notes« to *Virgil* to the assumption that I am seeing myself as a modern Dante. As well as he knows my book (much better than I do myself) here he is wrong, and I answered him in a letter[2], printed as an annex to his essay, which I enclose, for it may interest you. I just received the copies; their delayed arrival delayed my answer to you, very much against my will, for naturally I wanted to tell you immediatly how deeply impressed and touched I was by your writing to me; needless to say that a letter of yours is an event at any time, but that you took the trouble to write it in the midst of all your birthday celebrations was really moving for me. I thank you with all my heart.

Most sincerely yours,
H. Broch

[GW 8]

1 Vgl. Fußnote 2 zum Brief vom 6. 8. 1940.
2 Vgl. die Sigle *[HW]*.

687. An Edith J. Levy[1]

78 Lake Place, New Haven, Conn., Jan. 27, '50

Edith, dearest,
Of course, you are one of the very few exceptions, and all the reasons for it you find in the analysis itself[2]:
(a) I am able »to absorb the finest details« and you are full of them;
(b) I »admire precision of speech and action«, and therefore I admire you very much;
(c) »He feels that he can trust her and that he can leave his heart in her hands«;
(d) you are Edith.
I think that's sufficiently convincing and compelling, though I could continue this list nearly endlessly.

And in copying the analysis (also for J. S. U.[3]) I left the last sentences out, which are our private secret, but for having the necessary conclusion I inserted instead of it (starting with »Of these latter characteristics . . .«) the following sentence: »Openness in expression of his feelings and emotions occurs only when he trusts the other person, and that is very seldom.« It is just an abbreviation of the original text.

Beside this you find enclosed my critical notes and comments you required. I don't disbelieve at all in graphology; there was even a time I read a lot of this stuff: there is a lot of empirical knowledge in it, but it is no science (as yet) for there is no real theory behind it.

Did A. J.[4] receive my letter? I just ask, for – I'm ashamed –

an English letter is always an achievement for me; I never will learn this language. Of course, I don't expect an answer from A. J., but sometime in the next fifty years I shall be in N. Y. to see you, and then I shall also come to the School in order to see him.

Je vous embrasse tendrement, always

Hermann

[EJL]

1 Edith J. Levy war die Sekretärin Alvin Johnsons.

2 Es geht um eine graphologische Analyse von Brochs Handschrift. Sie wurde erstellt von Frank Victor aus New York, ist datiert auf den 12. 1. 1950 und hat folgenden Wortlaut:

Material: Post card; not quite sufficient

1 The writer ist openminded, thinks rapidly and logically (very high, above average I. Q.).

2 He enjoys *animated discussions,* argument and intelligent repartee, being sharp in his

3 wittiness rather *than humorous.* These traits plus his ability to absorb the finest details should be valuable in scientific or literary or reportorial work, and in theoretical rather

4 than practical matters. In some fields where fast physical reaction and coordination is necessary, these abilities may also be of great advantage. (It would be interesting to find which *kind of sports* are most appropriate to him. It must be supposed that for the time being he neglects himself in this respect. He may, however, be able to play tennis, to ski and to fence, all sports which ask for physical coordination as well as for a fast grasping eye. Even if these are not the right ones he should do something about his *physical health* with an eye on sports, for a better mental-physical balance.)

5 Fundamentally conscientious, he strives for perfection in all he does and therefore is particularly adapted to work requiring minute detail observation.

6 He prefers to work alone, *noisy* surroundings are disturbing and distracting. Though easily influenced and impressed by outside events and happenings, he is not neccessarily diverted by them. He follows initial impulses with great zest and without much reflection. But first ideas gained through such decisions are often just as quickly discarded. For the outsider he will appear too sudden in his actions and changes and his way to work in fits and starts will make him appear unpredictable. But when he becomes interested or where his special interests prevail he can

be persevering almost to the point of stubbornness. Nobody, and possibly he himself will ever know what he will approach next.
His pride and assertiveness coupled with his clear, acute mind and sound reasoning power should enable him to play a leading role in his field.

7 This attitude does not make him happy. Bound by tradition and having laid down strict rules for himself, he is willing and ready to fight for them, though orally rather than physically. But these rules, a severe »superego« have little to do with reality any more and only *impede* a free development of his personality to the fullest end of his excellent gifts. He puts moral, ethical and practical motives between himself and reality. Thus far he has not been able to penetrate this artificial and unjustifiable wall. Work becomes escape for him, an escape from the past he would like to forget and is not able to do yet. Periods of overwork will alternate with times of – what he considers – laziness and such an attitude will shake his self-confidence.

8 A good listener, he admires precision of speech and action from which results an inclination to be impatient when he finds these traits lacking in others. His scientific standards are high and he likes others to follow along the same line. Frequently he may become irritated, seemingly without reason; he is sceptical and overcritical and may hurt unintentionally, and often without being aware of it, *hurt people* especially those who are closest to his heart.
Another conflict consists between his modesty and his innermost need for acknowledgment and greatness.
There is, finally, his need for real, genuine warmth and feminine care. A need for a hand that would be able to take care of the responsibilities which real life demands. He is not likely to talk about his emotions; he seems afraid to give himself away or to be taken advantage of. Of these latter characteristics there is at least one exception: The person to whom he addressed the card. The openness in expression of his feelings and emotions toward her, is so convincingly manifested that there cannot be any doubt that he really means what he writes in respect to her. He feels that he can trust her and that he can leave his heart in her hands.

Brochs Kommentar dazu:

1 I am the slowest thinker I ever met. Logically, yes, that I have to admit –, but how could the analyst find symptoms of rapidity?

2 I hate discussions; I am much too shy to be a good discusser: no doubt, I am critical, but my arguments are always coming too late. My life is a constant stage fever. This basic trend – *shyness and always again shyness (and slowness)* – is lacking in the whole analysis.

3 I would like to be witty, but due to shyness my wit is much too slow and, therefore, no wit anymore. On the other hand I claim to be humorous; there ist no hardship which I couldn't take with good humor.

4 I am not sportive at all. The analyst became (in my opinion) mistaken because he is ignoring my 6 feet. I used to be quite good in fencing and half-good in tennis, but only because my long legs were a help.

5 I found out that all physical strain takes too much energy out of me and diminishes my capacity for work; so I dropped it.

6 I am only disturbed by human beings. Everything I can stand, even noise. *My need for solitude is tremendous.* But this is *not only* shyness; it has also metaphysical reasons which no graphologist could detect.

7 Here, certainly, the analyst is right. In my feeling I wasted my life, and doubtlessly my neurotic compulsions have a large part in causing this failure. However, there are other reasons, and I am wondering whether and why the analyst didn't mention them; it is the whole field of drives and instincts (the field of the »id«) which was a real battlefield for me; thank God, I reached a state of a certain appeasement, but I cannot believe that the symptoms of my former state have disappeared completely out of my handwriting: that would offend my masculine pride.

8 Not to hurt people is my constant strive. Probably, there are two reasons for it: first of all, I am a coward (psychoanalytically, highly intimidated by my perpetually angry father) and secondly I am highly arrogant and, therefore, full of pity for other people, not wishing to make them more miserable than they already are. All this seems to me important and is lacking in the analysis.

Everything else in the analysis seems to me correct.

3 Jean Starr Untermeyer.
4 Alvin Johnson.

688. An Werner Kraft

New Haven, 4. 2. 50

Lieber Freund Werner Kraft,
eine Telegrammantwort: denn ich bin wieder einmal aufs äußerste erschöpft; seit Weihnachten ist wieder einmal der Postteufel los, richtiger alle Postteufel der Welt, und ich danke dem Schicksal, daß es wenigstens einen Eisernen Vorhang gibt. Außerdem geht es mir wie Ihnen; eine ganze Reihe von Todesfälle um mich herum, was bei meinem Alter schließlich kein Wunder ist; einmal muß dieser Prozeß beginnen. Freilich, das von Kraus vielzitierte Davidsche[1] Wort »Immer lichter wird es um uns herum, immer dunkler in uns«, das gilt nicht, sondern weit eher ist das Gegenteil der Fall. Arg ist es, daß man bei solch zunehmender Lichtheit abzutreten hat, wenn es am vielversprechendsten wird. Und mit der Erkenntnis dabei verhält es sich genau so wie überall in der Natur: Milliarden von Formen und Möglichkeiten werden produziert, damit ein paar von ihnen tatsächlich übrigbleiben.

Zur Frage des Agnostizismus bei Kafka: ich gebe zu, daß sein Un-Nennen ein literarischer Reiz ist, glaube aber nicht, daß K. das als bewußten Trick angewandt hat. Ich hätte das Thema nicht aufgebracht, wenn ich nicht zunehmend davon beschäftigt, ja überwältigt werden würde. In der Anlage finden Sie einen Brief an Sonne (– Dank für Weiterleitung –) sowie ein Gedicht[2], das auch für Sie bestimmt ist. Was es mit diesen Gedichten für eine Bewandtnis hat, finden Sie im Sonne-Brief. Im übrigen wird mir – und wohl auch Ihnen (wie man aus Ihren Gedichten sehen kann) – das Metaphorische immer unerträglicher. Es ist, als ob nur das Direkteste noch gestattet wäre, umsomehr als dieses ja in sich selber Metapher ist. Wenn man einen Witz erzählt, braucht man nicht noch überdies seinen Partner zu kitzeln – das ist Polgars Stellung zum Reim, und es stimmt auch für die Metapher. Das hebt auch die Krausschen Gedichte aus seiner Periode heraus. [. . .]

[GW 8]

1 Das Wort stammt nicht von Jakob Julius David (1859-1906), sondern von Sigmund Wilheim und lautet: »O, wie sich alles lichtet um uns, und wie es dennoch immer finsterer in diesem Leben wird!« Vgl. Karl Kraus, »Ein Blutzeuge«, in: *Die Fackel,* 15/386 (29. 10. 1913), S. 12.

2 »Vom Altern«, KW 8, S. 72.

689. An Edith J. Levy

78 Lake Place, New Haven 11, Conn. Feb. 5, '50

Edith, dear,
that's one of the charmingest letters I ever received but I couldn't read it. I can give you an analysis of your handwriting: illegibility under the mask of legibility, an abyss of secrets under the cover of true frankness, a highly poetical quality hidden in a lot of bon sens, antinomies wrapped in cellophanic-transparent smoothness, and the whole thing bundled up by high-levelled acuteness, the only string which is able to keep antinomies together. What a woman! what a boss! what a slave!

But to which Allah belongs your Prophet?[1] He is not in the Gospels, not in the Bible, not in the Koran; he looks as if he would be in literature. Or is he from the East? But there they don't have prophets, only men of wisdom.

Now my own prophecy: if things are going on as they do now, this amount of over-work will kill me in about six months; I hope you will mourn me, so that I can get some pleasure from this lugubrious affair. And my own wisdom: I love you very much.

Always
H

The sculptor Lipman-Wulf[2] (who recently had a show at the N. S.[3]) wrote me – just me, why? – that he would love to make a portrait of A. J.[4] If you think that's feasible, I would send him to you.

Thanks for the Billy Rose[5]. He is really good in his simplicity. That's the secret of genuine directness. And from this directness derives also his English.

[EJL]

1 Edith Levy hatte in ihrem Brief an Broch zitiert aus Kahlil Gibran, *The Prophet* (New York: Knopf, 1923). Gibran (1883-1931) war ein libanesisch-amerikanischer Schriftsteller, der einen mystischen Pantheismus predigte.
2 Peter Lipman-Wulf (geb. 1905), deutsch-amerikanischer Zeichner und Bildhauer; schuf u. a. Illustrationen zu Brochs *Tod des Vergil*. Er lebt in New York und lehrte Kunst an der Adelphi University in Garden City/N. Y.
3 Lipman-Wulf hatte vom 3. bis 16. Januar 1950 seine Skulpturen in der New School for Social Research in New York ausgestellt.
4 Alvin Johnson.
5 Edith Levy hatte Broch einen Artikel des amerikanischen Schriftstellers, Liedertexters und Kunstsammlers Billy Rose (1899-1966) geschickt.

690. An Walter Ebel

78 Lake Place, New Haven 11, Conn. 6. 2. 50

Hochverehrter lieber Herr Dr. Ebel[1],
das Verhältnis, das ich zu meinen Büchern habe, ist beiläufig das der Henne zu dem von ihr ausgebrüteten Entlein: die große Verwunderung über die Schwimmfähigkeit des Ausgebrüteten, gepaart mit dem Gefühl völligen Fremdseins. Nicht anders ist es mir mit dem Vergil ergangen; ich freue mich, daß er schwimmt, freue mich im besondern, daß er zu Ihnen geschwommen ist, weiß aber bloß im Rationalen, daß ich ihn geschrieben habe.

Manchmal frage ich mich, ob dieses Buch wirklich imstande ist, den jungen Menschen dieser Zeit wirklich Substantielles zu geben, d. h. etwas, das mehr ist als ein metaphysisches Narkotikum. Für mich war es freilich eine zwingende metaphysische Notwendigkeit, meine sozusagen private Auseinandersetzung mit dem Tod, der mir ja vor meiner

Ausreise nahe genug gewesen ist, aber nicht nur, daß die Umformung dieses Erlebnisses zu einem Buch es zu einem Stück Literatur reduziert hat (also eigentlich eine Blasphemie war, die mir noch immer schlechtes Gewissen macht) – die persönliche Notwendigkeit ist noch lange keine allgemeingültige, und gerade angesichts der Jugend ist mir das Prekäre der ganzen heutigen Literatur- und Kunstproduktion aufgegangen. Die Stellung der amerikanischen Jugend ist dabei nicht paradigmatisch: sie hat zwar zum Teil den Krieg mitgemacht, ist aber in recht geordneten Verhältnissen verwurzelt, in einem vielfach noch intakten Lebens- und Wertkonvenü (auch wenn das bloß ein Konvenü ist), also in einem fast antiquierten Rahmen, der den Kunstwerten einen schier vorkriegsmäßigen Platz anweist, etwa einen, der sich mit dem europäischen von 1914 vergleichen läßt. Und gemessen an meiner eigenen wachsenden Kunstablehnung komme ich mir jünger als die amerikanische Jugend vor; jedenfalls bestärkte mich das alles in meiner Wendung zur erkenntnistheoretischen und polito-theoretischen Arbeit, die ich freilich nicht intensiv genug betreibe, denn ich habe noch alte Roman-Verpflichtungen gegenüber meinen Verlagen abzutragen.

Ich brauche Ihnen daher nicht eigens zu sagen, wie wichtig mir ist, daß meine Bücher die Auszeichnung genossen haben, durch Sie der deutschen Jugend vermittelt zu werden, und wie sehr ich Ihnen ebendafür zu Dank verpflichtet bin. Natürlich würde es mich sehr interessieren, ob meine Annahmen durch Ihre Erfahrungen bestätigt werden. Sie dagegen mögen vielleicht an den »Program Notes« interessiert sein, die mein Freund Hermann Weigand[2] hier in Yale für seine Studenten zur Unterstützung ihrer Vergil-Lektüre verfaßt hat. Das Separatum geht Ihnen zugleich per Schiffs-Post zu, während dieser Brief Luftpost via Rhein-Verlag reist, den ich damit zugleich ersuche, Ihnen ein Vergil-Exemplar zu schicken.

Mit nochmaligem Dank und einem herzlichen Gruß

aufrichtigst Ihr ergebener
Hermann Broch

[MTV, YUL]

1 Walter Ebel, Germanist aus der DDR; lehrte damals an der Pädagogischen Hochschule Potsdam. Der von Alfred Kantorowicz herausgegebene Band *Friedrich Wolf. Ein Dichter und seine Zeit* (Rudolstadt: Greifenverlag, 1948) enthält u. a. einen Beitrag von Walter Ebel.

2 Vgl. Fußnote 2 zum Brief vom 12. 2. 1946.

691. An Willi Weismann

78 Lake Place, New Haven 11, Conn. 8. 2. 50

Lieber Herr Weismann,
vielen Dank für Ihre Zeilen 24. 1. sowie für den jetzt erst eingetroffenen Weihnachtsgruß v. 16. 12.: Sie haben mir mit den Büchern eine besondere Freude gemacht; insbesondere der Kämpf[1] ist mir als Material für meine Massenpsychologie (an die ich allerdings nicht gerne erinnert werde) sehr wichtig. Der Jahnn[2] ist vorgestern eingelangt; ich habe – obwohl ich es mir nicht leisten dürfte – sofort hineingeschaut, selbstverständlich nicht richtig gelesen, doch auch der flüchtige Überblick hat mich eigentlich überzeugt, denn unzweifelhaft handelt es sich da um ein außerordentlich reifes Werk von vielen und starken innern Dimensionen, das mir viel näher steht als das »Holzschiff«[3]. Ich frage mich, ob man es damit (obwohl ich etwas skeptisch bin) nicht doch wieder mit den amerikanischen Verlagen versuchen sollte; falls Sie es wünschen, gebe ich das Buch wieder den Geschwistern Norden, erbitte aber hiefür natürlich erst *Ihren Bescheid.*

Nun zur Beantwortung Ihres Briefes:

Drucklegung. Ich hoffe, daß Sie die letzte Auswechslungsseite, die Ihnen durch Dr. Brody zugegangen ist (Prophetengedicht[4]), richtig erhalten haben; das Gedicht ist jetzt perfekt. Nur gegen das Dämonie-Gedicht habe ich noch Einwendungen; möglicherweise muß also dieses sich noch Fahnen-Abänderungen gefallen lassen. Ebenso muß ich die Korrektur der von Dr. Brody beanständeten Selbstmord-Szene des A. nun bis zum Eintreffen der Fahnen verschieben. Ansonsten ist wohl alles nun in Ordnung, und auch Dr. Hartung hat wohl im Sinn unserer Korrespondenz auch noch die letzten Korrekturen in das MS eingetragen. Warum nennen Sie das Kritteleien? Ich bin für jede derartige Ausstellung nur dankbar; ein Augenpaar sieht ja niemals genug.

Erscheinungstermin. Ich werde die Fahnen (– bitte um *vier Parien,* hievon zwei, falls zu schwer, per Schiffspost –) so rasch als nur irgend möglich korrigieren; da der Druck bereits begonnen hat, werden sie wohl bald eintreffen. Juni erscheint mir als Erscheinungstermin durchaus angemessen; natürlich hängt das auch von der geschäftlichen und politischen Entwicklung der nächsten Monate ab.

Propagierung. Rein dilettantisch – denn weder bin ich ein Verlagsfachmann, noch sind mir die deutschen Verhältnisse vertraut – stelle ich mir hiezu etwa folgende Leitlinien vor:

(a) Überraschenderweise ist dem »Vergil« ein satirischer Roman gefolgt, sogar einer mit scharfer politischer Tendenz;

(b) u. z. hat Broch, wie es eigentlich von ihm zu erwarten war, hiezu eine eigene Form gefunden, nämlich eine, die man recht wohl als »metaphysische Satire« bezeichnen dürfte;

(c) doch trotz des metaphysischen Hintergrundes ist es ein vollkommen gemeinverständliches Buch; Gestalten wie die des »Zacharias« (die Karikatur eines nur allzu bekannten Nazi-Typus), aber auch die der andern Charaktere des Buches sind in scharfer Plastizität gesehen und durchaus danach angetan, im Gedächtnis des Lesers für immerdar zu haften;

(d) in gewissem Sinn sind daher »Die Schuldlosen« eine Fortsetzung der Brochschen »Schlafwandler«, in denen die deutschen Verhältnisse von 1888 bis zum ersten Weltkrieg geschildert wurden, während nun das nämliche für die Periode 1913 bis 1933 (mit dem Hauptgewicht auf die Vorhitler-Zeit der Zwanziger-Jahre) geschieht.

Gewiß, auch damit wird man aus dem Buch keinen Reißer machen, aber es besteht doch die Hoffnung, daß solcherart eine ganze Reihe von Interessengruppen getroffen werden.

Das ist ein Grundprinzip der amerikanischen Buch-Propagierung, die – wie Sie wohl wissen – zu einer ganzen Wissenschaft, allerdings eine mit geringem Erkenntniswert geworden ist. Oder richtiger: psychologisch ist die amerikanische Wissenschaft der »public relations« voll hochinteressanter Erfahrungstatsachen. Ich möchte gerne hören, wie Sie über meine Vorschläge denken. [. . .]

»Neue Rundschau«. Wie Sie wissen, hätte die Zeitschrift von nun ab monatlich in Deutschland unter der Leitung Dolf Sternbergers erscheinen sollen. Das ist alles abgeblasen; es bleibt bei der Vierteljahrsschrift in Amsterdam, und sie wird von Rudolf Hirsch[5] herausgegeben werden. Ich bedauere das sehr wegen meiner politischen Artikel, die eben in eine deutsche Monats- und nicht in eine holländische Vierteljahrsschrift gehört hätten. Aber die von Sternberger angeforderte »Erzählung der Magd Zerline« will auch Hirsch haben, und dagegen ist nichts einzuwenden. Bitte schicken Sie sie ihm also, Bermann Fischer & Querido-Verlag, Singel 262, Amsterdam-C.

Musil. Ich habe mit ihm in gespannter Freundschaft gelebt; anders war das bei einem Mann wie Musil nicht möglich. Seit zehn Jahren setze ich mich hier für ihn ein; endlich scheint das Erfolg zu haben. Die Schwierigkeit liegt vor allem an den schier unerschwinglichen Übersetzerkosten, die bloß durch eine große Auflage getragen werden könnten, und eine solche ist eben nicht zu erwarten. Eine deutsche Gesamtausgabe wäre natürlich geradezu Pflicht. Wenn ein österreichischer Verlag diese Pflicht auf sich nähme, so könnte man vielleicht – manchmal schießt ein Besen – auf Regierungshilfe rechnen. Könnten Sie die Sache nicht gemeinsam mit einem österreichischen Verlag machen? Es versteht sich, daß dann auch ein österreichischer Herausgeber hiezu notwendig wäre. Ich denke da vor allem an Rudolf Brunngraber, umsomehr als er eine Art literarischer Beirat der öst. Regierung ist. Und er würde die Sache vermutlich auch gut machen. Ich selber – Dank für die ehrende Anfrage – komme hiefür kaum in Betracht; ich könnte keinen Ablieferungstermin mit gutem Gewissen versprechen. Ich bin allzu arbeits-erschöpft.

Dank für Ihre Frage nach meiner Gesundheit: wie gesagt,

übermüdet, überarbeitet, aber ansonsten halte ich mich –, pourvu que cela dure!

Mit einem herzlichen Gruß,
stets Ihr
Hermann Broch
[WW, YUL]

1 Alfred Kämpf, *Die Revolte der Instinkte*. Mit einem Vorwort von Hans Mayer (Berlin: Volk & Welt, 1948).
2 Hans Henny Jahnn, *Die Niederschrift des Gustav Anias Horn*, (Zweiter Teil, Band 1 der Romantrilogie *Fluß ohne Ufer*) (München: Weismann, 1949).
3 Hans Henny Jahnn, *Das Holzschiff* (Erster Teil der Romantrilogie *Fluß ohne Ufer*) (München: Weismann, 1949).
4 Vgl. Fußnote 1 zum Brief vom 6. 12. 1949.
5 Rudolf Hirsch (geb. 1905), war von 1949 bis 1962 Herausgeber der *Neuen Rundschau*. Vorabdrucke aus den *Schuldlosen* erschienen nicht in der *Neuen Rundschau*.

692. An das Ehepaar Burgmüller

New Haven, 8. 2. 50

Liebe Beide,
[. . .] Infolge Erschöpftheit und Panik kann ich den Brief an Uhse[1] noch nicht beischließen. Für heute nur: es ist kein zur Veröffentlichung bestimmter Brief, oder genauer, ich zweifle sehr, daß Uhse ihn veröffentlichen könnte, veröffentlichen wollte. Es mag sogar sein, daß U. nach diesem Brief überhaupt nichts mehr von mir bringen wird. Aber ebendarum muß ich ihn schreiben. Ich wünsche nicht, unter falscher Flagge im »Aufbau« zu segeln. Also habe ich meinen politischen Standpunkt präzisiert. Es ist mein Standpunkt, mein ur-eigenster, und ich habe hart genug gearbeitet, um ihn mir zu gewinnen, d. h. ihm jenen theoretischen, erkenntnistheoretischen Unterbau zu geben, an dem er befriedigend plausibel zu werden vermag. Und dogmenskeptisch wie ich bin, will ich damit kein neues Dogma in die Welt setzen, wohl

aber einem alten – dem einzig gültigen –, nämlich »Du sollst nicht töten« neue Wirkungsmöglichkeit verschaffen. Das ist heute kein ungefährliches Beginnen, es kann mit einem Genickschuß enden, aber selbst wenn das, üblicherweise, in völliger Anonymität vor sich geht, es ist jeder dieser Dreck-Morde eine Wiederholung des Ghandi-Schicksals[2], und das ist immerhin eine Hoffnung (wenn auch noch lange nicht Beweis oder Bürgschaft), nicht umsonst gelebt zu haben.

Ich hoffe zwar noch einige Zeit auf dieser Welt zu bleiben (möglichst lange sogar), aber bei meinem Alter und meiner unbeschreiblichen Überarbeitung muß man auf alles gefaßt sein. Daher trachte ich wenigstens, im gröbsten ein wenig Ordnung zu machen. Dazu gehört auch die Präzisierung des sozialen Ortes, an dem man steht.

Ja, und im Äußerlichen bin ich in sehr loser Form mit der Yale University verbunden und wünsche mir auch kein engeres Verhältnis, darf es mir nicht wünschen, da ich sonst mit meiner eigentlichen Arbeit völlig ins Stocken geriete. Finanziell geht es mir demgemäß auch nicht gut: ich habe nicht mehr die Zeit, um mir den Luxus des Geldverdienens zu erlauben.

Und eben wegen dieses Zeitmangels habe ich zu schließen. Sonst schriebe ich tagelang weiter. Seid beide versichert, daß ich mit freundschaftlichsten Gedanken bei Euch bin, nicht zuletzt also mit allen Wünschen für ein richtiges Dasein, das zu leben sich verlohnt. Die dazugehörige gedeihliche Arbeit ist eigentlich nur ein Neben-Akzessorium. [. . .]

[GW 8]

1 Vgl. Fußnote 1 zum Brief vom 28. 12. 1949.

2 Mahatma Gandhi wurde am 30. 1. 1948 durch einen Attentäter erschossen.

693. An Werner Richter

10. 2. 50

Sehr Lieber,
[. . .] Daß ich nicht schon früher gedankt habe, sieht wie eine Schweinerei aus, ist aber keine. Die Dinge werden nämlich bei mir immer härter und schwieriger: ich muß bis 1. Jänner 1950 meinen Hofmannsthal und bis 1. Oktober 50 meinen zweiten Roman[1] abgeliefert haben, und seit zwei Monaten beschäftige ich mich ausschließlich mit Korrespondenz, denn es sind wiederum einmal alle Postteufel los. Und es rächt sich der Raubbau, den ich seit Jahren mit meinem Körper getrieben habe, bereits aufs heftigste; ich verbringe viel zu viel Zeit bei Ärzten, tue es, obwohl ich weiß, daß damit nichts getan ist und werde immer müder, immer weniger fähig, die abnehmende Arbeitsenergie zu bekämpfen. Nur mit einem richtigen Urlaub von etwa drei Monaten mit absoluter Ruhe wäre es zu machen –, doch wie ist das unter diesen Umständen machbar? Solcherart nehme ich mit gerührter Zustimmung Ihre Sorge um mich entgegen; ich beginne mich schon selber zu sorgen, hoffe aber, daß sich schon irgend ein Ausschlupf wieder ergeben wird. Irgendwie stehe ich auf dem Standpunkt des österreichischen Leutnants, der die Regimentskasse übernimmt, also zählt und zählt, und nachdem er das eine Weile getan hat, das Ganze wegschiebt: »Hat's bisher gestimmt, wird's auch weiter stimmen«. [. . .]

[GW 8]

1 Dritte Fassung der *Verzauberung (Demeter)*.

694. An Günther Anders

New Haven, Conn., 11. 2. 50

Lieber Günther Anders,
Sie wissen, wie sehr ich Ihren Kafka-Kommentar[1] bewundere. Ich bin foh, daß er wenigstens teilweise gedruckt ist,

froh, ihn hier zu haben; es war gut und freundschaftlich von Ihnen, mir das Heft schicken zu lassen, und ich danke Ihnen aufrichtigst.

Nicht minder Dank für das hochinteressante »Stereoscope«[2]. Dazu muß ich Ihnen aber etwas erzählen: vor etwa 25 Jahren hat der Schweizer Musikologe Prof. Bernoulli[3] aus Basel eine ganz analoge Idee gehabt. So weit ich mich erinnere, hat er sogar von »plastischem Hören« gesprochen.

Ich traf Bernoulli damals (etwa 1926) in Zürich, und er experimentierte im Theater (oder hatte die Absicht es zu tun – ich habe es nicht gehört), indem er Orchestergruppen in den Logen verteilte. Alles in allem ist er, um irgendwelche meßbaren Resultate zu gewinnen, experimentalpsychologisch, also mit Versuchspersonen vorgegangen. Um jene Zeit kamen die neuen Radio-Konstruktionen auf, und ich sagte B., er möge mit seinen Experimenten doch warten, bis er geeignete Radio-Apparate zur Verfügung hätte, denn mit Lautsprechern könne er weit geeignetere Versuchs-Anordnungen treffen als mit lebendigen Mustern. Das schien ihm einzuleuchten, und ebendarum – süß ist es, recht zu haben – ist mir die Sache noch erinnerlich. Was aber weiter daraus geworden ist, weiß ich nicht; ich habe mich nicht weiter dafür interessiert, weil es ganz außerhalb meiner eigenen Arbeit gelegen war.

Wenn Sie das Thema weiter verfolgen wollen, so müssen Sie wohl nachsehen, was Bernoulli – leider entsinne ich mich nicht seines Vornamens – darüber veröffentlicht hat. Wenn Sie nichts in der Bibliothek finden (besonders, wenn es sich bloß um Zeitschriftenartikel gehandelt haben sollte), so könnte ich durch meine Schweizer Freunde, Max und Berta Pulver[4], durch die ich Bernoulli kennengelernt hatte, die Spur aufnehmen lassen. Hier könnte vielleicht der Musikologe Viktor Zuckerkandl[5], St. John's College, Annapolis, Md., zufällig darüber Bescheid wissen; jedenfalls fällt die Sache in sein spezielles Arbeitsgebiet, so daß er wohl sehr dankbar wäre, wenn Sie ihm ein Separatum gäben.

Lassen Sie es mich bitte also wissen, falls ich in die Schweiz schreiben soll. [. . .]

[GW 8]

1 Günther Anders, »Kafka – pro und contra«, in: *Neue Rundschau,* 58 (1947), S. 119-157. Vollständig als Buch erschienen: *Kafka – pro und contra. Die Prozeßunterlagen* (München: C. H. Beck, 1951).

2 Guenther Anders-Stern, »The Acoustic Stereoscope«, in: *Philosophy and Phenomenological Research* 10/2 (Dez. 1949), S. 238-243. (Während seiner Emigration publizierte Günther Anders unter dem Namen Guenther Anders-Stern.)

3 Hans Bernoulli (1876-1959), Schweizer Architekt, Professor an der Eidgenössischen Technischen Hochschule Zürich von 1919 bis 1937. Vgl. sein Buch: *Die organische Erneuerung unserer Städte* (Basel: Wepf, 1942).

4 Max Pulver (1889-1952), Schweizer Schriftsteller und Graphologe. Vgl. seine Bücher *Himmelpfortgasse. Roman* (Zürich: Orell Füssli, 1927); *Symbolik der Handschrift* (Zürich: Orell Füssli, 1930). Verheiratet war er mit Berta Pulver-Feldmann.

5 Viktor Zuckerkandl (geb. 1896 in Wien), emigrierte 1938 über die Schweiz in die USA; Musikwissenschaftler.

695. An Thilo Koch

78 Lake Place, New Haven 11, Conn. 16. Februar 1950

Sehr geehrter Herr Koch,
soeben erreichen mich via Rhein-Verlag, Zürich, Ihre freundlichen Zeilen v. 17. 11. 49 mitsamt dem beigelegten Vortragsmanuskript[1].

Ich bewundere ungemein die geradezu virtuose pädagogische Eindringlichkeit, mit der Sie ein sicherlich nicht leicht zugängliches Buch, wie es der »Vergil« schließlich ist, dem Verständnis eines breiten Publikums nahegebracht haben. Wenn Sie mir diese Aufgabe gestellt hätten, ich hätte sie nicht zu lösen vermocht. Und wie gut Ihnen die Lösung geglückt ist, zeigt sich an einer ganzen Reihe von Zuschriften, die ich aus Ihrem Hörerkreis erhalten habe, sicherlich ehrlichen Zustimmungen, denn jene, welche anläßlich früherer deutscher Sendungen eintrafen, waren fast durchwegs mit dem Ersuchen um Lebensmittelpakete verbunden (so daß sie kleine Finanzkatastrophen für mich bedeuteten), während sie diesmal allesamt »platonisch« waren, reine ästhetische Bejahung ohne Nebeninteressen.

Daß Sie die Absicht haben, dem Buch eine eigene Besprechung zu widmen, freut mich ungemein. Bitte nehmen Sie aufrichtigsten Dank entgegen, hiezu die besten Wünsche und Grüße

Ihres ergebenen
Hermann Broch
[MTV, YUL]

1 Vgl. Fußnote 1 zum Brief vom 16. 12. 1949.

696. An Daisy Brody

16. 2. 50

Dank, liebe Freundin Daisy,
Dank für die Neujahrswünsche und Dank überhaupt, einschließlich Ihres Daseins. Und auch Ihnen ein glückseliges Neues Jahr! Was aber die Gedichte anlangt, so stehen wir im Gegensatz: ich halte es mit der jungen Generation und finde die ganze Dichterei ein überflüssiges Gewerbe, etwa ebenso überflüssig wie das der Lichtputzscheren-Erzeugung: ich weiß, daß ich Lichtputzscheren erster Qualität zu erzeugen vermag, große und kleine, ziselierte und einfache, aber so sehr ich auch mit ganzem Herzen an der Arbeit bin, wenn ich mich einmal ans Ziselieren mache, es langweilt mich trotzdem, d. h. es bleibt ein Stück Fremdheit, das ich da in der Hand habe, ein Stück innerstes Ich, das trotzdem nicht mir gehört. Das habe ich jetzt wieder bei den titellosen Imker-Cantosgesängen[1] ganz heftig gespürt. Nichtsdestoweniger, sie sind jetzt bis auf das Gedicht von der Spießerdämonie[2] durchaus perfekt; sie gehen gleichzeitig zu Ihnen, und ich möchte, daß Sie sie sich anschauen. Spießerdämonie werde ich wohl erst in den Fahnen abändern; ich muß jetzt zuerst einmal eine Pause einlegen und Distanz gewinnen, denn allzu intensiv habe ich mich mit dem Zeugs beschäftigt. Wissen Sie, daß die Gedichte mit ihren 16 Seiten genau so viel Zeit wie die 350 Seiten Prosatext des Romans in Anspruch genommen haben? Seit September beschäftige ich mich nahezu

unausgesetzt mit dieser Dichterei, und das ist natürlich katastrophal. Im Augenblick ist die Katastrophe noch durch eine schlechterdings verrückte Weihnachts- und Neujahrskorrespondenz verschärft.

Und solches muß fortzeugend Böses erzeugen. Ich sehe schon, daß die Sommerreise zu Ihnen unmöglich geworden ist; meinen Vertrag mit Knopf *muß* ich einhalten, ganz zu schweigen von dem mit Bollingen, der wahrlich bereits zum Himmel schreit. Und ganz zu schweigen davon, daß ich mir keine zusätzlichen Belastungen mehr auferlegen darf; ich wandle ja tatsächlich ständig am Rande des Zusammenbruch-Abgrunds. Die Reise mit ihren Vorbereitungen und Nachbereitungen würde unter allen Umständen eine fast zweimonatliche Arbeitunterbrechung bedeuten, und die daraus entstehende Panik würde mir den Rest geben. Ich muß alle Energie zusammennehmen, wenn ich im Herbst reisen will; ich hoffe nur, daß es gelingen und es dann endlich wirklich das Wiedersehen geben wird. [. . .]

[GW 8]

1 »Stimmen 1913, 1923, 1933«, in *Die Schuldlosen,* KW 5.
2 Vgl. den Anfang der »Stimmen 1933«, KW 5, S. 237.

697. An Herbert Zand

New Haven, Conn., 25. 2. 50

Lieber Herbert Zand,
soeben trafen Ihre Zeilen v. 23. 1. ein: daß Ihre Verwundungen[1] so schwere Folgen haben, bestürzt mich sehr. Ich will nur hoffen, daß dies kein handicap fürs ganze Leben bedeutet. In meinem Alter fällt ja solches nicht mehr so ins Gewicht – mag es manchmal auch recht unangenehm sein –, doch für einen jungen Menschen, wie Sie es sind, ist es eine rechte Beeinträchtigung und bedarf zu einer Kompensation eine ganze Menge seelischer Energie. Ich nehme an, daß Sie sich in verläßlich-moderner ärztlicher Behandlung befinden, und

wünsche von ganzem Herzen eine wirklich vollkommene Genesung. Ist die durch einen radikalen chirurgischen Eingriff zu erzielen?

Meine Frage nach der Disparatheit zwischen Ihrer bäuerlichen Herkunft und Ihrer Schreibweise ist vor allem durch Ihr MS[2], mit dem ich mich immer wieder befaßt habe, sowie durch Ihre Gedichte[3] veranlaßt worden; Ihr Blick für die Daseinsfakten ist literarisch bedingt, und das ist eine vornehmlich städtische, oder sagen wir intellektualisierte Einstellung. Das hat mit Begabungsgröße oder sonstwelchen Wertmaßstäben nichts zu tun, auch nichts mit »Originalität«. Nehmen wir z. B. die beiden jetzigen amerikanischen Nobelpreis-Kandidaten, Faulkner und Wilder, so hätte jener zweifelsohne seine Romane auch geschrieben, wenn es niemals eine Literatur vor ihm gegeben hätte, während Wilder ohne den Nährboden der Literatur nicht denkbar ist. Und gerade weil Sie, wie Sie betonen, nicht nur in ländlicher Umgebung, sondern überdies noch in enger Abschließung aufgewachsen sind, hätte man vermuten können, daß Sie eigentlich dem ersten Typus angehören müßten. Mit der »Scholle« etc. hat das im Grunde nur wenig zu tun; in Amerika gibt es ja nichts dergleichen mehr, und es ist fraglich, ob es das je wirklich gegeben hat. Selbst für die bäuerlichen Siedler im 18. und 19. Jahrh. bedeutete die Emigration einen solchen Lebensschnitt, daß ihr Gefühlsverhältnis zur Erde nicht mehr das nämliche sein konnte als jenes, das sie vorher in Europa gehabt hatten. Und so glaube ich auch nicht, daß sich Ihre eigene Einstellung und Lebenssicht einfach auf die von Ihnen beschriebene und sicherlich vorhandene »diffuse Landflucht« zurückführen läßt; das kann höchstens eine Nebenmotivierung sein. Dem Effekt, nicht dem Ursprung nach ließe sich vielleicht behaupten und vertreten, daß der erste Typus fix und fertig in Erscheinung tritt und daher weder entwicklungsfähig noch entwicklungspflichtig ist, während der zweite schwer zu arbeiten hat und Jahre braucht, um zur eigenen Form, zum eigenen Sein zu gelangen. Natürlich ist das alles cum grano salis zu nehmen. Aber alles in allem wird's schon stimmen, daß Sie vor der Aufgabe stehen, Ihre große Begabung sozusagen frei-zu-werken, aber es wird der Mühe – einer Sklavenmühe – wert sein.

Meine Zeit ist dagegen zu kurz geworden. Für mich gibt es keine weitere Entwicklung mehr, nur noch die Erfüllung bereits gestellter Aufgaben und Verpflichtungen; das ist eine der schmerzlichsten Erfahrungen, die einem das Altern beschert. Glücklicherweise gibt einem der Zeitmangel nicht die notwendige Zeit zum Unglücklichsein. Ich arbeite 17 bis 18 Stunden tagtäglich, kann es nicht anders leisten, leiste es natürlich auch so nicht, bin aber dafür von einer Erschöpftheit, daß ich mich nachtnächtlich frage, ob es überhaupt noch weitergehen wird, weitergehen kann. Auch das gehört zu dieser Sklavenmühe. [...]

[GW 8]

1 Herbert Zand starb am 14. 7. 1970 an den Folgen eines Nierenversagens, das verursacht wurde durch die Eiterung eines Granatsplitters. Zand erlitt mehrere Verwundungen während des Zweiten Weltkriegs an der Ostfront: 1943 trafen ihn Splitter in der Wange, in der Hand und am Knie; 1945 ein Bauchschuß und mehrere Splitter in die linke Seite. Während und nach dem Kriege mußte er sich mehreren schweren Operationen unterziehen.
2 Vgl. Fußnote 2 zum Brief vom 12. 12. 1947 an Herbert Zand.
3 Vgl. Fußnote 1 zum Brief vom 23. 7. 1948.

698. An Hermann Kasack

[New Haven, im März 1950]

Lieber Dr. Kasack,
gestatten Sie, daß ich mich selber zitiere: ich habe die Kopie meines genau vor einem Jahr (im Spital) geschriebenen Briefes herausgesucht, und da schrieb ich Ihnen nach der Lektüre der »Stadt hinter dem Strom«: »Werden Sie noch weiter dichten? werden Sie, nachdem Sie diese Grenze erreicht haben, es noch können?«[1] Nun, Sie haben sie ebenso überraschend wie vollkommen gelöst. Gewiß, wäre ich scharfsichtiger gewesen, es hätte nicht so überraschend sein müssen, denn – wie es jetzt nachträglich sichtbar wird – die »Stadt« enthält bereits jene Elemente, die Sie nunmehr mit dem

»Webstuhl«[2] zu voller Reinheit entwickelt haben: ich meine die allegorische Methode, mit der Sie ein Novum in die moderne erzählerische Literatur gebracht haben.

Wahrscheinlich ist es ein überaus ausschlaggebendes Novum. Denn wenn es zu den Hauptaufgaben jedes Kunstwerkes gehört, die jeweilige Welttotalität in sich aufzunehmen und symbolisch zur Darstellung zu bringen, so bedarf dies bei der unsäglichen Komplexheit des heutigen Weltobjektes – das sonst wirklich unsäglich unsagbar werden muß – einer neuen Symbolsprache, die mit äußerster Vereinfachung tatsächlich das Wesentliche heraushebt und zum allgemeinen Verständnis zu bringen vermag. Mit naturalistischen Mitteln ist das unerreichbar, und die Methodenvielfalt, die Joyce gewählt hat (und u. a. auch allegorische Ansätze enthält), führt ins strikt Esoterische. Bei Ihnen ist die Aufgabe meisterhaft gelöst: klar und dunkel zugleich –, das Charakteristikum der Tiefe.

Ich komme mir daneben sehr vieux jeu vor. Im Grunde hatte ich ja, wie ich Ihnen im Vorjahr gleichfalls schrieb, die Absicht, nunmehr mit der Romanschreiberei Schluß zu machen, wurde aber trotzdem (nicht aus eigener Wahl) dazu zurückgezwungen. Ich war daran, ein politisches Buch (in den Grundzügen der dritte Band meiner Massenpsychologie) fertigzustellen, und hiezu verlangte mein amerikanischer Verleger, daß ich ihm einen vor 12 Jahren unterbrochenen Roman mitliefere, so daß ich die politische Arbeit – einen Auszug daraus finden Sie in der letzten N. R.[3] – unterbrechen mußte. [. . .]

Nehmen Sie für Buch und Widmung den allerherzlichsten Dank entgegen, nicht minder für das schöne Neujahrsgedicht, und seien Sie aufs wärmste begrüßt.

Mit allen guten Wünschen aufrichtig Ihr H. B.

[YUL]

1 Vgl. Brief vom 6. 3. 1949.

2 Hermann Kasack, *Der Webstuhl. Erzählung* (Frankfurt: Suhrkamp, 1949).

3 »Trotzdem: Humane Politik. Verwirklichung einer Utopie«, in: *Neue Rundschau* 61/1 (1950), S. 1-31; ferner KW 11, S. 364-396.

699. An Rudolf Hirsch

New Haven, Conn., 10. 3. 50

Lieber Dr. Hirsch[1],
die beiden Rundschau-Hefte sind vorgestern eingetroffen; gestern folgten die Separata, und heute erhielt ich durch die New York Trust Comp. den Honorarbetrag[2] von $ 155.-. Bitte nehmen Sie für alles sehr aufrichtigen Dank.

Ich bin sehr froh, daß die Arbeit jetzt erschienen ist. Natürlich wäre ich lieber sofort mit dem ganzen Buch herausgekommen. Denn die hier bloß angedeuteten »neuen Aspekte«, denen Sie mit Recht – nichts ist von mir aus gegen solche Vorstellungen einzuwenden – voraussagen, daß manche Leser sie »ganz oder zu großen Teilen fragwürdig finden« werden, wären ganz wesentlich stichfester, wenn sie mit dem vollen, ihnen notwendigen theoretischen Unterbau gezeigt worden wären. Immerhin, hätte ich mir diesen Unterbau in der Massenpsychologie und in der (mit ihr verbundenen) politischen Theorie nicht in einer befriedigenden Weise geschaffen, ich hätte nicht gewagt, diesen Aufsatz vorauszuschicken, und ich hoffe, daß der Leser auch ohne ausdrücklichen Hinweis merken wird, daß der vorliegende Auszug in jenen beiden Büchern fundiert ist.

Diese Fundierung begnügt sich nicht mit soziologischen und ökonomischen Erwägungen, auch nicht mit der Erörterung der dazugehörigen psychologischen und massenpsychologischen Verhaltungsweisen, sondern reicht bis ins erkenntnistheoretische, ja logistische Gebiet hinab: wenn es mir gelingen sollte (wie ich meine), in dem vieldurchackerten Feld der politischen Theorie neue Möglichkeiten zu finden, so verdanke ich es eben dem Vorstoß in letzterreichbare Schichten. Mühselig war es genug. Immerhin, von den Resultaten scheinen mir drei fruchtbar zu sein, nämlich (1) geschichtsphilosophisch die Theorie von den historischen »Fehlsituationen«, (2) soziologisch die Totalitär-Theorie und (3) rechtsphilosophisch die Säkularisation der Absolutheitsgrundlagen für die Menschenrechte. Hier scheint mir ein erster Ansatz – ich überschätze ihn sicherlich nicht – sichtbar zu werden, von dem man zu einem künftigen, den breiten Massen zugänglichen und plausiblen, umfassenden Theorien-System der Demokratie, kurzum zu einer *praktischen Ideologie* der Demokratie gelangen könnte: gelingt es nicht, so wird die stalinistische Ideologie das Feld allein behaupten. Und so glaube ich, daß mein sicherlich noch sehr unvollkommener Versuch ziemlich aktuell ist und vielleicht eine nicht unwichtige Diskussion einleiten könnte. [. . .]

[GW 8]

1 Vgl. Fußnote 5 zum Brief vom 8. 2. 1950 an Willi Weismann.
2 Für den Aufsatz »Trotzdem: Humane Politik«, KW 11, S. 364-396.

700. An H. F. Broch de Rothermann

78 Lake Place, New Haven 11, Conn. 11. 3. 50

Mein Alter,
wenn Du nicht rascher antwortest, werden wir aus den Briefkreuzungen niemals herauskommen. Und da Du nun, ehe Du schreibst, wahrscheinlich wieder auf meine Antwort wartest, schreibe ich sie hiemit: dann aber warte *ich,* bis dieser Brief bestätigt ist, damit wir endlich wieder in Takt kommen. Also der Reihe nach: [. . .]

Neuer Roman heißt »Die Schuldlosen«. Korrekturfahnen bereits hier. Es hat keinen Sinn, Dir gleichfalls welche zu schicken, denn wenn der Drucker dann zwei verschiedene Korrekturen bekommt, so wird er meschugge und verhaut alles. Dagegen bekommst Du den Umbruch.

»Gebirgseinsamkeit«. Titel stammt natürlich nicht von mir, ist von Schönwiese lanciert worden. In Wahrheit wird das Buch *»Demeter«* heißen, aber wenn ich nicht zur Arbeit komme, wird es gar nicht heißen. Abgeliefert soll es am 1. Oktober sein. Und vorher soll ich noch den Hofmannsthal fertigstellen.

Politischer Aufsatz. Ich habe Dir das Heft der »Neuen Rundschau« in Amsterdam bestellt. Wenn nur auch schon das zugehörige Buch fertig wäre. Immerhin, nach den bisherigen Reaktionen merken die Leute doch, daß hier zum ersten Mal wieder der Versuch gemacht wird, eine *konstruktive positive* und dabei systematische Grundlage für eine humane Politik zu schaffen. Natürlich, sowohl die Marxisten wie die Deisten (sowohl Katholiken, wie Protestanten, wie Juden) schreien am Spieße, aber das ist mir recht.

Nobelpreis. Daß mich Österreich offiziell zum Nobelpreis nominiert hat[1], wirst Du inzwischen wohl dort erfahren haben. Es war Ende Februar, und schon kommen die Gratulationen; also muß es in den Zeitungen veröffentlicht gewesen sein. Daß ich ihn kriegen werde, war mir immer ziemlich klar, ebenso aber, daß ich damit bis zu meinem 80. werde warten müssen. Wie Gide. Wäre ich ein Madegasse oder ein Urugoi oder ein Neuseeländer, so ginge es rascher.

Wohlbefinden eher mies. Ich will nicht wieder mit dem alten Jammer anfangen; ich bin halt dem Programm nicht gewachsen und schleppe mich mit großer Mühseligkeit von Tag zu Tag. [. . .]

[YUL]

1 Der Österreichische PEN-Klub mit seinem damaligen Vorsitzenden Franz Theodor Csokor hatte Broch bei dem Nobelpreis-Komitee vorgeschlagen.

701. An Abraham Sonne

14. 3. 50

Sehr Lieber,
mein letzter Brief liegt nun wieder ein paar Wochen zurück; ich habe ihn wegen Portoersparnis – leider muß ich sogar mit so kleinen Beträgen sparen, umsomehr als ich eine (leider unabstellbare und dabei mich erstickende) Lawinenkorrespondenz habe – mit einer Sammelsendung durch Werner Kraft geschickt, der richtige Weiterleitung meldet, so daß es hoffentlich wohl auch richtigen Empfang gegeben hat. Aber

die bisher mangelnde Bestätigung macht mich ein wenig besorgt: Kraft schreibt nämlich auch, daß Du dieses House Lunstein aufgesucht hast, u. z. wegen einer Darmsache, und da ich weiß, wie schwer Du Dich zu derlei entschließest, muß ich annehmen, daß Du wirklich krank gewesen bist, und daß Dich dies – soferne Deine Antwort nicht auf der Post in Verlust geraten ist – vom Schreiben abgehalten hat.

Sonderbarerweise hatte ich jenem Brief ein Gedicht beigelegt; es sind jetzt genau 20 Jahre her, daß ich Dir zum letztenmal ein Gedicht geschickt habe, und damals warst Du mit einer Darmsache im Spital, im Childs-Spital[1]; es war eines der Schlafwandler-Gedichte, und Du hast es mit dem Vermerk »Lacrimae rerum«[2] bestätigt, was vielleicht in mich den ersten Keim zum »Vergil« gelegt hat, denn ich habe daraufhin mir zum ersten Mal seit den Schultagen wieder die Aeneis vorgenommen. Nach jenem Spitalsaufenthalt bist Du damals, so weit ich mich erinnere, zur Erholung nach Neulengbach[3] gegangen.

Und da sich solcherart, wie es in der Historie üblich ist, alles wiederholt (wenn auch anders) so frage ich mich, wohin Du diesmal zur Erholung gehen wirst. Zu meinen Schweizer Plänen hast Du Dich nie konkret geäußert. Von mir aus ist die Sache nun durchaus konkret geworden: sobald der Hofmannsthal sowie der zweite Roman (der Dir bekannte alte Bergroman) fertiggestellt sind, reise ich; das mag vielleicht bis zum Herbst dauern, ja ich muß sogar wie ein Wilder arbeiten, um bis dahin fertig zu werden, doch es kann als feststehend gelten, daß ich nächsten Winter in den Alpen sein werde, sei es in der Schweiz, sei es in Südfrankreich, und ich rechne damit, daß ich Dich dort sehen werde; anders wäre es eine ganz arge Enttäuschung.

Drüben will ich dann mein politisches Buch fertigstellen. Eine outline dieses Buches ist in der »Neuen Rundschau«[4] erschienen, und ich schicke Dir ein Separatum hievon, u. z. an die Pension Aschner, da ja die Sendung Wochen braucht, und Du bis dahin wohl sicher wieder dort sein wirst. In diesem Buch versuche ich eine neue logisch-erkenntniskritische Grundlegung der Politik oder richtiger der Metapolitik vorzunehmen. Anders geht es nämlich nicht. Wenn Marx »wissenschaftlich« ist, so verdankt er das seiner Fundierung, und wenn über Marx hinausgegangen oder er gar überwunden werden soll, so muß wiederum auf die Wurzeln zurückgegriffen werden. Alles andere wäre einfach wishful thinking, und daraus entsteht immer nur »leere Utopie«, während eine »konkrete Utopie«, also eine, die als Realitätsbaustein sich verwenden läßt, eine echte Gedankenarbeit voraussetzt. Daß nur die wenigsten wirklich erkennen, worum es da geht, versteht sich von selbst. Und wie wurscht mir das ist, brauche ich Dir nicht zu sagen. Auf ein paar Menschen, auf Dich kommt es mir an; alles andere ist nebensächlich. [. . .]

[GW 8]

1 in Wien.
2 Vgl. Vergil, *Aeneis,* Buch I, Zeile 462: »sunt lacrimae rerum et mentem mortalia tangunt.« (»Tränen rinnen dem Leid, ans Herz rührt sterbliches Dasein.«
3 Ort in Österreich (zwischen Wien und St. Pölten).
4 »Trotzdem: Humane Politik«.

702. An Werner Kraft

New Haven, Conn., 15. 3. 50

Liebster Dr. Kraft,
Ihre drei Briefe sind so reich, daß ich sie kaum beantworten kann, jedenfalls nicht beantworten darf. Ich gehe an meiner Korrespondenz zugrunde, wobei die lähmende »Zwangskorrespondenz« mit Europa am fürchterlichsten ist. Natürlich frage ich mich, welchen Sinn meine Arbeitswut haben soll. Nun, einfach den der Skepsis: meine Angst, mich selbst zu beschwindeln – vermutlich tue ich es – ist so groß, daß ich für das, was ich sonst als meine bloß subjektiven Meinungen verwerfen müßte, objektive Bestätigungen suche. Und je weiter man sich da von der Mathematik (in ihrem begrenzten Weltausschnitt) entfernt, desto schwieriger wird es. Erst das Kunstwerk hat wieder seinen Eigenbeweis. Dazwischen aber, besonders im Geisteswissenschaftlichen und daher auch im Philosophischen, lassen sich bloß »Plausibilitätssteigerun-

gen« gewinnen, u. z. durch stetige weitere Unterbauung des »Gesehenen«, durch erkenntniskritisch-logistische Verifikationen. Z. B. ist mein politischer Aufsatz[1] bloß die outline des ofterwähnten politischen Buches (für dessen Verleger sie angefertigt worden ist), und hinter diesem steht wieder meine Massenpsychologie, die ihrerseits auf einer nicht beendeten, wahrscheinlich nicht beendbaren erkenntnistheoretischen Werttheorie gegründet ist. Nur infolge dieser Herstellungsart wage ich meine »Meinungen« auszusprechen, und sie verwandelt – so war es aber auch bei Marx – die praktischen Folgerungen zur »konkreten Utopie«, während lediglich wishful thinking zur »leeren Utopie« führt. Kurzum, ich behaupte, daß die drei verwendeten Grundthesen, geschichtsphilosophisch die von den historischen »Fehlsituationen«, soziologisch die von der »Totalitär-Struktur«, und rechtsphilosophisch die von der »irdischen Absolutheit« den Rang echter Entdeckungen besitzen, also die Kraft zur »konkreten Utopie« haben; ob dann diese sich verwirklicht oder nicht, geht mich nichts mehr an. Und wenn man mich wegen dieser Methode marxistisch nennen mag, so nehme ich es auf mich: es ist die einzige Methode, mit der man über Marx hinausgehen, ja ihn überwinden kann; alles andere führt ins Deistische, in den Katholizismus oder, wie bei Toynbee[2], in die Hochkirche. Im politischen Buch führe ich es aus. Deswegen wird es trotzdem mißverstanden werden. Sternberger, der dieses Heft der N. R. noch zusammengestellt hat, hat's kapiert; die neue Redaktion nicht mehr: die biographische Bemerkung[3] erinnert sehr an eine Speisekarte, auf der zur »Spécialité du jour« in Klammer stünde: (»Vielleicht stinkt's«).

Die Geschichte mit dem Reim gehört auch dazu; wir leben nicht mehr im dreidimensionalen Raum; das zeigt sich in der Physik, aber auch in der Malerei. Zum Dreidimensionalen gehört der Dreiklang und gehört der Reim. Die Musik hat's gemerkt und hat den Dreiklang verlassen; die Dichtung kann nicht umhin, ihr zu folgen. Die Antiquiertheit des Reimes ist mir gefühlsmäßig unabweislich, und gerade darauf glaube ich mich im Künstlerischen verlassen zu können. Und darüber hinaus scheint mir das Blasphemische in der Nennung Gottes damit zusammenzuhängen: der Heide lebt im Dreidimensionalen, und daher ist ihm das Bildwerk »natürlich«. Mit Ihren Worten: es reimt sich nichts mehr. [. . .]

[GW 8]

1 »Trotzdem: Humane Politik«.

2 Arnold Joseph Toynbee (1889-1975), englischer Historiker und Geschichtsphilosoph.

3 In der biographischen Notiz auf S. 148 der *Neuen Rundschau* 61/1 (1950) heißt es unter Bezugnahme auf Brochs Studie »Trotzdem: Humane Politik«: »Nicht wenige werden den neuen Aspekt, den er in dem hier veröffentlichten Aufsatz der Debatte über die Gestaltung der Zukunft hinzugefügt, ganz oder zu großen Teilen fragwürdig finden. Das Niveau aber, von dem aus hier gedacht und gesprochen wird, verpflichtet und wird die Auseinandersetzung mit den Thesen des Verfassers zweifellos mitbestimmen.«

703. An Günther Anders

New Haven, Conn., 15. 3. 50

Lieber Günther Anders,
Dank für's Mitgefühl; ich fühle mich seiner würdig. Denn selbstverschuldetes Unglück macht den tragischen Helden aus, und die antinomische Situation, in die er, um tragisch zu sein, schließlich gerät, steigert ihn in seine eigene Antithesis hinein. Und eben z. B. mein Spezialfall: ich bin so gründlich faul, daß ich an Überarbeitung zugrundegehen muß. Ihr Rezept des Tagebuches ist bei mir nicht anwendbar; niemals habe ich mir in meiner unbändigen, unbändigbaren Faulheit auch nur eine einzige Tagebuch-Zeile abringen können[1]. Der Schreibakt als solcher ist eine so fürchterliche Anstrengung für mich, daß er nur unter schwerster business-pressure ausgeführt wird. Und so entsteht aus jeder kleinen Idee immer sofort ein Buch. [. . .]

Der Zwang zum Bücherschreiben hat natürlich noch einen tieferen Grund – den der Unsicherheit. Man schreibt nicht, um Ideen zu haben, sondern um sie sich zu beweisen und zu bestätigen. Und das macht gerade den Philosophen zum

Vielschreiber. Er hat nicht wie der empirische Wissenschaftler die Doppelbestätigung von Experiment und Mathematik zur Verfügung, und so glaubt er, daß er es durch die Sisyphusarbeit des Quantums ersetzen kann. D. h. er täuscht sich's vor. Er muß systemdenken, d. h. er sucht Wolken in ein exaktes System zu bringen. Wozu bloß der jüdische Witz gehört: und davon lebt er?

Die einzige Selbstkontrolle, die der Philosoph sich verschaffen kann, ist die logistische; das ist die magere Frucht des Positivismus, merkwürdigerweise ohne daß die Positivisten (Reißzeugerzeuger, die vergessen haben, daß man mit dem Zirkel einen Kreis zeichnen kann) darum etwas wüßten. Immerhin: hier sind gewisse Verifikationsgrundlagen, die den Geisteswissenschaften und damit auch der Philosophie ein gewisses Äquivalent zur mathematischen Methode der Naturwissenschaften liefern (und damit die methodologische Einheitlichkeit der beiden zu Unrecht separierten Forschungsrichtungen dartun), und für mich ist es geradezu zum Zwang geworden, immer wieder solche Verifikation anzustreben. Und damit rationalisiere ich meine Unfähigkeit zur Skizze, zum Tagebuch etc. [. . .]

[GW 8]

1 Das trifft nicht ganz zu. Vgl. Brochs »Tagebuch in Briefen« für Ea von Allesch, KW 13/1, 3. 7. 1920 bis 12. 11. 1920.

704. An Alvin Johnson

New Haven, Conn., 17 March 1950

Dear Dr. Johnson,
I am afraid you will continue to quarrel with me, for now things become serious. While I did not want you to read the *Virgil,* I actually want you now to read something I have written. Since you like the *Virgil,* I fear very much that you will not like this new offprint[1], though I would be eager to have your approval.

This paper is in fact the outline of my political book which is based on my ›*Mass Psychology*‹, on which I have worked for 5 years. What I try to do with it is no less than to find out whether there is a possibility for forming a democratic ideology which could take up the competition with the Marxian ideology. If such an ideology is possible, it would have to be, like the Marxian, a scientific one. Now, the Marxian system would not have this convincing scientific aspect, if it had not been based on the Hegelian logic and theory of knowledge. I do not have to tell you that a good deal of the empirical facts on which Marx relies have proved untenable, but the whole system is logically knitted together so well that it still makes an irrefutable impression, which is one facet of its influence on the masses. The second one is even stronger: it is an appeal to social justice and the idea that only with this social justice the human rights may become reality.

A democratic ideology has therefore to be based on a theory of human rights. However, though we have histories of the development of human rights, there does not exist a real scientific theory, quite simply because the human rights are still a religious concept deriving from the idea that man is an image of God. What we need is a secularization. We have to bring back to earth the absolute that as yet was only in Heaven, and I think that the time is ripe for it. Everywhere in scientific thinking you see that the dialectical absolute had to yield to an empirical and earthly one.

If you do not agree with my way of thinking, you were very uncautious to send me again this wonderful tobacco. But I do hope so much that you may agree, and so I take the tobacco as an advance payment. All my thanks are with you and much more than my thanks. You call yourself an »educated jack of all trades«, but you know only too well yourself that you are one of the few men in whom the essential of human life has found its complete realization. It is just for this reason that you also know what is essential and what is not. Therefore you made me proud with your approval of the *Virgil,* and I wish so much more that you approve of my philosophical attempts.

Most sincerely yours,
H. Broch

[GW 8]

1 »Trotzdem: Humane Politik«.

705. An Robert Neumann

78 Lake Place, New Haven 11, Conn. 17. III. 1950

Lieber Robert Neumann:
Ihr »Blind Man's Buff«[1] ist eingetroffen. Sie entwickeln sich zu einem Altmeister. Für einen, der selber sich mit dem Technischen so herumschlägt wie ich es tue, ist es ein unendliches Vergnügen zu sehen, bis zu welch virtuosem Grade es beherrscht werden kann, und man merkt auch, welch Vergnügen Ihnen diese Meisterschaft selber bereitet. Das sitzt alles, und man hat unaufhörlich das Gefühl, sich in guter, sicherer Hand zu befinden. Haben Sie Dank, lieber Freund, nicht zuletzt für die schöne Widmung.

Von mir ist wenig zu berichten. Das erste der schon gemeldeten 8 Bücher[2] ist bei Weismann in München bereits in Druck. Ich glaube, Ihnen schon einmal geschrieben zu haben, daß es ein aus meinen Kurzgeschichten zusammengestoppelter Roman ist, und für diese merkwürdige Herstellungsart scheint es mir sogar ganz gut geglückt zu sein. Ich hoffe, Ihnen das Buch in ein paar Wochen senden zu können.

Bei dieser Gelegenheit möchte ich Sie auf zwei Autoren aufmerksam machen, die Ihnen wahrscheinlich in Kürze ihre

Bücher vorlegen werden. Es ist nicht ausgeschlossen, daß es Sie für die »International Authors«[3] interessieren könnte. Der erste ist George Saiko in Wien (ein Kunsthistoriker, den Sie vielleicht auch noch persönlich gekannt haben); er hat einen Roman »Auf dem Floß« geschrieben, der bei Posen in München herausgekommen ist und einen recht schönen Erfolg gehabt hat. Der zweite Autor ist eine Frau, die Psychoanalytikerin Edith Gyömroi aus Colombo, Ceylon (verheiratet mit dem dortigen Universitätsprofessor Ludowyk), die in den nächsten Monaten für ein paar Wochen nach England kommen wird und bei dieser Gelegenheit ihre Roman-Mss., die ich nicht kenne, dort verkaufen möchte. Da sie eine überaus begabte und gescheite Frau ist, mag es wohl sein, daß die Bücher etwas taugen.

Wie sieht es mit Ihren weiteren Plänen aus? Was mich anlangt, so denke ich, daß ich mit ziemlicher Bestimmtheit nächsten Winter in Europa sein werde.

Ihnen beiden sehr viel Herzliches.
Immer Ihr
H. B.

[DÖW]

1 Robert Neumann, *Blind Man's Buff* (London: Hutchinson, 1949).
2 *Die Schuldlosen.*
3 Robert Neumann war Herausgeber dieser beim Verlag Hutchinson in London erscheinenden Reihe.

706. An Daniel Brody

N. H., 25. 3. 50

Mein Guter,
daß Du wieder hexengeschossen bist, ist schrecklich; ich glaubte, daß Du dieser Behelligung längst ledig geworden seist. Jetzt macht man Vitamininjektionen, sei's dagegen, sei's dafür, angeblich weil bei bestimmten Vitamin-Ausfällen die Nerven Krampferscheinungen hervorrufen – ist das bei

Dir schon versucht worden? Und weil wir von Gesundheit reden, eine Geschichte, die Du aber vielleicht schon kennst: ein Mann (Jud) kommt zum Professor. »Herr Professor, ich kann nix mehr gehen, die Knie sind ganz schwach, und über die Prostata muß ich Ihnen nicht eigens was erzählen. Und Verdauung gibt's überhaupt nicht mehr. Die Magenkrämpf sind nicht mehr auszuhalten. Und die ganze Nacht hust' ich. Und das Herz schlagt mir bis zum Hals, wenn ich nur zwei Stufen steig'. Sehen tu ich nix, hören tu ich noch weniger. Meine Kopfweh wünsch ich nicht meinem ärgsten Feind. Und ich selber fühl mich auch nicht wohl.« Eine sehr tiefe Geschichte, und sie paßt auf mich; nur daß ich mich trotzdem wohl fühle. Aber das Briefschreiben bringt mich um.

Zinstermin. Wenn ich morgen den Nobelpreis krieg, pack ich übermorgen ein und werde demnach beinahe pünktlich zum Termin in Lugano eintreffen; ich brauche bloß den Stockholmer Scheck für die Flugkarte. Hast Du schon mit dem König gesprochen? Sag ihm, daß ich früher auch Tennis gespielt hab; das ist ihm wichtig. Wenn Du ihm aber außerdem noch, wie Du schreibst, meine Bibliographie gibst, so vergiß die Übersetzungen nicht, auch wenn die spanischen (sowohl Vergil wie Schlafwandler) so schlecht sind, wie Ihr mir szt. sagtet. [. . .]

[GW 8, BB]

707. An Günther Anders

New Haven, Conn., 27. III. 1950

Liebster Günther Anders,

[. . .] Sie fragen, wieso bei mir schließlich doch hier und da etwas zustande kommt. Ich wundere mich selber darüber. Denn im Grunde geht es mir wie in der Kafkageschichte dem Mann, der trotz allen Reitens niemals das nächste Dorf erreicht[1]. Und eigentlich läßt sich die Frage nur mit einer anderen Geschichte beantworten: Ein Irrenwärter kommt in eine Zelle und findet einen der beiden Insassen an der Decke aufgehängt. »Um Gottes willen, wie ist das geschehen?«

»Ja«, sagt der andere Insasse, »der Narr hat sich eingebildet, er ist ein Lüster.« »Warum haben Sie ihn nicht abgeschnitten, warum haben Sie nicht gerufen?« »Ich kann doch nicht im Dunkeln sitzen.« Und darauf kommt es nämlich an: an einem bestimmten Punkt nimmt man die Als-ob-Situation als Realität. Und in dieser fiktiven Realität wird etwas fertig, obwohl man dann erst recht im Dunkeln sitzt.

Mit der Säkularisation der oberen Instanz, resp. ihrer Übertragung auf eine empirische Absolutheit, geht es genau so. Bei mir folgert das alles aus methodologischen Erwägungen, die sich am Gang der Wissenschaftsforschung, nicht zuletzt der physikalischen, illustrieren lassen. Deshalb darf aber doch nicht vergessen werden, daß dies alles mit Hilfe des Logos geschieht, daß daher ein oberes Absolutum als ständiges Vehikel benutzt wird, das man höchstens verheimlichen, aber nicht ausschalten kann. Erinnern Sie sich an den letzten Aufsatz Husserls in den Kantstudien 1933[2]?

Warum wundern Sie sich über die Stildifferenzen? Es handelt sich doch nur um die radikale Hingegebenheit an das Objekt. Denn dann bestimmt dieses den Stil. Ergeht man sich im Irrationalen, so wird es ein Jungle[3], ergeht man sich im Rationalen, so wird es eine Taxushecke. [. . .]

[GW 8]

1 Anspielung auf Kafkas Erzählung »Ein Landarzt«.
2 Vgl. Fußnote 4 zum Brief vom 5. 11. 1945 an Gustav Bergmann.
3 Englisch für »Dschungel«.

708. An Rudolf Hartung

78 Lake Place, New Haven 11, Conn. 5. 4. 50

Lieber Dr. Hartung,
ich freue mich Ihrer Zustimmung zu meiner Analyse des A.-Charakters[1] und danke Ihnen sehr für Ihre Zeilen v. 23. Ebenso Dank für Ihre kritischen Bemerkungen. [. . .]

Was nun die Stadtgröße als solche anlangt, so habe ich mir eine Stadt in der Größe Stuttgarts vorgestellt, oder sagen wir wie Kassel, kurzum eine »großherzogliche Residenzstadt«. Aus diesem Grund habe ich auch immer von »dem« Geschäftsviertel gesprochen, denn Städte dieser Größe haben nur eine einzige Zone dieser Art, während man bei wirklichen Großstädten nicht von »einem« Geschäftsviertel reden kann. In diesem einen Viertel geht es aber ziemlich großstädtisch zu; denken Sie etwa an den Stadtkern in Stuttgart zwischen Hauptbahnhof und Schloß, natürlich um 1923, denn heute sieht es dort wohl anders aus. Außerhalb dieses Kerns aber haben diese Städte durchaus provinziellen Charakter gehabt. Dagegen haben sie allesamt Tram-Linien besessen, umsomehr als diese vielfach den Verkehr mit der Umgebung bewältigt haben, und daher ziemlich weit hinaus geführt worden sind. All das habe ich bei meiner Flickarbeit berücksichtigt, und es scheint mir jetzt einigermaßen korrekt zu sein. Daß Sie sich noch immer gestört fühlen, rührt wohl davon her, daß Sie die Stücke in ihrer ursprünglichen Gestalt gekannt haben, und daß Sie daher Ihren ursprünglichen Ortsvorstellungen verhaftet geblieben sind; nichts nämlich ist so haltbar wie derartige Vorstellungen. [. . .]

[YUL]

1 In *Die Schuldlosen*.

709. An Melvin J. Lasky

78 Lake Place, New Haven, Conn. 15 April 1950

Dear Mr. Lasky:
Thank you so much for your letter of March 28th. It is extremely kind of you to invite me to the Congress for Cultural Freedom[1]. I really appreciate this honor.

Could you give me a couple of weeks to decide? I am so overwhelmed with work, and very important work, that I should avoid any interruption, for every interruption, short or long, means a stoppage which on the whole could have a very bad effect.

It may be that you know about my accident and that I was nearly a year in the hospital, so I have to handle myself a little bit carefully.

In any case, if I should decide not to come, I could send you an address to be read at the Congress. I imagine that this address would be centered around the problems which I pointed out in my article in the last *Neue Rundschau*[2] and I would like to know whether this would be interesting for you at the Congress.

Many thanks again.
With kind regards,
Sincerely,
Hermann Broch

P. S. A few months ago I sent you an article by Robert Pick[3] and in addition some caricatures by Willis Birchman[4]. You printed the article, but you did not bring the caricature. Will you keep them for another occasion?

[YUL]

1 Der von Lasky organisierte »Kongreß für kulturelle Freiheit« fand vom 26.-30. 6. 1950 in Berlin (West) statt. Ein ausführlicher Bericht über den Kongreß findet sich in *Der Monat,* Nr. 22/23 (Juli-August 1950), S. 339-495. Der Briefkopf der Kongreßkorrespondenz enthält Brochs Namen als offiziellen Delegierten. Broch nahm nicht persönlich teil am Kongreß, doch schickte er den Beitrag »Die Intellektuellen und der Kampf um die Menschenrechte« ein (KW 11, S. 453-458). Die Hauptreferate hielten Arthur Koestler, Ignazio Silone, H. R. Trever-Roper, Dolf Sternberger, Nicolas Nabokov, Karl Jaspers, David Rousset und Barbara Ward.

2 »Trotzdem: Humane Politik«.

3 Robert Pick, »Mit europäischen Augen. Amerika im Spiegel der europäischen Literaturkritik«, in: *Der Monat* 2/18 (März 1950), S. 658-664.

4 Willis Birchman, amerikanischer Karikaturist. Vgl. sein Buch *Faces & Facts* (New Haven 1937). Birchman zeichnete 1949 auch eine Karikatur Brochs; YUL.

710. An Herbert Zand

New Haven, Conn., 22. 4. 50

Lieber Herbert Zand,
Dank für Ihre Zeilen; ich bin aufrichtig froh, daß sich Ihr Zustand gebessert hat. Und ich bin froh, daß Sie die seelische Energie, die ich Ihnen neulich zur Überwindung der Ihnen angetanen schweren Schädigung gewünscht habe, offenbar wirklich besitzen. Ich nehme an, daß Ihnen Ihre Arbeit dabei ganz wesentlich hilft; ich sage immer: solange ich an der Schreibmaschine zu sitzen vermag, kann mir nix gschehn. Freilich die Panik des Nicht-mehr-fertig-werdens verläßt einen auch nicht vor der Schreibmaschine; sie gehört sogar zu dieser.

Es versteht sich, daß – im besten Sinn genommen – das Problem des »Erfolgs« eine Rolle für Sie spielt. Trotzdem ist es Scheinproblem. Sie wollen sozial eingeordnet sein, wollen den »Massen« etwas geben, ja ganz im Geheimen wollen Sie ihnen Lehrer sein, um den ominösen Ausdruck Führer nicht zu gebrauchen. Sie mögen es erreichen, aber wenn Sie es sofort erreichen, so seien Sie mißtrauisch gegen sich selber: das wahre Kunstwerk braucht im allgemeinen eine Generationsspanne, um zur Wirkung zu gelangen. Denn das wahre Kunstwerk erfaßt (wenigstens annäherungsweise) die Totalität seiner Zeit, und für den Durchschnittsmenschen wird diese Totalität erst von »außen« sichtbar, d. h. im Generationsrückblick. Immer wieder finden Sie diese 25 Jahre Inkubationszeit: 1875 war Wagner selbst dem »Musikalischen« unverständlich, 1900 war er auch dem Unmusikalischen zugänglich. Natürlich gilt es bloß, wo die Traditionen bereits abgerissen sind. Für Shakespeare, der in einer lebendigen Theatertradition gestanden hat, war unmittelbare Wirkung möglich, freilich nicht für den »Sturm«, etc. also mit jenen Stücken, mit denen er willentlich die Tradition durchbrochen hat. Wir aber stehen außerhalb jeder Tradition – in einer fast beglückend schrecklichen Isolierung – und wir haben mit jeder neuen Arbeit unsere neue Tradition aus eigenem aufzubauen. Das geht bloß durch ein vollkommenes Aufgehen im Objekt: nur durch Hinlauschen zum Objekt, durch Hineinlauschen ins Objektfeld wird es uns gegeben. Doch eben in dieser Hingabe ans Objekt schaltet sich jeder Gedanke an Wirkung automatisch aus. Man hat's zu nehmen, wie's vom Objekt befohlen wird. Ist das Resultat *echt*, so wird es von den Massen nach 25 Jahren geschluckt werden. Ist es unecht, so wird es – trotz eines manchmal sofort eintretenden Sofort-Erfolges – früher oder später vergessen sein. Ein Saugeschäft voller Risiken.

Nicht einmal im Diskursiven sieht es wesentlich anders aus. Ich arbeite, wie ich Ihnen einmal schrieb, an einem politischen Buch. Natürlich erwarte ich mir keine Sofort-Wirkung. Und wenn Wirkung tatsächlich schon nach 25 Jahren eintreten sollte, so werde ich sie nicht mehr sehen. Warum plage ich mich also so irrsinnig? Eine unbeantwortete Frage, ein völlig unerklärlicher Zwang, der aus irgendwelchen Bereichen wie ein Raubvogel auf einen herabstößt. Auch das muß man hinnehmen. [. . .]

[GW 8]

711. An Hermann Hakel

78 Lake Place, New Haven 11, Conn. 7. 5. 50

Lieber Hermann Hakel[1],
[. . .] Ihre Befürwortung der jungen Generation ist ein Teil dieser großen menschlichen Leistung. Der »Lynkeus«[2] ist ein schönes Unternehmen. Und trotzdem muß man sich fragen, ob es sich lohnt. Ich habe die Hefte sehr aufmerksam gelesen, umso aufmerksamer als ich ja aufs äußerste gespannt bin zu erfahren, was die neue Generation zu sagen hat: nun, nach diesen Heften, mögen auch manche Begabungen darin zu Worte kommen, hat sie nicht viel zu sagen. Das ungeheuere Erlebnis, durch das diese Jugend gegangen ist, hat in ihrer Produktion keinen Niederschlag gefunden. Mit Begabung ist es eben nicht getan. Man darf das Neue immer nur am Pegel der höchsten Qualität messen. Wie hoch steht ein Lorca[3] über diesen jungen Dichtern. Oder nehmen Sie die paar jüngeren amerikanischen Dichter wie Cummings[4] oder Berry-

man[5]; was ist da für ein Formungswille vorhanden, während sich hier schier kaum etwas anderes als selbstzufriedene rasche Reimerei findet, ein Weiterfahren in alten sentimental-romantischen Geleisen. Haben diese jungen Menschen nie etwas von Brecht gehört? Sagen Sie nicht, daß ich zu hart bin: wenn ich ein Wort wie das »Wunschlossein« (von Fritsch[6]) finde, bin ich glücklich; ich kann auch noch andere zitieren, doch das ist zu wenig –, es schlagt noch nicht durch. Und es kann nicht durchschlagen, weil sich noch kein neuer ethischer Wille gebildet hat, weil es in der Apathie keinen ethischen Willen gibt.

Zur praktischen Seite der Frage: ich sehe nicht, an welche Kreise man sich mit einer solchen Publikation hier wenden könnte. Vielleicht könnte ich Ihnen ein Dutzend Abonnenten (einschließlich mich) bringen, aber das wäre auch alles, und damit wäre Ihnen nicht gedient. Literarisch interessierte Deutschamerikaner gibt es nicht viel, und diese wenigen verlangen etwas anderes, verlangen etwas wahrhaft Neues – auf das sie genau so wie ich warten –, während die andern, die vielen, überhaupt nicht lesen. Lassen Sie mich die Sache noch ein wenig überlegen; inzwischen will ich die Hefte ein paar befreundeten Buchhändlern zeigen. [. . .]

Ich hoffe, bald wieder von Ihnen zu hören, und wenn ich nicht sofort antworte, so seien Sie mir bitte nicht böse. Inzwischen

in aller Herzlichkeit Ihr
Hermann Broch

[YUL]

1 Hermann Hakel (geb. 1911), österreichischer Schriftsteller, emigrierte 1938 nach Italien, 1943 nach Palästina, lebt seit 1948 wieder in Wien. Vgl. seine Gedichtbände *An Bord der Erde* (Wien: E. Müller, 1948), *Ein Totentanz 1938-1945* (Stuttgart: Verkauf, 1950).

2 *Lynkeus. Dichtung – Kunst – Kritik,* österreichische literarische Zeitschrift, erschien, herausgegeben von Hermann Hakel, in Wien von 1949 bis 1950 (acht Nummern).

3 Federico García Lorca (1899-1936).

4 Edward E. Cummings (1894-1962), amerikanischer Schriftsteller. Vgl. seine *Collected Poems* (New York: Harcourt, Brace, 1938).

5 John Berryman (1914-1972), amerikanischer Lyriker; erhielt 1948

den Shelly Memorial Award. Vgl. *The Dispossessed. Poems* (New York: Sloane, 1948).

6 Gerhard Fritsch (1914-1969), österreichischer Schriftsteller. Broch spielt an auf das Fritsch-Gedicht »Rast am Wege«, welches in der Nr. 1 des *Lynkeus* auf Seite 32 erschien: »Bei einem Kilometerstein / an irgendeinem Straßenrand, / in weißem Staub und Müdesein / versinkt um mich das fremde Land. – Ein kurzer Augenblick der Rast / im Blühen eines Lindenbaumes, / sein Duften spüren ohne Hast: / es ist der Inhalt eines Traumes. – Und Traum ist auch mein Wunschlossein / vor einer Blume in der Hand, / bei irgendeinem Kilometerstein / an irgendeinem Straßenrand.« Dieses Gedicht ist in keinem der Gedichtbände von Fritsch enthalten. Vgl. *Zwischen Kirkenes und Bari* (Wien: Verlag für Jungbrunnen, 1952) und *Lehm und Gestalt* (Wien: Donau Verlag, 1954).

712. An Franz Theodor Csokor

78 Lake Place, New Haven 11, Conn. 18 May 1950

Lieber Franz Theodor Csokor[1]:
Ihr guter, ausführlicher Brief war eine große Freude, und die Schilderung Ihrer Odyssee hat mich sehr bewegt. Im Grunde müssen Sie eigentlich diese Zeit, aus der Sie glücklicherweise entronnen sind, als eine wirkliche Lebensbereicherung empfinden. Ich möchte z. B. meine Haft nicht aus meinem Leben gestrichen wissen, und die Emigration war wirklich in vieler Beziehung ein neuer Existenzbeginn, für den ich dem Schicksal dankbar bin. Dabei ist diese Emigration doch eine Biedermeierangelegenheit im Vergleich mit dem, was Sie durchgemacht haben.

Es sollte mich nicht wundern, wenn diese Fülle von Erfahrungen nicht auch Ihre Produktion entscheidend beeinflußt hätte. Leider habe ich ja mit Ausnahme der kurzen Bruchstücke, die in Zeitschriften erschienen sind und mich sehr beeindruckt haben, nichts davon gesehen. Aber ich hoffe sehr, daß schließlich doch etwas davon herüberkommen wird. Jedenfalls wird es eine Bereicherung meines Wiener Aufenthaltes sein: im Winter hoffe ich, hinüber reisen zu können.

Es tut mir sehr leid, daß ich das so lange aufschieben muß, denn sonst hätten wir uns bereits beim PEN Congress in Schottland[2] treffen können. Ich habe dringende Einladungen von drüben, aber die Fertigstellung meiner Bücher hier ist noch dringender, und so mußte ich alles absagen.

Lassen Sie sich die Hand drücken, lieber Freund, und nehmen Sie herzlichste Wünsche und Grüße

Ihres
Hermann Broch
[WSB]

1 Franz Theodor Csokor (1885-1969), österreichischer Schriftsteller, floh 1938 nach Polen, 1939 nach Rumänien, 1941 nach Jugoslawien, wurde auf der Insel Korcula interniert, geriet 1943 in Italien in britische Kriegsgefangenschaft und kehrte 1946 nach Österreich zurück. 1947 wurde er zum Vorsitzenden des Österreichischen PEN-Clubs gewählt. Vgl. sein autobiographisches Buch *Als Zivilist im polnischen Krieg* (Amsterdam: de Lange, 1940).

2 Das Jahrestreffen des Internationalen PEN-Clubs fand 1950 in Edinburgh/Schottland statt.

713. An Hanna Loewy

27. 5. 50

Mein Liebes,
ich gerate in Erichs[1] Fußstapfen, nämlich mit dem Briefbeantworten. Bei mir wird's nämlich ärger und ärger: laboro ergo sum –, das ist der einzige Beweis, den ich für meine Existenz noch habe; wäre das beschriebene Papier nicht vorhanden, ich würde zweifeln, ob ich noch existiere. Im Grund natürlich ist es das Gefühl eines verlorenen Lebens, das nun noch rasch nachgeholt werden muß; ebendeswegen habe ich viel zu viel äußerliche Verpflichtungen übernommen, sozusagen um mich zu jener Nachholungsarbeit zu zwingen, auf daß ich mit der Vergeudung nicht weiter fortfahren kann, aber das Resultat ist mess and jam. Und da hast Du nicht nur meine Biographie, sondern auch den Grund dieser Dank-Verspätung.

Von Deinen California-Berichten habe ich viel gehört; alle freuen sich über ihre Lustigkeit und Anschaulichkeit, aber außer einem kurzen Zitat, das mir Lili[2] einmal geschickt hat, habe ich nichts davon gesehen. Erich, der zu einem – ganz brillanten – Vortrag hier war, hat mir davon erzählt, doch nichts mitgebracht. Dagegen habe ich neulich ein Bild bekommen, das Du bist: hast Du gewußt wie sehr Du der Lucienne Boyer[3] ähnlich siehst? ich lege den Ausschnitt bei; mir ist sehr bang nach Dir geworden beim Anschauen.

Ich war niemals West des Mississippi, und auch den Isherwood[4] habe ich niemals von Angesicht gesehen. Aber er weiß natürlich, wer ich bin und umgekehrt, umsomehr als wir beide mit dem Viertel befreundet sind. Im übrigen wäre Isherwood ein idealer Übersetzer für mein nächstes Buch[5]; er hat in der letzten Zeit einiges übersetzt, und die Untermeyerin ist zu langsam, hat außerdem mit meinem Hofmannsthal alle Hände voll zu tun.

Den Hofmannsthal[6] soll ich in vier Wochen abliefern. Also zurück zur Arbeit und laß Dich umarmen. In Liebe Dein alter

H.

[YUL]

1 Erich von Kahler.
2 Alice Loewy, spätere Gattin Erich von Kahlers, Mutter Hanna Loewys.
3 Französische Chanson-Sängerin.
4 Christopher Isherwood (geb. 1904), englischer Schriftsteller, ging 1940 nach Kalifornien, arbeitete in Hollywood und lernte dort auch Berthold Viertel kennen.
5 Dritte Fassung der *Verzauberung (Demeter)*.
6 »Hugo von Hofmannsthals Prosaschriften«, KW 9/1, S. 300-332.

714. An H. G. Adler

78 Lake Place, New Haven 11, Conn. 30. 5. 50

Lieber Dr. Adler,
wichtige Briefe bleiben am längsten unbeantwortet liegen. Ihr Brief vom Dezember hat mir die Pflicht auferlegt, die »Ansiedlung«[1] nochmals zu lesen, und bei der unsäglichen Arbeitsüberbürdung, die auf mir lastet – verzeihen Sie, daß ich den Jammer wiederhole –, hat es eben Monate dazu gebraucht; anders wäre es Respektlosigkeit vor Ihrem Werk gewesen.

Mit sehr sorgsamer Überlegung habe ich also ihren Eigenkommentar, der naturgemäß zutreffender als mein Kommentarschema sein muß, mit diesem verglichen, und eigentlich möchte ich, daß Sie das nämliche täten. Ich glaube nämlich, daß Sie dann zu demselben Resultat wie ich gelangen: die beiden Kommentare widersprechen einander nicht im Prinzipiellen.

Ich habe den Eindruck, daß ich Sie mit den Fragen auf der zweiten Seite meines Briefes verärgert habe. Es mag sein, daß ich sie vielleicht hätte präziser formulieren können, aber wie respektvoll sie gemeint waren (und sind), sehen Sie ja auch [aus] dem nächsten Absatz, in welchem ich ausdrücklich sage, daß Ihr dichterischer Vorstoß sicherlich weiter als der meine gelangt ist, und daß Sie daher die Aufgabe des Weiter-Dichtens haben, während die meine mir erloschen scheint. Nun zu den einzelnen Polemik-Punkten, u. z. möglichst kurz, wobei ich mich an die Reihenfolge meines Briefes halten will:

(a) *Agnostizismus.* Sie wehren sich gegen die Kategorisierung Ihres Buches unter diese Bezeichnung, aber offenbar weil wir darunter etwas verschiedenes verstehen. Denn ich verstehe – und ich glaube mit guten Gründen – unter Agnostizismus nicht einfach ein Ignoramus, sondern weit eher ein bis zu den äußersten *Grenzen* vorgetriebenes Scimus; m. a. W. das Ignoramus muß durch das Scimus erworben werden – anders wäre es ja nie und nimmer »gewußt«. Das habe ich in der »Ansiedlung« ausgedrückt gefunden, und Ihr Selbstkommentar scheint mir das zu bestätigen.

(b) Das *»Vorschreibende«* (Ausdruck von mir) bleibt unbekannt: Sie sagen nun, daß nichts, d. h. kein Agnostizismus vorgeschrieben wird. Aber Sie wollen, daß die »Wurzeln des Erhabenen« aufgesucht werden mögen, und schon in diesem *Wunsch* ist die unbekannte »Vorschreibung« enthalten. Eine »Richtung« ist vorgeschrieben, u. z. eine Richtung zum »Absoluten« hin, um diesen alten Ausdruck wieder zu gebrauchen, doch weder ist dieses je »habhaft« zu machen, noch ist die Richtung genau festzulegen, vielmehr wird sie in der Autonomie der Erkenntnis gewählt, über die wir jedoch nichts – ohne Prophetie – auszusagen vermögen, nämlich nur, daß sie uns, trotz aller Freiheit, vorgeschrieben ist. Ich sehe also nicht, daß ich mit dem Begriff der »Vorschreibung« gegen den Sinn des Buches verstoßen habe.

(c) Sie erklären die Ansiedlung als Realität und wollen nicht, daß ich sie als Symbol beizeichne. Auch das ist bloß eine terminologische Differenz, denn für mich ist jede noch so reale Sozial-Ordnung die Symbolisierung des ihr zugrundeliegenden Sozialgedankens. Anders könnte sie sich überhaupt nie eine Konstitution geben.

(d) Sie scheinen zu vermuten, daß ich den Archidux als Heilsbringer aufgefaßt habe, denn sie lehnen jede christianisierende Auslegung ab. Man könnte nun freilich zu einer mystisierenden Auslegung verleitet werden, insbesondere in Ansehung der Geschichte von der Auffindung des neuen Archidux im Krankenhaus, doch ich habe mich – durchaus Ihrer Absicht gemäß – davon freigehalten und den Archidux vollkommen irdisch, allerdings als irdischen Symbolträger aufgefaßt.

(e) Daß mit der »Ansiedlung« das dialektische Gegenstück zum Konzentrationslager geschaffen ist, wird von Ihnen bestätigt, bildet also keinen Diskussionspunkt mehr.

Nun zur Darstellung:

(f) Warum nennen Sie das Aussehen unserer Welt »pseudomythologisch«? Die Welt als solche war noch niemals mythisch oder mythologisch; bloß der Ausdruck, den der Mensch für die Welt und seine Stellung in ihr findet oder gefunden hat, verdient solche Bezeichnung, d. h. erhält die Gestalt und die Kraft des Mythos. Perioden des Glaubensumbruches fördern aber den mythischen Ausdruck. In Kafka sehe ich Symptome hiefür. Und meine Frage ging demgemäß in der gleichen Richtung –, die Ansiedlung strebt, da sie im letzten sich um Glaubenshaltungen bemüht, nach einem neuen Weltausdruck und müßte daher mythische Elemente enthalten. Ob bei Kafka die Ämter bloß erlitten, bei Ihnen jedoch kritisiert werden, ist für die Frage irrelevant. Sie wehren sich gegen den Vergleich mit Kafka. Ich halte das für unberechtigt. Niemand kann seiner Epoche entgehen, und jeder ist gezwungen, ihre Syntax und ihr Vokabular zu gebrauchen: das ist die jeweilig gegebene Konstitution –, nur daß sie in beiden, in der Syntax wie in den Vokabeln sich erweitern läßt; es handelt sich um die neuen Realitätsschichten, die einer aufzudecken fähig ist.

(g) Ebenso halte ich es für unberechtigt, wenn Sie sich gegen den Vergleich mit der neuen Malerei wehren. Die neue Malerei ist nicht »mechanisches Gebilde«, und sie ist auch aus dem Stadium des »Experimentes« (obwohl alle Kunst immer wieder Experiment ist) längst herausgetreten; sie ist vollgültiger Ausdruck unserer Welt, vielleicht – dank Picassos Leidenschaftlichkeit – noch mehr als die moderne Musik. In Joyce sehen wir einen ersten Versuch zur Schaffung eines literarischen Äquivalents hiezu; ich glaube, bei aller Bewunderung für Joyce, daß er einen Weg beschritten hat, der nicht weiter führen wird, d. h. ich glaube nicht, daß den Kindern von 1970 die Joyce-Ausdrucksweise so »natürlich« sein wird, wie den heutigen Schulkindern die Picasso-Sprache bereits durch und durch verständlich ist. Dagegen scheint es mir sehr wohl möglich, daß dann die Art Ihrer Weltdarstellung als die jedermann adäquate gelten könnte, denn alles Naturalistische, also sogar in der Joyceschen Fassung (ganz zu schweigen von der meinen), befindet sich bereits auf dem Verblassungsweg, d. h. kann vom ehrlichen Künstler kaum mehr angewandt werden.

Zusammenfassend: gerade an Ihrem eigenen Kommentar sehe ich, daß Sie den meinen weitgehend mißverstanden haben; die beiden sind miteinander schier identisch. An dem Mißverständnis ist z. T. sicherlich die (leider unvermeidlich gewesene) Flüchtigkeit meines Briefes schuldtragend gewesen, doch bis zu einem gewissen Grad waren Sie auch un-willig (also auch unwillig), irgendetwas zur Kenntnis zu nehmen, das sich mit Ihren Darstellungsabsichten vielleicht nicht gedeckt hätte; leider mußte ich auch heute wieder viel zu flüchtig sein, um wirklich zeigen zu können, wie weit diese Deckung tatsächlich reicht.

Eine andere Frage, die mich sehr beschäftigt, ist die Wirkungsmöglichkeit eines solchen Buches. Solange ein Kunstwerk in Arbeit ist, darf der Autor an keinerlei Wirkungsmöglichkeit denken; sonst wird es sicherlich kein Kunstwerk. Hier aber haben wir ein ethisches Kunstwerk – fast könnte man es in einem höhern Sinne Tendenzkunst nennen –, und zu einem solchen gehört wesensgemäß ethische Wirkung, man möchte wohl sagen eine metapolitische, da ja darin das Modell einer menschenwürdigeren Welt gezeigt wird. Rein prinzipiell gesprochen: genügt dafür ein literarisches Kunstwerk? genügt die Romanform, auch wenn sie noch so sehr regeneriert worden ist? Ich würde – von meinem Standpunkt aus – die Fragen verneinen. Denn wo es um die Fragen des Absoluten geht, sind schärfste erkenntniskritische und sogar logische Untersuchungen nötig, und die lassen sich durch keine literarische Form ersetzen. Das ist vielleicht pro domo gesprochen, denn ich arbeite an diesen Problemen nun schon seit Jahren und bin daher eigen-sinnig meiner Behandlungsweise verhaftet. Aber ich kann noch weitere Gründe zur Stützung meines Standpunktes beibringen: Marx konnte metapolitisch und politisch wirken, weil er »wissenschaftlich« war, und da dies die einzige Plausibilität ist, die heute von den Massen *praktisch* anerkannt wird, mögen diese in ihrem Denken und Handeln noch so weit von aller Wissenschaft entfernt sein, möchte ich fast behaupten, daß zur Wirkung eines Buches nach Art der »Ansiedlung« – Sie wünschen ja, daß es in möglichst viel Hände gelange, um ethische Wirkung auszuüben – eine wissenschaftliche Vorbereitung nötig ist, ja sogar eine, die sich gleichzeitig mit den unmittelbaren praktischen Fragen beschäftigt. Ich lege einen Aufsatz[2] von mir bei (eigentlich die outline meines politischen Buches) gewissermaßen als Illustration hiezu. [. . .]

Woran arbeiten Sie jetzt? Mit vielen guten Wünschen und Grüßen, in Herzlichkeit Ihr Hermann Broch.

[YUL]

1 Unveröffentlichtes Manuskript.
2 »Trotzdem: Humane Politik«.

1. 6. 50

Liebe Beide, [. . .]
Yale. Der Vortrag[1] war ein Erfolg, weil ich Lozelach erzählt habe. Es war die einzige Möglichkeit, hab ich mir in meinem Sinn gedacht, Deinem Erfolg die Waage zu halten. Und nachdem ich sie zum Lachen gebracht hab, haben sie sich weiter zerkugelt, unentwegt auch dort, wo ich es bitterernst gemeint habe. Im letzten bin ich ja offenbar doch ein Willner & Bodansky[2]. Dem Schreiber[3] hat es großartig gefallen, und das kann nützlich werden, *soferne* noch irgendetwas vor den Ferien geschieht. Hinterher ist der neue Präsident da, und die Versandung wird unvermeidlich werden. Ich sollte mich wundern, wenn es nicht so käme. Mein Schicksal heißt Zuspätkommen, und damit muß ich mich abfinden; irgendwie wurschtel ich mich ja schließlich doch durch. Im übrigen irrst Du (Lili), es hat sich nicht um »Das Böse« gehandelt, was ja noch komischer gewesen wäre, sondern um den Kitsch, der »das Böse im Wertsystem der Kunst« darstellt und gegen das es keine Toleranz gibt. Was aber die Toleranz anlangt, so hat der Philosoph Whitehead[4] seine Schüler grundsätzlich mit B klasssifiziert. Gefragt, warum er dann die besseren papers nicht mit A gradiert, meinte er: »So vollkommen recht hat keiner.« Gut, meinten die Studenten, warum aber dann die schlechtern papers nicht mit C? »Vielleicht habe ich selber nicht ganz recht.«

Princeton. Ist Mamas Geburtstag am 16. ds. oder am 16. Juli[5]? Ich verwechsel das immer, weil meine Mutter am 15. Juli Geburtstag hatte. Wenn es also dieser 16. ist, so komme ich hinaus; nur wäre ich Euch unendlich dankbar, wenn Ihr mir sofortestens sagtet, was ich mitbringen kann. Bleiben werde ich wohl nur einen Tag können: abgesehen davon, daß ich in diesem einen Jahr ein ganzes verlorenes Leben nachzuholen habe, haben mich jetzt die Roman-Fahnen Wochen gekostet, und der Gallimard in Paris ist schon meschugge, weil ich ihm die Übersetzung immer noch nicht abgeliefert habe, und für den Berliner Kongreß muß ich eine Adresse[6] vorbereiten, weil ich nicht hinfahre, und die Kommunisten der Ostzone machen mir Kopfzerbrechen[7], und hinter allem steht der Hofmannsthal, dahinter-dahinter jedoch der zweite Roman[8] für Knopf, da dieser darauf besteht, den zweiten vor dem ersten zu drucken. Und ich bin ein müder alter Mann geworden, der zu lange jung gewesen ist. Meine N. Y.-Fahrten sind aufs äußerste eingeschränkt und sind ein Durchrasen geworden, nur um sofort zum Schreibtisch zurückzukehren, an dem ich allerdings dann prompt einschlafe. Und ich kann an diesem Wahnsinnsregime im Augenblick gar nichts ändern. Vielleicht halte ich es durch; nur Zusätzliches muß ich unter allen Umständen vermeiden. Ich bewege mich tatsächlich auf des Messers Schneide, also dort, wo das Kamel keinen Strohhalm mehr verträgt. Zu allem andern kommt mir jetzt der Vietta aus Europa[9]: darf ich ihn Euch schicken? [...]

[YUL]

1 Broch hatte im Mai 1950 in seiner Eigenschaft als Honorary Lecturer des German Departments der Yale University, New Haven, im Germanic Club den Vortrag »Einige Bemerkungen zum Problem des Kitsches« gehalten. (KW 9/2, S. 158-173).

2 Max R. Willner (geb. 1881), amerikanischer Theaterdirektor, leitete u. a. in den späten zwanziger und frühen dreißiger Jahren das Jiddische Volkstheater in New York. Bodansky war dort Komiker.

3 Carl F. Schreiber (1886-1960), amerikanischer Germanist, lehrte von 1917 bis zu seiner Emeritierung im Jahre 1954 deutsche Literatur an der Yale University. Chairman des dortigen German Departments war er von 1944 bis 1954.

4 Alfred N. Whitehead (1861-1947), englischer Philosoph und Mathematiker.

5 16. Juli.

6 »Kongreß für kulturelle Freiheit«. Vgl. Fußnote 1 zum Brief vom 15. 4. 1950.

7 Vgl. Fußnote 1 zum Brief vom 28. 12. 1949.

8 Dritte Fassung der *Verzauberung (Demeter)*.

9 Egon Vietta besuchte Broch im Herbst 1950, wobei das Interview »Der Schriftsteller in der gegenwärtigen Situation« entstand (KW 9/2, S. 249-262). Vietta unternahm damals eine Amerikareise. Vor seiner Rückfahrt nach Europa besuchte er Broch ein zweites Mal Ende Januar 1951. Vgl. Brief vom 25. 1. 1951.

716. An Edouard Roditi

78 Lake Place, New Haven 11, Conn. 9. 6. 50

Lieber Dr. Roditi[1],
ja, das ist eine freundliche Überraschung, daß wir auf diese Weise wieder in Verbindung kommen, und ich darf wohl unsere seinerzeitige Korrespondenz, die wir deutsch geführt haben, nun auch in dieser Sprache fortsetzen: [. . .] Nehmen Sie also herzlichen Dank für Ihre Zeilen sowie für das Konferenzprogramm; ich fühle mich geehrt, daß Sie trotz meiner Absage meinen Namen in die Komitee-Liste aufgenommen haben[2].

Das Programm führt nicht die Redner und die von ihnen behandelten Themen an. Mangels dieser Anhaltspunkte bin ich mit meiner Adresse[3] nicht ganz sicher, wie weit sie in den von Ihnen vorgesteckten Rahmen paßt. Ich hoffe jedoch, daß sie dies tun wird, denn sie ist auf konkrete Vorschläge abgestellt, und selbst wenn identische bereits vorliegen sollten, so würde eine zusätzliche Begründung bloß von Nutzen sein.

Ich halte konkrete Vorschläge für umso wichtiger, als wir gerade in der letzten Zeit ein Übermaß vager Friedensdeklamationen aus dem Osten gehört haben[4]. Gerade weil es uns mit Frieden und Freiheit wirklich ernst ist, dürfen wir uns nicht in ähnlichen Vagheiten bewegen, sondern müssen der Deklamation realitäts-gerichtete Pläne entgegensetzen. Wenn es je zu einer intellektuellen Zusammenarbeit kommen sollte, so könnte das bloß auf dem Boden der Realität geschehen.

Die Adresse kann leicht in 10 bis 12 Minuten gelesen werden, entspricht also der üblichen und wohl auch für diese Konferenz vorgesehenen Redezeit. Sollten Sie jedoch irgendwelche Kürzungen oder sonstwelche Änderungen wünschen, so müßte ich Sie um ein Kabel bitten, damit ich mit meiner Antwort noch zurecht komme.

Falls Sie einen Literatur-Tisch installieren, würde ich vorschlagen, daß Sie sich von der »Neuen Rundschau« eine Anzahl Exemplare des Jännerheftes geben lassen, denn in diesem habe ich einen prinzipiellen Essay[5], der weitere Begründungen zum Thema der Adresse und ihren Vorschlägen liefert. Ich verständige jedenfalls Dr. Rudolf Hirsch von der »N. R.« in diesem Sinn.

Darf ich Sie bei dieser Gelegenheit fragen, was Ihre eigenen, so schönen Arbeiten machen? Und existiert noch die wundervolle Zeitschrift[6], deren erstes Heft mir zu schicken, Sie damals so gütig waren? Sie hatte mich im Spital erreicht und hat mir da ein paar sehr gute Stunden bereitet.

Ich sage auf Wiedersehen (und freue mich darauf), denn im Spätherbst oder Winter komme ich mit ziemlicher Sicherheit nach Europa und Deutschland. Inzwischen nochmals Dank und hiezu die aufrichtigsten Wünsche und Grüße

Ihres ergebenen
Hermann Broch
[YUL]]

1 Edouard Roditi (geb. 1910), franco-amerikanischer Schriftsteller und Übersetzer. Vgl. seine Gedichtbände *Drei hebräische Elegien* (Berlin: Henssel, 1950), *Poems 1928-1948* (Norfolk/Conn.: New Directions, 1949). Als Sekretär des Kongresses für kulturelle Freiheit bereitete er diese Tagung mit Lasky gemeinsam vor.
2 Vgl. Fußnote 1 zum Brief vom 15. 4. 1950.
3 »Die Intellektuellen und der Kampf um die Menschenrechte«, KW 11, S. 453-458.
4 Vgl. den Brief vom 22. 4. 1949.
5 »Trotzdem: Humane Politik«.
6 Gemeint ist die von Edouard Roditi, Alain Bosquet und Alexander Koval edierte Schriftenreihe »Das Lot«, von der sechs Nummern zwischen 1947 und 1949 im Henssel Verlag in Berlin erschienen.

717. An Rudolf Brunngraber

New Haven, Conn., 10. 6. 50

Mein lieber, sehr lieber Freund R. B.,
[. . .] Meine Grundeinstellung: derjenige, welcher glaubt, daß man die Marxsche Lehre einfach »weiterentwickeln« muß und kann, um zu zunehmend »richtigeren« Resultaten zu gelangen, der irrt sich gründlich. In den Geisteswissenschaf-

ten – ein just den Marxisten unbekanntes methodologisches Charakteristikum – gibt es kein einfaches Weiterbauen; was in der Mathematik und in den Naturwissenschaften bloß fallweise vorgenommen werden muß, nämlich die Wiederaufrollung aller Grundprobleme, das muß in den Geisteswissenschaften geradezu unaufhörlich, ja mit jedem einzelnen Neuerungsschritt geschehen, und gar wenn eine Theorie so verantwortungsbeladen ist wie die des Sozialismus: der Kapitalismus ist nicht ausgezogen, um das Menschenleid zu verringern, und wenn es ihm durch Erhöhung des Lebensstandards hie und da geglückt ist, so ist's ein Zufallstreffer; doch der Marxismus ist Heilsbotschaft, und da sind konstante theoretische Irrtümer, welche nur durch erneute Zukunftsversprechen ausbalanciert werden, kurzerhand nicht gestattet –; wenn das die ganze von Marx geforderte »Elastizität« der Theorie sein soll, so ist sie eben keine, sondern eine Verbiegung, eine Flick-Elastizität, und man darf sich nicht wundern, wenn sie mit dem Menschenleid nicht zurecht kommt. Von dieser Einsicht geleitet und vielleicht sogar legitimiert, habe ich mich an das einigermaßen überhebliche Unterfangen herangemacht, genau an der gleichen Stelle wie Marx anzusetzen, nämlich im erkenntnistheoretisch-dialektischen Bereich, zwar wissend, daß ich wahrscheinlich noch ärgere Fehler als er begehen werde, dennoch die seinen vermeidend: das ist der Sinn meiner Massenspsychologie, oder genauer soll deren Sinn werden.

Ich bin bei dieser Arbeit auf ein paar ungemein überraschende Fakten gestoßen, möchte sie Ihnen gerne auseinandersetzen, doch wo es noch kein Briefgeheimnis gibt, kann man wissenschaftliche Entdeckungen erst nach anderweitiger Publizierung einem Brief anvertrauen, obwohl ich vielfach auf dem Standpunkt meines alten (vor vier Wochen durch Selbstmord – Cancer war der Anlaß – umgekommenen) Freundes Paul Federn stehe, der mir einmal sagte: »Ich schreib nix mehr; ich laß mich lieber gleich plagiieren«. Aber man möchte sich wenigstens die Plagiatoren selber aussuchen dürfen und nicht von amtswegen zugeteilt bekommen. Um Ihnen jedoch halbwegs ein Bild meiner Arbeit zu geben, werde ich Ihnen gelegentlich eine outline[1] jener Massenpsychologie schicken, nur muß ich hiefür zuerst einmal nach

Princeton kommen, wo ich noch immer einen Großteil meiner Sachen und Papiere habe. [. . .]

Die »Massenpsychologie« zerfällt in drei Bände, wobei ihre Hauptleistung vorderhand eben im Zerfallen liegt. Der erste Band, der erkenntnistheoretische und logische (s. o.) ist in den Grundzügen allerdings abgeschlossen, aber so lange etwas nicht gedruckt ist, ist nichts abgeschlossen. Der zweite enthält die eigentliche Psychologie, u. a. auch die Ökonomie, darlegend daß alle ökonomischen Gesetze bloß psychologische Vorstellungen sind; doch da schlage ich mich noch immer mit dem Problem der Notwendigkeit und Nützlichkeit von Plan-Wirtschaften herum, ein nur für die Dogmatiker (von rechts und links) bereits gelöstes Problem, das in Wahrheit noch völlig in der Luft schwebt und offenbar zu noch ganz unerahnbaren Lösungen hinstrebt, es sei denn, daß ein neuer Krieg es zu ärgsten Primitivlösungen reduziert. Und so habe ich die ganze für mich viel zu schwierige Aufgabe beiseite gestellt und habe zuerst den dritten Band vorgenommen, der die politischen oder richtiger metapolitischen Aspekte des Ganzen enthalten soll. [. . .] Der Aufsatz[2] in der »N. R.« ist ein tunlichst simplifiziertes Resumé dieses Buches.

An äußeren Wirkungen hat mir der Aufsatz sofort eine Einladung zu dem Berliner Kongreß[3] (nach dem Sie fragen) eingetragen. Trotz bezahlter Reise und bezahltem Aufenthalt konnte ich die Einladung nicht annehmen: abgesehen davon, daß ich mir nichts Zusätzliches mehr zumuten darf, liegt meine Arbeit im Theoretischen und nicht im Praktischen. Zudem erwarte ich mir von keinem Kongreß etwas wirklich Praktisches; ich hasse Deklamationen, und fast alles, was auf Kongressen vorgebracht wird, ist bestenfalls Pseudo-Praxis, denn die wahre Politik ist kein wishful thinking – sie ist einesteils roheste Macht, andererseits echtes thinking. Ich habe also bloß eine Adresse[4] – hier beiliegend – an den Kongreß gesandt, sozusagen als Demonstration für die UN, und ich hoffe, daß sie – eben als Demonstration – akzeptiert wird. Das hängt von der Art der Verlesung ab: wenn sie anständig gelesen wird, nicht nur geschäftsmäßig heruntergemurmelt, wird sie akzeptiert werden. Könnte das vielleicht Lernet-Holenia[5] machen? und könnten Sie das veranlassen? Befänden wir uns nicht in zwölfter Stunde, ich hätte nicht einmal die Adresse hingeschickt, aber wir sind in zwölfter Stunde, und darum muß man selbst einen Strohhalm, wie es diese Adresse ist, mobilisieren.

Wir befinden uns in zwölfter Stunde und stehen einem Problemkreis gegenüber, der von keinem einzelnen bewältigt zu werden vermag. Wenn irgendwo, so wäre hier moderne »Organisation« vonnöten, also eine systematische Zusammenarbeit aller, die *befähigt* und *willens* sind, sich zu einem solchen Unternehmen zu vereinigen. Wie sehr ich da an Sie und an Ihre Organisationsidee denke, muß nicht weiter unterstrichen werden. Ich habe ein Teilprogramm[6] ausgearbeitet, nämlich für Forschungsinstitute, welche den Universitäten angegliedert werden sollten, angegliedert werden könnten, und ein paar prominente amerikanische Freunde haben die Sache der UNESCO vorgelegt: sollte sich dort jemand finden, der damit sein eigenes Geltungsbedürfnis unterbauen kann, so mag was daraus werden; sonst wird es ein Archiv-Begräbnis. Ich schaue ja ein bißchen hinter die Kulissen; es ist eine unbeschreibliche Eitelkeitskomödie, und wenn man nicht mit Krieg und Frieden zu tun hätte, so wäre sie sogar ausgesprochen komisch. Mir fehlt leider jegliche Begabung, mich da einzureihen; ich könnte bloß ein Buch zur Förderung des Planes schreiben, hätte hiefür sogar die University Press als Verleger zur Verfügung, darf aber im Augenblick an derlei nicht denken. [. . .]

Verzeihen Sie diese – im übrigen auch von Ihnen provozierte – Abschweifung in den Bereich des persönlichen Gejammers, und nehmen Sie es nur zu fünfzig Prozent, denn die übrigen 50 sind durchaus Lebensbejahung. Und wenn ich über das allzu kurz werdende Leben klage, so schließlich auch, ja in erster Linie, weil ich weiß, was man jetzt zu tun hätte, und weil ich mich hiezu nicht mehr imstande fühle: wir brauchten die neue Organisation, in mancher Beziehung der alten Fabier-Gesellschaft[7] ähnelnd, und wir brauchten hiezu eine internationale Zeitschrift, in der wir unsere Ziele und deren Erreichungs-Methoden diskutieren und propagieren können. Ich habe hier ein paar intime Freunde, Köpfe ersten Ranges, die bei derartigem mittun würden, doch das genügt nicht, denn hiefür müssen sich Menschen in der ganzen Welt zusammenfinden. Und ich weiß, daß man sogar das hiezu nötige Geld – kein geringes Kapital – auftreiben könnte. Aber das alles ist ein full-time job, und sicherlich kein one-man job, und daran wird es scheitern, soferne ich nicht junge Leute finde, die sich hiefür einsetzen wollen; das ist eine der Hoffnungen, die ich an meine hiesige Verbindung mit der Universität knüpfe.

Eine andere Hoffnung ist London und Paris, zwar in der Geistesart voneinander höchst verschieden, aber beide nach neuen Lösungen suchend. Nach England bin ich zu Vorträgen eingeladen. In Frankreich bin ich unbekannt, hoffe jedoch, daß sich das nach Erscheinen meiner Bücher dort – die Übersetzungen[8], die ich zu revidieren habe, geben mir zusätzliche Arbeit – ändern wird. Wenn es so weit ist (und ich mein Schreibprogramm einzuhalten vermag), reise ich jedenfalls hinüber. Von Österreich aus läßt sich ja, soferne ich ein richtiges Bild habe, wohl überhaupt nichts machen. Auch das wäre ein Grund, daß Sie möglichst bald herüberkämen. [...]

[YUL]

1 »Eine Studie über Massenhysterie. Beiträge zu einer Psychologie der Politik. Vorläufiges Inhaltsverzeichnis«, KW 12, S. 67-97.
2 »Trotzdem: Humane Politik«.
3 »Kongreß für kulturelle Freiheit«. Vgl. Fußnote 1 zum Brief vom 15. 4. 1950.
4 »Die Intellektuellen und der Kampf um die Menschenrechte«, KW 11, S. 453-458.
5 Alexander Lernet-Holenia (1897-1976), österreichischer Schriftsteller. Lernet-Holenia war der offizielle Vertreter Österreichs beim »Kongreß für kulturelle Freiheit«.
6 »Philosophische Aufgaben einer Internationalen Akademie«, KW 10/1, S. 67-112.
7 Fabian Society, 1883 gegründete Vereinigung englischer Sozialisten, die im Gegensatz zu Marx eine allmähliche gesetzliche Sozialisierung erstrebte und die Grundlage für die Labour Party in England schuf. H. G. Wells, G. B. Shaw und S. Webb waren Mitglieder dieser nach dem römischen Feldherrn Fabius Cunctator (»der Zauderer«) (280-203 v. Chr.) benannten Gesellschaft.
8 Broch erhielt damals die französiche Übersetzung des *Tod des Vergil* zur Durchsicht zugeschickt. Vgl. Brochs Brief an den Übersetzer Albert Kohn vom 7. 7. 1950.

718. An Hanns von Winter

78 Lake Place, New Haven 11, Conn. 10. 6. 50

Lieber Herr Winter[1],
vielen Dank für Ihre soeben eingelangten Zeilen v. 20. 5.: ich freue mich aufrichtig, daß Sie über mich sprechen werden. Und gleich zu Ihren Fragen:

Eigene Schriften. Sie kennen so ziemlich alles, was in Betracht kommt, ja Sie kennen sogar zu viel, denn »Die Unbekannte Größe«, die ein (in sechs Wochen bestellungsgemäß gelieferter) Schmarrn ist, sollte unbekannt bleiben. Dagegen wäre es für Ihre Zwecke ganz angebracht, wenn Sie meine beiden Aufsätze »Mythos und Altersstil«[2] und »Die mythische Erbschaft der Dichtung«[3] anschauten: ersterer ist als Einleitung zu Rachel Bespaloffs Homer-Buch (allerdings bloß englisch) erschienen, und ich lasse Ihnen den Band von dem New Yorker Verleger zugehen; der zweite Aufsatz ist in der »Neuen Rundschau« (Heft 2, 1945 – Thomas Mann Geburtstagsheft) enthalten und ist wahrscheinlich zugänglich. Ich will die beiden Essays durch einen dritten ergänzen und sodann gemeinsam als »Randbemerkungen zur Mythos-Theorie« erscheinen lassen; allerdings muß ich hiezu auch noch das eine englisch geschriebene Stück übersetzen. – Der von Ihnen angeführte »Antigonus«[4] ist nun mit vier andern alten Kurzgeschichten in einen Roman eingebaut worden, der im Laufe des Sommers bei Weismann (München) herauskommen wird; ich werde dafür sorgen, daß Ihnen ein Exemplar oder, falls sich die Herstellung verzögern sollte, ein Umbruch-Exemplar sofort zugehe.

Schriften über meine Arbeiten. Da ich ohnehin in einem Papier-Dschungel lebe, habe ich die mich betreffenden Veröffentlichungen niemals gesammelt; der Rhein-Verlag besitzt jedoch ein solches, wenn auch wahrscheinlich unkomplettes Archiv und wird Ihnen sicherlich gerne etwa benötigte Stücke leihweise zur Verfügung stellen. Ich habe hier lediglich den in den »Publications of the Modern Language Association« erschienenen Aufsatz Hermann Weigands[5] und schicke Ihnen mit gleicher Post ein Separatum hievon;

es ist ein erstaunliches Röntgenbild des »Vergil«, und ich wünschte sehr, daß man es drüben irgendwie veröffentlichen könnte, nicht zuletzt weil es für Weigand eine besondere Freude wäre. Eine andere – von einer Zeitung in Madison, Wisconsin, gebrachte – eingehende Besprechung, die ich leider verloren habe, kann ich aus dem Gedächtnis zitieren; sie bestand nämlich nur aus einer einzigen Zeile: »If that isn't a damned great book, I 'd like to know what is a great book.« Von meinen kunsttheoretischen Schriften mag Sie vielleicht auch der Essay »Das Böse im Wertsystem der Kunst« (»Der Kitsch«) im Augustheft 1933 der »Neuen Rundschau«[6] interessieren und vielleicht auch die Studie »Kognitive Elemente in der Musik«, Fischer-Jahrbuch 1933[7].

Arbeiten in Vorbereitung. Da Sie mich einem größeren Publikum vorstellen, wäre es mir wichtig – das ist meine Eitelkeit, und ich glaube eigentlich meine einzige –, darauf hinzuweisen, daß die Dichterei für mich im Grund bloß Nebenbeschäftigung ist, u. z. eine, die mich viel zu sehr von meiner Hauptarbeit abhält, als die ich meine mathematische Erkenntnistheorie betrachte. Wann ich die endlich – sie begleitet mich seit 30 Jahren – zum Abschluß bringen werde, vermag ich nicht zu sagen. Zuerst muß ich jetzt einen vor fünfzehn Jahren unterbrochenen *Alpenbauern-Roman*[8] für einen amerikanischen Verleger (und natürlich auch für den Rhein-Verlag) fertigstellen und habe außerdem die von mir herausgegebene englische Hofmannsthal-Ausgabe (mit einem Nachtragsband von mir über Hofmannsthal) zum Abschluß zu bringen. Dann folgt die dreibändige Massenpsychologie, zu der ich durch eine Rockefeller Fellowship verpflichtet bin, und in der nun auch schon eine sechsjährige Arbeit steckt; ihr erster Band ist erkenntnistheoretisch, ihr zweiter psychologisch, während der dritte jene Theorie der Politik enthält, deren (allerdings sehr simplifizierte) Grundzüge Sie in dem Aufsatz »Trotzdem: Humane Politik« gefunden haben. Es ist ein etwas reichhältiges Programm, aber es ist eben die Ernte einer Lebensarbeit, die nun womöglich noch eingebracht werden soll. Schmerzlich ist nur, daß man daneben nichts mehr Neues planen darf, umsoweniger als ich ja auch

Zeit meinen akademischen Verpflichtungen widmen muß.
[. . .]

Mit einem herzlichen Gruß, aufrichtigst

Ihr
Hermann Broch.

Wichtiges PS: Ich vergaß Hannah Arendts sehr prinzipiellen Aufsatz über mich anzuführen – »Der Monat«, Heft 8/9, 1949[9].

[YUL, BB]

1 Hanns von Winter (1897-1961), österreichischer Schriftsteller. Er hielt damals im Rahmen einer Vortragsreihe über österreichische Autoren einen Vortrag über Broch in Wien. Vgl. seinen Aufsatz »Hermann Broch«, in: *Wissenschaft und Weltbild,* 4/7 (Sept. 1951), S. 217-225.
2 KW 9/2, S. 212-232.
3 KW 9/2, S. 202-211.
4 »Antigonus und Philaminthe« war der Titel der dritten Fassung von »Methodisch konstruiert«. Vgl. KW 5, S. 33-44 und S. 333.
5 Vgl. Fußnote 2 zum Brief vom 12. 2. 1946.
6 KW 9/2, S. 119-156.
7 »Gedanken zum Problem der Erkenntnis in der Musik«, KW 10/2, S. 234-245.
8 Dritte Fassung der *Verzauberung (Demeter).*
9 Hannah Arendt, »Hermann Broch und der moderne Roman«, in: *Der Monat* 1/8-9 (Juni 1949), S. 147-151.

719. An Rudolf Hirsch

78 Lake Place, New Haven 11, Conn. 24. 6. 50

Verehrter lieber Dr. Hirsch,
schönsten Dank für Ihre Zeilen v. 15.: ich habe daraufhin sofort veranlaßt, daß die Bildhauerin Irma Rothstein[1] (in N. Y.) Ihnen Photos der Portraitbüste, die sie von mir gemacht hat, per Luftpost zuschicke.

Wenn ich in meinem alten Material noch eine brauchbare Kurzgeschichte finde, so würde ich sie Ihnen gerne zur Verfügung stellen, doch an eine neue würde ich mich nicht herantrauen. Mehr und mehr bin ich zur Einsicht gelangt, daß man ja nichts beginnen soll, denn man weiß nie, was sich da noch entwickeln kann; aus einer Novelle wird plötzlich ein Roman, aus dem Roman unversehens eine Trilogie: das wuchert krebsartig und frißt einen auf. Auf diese Weise bin ich zu meinen sieben unvollendeten Büchern gelangt, und morgen können es wieder acht sein.

Im übrigen werden wir uns ja – hoffentlich – im Herbst darüber mündlich unterhalten können. Und die Entscheidung über das noch bei Ihnen befindliche Material wollen wir auch bis dahin vertagen.

Mit einem herzlichen Gruß stets Ihr

Hermann Broch

[YUL]

1 Irma Rothstein (1896-1971), mit Broch befreundete New Yorker Bildhauerin russisch-österreichischer Herkunft. Das Original ihrer Anfang der vierziger Jahre entstandenen Broch-Büste befindet sich im Leo Baeck-Institut in New York, eine Kopie in YUL. Abgebildet ist die Büste in BB, S. 1019.

720. An Albert Kohn

New Haven, Conn., 7. 7. 50

Lieber Herr Kohn[1],
hoffentlich ist meine erste Sendung mitsamt meinem Brief richtig in Ihre Hände gelangt. Heute sind nun mit gleicher Post (par avion) die fehlenden Seiten 53-90 via Gallimard an Sie abgegangen: ich mußte sie so lange zurückhalten, weil sich bei ihnen einige Schwierigkeiten gezeigt haben, welche es schließlich nötig machten, eine ganze Reihe von Seiten nicht zu korrigieren, sondern zur Gänze frisch zu komponieren.

Die Hauptschwierigkeit lag dabei wieder in der »schwebenden« Ausdruckskraft der deutschen Sprache, oder auch, wenn man will, an ihrem Mangel an logischer Präzision. Und da es mir immer wieder darauf ankommt, Realitätssegmente und Realitätsnuancen, die sich bisher sprachlich nicht haben erreichen lassen, sprachlich zugänglich zu machen – wenn man mich unter diesem Gesichtswinkel einen Joyce-Nachfahren nennt, so nehme ich's als Lob –, habe ich jene Möglichkeiten des deutschen Ausdrucks (seien sie nun Tugenden oder Laster) aufs äußerste ausgenützt. Insbesondere die berüchtigten deutschen Substantivkombinationen (und gar, wenn sie mit Adjektiv- und Verben-Substantivierungen verbunden werden) sind die Träger jener »schwebenden« Bedeutungs-Konzentrationen. Um ein Beispiel zu nehmen: auf S. 72 des Buches spreche ich von der »atemumwandeten Höhle der Traumgezeiten«, die in der »äonenhaften Unabänderlichkeit«[2] aufgebaut ist. Ich brauche wohl nicht zu beteuern, daß es sich da nicht um eine Häufung leerer, hochtönender Worte handelt. Was bedeuten sie also? welche Realität wird damit gemeint? Nun, der Mensch hat unaufhörlich das Bewußtsein der Unendlichkeit, die ihn erfüllt, und in die er sich demzufolge hineingestellt fühlt; hätte er nicht dieses Unendlichkeitsbewußtsein, er hätte überhaupt keine Sprache und würde sich überhaupt nicht vom Tier unterscheiden. Weder das Unendliche noch das Nichts aber lassen sich unmittelbar ausdrücken; es muß ins Dreidimensionale übertragen werden – von hier aus wird sichtbar, daß Sprach- und Mythenentstehung ein- und dasselbe ist –, und eines der dabei verwendeten (in all unsern Träumen wiederkehrenden) Ur-Bilder ist das der »Höhle«, fast möchte man sagen der »platonischen Höhle«, die eben auch alles andere als ein gewöhnlicher Keller ist. Was ich also ausgedrückt habe (oder zumindest habe ausdrücken wollen), ist etwas durchaus Konkretes: wir tragen unsere Unendlichkeitshöhle in uns, aber wir sind gleichzeitig von ihr eingeschlossen; wir können sie – weil wir im Irdischen sind – immer nur als ein endliches Bild sehen, aber wir »wissen«, daß sie bis in alle Unendlichkeiten reicht; wir atmen »in« ihr, und sie »ist« zugleich unser Atmen, wird mit jedem Atemzug »erlebt«, und wenn wir während des Tages sie auch immer wieder vergessen (oder scheinbar »anvergessen«), sie ist in jedem Traum mitsamt allen ihren Eigentümlichkeiten mehr oder minder deutlich vorhanden, und das gibt ihr, obwohl sie keineswegs nur dem Traum, sondern dem Leben überhaupt angehört, ihren traumhaften Charakter. Wenn es geglückt sein sollte, dies mit den obzitierten, sehr kondensierten Zeilen von der »atemumwandeten Höhle« anzudeuten, so habe ich es der deutschen Sprache zu verdanken, ihrer besondern Elastizität und Ausdehnungsfähigkeit.

Ich weiß nicht, wie es um die slavischen Sprachen bestellt ist, aber ich weiß, daß die romanischen sowie die englische diese Art der Elastizität nicht besitzen. Das Englische besitzt statt dessen seinen ungeheuren Vokabelreichtum, und demgemäß gehen auch die Joyceschen Bemühungen nicht nach Ausdrucksdehnung, sondern nach Vokabelvermehrung. Dem Lateinischen und daher auch dem Französischen ist jedoch beides fremd, denn das sind Präzisionssprachen, d. h. keine der Realitätserforschung, sondern des »Realitätsbeweises«, wenn man das so formulieren darf. Bei einem solchen Sprachideal benötigt man ein fixes Koordinatensystem, weil Beweise immer nur innerhalb eines fixen Rahmens geführt werden können. Wie soll also hier etwas geleistet werden, was im Englischen und Deutschen durch Elastizität geleistet wird? wie kann Elastizität sich durch Präzision ersetzen lassen? Wenn Sie die zitierte Stelle mit *»comme une caverne emprisonnant dans les souffles endormis les marées du rêve, silence informe . . .«* übersetzen, so ist es zwar recht wortgetreu, also präzis, aber es entsteht ein Abstraktum, ein trockenes Wortgebilde, das von dem intendierten konkreten Inhalt kaum mehr etwas wiedergibt, also ins Unverständliche gerät. Die Präzision reicht also nicht aus, und um sie ausreichend zu machen, muß sie noch schärfer präzisiert werden. Um hiezu zu gelangen, habe ich das abstrakte Bild folgendermaßen verschärft: *»comme une caverne vue dans un rêve, construite par le rêve, élevée par les marées du rêve, une caverne aux murs d'haleine, rempli de silence . . .«*[3] M. a. W., nicht der *Satz* sondern das *Bild* muß ins Französische übersetzt werden, und das bedeutet nichts anderes, als daß der Übersetzer zum Kommentator zu werden hat und ihm eine Verantwortung aufgehalst wird, die so weit über sein eigentliches Geschäft hinausgeht, daß er sich mit allem Recht dagegen wehrt und wehren muß.

Gerade weil ich von der Technik des Übersetzens[4] etwas verstehe, weiß ich, daß Sie mit Ihrer Übersetzung so weit gegangen sind, wie man eben gehen kann, wenn man nicht Kommentator werden will, werden darf: das Zusätzliche kann nur der Autor selber leisten. Und ebendarum bin ich mit meinem Beispiel so ausführlich geworden, nämlich um zu zeigen, nach welchen Prinzipien ich meine Korrekturen eingerichtet habe: *sie sind Respekt vor Ihrer Arbeit,* aber sie ergänzen diese durch den Kommentar, wie er eben von dem Präzisionsideal der französischen Sprache gefordert wird.

Ich könnte noch unzählige andere Beispiele geben, hinweisend etwa auf die schier unüberwindlichen Schwierigkeiten, die Ihnen der »Lautschatten«[5] (auf S. 52 des Buches) bereitet hat, und wo ich daher ebenfalls mit einer kommentierenden »Präzisions-Präzisierung« habe einsetzen müssen. Aber wo gedichtet wird, da gibt es keine einfachen Einschübe, vielmehr wirkt jedes eingeschobene Wort wie ein ins Wasser geworfener Stein, der seine Kreiswellen aussendet, und so versteht es sich von selber, daß das Einschub-Verfahren zum Umbau ganzer Passagen hat führen müssen. Das hat allerdings eine enorme Arbeit verursacht, insbesondere für einen Nicht-Franzosen, wie ich es bin, hat aber, wie ich meine, auch recht vorteilhafte Resultate gezeitigt, nämlich

(1) da Ihre Übersetzungsmethode leicht, wie oben erwähnt, ins Abstrakte gleitet, und dies gerade besonders dem Charakter des innern Monologs widerspricht, der hier (trotz der dritten Person des Darstellungsprozesses) festgehalten wird – beachten Sie als kleines Beispiel den Satz auf pag. 53 des MS, dessen Anfang ich auf *»Impossible«* korrigiert habe –, wird das Monologhafte durch die Konkretisierung wiederhergestellt;

(2) auch abstrakte Verdünnungen wirken in die Ferne, insbesondere wenn es sich um so weitausgesponnene Sätze wie in diesem Buch handelt, und nicht nur daß diese Sätze schließlich dann grammatikalisch (ja vielleicht sogar unfranzösisch) in ein Syntax-Gestrüpp geraten, sie ergeben – infolge Zurechtbiegungen – auch inhaltliche Fehlbedeutungen, so etwa auf pag. 54 und 55 des MS, und so wird durch die »Präzisions-Präzisierungen«, welche die richtige Bedeutung wiederherstellen, auch eine syntaktische (und hoffentlich nicht unfranzösische) Klar-Struktur zurückgewonnen;

(3) durch diese Klärung ist es auch gelungen, manches in

der Interpunktion zu vereinfachen, die vielen Gedankenstriche (die nur allzuoft einen Verlegenheitsausweg bedeuten) weitgehend auszumerzen und solcherart die Leserlichkeit (umsomehr als ich, wo immer es anging, die Sätze in kürzere aufgebrochen habe) zu erleichtern;

(4) andererseits bin ich bei der Korrekturarbeit auf ein paar Passagen gestoßen – so die große Schilderung des Schlafes[6] auf pag. 78/80 des MS – welche sich wegen ihrer Über-Ausdehnung überhaupt nicht für eine Übertragung ins Französische eignen, ja sogar im Deutschen ganz gut eine Klärung vertrügen, und da habe ich mir typographisch geholfen, d. h. ich habe den Riesensatz typographisch in Strophen aufgeteilt (durchaus legitim, da er von allem Anfang den Keim hiezu in sich trug). Ich meine, daß dies besonders gut gelungen ist, also auch Ihre Zustimmung finden wird, für welchen Fall ich Sie bitte, darauf zu achten, daß die Druckerei sich an die typographische Vorschrift halte.

Daß bei der Korrektur auch einige nebensächliche Verstöße aufgeschienen sind, versteht sich von selber; einigemale ist es Ihnen passiert, offenbar in der Eile der Arbeit oder des Abschreibens, daß ganze Satzteile oder auch Sätze ausgelassen worden sind. Alles in allem aber darf ich behaupten, daß *jede Korrektur wohlbedacht und mit aller Überlegung eingesetzt worden ist,* daß *jede* ihre *bestimmten Gründe* hat, und daß Sie diese Gründe auch, wenn Sie der Sache nachgehen, leicht entdecken können. Ich will Ihnen aber diese Detektivarbeit nicht zumuten, sondern Sie nur bitten, meine Korrekturen wirklich zu berücksichtigen, denn es ist nichts davon aus bloßem Perfektionismus eingetragen worden: um mich mit perfektionistischer Spielerei abzugeben, bin ich viel zu sehr überarbeitet und übermüdet; diese Romankorrektur bedeutet ja eine rechte Katastrophe für mich.

Ich brauche natürlich nicht nochmals zu betonen, daß alle meine Korrekturen, so wohlbegründet sie auch sind, im Formalen bloß Vorschläge darstellen, und daß die endgültige Formulierung Ihnen überlassen bleiben muß. Jedenfalls bin ich auf Ihre Stellungnahme zu ihnen überaus begierig.

Schließlich noch etwas: ich habe meine Ausbesserungen, auch dort wo es sich um längere Passagen handelt, ohne vorherige deutsche Skizze sofort französisch niedergeschrieben, doch zu einem großen Teil will ich nun auch diese Abänderungen für eine nächste deutsche Auflage verwenden, und zu diesem Zweck möchte ich das MS zurückerhalten, *sobald Sie es dort nicht mehr benötigen.* Ich hätte ja jetzt schon diese Übertragungen gemacht, aber das hätte die Zusendung an Sie noch weiter verzögert, und das wollte ich vermeiden. Ich nehme an, daß Sie dieses Korrektur-Exemplar kaum für die Druckerei verwenden. [. . .] Sollten Sie jedoch dieses in die Druckerei geben, so wäre ich Ihnen besonders verbunden, wenn Sie für pünktliche Retournierung Sorge trügen. Jedenfalls im voraus Dank.

Mit allen guten Wünschen und Grüßen, herzlichst Ihr ergebener

H. B.

[GW 8]

1 Albert Kohn (geb. 1905 in Paris), französischer Übersetzer; übertrug sechs Bände der alten Zürcher Rhein-Verlag-Ausgabe von Brochs Gesammelten Werken ins Französische (erschienen bei Gallimard in Paris); GW 3 *(Der Tod des Vergil)*, GW 2 (*Die Schlafwandler,* gemeinsam mit Pierre Flachat), GW 4 *(Der Versucher)*, GW 8 *(Briefe)*, GW 6 *(Essays I)*, GW 10 *(Die Unbekannte Größe)*.

2 KW 4, S. 65. (Broch zitiert nach der Pantheon-Ausgabe von 1945).

3 Hermann Broch, *La Mort de Virgile,* übertragen von Albert Kohn (Paris: Gallimard, 1955), S. 64: »comme une caverne vue dans un rêve, construite par le rêve, lavée par les marées du rêve, une caverne aux murs d'haleine, remplie d'un silence . . .«.

4 Vgl. Brochs Vortrag »Einige Bemerkungen zur Philosophie und Technik des Übersetzens«, KW 9/2, S. 61-86.

5 KW 4, S. 47. (Broch zitiert nach der Pantheon-Ausgabe von 1945).

6 KW 4, S. 75 f.

721. An H. F. Broch de Rothermann

78 Lake Place, New Haven 11, Conn. 9. 7. 50

Mein Alter,
wahrscheinlich hast Du meinen Brief v. 3. 6. erst jetzt bei Deiner Rückkunft erhalten, denn in Deinen beiden Reisekarten wird er nicht erwähnt, noch viel weniger natürlich in Deinem in Paris aufgegebenen Brief v. 8. 6. Sowohl für diesen wie für die Karten allen Dank. So wie die Welt jetzt ist, bin ich froh, daß Du noch einheimst, was in ihr schön und lebenswert ist; unter andern Bedingungen hätte ich Zeter und Mordio geschrieben, daß Du bei Deiner ach noch so ungesicherten Situation Dich auf Vergnügungsreisen begibst, umsomehr als Du Dir mit diesem seit zwanzig Jahren geübten System die besten Chancen Deiner Entwicklungsjahre verscherzt hast. Jedenfalls war ich mit Deinem Pariser Brief recht froh; er wie der vorangegangene war in einem bedeutend hoffnungsvolleren Ton als alle früheren geschrieben, und ich hoffe nur, daß dies nicht nur durch die Reise-Vorfreude bewirkt worden ist. [. . .]

Meine politische Arbeit war ein Strohfeuer-Erfolg. Mit einem Blatt Papier lassen sich zwei aufeinanderkrachende Lokomotiven nicht aufhalten. Und ich frage mich, ob ich das politische Buch überhaupt noch schreiben soll. Der Aufsatz wird zwar jetzt übersetzt, aber auch wenn er dann erscheinen wird, ist nichts Nachhaltiges von ihm zu erwarten. Dem Commentary[1] habe ich ihn angeboten, da die dort wenigstens deutsch lesen können, aber sie haben ihn als zu schwierig für ihr Publikum abgelehnt; überhaupt halten sie das für unamerikanisches Denken. Amerikanisch ist Baruch[2]: erst eine BC-Station[3] bauen, und dann sich überlegen, was man eigentlich senden könnte. Dabei könnten sie am Erfolg des Marxismus sehen, daß es jetzt anders gemacht werden muß: Marx war der erste, der erkannt hat, daß auch die Politik erkenntnistheoretisch bedingt ist, und genau das geschieht auch in meinem Buch. Doch verlohnt es sich noch? Zum Kongreß nach Berlin habe ich eine Adresse[4] geschickt, die angeblich ein Erfolg war. Sobald ich die gedruckten Kongreßberichte bekomme, kriegst Du einen.

Erkenntnistheorie. Die greift natürlich weit über das politische Buch hinaus, das ja hievon nur einen Ausschnitt verwertet. Doch ehe ich nicht das Ganze halbwegs zusammengefaßt habe, kann ich nichts herzeigen. Und ob ich es noch je fertigstellen werde können, ist mehr als fraglich. Und das ist schade, denn das ist meine wichtigste Arbeit. [. . .]

PEN. Eine umgekehrte Transaktion ist mit dem PEN[5] im Zuge. Die Leute besitzen keine Schreibmaschine und haben mich ersucht, ihnen dazu zu verhelfen. Es mag sein, daß sie es Dir erzählt haben. Ich habe nun eine Sammlung eingeleitet und habe bereits $ 80.– beisammen. Das habe ich gerade dem Sekretär Sacher-Masoch[6] mitgeteilt. Vielleicht wäre es opportun, auch hier zur Überweisung Lacy[7] heranzuziehen. Du kannst ja mit S.-M.[8] drüber sprechen. Im übrigen war Deine Schilderung Deines Zusammentreffens mit dem Herrn Präsidenten[9] wunderschön. [. . .]

Immer Dein alter
H.

[YUL]

1 *Commentary,* seit November 1945 erscheinende kulturelle Monatsschrift, herausgegeben vom American Jewish Committee in New York; erscheint in Fortsetzung des *Contemporary Jewish Record.* – Brochs Aufsatz »Trotzdem: Humane Politik« ist bis heute nicht in englischer Übersetzung erschienen.
2 Bernard M. Baruch (1870-1965), amerikanischer Wirtschafts- und Börsenfachmann. Er beeinflußte in den dreißiger Jahren maßgeblich Roosevelts New-Deal-Programm.
3 Broadcasting-Station = Rundfunkanstalt.
4 »Die Intellektuellen und der Kampf um die Menschenrechte«, KW 11, S. 453-458.
5 Gemeint ist der Österreichische PEN-Club.
6 Alexander Sacher-Masoch (1901-1972), österreichischer Schriftsteller; 1938 emigrierte er nach Jugoslawien. In Belgrad wurde er als Mitglied des Widerstands gegen den Nationalsozialismus von den Deutschen verhaftet. 1946 kehrte er nach Österreich zurück.
7 Ladislaus von Terner, der 1936 Brochs Nichte Erika Postl heiratete; Besitzer und Verwalter des Gutes Neuhof in der Nähe von Graz.
8 Vgl. Fußnote 6.
9 Franz Theodor Csokor, damals Präsident des österreichischen PEN-Clubs.

722. An Jean Starr Untermeyer

Thursday [July 20, 1950]

As I expected, dear, I found here a mountain of letters, and also your sp. d.[1] with the enclosures and the check. And though I'm dead-tired, I have to repeat that there was nothing depressing in my letter: it is a quite simple conviction that all these values which man puts into his life, as love and children and grand-children are nothing than Ersatz for a real sense of our existence, and that one has to know that it is only Ersatz for otherwise one becomes immediately steinunglücklich when in certain moments (e. g. in those of the interruption of the daily routine) one has suddenly to face their lacking or their threadbareness. Surely I don't pretend that I found the sense of life, but I know that the realm in which I live – and I must say rather isolated and with the wish to be isolated (for otherwise I couldn't stay here) – is an ante-camera of the knowledge of the sense, an ante-camera followed by uncountable others, nevertheless a first one. But for getting in the next one – may be that the Hindus are getting farther – one has constantly to be remained concerned with death; the only way to have a life, and under this aspect I think I had a little bit of a life, probably more than most of my fellow men.

I owe you still $ 2.– and so I return the check. And I return the note for Mama[2]; perhaps you like to send it to her post festum.

With all the Hin und Her yesterday I forgot to phone Steiner[3]; I tried to do it from the station but couldn't reach him.

At this point you phoned, and Felicia[4] arrived bringing raspberries from her garden. Two minutes later Steiner phoned; he will come Sunday.

One thing more to the topic above: of course, I repeat myself in my letters; my real life is much too isolated to be communicated. As Kafka[5] points it out: living in a cage where the bars are so wide of each other that it is no cage and nevertheless it's a cage.

Much love
H. *[YUL]*

1 Special Delivery: Per Eilboten.
2 Antoinette von Kahler.
3 Herbert Steiner.
4 Felicia Weigand, Gattin Hermann J. Weigands.
5 Franz Kafka, »›Er‹. Aufzeichnungen aus dem Jahre 1920«, in: F. K., *Beschreibung eines Kampfes. Novellen. Skizzen. Aphorismen aus dem Nachlaß,* Band V der von Max Brod herausgegebenen ›Gesammelten Werke‹, (New York: Schocken, 1947), S. 279: »Mit einem Gefängnis hätte er sich abgefunden. Als Gefangener enden – das wäre eines Lebens Ziel. Aber es war ein Gitterkäfig. Gleichgültig, herrisch, wie bei sich zu Hause strömte durch das Gitter aus und ein der Lärm der Welt, der Gefangene war eigentlich frei, er konnte an allem teilnehmen, nichts entging ihm draußen, selbst verlassen hätte er den Käfig können, die Gitterstangen standen ja meterweit auseinander, nicht einmal gefangen war er.«

723. An Hannah Arendt

78 Lake Place, New Haven 11, Conn. 24. 7. 50

Dank, Hannah, für das Strandlebenszeichen. Ich bin froh, daß Sie es dort gut haben. Schrecklich gerne wäre ich damals mit Ihnen eingestiegen. Aber statt dessen mußte ich ja nach Princeton, und dort war ich.

Zu berichten ist nicht viel. Korea[1] ist mir unangenehm. Diese gründliche Unrüstung Amerikas war doch nicht vorauszusehen. Allerdings, die Pravda hat angeblich geschrieben, daß das bloß ein amerikanisches Tarnungsmanöver sei, hinter dem die großen Aggressionsabsichten sich verbergen. Aber ein Angriff auf Jugoslawien scheint mir nun durchaus im Bereich des Möglichen zu liegen, und dann haben wir die europäische Katastrophe. Und sie wird umso schärfer sein, als dann die Menschheit weder die »Schuldlosen« noch den franz. »Vergil« zu sehen bekäme.

Was aber werden wir dann wirklich tun? Alles Immediate wird sinnlos, vor allem jede theoretisch-politische und metapolitische Arbeit. Ich habe die Absicht, mich aufs Erkenntnistheoretische zurückzuziehen (was mir ohnehin das wichtigste ist) und solcherart bis zum letzten Mann zu kämpfen. Bouchi[2] wird eine arge Sorge sein; zum Privatisieren sind ihre

Einkünfte viel zu klein, und kunstgewerbliche Arbeit wird es kaum geben. Für Frankreich hätte es gereicht; sie schreibt wieder begeistert, wie schön es dort ist, und darüber denkt sie an nichts anderes. Im Augenblick ist sie im Begriff, mit eigenem Wagen und Mitsou[3] nach St. Cyr zu fahren.

Vorderhand ist es noch nicht ganz schwarz, und meinem Prinzip gemäß – man soll niemals Pläne machen – schaue ich einfach weg. Allerdings in den Hofmannsthal hinein, und das langweilt mich entsetzlich. Ich muß mich erst wieder hineinleben, vor allem in die öst. Atmosphäre. Zudem verliere ich mehr und mehr das Gefühl fürs Künstlerische: ich kann mit diesen Hofmannsthalschen Gedichten, Versdramen etc. immer weniger anfangen und mit der Prosa erst recht nicht. Wenn ich es nur schon hinter mich gebracht hätte.

In Princeton war ich eine Stunde lang bei Einstein. Manchmal hat er etwas von jener dunklen Klarheit und Einfachheit, aus der Tiefe besteht. Diesmal war er mehr unklar: vor allem hat er sich über die Nord-Koreaner gewundert, die wegen der Siegerei ihre Städte und Dörfer ausbomben lassen. Dann sagte er aber etwas Nettes: die Menschheit bleibt so blöd, wie sie immer war, und es ist kein Schad um sie, aber daß dann niemand mehr Bach und Mozart spielen wird, ist doch schad. [. . .]

Von Ihnen aber hoffe ich, daß Sie bei der Rückfahrt doch hier wieder unterbrechen, vorausgestzt, daß es Ihnen keinen Umstand macht. Ansonsten sehe ich Sie in N. Y.

Much love und immer Ihr
H.

[YUL]

1 Mit dem Vorstoß nordkoreanischer Truppen nach Südkorea hatte am 26. 6. 1950 der Koreakrieg begonnen.
2 Brochs zweite Frau AnneMarie Meier-Graefe Broch.
3 Eine Katze.

724. An Hans Sahl

New Haven, Conn. 27. 7. 50

Liebster Hans Sahl,
um einen Strich unter unsere damalige Diskussion zu machen: ich habe mir Ungeduld und Unduldsamkeit vorzuwerfen, denn beides tritt unweigerlich bei mir ein, wenn ich in eine Korrespondenz hineingezwungen werde, die ich nicht führen darf, nicht führen kann; ich habe einen Briefeinlauf von nahezu ein Dutzend Briefe pro Tag, habe kein Geld für eine Sekretärin, bin überdies ein entsetzlich langsamer Mensch und ebendarum ein schlechter Diskutant, so daß ich also allen Grund habe, meine Korrespondenz auf das strikt Allernotwendigste einzuschränken, wenn meine wirkliche Arbeit halbwegs vorwärtsgebracht werden soll. Heute, da ich mit einiger Plötzlichkeit ein ziemlich alter Mann geworden bin, erkenne ich schreckerfüllt, daß ich mein Leben vertan und verschleudert habe, und an dieser Verschleuderung ist wohl zu 50 % die Briefschreiberei schuldtragend. Für viele Menschen – und ich glaube, daß Sie dazu gehören – ist Diskutieren ein Lebenselement; also wird Ihnen die gereizte Verzweiflung, von der ich da erfaßt werde, kaum nachlebbar sein, am allerwenigsten, daß es da um eine fast animalische Lebensverteidigung geht.

Sachlich: im Praktischen gibt es kein »Rechthaben«; hier gilt immer das Kontradiktorische zugleich. Auch das gehört zu meiner Abneigung gegen das Diskutieren. Daß Chamberlain sich für Hitler und gegen Stalin erklärt hat, war mir persönlich hochzuwider, doch es war ein Versuch, die Jalta-Konsequenz zu vermeiden, darf also heute ein Rechthaben für sich beanspruchen. Was also bleibt unsereins zu tun übrig? Genau das, was für Marx übriggeblieben ist, d. h. Meta-Politik zu treiben. Der Professions-Humanist, wie Sie ihn nennen, ist unzulässig, weil er mit Schlagworten operiert, anstatt an die Stelle dessen, was er beklagt – zum Bekämpfen reicht es nicht einmal – eine politisch mögliche Konstruktion zu setzen; er will die Härte der Politik nicht sehen, aber er sieht auch nicht die Wirkungsmöglichkeit eines konstruktiven Gedankens, obwohl er beides an Marx hätte lernen können. [. . .]

[GW 8]

725. An Friedrich Torberg

New Haven, Conn., 28. 7. 50

Und selbst, Lieber & Guter & Freundlicher, wenn hinter dieser Aristokraten-Ausgabe[1] der unbewußte Gedanke an den Bobby wesete und schlummerte, sei bedankt. Vielerlei, was ihm die Flora Dub[2] nicht an der Wiege gesungen hätte, also vielerlei Treffliches und Treffsicheres, legst Du Deinem Martin[3] in Mund und Tagebuch.

Nichtsdestoweniger fühle ich mich gekränkt, zwar nicht persönlich, wohl aber sozusagen welthaft.

Seit 1934, also seit sechzehn Jahren, beschäftige ich mich intensiv mit den Dubschen Problemen. Hieraus hat sich meine Massenpsychologie entwickelt, die beiläufig von folgenden Fest- und Fragestellungen ausgeht:

(1) Vom einstigen auf dem lieben Gott basierten Moral-Glauben der Menschheit ist bloß der an die Gerechtigkeit übriggeblieben, weil sich unter deren Flagge (berechtigte) Ressentiments ausleben lassen.

(2) Ansonsten glaubt der Mensch nur das, was ihm in Gestalt wissenschaftlicher, also sozusagen »beweisbarer« Überlegungen gebracht wird.

(3) Der Mensch klammert sich um so mehr an die Wissenschaft, als sie ihm konstant ihre Macht zeigt; sie hat ihn nicht nur unmittelbar in die Unsicherheit des Glaubensverlustes gestürzt, sondern sie vergrößert auch unaufhörlich diese Unsicherheit, da unter ihrer Leitung sich der technische Dschungel organisiert hat, in dem der Mensch sich vollkommmen verloren fühlt.

(4) Der Mensch ist also autoritätsbedürftiger denn je zuvor geworden; er mythisiert also die ihn umgebenden Mächte, nicht zuletzt das Rationale schlechthin, wie es ihm in Gestalt der Wissenschaft entgegentritt, und durch unbedingte Unterordnung unter solche Autorität hofft er seiner Unsicherheiten ledig zu werden.

(5) Der Marxismus trägt all diesen Tatsachen und Wünschen Rechnung. Infolgedessen hat er sich zur Totalität entwickeln können. Die Fascismen sind im großen und ganzen bloß seine Nachahmung.

(6) Im Gegensatz zur Marxschen Ausgangsposition hat sich daraus ein Weltzustand ergeben, in dem »alles möglich und alles erlaubt« ist, der Zustand des Verbrechens an sich.

(7) Soferne man diesen Weltzustand als »schlecht« empfindet, muß man sich sagen, daß der Marxismus »Initial-Fehler« enthält.

(8) Wo Initial-Fehler vorhanden sind, läßt sich nichts »weiter-entwickeln«, vielmehr muß ganz von neuem angefangen werden. Man muß sich also fragen, ob man durch neuerlichen Rückgang auf die erkenntnistheoretischen und logischen Grundlagen (auf die ja auch Marx mit der Berufung auf die Dialektik zurückgegangen ist) zum Aufbau eines metapolitischen Systems gelangen kann, das den Bedürfnissen des modernen Menschen ebenso zu genügen vermag wie das Marx', ohne darum wie dieses ins Unmenschliche zu verfallen.

Diese Fragen sind für mich so brennend geworden, daß ich zu ihren Gunsten meine eigentliche Arbeit, die aus mathematisch-erkenntniskritischen Untersuchungen bestanden hatte, zurückgestellt habe, obwohl mir dies das Wichtigste in meinem Leben gewesen ist. Vielleicht war es ein Wahnsinn, nicht nur weil ich ein Gebiet verlassen habe, in dem ich wirklich etwas hätte leisten können, sondern noch viel mehr, weil ich mich nun in einem befand, dessen Aufgaben single-handed wahrscheinlich überhaupt nicht zu bewältigen sind, ich also in eine Vermessenheit geraten bin, die mir nicht zukommt. Zudem bin ich mythisch-abergläubisch und meine, daß ein Übel (und gar wenn es bereits solche Ausmaße gewonnen hat) erst seine Klimax erreichen muß, ehe es dialektisch umschlägt: was immer also ich auch mit der Massenpsychologie erreicht haben mag, es ist (im Sinne jenes mythischen Glaubens) augenblicklich verurteilt, wirkungslos zu bleiben, und da nach dem einst-zukünftigen Umschwung sich ganz neue Verhältnisse und Lösungen ergeben werden, kann ich bestenfalls auf die Rolle eines Vorläufers rechnen, und für einen solchen hat weder die Natur noch die Historie irgendwelche Verwendung.

Daß ich die Massenpsychologie noch nicht abgeschlossen habe, ist z. T. aus den sich hieraus ergebenden Hemmungen zu erklären. Das hindert nicht, daß ich zu ein paar Resultaten gelangt bin, deren Richtigkeit mir außer Zweifel zu stehen scheint; ein paar denkerisch ausgezeichnete Leute stimmen dem zu, und das ist eine immerhin angenehme Superbestätigung. An der Wirkungslosigkeit wird jedoch hiedurch nichts geändert. Du weißt, daß ich die Arbeit unter Rockefeller-Aegide an der Princeton Universität begonnen habe; ebenhiedurch sind die bisherigen Resultate an die UN etc. gelangt: den Null-Effekt kannst Du Dir vorstellen.

Schön. Von alldem weißt Du nichts, und wenn Du was davon gewußt hast, so hast Du es mit Recht vergessen. Aber den Aufsatz in der »Neuen Rundschau«[4], in dem ich ein paar der Resultate zusammengefaßt habe, den hast Du, da Du ein Literaturbeflissener bist, sicherlich gelesen. Nun weiß ich freilich, wie ein Schreibender liest; sein Narzismus (ohne den er kein Schreibender wäre) erlaubt ihm höchstens polemisches Lesen. Die meisten Reaktionen, die mir zu dem Aufsatz zugekommen sind, stammen aus diesem Winkel; es ist viel leichter, von Utopie zu reden, als neue erkenntnistheoretische Einstellungen zur Kenntnis zu nehmen. Was aber tust Du? Du polemisierst nicht einmal, sondern schickst mir eine Aristokratenausgabe, als hätte ich mich mit alldem niemals befaßt. Und eben das ist das Traurige, das zutiefst Hoffnungslose, die Bestätigung der Nicht-Bekämpfbarkeit des Übels. Denn Du bist grünes Holz, bist sozusagen ein Mitstreiter, und wenn selbst ein solcher die Anstrengungen des andern nicht bemerkt – was läßt sich da überhaupt noch machen?

Nun eine Drohung: wenn Du meinst oder meinen möchtest, daß ich das aus gekränkter Eitelkeit geschrieben habe, so wirst Du von mir nie mehr was Ernsthaftes zu hören bekommen. Du hast zu wissen, daß ich – in meinem ach so siebenten Lebensdezennium – mit Literatenehrgeiz und Literateneitelkeit wahrlich nichts mehr zu tun habe. Was mir wirklich noch wichtig ist, vermag ich kaum mehr zu sagen; es liegt irgendwo ganz woanders, und daß ich offenbar noch immer an der Abstellung der Weltübel hänge, wundert mich selber. Dies vorausgeschickt, werde ich Samstag d. 5. gegen Mittag bei Dir anrufen; ich komme nicht eher nach N. Y.

Weiteres über den Martin also am Samstag. Inzwischen

Glückwunsch und nochmals Dank. Hiezu Euch beiden viel Herzliches von Deinem alten

HB

[FT, GW 8]

1 Friedrich Torberg, *Die zweite Begegnung. Roman* (Frankfurt: S. Fischer, 1950).
2 Figur aus Torbergs Roman *Die zweite Begegnung*.
3 Martin Dub, Held aus Torbergs Roman *Die zweite Begegnung*.
4 »Trotzdem: Humane Politik«.

726. An Edith J. Levy

Aug. 3 [1950]
No, dear, a one-track correspondence doesn't work: I have the ghostly feeling of being a vacuum in which your letters disappear. Furthermore I have to tell you that it is very cruel of you to laugh about my catastrophes; in my fairy tale always the real wolves arrive, and I'm anxiously waiting for the occasion that I could lie: but the no-wolf never comes. And earnestly: things are more earnest than you (and probably I) may imagine; perhaps I'm only overworked, but undoubtedly something is wrong in my organism.

Each and every trip to N. Y., therefore, is catastrophe and I'm delighted that you are coming to N. H.[1] Nevertheless, Monday the 7th of August I shall be in town and phone in the morning. And nevertheless I enclose my check, for otherwise I forget. My tobacco which is with you will alone do the job.

I'm happy and proud that you like the Langgässer[2]: a perfect review has to make unnecessary for the reader to read the book itself, but has to give him the feeling of necessity to read it.

Auf wiedersehen and love.

H.

[EJL]

1 New Haven.
2 Hermann Broch, »The Indelible Seal. A Novel of the Pilgrimage

of Faith«, in: *Commentary,* Jg. 10 (August 1950), S. 170-174. Auf Deutsch in KW 9/1, S. 405-411.

727. An Friedrich Torberg

3. 8. 50

Aber, Guter, gerade das hat mich ja wild gemacht, daß Du mir Deine ausgezeichneten Formulierungen (viel schärfer und besser als die meinen, z. B. die zu den »Fehlern« in Demokratie und Diktatur) zur »Bestätigung« geschickt hast. Auf die Formulierungen kommt es nämlich überhaupt nicht mehr an. Echter Fanatismus – und der hat sich in Korea gezeigt – läßt sich durch Papier nicht mehr aufhalten. Und selbst wenn Amerika nicht so erschreckend ungerüstet wäre, wie es sich erwiesen hat, mit Militärsiegen läßt sich nichts mehr ausrichten. Gewiß, jeder denkt zuerst an sich, und ich bin verzweifelt, weil ich Jahre an eine Schrulle, an eine Weltverbesserungsschrulle verwendet habe, anstatt meine Erkenntnistheorie zu machen, mit der ich mir wie der Welt wahrscheinlich besser gedient hätte. Aber dahinter steht doch auch Verzweiflung über das Kommende, über diesen Abgrund von Leid, durch den die Menschen (und d. h. auch wir persönlich) werden hindurchgehen müssen. Gerade weil ich Dich als Mitstreiter liebe und schätze, hätte ich darüber ein Wort erwartet. [. . .] Ich wollt, ich hätte unrecht, ich wollt, ich wäre bleed – wie traurig, daß das die letzte Hoffnung geworden ist. Immerhin eine, die sich mit Bestimmtheit einmal erfüllen wird. »Am leichtesten is a Bleeder«, hat Eisenbach[1] gesagt. [. . .]

Mein Programm ist umgestoßen worden; ich muß Sonntag Abend zu einer Besprechung in N. Y. sein, und so werde ich erst Sonntag dort eintreffen (Mittag) und sofort anrufen.

Inzwischen love & love

HB

[FT]

1 Wahrscheinlich bezieht Broch sich auf Heinrich Eisenbach, *Anekdoten* (Wien: Szelinski, 1905).

728. An Waldemar Gurian

78 Lake Place, New Haven 11, Conn. 8. 8. 50

Lieber Freund,
die Nachricht von Elisabeth Langgässers Ableben[1] hat mich sehr erschüttert und Sie wahrscheinlich noch mehr.

Die Nachricht war für mich umso schmerzlicher, als zugleich mit ihr der beil. Brief von Putnam[2] eintraf. Ich hätte E. L. so gerne die Freude einer amerikanischen Ausgabe verschafft, und jetzt endlich eröffnen sich Möglichkeiten hiefür. Ich habe Putnam geschrieben, daß ich den Brief an Sie weitergeleitet habe, und daß Sie direkt darauf antworten werden.

Die Weltverdüsterung schreitet allenthalben fort, privat weil man älter wird, offiziell weil die Menschheit halt wieder einmal einem Wellental zustrebt. Man muß beides hinnehmen. Keinesfalls hat es im Augenblick Sinn, irgendwelche Metapolitik etc. zu betreiben oder zu veröffentlichen, und so erinnere ich Sie gar nicht (obwohl ich es damit tue) an meinen Aufsatz in der N. R.[3], den Sie, wie mir Hannah sagte, wegen Abdruck in der R. o. P.[4] durchschauen wollten.

Wegen Befassung mit den politischen und metapolitischen Problemen habe ich im letzten Jahr vieles vernachlässigt: dazu gehört auch die Besprechung von Schreckers[5] Buch, die ich Ihnen schulde –, wollen Sie sie noch haben?

Ich hoffe, Sie hatten und haben noch einen guten Sommer. Mit einem herzlichen Gruß Ihr

Hermann Broch

[EL]

1 Elisabeth Langgässer war am 25. 7. 1950 gestorben.

2 Im Putnam Verlag erschien kein Buch Elisabeth Langgässers. Lediglich die *Märkische Argonautenfahrt* erschien, übersetzt von Jane B. Greene, in den USA: *The Quest* (New York: Knopf, 1953).

3 *Neue Rundschau:* »Trotzdem: Humane Politik«.

4 *Review of Politics.*

5 Paul Schrecker, *Work and History. An Essay on the Structure of Civilization* (Princeton: Princeton University Press, 1948). Broch rezensierte das Buch nicht.

729. An Wilhelm Hoffmann

78 Lake Place, New Haven, Conn. 21. 8. 50

Mein sehr verehrter Dr. Hoffmann[1],
Sie wissen sicherlich, was mir Elisabeth Langgässers Persönlichkeit und Werk bedeutet haben, und so können Sie sich wohl vorstellen, wie tief ich von diesem so vorzeitigen Ableben getroffen bin.

Ihr Schmerz, verehrter Herr Doctor, wird von Unzähligen geteilt. Doch das ist kaum ein Trost; Ihr Verlust wird hiedurch noch deutlicher: denn Deutschland hat eine seiner stärksten geistigen Potenzen verloren, und das ist gerade in diesen Zeiten der Krise schier unersetzlich. Wichtigstes, das zu erwarten wir berechtigt waren, wird uns nicht mehr geschenkt werden.

Daß es mir nicht mehr vergönnt ist, Elisabeth Langgässer persönlich kennen zu lernen – mein Besuch bei Ihnen war für meine bevorstehende Europareise geplant –, ist mir bitter und wird immer bitter bleiben, und nicht minder bitter ist es mir, daß sie als Autorin nicht mehr die Freude einer amerikanischen Ausgabe ihres Werkes, die sie gerne gesehen hätte und um die ich bemüht bleibe, haben wird; gerade jetzt scheinen sich Möglichkeiten hiefür zu ergeben.

Ich brauche Ihnen wohl nicht zu versichern, daß meine Gedanken bei Ihnen und Ihrer Familie sind; gestatten Sie also, daß ich Ihnen die Hand drücke

als Ihr ergebener
Hermann Broch

[EL]

1 Wilhelm Hoffmann (geb. 1901), Philosoph und Bibliothekar. Er edierte den Broch-Langgässer-Briefwechsel in: *Literaturwissenschaftliches Jahrbuch,* Neue Folge, Band 5 (1964), S. 297-326. Er war der Gatte Elisabeth Langgässers.

730. An Edith J. Levy

Aug. 26 [1950]

Dearest,
I hope you got my p. c. which is not a *pour condoler,* but a post card which I sent after your good long – good though and because long – [letter] arrived. And in order to start with cheerful news: things become worse and worse: I am about to lose my struggle for survival, and this – pleased to say – in every respect, physically, psychologically, economically, financially. There is not one day which doesn't bring some new duties of this or that kind, and my real work – first of all now my novel[1], which has to procure me food for the next months – has to be postponed from one day to another. Of course it is my own fault; I don't mean the hospitals, the 88th[2], the care for the poor and the sick you mention, no, I mean my own rhythm of life, this nervous system which acts incredibly slow, so that each and every single letter becomes a task and a dread. When I see what other people achieve, old men like AJ[3] or Th. Mann (who was here the day before yesterday for a luncheon which for him was just pleasant while for me it cut the day in half and ruined it) I am simply ashamed.

Maybe that after a very thorough rest the whole affair would improve a little bit – my last real vacation was 1912, and though I planned the next one for 1952, the exhaustion has piled up quite nicely –, but I can't leave this desk, especially since the rest wouldn't be a rest. And so I stay here, luckily unhappy, amused and dead tired.

Do you know that I even fear a little the Nobel business?[4] I hate official occasions, and the trip to Stockholm would be an interruption of work. Alas, it is an unfounded fear, all the more so since the Nazi influence on one side, the Communistic on the other, are growing in Austria, and therefore the people there won't put forward my candidacy for another time. However, if someone is worthy to get the prize, it is Faulkner; I admire him thoroughly and would be most glad if he would get it – which, in fact, under the given circumstances is rather improbable.[5]

First page? Of course, Faulkner deserves it, but also the

Virgil had it in *Times,*[6] and it was without the slightest effect, especially – my perpetual fate – [since] it happened during the truck strike, and nobody received the paper; when, next fall, the two novels will come out, you'll have to handle the job, and we shall see if you are stronger than my fate.

Your letter to B. B.[7] naturally was perfect; I'm looking forward to my 80th. In the meantime thanks for the AJ review of Pick's book.[8] Here you see: such a review means nothing to AJ; for me it means nearly a day of work.

Happy and happy that you are enjoying country, air, woods and mountains.

And much love
H.

[EJL]

1 Dritte Fassung der *Verzauberung (Demeter)*.
2 Geburtstag Antoinette von Kahlers am 16. 7. 1950.
3 Alvin Johnson.
4 Alvin Johnson setzte sich damals – vergeblich – für eine Nominierung Brochs zum Nobelpreis ein.
5 William Faulkner erhielt 1950 den Nobelpreis für Literatur.
6 Marguerite Young, »A Poet's Last Hour on Earth«, in: *New York Times Book Reviews,* (8. 7. 1945).
7 Bernard Baruch. Vgl. Fußnote 2 zum Brief vom 9. 7. 1950.
8 Robert Pick, *Guests of Don Lorenzo. A Novel* (Philadelphia: Lippincott, 1950).

731. An Irma Rothstein[1]

30. 8. 50.

Ich muß doch ganz schnell antworten [. . .]: ich bin ein amusischer Mensch, habe also bloß ein mittelbares Verhältnis zur Kunst, obwohl ich überzeugt bin, daß meine eigenen Fabrikate wirkliche Kunst sind, soweit nämlich man überhaupt von Kunst im Erzählerischen sprechen kann. Aber indem ich das Unmögliche von mir verlange, wird das, was sich schließlich davon ermöglichen läßt, etwas sehr Kunstähnliches. Im Vergil war mir das Erzählerische einfach schon ein Ekel – auch wenn ich philosophisch weniger davon gewußt hätte, oder richtiger, weil mein philosophisches Wissen aus diesem Ekel, dessen Richtigkeit mir unzweifelhaft feststeht, hervorgegangen ist –, und weil solcherart alles auf die Sprengung der Erzählung angelegt war, ist der verbliebene Bodensatz gleichfalls etwas halbwegs Richtiges geworden, trotz all seiner Mängel. Die Erzählung haftet genau so wie die Plastik am Dreidimensionalen, wenn auch nicht so eng wie diese daran gebunden, und ebendarum ist die Plastik womöglich noch konservativer als jede andere Kunst: mit Formalspielereien läßt sich da noch weniger als anderswo operieren; hier geht es wirklich unaufhörlich um den *großen Stil.* Und vielleicht haben den wirklich bloß die Ägypter gehabt. Genau so, wie der große Stil des griechischen Theaters nie wieder erreicht worden ist, nicht einmal von Shakespeare. Und wahrscheinlich ist der große Stil – damit komme ich in Deine Linie – immer Ausdruck und einmaliger Ausdruck einer spezifischen Frömmigkeit, die ja auch einmalig ist; im Mittelalter konnte sie sich architektonisch ausdrücken, merkwürdigerweise weit mehr als in der Antike, denn der griech. Tempel war nicht »fromm«. Heute aber läßt sich bloß Zukunftsfrömmigkeit erahnen, und ob sich hiefür ein Ausdruck finden läßt, ist zweifelhaft. Ich bin weit davon entfernt, in einem Moore[2] Zukunftsfrömmigkeit entdecken zu wollen. Nein, ich bin nur wachsam, weil ich sie in allem, was ich nicht verstehe, entdecken möchte; auch der Mondrian[3] hat sie sicherlich nicht. Aber es ist möglich, daß Du einen Ansatz dazu finden magst: hier und nur hier liegt die »entsetzliche Direktheit«, und sie erfordert eine an Trance streifende geistige Konzentration. Ich habe die einmal aufgebracht, nämlich als ich mich über mich selbst hinaus in das Wissen um den Tod hineingesteigert habe. Welche Form dann die Menschengestalt annehmen wird, kann ausschließlich die Trance bestimmen; jedenfalls wird sie bloß Frömmigkeit ausdrücken, ohne daß sich dazu auch nur im entferntesten irgend ein singuläres empirisches Modell mitimaginieren läßt. In Ägypten war es eine Generationen-Trance, d. h. sie war *Ritual* geworden, also war erstarrt ohne Erstarrung. Heute gibt es nur ein künftiges Ritual.

Im übrigen irrst Du Dich wegen der Revolution: es gibt *nur* permanente Revolution; es hat bisher bloß es noch keine dazu gebracht, weil noch jede sofort ins Wieder-Institutionelle geraten ist. Und der revolutionäre Künstler gerät ins Manierhafte, was die Parallele zur Institution im Politischen ist. Kurzum, man hat's nicht leicht.

Hoffentlich habe ich mich trotz Eile einigermaßen klar gemacht. [. . .]

[YUL]

1 Vgl. Fußnote 1 zum Brief vom 24. 6. 1950.
2 Henry Moore (geb. 1898), englischer Bildhauer, Zeichner und Maler.
3 Piet Mondrian (1872-1944), holländischer Maler.

732. An Hanns von Winter

78 Lake Place, New Haven, Conn. 8. September 1950

Sehr verehrter Herr Legationsrat:
Mein Sohn und Saiko haben mir von ihrem erfreulichen Zusammentreffen mit Ihnen berichtet, und so habe ich auch nun Ihren richtigen Titel erfahren.

Ich danke Ihnen sehr für Ihre guten Zeilen vom 26. Juli und deren interessante Beilagen. Insbesondere hat mich Ihr Aufsatz über Jelineks Kompositionen[1] interessiert; ich wollte, ich könnte noch mehr zu diesem Thema von Ihnen hören. Haben Sie schon Adorno-Wiesengrunds neue Musikphilosophie[2] gelesen? Ich habe mir das Buch bestellt, aber noch nicht erhalten. [. . .]

Natürlich war ich oftmals in den Krausvorlesungen. Ich kann nur bedauern, daß wir damals einander nicht begegnet sind. Kraus gehört zu meinen großen Jugendeindrücken, und zwar zu jenen, die ungeschwächt weiter bestehen. Wahrscheinlich ergeht es Ihnen ebenso.

Werde ich Ihr Vortragsmanuskript[3] bekommen? oder werden Sie den Text veröffentlichen?

Mit allen guten Wünschen und Grüßen

Ihr ergebener
Hermann Broch
[YUL]

1 Hanns Jelinek (1901-1969), österreichischer Komponist; entwickelte eine Tonsprache auf der Basis der Zwölftonmusik. Vgl. H. J., *Anleitung zur Zwölftonkomposition* (Wien: Universal-Edition, 1952-58).

2 Theodor W. Adorno, *Philosophie der neuen Musik* (Tübingen: Mohr, 1949).

3 Vgl. Fußnote 1 zum Brief vom 10. 6. 1950 an Hanns von Winter.

733. An Hermann Salinger

New Haven, Conn., 29. 9. 50

Lieber Hermann Salinger[1],
[. . .] Nun zu andern Themen, also zum Einfluß Amerikas auf mich und schließlich zum Cantos-Problem; dabei muß man ersteres aufspalten, nämlich einerseits in die Frage des Einflusses auf meine Schreiberei, andererseits in die meiner außerdichterischen Einstellung zu diesem Land.

(2) *Amerikanische Einflüsse auf meine Dichterei.* So viel *ich* sehe, ist Einfluß mit *Null* zu bewerten. Und das scheint mir auch ganz richtig zu sein. Denn jene irrationale Struktur, die dem Dichtergewerbe zugrunde liegt, wird in der ersten Jugend geformt; was nach dem achten Lebensjahr kommt, wird kaum mehr wahrhaft dichterisch-irrational, sondern nur noch rational, d. h. in Gestalt rational-präziser Erinnerungsbilder, rationaler Problemstellungen, etc. verarbeitet. Die eigentlich dichterische und künstlerische Qualität ist ausschließlich an jenen irrationalen Teil gebunden, und alles übrige ist – ohne daß ich deren Notwendigkeit und Wert herabmindere – bloße Technik; das sind Beobachtungen, die Sie sicherlich oft auch schon bei sich selber angestellt haben,

obwohl Sie der literarhistorische Beruf natürlich immer wieder zur technischen und rationalen Seite hinziehen wird, ohne die es eben keine Wissenschaft gäbe. Sozusagen als Ergänzung zur Literaturhistorie (von der ich ja *leider* viel zu wenig weiß) bemühe ich mich daher überall, wo ich mich mit einem dichterischen Werk zu befassen habe, jene irrationale Grundstruktur – die keineswegs nur als psychologisch aufgefaßt werden darf, sondern im Grund aus lediglich erkenntnistheoretisch erfaßbaren Sphären stammt – freizulegen; im Joyce (von dem ich Ihnen anbei ein Exemplar mit großer Freude überreiche) ist mir das noch recht mangelhaft gelungen, doch mit dem Hofmannsthal hoffe ich auf besseres Gelingen. Und wenn ich an die beiden großen Namen meinen eigenen anschließen darf, so weiß ich über mich einigermaßen Bescheid: sooft mir dichterisch etwas glückt, bemerke ich, daß es aus der ersten Kinderzeit herstammt. Z. B. sind Ihnen amerikanische Anklänge in den »Schlafwandlern« aufgefallen: in der nicht sehr reichhaltigen väterlichen Bibliothek befand sich ein »Prachtwerk«, zwei Großoktav-Bände in Goldschnitt mit vielen Holzschnitten, und eben diese Holzschnitte, ihre Schwärze, ihre Strichlierung, ihre hintergründige Stimmung, fast möchte ich sagen ihr Geruch – das ist es, was geblieben ist, nichts von dem Text, den ich später gelesen habe, und mit großer Sicherheit glaube ich behaupten zu können, daß es ähnliche Illustrations-Reminiszenzen gewesen sind, die hinter Kafkas »Amerika« liegen. Oder nehmen Sie ein andres Beispiel: Dvořak, kein großer Komponist, aber sozusagen ein Naturmusiker von echtem Schrot und Korn, hat ein paar Jahre in Amerika verbracht, und immer wieder vom amerikanischen Einfluß gesprochen, weil er in seiner Fünften sowie in dem einen Quartett ein paar indianische und Spiritualmotive verwendet hat; ich weiß nicht, ob das auch von ernsthaften Musikologen vertreten wird – für mich wären sie dann kaum als ernsthaft zu bezeichnen –, aber sicher ist, daß die beiden Werke, vielleicht eben wegen der rationalistischen Übernahme jener Themen, die Dvořaksche Naturhaftigkeit, die seine eigentliche Stärke ist, vermissen lassen. Und so halte ich die Frage nach dem Einfluß Amerikas auf Emigrations-Dichter überhaupt für eine unglückliche Problemstellung. Gut, man mag von literarischen Einflüssen sprechen, etwa vom Einfluß, den die moderne Romantechnik (von Dreiser bis Hemingway und Wolfe) ausgeübt hat; doch dazu mußte man nicht nach Amerika kommen, so wenig man nach Rußland fahren mußte, um Dostojewskis Einfluß zu unterliegen. Und schließlich der Einfluß der Sprache. Indes auch hier, ja hier erst recht, geht es um die Kindheitseindrücke: Stil ist in erster Linie eine Angelegenheit des Atmens (Sievers[2]), und die Atemführung ist nicht zuletzt von der in der Kindheit gesprochenen Sprache abhängig. Die großen Stilisten waren in ihrer Kindheit einsprachig, und fast alle, die später einen Sprachwechsel vollzogen haben, geraten leicht in einen gezwungenen Stil – es wäre der Mühe wert, das einmal systematisch zu untersuchen.

(3) *Persönliche Beeindruckung durch Amerika.* Hier handelt es sich um die rationale Beeinflussung, und die ist tatsächlich bedeutend. Vor allem habe ich hier die Wirksamkeit der Demokratie gelernt, gründlich gelernt, also nicht nur kennen gelernt, und da ich mich nun doch schon seit Jahren mit Massenpsychologie und demzufolge mit theoretischer Politik befasse – vielleicht haben Sie meinen programmatischen Aufsatz im Jännerheft der »Neuen Rundschau«[3] gesehen –, war und ist mir dieses Miterleben der amerikanischen Demokratie, die unmittelbare Beobachtung ihrer Vorzüge und Mängel, wahrlich von äußerster Wichtigkeit. In meiner Massenpsychologie (3 Bände) sowie in meinem politischen Buch, beides in Vorbereitung, werden Sie den Niederschlag davon finden. Aber sicherlich nicht in der Dichtung, nicht einmal dort. wo sie politisch wird.

(4) *Cantos,* die jetzt »Stimmen« heißen, da sowohl mein Schweizer wie mein deutscher Verleger gefunden haben, daß »Cantos« durch Pound[4] suspekt gemacht worden ist. Und natürlich sind sie, wie Sie richtig erraten haben, »Leim« zum Zusammenhalt des so merkwürdig zusammengewürfelten Romans. Aber ihr Leimcharakter hat da noch eine besondere Funktion: die Haupthandlung der Schuldlosen spielt um 1923 und zeigt jene Grundstimmung, die das Hochkommen Hitlers ermöglicht hat; von rechtswegen hätte man dazu einen doppelt so langen Roman gebraucht, auf daß tatsächlich all die Vielfalt der Phänomene, ihre Banalität wie ihre

Dämonie, ihre sozialen wie metaphysischen Vorbedingungen erfaßt werden, und da das nicht möglich war, mußte ich ein raccourci-Mittel finden, ein Mittel, das sich im Gedicht gefunden hat, denn nur das Gedicht liefert eine Zeittotalität in einer Nußschale, kann in einem Atem die obere und untere Grenze des Darstellungsraumes deutlich machen. Das hat aber ein weiteres Problem ergeben: alle Dichtung muß die Totalität der jeweiligen Welt zum Ausdruck bringen, muß – wenigstens dem Gewicht nach – ihr Konterpart sein, und von hier aus gesehen, muß man sich wohl fragen, ob das heute noch möglich ist, ob Dichtung heute überhaupt noch möglich ist, denn das Gewicht dieser in Umgestaltung begriffenen Welt ist so fürchterlich groß, daß sich die Erzeugung eines gedanklich-sprachlichen Gegengewichtes kaum vorstellen läßt; die Gedichte sind also Experimente, und da ich kein Lorca bin (bei dem sich unzweifelhaft Ansätze zu solcher Schwergewichtigkeit vorfinden), ist der Versuch zur Aufspürung des notwendigen neuen Ausdrucksmittels nur noch höchst mangelhaft geglückt; ich habe immer wieder die Sache umgearbeitet, doch dazu braucht es eben Jahre des Reifens, und selbst dann ist das Gelingen zweifelhaft. Sie werden ja die neue Fassung bald sehen; die deutsche und schweizerische Ausgabe wird in ein paar Wochen hier sein, und daß ein Exemplar zu Ihnen reist, versteht sich von selbst. [. . .]

[GW 8]

1 Hermann Salinger (geb. 1905), amerikanischer Germanist, Schriftsteller und Übersetzer; lehrte damals am Grinell College in Grinell/Iowa.

2 Eduard Sievers (1850-1932), deutscher Germanist; bekannt geworden durch seine Studien zur Metrik, Grammatik, Lautphysiologie und Schallanalyse.

3 »Trotzdem: Humane Politik«.

4 Vgl. Fußnote 5 zum Brief vom 11. 11. 1949.

734. An Hanns von Winter

78 Lake Place, New Haven 11, Conn. 14. 10. 50

Verehrtester Herr Legationsrat,
[. . .] Inzwischen könnte ich der »Presse«[1] meine Adresse an den »Kongreß für kulturelle Freiheit« zur Verfügung stellen. Ich war dort zwar Mitglied des Komitees, konnte aber wegen meiner hiesigen Überlastung nicht hinfahren und mußte mich daher mit der »Adresse« begnügen. Zur Abstimmung ist die Adresse nicht gekommen, denn das Sitzungsprogramm wurde im letzten Augenblick abgeändert: alle Detailanträge wurden zurückgestellt; man hat sich auf eine allgemeine Resolution beschränkt, die Sie ja wahrscheinlich gesehen haben und eigentlich recht schön ausgefallen ist. Hingegen haben die Berliner Zeitungen Auszüge aus der Adresse gebracht[2]. Auf eine nochmalige auszugsweise Veröffentlichung lege ich jedoch keinen Wert. Sollten Sie also glauben, daß Molden[3] sie zur Gänze (etwas über sechs Schreibmaschinenseiten) bringen möchte, so schicke ich sie Ihnen. [. . .]

An der Verschweigung des Dramas[4] aber möchte ich festhalten. Technische Geschicklichkeit ist noch keine Kunst, und ein Drama, das dem Publikum keine neue Botschaft vermittelt, ist Clichée, also ein Schmarrn. Zwei deutsche Bühnen wollten es jetzt bringen, und ich habe die Aufführung inhibiert. Heute freilich würde ich wahrscheinlich ein wirkliches Drama zustandebringen, doch nun ist die vor mir liegende Zeit zu kurz hiefür geworden. [. . .]

Mein Abschied vom alten Österreich (und von meiner Jugend) ist in meinem immerhin fertiggestellten Hofmannsthal-Buch enthalten; das war mein Privatvergnügen in dieser Arbeit. Ob Österreich – oder Heimatgefühl – das läßt sich ja kaum auseinanderhalten –, das Bild der alten Monarchie hat sich unverändert gehalten; auch Kraus war ja in diesem Sinn ein Voll-Österreicher, vielleicht sogar mehr als Hofmannsthal. [. . .]

Für Ihre guten Geburtstagswünsche allerherzlichsten Dank! Falls Sie Saiko sehen, übermitteln Sie ihm bitte freundschaftliche Gedanken, und nehmen Sie selber gute Wünsche und Grüße

Ihres ergebenen
Hermann Broch
[YUL]

1 Brochs Adresse »Die Intellektuellen und der Kampf um die Menschenrechte« wurde in der Wiener Tageszeitung *Die Presse* nicht veröffentlicht.
2 Nicht ermittelt.
3 Fritz Molden (geb. 1924), österreichischer Verleger; arbeitete damals bei der Wiener Tageszeitung *Die Presse,* deren Herausgeber er seit 1953 (später auch Chefredakteur) war.
4 *Die Entsühnung,* KW 7.

735. An Willi Weismann

78 Lake Place, New Haven 11, Conn. 17. 10. 50

Lieber Herr Weismann,
seien Sie für Ihren Brief v. 11. ds. sowie dem ihm angeschlossenen Fräulein Jansens[1] bestens bedankt. Für diese lege ich hier Antwort bei, die natürlich auch für Sie bestimmt ist. Inzwischen werden hoffentlich auch meine Briefe v. 3., 10. und 14. ds. richtig bei Ihnen eingelangt sein; insbesondere auf den v. 10. ds., der eingeschrieben an Sie gegangen ist, erwarte ich Ihre umgehende Rückäußerung, denn da geht es um den Innentext des Umschlags und um den leidigen Entstehungsbericht zum Inhaltsverzeichnis.

Zu den übrigen von Ihnen berührten Angelegenheiten: [. . .] Publizität: der Norddeutsche Rundfunk bringt in allernächster Zeit eine einstündige Sendung von mir »Der Intellektuelle im Ost-West-Konflikt«[2]. Eine zweite Sendung ist in Vorbereitung. Vielleicht können Sie Datum und Stunde erfahren, vorausgesetzt, daß Sie das in Ihrer Presse-Aktion verwenden können.

An Legationsrat Winter hatte ich doch schon eine Partie

der überzähligen Fahnen von hier aus geschickt. Anbei eine Karte für ihn zur freundlichen Weiterleitung.

Das Flugblatt Putz[3] will ich bei den hiesigen Emigranten, die an Deutschland politisch interessiert sind, zirkulieren lassen. Ich lasse Ihnen inzwischen das letzte Heft von *Commentary* mit dem ganz ausgezeichneten Artikel Hannah Arendts[4] zugehen, da dieser eine ungemein tiefsichtige Darstellung der deutschen Verhältnisse enthält; sie war letzten Winter ein paar Monate in Deutschland. Auf das Flugblatt komme ich sodann zurück.

Inzwischen herzlichsten Gruß
Ihres
Hermann Broch

[WW, YUL]

1 Lektorin im Weismann Verlag.
2 KW 11, S. 460-492. Die Studie wurde nicht im Rundfunk gesendet.
3 Helmut Putz war Leutnant jener Dolmetscher-Kompanie, die sich Anfang 1945 an einem Aufstand gegen die Nationalsozialisten in München beteiligte. Während dieser Aktion lernte Willi Weismann Putz kennen. Als man 1950 die Wiederbewaffnung der Bundesrepublik Deutschland erwog, protestierte Putz dagegen mit dem Flugblatt »Ohne mich«.
4 Hannah Arendt, »The Aftermath of Nazi Rule. Report from Germany«, in: *Commentary* 10/4 (Oct. 1950), S. 342-353.

736. An Herbert Burgmüller

New Haven, Conn., 9. November 1950

Liebster Herbert,
Ihr guter Brief vom 20. Oktober kam just zu meinem Geburtstag an, hatte also symbolische Bedeutung. Dabei fand ich, daß ich Ihren und Gustls Geburtstage vergessen habe. Neben der Freude gab es also Beschämung. Für erstere Dank, für letztere bitte um Entschuldigung.

Aber an dieser Vergeßlichkeit können Sie sehen, wie arg es

auch bei mir zugeht. Ich arbeite durchschnittlich noch immer 17 Stunden am Tage und bringe doch dabei nichts fertig. Daran ist nicht zuletzt die Politik schuld. Im Februar habe ich Ihnen einen Brief für Uhse[1] angekündigt. Daß der niemals eingelangt ist, dürften Sie gemerkt haben. Ich habe wochen- und monatelang immer wieder daran gearbeitet, völlig überflüssigerweise, denn schließlich ist das, was ich zu sagen habe, ohnehin im dritten Band meiner »Massenpsychologie« enthalten. Aber ich wollte ein rein politisches Extrakt haben, und Sie können sich vorstellen, auf wieviel Seiten das dann angewachsen ist, weit über Aufsatz-Umfang hinaus. Also habe [ich] es schließlich aufgegeben. Dann kam überraschenderweise Egon Vietta aus Hamburg her und hat mich zu Rundfunkvorträgen für den NWDR eingeladen. Ich habe das akzeptiert, weil ich meinte, daß ich auf diese Weise wenigstens das Notwendigste in meiner Stellungnahme umreißen könnte. Das Resultat war kläglich, denn es hat sich herausgestellt, daß der Rundfunk seine eigenen Regeln hat, und so macht mir das kastrierte Gebilde[2], was da schließlich entstanden ist, keine Freude.

Eines möchte ich aber nur Ihnen gegenüber kurz andeuten: Wenn Ihr glaubt – und die meisten glauben es –, daß es heute um eine Auseinandersetzung zwischen Kapitalismus und Kommunismus geht, so irrt Ihr Euch gewaltig. Ich habe jetzt die hiesigen Verhältnisse doch ziemlich genau beobachtet und kann Sie versichern, daß die ganze Geschichte von der Wallstreet-Politik ein Kindergewäsch ist. Kapitalismus im Marxschen Sinne gibt es in diesem angeblich hochkapitalistischen Land überhaupt nicht mehr. Ich bin überzeugt, daß das in Moskau sehr genau gewußt wird, genau wie sie dort wissen, daß ihr Kommunismus keiner ist. Die Wirtschaftsformen sind einander viel ähnlicher, als der Durchschnittsbürger meint. Der Unterschied liegt darin, daß hier die Wirtschaft vorderhand noch ungeheuer reich und dort vorderhand noch ungeheuer arm ist. In Wahrheit also ist diese ganz fürchterliche Auseinandersetzung eine ältesten Stils, nämlich eine strategische, und das wirtschaftliche Resultat wird Weltverelendung sein, also keineswegs eine höhere Gerechtigkeit, welche einen Ausgleich zwischen Reich und Arm schaffen wird. Aus dieser Verelendung wird dann etwas Neues entstehen, und mit welchen Sauereien das Neue belastet sein wird, können wir noch nicht ermessen.

Gewiß könnten Sie sagen, daß dies bloße Meinung sei; das läßt sich nämlich zu allem sagen, was nicht im Bereich des mathematisierbaren Ausdrucks liegt, aber immerhin habe ich für diese Meinung recht gute Begründungen. Für einen Kommunisten klingt das wie Irrsinn, und er wird auch nicht durch die Ergebnisse des Weltirrsinns, der bereits ausgebrochen ist, eines Besseren belehrt werden; er wird immer noch glauben, daß ich damit sozusagen kapitalistische Ansichten äußere. Und jetzt mögen Sie auch verstehen, warum ich mit diesem Brief an Uhse nicht zurechtgekommen bin. [. . .]

[GW 8]

1 Vgl. Fußnote 1 zum Brief vom 28. 12. 1949.
2 »Der Schriftsteller in der gegenwärtigen Situation«, KW 9/2, S. 249-262.

737. An Herbert Steiner

Thanksgiving [23. 11. 1950]

Herbert! Ihnen kein Thanksgiving!
Ich brauche es nicht weiter zu erklären; am Beiliegenden können und werden Sie selber erkennen, was Sie mir angetan haben, indem Sie mich mit Ihrem leichtfertigen Einwand zum Chandos[1] hingezwungen haben: ich habe genau gewußt – mein Unbewußtes ist ganz schlau –, warum ich die Chandosität vergessen habe; ich wußte, daß sich dann auch die ganze Präexistenztheorie, die ich wie die Pest hasse, nicht vermeiden lassen würde, den häßlichen Chandos-Zwilling.

Diese Präexistenztheorie ist ein undurchdachter Schwefel. Gleich dem Meyrinkschen[2] Leutnant, dessen Vakuum-Gedanken die Krystallkugel sprengen, läßt sich da bloß sagen: »Was man sich so halt denkt.« Das auseinanderzuklezeln, war eine scheußliche Aufgabe, und wahrscheinlich werde ich daher Seiten 3 bis 11 nochmals schreiben müssen, denn wenn sie auch inhaltlich korrekt sind, sie sind zu kompakt und entsprechen daher nicht dem Charakter einer Trottel-Einführung. Und kurz soll es außerdem auch noch sein. Ach pfui, und pfui auf Sie.

Die letzten vier Seiten über das essayistische Werk fehlen noch immer, denn mir fehlt da ein nicht ganz einfaches Zwischenglied. Doch aus allem bereits Gesagten geht klar hervor, wo ich hinaus will, und außerdem kennen Sie ja den ersten Entwurf. Vor allem will ich hinaus.

Der Rest wird nächste Woche nachgeliefert. Princeton unterbricht wieder einmal alles und ist mir wegen der vielen Leut, die ich dort sehen muß, glattwegs eine Qual. Aber ich freue mich auf Sonntag.

Inzwischen seien Sie in Haßliebe umarmt.

H.

[DLA]

1 Broch schrieb damals die Einleitung »Hugo von Hofmannsthals Prosaschriften«; vgl. KW 9/1, S. 300 f. mit dem Abschnitt »Die Abkehr von der Lyrik und ›der Brief des Lord Chandos‹«.

2 Gustav Meyrink (1868-1932), deutscher Schriftsteller. Vgl. Gustav Meyrink, »Die schwarze Kugel«, in: G. M., *Des deutschen Spießers Wunderhorn*. Zweiter Teil (München: A. Langen, 1913), S. 273 f.

738. An Edith J. Levy

Nov. 28 [1950]

Well, dear, you told me over the phone with a bit of sharpness you knew that my delay had some reasons. Of course it had, and it was not only the outside world's hurricane, but also that of the inside, though this one was not a whirlwind but rather soft: I used Princeton, i.e. the hospital there where they have all my records (they made during my ten months there) for a new checkup, and not only that it took longer than I expected – lack of electricity, etc. – it confirmed also my expectations, for as a clear result I learned that I have a slight angina pectoris. That cuts down my three hundred years at least to two hundred, perhaps even to less. I don't speak about it, and so, please, don't do it either. Of course I'm not too much pleased: no smoking any more, no mountain climbing (neither physically, nor emotionally) no heavy weight sports, no heavy suitcases, etc. The most difficult is the reducing of my working hours; I really don't know how I can do it. In any case, it is a new situation of life, and though I can take it, I entered a new region of life where I'm still not quite comfortable and happy. However, it was an eventful Thanksgiving: hurricane, hospital. [. . .]

I found here about fifty letters. And therefore I couldn't compose my Xmas list; it will follow. I hate this holy night, noisy night.

Thanks and love, both a lot.
H.

[EJL]

739. An Rudolf Pechel

5. Dezember 1950

Hochverehrter, lieber Herr Dr. Pechel[1],
Ihre Zeilen v. 10. Nov., die mich via Princeton – ich bin nicht mehr dort, sondern Fakultätsmitglied in Yale – gestern hier erreicht haben, sind mir eine sehr große Auszeichnung, und ich bitte sowohl Sie wie die Mitglieder des Kollegiums, meinen wärmsten und aufrichtigsten Dank für die auf mich gefallene Wahl entgegenzunehmen.

Betrachten Sie es daher nicht als Undankbarkeit, wenn ich solche Ehre nicht sofort akzeptiere und um einen Bedenkaugenblick bitte; es handelt sich um Thomas Mann:

Gemäß Ihrer Mitgliederliste wäre ich der erste amerikanische Staatsbürger, der den Vorzug hätte, der Akademie als Korrespondent anzugehören. Müßte da angesichts seines repräsentativen Ranges im auslanddeutschen Schrifttum (ganz zu schweigen von der Anciennität) nicht Thomas Mann mir vorangehen? Ich hätte ein recht ungutes Gefühl ihm gegenüber, wenn ich ihn sozusagen demonstrativ überspringen sollte.

Etwas anderes wäre es natürlich, wenn Ihre Einladung an mich secundo loco erfolgt wäre, d. h. wenn Sie primo loco Thomas Mann zur Mitgliedschaft bestimmt hätten und seine Ablehnung vorläge. Das würde zwar darauf hindeuten, daß die bedauerlichen Differenzen zwischen ihm und einigen der Akademie-Mitglieder[2] noch nicht bereinigt sind, doch weder steht es mir an, darauf einzugehen, noch brauche ich es zu tun, vielmehr glaube ich, daß ich, ohne die Gefühle Thomas Manns zu verletzen, eine solche secundo-loco-Wahl ohne weiteres annehmen kann: ich täte es mit aller Freude.

Indem ich um ein paar aufklärende Worte bitte, bin ich mit nochmaligem Dank und ergebenstem Gruß

Ihnen, verehrter Herr Doktor, besonders verbunden

Hermann Broch

[GW 8]

1 Rudolf Pechel (1882-1961), von 1950 bis 1952 Präsident der Deutschen Akademie für Sprache und Dichtung in Darmstadt, deren Ehrenpräsident er bis zu seinem Tod blieb. Pechel war seit 1919 Herausgeber und Chefredakteur der *Deutschen Rundschau* bis zu ihrem Verbot im Jahre 1942 gewesen. Von 1942 bis 1945 war er als Vertreter des »inneren Widerstandes« in einem nationalsozialistischen Konzentrationslager inhaftiert. Von 1949 an gab er erneut die *Deutsche Rundschau* heraus.

2 Gemeint sind vor allem die Differenzen zwischen Thomas Mann und Frank Thiess, der 1950-1951 einer der Vizepräsidenten der Darmstädter Akademie war. Die Einladung an Broch war durch Frank Thiess angeregt worden. Broch wurde nicht Mitglied der Akademie.

740. An Carl Seelig

New Haven, Conn., 5. 12. 50

Liebster Freund Seelig,

Daß es so etwas wie Ihre Feinfühligkeit in der Welt gibt, kann einen mit vielem versöhnen. Ihre Professur-Gratulation war eine so zarte und dabei doch herzensstarke Überraschung, daß ich ganz fassungslos vor Ihrem Geschenk gestanden bin und nichts als gerührt war.

Auch Ihr polgareskes Erinnerungsblättchen[1] war rührend und dieses nicht nur als Gabe, sondern auch in seinem Inhalt. Denn was Sie da heraufbeschwören, entpuppt sich nun plötzlich als »gute alte Zeit«, und ich »kann sagen, ich bin dabei gewesen«[2]. Ich bin nicht sentimental, aber bin dankbar für alles Positive, das ich in meinem Leben gehabt habe, und jene Zürcher Tage waren positiv und schön – nicht zuletzt wegen Ihrer Anwesenheit und der von Ihnen gebrachten Bereicherung –, und so waren es recht eigentlich Ihre Tage, die damals in mein Gedächtnis eingegangen und unverbrüchlich darin geblieben sind. Und wenn ich Ihnen heute für Ihr Freundschafts-Erinnern danke, so danke ich Ihnen zugleich für das Positive, das sich seit damals erhalten hat.

Sie sind fern und für mich kaum erreichbar, obwohl ich, vorausgesetzt, daß uns die Weltgeschichte nicht nochmals einen Strich durch die Rechnung macht, nach wie vor auf ein baldiges Wiedersehen hoffe. Aber Polgar wäre für mich erreichbar[3], und ich erreiche ihn trotzdem nicht. Das liegt teils an meiner Krüppelhaftigkeit, teils an meiner maßlosen Überarbeitung. Die zehnmonatliche Spitalzeit spüre ich halt noch immer – sie war, wie sich hinterher herausstellte, eben doch ein richtiger Altersschub –, und da ich unmittelbar nach dem Spital in den hiesigen College-Betrieb hineingeraten bin, so war das für die Rekonvaleszenz nicht gerade zuträglich, umsoweniger als es nun galt, den ganzen aufgespeicherten Arbeitswust zu überkommen, u. z. nicht nur die Kleinigkeit von *acht* angefangenen Büchern, sondern auch einen Berg von Korrespondenzen, die für mich jeden Tag unüberwältigbarer werden. Also ist es kein Wunder, daß ich bloß in Gedanken (allerdings sehr vielen) und nicht schriftlich bei Ihnen bin. Und ebensowenig ist es ein Wunder, daß ich Polgar nicht zu sehen bekomme; jede Fahrt nach New York hat für mich den Charakter einer Reise. [. . .]

[GW 8]

1 Erinnerung an einen Besuch Brochs bei Carl Seelig in Zürich während der dreißiger Jahre.

2 Vgl. Fußnote 1 zum Brief vom 26. 8. 1945 an Carl Seelig.

3 Alfred Polgar wohnte damals in New York.

741. An Hanns von Winter

78 Lake Place, N. H. 11. 15. 12. 50

Mein sehr verehrter, lieber Herr v. Winter,
Dank für Ihre guten Zeilen (v. 2. ds.), Dank für Ihre Gratulation, Dank – und wahrlich nicht zuletzt – für alles, was Sie da für mich und meine Arbeit getan haben; ich bin durchaus in der Lage des Beschenkten, der mit dem Ruf »Das ist ja viel zu viel« das Geschenk an sich reißt, um es nimmer loszulassen, doch so sehr ich das auch tue, lassen Sie mich bitte versichern, wie sehr ich gerührt bin, daß Sie sich für meine Bemühungen in solch wundervoller Weise einsetzen.

Ich sehe also dem Text Ihres Vortrages mit aller Spannung entgegen. Mein Sohn hat mir bereits berichtet, mit welcher Eindringlichkeit Sie mich vorgestellt und kommentiert haben; überflüssig zu sagen, wie wertvoll es mir ist, daß Sie damit nun auch noch vor eine Fachgruppe wie die der Bibliothekare treten. Mein Sohn hat mir auch die schöne von Ihnen zusammengestellte Bibliographie[1] geschickt; ein solcher Überblick, der natürlich für einen selber Rückblick ist, macht einem Freude, freilich mit einigem Schmerz gemischt, Freude, weil man immerhin ein wenig geleistet hat, Schmerz weil es lange nicht genug war. Darf ich aber dazu, vielleicht aus Pedanterie, ein paar Korrekturen anbringen, damit sie, wenn tunlich, im Druck noch berücksichtigt werden? In erster Linie muß ich feststellen, daß ich niemals Vizepräsident des Industriellenverbandes war; das sieht ein bißchen nach Hochstapelei aus, denn ich war lediglich Vorstandsmitglied des Textilverbandes, und wenn ich auch in dieser Eigenschaft eine ganze Reihe offizieller und offiziöser Ämter innehatte, es war meine Tätigkeit hauptsächlich auf die Textilindustrie beschränkt. Diese industriell-offizielle Tätigkeit dauerte von 1919 bis 1927; bereits 1928 bin ich aus der Industrie ausgetreten. Mit meinem Freund Hofmann (nicht Hoffmann) habe ich viele Jahre hindurch gemeinsame Studien getrieben, doch an der Universität – er dozierte damals an der Technik – habe ich bei Hahn, Wirtinger, Menger[2] gehört. Es tut mir leid, daß da Fehlinformationen vorliegen; falls sie

Ihnen von meinem Sohn geliefert worden sind, sind es Gedächtnisirrtümer seinerseits, und das wäre auch verständlich, da er ja damals noch sehr jung war.

Leider liegen auch Fehlinformationen über meine amerikanische Tätigkeit vor, und da der Bericht nun schon in der »Presse« ist – an und für sich ein Faktum, für das ich Ihnen gleichfalls sehr zu Dank verpflichtet bin –, läßt sich das schwer richtigstellen. Nichtsdestoweniger der Ordnung halber:

(1) ich bin hier in Yale nicht vom Social Science Dept. sondern (wie der Briefkopf zeigt) vom German Dept. übernommen worden.

(2) Ich war niemals am »Institute for Advanced Study« in Princeton tätig, und Einstein war niemals Präsident dieser Anstalt, der er bloß als Mitglied, doch niemals in irgend einer administrativen Funktion angehörte, also auch niemals in der Lage gewesen wäre, mich dorthin zu berufen.

(3) Richtig ist vielmehr, daß ich von 1939-41 ein Guggenheim-Fellowship hatte und 1941 den Akademiepreis für den »Vergil« bekam. Von 1942 bis 46 war ich zu Forschungszwecken (Massenpsychologie) der psychologischen Fakultät der Universität Princeton zugeteilt, u. z. wurde dortselbst mein Gehalt durch eine Rockefeller-Fellowhip bestritten; all das ist nicht weniger ehrenvoll als die Mitgliedschaft am »Institute«, doch da ich diese niemals besaß, wäre es mir höchst peinlich, wenn durch solche Zeitungsmeldungen der Eindruck erweckt werden würde, daß ich sie mir sozusagen usurpiere.

(3) Es ist wohl richtig, daß meine Abhandlung über »Internationale Universitäten« in Fachkreisen Interesse gefunden hat, und daß ich eben von diesen aufgefordert worden bin, sie zu einer größeren Arbeit auszugestalten, doch hat das mit der UNESCO *nichts* zu tun; die Abhandlung wurde allerdings dort vorgelegt, aber nur um den ihr vorbestimten Archiv-Schlaf zu genießen, und ich habe mich – mit andern Arbeiten überlastet – nie mehr darum gekümmert.

(4) Da ich dem German Dept. angehöre, hätten Vorlesungen über »Int. Universitäten« wenig Sinn. Ich habe glücklicherweise überhaupt keine Lehrverpflichtungen, werde aber aus Erkenntlichkeit für die ehrenvolle Ernennung ein paar Vorlesungen über literarische Themen halten.

Wenn ich gewußt hätte, daß Sie diese Daten brauchen, hätte ich sie Ihnen natürlich gerne vorher mitgeteilt. Leider muß ich vermuten, daß die obigen Fehlinformationen – wer sonst hätte sie Ihnen geben können – gleichfalls von meinem Sohn herstammen. Oder Saiko?

Ich selber bin aber auch an einer Fehlinformation schuldig: als Sie mich nach meinen frühern Publikationen fragten, vergaß ich den Aufsatz »Mythos und Dichtung« zu erwähnen, der 1945 in der Thomas-Mann-Festnummer der »Neuen Rundschau« und englisch 1946 in der Zeitschrift »Chimera« (N. Y.) erschienen ist[3].

Wenn Sie in der Bibliographie die Erwähnung der Verlage Bermann-Fischer und Oprecht streichen würden, wäre mir das angenehm. So viel ich mich erinnere, habe ich einmal brieflich geäußert (nicht Ihnen gegenüber), daß die »Demokratie« zu Oprecht und die Hofmannsthal-Studie zur neuen Fischer-Gesamtausgabe passen würde, aber irgendwelche Verhandlungen haben darüber *nicht* stattgefunden. Ebenso ist die Princeton-Press zu Unrecht erwähnt, da ich ja die Ausarbeitung der Abhandlung abgelehnt habe.

Bitte schicken Sie doch Ihren Vortrag auch an den Rhein-Verlag oder direkt an seinen Chef, Dr. Daniel Brody, Via Mazzini 6, Lugano, Schweiz, mit dem Sie bitte auch die Frage einer öst. Lizenzausgabe besprechen wollen: das sind Dinge, die (glücklicherweise) außerhalb meiner Ingerenz liegen; ich habe bloß das MS abzuliefern, und dieses ist (leider) noch nicht abgeschlossen.

Die Genehmigung zum Abdruck meiner Kongreß-Adresse müßte vom »Kongreß für Kulturelle Freiheit«, ständiges Büro Schmarjestraße 4, Berlin-Zehlendorf (Sekretär Dr. Edouard Roditi) eingeholt werden. Dort sind auch Abschriften zu haben. Doch man muß sich fragen, ob man derlei jetzt überhaupt noch veröffentlichen soll. Eine Kongreßadresse ist eo ipso nicht sehr tief, und die Oberflächengestaltung der Dinge hat sich seit Juni gründlich geändert. Ich denke sogar daran, mein meta-politisches Buch, trotz der ihm gewidmeten jahrelangen harten Arbeiten, nun aufs Eis, wenn nicht gar ins kühle Grab zu legen, denn wie sollen derartige theoretische Überlegungen in einer Periode reiner (oder unreiner) Gewaltpolitik noch gehört werden! Die vor mir liegende Zeit ist kurz geworden, und ich darf sie nicht auf Überflüssiges verwenden: bestenfalls würde ich in fünfzig Jahren als »Vorläufer« gelten, und das ist ein sehr geringer Anreiz. Man muß verzichten lernen.

Nehmen Sie, sehr verehrter Herr Doctor, nochmals wärmsten Dank und hiezu: Weihnachtswünsche, Neujahrswünsche, Zukunftswünsche.

Herzlich und ergeben Ihr
Hermann Broch

[YUL]

1 Vgl. Fußnote 1 zum Brief vom 10. 6. 1950 an Hanns von Winter. Der dort genannte Aufsatz enthielt die von Broch erwähnte Bibliographie.

2 Bei Hahn, Wirtinger und Menger hörte Broch zwischen 1925 und 1930 Mathematik an der Universität Wien.

3 »Die mythische Erbschaft der Dichtung«, KW 9/2, S. 202-211.

742. An Edith J. Levy

Yale University, New Haven, Connecticut. Department of Germanic Languages

[December 1950]

Dearest,
Thanks for the long legible letter, thanks for the legible p. c., thanks for the Schächter-MSS[1], thanks for the material which I return herewith together with a letter for AJ[2], which – in case you agree with its English – you may, please, give to him. And also thanks for that.

No thanks for your intention to buy a X-mas gift for me. No thanks for any thought you spend on that. For you compel me to look around to do the same for you. And you are really not aware that I am on the threshold of a breakdown. That's earnest, *very earnest*. The only thing you can give me – if you find it somewhere – is time. You still think

I'm joking. It is *terribly* earnest. The bottleneck in which I am is simply unimaginable to you.

Such is life; nevertheless I love it
and you too.
H.

[EJL]

1 Joseph Schächter (geb. 1901), österreichischer Rabbiner, Philosoph und Philosophiehistoriker (Judaistik). Er emigrierte 1938 nach Palästina.
2 Alvin Johnson.

1951
(Januar-Mai)

743. An Herbert Steiner

New Haven, 3. I. 51

Herbert, mein geistiger Vater und Firmling,
und er sah, daß es nicht ganz schlecht war[1]. Leider kann ich nix am siebenten Tag rasten. Dahingegen unterbreite ich zur geneigten Kontrolle die letzten Korrekturen und bemerke dazu:

(1) Da infolge der Kürzungen eine Seite zugewachsen ist, habe ich die Paginierung ab S. 15 entsprechend erhöht. S. 15 ist also auf 16 zu korrigieren usw., so daß jetzt das MS mit 39 endet.

(2) Nach Vornahme dieser Korrektur bitte ich die beil. Seiten einzufügen und die alten zu vernichten.

Alle Einwände und Wünsche sind berücksichtigt, und mit der Einfügung der Höhlenszene[2] habe ich mir selber Freud gemacht, indem sie sich (wie Sie sehen werden) ganz besonders schön in die Chandostheorien einfügt. Was Ihre Bemängelung des »Homunkulus« resp. »homunkuloiden«[3] anlangt, so möchte ich nicht darauf verzichten, sondern für den engl. Leser lieber eine erklärende Fußnote anfügen. Und schließlich: zur »Reitergeschichte« möchten Sie noch weitere Erklärungen haben, und das scheint mir hier unmöglich zu sein, weil das zu weit führen würde; in der Geschichte sind nämlich Kafkasche Elemente enthalten, und wenn ich da hineinsteige wird es maßlos.

Kleinkorrekturen sind bloß handschriftlich eingesetzt worden, und da sie in Ihrem Exemplar fehlen, bitte ich Sie, es mir nun baldigst zu retournieren; sobald es gleichgestellt ist, kann ich es Ihnen wieder geben, wenn Sie es dann noch wünschen. Aber Sie kriegen es ja jedenfalls im Druck; ich glaube, daß die N. R., der ich den Aufsatz u. e. schicke, ihn wohl nehmen wird[4].

Im Germanic Club[5] lese ich die Sache am 15., u. z. werde ich beiläufig in der Hälfte, also nach einer Stunde, unterbrechen: der Rest folgt dann am 22. oder 29. Bluhm[6] behauptet, daß die Leute drauf brennen, das Ganze zu hören; ob das Brennen nach Anhören des ersten Teiles nicht beträchtlich lauer werden wird, läßt sich zwar nicht prophezeien, hat aber einigen Wahrscheinlichkeitsgehalt in sich.

Es wäre schön, Sie zu den Vorträgen hier zu haben: geistig werden Sie jedenfalls vorhanden sein: ich werde meinen Dank an Sie natürlich vor dem Publikum verkünden. Ich bin kein Pfau, der sich mit fremden Federn schmückt, würde Wippchen, an den Sie sich vielleicht erinnern, in einem solchen Fall sagen. (. . .)

Nach den Vorträgen werde ich Bollingen aufsuchen. Jetzt muß ja auch das Inhaltsverzeichnis definitiv festgelegt werden. Wann gedenken Sie wirklich, wieder ins Städtchen zu kommen? (. . .)

[DLA]

1 »Hugo von Hofmannsthals Prosaschriften«, KW 9/1, S. 300-332.
2 KW 9/1, S. 323.
3 KW9/1, S.322.
4 »Hugo von Hofmannsthals Prosaschriften«, in: *Neue Rundschau* 62/2 (1951), S. 1-30.
5 Die erste Hälfte des Aufsatzes trug Broch am 15. 1. und den zweiten Teil am 18. 2. 1951 im Germanic Club der Yale University vor. Anwesend waren u. a. Christiane Zimmer (die Tochter Hofmannsthals), James Stern (der Übersetzer des Aufsatzes ins Englische), Kurt und Helen Wolff, in deren Pantheon Verlag der Brochsche Auswahlband erschien, Erich von Kahler und Hermann Weigand.
6 Heinz S. Bluhm (geb. 1907), deutsch-amerikanischer Germanist; lehrte deutsche Literaturgeschichte von 1937 bis 1967 an der Yale University.

744. An John D. Barrett

78 Lake Place, New Haven 11, Conn. 6 January 1951

Dear John Barrett:
It is a great pleasure for me to combine my New Year's greetings with the sending of the Hofmannsthal introduction[1]. I wish you personally a year as good as possible in our time and to the Hofmannsthal as much success as just these times permit.

Christiane Zimmer was, of course, interested to hear this introduction, and so we arranged a lecture, which also Kurt Wolff and James Stern attended. I think that they all liked my text, and James Stern is ready to start with the translation. Therefore I would suggest to pass the manuscript on to him.

This introduction makes it necessary to insert some more small selections into the volume, which also have to be translated. I would like to talk this over with you when I shall be in New York about the middle of the month. I shall let you know in time.

For the second volume (the poetry) I shall write a similar introduction[2], which, I hope, will be a little bit shorter, and if you should decide to bring a third volume with the plays, it, too, will be introduced in a corresponding way. My critical biography of Hofmannsthal[3], which is also roughly finished (ca. 250 pages), is an entirely separate matter and should come out as an additional volume to the whole edition.

Please remember me to all the friends in the office and give them, too, my best wishes for the New Year.

Sincerely yours,
Hermann Broch
[YUL]

1 »Introduction«, in: Hugo von Hofmannsthal, *Selected Prose* (New York: Pantheon, Bollingen Series: 1952), S. 9-47, übersetzt von James und Tania Stern. Vgl. KW 9/1, S. 300-332.

2 Die Bände zwei *(Poems and Verse Plays)* und drei *(Selected Plays and Libretti)* wurden 1961 bzw. 1963 in der gleichen Reihe von Michael Hamburger ediert und eingeleitet.

3 »Hofmannsthal und seine Zeit«, KW 9/1, S. 111-275.

745. An Rudolf Brunngraber

7. Januar 1951

Lieber Freund Rudolf B.:
Sonderbarer Weise ist Ihr Brief vom 21. Oktober erst im Dezember hier eingelangt. Inzwischen ist weltgeschichtlich so furchtbar viel geschehen, daß wir uns eigentlich erst, oder richtiger wieder einmal, in eine völlig veränderte Situation hineindenken müssen. Der alte Vaihinger[1] war auf's »Als Ob« unendlich stolz; daß wir aber alle miteinander bloß ein »Als ob«-Leben führen würden, hat er sich doch nicht träumen lassen. Irgendwie haben wir uns damit abzufinden.

Daß meine Prophezeiungen so rasch zur Wahrheit werden würden, habe ich mir übrigens auch nicht träumen lassen. Ich bin nicht stolz darauf. Prophezeiungen sind nämlich nur dann sinnvoll, wenn sie einen Einfluß auf die Gegenwart haben; ihre spätere Bewahrheitung besagt gar nichts. Da ich der Ansicht bin, daß ich mit meiner politischen Schreiberei, oder genauer mit meiner Theorie nicht den geringsten Einfluß werde ausüben können, trage ich mich sehr mit dem Gedanken, diesen ganzen Tätigkeitsteil stillzulegen. Es ist nur schade um die vielen Jahre, die ich darauf verwendet habe. Ich hätte lieber meine Erkenntnistheorie machen sollen, obwohl auch diese in den neuen Glauben nicht hineinpaßt. Karl der Große hat die Sachsen bekehren müssen, weil er die Elbegrenze gebraucht hat. Es ist immer dasselbe. [. . .]

[GW 8]

1 Hans Vaihinger, *Die Philosophie des Als ob* (Berlin: Reuther & Reichard, 1911).

746. An Erich von Kahler

25. 1. 51

Mein Alter, Lieber,
bei meiner Rückkunft hab ich das Atomic Bulletin[1] vorgefunden. Hab Dank. Der Artikel ist ganz ausgezeichnet; es ist gut, daß Du ihn geschrieben hast, und es ist schad, daß es nur ein Artikel ist: was wir brauchen, ist ein großes team work zur Regeneration der Demokratie, oder wie man das Gebilde, das da anzustreben ist, nennen will; ein einzelner kann es nimmer leisten, selbst wenn er ein ganzes System wie Marx aufbaut. Hätten wir unser Demokratie-Buch gemacht, wir hätten vielleicht so etwas wie eine Akademie der Demokratie auf den Weg gebracht. Jeden Tag wein ich über unser Alter. Doch konkret: hast Du die Nummer Blücher-Hannah[2] geschickt? soll ich es tun? Weiters, obwohl mehr dekorativ: Johnson, Gauss, eventuell Adolph Lowe[3]. [. . .]

Deutsche Akademie. Anbei Pechel-Brief[4], der sich durch besonders jüdisches oder kraft Ungeschicklichkeit pseudojüdisches Gedreh auszeichnet. Was soll man da machen? Mir ist diese Mitgliedschaft so *putten*[5] wie nur was, und wenn mir auch die Leute beim Nobelpreis teils nützen, teils schaden können, so verkauf ich mich deswegen doch nicht. Willst Du vielleicht den Golo[6] um Éze[7] fragen? Wenn Du's tust, so schick ihm auch die Kopie meines Briefes an Pechel – hast Du sie noch? – und ebenso seine Guggenheim-Kopie. Jedenfalls muß ich den Pechel-Brief zurückhaben! Das ist ein Dokument!

Schiffrin-Nachruf[8]. Und weil wir bei Dokumenten sind: ich hab Dir diesen Nachruf geschickt, und ich habe keine Kopie mehr, während die Wölffe[9], die die ihre verschmissen haben, jetzt eine für die Witwe brauchen. Bitte schau nach, ob Du das Exemplar findest.

Mama. Anbei Reinschrift und Übersetzung[10]. Kopie hievon geht an Lili[11], und gleichzeitig frage ich hier wegen Druckkosten an. Wenn es doppelseitig gemacht wird, brauchen wir wegen der Symmetrie zwei Photos (eine aus dem Leben und die vom Totenbett), doch wenn es der Drucker auf eine Seite unterbringt, würde ich bloß das Lebens-Bild nehmen. Und ansonsten: immerzu geht mir die Mama ab, sogar hier, trotz Überlastung, trotz Schinderei; immerzu denk ich an sie.

Lili. Soeben von ihr einen besonders lieben Brief bekommen, der aber leider auch die Geschichte von dem an Hanna[12] verübten Diebstahl erzählt. (NB. wie arm stellenweise das Deutsche ist, wie umständlich; das passive Hauptwort ist so selten – warum kann man nicht einfach »Bestehlung« sagen? oder »Bediebung«? Wobei mir auffällt, daß Diebstahl eigentlich ein Pleonasmus ist.) [. . .]

Vietta als Sieger abgereist. Hat mich eigentlich ziemliches Geld gekostet, aber involviert bin ich doch wahrlich nicht –, was fällt Dir denn ein! Im übrigen hast Du mit »Tiefgeplauder« einen schönen Terminus geprägt. Nur daß der Vietta nicht einmal tief plaudert. Er ist ein Phänomen.

Deutschland. Wenn mir so ein Stück Landkarte wie die beil. mit Tutzing[13] in die Hand kommt, werde ich sentimental. Das kann ich mir stundenlang anschauen.

Alle sonstigen Beilagen sind Schmonzes.

Sei mir umarmt; ich brauch Dich.

H.

[YUL]

1 Erich Kahler, »Foreign Policy Today«, in: *Bulletin of the Atomic Scientists* 6/12 (Dezember 1950), S. 356 ff.

2 Hannah Arendt und ihr Mann Heinrich Blücher.

3 Adolph Lowe (geb. 1893), deutscher Wirtschaftswissenschaftler, der 1933 in die USA emigrierte. Lehrte damals an der New School for Social Research in New York.

4 Vgl. Brief vom 5. 12. 1950 an Rudolf Pechel.

5 Wiener Dialekt; bedeutet so viel wie »gleichgültig«.

6 Golo Mann. Vgl. Fußnote 2 zum Brief vom 5. 12. 1950 an Rudolf Pechel.

7 Éze (Jiddisch): Rat, Ratschlag (von hebr. 'êzâh).

8 »Abschiedsworte für Jacques Schiffrin«, KW 9/1, S. 419-420. Jacques Schiffrin hatte als Lektor in Kurt Wolffs Pantheon Verlag gearbeitet.

9 Kurt und Helen Wolff.

10 Am 14. 1. 1951 war Antoinette von Kahler gestorben. Broch hielt die Grabrede »Worte des Abschieds«, die damals auf Deutsch und Englisch als Privatdruck erschien und den Verwandten und

Bekannten Antoinette von Kahlers zugeschickt wurde. Ihr Text lautet:
»Mama, liebe gute verehrte Mama, da du mich als Wahl-Sohn akzeptiert hast, habe ich ein gewisses Recht dich so anzureden, doch könnte ich dich überhaupt kaum anders nennen. Wir alle, die wir hier sind, um von dir Abschied zu nehmen, haben dich als Mama gekannt, und das warst du: du warst wohl die Mutter unseres Erich, aber darüber hinaus warst du Prototyp der Mütterlichkeit schlechthin, und eben damit war die unmittelbare Beziehung gegeben, die wir alle zu dir gehabt haben, in die du uns alle eingeschlossen hast. Du hast in jedem Menschen das Kind gesehen, und fast möchte man sagen in jedem Kind den Erwachsenen, das Zeitlose, Alterslose im Menschen, das dich selber ausgezeichnet hat, das Menschliche schlechthin.

Anders warst du nicht zu begreifen, und am besten haben das wohl die Kinder begriffen. Es ist dir stets um das Echte gegangen: das war deine Menschlichkeit, war deine Frömmigkeit. Gerade weil du an das Echte und Menschliche geglaubt hast, warst du ein tief skeptischer Mensch; allzu genau hast du gemerkt, was der Mensch mit seinem menschlichen Erbe angefangen hat und anfängt. Deine ersten Jugendeindrücke waren vom Krieg 1866 bestimmt, und dein Abschied geschah wieder unter Kriegsdrohung. Du hast den Menschen nicht geglaubt, und so sehr du ihnen wohlgesinnt warst, und so sehr du für sie gehofft hast, du warst im einzelnen ihnen gegenüber kritisch, und es war eine Auszeichnung, von dir zugelassen worden zu sein. Wo nichts Echtes zu spüren war, da hast du abgelehnt.

Du warst fromm und skeptisch zugleich, und genau so warst du zugleich phantasievoll und rational. Und gerade das machte dich zum Künstler. Auf viele Art warst du zum Künstler vorbestimmt: nirgends zeigte sich das so deutlich wie in deinen Stickerei-Gemälden, aus denen die ganze Unmittelbarkeit, die ganze raffinierte Naivität des Kindes spricht. Und anders wird man kein Künstler. Und trotzdem warst du hiefür zu skeptisch. Du warst dem Schönen vollgeöffnet, aber das eigentlich Menschliche, das Echte stand dir höher. Du warst im wahrsten und tiefsten Sinn ein Gelegenheits-Künstler. Das Menschliche mußte den Anlaß zur Kunst hergeben. Kunst als Selbstzweck hast du nicht akzeptiert. Dazu warst du zu fromm.

Denn du hattest die Frömmigkeit der Unterordnung. Du hast dich dem Höhern, das im Sein webt und das Sein ist, ohne Auflehnung unterordnet, vielleicht wohl weil du in dieser Schicksalhaftigkeit das Echte gespürt hast. Einmal sagtest du: »Mit zunehmendem Alter muß man sich ans Überleben gewöhnen.«

Das entsprach deinem pessimistischen Witz und war doch mehr. Es war all die Demut des Schicksal-auf-sich-Nehmens darin, das Wissen um das Eigentliche, das Echte und das Bleibende, um dessentwillen wir leben sollen, und um dessentwillen du gelebt hast. Wir müssen uns daran gewöhnen, daß du nicht mehr da bist, obwohl wir uns allesamt es uns niemals haben vorstellen können, daß es je zu diesem Abschied kommen werde, von dem wir doch wußten, daß er einst kommen mußte. Aber so sehr wir uns daran gewöhnen müssen, wir haben an dir, von dir gelernt, was in einem höhern Sinn bleiben heißt, und du bleibst bei uns als unsere Mama Kahler.«

11 Alice Loewy, später Gattin Erich von Kahlers.

12 Hanna Loewy, Tochter von Alice Loewy.

13 Dorf am Starnberger See in der Nähe Münchens.

747. An AnneMarie Meier-Graefe Broch

5. 2. 51

Mein Süßes – nur ein rascher Bericht über die letzten acht Tage.

New York. Am 29. (vor 8 Tagen) bin ich in der Früh hineingefahren. Zuerst New School (wegen Bibliothekeinlagerung[1] in ihrem Keller) dann Guggenheim (vor allem für andere), dann Zahnarzt (da die Brücke immer noch Manderln macht) dann William Roth[2] (der mich – und eigentlich ist es rührend, wie das jetzt langsam heraus kommt – nun zur Rückkehr ins Judentum bewegen will), dann Bollingen (wegen Hofmannsthalausgabe, neuen Kontrakt etc.) dann Blüchers (wo der Monsieur[3] Geburtstag hatte), und schließlich habe ich dort übernachtet, weil ich mich wegen fürchterlichen Glatteises nicht mehr auf die Straße getraut habe. Richtig, meinen Vetter Richard[4] habe ich ausgelassen, mit dem ich, bevor ich zu Blücher gefahren bin, dinner im Barbizon gehabt hab und mit dem ich übereingekommen bin – er fährt jetzt nach Europa zurück –, daß der ganze Wiener Hausverkauf ein Blödsinn ist; wir haben nämlich herausgefunden, daß man für je Sch. 100.- bloß $ 2.- bekommt, wenn man transferiert, also völlig unmögliches Verhältnis: leider wird das bei Berliner Verkäufen[5] noch schlechter sein, ich schätze für je M 100.- etwa $ 1.-!

Resultate. Sowohl bei Guggenheim wie bei Bollingen habe ich Krach geschlagen und den Leuten gesagt, daß sie ihr Geld zum Fenster hinausschmeißen; auf der einen Seite bezahlen sie Leute wie mich, wollen dafür von ihnen Leistungen haben, zerstören aber gleichzeitig ihr Material, da die Bezahlung nicht für Sekretärarbeit ausreicht. Beiden ist das eingegangen; fast sind sie erschrocken, und so dürfte jetzt Sekretärsbezahlung herausschauen. Bei Bollingen habe ich abgemacht, daß ich bei Ablieferung des Hofmannsthal-Buches[6] (nicht der Einleitungen[7], mit denen der alte Kontrakt erfüllt wird) separat $ 2000.- erhalte; sollte inzwischen die Inflation fortschreiten, wird die Summe entsprechend erhöht werden. Ich kann also ganz zufrieden sein. (Auch das unberufen!)

Hofmannsthal-Einleitung. Dieser Neben-Schmarrn wirkt sich nach allen Seiten günstig aus, vor allem hier in der Universität. Unberufen und unberufen, denn das mag sich nun wirklich auch materiell auswirken. Columbia[8] hat angefragt, ob ich eine Reihe (bezahlter) Vorlesungen im Frühjahr dort halten will; ich habe es aufs nächste Jahr verschoben. Die »Neue Rundschau« druckt die Einleitung, zirka $ 160.-, usw. Leider ist jeder Groschen vonnöten.

Bibliothek. Diese ist nun glücklich aus der Allesch-Wohnung draußen und beim Spediteur. Die Kosten jedoch sind desaströs, Sch. 3800.- für die österr. Spesen allein (cc. $ 150.-), und außerdem wird für den Seetransport nicht weniger als $ 400.- verlangt, so daß die ganze Geschichte auf etwa $ 600.- statt der ursprünglich angenommenen $ 250.- kommen wird. Die Frage ist nun, ob man nicht die Kisten selber herübernehmen soll: Pitz[9], der jetzt kommen will, könnte einen Teil nehmen (wofür ich ihm einen Teil seiner Reise vergüten würde), und den Rest könnten *wir* nehmen, soweit inzwischen nicht noch jemand herüberfährt. *Was hältst Du davon?* Bitte lies die beil. Briefkopien Pitz und Schwinner[10]. Aber was macht man mit den Büchern, wenn man sie erst im Herbst herüber nimmt? Ich habe beim Spediteur Hausner angefragt, was die Wiener Einlagerung kosten würde. St. Cyr dürfte kaum praktisch sein, weil man ja dann den Transport nach Marseille hätte. Wie wäre es bei

Deinem Spediteur-Freund in Marseille selber? Wenn man den Pitz, falls er tatsächlich herüberfährt, wenigstens für den Bücherverkauf verwenden könnte; schließlich müßte man da doch zumindest $ 2000.- herausschlagen können, so daß selbst bei einer Belastung von $ 600.- noch ein Überschuß bliebe. [. . .]

Roman[11], ginge – wenn nicht all diese Unterbrechungen wären – unberufen wirklich großartig vorwärts. Natürlich ist es *nur* ein Roman, und Du weißt, wie ich darüber denke, doch wenn man die Romanform akzeptiert, so ist es in ihrem Rahmen etwas sehr Neues, natürlich viel mehr als die »Schuldlosen«. Ich hetze was ich kann, und wenn ich bis zum 1. April nicht fertig sein sollte, so wird doch so viel da sein, daß ich mit Knopf zu einem befriedigenden Arrangement gelangen werde. Könnte ich mir Zeit lassen, so würde etwas zustande kommen, das sich an Gewicht mit dem Vergil messen könnte.

Rheinverlag beginnt tatsächlich mit der Gesamtausgabe, u. z. werden in ihrem Rahmen zuerst die Schlafwandler publiziert[12]. Anbei die Mitteilung des Verlages, resp. ihres nahezu siebzigjährigen Chefs[13]; so etwas macht ihm Freud, aber das ist einer seiner besten Züge. [. . .]

[AMB]

1 Brochs Sohn H. F. Broch de Rothermann besorgte damals die Verschickung von Brochs Bibliothek, die sich in der Wohnung Ea von Alleschs befand, nach New York, wo Broch sie zunächst im Keller der New School for Social Research zu lagern gedachte. Die Bücher kamen erst nach Brochs Tod in New York an und wurden an den Buchhändler Theo Feldmann in New York verkauft, der sie an Joseph Buttinger veräußerte. Dieser vermachte sie der Universitäts-Bibliothek in Klagenfurt.

2 Vgl. Fußnote 9 zum Brief vom 14. 9. 1948.

3 Heinrich Blücher.

4 Richard Schnabel, Sohn von Heinrich Schnabel, dem ältesten Bruder von Brochs Mutter Johanna Schnabel; Besitzer einer Lederfabrik in Wien.

5 AnneMarie Meier-Graefe Broch verkaufte damals ihren elterlichen Besitz in Berlin.

6 »Hofmannsthal und seine Zeit«, KW 9/1, S. 111-275.

7 »Hugo von Hofmannsthals Prosaschriften«, KW 9/1, S. 300-332.

8 Columbia University in New York.
9 H. F. Broch de Rothermann.
10 Erich Schwinner war der Anwalt von Brochs Sohn H. F. Broch de Rothermann (= Pitz).
11 Dritte Fassung der *Verzauberung (Demeter)*.
12 Als erster Band der Gesammelten Werke erschien 1952 der Band 2 *Die Schlafwandler* im Rhein-Verlag, Zürich.
13 Daniel Brody, der Leiter des Rhein-Verlags, war damals 67 Jahre alt.

748. An Hermann Kasack

6. März 1951

Lieber Hermann Kasack:
Haben Sie für die guten Worte, die Sie für mich als Schuldigen und die »Schuldlosen« als Schuldlose haben, allerherzlichsten Dank. Ich bin froh, daß ich das Buch, das mir ja aus heiterer Hölle in den Schoß gefallen ist, hinter mich gebracht habe. Jetzt muß ich noch – und darum auch diese Kürze – bis April einen zweiten alten Roman[1] (den ich vor 15 Jahren habe liegen lassen) druckfertig machen, und dann will ich mich ganz den erkenntnistheoretischen Arbeiten widmen, die mich nun seit 30 Jahren begleiten und doch noch vor dem endgültigen Abschied beendigt sein sollen.

Woran arbeiten Sie jetzt? Ich bin ungemein begierig, ob Sie die Linie, welche Sie mit dem »Webstuhl«[2] aufgenommen haben, weiter verfolgen.

Haben Sie für den Hinweis auf Suhrkamps Geburtstag[3] auch vielen Dank; natürlich werde ich ihm gratulieren. Es mag übrigens sein, daß ich im Laufe des Frühjahrs und Sommers doch nach Europa komme. Es wäre schön, Ihnen die Hand drücken zu können.

In Herzlichkeit
Hermann Broch
[DLA]

1 Dritte Fassung der *Verzauberung (Demeter)*.
2 Vgl. Fußnote 2 zum Brief von März 1950 an Hermann Kasack.
3 Am 28. 3. 1951 wurde Peter Suhrkamp 60 Jahre alt.

749. An Emil Oprecht

78 Lake Place, New Haven 11, Conn. 28. 3. 51

Lieber Herr Dr. Oprecht[1]:
Ich schreibe Ihnen sozusagen im Auftrag Erich Kahlers, der im Augenblick so überlastet ist, daß er selber zu keiner Korrespondenz gelangt. Eine entfernte Verwandte von ihm, Miss Hanna Loewy, 381 Central Park West, New York 25, interessiert sich für die Übersetzung sowie für die Plazierung des Verfilmungsrechtes des in Ihrem Verlag erschienenen Werkes von Erich Kästner »Die Konferenz der Tiere«[2]. Hanna Loewy, eine Glanzschülerin des Filmdepartments der New School in New York (Benoit-Lévy[3]), die dann nachher in der Filmabteilung der United Nations sowie in Hollywood gearbeitet hat, ist meiner Ansicht nach durchaus geeignet, sowohl für die englische Ausgabe wie die Plazierung des Filmrechtes zu wirken. Sollten Sie also daher diese Rechte noch nicht vergeben haben, so käme m. E. Miss Loewy hiefür recht gut in Betracht. Am praktischsten wird es wohl sein, wenn sie sich direkt mit Ihnen in Verbindung setzte. Sie wird Ihnen wohl demnächst direkt schreiben.

Ich selber hoffe, Sie im Laufe dieses Sommers zu sehen, denn ich plane in die Schweiz zu kommen, sobald ich mein derzeitig in Arbeit befindliches Buch fertiggestellt habe. Es wird schön sein, Ihnen nach so langer Zeit wieder die Hand drücken zu können.

Empfehlen Sie mich bitte Ihrer verehrten Gattin und nehmen Sie herzliche Grüße

Ihres
Hermann Broch
[YUL]

1 Emil Oprecht (1895-1952), Zürcher Verleger und Buchhändler; gründete 1933 den Europa-Verlag, verlegte u. a. die von Thomas Mann und Konrad Falke 1937-1940 herausgegebene Zweimonatsschrift *Maß und Wert* und war Präsident der Neuen Schauspiel AG (Zürcher Schauspielhaus).

2 Erich Kästner, *Die Konferenz der Tiere* (Zürich: Europa-Verlag, 1950).

3 Jean Benoit-Lévy (1888-1959), französischer Regisseur. Er drehte mehr als dreihundert Lehr- und Dokumentarfilme. Der Beginn seiner Karriere fällt in die frühen zwanziger Jahre. 1922 drehte er *Pasteur* mit Jean Epstein, später arbeitete er eng mit dessen Schwester Marie Epstein zusammen, welche die meisten seiner Drehbücher schrieb. Ihr bekanntester Film war *La Maternelle* (1933). Nachdem er die Kriegsjahre in den USA verbracht hatte – er lehrte vorübergehend an der New School for Social Research in New York – war er Leiter des Filmdienstes der UNO von 1946 bis 1949. Als Förderer des Lehrfilms schrieb er mehrere Bücher über dieses Thema, u. a. *Les Grandes Missions du Cinéma* (Montreal 1945). Hanna Loewy besuchte Seminare, die Benoit-Lévy an der New School leitete. Durch ihn vermittelt erhielt sie seinerzeit eine Stelle in der Film- und Informationsabteilung der UNO.

750. An Friedrich Torberg

New Haven, Conn., 29. 3. 51

Liebster,
Entgegen Deinem Befehl muß ich Dir doch schreiben, weil ich in Erfahrung gebracht habe, daß James Putnam, World Publishing Co., 107 W. 43rd St., New York 17, nach Romanmanuskripten sucht und ihm daher »Die zweite Begegnung«[1] doch vorgelegt werden sollte.

Ansonsten habe ich mich an Deinen Nichtschreibebefehl gehalten, weil ich einfach nicht die Zeit zu einer großen Diskussion habe. Es würde sich bei dieser Diskussion nicht um einen Angriff auf das Buch handeln, nicht um eine Verteidigung von Deiner Seite aus, sondern um folgende drei Hauptthemen:

1. Gibt es überhaupt einen politischen Roman, d. h. einen, der Überzeugungen erwecken und Bekehrungen einleiten kann?

2. Ist die Reportagemethodik (also die der Unsublimierung), die Du in Deinem Roman anwendest, für einen solchen Zweck geeignet?

3. Inwieweit ist der Romanzweck (1) und die Romanmethode (2) für die Verlags- und Publikumswirkung ausschlaggebend?

Soweit ich selber auf diese Fragen Antwort geben kann, würde ich sagen, daß die Reportagemethode an und für sich unüberzeugend ist, weil sich damit jeder Standpunkt vertreten läßt; reportagemäßig läßt sich ebenso ein pro-nazistischer wie ein anti-nazistischer, ein kommunistischer wie ein anti-kommunistischer Roman aufbauen. Weiters: die Methode kann bloß durch Verbreiterung des Reportagematerials wirksam gemacht werden. In Deinem Roman finde ich das Material zu eng. Um es wirklich lebendig zu machen, müßte es in der Zeitenbreite sowohl wie in der Zeitentiefe erweitert werden: in der Zeitenbreite, indem Du aufzeigen müßtest, was gleichzeitig in Frankreich, Deutschland, etc. vor sich gegangen ist, in der Zeitentiefe, indem Du die Geschichte Böhmens und insbesondere der Stadt Prag sichtbar werden läßt. Eine solche Stofferweiterung könnte bei der Hack- oder Salattechnik, die Du ohnehin anwendest, ohneweiters durchgeführt werden.

Was die Verkäuflichkeit anlangt, so nehmen die Verleger – eben weil sie ihr Publikum kennen – am liebsten ein schlechtes Buch, das gut ausschaut, weniger gern ein gutes Buch, und am unliebsten ein gutes Buch, das Mängel hat. Daß Du ein gutes Buch geschrieben hast, brauche ich Dir nicht zu erzählen, und ich brauche auch nicht eigens die Vorzüge zu preisen. Die Mängel aber habe ich oben aufgezeigt.

Dir und Marietta[2] sehr viel Herzliches von Deinem

HB

[FT]

1 Vgl. Fußnote 1 zum Brief vom 28. 7. 1950.
2 Torbergs Frau.

751. An den Alfred A. Knopf Verlag

Yale University
New Haven, Connecticut
Department of Germanic Languages 4 April 1951

Dear Dr. Weinstock[1]:
The irony of fate sometimes hits the racing horse just going through the goal: that is me. I am in the St. Raphael Hospital in New Haven due to a heart affection, which I brought upon myself by overwork. But I hope it will not be too long.

Best greetings
Hermann Broch
[UT]

1 Lektor im New Yorker Knopf Verlag, wo Brochs *Demeter* (dritte Fassung der *Verzauberung*) erscheinen sollte.

752. An H. F. Broch de Rothermann

New Haven, 10. April 1951

Dear Junior,
Soeben trafen Deine Zeilen vom 2. ds. ein, die ich wahrlich mit großer Ungeduld erwartet habe. Ich war inzwischen wegen völliger Erschöpfung (die sich natürlich aufs Herz geschlagen hat) im Spital. Die wirkliche Ursache für diese katastrophale Lage ist natürlich in der Korrespondenz zu suchen, und ich sehe mich daher von nun an gezwungen, jeden Brief zu diktieren. Von der Bollingen-Foundation habe ich zwar die Zusage einer Sekretärvergütung erhalten, doch gilt das erst ab 1. Januar 1952. Von Rechts wegen müßte ich also alle Briefbeantwortungen bis dahin aufschieben. Aber manchmal ist es eben unmöglich. [. . .]

[GW 8]

753. An Wilhelm Emrich

New Haven, 10. April 1951

Lieber verehrter Dr. Emrich[1],
In Ihrem Brief vom 3. März hatte mich besonders gefreut, daß die geschichtstheoretischen Überlegungen[2] der »Schlafwandler« nun bei den dortigen Fachphilosophen Anklang erregt haben. Ähnliches kann ich in den amerikanischen Universitäten konstatieren. Es hat lange genug gedauert, und diese lange Dauer ist eigentlich eine gerechte Strafe für die Abnormalität des Vorhabens, Philosophie im Rahmen eines Romans zu betreiben. Trotzdem bedauere ich es nicht, denn ich hatte meine guten Gründe für dieses Experiment: Nachdem ich mich etwa 15 Jahre lang mit meinen philosophischen Untersuchungen herumgeschlagen hatte, kam ich zu der Einsicht, daß Philosophie, welche die metaphysische Grenze zu überschreiten trachtet – sie tut das bereits überall dort, wo sie sich mit ethischen und ästhetischen Problemen beschäftigt –, nur dann haltbar ist, wenn sie auf einem theologischen Dogmengebäude fußt; eine säkularisierte Philosophie gibt es nicht, d. h., sie bleibt im Rahmen der subjektiven Meinung befangen, und so wollte ich eben diese Erkenntnis radikal zu Ende führen, indem ich das Subjektive, also das Dichterische zur Instanz gemacht habe und ihm die philosophische Überlegung unterzuordnen trachtete. Das scheint mir auch heute noch eine durchaus legitime Überlegung.

Im großen ganzen halte ich an den damals vorgetragenen philosophischen Prinzipien, insbesonders denen zur Geschichtstheorie, auch heute noch fest. Daß ich in den vergangenen 20 Jahren einiges zugelernt habe, versteht sich von selber. Die in die »Schlafwandler« eingestreuten Bemerkungen sind, wie Sie sich vorstellen können, Ergebnisse eines ausgearbeiteten geschichtsphilosophischen Systems, und ich wäre froh, wenn ich dieses noch veröffentlichungsreif machen könnte, besonders da ich es – nicht zuletzt unter Husserls Einfluß – in vieler Beziehung verschärfen möchte. Ob aber meine Zeit hiefür noch reichen wird, ist fraglich. Doch fürs erste soll meine Erkenntnistheorie abgeschlossen werden, nicht zuletzt weil sie manches Neue zur Grundlagenforschung der Mathematik und der Naturwissenschaften zu sagen hat.

Inwieweit die Fortentwicklung meiner philosophischen Anschauungen sich im Vergleich zwischen »Schlafwandler« und »Vergil« zeigt, vermag ich eigentlich kaum selber zu sagen. Ich habe Ihnen kürzlich Weigands Studie über den »Vergil« geschickt[3]. Weigand ist einer der prominentesten amerikanischen Germanisten, und ihm verdanke ich eigentlich meine Berufung nach Yale. Seine Vergilanalyse ist allerdings nicht philosophisch, sondern in erster Linie formal, doch glaube ich, daß sie Sie trotzdem interessieren könnte. Alles in allem habe ich immer das Gefühl, daß Weigand das Buch besser als ich kennt. Bei dieser Gelegenheit: wäre es möglich, die Weigandsche Abhandlung in einer deutschen Fachzeitschrift unterzubringen? Ich weiß, daß dies Weigand besonders freuen würde. Sollte sich niemand finden, der die Übersetzung dort vornähme, so würde ich dafür Sorge tragen.

Ich habe Ihnen das Hofmannsthalmanuskript nicht geschickt, weil die Arbeit ohnehin im nächsten Heft der »Neuen Rundschau«[4] erscheint und sich Gedrucktes leichter liest als ein Manuskript. Hingegen hoffe ich, daß die »Schuldlosen« bereits in Ihren Händen liegen. Thematisch sind sie mit dem »Faustus«[5] verwandt, freilich ohne die Tiefe seiner Musikkapitel auch nur im entferntesten zu erreichen; etwas derartiges konnte ja infolge der etwas merkwürdigen Herstellungsmethode auch nicht angestrebt werden.

Ihr Faustbuch[6] habe ich noch immer nicht durchgearbeitet, aber so oft ich dazu zurückkehre, ist es ein großer Genuß, freilich auch einer, der mit Neid gepaart ist, denn die Fülle Ihres Fachwissens, Ihrer Dispositionsfähigkeit, ist für mich verschlossenes Gebiet. Aber Sie wissen ja, daß Neid die ehrlichste Form der Bewunderung ist.

Indes ich Sie herzlichst begrüße,
Ihr H. B.

[GW 8]

1 Wilhelm Emrich (geb. 1909), deutscher Germanist, damals Privatdozent an der Universität in Göttingen.
2 »Zerfall der Werte«, KW 1, S. 418 ff.

3 Vgl. Fußnote 2 zum Brief vom 12. 2. 1946.
4 »Hugo von Hofmannsthals Prosaschriften«, in: *Neue Rundschau* 62/2 (1951), S. 1-30.
5 Thomas Mann, *Doktor Faustus* (1947).
6 Wilhelm Emrich, *Die Symbolik von Faust II. Sinn und Vorformen* (Berlin: Junker & Dünnhaupt, 1943).

754. An Karl August Horst

11. 4. 1951

Lieber verehrter Herr Horst[1],
Ihre Ausführungen zu meinen Roman-Bemühungen[2] sind so überaus scharfsinnig, daß es mich sehr drängt, Ihnen nicht nur zu danken, sondern Ihnen auch ein paar mehr oder minder autobiographische Feststellungen zum Thema zu liefern.

Vorerst freilich etwas Theoretisches: Ihrer fruchtbaren Grundunterscheidung zwischen Epos und Roman stimme ich natürlich zu, ja ich möchte sie sogar noch etwas verschärfen, nämlich mit dem Hinweis auf die mythische Ur-Struktur des Epos, die dem Roman mangelt; schon bei Vergil ist das Kosmogonische des Ur-Epos nicht mehr vorhanden, im mittelalterlichen Kunstepos erst recht nicht, und gerade von diesem Mangel rührt das von Ihnen hervorgehobene Walten des Zufalls her: wo noch der Mythos wirkt, da gibt es keinen Zufall, denn weder die Götterbefehle noch das über ihnen stehende Fatum dürfen als Zufall aufgefaßt werden. Und gleichwie sich der Mythos zum Märchen verkleinert hat, sind die besten Qualitäten des Spät-Epos in seiner Märchenhaftigkeit, oftmals Legendenhaftigkeit zu entdecken. Für den echten Epiker ist das ein unbehaglicher, ein unhaltbarer Zustand, und von hier aus ist zweierlei zu verstehen, nämlich erstens das Zurückdrängen eines Milton, eines Klopstock zu den – vermeintlichen – epischen Anfängen, also zur Bibel, und zweitens die Säkularisierung der »Zufallslosigkeit« im Roman, wovon der Don Quixote vielleicht als erster monumentale Kunde gibt, da hier erstmalig ein Geschehen mit rigoroser Eindeutigkeit aus einer seelischen Situation abgeleitet wird. Mit Zola wird die Zufalls-Ausschaltung »wissenschaftlich«, d. h. die Mythos-Kraft wurde in die Wissenschaft verlagert, und die *Rougon-Macquarts* wollten ihr Epos werden. Seitdem strebt der Roman zunehmend absichtlicher, aber meines Erachtens auch zunehmend erfolgloser dem Mythos zu. Aber mit Absichtlichkeit – und daran ändert auch die Verehrungswürdigkeit der Joyceschen Leistung nichts – gelangt man nicht in den heiligen Bezirk. Kein noch so künstlerischer Eklektizismus, keinerlei Technik nützt da, vielmehr braucht es hiefür eine Echtheit, die bisher nur ein einziger aufgebracht hat, und das war Kafka.

Oberflächliche Beobachter glauben, daß ich Joyce nachstrebe, weil ich mich theoretisch mit ihm befaßt habe. Nach dem Gesagten brauche ich nicht eigens zu beteuern, daß mir derlei fern liegt. Ich müßte, sofern ich seinen Wegen folgte, meine eigene Methode, meine eigene Technik zu einer Intensität bringen, die sich an der seinen messen ließe, doch abgesehen davon, daß meine Kräfte wahrscheinlich hiefür nicht ausreichen, es ist auch nicht mein Ehrgeiz; ich will in der mir noch verbleibenden Lebensspanne meine Erkenntnistheorie und meine sonstigen wissenschaftlichen Arbeiten fertigbringen, einfach weil ich sie für wichtiger als Literatur halte. Gewiß, wäre meine dichterische Stärke so groß wie die Kafkasche, so würde ich vielleicht in diese sehr unjoycesche Richtung getrieben sein, aber derlei arrogiere ich nicht; in einer einzigen Generation gibt es keine zwei Kafkas. Warum also schreibe ich romanartige Gebilde? Und damit bin ich bei den oben angedeuteten autobiographischen Bemerkungen.

Alle produktiven Denkprozesse beginnen mit dem Erahnen neuer Realitätszusammenhänge, und was im Studium der Ahnung verbleibt, ist quälend; alle produktive Arbeit dient der Qualbefreiung, ist Selbstbeweis, und das gilt ebensowohl für die Mathematik wie für das Malen eines Bildes wie für die musikalische Komposition usw. Und auf welchem Gebiet immer, die erste Ahnung ist geradezu lyrisch vor Irrationalität, und die Ausarbeitung, auch in der Kunst, sucht ein Maximum an Rationalität zu erreichen. Über die Typologie der dabei entstehenden Gebilde, insbesondere der Systeme, brauche ich hier nicht zu reden, wohl aber von dem unauflöslichen lyrischen Rest, der in jeder Produktion enthalten ist, auch in der mathematischen, und sich nicht systemisieren läßt. Je undogmatischer ein Denken ist, desto größer ist der verbleibende lyrische Rest. Nietzsche ist hiefür ein Beispiel unter tausenden. Und was ich in meine Erkenntnistheorie, Mathematik usw. nicht unterbringe, wird zu den Romangebilden.

Wäre aber die Lyrik strackswegs nicht ehrlicher? Das gehört schon zur Problematik der Rationalisierungen und Systemisierungen; nicht immer ist der Gedichtausdruck auch schon der direkteste. Für Kafka z. B. war er es nicht. Meine eigenen, ziemlich zahlreichen Versversuche sind versteckt und sollen (wahrscheinlich mit Recht) der Hauptsache nach versteckt bleiben. Aber ich bin vollkommen überzeugt, daß die lyrische Ahnung das *Movens* all meines Schreibens ist; von ihnen (also von mir) her gesehen ist z. B. der »Vergil« nichts als ein ausgewalztes lyrisches Gedicht.

Und hiezu gleich das Problem des Humors, denn Sie sind so liebenswürdig, mir den modernen komischen Roman zuzutrauen. Ob ich ihn tatsächlich zusammenbrächte, kann ich natürlich nicht sagen, doch richtig ist, daß der Witz und das Lyrische sehr eng miteinander verwandt sind; beides sind Abkürzungswege, wenn auch in entgegengesetzter Richtung. Und beides kann sowohl tragisch wie humorig ausfallen, nämlich je nachdem, ob ein tragischer oder komischer Konflikt getroffen wird. Nimmt man nun mit einiger Simplifikation an, daß Konflikte immer dann entstehen, wenn ein privates Wertsystem gegen das jeweilig milieugültige durchgesetzt werden soll (Don Quixote), so möchte man glauben, daß es sich da immer um ein tragisches Schema handelt. Und trotzdem ist es nicht so. Oder genauer: in jeder Tragik sind die Unterhosen des Königs versteckt und treiben ihr Unwesen. Es handelt sich um das Phänomen der Nacktheit. So weit ich davon affiziert bin, weiß ich, daß alle meine von mir gezeichneten Gestalten zuerst traumartig mir aufgestiegen sind, niemals nach freier Wahl, niemals aus der Außenwelt herangeholt (oder eben nur mittelbar), und daß ich sie daher zuerst immer von innen her gesehen habe, also in stärkster, in lyrischer Identifikation. Wenn meine Figuren naturalistisch auf der Erde stehen, so verdanken sie das dieser Identifikation und dieser Nacktheit, durch die sie zugleich auch komisch werden, nicht zuletzt mir selber.

Aber kann mir das genügen? Darf es mir genügen? Wo bleiben da die eigentlichen Realitätsahnungen? Mit einem Amüsierbetrieb ist vielleicht den Lesern, aber nicht mir gedient. Wenn der Irrationalrest, der mir aus philosophischen, erkenntniskritischen, mathematischen Bemühungen übrig bleibt, sich auf die Komik meiner Mitmenschen (zu denen ich mich selbstverständlich auch selber zähle) beschränkte, so wäre das eine traurige Angelegenheit. Nein, da geht es um echte Seins-Phänomene, zwar nicht im Sinn des Existentialismus, wohl aber – wenigstens annäherungsweise – im Sinn Husserls. Und wenn ich das, was sich der rationalen Behandlung entzieht, in einer Art Roman zu fangen mich bemühe, so hat das noch einen weiteren Sinn: jede neue Realitätsaufdeckung muß notwendigerweise auch moralische Konsequenzen in sich schließen, denn es gibt nichts Isoliertes in dieser Welt; gelingt es mir also, im Leser eine neue Realitätsahnung zu erwecken, so helfe ich ihm auch, eine neue Moralitätsahnung zu gewinnen, und daß das die heute wohl dringlichste Weltaufgabe ist, brauche ich nicht weiter zu beweisen. Um dieser Aufgabe willen bin ich von der Erkenntnistheorie zur Massenpsychologie und von ihr zur theoretischen Politik getrieben worden. Eins gehört zum andern. Einiges hievon ist ja auch schon veröffentlicht worden; leider bin ich ein zu zögernder Veröffentlicher.

Nun zu den »Schuldlosen«: um welche Realitätsahnungen geht es da? Als ich vor zwei Jahren die Fahnen der fünf Ursprungsstücke bekam, habe ich überhaupt nichts derlei entdecken können, sondern bin bloß über ihre gemeinsame Scheußlichkeit erschrocken. Gewiß hat es mit dem ihnen gemeinsamen »Zeitgeist« gestimmt, aber das ist ein äußerliches Motiv, also sicherlich keines, um dessentwillen man sich in Bewegung setzt. Nichtsdestoweniger mußten die nun schon einmal gedruckten Stücke irgendwie gerettet werden. Und das konnte bloß geschehen, wenn etwas wirklich *Neues* hinzutrat, um sie allesamt in sich aufzunehmen. Da fiel mir auf, daß die »Leichte Enttäuschung« ein, allerdings höchst unzureichender, Versuch zur Gestaltung des Erlebnisses absoluter Leere gewesen ist. Das war der Ansatzpunkt, und ich stellte daher diese Novelle in den Mittelpunkt des Buches, das Vakuum, die leere Zeit als Zentrum eines Geschehenssystems. Und es ist auch das moralische Zentrum, denn daraus ergibt sich der Agnostizismus des Prophetengedichtes, das seinerseits wieder durch die »Parabel« des Eingangs und die »Vorüberziehende Wolke« des Endes im Sinnzusammenhang gehalten wird. All das wäre jedoch kaum möglich gewesen, wenn ich nicht etwa 1941 dem »Imker« begegnet wäre; ich habe ihn damals in einem Gedicht[3] festgehalten. Erst durch ihn – weil er eben »Person« ist – konnte der Vorstoß ins Moralische gelingen.

Trotz aller Weitschweifigkeit – die ich leider nicht umgehen konnte – sind das bloß Andeutungen, doch schon aus diesen Andeutungen werden Sie entnehmen, daß das Buch keineswegs in Ausschrotung der Dreieckssymbole und ihrer Strukturen entstanden ist. Mit einem solchen Verfahren wäre ich höchstens zu leeren Allegorien gelangt, und wenn auch ihre Leere ontologisch als Symbol jener Leere genommen werden könnte, welche zur Darstellung gebracht werden soll, es wäre ein für mich unbefriedigendes Verfahren gewesen; rein technische Hilfsmittel erschrecken mich. Natürlich können, dürfen, sollen Sie nun fragen, wieso es trotzdem zu all den von Ihnen aufgezeigten Dreieckskonstruktionen gekommen ist.

Dazu möchte ich eine Geschichte erzählen: ich habe den »Vergil« während einer gewissen Zeit nicht für Veröffentlichung geschrieben, doch als ich ihn später zu einem richtigen Buch umgestaltete, hat die Trance der Arbeit – eine richtige Trance – nicht nachgelassen; dabei stellte sich heraus, daß eine kontrapunktische Knabengestalt eingefügt werden mußte, und das geschah mit der Person des Lysanias. Hier in Yale erfuhr ich nun von meinem Kollegen Faber du Faur[4], daß dieser Lysanias bis ins kleinste Detail die Attribute des Knabengottes Telesphoros (aus dem Kreis des Äskulap) trägt, einer für mich bis dahin völlig unbekannten Göttergestalt. Solche Dinge kann man bloß als Richtigkeitsbeweise hinnehmen.

Und nicht anders verhält es sich mit den Dreiecken. Für mich war und ist das Grundsymbol der »Schuldlosen« das Nichts-Erlebnis, die leere Zeit, das leere Auge und ebendarum der Allblick der Blindheit, und ich kann daher all die Dreieckskonstellationen, die sich notwendig und unbewußt daraus ergeben haben, bloß als Beweis für die Richtigkeit der alten Dreiecksumrahmung des Gottesauges anerkennen. Es sind eben archetypische Vorgänge.

Ihr
Hermann Broch
[GW 8, KAH, DWW]

1 Karl August Horst (geb. 1913), deutscher Literaturkritiker.
2 Karl August Horst, »Methodisch konstruiert. Über das Romanwerk von Hermann Broch«, in: *Merkur* 5/38 (April 1951), S. 389-395.
3 »Der Urgefährte«, entstanden 1946 (nicht 1941), KW 8, S. 66.
4 Curt von Faber du Faur (1890-1966), deutsch-amerikanischer Bibliothekar und Literaturwissenschaftler; emigrierte 1939 in die USA, wurde 1944 Kurator der German Collection an der Yale University. Vgl. den Aufsatz Faber du Faurs »Der Seelenführer in Hermann Brochs *Tod des Vergil*«, in: *Wächter und Hüter. Festschrift für Hermann J. Weigand,* hrsg. v. Leslie A. Willson u. a. (New Haven: Yale University, 1957), S. 147-161.

755. An Hannah Arendt

12. 4. 51

Schön war's Hannah, daß Sie da waren.

Hier ist der abgeschriebene Ur-Imker[1]. Was er mir damals zu Buschi[2] prophezeit hat – er ist übrigens seitdem öfters wiedergekommen –, das ist nun tatsächlich bewahrheitungsnah: smarter Imker!

Viel und tieflich
H.
[GW 8]

1 »Der Urgefährte«, KW 8, S. 66.
2 AnneMarie Meier-Graefe Broch.

756. An Frank Thiess

New Haven, Conn., 30. 4. 51

Liebster Frank,
Deine Ischias beantworte ich mit einem Herzanfall und beschimpfe sowohl Dich wie mich dafür, denn derlei ist uns beiden nicht gestattet. Ich komme gerade aus dem Spital, zwar einigermaßren repariert, doch auch ein wenig besorgt, da ich's ohne Überarbeitung nicht schaffen kann, also bereits auf dem Wege bin, die nächste Attacke vorzubereiten.

Und wenn ich Deine Arbeitslast betrachte, so darfst Du Dich von den »Schuldlosen« zu keinem Essay anregen lassen. Nach meinen letztmonatlichen Erfahrungen kann ich Dir bloß ein »Schone Dich!« zurufen. Natürlich kann niemand Gescheiteres als Du zum Experimentierroman sagen; das zeigen auch diese beiden wundervollen Briefseiten, die mich stolz machen. Aber darum darfst Du trotzdem nicht mit Dir wüsten.

Theoretisch: wie hätte ich die Erwähnung Hitlers vermeiden sollen, da doch das ganze Buch daraufhin eingerichtet worden ist? Und weil es sich nicht vermeiden ließ, mußten des Zacharias' Spießbürgerzüge ins Karikaturistische weiterentwickelt werden. Ich kann darin auch keinen artistischen Fehler sehen. Das stilistische Gegenstück zur Karikatur ist das Gedicht, das charakterologische zum Zacharias ist der Imker; es ist gewiß eine große Amplitude, aber eine solche ist ebenso legitim wie eine kleine, sofern man die Dinge richtig kontrapunktiert – ob ich's richtig gemacht habe, kann ich natürlich nicht eindeutig entscheiden –, doch sicher ist, daß das Phänomen des »Reichtums« eines Buches in erster Linie von seiner Kontrapunktik abhängt. All dies jedoch muß ich Dir, dessen Bücher mit Reichtum vollgepackt sind, nicht eigens erzählen. [. . .]

[GW 8]

1. 5. 51

Liebe, sehr liebe Freundin Daisy,
Also das Gedicht[1] hat mir einen Brief von Ihnen eingetragen, und das ist, finde ich, ein rechter Profit, den der alte Imker da eingebracht hat. Ich hatte das Gedicht herausgesucht, weil der alte Alvin Johnson, der wirklich ein grand old man ist, nach Lektüre des Buches auf den Imker gesagt hat: »That's not a novel figure, that's an apparition«. Und so hat er sich gefreut, daß er wirklich recht hatte. Etwas ist mir aber dabei schmerzlich aufgefallen, nämlich, daß aus der apparition inzwischen ein Selbstporträt geworden ist, denn in der kurzen Spitalzeit ist es mir gelungen, den Übergang von Pubertät zu Senilität zu bewerkstelligen. Ich werde also als Greis plötzlich in Ihrem Türgeviert stehen.

Über Abreise etc. habe ich gerade Dani geschrieben. Ich muß mich nach Ankunft vor allem wegen der Vergil-Übersetzung in Frankreich aufhalten, sei's in Paris, sei's irgendwo auf dem Land; der Ort hängt vom Übersetzer[2] ab, der ein Stück seines Urlaubs mit mir verbringen wird. Jedenfalls wird es mit der Reise jetzt – unberufen – wirklich Ernst werden. Ich kann Ihnen nicht sagen, wie sehr ich mich auf das Wiedersehen freue, m. E. werde ich in der zweiten Sommerhälfte bei Ihnen eintreffen. [. . .]

[GW 8]

1 »Der Urgefährte«, KW 8, S. 66.
2 Albert Kohn.

758. An Peter Suhrkamp

Yale University, New Haven, Connecticut
Department of Germanic Languages 8. 5. 51

Lieber Dr. Suhrkamp:
Vor einiger Zeit schrieb mir Kasack[1], daß Sie nun gleichfalls ins siebte Jahrzehnt eingetreten sind, und mit der Schadenfreude dessen, der bereits seit 5 Jahren solche Ehrenwürde genießt, wollte ich dem Nachzügler natürlich rechtzeitig gratulieren. Doch gerade da hat mich ein Herzanfall ereilt, und ich war im Spital, so daß meine Glückwünsche jetzt verspätet eintreffen. Nehmen Sie sie trotzdem entgegen; sie sind herzlich und aufrichtig.

Lassen Sie mich bei dieser Gelegenheit auch noch etwas Geschäftliches hinzufügen, sozusagen einen kommerziellen Freundschaftsdienst, den ich aber sehr guten Gewissens zwei Freunden gegenüber erfülle. Es handelt sich um den hier lebenden Schriftsteller Robert Pick, welcher einen sehr bemerkenswerten Roman *Guests of Don Lorenzo*[2] geschrieben hat, und die ganz ausgezeichnete Übersetzerin Else Spitzer in London (2 Tarranbrae, Willesden Lane, London N. W. 6), welche dieses Buch gerne ins Deutsche übersetzen und bei einem deutschen Verlag unterbringen möchte. Ich habe das Gefühl, daß die Sache für Sie interessant sein könnte und habe daher Frau Spitzer nahegelegt, sich mit Ihnen direkt in Verbindung zu setzen.

Es mag sein, daß ich im Laufe dieses Sommers nach Europa und auch nach Deutschland komme, und es wäre mir eine ganz besondere Freude, Sie bei dieser Gelegenheit begrüßen zu können.

Nehmen Sie inzwischen einen herzlichen Gruß

Ihres Hermann Broch

[PSA]

1 Vgl. Fußnote 3 zum Brief vom 6. 3. 1951.

2 Robert Pick, *Guests of Don Lorenzo. A Novel* (Philadelphia: Lippincott, 1950). Das Buch erschien nicht auf Deutsch.

759. An Rudolf Brunngraber

12. 5. 51

Liebster Rudolf:
Verzeih die verspätete Antwort, aber das lang Erwartete ist eingetreten. Ich habe mir nun glücklich eine Herzattacke angearbeitet, war im Spital, bin halbwegs wieder repariert und infolgedessen im Begriff, die zweite Attacke vorzubereiten.

Dein Brief war mir eine große und echte Freude, eine umso größere, als ich ja die begründete Aussicht habe, Dir bald die Hand drücken zu können. Es ist ziemlich sicher, daß ich in ein paar Wochen nach Europa reise, nicht zuletzt auch, um einmal ausgiebig ausruhen zu können, und ich kann nur hoffen, daß Du Dich da nicht gerade auf dem Weg nach Amerika befindest. Andernfalls sehe ich Dich entweder in Wien oder halte mich auf der Hin- und Rückreise für einen Tag in Kärnten auf.

Deine Bemühungen um mich sind rührend, und wie sehr ich Dir dankbar bin, brauche ich nicht zu unterstreichen. Daß der Literaturpreis diesmal zu Polgar[1] gegangen ist, freut mich ausgesprochen, wenn es auch bedauerlich ist, daß der sehr begabte Lernet-Holenia ihn nicht bekommen hat. Aber der wird später darankommen, während Polgar mit seinen 70 Jahren wirklich jede Ehrung verdient. Der mir zugedachte Trostpreis ist gleichfalls rührend. Mein Geburtstag ist am 1. November, und es versteht sich, daß ich das Körner-Bildnis[2] in Ehren halten werde. Ein besonderer Trost aber ist es, wie gesagt, daß ich Dich vorher sehen werde. [. . .]

[GW 8]

1 Der damals bereits 75jährige Alfred Polgar erhielt 1951 den seinerzeit erstmals verliehenen »Preis der Stadt Wien für Publizistik«.
2 Theodor Körner (1873-1957), österreichischer Politiker, von 1945 bis 1951 Bürgermeister von Wien.

760. An George Saiko

78 Lake Place, New Haven 11, Conn. 20. 5. 51

Guter Goß, soeben – verhältnismäßig lang gereist – ist Dein Brief v. 9. eingetroffen. Sei bedankt. Ich bin glücklich, daß die Abfertigungssache so gut abgelaufen ist, und ich hoffe, daß dies auch als Symptom für die Qualität Deines Anwaltes genommen werden darf, so daß man – unberufen – mit einem ähnlich günstigen Ausgang der anderen Prozesse rechnen kann. Daß eine positive Erledigung für Dich eine gute Befriedigung wäre, versteht sich; es soll bloß nicht zu lange dauern, denn sonst verlierst Du zu viel Arbeitszeit, und das ist zu kostspielig; dem Dreck eine Watschen zu geben, ist immer schön, aber es darf nicht zu teuer werden.

In der Verlagsfrage fühle ich mich nach wie vor wegen Posen[1] bedrückt. Ich zweifle nicht am Zustandekommen einer neuen Verlagsverbindung, aber es wird seine Zeit brauchen. Das Buchgeschäft geht allüberall elend, sogar in Amerika (u. z. hier wegen des Televisions), und wenn sich der heutige Mensch schon ein Buch kauft, so will er Fakten, aber nichts Ausgeheckteѕ geliefert bekommen. Seit zwanzig Jahren prophezeie ich diesen, nunmehr sich etablierenden Zustand, einfach weil ich ihn für logisch halte. Dichterisch sind die Möglichkeiten der Romanform durch Joyce erschöpft, ja überschritten worden, und soziologisch ist das »gute Buch« eine Sommerfrischenangelegenheit der bürgerlichen Frau gewesen, hat also keine Funktion mehr. Die Narrheit, von der Du sprichst, besteht im Festhalten an dieser Produktionsgattung, und da ich – im Gegensatz zu Deinem verbissenen Wahn – hierin nicht mehr mittue, darf ich mich auch gegen die mir zugemutete Narrheit wehren.

Natürlich mache ich trotzdem noch diesen Roman für Knopf[2] fertig, und aus sozusagen künstlerischen Gründen würde er sogar auch noch die Ergänzung durch einen zweiten Band erfordern. Den werde ich aber kaum mehr machen. Die Einschiebung der »Schuldlosen« und dieses Buches hatte eine desaströse Wirkung auf mich, nicht nur in der Überarbeitung, sondern auch in der entsetzlichen Panik, mit der ich sehe, daß ich meine dreißigjährige Arbeit in Mathematik,

Erkenntnistheorie und Massenpsychologie nicht mehr werde beenden können. Das Resultat war Zusammenbruch, also Herzdefekt und Spital, aus dem ich soeben entlassen bin. Anch'io sono pittore, wie Du siehst.

Die Europafahrt ist dadurch wieder verschoben, doch im Laufe des Sommers hoffe ich reisen zu können, umsomehr als ich gründliches Ausruhen brauche. In Österreich würde ich im Frühherbst eintreffen, doch wäre es mir lieber, wenn ich Dich außerhalb Wiens (wo ich mich so *kurz* wie nur möglich aufhalten möchte) treffen könnte. Vor allem warte ich jetzt hier mein Kind ab; ich bin froh, daß es auf Dich einen guten Eindruck gemacht hat.

Grüße Yella[3], und sei mir umarmt. Immer Dein alter

H

Was ist mit Legationsrat Winter los? Beleidigt, weil ich meine Biographie richtiggestellt habe? Ein Maler, der bös ist, weil das Modell sich nicht genügend um Ähnlichkeit bemüht?

[YUL, GS]

1 Im Carl Posen Verlag, Zürich, war 1948 Saikos Roman *Auf dem Floß* erschinen (Lizenzausgabe gleichzeitig beim Limes-Verlag in Wiesbaden).
2 Dritte Fassung der *Verzauberung (Demeter)*.
3 Saikos Frau.

761. An Ernst Schönwiese

23. 5. 51

Lieber Freund Schönwiese:
Natürlich bleibts bei der Freundschaft, für mich ist's nur eine Freude, wenn Sie mich so anreden. Und ansonsten Dank für Ihre guten Zeilen vom 7., die kürzlich hier eingegangen sind; ich beantworte sie so rasch und so kurz wie möglich:

Außerliterarische Tätigkeit: daß Sie sich an meine Studien zum Thema Menschenrechte[1] erinnern, ist erstaunlich. Aus diesen Ansätzen hat sich dann hier meine Massenpsychologie[2] herausgebildet, für die ich eine dreijährige Rockefeller fellowship bekommen habe, ohne jedoch in der vorgeschriebenen Zeit die krebsartig angeschwollene Arbeit bewältigt zu haben. Es sind 3 Bände, von denen der erste rein erkenntniskritisch, der zweite psychologisch ist, der dritte sich mit der Theorie der Politik und der Demokratie befaßt. Das Ganze ist eine Art Kompilation meiner früheren philosophischen Bestrebungen (insbesondere der erste Band), und auch diese laufen nebenbei weiter, insbesondere als Grundlage einer Kritik zur Mathematik und Logik, und langsam beginne ich an der Fertigstellung zu verzweifeln. Warum ich darüber so verzweifelt bin, weiß ich eigentlich nicht, denn schließlich wird es mir im Grab vollkommen wurst sein, was ich zurückgelassen habe. Aber eine umsonstige 30jährige Arbeit wurmt einen halt doch. Im Zusammenhang mit all dem (nicht mit der Verzweiflung) gibt es noch verschiedene kleine Nebenarbeiten, z. B. über die Chancen internationaler Universitäten[3], die ich für die New School in New York gemacht habe, und die eine methodologische Untersuchung über die Möglichkeiten einer Wissenschafts-Unifizierung enthält. Die Arbeit liegt jetzt dort, wo sie hingehört, nämlich im Archiv der Unesco, um daselbst für ewig zu schlafen.

Silberboot: Ich freue mich, daß es wieder fahrbereit ist, freue mich, mitfahren zu können, und es versteht sich, daß weder Sie noch ich dafür einen Fahrpreis einheben. Wenn Frau von Allesch nicht schon die Verständigung der Nationalbank erhalten hätte, so wäre die Frage überhaupt nicht aufs Tapet gekommen. So aber war sie enttäuscht und hat immer wieder nach der ausgebliebenen Zahlung gefragt. Ich bin also sehr froh, daß Sie sie anderweitig entschädigen werden.

Weismann: Meine Verbindung stammt noch aus der Zeit, in der das Dreieck Schönwiese, Weismann, Burgmüller intakt gewesen ist. Mit Ausnahme einiger finanzieller Schwierigkeiten im Vorjahr hat aber die Sache unberufen gut funktioniert.

Zwillinger[4]: Danke für Adresse; ich schreibe ihm direkt.

Europareise: Angesichts des oben beschriebenen Produktionsprogramms, zu welchem auch noch die Fertigstellung, resp. Umarbeitung, des Gebirgsromans für Knopf-New

York kommt, werden Sie sich nicht wundern, daß ich einen richtigen Zusammenbruch mit Herzschwierigkeiten etc. hatte. Ich mußte sogar eine Zeitlang wieder im Spital verbringen. Das hat meine Fahrt wieder einmal verzögert, doch hoffe ich, im Laufe des Sommers bestimmt abreisen zu können. Fahren Sie mir also bitte nicht herüber; es wäre zu dumm, wenn wir in der Mitte des Atlantic aneinander vorbeiführen.

Grüßen Sie Frau und Tochter und lassen Sie sich die Hand drücken.

Freundschaftlichst Ihr
Hermann Broch
[ES, YUL]

1 »Völkerbund-Resolution«, KW 11, S. 195-231.
2 KW 12.
3 »Philosophische Aufgaben einer Internationalen Akademie«, KW 10/1, S. 67-112.
4 Frank Zwillinger (geb. 1909), österreichischer Schriftsteller, emigrierte 1938 nach Frankreich.

762. An Werner Richter

29. 5. 51

Liebster,
natürlich ist es mir eine Ehre, ein Richtersches Manuskript befördern zu dürfen, doch an Ihrer Stelle würde ich es mir nicht anvertrauen:

1) ist mein Abreisetermin zu ungewiß[1],

2) trachte ich, mit einem freighter ins Mittelmeer – Reisedauer 3 Wochen – zu fahren, u. a. um eine Ausruheperiode zu haben,

3) sind Menschen mit Herzdefekten kastastrophenbedroht,

4) gilt die first-class-Regel bloß innerhalb USA, während Manuskripte nach Übersee als *registered commercial papers,* also sowohl verhältnismäßig sicher wie billig zu expedieren

sind, ja, wenn sie luxuriös sein wollen, sogar air mail, was mir jedoch überflüssig erscheint, da auch die Schiffspost jetzt nicht mehr als drei Wochen braucht (so daß ich auch für all meine Manuskripte diesen Weg wähle).

Bitte überlegen Sie sich's also. Und ansonsten stehe ich zur Verfügung. Jedenfalls möchte ich Sie noch vor der Abreise sehen; ich bin nur leider recht schwach geworden und muß mich vor jeder Überanstrengung hüten. Ein schamvoller Zustand, dessen ich mich unaufhörlich schäme.

Love to both of you
H. B.

[DLA]

1 Broch plante seine Abreise für Anfang Juni 1951. Das geht auch aus der Notiz vom 29. 5. 1951 an Robert Pick hervor: »Mein Alter, Ich werde Donnerstag zwecks Abschiedsfeier in N. Y. sein. [. . .] Sei umarmt H.« (GW 8) Dieser Donnerstag wäre der 31. 5. 1951 gewesen. Broch starb am 30. 5. 1951 an Herzversagen.

Anmerkungen des Herausgebers

Quellenangaben

AMB: Privatbesitz AnneMarie Meier-Graefe Broch, Saint-Cyr-sur-Mer, Frankreich.

AS: Brief an Abraham Sonne, in: *Bulletin der Freunde des Leo Baeck Instituts,* Nr. 5 (September 1958), S. 25-26. (Original in YUL).

BA: Bundesarchiv, Koblenz.

BB: *Hermann Broch – Daniel Brody. Briefwechsel 1930-1951,* hrsg. v. Bertold Hack und Marietta Kleiß (Frankfurt/Main: Buchhändler-Vereinigung, 1971). (Originale im DLA).

BF: Bollingen Foundation Papers, The Library of Congress, Washington D. C., USA.

DLA: Deutsches Literaturarchiv, Marbach/Neckar.

DÖL: Dokumentationsstelle für neuere österreichische Literatur, Wien, Österreich.

DÖW: Dokumentationsarchiv des österreichischen Widerstandes, Wien, Österreich.

DWW: *Dichter wider Willen: Hermann Broch,* hrsg. v. Erich von Kahler (Zürich: Rhein-Verlag, 1958). (Originale in YUL).

EC: Eugen Claassen, *In Büchern denken,* hrsg. v. Hilde Claassen (Hamburg/Düsseldorf: Claassen, 1970). (Originale in Privatbesitz Claassen).

EJL: Briefe an Edith Jonas Levy, in: *Books Abroad* (August 1974), S. 457-461. (Originale in Privatbesitz E. J. Levy).

EL: Briefe an Elisabeth Langgässer, in: *Literaturwissenschaftliches Jahrbuch,* Bd. 5 (N. F.), 1964, S. 305-326. (Originale in YUL und DLA).

EP: Brief an Ernst Polak, in: *Jahrbuch der Deutschen Schillergesellschaft,* 23. Jg. (1979), S. 546-548. (Original in DLA).

ES: Brief an Ernst Schönwiese, in: *das silberboot,* Jg. 5, Nr. 5 (1951), S. 6. (Original im Privatbesitz Schönwiese).

FT: Briefe an Friedrich Torberg, in: *Forum,* 8. Jg., Heft 89 (Mai 1961), S. 185-186. (Originale in Privatbesitz Torberg).

FTo: Briefe an Friedrich Torberg, in: *Neue Rundschau,* 62. Jg., Nr. 4 (1951), S. 137-143. (Originale in Privatbesitz Torberg).

GF: The John Simon Guggenheim Memorial Foundation, New York, N. Y., USA.

GS: Brief an George Saiko, in: *Die Furche,* Jg. VII, Nr. 26 (23.

6. 1951), Beilage »Der Krystall«, S. 2. (Original in Privatbesitz Magdalena Saiko).

GSa: Brief an George Saiko, in: *Benziger bringt Saiko,* Verlagsprospekt des Benziger Verlags, Zürich-Köln, o. J.[1970], S. 9. (Original in Privatbesitz Magdalena Saiko).

GW 8: Hermann Broch, *Briefe von 1929 bis 1951,* Gesammelte Werke Band 8, hrsg. v. Robert Pick (Zürich: Rhein-Verlag, 1957). (Originale in YUL).

HKa: Brief an Hermann Kasack, in: *Morgenblatt für Freunde der Literatur,* Suhrkamp Verlag, (24. 7. 1956), S. 2. (Original in Privatbesitz Kasack).

HR: Brief an Hans Reisiger, in: *Seefeld-Tirol: Kur- und Reisezeitung,* 7. Jg., Nr. 20 (1963), S. 9. (Original in Privatbesitz Reisiger).

HRe: Brief an Hans Reisiger, in: *Seefeld-Tirol: Kur- und Reisezeitung,* 10. Jg., Nr. 21 (1966). (Original in Privatbesitz Reisiger).

HaR: Briefe an Hans Reisiger, in: *Der Tagesspiegel* (Berlin) (22. 2. 1970; Feuilleton). (Original in Privatbesitz Reisiger).

HRei: Brief an Hans Reisiger (nach Original in Privatbesitz Reisiger).

HW: Brief an Hermann Weigand, in: *Publications of the Modern Language Association of America,* Jg. 62 (Juni 1947), S. 551-554 (in englischer Übersetzung). Ferner in: Leslie A. Willson et al. (Hrsg.), *Wächter und Hüter. Festschrift für Hermann J. Weigand* (New Haven: Yale University, 1957), S. 167-172. (Original in YUL).

HZ: Briefe an Herbert Zand (Privatbesitz Mimi Zand, Kainisch, Österreich).

KAH: Brief an Karl August Horst, in: *Merkur,* 5/7 (Juli 1951), S. 701-703. (Original in YUL).

KLS: Brief an Karl Ludwig Schneider, (Privatbesitz K. L. Schneider, Hamburg).

KW: Kommentierte Werkausgabe Hermann Broch, hrsg. v. Paul Michael Lützeler (Frankfurt: Suhrkamp, 1974-1981).

Band 1: *Die Schlafwandler. Eine Romantrilogie* (1978).
Band 2: *Die Unbekannte Größe. Roman* (1977).
Band 3: *Die Verzauberung. Roman* (1976).
Band 4: *Der Tod des Vergil. Roman* (1976).
Band 5: *Die Schuldlosen. Roman in elf Erzählungen* (1974).
Band 6: *Novellen. Prosa. Fragmente* (1980).

Band 7: *Dramen* (1979).
Band 8: *Gedichte* (1980).
Band 9/1: *Schriften zur Literatur 1: Kritik* (1975).
Band 9/2: *Schriften zur Literatur 2: Theorie* (1975).
Band 10/1: *Philosophische Schriften 1: Kritik* (1977).
Band 10/2: *Philosophische Schriften 2: Theorie* (1977).
Band 11: *Politische Schriften* (1978).
Band 12: *Massenwahntheorie* (1979).
Band 13/1: *Briefe 1913-1938* (1981).
Band 13/2: *Briefe 1938-1945* (1981).
Band 13/3: *Briefe 1945-1951* (1981).

KWB: *Kurt Wolff. Briefwechsel eines Verlegers 1911-1963,* hrsg. v. Bernhard Zeller und Ellen Otten (Frankfurt/Main: Heinrich Scheffler, 1966). (Originale im Kurt-Wolff-Archiv, YUL).

MK: Brief an Max Krell, in: *Deutsche Rundschau,* 88. Jg., Nr. 5 (1960), S. 475. Ferner in: Max Krell, *Das alles gab es einmal* (Frankfurt/Main: Heinrich Scheffler, 1961), S. 301-302. (Original in Privatbesitz Krell).

MTV: *Materialien zu Hermann Broch »Der Tod des Vergil«,* hrsg. v. Paul Michael Lützeler (Frankfurt/Main: Suhrkamp, 1976). (Originale in YUL und DLA).

PSA: Peter Suhrkamp Archiv, Suhrkamp Verlag, Frankfurt/Main.

PU: Princeton University Library, (The Christian Gauss Papers), Princeton, N. J., USA.

RK: Privatbesitz Robert A. Kann, Wien, Österreich.

SRL: *Saturday Review of Literature,* vol. 32, No. 36 (Sept. 3, 1949), S. 26.

TMa: Brief an Thomas Mann, in: *Jahrbuch der deutschen Schillergesellschaft,* 20. Jg. (1976), S. 594-595. (Original im DLA).

TMA: Thomas Mann Archiv, Eidgenössische Technische Hochschule Zürich, Zürich, Schweiz.

UT: University of Texas at Austin, Humanities Research Center, Austin, Texas, USA.

WR: Briefe an Werner Richter, in: *Jahrbuch der deutschen Schillergesellschaft,* 18. Jg. (1974), S. 721-725. (Originale im DLA).

WSB: Wiener Stadt- und Landesbibliothek, Wien, Österreich.

WV: Privatbesitz Werner Vordtriede, München.

WW: Privatbesitz Willi Weismann, München.

YUL: Yale University Library, Beinecke Rare Book Library, Broch-Archiv, New Haven, Connecticut, USA.

Auswahlbibliographie zur Sekundärliteratur

Anonym. »Broch-Briefe: Der Korrespondent«, in: *Der Spiegel,* Jg. 12, Nr. 10 (5. 3. 1958), S. 50-52.

Brody, Daniel. »Nachwort des Verlegers«, in: Hermann Broch, *Briefe von 1929 bis 1951* (Zürich: Rhein-Verlag, 1957 = GW 8), S. 455-458.

Brude-Firnau, Gisela. »Hermann Broch und Daniel Brody. Briefwechsel«, in: *Germanisch-Romanische Monatsschrift,* Jg. 54 (1973), S. 250-251.

Cassirer, Sidonie. »Hermann Broch. Briefe 1929-1951«, in: *The Germanic Review,* Jg. 34, Nr. 2 (1959), S. 151-153.

Corino, Karl. »Geistesverwandtschaft und Rivalität. Ein Nachtrag zu den Beziehungen zwischen Robert Musil und Hermann Broch«, in: *Literatur und Kritik,* Nr. 54/55 (1971), S. 242-253.

Durzak, Manfred. »Hermann Broch und Frank Thiess. Aus unveröffentlichten Briefen«, in: *Literatur und Kritik,* Nr. 54/55 (1971), S. 253-261.

Ebner, Jeannie. »Hermann Broch und George Saiko«, in: *Literatur und Kritik,* Nr. 54/55 (1971), S. 262-270.

Fiechtner, Helmut A. »Briefe von Benn, Broch und Hesse«, in: *Die Furche,* Jg. 14, Nr. 3 (1958), S. 11.

Fontana, Oskar Maurus. »Hermann Broch. Briefe von 1929-1951«, in: *Wort in der Zeit,* Jg. 6, Nr. 6 (1960), S. 58-59.

Göpfert, Herbert G. »Vorbemerkung«, in: *Hermann Broch – Daniel Brody. Briefwechsel 1930-1951,* hrsg. v. Bertold Hack und Marietta Kleiß (Frankfurt/Main: Buchhändler-Vereinigung, 1971), S. 1-10. Unter dem Titel »Zum Briefwechsel zwischen Hermann Broch und Daniel Brody« ferner in: Herbert G. Göpfert, *Vom Autor zum Leser. Beiträge zur Geschichte des Buchwesens* (München, Wien: Hanser, 1977), S. 192-202.

Gumtau, Helmut. »›In einem Zustand ständiger Scham‹. Unveröffentlichte Briefe Hermann Brochs aus der Zeit nach Kriegsende«, in: *Der Tagesspiegel* (Berlin), 22. 2. 1970 (Feuilleton).

Haas, Willy. »Ein großer Geist – und ein großer Mensch: Briefe des Epikers Hermann Broch. Zeugnisse für das Gewissen des Intellektuellen«, in: *Die Welt* (5. 11. 1957).

Herd, Eric W. »Vorwort«, in: Hermann Broch, *Die Unbekannte Größe und frühe Schriften mit den Briefen an Willa Muir* (Zürich: Rhein-Verlag, 1961 = GW 10), S. 313-315.

Hoffmann, Wilhelm. »Der Briefwechsel zwischen Elisabeth Langgässer und Hermann Broch«, in: *Literaturwissenschaftliches Jahrbuch,* N. F., 5. Bd. (1964), S. 297-305.

Horst, Karl August. »Der Briefschreiber Broch«, in: *Merkur*, Jg. 11, Nr. 11 (1957), S. 1091-1093.
Jonas, Ilsedore B. »Hermann Broch –Daniel Brody. Briefwechsel 1930-1951«, in: *Modern Austrian Literature*, Jg. 5, Nr. 1/2 (1972), S. 146-149.
Kann, Robert A. »Hermann Broch in seinen Briefen«, in: *Wort und Wahrheit*, Jg. 12 (Dezember 1957), S. 799.
Koch, Thilo. »Briefe Hermann Brochs«, in: Erich Kahler (Hrsg.), *Dichter wider Willen: Hermann Broch* (Zürich: Rhein-Verlag, 1958), S. 57-79.
Loetscher, Hugo. »Minerva gegen die Musen. Zu Hermann Brochs Briefen«, in: *Weltwoche*, Jg. 25, Nr. 1243 (6. 9. 1957), S. 5.
Lützeler, Paul Michael. »Hermann Broch – Daniel Brody. Briefwechsel 1930-1951«, in: *Literatur und Kritik*, Nr. 60 (1971), S. 623-627.
Lützeler, Paul Michael. »Die Straße (1918)«, in: P. M. Lützeler, *Hermann Broch: Ethik und Politik. Studien zum Frühwerk und zur Romantrilogie ›Die Schlafwandler‹* (München: Winkler, 1973), S. 43-51.
MacClain, William H. »Hermann Broch – Daniel Brody. Briefwechsel 1930-1951«, in: *Modern Language Notes*, 87 (1972), S. 796-799.
Pick, Robert. »Einleitung«, in: GW 8, S. 5-9.
Polzer, Victor. »Hermann Broch: Briefe von 1929-1951«, in: *Aufbau (N. Y.)*, Jg. 24, Nr. 32 (9. 8. 1957), S. 8.
Schonauer, Franz. »Hermann Brochs Briefe«, in: *Frankfurter Allgemeine Zeitung*, Nr. 165 (20. 7. 1957).
Strelka, Joseph. »Hermann Broch – Daniel Brody. Briefwechsel 1930-1951«, in: *Colloquia Germanica*, Nr. 2 (1973), S. 190-192.
Tramer, Hans. »Lebenszeugnisse«, in: *Bulletin der Freunde des Leo Baeck Instituts*, Jg. 2, Nr. 8 (August 1959), S. 2-8.
Wienold, Götz. »Hermann Broch – Daniel Brody. Briefwechsel 1930-1951«, in: *Zeitschrift für deutsche Philologie*, Jg. 91 (1972), S. 302-305.
Wrede-Bouvier, Beatrix. »Hermann Broch zu Nachkriegsdeutschland. Briefwechsel mit Volkmar von Zühlsdorff«, in: *Literatur und Kritik*, Nr. 54/55 (1971), S. 214-217.
Ziolkowski, Theodore. »Hermann Broch – Daniel Brody. Briefwechsel 1930-1951«, in: *Books Abroad*, 46 (1972), S. 480-481.

Zeittafel

Genannt werden die wichtigsten biographischen Daten (in Kursivdruck) und die Titel sämtlicher Arbeiten Brochs, wie sie in dieser Kommentierten Werkausgabe vorliegen. Folgende Abkürzungen wurden benutzt: A: Ansprache; B: Betrachtung; Br: Brief; D: Drama; E: Erzählung; F: Fragment; Fi: Filmskript; G: Gedicht; Gu: Gutachten; I: Interview; K: Kurzgeschichte; KW 1-13: Kommentierte Werkausgabe Hermann Broch, Bände 1-13; M: Miszelle; N: Novelle; Na: Nachruf; P: Pamphlet; R: Roman, Re: Rezension; St: Studie; V: Vortrag. (Nicht eigens aufgeführt wurden Brochs Selbstkommentare, die man jeweils im Anhang zu den Roman- bzw. Dramenbänden dieser Ausgabe unter der Überschrift »Hermann Brochs Kommentare« abgedruckt findet.)

1886 *Am 1. November wird Hermann Broch in Wien geboren. Der Vater Joseph Broch ist Textilindustrieller; er stammt aus einer armen jüdischen Familie in Mähren. Die Mutter Johanna Broch, geb. Schnabel, ist Tochter eines jüdischen Großhändlers aus Wien.*

1894-1898 *Besuch der Allgemeinen Volksschule im I. Bezirk Wiens.*

1898-1903 *Besuch der Staatsrealschule im I. Bezirk Wiens. Realschul-Matura 1903.*

1903-1906 *Besuch der Wiener Webschule und der Technischen Universität Wien. Gasthörer der Philosophie, Mathematik und Physik an der Universität Wien im Wintersemester 1904/1905.*

1906-1907 *Fortsetzung und Abschluß des Studiums zum Textilingenieur an der Lehranstalt für Spinnerei und Mechanische Weberei in Mülhausen/Elsaß. Geschäftsreise durch die Südstaaten der USA (zur Information über die dortige Baumwollproduktion) von September bis November 1907.*

1908-1909 *Offiziersanwärter beim österreichischen Militär; Ausbildung in Zagreb; Abschied aus gesundheitlichen Gründen im Herbst 1909. Eintritt als Direktor in die väterliche Spinnfabrik Teesdorf in Teesdorf bei Wien. Heirat mit Franziska von*

Rothermann, der Tochter eines Zuckerfabrikanten aus Hirm/Burgenland am 11. 12. 1909 in Wien. Broch läßt sich vor der Heirat katholisch taufen.
– Kultur 1908/1909 (St), KW 10/1, S. 11 ff.
– Sonja (Teil eines R), KW 6, S. 267 ff.

1910 *Geburt des Sohnes Joseph Maria Hermann Friedrich am 4. Oktober.*

1911 – Ornamente: Der Fall Loos (M), KW 10/1, S. 32 ff.

1912 – Notizen zu einer systematischen Ästhetik (St), KW 9/2, S. 11 ff.

1913 – Mathematisches Mysterium (G), KW 8, S. 13.
– Philistrosität, Realismus, Idealismus der Kunst (St), KW 9/1, S. 13 ff.
– Antwort auf eine Rundfrage über Karl Kraus (M), KW 9/1, S. 32 f.

1914 – Beginnende Liebe (G), KW 8, S. 14.
– Ethik. Unter Hinweis auf H. St. Chamberlains Buch *Immanuel Kant* (St), KW 10/1, S. 243 ff.

1915 – Vier Sonette über das metaphysische Problem der Wirklichkeitserkenntnis (G), KW 8, S. 15 ff.

1916 *Broch wird leitender Verwaltungsrat der Spinnfabrik Teesdorf und gleichzeitig mit der Aufsicht über ein Militärspital für Leichtverwundete betraut, das in einem Gebäude der Spinnfabrik Teesdorf untergebracht ist.*
– Otto Kaus, *Dostojewski* (Re), KW 10/1, S. 250 ff.

1917 – Zolas Vorurteil (St), KW 9/1, S. 34 ff.
– Morgenstern (St), KW 9/1, S. 41 ff.
– Zum Begriff der Geisteswissenschaften (St), KW 10/1, S. 115 ff.
– Zur Philosophie der Werte und der Geistigkeit (St), KW 10/2, S. 81 ff.

1918 – Eine methodologische Novelle (N), KW 6, S. 11 ff.
– Bitteres, spätes Gebet; nach Edit Rényi »Keserü, késö imádság« (G), KW 8, S. 75 f.
– Schmerzloses Opfern; nach Edit Rényi »Ver-

maró télböl havazik a lelkem . . .« (G), KW 8, S. 78 f.
– Heinrich von Stein: *Gesammelte Dichtungen* (Re), KW 9/1, S. 337 ff.
– Konstruktion der historischen Wirklichkeit (siehe unter 1919: Zur Erkenntnis dieser Zeit).
– Die Straße (Offener Brief an Franz Blei), KW 13/1, S. 30-34

1919 – Kommentar zu Hamlet (D, F), KW 6, S. 278 ff.
– Antlitz des Alltags (G), KW 8, S. 18.
– Rudolf Hans Bartsch: *Der junge Dichter* (Re), KW 9/1, S. 344.
– Alfred Polgar: *Kleine Zeit* (Re), KW 9/1, S. 345.
– Gustav Sack: *Der Namenlose* (Re), KW 9/1, S. 346.
– Paul Block: *Der verwandelte Bürger* (Re), KW 9/1, S. 347.
– Paul Leppin: *Daniel Jesus* (Re), KW 9/1, S. 348.
– Zur Erkenntnis dieser Zeit (St), KW 10/1, S. 11 ff.
– Konstitutionelle Diktatur als demokratisches Rätesystem (P), KW 11, S. 11 ff.

1920 –Ophelia (N), KW 6, S. 24 ff.
– Und immer später wird die Nacht (G), KW 8, S. 20.
– Der Theaterkritiker Polgar (St), KW 9/1, S. 49 ff.
– Der Kunstkritiker (St), KW 9/2, S. 36 ff.
– Felix Dörmann: *Der platonische Wüstling* (Re), KW 9/1, S. 349.
– Hugo Salus: *Das neue Buch* (Re), KW 9/1, S. 350.
– Kasimir Edschmid: *Die achatnen Kugeln* (Re), KW 9/1, S. 351.
– Kasimir Edschmid: *Stehe von Lichtern gestreichelt* (Re), KW 9/1, S. 352.
– Prentice Mulford: *Das Ende des Unfugs* (Re),

KW 9/1, S. 353.
– Hans Flesch: *Balthasar Tipho* (Re), KW 9/1, S. 354.
– Karl Otten: *Lona* (Re), KW 9/1, S. 355.
– Egon Erwin Kisch: *Die Abenteuer in Prag* (Re), KW 9/1, S. 356.
– Franz Ferdinand Baumgarten: *Das Werk Conrad Ferdinand Meyers* (Re), KW 9/1, S. 357 f.
– Willi Handl: *Die Flamme* (Re), KW 9/1, S. 359.
– Leo Perutz: *Der Marquis de Bolibar* (Re), KW 9/1, S. 360 f.
– Charles Baudelaire: *Intime Tagebücher* (Re), KW 9/1, S. 362.
– Pauline Metternich: *Geschehenes, Gesehenes, Erlebtes* (Re), KW 9/1, S. 363.
– Karl Hans Strobl: *Gespenster im Sumpf* (Re), KW 9/1, S. 364.
– Frank Heller: *Des Kaisers alte Kleider* (Re), KW 9/1, S. 365.
– Hermann Meister: *Die Freunde* (Re), KW 9/1, S. 365.
– Aubrey Beardsley: *Venus und Tannhäuser* (Re), KW 9/1, S. 366 f.
– Moritz Scheyer: *Europäer und Exoten* (Re), KW 9/1, S. 368.
– Karin Michaëlis: *Don Juan im Tode* (Re), KW 9/1, S. 369.
– Theorie der Geschichtsschreibung und der Geschichtsphilosophie (St), KW 10/2, S. 94 ff.
– Felix Weltsch: *Gnade und Freiheit* (Re), KW 10/1, S. 252 f.
– Tagebuch für Ea von Allesch (Br), KW 13/1, S. 43-50.

1921 – Der Schriftsteller Franz Blei (St), KW 9/1, S. 53 ff.
– Fråňa Šrámek: *Der silberne Wind* (Re), KW 9/1, S. 370.
– Alfons Petzold: *Das rauhe Leben* (Re), KW

9/1, S. 371.
– Ernst Sommer: *Der Aufruhr* (Re), KW 9/1, S. 372.
– Hans Flesch: *Gegenspiele* (Re), KW 9/1, S. 373.
– Martin Andersen Nexø: *Die Familie Frank* (Re), KW 9/1, S. 373.
– Francis Jammes: *Klara* (Re), KW 9/1, S. 374.
– Ludwig Hirschfeld: *Wo sind die Zeiten* (Re), KW 9/1, S. 375.
– Heinz Thies: *Prometheus* (Re), KW 9/1, S. 376.
– Ernst Weiss: *Stern der Dämonen* (Re), KW 9/1, S. 377.
– Wilhelm Schäfer: *Drei Briefe* (Re), KW 10/1, S. 254 f.
– Lorenz von Stein: *Geschichte der sozialen Bewegung in Frankreich* (Re), KW 10/1, S. 255 ff.

1922 – Die Tänzerin (G), KW 8, S. 21.
– Die erkenntnistheoretische Bedeutung des Begriffes »Revolution« und die Wiederbelebung der Hegelschen Dialektik. Zu den Büchern Arthur Lieberts (Re), KW 10/1, S. 257 ff.
– Max Adler: *Marx als Denker, Engels als Denker* (Re), KW 10/1, S. 264 ff.

1923 *Die Ehe mit Franziska von Rothermann wird am 13. April in Wien geschieden.*

1925 *Vom Wintersemester 1925 bis zum Sommersemester 1930 studiert Broch mit kleiner Matrikel Philosophie (Positivismus des Wiener Kreises), Mathematik und Physik an der Universität Wien.*

1926 – Genesis des Wahrheitsproblems innerhalb des Denkens und seine Lokalisierung im Rahmen der idealistischen Kritik (St), KW 10/2, S. 207 ff.

1927 *Verkauf der Spinnfabrik Teesdorf, um sich ganz den philosophischen Studien und literarischen Projekten widmen zu können.*

1928 – Huguenau (N), KW 6, S. 37 ff. (Urfassung des dritten Teils der Schlafwandler-Trilogie).

– Die sogenannten philosophischen Grundfragen einer empirischen Wissenschaft (St), KW 10/1, S. 131 ff.

1929 *Broch schreibt die erste Fassung der Romantrilogie »Die Schlafwandler«.*

– Albert Spaier: La pensée et la quantité (Re), KW 10/1, S. 268 f.

1930 – Die Schlafwandler. Der erste Roman. Pasenow oder die Romantik. 1888 (R), KW 1, S. 11 ff.

– Franz Blei: *Formen der Liebe* (Re), KW 9/1, S. 379 f.

1931 – Die Schlafwandler. Der zweite Roman. Esch oder die Anarchie. 1903 (R), KW 1, S. 181 ff.

– Nachruf auf Georg Heinrich Meyer (Na), KW 9/1, S. 380.

– Logik einer zerfallenden Welt (St), KW 10/2, S. 156 ff.

1932 – Die Schlafwandler. Der dritte Roman. Huguenau oder die Sachlichkeit. 1918 (R), KW 1, S. 383 ff.

– Filsmann (R, F), KW 6, S. 287 ff.

– Die Entsühnung (D), KW 7, S. 11 ff., S. 133 ff.

– Landschaft (G), KW 8, S. 22.

– Schattenhaftes Liebeslied (G), KW 8, S. 23.

– Über die Felswand (G), KW 8, S. 24.

– Verwandlung, nach Edwin Muir »The Threefold Place« (G), KW 8, S. 80 f.

– Leben ohne platonische Idee (St), KW 10/1, S. 46 ff.

– Pamphlet gegen die Hochschätzung des Menschen (P), KW 10/1, S. 34 ff.

– Zur Geschichte der Philosophie (St), KW 10/1, S. 147 ff.

– Das Unmittelbare in Philosophie und Dichtung (St), KW 10/1, S. 167 ff.

Mitte Juli zieht Broch um von Wien nach Gößl am Grundlsee (Salzkammergut), wo er bis Ende September wohnt.

1933 – Die Unbekannte Größe (R), KW 2, S. 11 ff.

– Tierkreis-Erzählungen (E), KW 6, S. 127 ff. (Eine leichte Enttäuschung, Vorüberziehende Wolke, Ein Abend Angst, Die Heimkehr, Der Meeresspiegel, Esperance).
– Helle Sommernacht (G), KW 8, S. 25.
– Da ich dich nicht mehr erkenne (G), KW 8, S. 26.
– Im brennenden Antlitz der Erde (G), KW 8, S. 27.
– Nachtgewitter (G), KW 8, S. 28.
– Sommerwiese (G), KW 8, S. 29.
– Nachtwiese im September (G), KW 8, S. 30.
– Denkerische und dichterische Erkenntnis (St), KW 9/2, S. 43 ff.
– Neue religiöse Dichtung? (St), KW 9/2, S. 53 ff.
– Das Weltbild des Romans (V), KW 9/2, S. 89 ff.
– Das Böse im Wertsystem der Kunst (St), KW 9/2, S. 119 ff.
– Einleitung zu einer Canetti-Lesung (M), KW 9/1, S. 59 ff.
– Zwei Bücher von Franz Kafka (M), KW 9/1, S. 381.

1934 *Uraufführung der »Entsühnung« am 15. März im Schauspielhaus Zürich; Regie: Gustav Hartung. Mitte Oktober Umzug aus Wien nach Baden bei Wien, wo er bis Ende Januar 1935 wohnt.*
– Aus der Luft gegriffen (D), KW 7, S. 235 ff.
– Es bleibt alles beim Alten, in Zusammenarbeit mit H. F. Broch de Rothermann (D), KW 7, S. 311 ff.
– Im goldnen Licht die Hügel (G), KW 8, S. 31.
– Das Nimmergewesene (G), KW 8, S. 32.
– Eh ich erwacht (G), KW 8, S. 33.
– Such ich dich (G), KW 8, S. 34.
– Die Waldlichtung (G), KW 8, S. 35.
– Mitte des Lebens (G), KW 8, S. 36 ff.
– Später Herbst (G), KW 8, S. 39.
– Lago Maggiore (G), KW 8, S. 40.

– Erneuerung des Theaters? (M), KW 9/2, S. 58 ff.
– Theologie, Positivismus und Dichtung (St), KW 10/1, S. 191 ff.
– Geist und Zeitgeist (St), KW 9/2, S. 177 ff.
– Gedanken zum Problem der Erkenntnis in der Musik (St), KW 10/2, S. 234 ff.

1935 *Umzug von Baden bei Wien nach Laxenburg bei Wien, wo Broch von dem befreundeten Ehepaar Ferand in der Schule Hellerau eine Wohnung angeboten bekommt. Er lebt dort bis Anfang Juli. Nach einem Zwischenaufenthalt in Wien zieht er Anfang September nach Mösern/Tirol, um sich ganz der Arbeit an seinem Roman »Die Verzauberung« widmen zu können. Er wohnt dort bis Juli 1936.*
– Das Unbekannte X (Fi), KW 2, S. 145 ff.
– Stiller Frühlingsmorgen (G), KW 8, S. 41.
– Allein, nach James Joyce »Alone« (G), KW 8, S. 82 f.
– Mythos und Dichtung bei Thomas Mann (M), KW 9/1, S. 30 f.

1936 – Die Verzauberung (R), KW 3.
– Barbara (N), KW 6, S. 222 ff.
– Morgen (B), KW 6, S. 326 ff.
– Widerschein vom müden Tage (G), KW 8, S. 42.
– Morgen am Fenster, nach T. S. Eliot »Morning at the Window« (G), KW 8, S. 84.
– Präludien I, II, nach T. S. Eliot »Preludes I, II« (G), KW 8, S. 86 f.
– James Joyce und die Gegenwart (St), KW 9/1, S. 63 ff.
– Robert Musil – ein österreichischer Dichter? (M), KW 9/1, S. 95 f.
– Die besten Bücher des Jahres (Re), KW 9/1, S. 382 f.
– Erwägungen zum Problem des Kulturtodes (St), KW 10/1, S. 59 ff.
– Werttheoretische Bemerkungen zur Psycho-

analyse (St), KW 10/2, S. 173 ff.
Broch beginnt mit der Überarbeitung des Romans »Die Verzauberung«. Für diese zweite Fassung, die Fragment bleibt, erwägt er den Titel »Demeter oder die Verzauberung«; vgl. KW 3, S. 396 ff. Nach einem Zwischenaufenthalt in Wien zieht Broch Anfang Oktober um nach Alt Aussee (Steiermark), wo ihm das befreundete Ehepaar Geiringer sein Landhaus zur Verfügung stellt. Broch wohnt dort – mit Ausnahme der Sommermonate 1937 – bis zu seiner Verhaftung im März 1938.

1937 – Die Heimkehr des Vergil (E), KW 6, S. 248 ff. (Urfassung des Romans »Der Tod des Vergil«).
– Hausssprüche, in Zusammenarbeit mit Hans Vlasics (G), KW 8, S. 97 ff.
– Völkerbund-Resolution (P), KW 11, S. 195 ff.

1938 *Broch arbeitet an der »Erzählung vom Tode«, der dritten Fassung des Vergil-Romans, als er am 13. März von der Gestapo in Alt Aussee verhaftet wird. Während seiner Gefängniszeit in Bad Aussee, die bis zum 31. März dauert, entsteht ein weiterer Teil dieser Erzählung; vgl. KW 4, S. 511 ff. Ende Juli erhält Broch – nicht zuletzt durch die Fürsprache von James Joyce – ein Visum nach England. Am 29. Juli erreicht er London. Bis Ende September wohnt er bei seinen Übersetzern, dem Ehepaar Muir in St. Andrews/Schottland. Auf Betreiben Thomas Manns und Albert Einsteins erhält Broch ein Visum in die USA. Am 10. Oktober kommt er in New York an, wo er zunächst bis Anfang 1939 wohnt.*
– Nun da ich schweb im Ätherboot (G), KW 8, S. 43.
– Wenn Krieg um Krieg das Leben tief beschatten, nach Stephen Spender »Who lives under the shadow of a war« (G), KW 8, S. 88 f.
– Alfred Polgar: *Handbuch des Kritikers* (Re), KW 10/1, S. 269 f.

1939 *Broch lebt während der Monate März und April*

im Landhaus Henry S. Canbys in Killingworth/ Connecticut. Dort und während des anschließenden Aufenthalts in der Künstlerkolonie Yaddo in Saratoga Springs/New York arbeitet er an der vierten Fassung des Vergil-Romans (»Die Heimfahrt des Vergil«). In Yaddo lernt Broch Jean Starr Untermeyer kennen, die seinen Vergil-Roman ins Englische übersetzt. Von August bis September wohnt er in Albert Einsteins Haus in Princeton, anschließend findet er in Princeton eine Wohnung, in der er – mit Unterbrechungen – bis Mitte 1940 lebt.

– Wohin gehen wir (G), KW 8, S. 44.

– Jeder wandert (G), KW 8, S. 45.

– Robert Musil und das Exil (Gu), KW 9/1, S. 96 f.

– Nachruf auf Richard A. Bermann (Na), KW 9/1, S. 100 ff.

– Maurice Bergmann: *Die Lage der arbeitenden Klasse in Deutschland* (Gu), KW 10/1, S. 271.

– Politische Tätigkeit der »American Guild for German Cultural Freedom« (P), KW 11, S. 399 ff.

– Zur Diktatur der Humanität innerhalb einer totalen Demokratie (St), KW 11, S. 24 ff.

– Vorschlag zur Gründung eines Forschungsinstitutes für politische Psychologie und zum Studium von Massenwahnerscheinungen (St), KW 12, S. 11 ff.

1940 *Im März 1940 stellt Broch die vierte Fassung seines Vergil-Romans fertig: »Die Heimfahrt des Vergil«; vgl. KW 4, S. 513 f. Von Mitte 1940 bis Mitte 1941 erhält er ein Stipendium der Guggenheim Foundation in New York zur Fertigstellung der fünften und letzten Fassung des Vergil-Romans. In der zweiten Jahreshälfte widmet er sich gemeinsam mit Viktor Polzer der Beschaffung von Visen und Affidavits für Flüchtlinge aus dem besetzten Frankreich. Von Juni bis Mitte September wohnt er in New York City, danach in*

Cleveland Heights/Ohio bis Januar 1941.
– Auf der Flucht zu denken (G), KW 8, S. 46.
– Während wir uns umarmten (G), KW 8, S. 47 f.
– Diejenigen, die im kalten Schweiß (G), KW 8, S. 49.
– In die Kindheit zurückerinnernd (G), KW 8, S. 50 f.
– Das Überlieferte (G), KW 8, S. 52.
– Wo suchst du hin (G), KW 8, S. 53.
– Der nächtliche Urwald (G), KW 8, S. 54.
– Isaak Eckstein: *Shakespeare* (Gu), KW 9/1, S. 385 f.
– *Gone with the Wind* und die Wiedereinführung der Sklaverei in Amerika (Re), KW 9/2, S. 237 ff.
– Ethische Pflicht (M), KW 11, S. 411 ff.
– »The City of Man«. Ein Manifest über Weltdemokratie (P), KW 11, S. 81 ff.

1941 *Von Januar 1941 bis Juni 1942 lebt Broch in New York City.*
– Autobiographie als Arbeitsprogramm (St), folgende Kapitel enthaltend:
  – Erste Erfahrungen (1905-1910), KW 10/2, S. 195 ff.
  –Praktische Arbeit und Kriegsdienstleistung (1910-1919), KW 10/2, S. 197.
  –Werttheorie (1916-1928), KW 10/2, S. 198 ff.
  – Literarische Tätigkeit (1928-1936), KW 9/2, S. 247 f.
  – Völkerbundtheorie (1936-1937), KW 11, S. 233 ff.
  – »Vergil« (1937-1940), KW 4, S. 464.
  – Theorie der Demokratie (1938-1939), KW 11, S. 72 ff.
  – Nationalökonomische Beiträge zur »City of Man«, KW 11, S. 91 ff.
  – Massenwahntheorie (1939 und 1941), KW 12, S. 274 ff.

1942 *Im April wird Broch ein mit tausend Dollar dotierter Preis der American Academy of Arts and Letters in New York verliehen für die vierte Fassung des Vergil-Romans (»Die Heimfahrt des Vergil«). Zur Förderung seiner Arbeit an der Massenwahntheorie erhält er vom 1. 5. 1940 bis zum 31. 12. 1944 über das Office of Public Opinion Research in Princeton ein Stipendium, das aus Mitteln der Rockefeller Foundation finanziert wird. Anfang Juli zieht Broch in das Haus seines Freundes Erich von Kahler in Princeton, wo er bis zum 17. Juni 1948, dem Tag seines Unfalls, wohnen wird. Tod der Mutter am 28. Dezember im Konzentrationslager Theresienstadt.*

– Das Vertraute (G), KW 8, S. 55.

– Nachruf auf Robert Musil (Na), KW 9/1, S. 98 f.

– Berthold Viertel: *Fürchte dich nicht* (Re), KW 9/1, S. 385 ff.

1943 – Vom Worte aus (G), KW 8, S. 56.

– Zum Beispiel: Walt Whitman (G), KW 8, S. 57.

– Helle Mitternacht, nach Walt Whitman »A Clear Midnight« (G), KW 8, S. 90 f.

– Eine Studie über Massenhysterie. Beiträge zu einer Psychologie der Politik. Vorläufiges Inhaltsverzeichnis (St), KW 12, S. 67 ff.

– Historische Gesetze und Willensfreiheit (St), KW 12, S. 101 ff.

– Historische Gesetze und Dämmerzustand (St), KW 12, S. 111 ff.

– Werte und Wertsysteme (St), KW 12, S. 238 ff.

1944 *Am 27. Januar wird Broch amerikanischer Staatsbürger.*

– Altersheimkunft (G), KW 8, S. 59.

– Sonett vom Altern (G), KW 8, S. 60.

– Das Unauffindbare (G), KW 8, S. 58.

– Robert Pick: *The Terhoven File* (Re), KW 9/1, S. 391 ff.

– Letzter Ausbruch eines Größenwahnes. Hitlers Abschiedsrede (E), KW 6, S. 333 ff.
– Bemerkungen zum Projekt einer »International University«, ihrer Notwendigkeit und ihren Möglichkeiten (St), KW 11, S. 414 ff.

1945 *Von Januar 1945 bis Mitte 1947 erhält Broch Honorarvorschüsse der Bollingen Foundation zur Fertigstellung seiner »Massenwahntheorie«.*
– Der Tod des Vergil (R), KW 4.
– An die Phantasie. Für Thomas Mann (G), KW 8, S. 61.
– Vom Schöpferischen (G), KW 8, S. 62.
– Vergilsche Landschaft (G), KW 8, S. 63.
– Rundfunkansprache an das deutsche Volk (A), KW 11, S. 239 ff.
– Hans Sachs: *Freud, Master and Friend* (Re), KW 10/1, S. 273 f.
– Die mythische Erbschaft der Dichtung (St), KW 9/2, S. 202 ff.

1946 – Echosinn (G), KW 8, S. 64 f.
– Der Urgefährte (G), KW 8, S. 66.
– Jean-Paul Sartre: *L'Être et le Néant* (Gu), KW 10/1, S. 275 ff.
– Einige Bemerkungen zur Philosophie und Technik des Übersetzens (V), KW 9/2, S. 61 ff.
– Über syntaktische und kognitive Einheiten (St), KW 10/2, S. 246 ff.
– Philosophische Aufgaben einer Internationalen Akademie (St), KW 10/1, S. 67 ff.
– Bemerkungen zu einem »Appeal« zugunsten des deutschen Volkes (P), KW 11, S. 428 ff.
– Bemerkungen zur Utopie einer »International Bill of Rights and of Responsibilities« (St), KW 11, S. 243 ff.
– Der Erkenntnisvorstoß und das Neue in der Geschichte (St), KW 12, S. 177 ff.
– Über Modelle (St), KW 12, S. 231 ff.
– Erkenntnistheoretische Kriterien geistiger Erkrankungen (St), KW 12, S. 258 ff.

1947 – Entwurf zu einem Roman »Siegreiche Nieder-

lage« (M), KW 13/3, S. 171 ff.
– Dantes Schatten (G), KW 8, S. 67.
– Nacht-Terzinen (G), KW 8, S. 68.
– Milder Herbstmorgen (G), KW 8, S. 69.
– Weil das Gestern wir im Heute (G), KW 8, S. 70.
– Mozart-Vierhändigspielen, nach Jean Starr Untermeyers »Duets at the MacDowell Colony« (G), KW 8, S. 92 f.
– Rede über Viertel (V), KW 9/1, S. 104 ff.
– Mythos und Altersstil (St), KW 9/2, S. 212 ff.
– George Saiko: *Auf dem Floß* (Gu), KW 9/1, S. 393.
– Ernst Kaiser: *Die Geschichte eines Mordes* (Gu), KW 9/1, S. 394 ff.
– Ernst Bloch: *Das Prinzip Hoffnung* (Gu), KW 10/1, S. 279 f.
– Bemerkungen zu Karl Kerényis Schrift *Der göttliche Arzt* (Gu), KW 10/1, S. 281 ff.
– Die Zweiteilung der Welt (St), KW 11, S. 278 ff.
– Strategischer Imperialismus (St), KW 11, S. 339 ff.
– Paul Reiwald, *Vom Geist der Massen* (Re), KW 13/3, S. 102 f.

1948 *Am 17. Juni erleidet Broch einen Hüftbruch. Der daraufhin notwendige Aufenthalt im Princeton Hospital zieht sich hin bis zum 6. April 1949.*
– Die Generationen (G), KW 8, S. 71.
– Hofmannsthal und seine Zeit (St), KW 9/1, S. 111 ff.
– Kurt H. Wolff: *Vorgang* (Gu), KW 9/1, S. 398 ff.
– Friedrich Torberg: *Hier bin ich, mein Vater* (Re), KW 9/1, S. 401 f.
– Erklärung zu Frank Thiess (M), KW 9/1, S. 403.
– Julie Braun-Vogelstein: *Geist und Gestalt der abendländischen Kunst* (Gu), KW 10/1, S. 285 ff.
– Frankreichs Regenerationskraft. Werner

Richter: *Frankreich. Von Gambetta zu Clemenceau* (Re), KW 10/1, S. 292 ff.
– Menschenrecht und Irdisch-Absolutes (St), KW 12, S. 456 ff.
– Demokratie versus Totalitärstaat (St), KW 12, S. 510 ff.

1949 *Nach der Entlassung aus dem Princeton Hospital am 6. April zieht Broch um nach New Haven/Connecticut, wo er die Monate Mai bis Juli als Fellow am Saybrook College der Yale University verbringt. Anschließend mietet er ein Apartment im Hotel Duncan in New Haven. Von Anfang Dezember 1949 bis zu seinem Tod am 30. Mai 1951 wohnt er im Haus 78 Lake Place, New Haven. Am 5. Dezember heiratet er in zweiter Ehe AnneMarie Meier-Graefe, geb. Epstein.*
– Vom Altern (G), KW 8, S. 72.
– H. G. Adler: *Theresienstadt* (Gu), KW 9/1, S. 404 f.
– Elisabeth Langgässer: *Das unauslöschliche Siegel* (Re), KW 9/1, S. 405 ff.
– Geschichte als moralische Anthropologie. Erich Kahlers »Scienza Nuova« (St), KW 10/1, S. 298 ff.
– Die Demokratie im Zeitalter der Versklavung (St), KW 11, S. 110 ff.

1950 *Broch erhält die Ernennung zum Honorary Lecturer am German Department der Yale University in New Haven.*
– Die Schuldlosen (R), KW 5.
– Hugo von Hofmannsthals Prosaschriften (St), KW 9/1, S. 300 ff.
– Einige Bemerkungen zum Problem des Kitsches (V), KW 9/2, S. 158 ff.
– Charles E. Butler: *Follow Me Ever* (Gu), KW 9/1, S. 412 ff.
– Abschiedsworte für Jacques Schiffrin (Na), KW 9/1, S. 419 f.
– Der Schriftsteller in der gegenwärtigen Situation (I), KW 9/2, S. 249 ff.

– Trotzdem: Humane Politik. Verwirklichung einer Utopie (St), KW 11, S. 364 ff.
– Die Intellektuellen und der Kampf um die Menschenrechte (P), KW 11, S. 453 ff.
– Der Intellektuelle im Ost-West-Konflikt (I), KW 11, S. 460 ff.

1951 – Worte des Abschieds. Zum Tode Antoinette von Kahlers (Na), KW 13/3, S. 523 f.
In die ersten drei Monate dieses Jahres fällt die intensivste Arbeit Brochs an der dritten Fassung des Romans »Die Verzauberung«, wofür er den Titel »Demeter« erwogen hatte; vgl. KW 3, S. 404 ff. Diese dritte Fassung blieb Fragment. Broch stirbt durch einen Herzschlag am 30. Mai in New Haven.

Editorische Notiz

Brochs Briefe, wie sie in einer repräsentativen dreibändigen Auswahl hier erscheinen, wurden über einen Zeitraum von etwa vierzig Jahren hinweg geschrieben. Die Jahreszahlen 1913, 1938 und 1945 – die Daten, mit denen jeweils ein Briefband einsetzt – markieren entscheidende Einschnitte im Leben Hermann Brochs wie auch in der Geschichte der ersten Hälfte unseres Jahrhunderts allgemein: 1913, am Vorabend des Ersten Weltkriegs, beginnt Broch mit der Publikation seiner essayistischen und dichterischen Arbeiten; 1938, nach dem »Anschluß« Österreichs und ein Jahr vor Beginn des Zweiten Weltkriegs, emigriert er in die USA; und 1945, nach dem Ende des Krieges, nimmt er wieder den brieflichen Kontakt mit den Freunden in Europa auf. Die vorliegenden drei Bände enthalten – außer hunderten von bisher unveröffentlichten Briefen – alle Briefe Brochs, die bisher – zum Teil an entlegener Stelle – publiziert worden sind, also auch alles, was im Briefband der alten Broch-Ausgabe (GW 8) enthalten war. Lediglich aus dem Broch-Brody-Briefwechsel (BB) wurden nicht alle Broch-Briefe nochmals veröffentlicht. Denn dort handelt es sich um eine Korrespondenz, in welche viele Dokumente aufgenommen wurden, die nur unter dem speziellen Aspekt der Autor-Verleger-Beziehung von Interesse sind.

In unserer Edition sind auch jene Briefe enthalten, die essayistischen Charakter haben, wie etwa der offene Brief an Franz Blei vom Dezember 1918 (»Die Straße«) oder das Schreiben an Bodo Uhse vom 28. 12. 1949. Der Leser wird eine Vielzahl von Adressaten entdecken, von denen man bisher nicht wußte, daß sie Briefpartner Brochs waren: etwa Alban Berg, Ernst Bloch, G. A. Borgese, Hadley Cantril, Wieland Herzfelde, Archibald McLeish, Eleanor Roosevelt, Peter Suhrkamp, Eric Voegelin, Franz Werfel oder Stefan Zweig, um nur einige Namen zu nennen. Inzwischen sind alle Briefwechsel Brochs der Forschung zugänglich gemacht worden, so daß der Herausgeber eine angemessene Auswahl treffen konnte. Ausnahmen bilden lediglich ein Teil der Briefe Brochs an seine Übersetzerin Jean Starr Untermeyer (YUL), die bis zum Jahre 2000 sekretiert sind und Brochs

Tagebuch in Briefen für Ea von Allesch von 1920 (DÖL), das bis 1990 gesperrt ist. Aus diesem Tagebuch wurden allerdings jene Stellen zur Publikation im ersten Briefband freigegeben, die als Werkkommentare zu betrachten sind.

Nicht alle Briefe Brochs – es sind einige tausend –, die heute greifbar sind, konnten veröffentlicht werden. Schon um zahllose Wiederholungen zu vermeiden, galt es, eine Auswahl zu treffen. Aus dem gleichen Grund war es nicht möglich, alle Briefe vollständig abzudrucken. Ausgewählt wurden etwa 800 Briefe, wobei vor allem zwei Kriterien eine Rolle spielten: Erstens werden Entstehung und Intention der Werke Brochs erhellt, zweitens bilden diese drei Bände eine Art Autobiographie in Briefen, d. h. wichtige Stationen in Brochs Leben – man denke z. B. an die Flucht aus Österreich im Jahre 1938 – werden im Eigenbericht festgehalten. Ganze Lebensabschnitte Brochs, über die wir durch den Autor selbst bisher nicht informiert waren, lernen wir erstmals genauer kennen, so etwa die Dekade 1918 bis 1928 oder die Kriegsjahre zwischen 1939 und 1945, über die der Briefband der alten Broch-Ausgabe (GW 8) nicht bzw. nur spärlich informierte.

Notwendige Eingriffe in die Briefe seitens des Herausgebers – bei Unleserlichkeit oder im Falle einer Wortauslassung – wurden als solche mit Einfügungen in eckigen Klammern gekennzeichnet. Offensichtliche Schreib- und Kommafehler wurden stillschweigend korrigiert. Der Kommentar des Herausgebers in den Fußnoten beschränkt sich auf den Nachweis von Zitaten bzw. auf die Klärung von Namen, Sachzusammenhängen und Ereignissen. Herkunft und Aufbewahrungsort werden am Ende jeden Briefes durch eine in eckigen Klammern kursiv gesetzte Sigle angegeben. Die Auflösung der Siglen findet sich in den »Quellenangaben«.

Während der Kommentierungsarbeit sind mir Verwandte und Freunde Brochs, Kollegen und Archivare bei der Klärung von Details behilflich gewesen. Mein besonderer Dank gilt AnneMarie Meier-Graefe Broch (St.-Cyr-sur-Mer), H. F. Broch de Rothermann (New York), Alice von Kahler (Princeton), Steven S. Schwarzschild (St. Louis), Christa Sammons, der Leiterin des Broch-Archivs an der Yale University (New Haven), Viktor Suchy, Heinz Lunzer und Alfred Pfoser von der Dokumentationsstelle für neuere österreichische Literatur (Wien) und Werner Volke, Dieter Sulzer sowie Jochen Meyer vom Deutschen Literaturarchiv (Marbach). Allen in den »Quellenangaben« aufgeführten Archiven sei gedankt für die Genehmigung zum Abdruck bisher unveröffentlichter Broch-Briefe. Dank auszusprechen gilt es auch der Washington University in St. Louis und dem American Council of Learned Societies für ihre Stipendien, die es mir ermöglichten, einen Großteil der Editionsarbeit an den Briefbänden während meines Forschungsjahres 1977/78 fertigzustellen.

Dankbar bin ich auch für die kollegiale und verständnisvolle Zusammenarbeit mit Siegfried Unseld, Elisabeth Borchers und Renate Laux vom Suhrkamp Verlag, die während der siebenjährigen Editions- und Publikationsarbeit an der neuen Broch-Gesamtausgabe keine Mühe scheuten, das Gelingen des Projekts zu fördern.

Verzeichnis der Briefempfänger

Bei den Zahlen handelt es sich um die Briefnummern

Personenregister
(Zusammengestellt von Heide Westhoff)

Werkregister

3. Es bleibt alles beim Alten. Schwank mit Musik
Bd. 1: 293-295, 298, 301, 321, 322

KW 8: Gedichte
1. Gedichte
– Mathematisches Mysterium
Bd. 1: 20
– Vier Sonette über das metaphysische Problem der Wirklichkeitserkenntnis
Bd. 1: 93, 94
– Und immer später wird die Nacht . . .
Bd. 1: 50, 54
– Helle Sommernacht
Bd. 1: 285, 286
– Nachtgewitter
Bd. 1: 258, 259
– Such ich dich . . .
Bd. 1: 303, 305
– Mitte des Lebens
Bd. 1: 296, 297, 311
– Wiederschein vom müden Tage . . .
Bd. 1: 405, 406
– Vom Worte aus
Bd. 2: 340, 461
– Der Urgefährte
Bd. 3: 538, 539, 541
– Dantes Schatten
Bd. 3: 155, 176
– Vom Altern
Bd. 3: 422
2. Nachdichtungen
– Bitteres, spätes Gebet/Schmerzloses Opfern (nach Edit Rényi)
Bd. 1: 51
– Verwandlung (nach Edwin Muir)
Bd. 1: 195, 196, 199, 210
– Morgen am Fenster/Präludien I, II (nach T. S. Eliot)
Bd. 1: 395, 396
3. Hausssprüche
Bd. 1: 474, 488, 489
4. Gelegenheitsgedichte
– Namenstag
Bd. 1: 48, 53
– Deine Ordnung . . .
Bd. 1: 413

Nachwort des Herausgebers

Theorie und Praxis einer »Kommentierten Werkausgabe«

Wegen der »langfristigen Bindung wissenschaftlichen Potentials« und der Investition »erheblicher öffentlicher Mittel«[1] bei der Verwirklichung von historisch-kritischen Editionen, wird in Fachkreisen immer wieder die Frage gestellt, ob »eine solche aufwendige Ausgabe zweckmäßig und nützlich«[2] sei. Wenn man von »dem Schreckgespenst der über Jahrzehnte sich hinziehenden oder nach verheißungsvollen Ansätzen steckenbleibenden Editionen loskommen will, mit denen weder den betreffenden Autoren noch der Wissenschaft, noch der Allgemeinheit«[3] gedient ist, gilt es, nach anderen Editionsformen Ausschau zu halten. Ein Blick auf den Buchmarkt zeigt, daß eine historisch-kritische Ausgabe »nur noch mit einer sehr begrenzten Abnehmerzahl rechnen«[4] kann. Wie sollte es auch anders sein, wenn z. B. ein Band der neuen historisch-kritischen Hofmannsthal-Ausgabe ungefähr dreihundert Mark kostet.

Besonders schwer fällt die Entscheidung zum Beginn historisch-kritischer Ausgaben bei Autoren unseres Jahrhunderts, etwa bei Thomas Mann, Musil, Broch, Heinrich Mann, Brecht oder Hesse. Was vom Werk dieser Schriftsteller wird in die »langue« der Nation, des Kulturkreises oder gar der Welt eingehen? Sind es vielleicht nur Teile des Œuvres der betreffenden Autoren, die überdauern werden? Reicht das Interesse weniger Spezialisten am jeweiligen Gesamtwerk aus, eine komplette historisch-kritische Ausgabe zu rechtfertigen? Hinzu kommen bei modernen Autoren Schwierigkeiten wie die Beschaffung aller »Zeugen«. Briefwechsel z. B. sind oft noch bis auf Jahrzehnte hinaus gesperrt. All dies sind keine grundsätzlichen Argumente gegen historisch-kritische Ausgaben. Nach wie vor, darüber besteht in der Literaturwissenschaft ein Konsensus, ist diese Form das anzustrebende Ideal aller Editionen. Wenn in der Folge für eine andere Ausgabeform plädiert wird, geschieht dies nicht, weil gegen die historisch-kritische Edition wissenschaftliche Einwände bestünden, sondern weil die Realitäten des Leserverhaltens, des Buchmarktes, der Verlagspraxis und nicht zuletzt des Wissenschaftsbetriebes inklusive der

Förderungspolitik kultureller Stiftungen bei fast allen Gesamtausgaben moderner Autoren andere Editionsformen ratsam erscheinen lassen.

Die festen Bestandteile einer historisch-kritischen Ausgabe lassen sich in acht Punkten[5] zusammenfassen:

1. Veröffentlichung des gesamten Materials, das von einem Autor überliefert ist;
2. Heranziehung sämtlicher Zeugen;
3. Gleichwertige Behandlung aller Fassungen;
4. Fehlerkorrektur bei Erstellung des »edierten Textes«;
5. Anlage eines Variantenverzeichnisses;
6. Veröffentlichung aller Paralipomena;
7. Beschreibung aller vorliegenden Zeugen;
8. Kommentierung aller Sachbezüge.

Je näher eine Ausgabe dem mit diesen Kriterien bezeichneten Editionsideal kommt, als desto »wissenschaftlicher« kann sie bezeichnet werden. Die in der Praxis besonders häufig bei modernen Autoren vorkommenden Kompromißausgaben sind die »kommentierte Werkausgabe«[6], »Studienausgabe«[7] oder »Leseausgabe«[8]. Die kommentierte Werkausgabe nähert sich noch am ehesten der von der historisch-kritischen Edition gesetzten Norm. Während die Studienausgabe entweder lediglich ein einzelnes Werk oder einen bestimmten Teil des Gesamtwerkes[9] vorstellt – etwa eine Gattung –, und die Leseausgabe auf jeglichen wissenschaftlichen Apparat und Kommentar verzichtet, vermittelt die kommentierte Werkausgabe ein Bild des Gesamt-Œuvres bei gleichzeitiger textkritischer Information. Die Terminologie zur Bezeichnung dieser vier Grundtypen von Ausgaben ist freilich nicht einheitlich. Für historisch-kritische Edition wird auch der Terminus »Archiv-Ausgabe«[10], für kommentierte Werkausgabe auch »kritische Sammelausgabe«[11], für Studienausgabe auch »kommentierte Lese-Ausgabe«[12] und für Leseausgabe auch »Volksausgabe«[13] verwendet. Bei aller Terminologie-Toleranz auf einem Gebiet, dessen Fachwörterbuch es noch zu schreiben gilt, scheinen mir die Begriffe historisch-kritische Ausgabe, kommentierte Werkausgabe, Studienausgabe und Leseausgabe den jeweils gemeinten Editionstyp am klarsten zu charakterisieren.

Wenn schon die Form der historisch-kritischen Edition

bei Gesamtausgaben der sogenannten »Klassiker der Moderne« nur selten gewählt werden kann, welche der drei anderen Editionsformen sind dann vorzuschlagen? Etwa Leseausgaben vom Typ der Brecht- oder Hesse-Editionen im Suhrkamp Verlag? Das wäre die naheliegendste und von der Wirkung her – da billig herzustellen und zu verkaufen – vielleicht die effektivste Form. Autoren wollen ja »im allgemeinen mit ihrem Werk einen möglichst großen Leserkreis erreichen. Das heißt aber, daß an erster Stelle die sogenannte Lese-Ausgabe [. . .] zu stehen hätte«[14]. Solche Editionen sind als erster Schritt, das Œuvre eines Dichters einem breiten Publikum bekanntzumachen, normalerweise unerläßlich.

Auch im Falle Broch waren die in den Jahren von 1952 bis 1961 im Rhein-Verlag, Zürich, erschienenen *Gesammelten Werke* im Stile einer Leseausgabe die Voraussetzung für die Bildung eines Leserkreises. Ist ein gewisses Maß an Popularität erreicht, folgen meist Studienausgaben einzelner Werke und/oder getrennte Materialienbände. Wenn eine Leseausgabe vergriffen ist, taucht die Frage auf, in welcher Form die nächste Gesamtedition zu veranstalten ist. Hier bietet sich bei modernen Autoren als angemessene Lösung die kommentierte Werkausgabe an. Denn der interessierte Kenner des betreffenden Autors – ob Literaturwissenschaftler oder »Laie« – wird eine materialreichere, textkritisch edierte und kommentierte Ausgabe begrüßen, die in vieler Hinsicht der vorausgegangenen Leseausgabe überlegen ist. Gerade weil »der Erscheinungszeitraum einer historisch-kritischen Ausgabe oft die Dauer eines Menschenalters übertrifft«, erweist sich die kommentierte Werkausgabe immer mehr als »eine wissenschaftliche Notwendigkeit«[15]. Daß den Editionen vom Typ der kommentierten Werkausgabe heute »kein geringeres Gewicht zukommt als der historisch-kritischen Ausgabe«[16], wird schon weitgehend anerkannt.

Bevor im Detail untersucht werden kann, wie nahe im einzelnen Falle eine kommentierte Werkausgabe der von der historisch-kritischen Edition gesetzten Norm kommen kann, gilt es, sich über den Aufbau einer Gesamtausgabe Gedanken zu machen. Über deren Anlage und Einteilung herrschen bei den Editoren historisch-kritischer Ausgaben unterschiedliche Meinungen vor. Man sollte sich bewußt bleiben, daß »jede Einteilung [...] die Einführung eines Systems bedeutet, das ebenso bestimmte Werkzusammenhänge sichtbar macht, wie es andere verwischt«[17]. Prinzipiell stehen sich eine ältere Auffassung (Einteilung nach Gattungen) und eine neuere (chronologische Anordnung) gegenüber. Die *Säkular-Ausgabe* der Werke Schillers und Brieglebs Heine-Edition seien stellvertretend für diese unterschiedlichen Anlageformen genannt. Der Meinung, daß jedes dichterische Werk besondere Aufgaben stellt, die individuell gelöst werden müssen, kann man beipflichten. »Allgemeingültige Rezepte und Modelle erscheinen als zweifelhaft und müssen vor dem Einzelfall weichen.«[18] So ist z. B. »eine absolute Chronologie aller schriftlichen Äußerungen« kaum einzuhalten, denn »man müßte dann Werkteile mit Briefen, Gedichtstrophen mit Aufsatzabschnitten vermengen«[19].

Auch bei Broch galt es, eine künstlerspezifische Anordnung seiner Arbeiten zu finden. Zwar klingen die Argumente für eine rein chronologische Einteilung einleuchtend[20], doch wäre sie im Falle Broch nicht durchzuführen gewesen. Jeder der fünf Romane, die den Hauptteil seines Werkes ausmachen, füllen je einen Band, und mit ihnen gleichzeitig entstandene Gedichte, Dramen, Novellen oder Aufsätze und Briefe mitzuveröffentlichen, war nicht möglich. Entsprechend mußte zugunsten einer Gliederung nach Gattungen entschieden werden, wobei freilich innerhalb der Gattungen (dichterisches Werk, essayistisches Werk, Briefe) die Chronologie Beachtung fand. Zusätzlich wird die Übersicht über die Chronologie erleichtert durch die Nennung von Entstehungs- bzw. Publikationsdaten im Inhaltsverzeichnis und im editorischen Anhang. »Wenn eine Einteilung nach Gattungen sich als angemessen erweist, gehört die maßgeblichste an den Anfang.«[21] Bei der Broch-Ausgabe stehen daher innerhalb der ersten Abteilung (dichterisches Werk) die Romane an erster Stelle; es folgen je ein Band Novellen, Dramen und Gedichte. Die zweite Abteilung (essayistisches Werk) besteht aus dem Doppelband *Schriften zur Literatur,* dem Doppelband *Philosophische Schriften,* den *Politischen Schriften* und der *Massenwahntheorie*. Auch hier wäre eine strenge Chronologie nicht sinnvoll gewesen. Denn eine Reihe von massenpsychologischen Aufsätzen entstand z. B. zwar parallel zu einigen ästhetischen Schriften und Dichtungen, aber selbstverständlich war die *Massenwahntheorie,* an der Broch etwa ein Jahrzehnt lang arbeitete, immer als ein Werk geplant, und entsprechend gehören die massenpsychologischen Studien in einen Band. Die dritte und letzte Abteilung bilden die *Briefe,* die in drei Bänden erscheinen, wobei sich die Aufteilung dieses Bandes nach der vor und im Exil bzw. in der Nachkriegszeit geführten Korrespondenz als praktikabelste anbot[22].

Um die Form einer kommentierten Werkausgabe genauer zu beschreiben, seien ihre Kriterien mit den acht festen Bestandteilen einer historisch-kritischen Edition verglichen:

1. Veröffentlichung des gesamten Materials

Diese Regel gilt für die Kommentierte Werkausgabe nur mit Einschränkungen. Aufgenommen werden alle vom Autor fertiggestellten Arbeiten und alle Fragmente, die nicht lediglich Entwurfscharakter tragen und fertige, in sich einen Sinn ergebende Abschnitte enthalten. Das war auch der Grund, warum Brochs mathematische Aufzeichnungen und Skizzen nicht publiziert werden konnten. In einer historisch-kritischen Ausgabe würden mathematische Vorlesungsmitschriften, Übungen und Entwürfe zu eigenständigen Arbeiten ihren Platz finden. Da Broch aber keine in sich abgeschlossenen Essays oder zumindest Teilstudien zu mathematischen Fragen hinterlassen hat – falls es sie gegeben hat, sind sie offenbar verlorengegangen –, gibt die Kommentierte Werkausgabe über diesen Interessenbereich Brochs keine Auskunft. Auf allen anderen Arbeitsgebieten Brochs liegen jedoch fertige Studien vor. Sie sind sämtlich aufgenommen worden, denn im Gegensatz zu einer Auswahlausgabe geht es nicht an, geschmäcklerisch diesen oder jenen Text herauszugreifen und andere zu unterdrücken. Gemeinsam mit den Dichtungen werden die jeweils zu ihnen gehörenden essayistischen Selbstkommentare des Autors publiziert. Die brieflichen Selbstkommentare werden nicht aus der Korrespondenz herausgelöst, sondern erscheinen mit den Briefen, die sie enthalten, in den entsprechenden Bänden. Bezüglich der Edition von Briefen im Rahmen einer kommentierten Werkausgabe ist wohl bei jedem Autor anders zu verfahren. Im Falle eines so korrespondenzbesessenen Dichters wie Hermann Broch ist es nicht möglich, alle Briefe, Postkarten und Telegramme zu veröffentlichen. Es ist auch nicht nötig, da der Autor sich häufig in seinen brieflichen Äußerungen wiederholt. Die Lektüre der gesamten Korrespondenz würde den Leser wegen dieser Repetitionen langweilen. Auch solche Arbeiten sind zu publizieren, die der Autor in Zusammenarbeit mit anderen Personen verfaßte. Aber anders als bei einer historisch-kritischen Ausgabe können nicht Notizen und Anstreichungen in Büchern, die der Autor gelesen hat, veröffentlicht werden. Brochs Wiener Bibliothek (Verzeichnis in YUL) ist Teil des Gesamtbestandes der Universitäts-Bibliothek in Klagenfurt/Österreich. Brochs Bücher sind dort durch sein »Ex Libris« leicht identifizierbar.

2. Heranziehung sämtlicher Zeugen

Dieses Postulat gilt für die kommentierte Werkausgabe so gut wie für die historisch-kritische Edition, d. h. alle Handschriften, Drucke, Typoskripte, Schallplatten, Filme etc. müssen dem Herausgeber vor Beginn der Edition vorliegen. Bei der Ausgabe eines modernen Autors sind in diesem Sammel-Stadium noch eine Reihe von Zeugen zu entdecken. Vor der Edition von Brochs Roman *Der Tod des Vergil* galt es z. B. für den Herausgeber, die bisher unbekannten Fassungen zwei, drei und vier in privaten Sammlungen aufzufinden, bevor eine korrekte Beschreibung der Entstehungsgeschichte dieses Werkes möglich war[23].

Bei der Sichtung der Zeugen ergibt sich oft das schwierige Problem der Datierung. Es versteht sich, daß der Herausgeber die Zeugen im Original studiert haben muß, denn gerade Zweifel bei der Datierung lassen sich nicht aufgrund von Xeroxkopien oder Mikrofilmen beseitigen. Zuweilen müssen Textologen konsultiert werden, um eine Datierung zu sichern. Das bedeutet aber nicht, und auch hier liegt ein Unterschied zur historisch-kritischen Ausgabe vor, daß jede Datierung bis ins Letzte, also bis auf die Angaben von Papiersorte und Wasserzeichen, in der Edition diskutiert werden müßte. Hier genügt der einfache Datierungshinweis, wobei eventuelle Unsicherheiten mit einem »circa« oder mit einem Fragezeichen in eckigen Klammern anzudeuten sind.

Es geschieht zuweilen, daß Texte als nicht vom Autor stammend identifiziert werden. Das war z. B. bei der Studie

»Parallelen zwischen Einzelheiten unserer Phantasie und Indischen Anschauungen« der Fall, bei der der Herausgeber die Nicht-Autorschaft Brochs feststellen konnte[24]. Alle Zeugen zu sammeln, kritisch zu sichten und zu ordnen bedeutet aber – anders als bei der historisch-kritischen Ausgabe – nicht, sie auch alle zu publizieren.

3. Gleichwertige Behandlung aller Fassungen

In diesem Punkte weichen die historisch-kritische Edition und die kommentierte Werkausgabe voneinander ab. In letztere wird jeweils nur die abgeschlossene, vom Autor selbst autorisierte bzw. jüngste Fassung aufgenommen. Von fast allen Romanen Brochs liegen drei, vier oder fünf Fassungen vor. Sie weichen – wie etwa im Falle von *Der Tod des Vergil* – oft so stark voneinander ab, daß es mit einem Variantenverzeichnis nicht getan wäre. Die kommentierte Werkausgabe begnügt sich mit einer Beschreibung der verschiedenen Fassungen nach Inhalt und Form, Entstehungszeit und Aufbewahrungsort. Der Forscher kann sich nach diesen Angaben die betreffenden Vorfassungen leicht besorgen, gesetzt den Fall, daß er eine Spezialstudie etwa über die verschiedenen Versionen des Romans schreiben will. Die breite Leserschaft (inklusive der Wissenschaftler, die nicht zu der kleinen Gruppe von Spezialisten gehören, der Studenten und Lehrer) interessiert ohnehin nur die letzte Fassung.

Nur bei einem Roman ergab sich im Falle Broch ein Sonderproblem, nämlich bei dem Werk *Die Verzauberung,* das auch unter dem Arbeitstitel *Bergroman* bekannt ist. 1936 stellte Broch eine vollständige Fassung dieses Romans fertig, und sein Verleger Daniel Brody, dem man nicht nachsagen kann, er sei ein unkritischer Verehrer Brochs gewesen, hatte nach Lektüre dieser ersten Fassung vor, gleich mit ihrer Drucklegung zu beginnen. Broch wollte aber andere Nuancen setzen, z. B. den mythologischen Aspekt des Romans stärker herausarbeiten[25] und begann noch im gleichen Jahr mit der Arbeit an einer zweiten Fassung, die Fragment blieb. 1951 schrieb er schließlich eine dritte Version, die ebenfalls unabgeschlossen ist. Wie kann der Herausgeber einer kommentierten Werkausgabe hier verfahren? Sollte er nur die letzte Fassung, ein relativ kleines Fragment also, publizieren? Dieses Teilstück ergibt in sich keinen Sinn, und dem

Leser ist damit nicht gedient. Ganz inkonsequent wäre es, nur das Fragment der zweiten Version zu veröffentlichen. Die Entscheidung, die erste – und einzig vollständige – Fassung in die Ausgabe aufzunehmen, fiel dem Herausgeber schließlich nicht allzu schwer. Denn zum einen handelt es sich bei dieser ersten Fassung nicht lediglich um eine Arbeitsfassung mit Vorläufigkeitscharakter, und zum zweiten liegen die beiden Fragmente zur zweiten und dritten Fassung bereits in einer Sonderpublikation vor[26], so daß sie für den Spezialisten leicht zugänglich sind. Auf jeden Fall verbot es sich, nochmals so zu verfahren, wie es der Herausgeber des betreffenden Werkes[27] im Rahmen der alten Rhein-Verlag-Ausgabe getan hatte, der, von keinen philologischen Skrupeln geplagt, eine Kontamination aller drei Fassungen dieses Romans herstellte, wobei er zuweilen Proben seines eigenen dichterischen Talents zum besten gab. Für *Die Verzauberung* mußte also von der Faustregel »Publizieren der letzten Fassung« abgewichen werden. Hier war es auch nicht möglich, den ansonsten ebenfalls für die kommentierte Werkausgabe akzeptierten »theoretischen Grundsatz« gelten zu lassen, »daß die Edition neben der authentischen Textgestalt auch die historisch wirksame Textfassung bieten müsse«[28]. Denn *Der Versucher* trug zu sehr die Handschrift des Herausgebers, als daß man ihn nochmals als Brochschen Text hätte durchgehen lassen können.

Bei den theoretischen Schriften allerdings spielt dieser Grundsatz der Publikation historisch-wirksamer Versionen zuweilen eine Rolle. Die Studie »Das Böse im Wertsystem der Kunst« erschien z. B. im August 1933 in einer von Peter Suhrkamp leicht gekürzten und veränderten Fassung in der *Neuen Rundschau*[29]. Hannah Arendt hatte in der ersten Broch-Ausgabe nicht diese historisch-wirksame Textfassung abgedruckt, sondern die etwas längere Brochsche Originalversion[30]. Da aber Broch brieflich den Änderungen Suhrkamps zugestimmt hatte, schien es dem Herausgeber der kommentierten Werkausgabe gerechtfertigt, den Text aus der *Neuen Rundschau* abzudrucken. In diesem Fall wurde aber ein komplettes Variantenverzeichnis mitveröffentlicht (worauf im Rahmen der kommentierten Werkausgabe normalerweise verzichtet wird), so daß dem Leser beide Fassungen, die historisch-wirksame (aber weniger authentische) und die authentische (aber weniger historisch-wirksame) vorliegen.

Solche Kompromißlösungen sind charakteristisch für kommentierte Werkausgaben. Es kommen auch Ausnahmen von der Regel vor, keine frühen Fassungen abzudrucken. Der Roman *Die Schuldlosen* etwa enthält eine Reihe Novellen Brochs aus den dreißiger Jahren, die er für den Roman fünfzehn Jahre später überarbeitete. Im *Novellen*-Band der Edition werden die frühen Originalfassungen aber veröffentlicht, weil sie ursprünglich als eigenständige Arbeiten entstanden waren.

4. Fehlerkorrektur bei der Erstellung des »edierten Textes«

Wie bei der historisch-kritischen Ausgabe wird bei der kommentierten Werkausgabe der Text in allen Einzelheiten kritisch geprüft. Alle »eindeutig« fehlerhaften Stellen werden vom Herausgeber stillschweigend verbessert. Bei den Spezialisten für Fragen historisch-kritischer Ausgaben besteht allerdings noch keine Einigung darüber, ob die offensichtlichen Verschreibungen nicht auch in einem Lesartenapparat zu verzeichnen sind. Offenbar setzt sich aber die Ansicht der stillschweigenden Korrektur durch, um die »gefürchteten Lesartenhalden, aus denen jeder Geist des Zusammenhangs gewichen ist und in denen das ›Prinzip der vollständigen Nebensachen‹ herrscht«[31] zu vermeiden. Wenn dem Autor beim Zitieren kleine Flüchtigkeitsfehler, die Satzzeichen, Orthographie etc. betreffen, unterlaufen sind, kann der Herausgeber auch diese stillschweigend korrigieren. Ist dagegen falsch (und damit zuweilen sinnentstellend) zitiert worden, darf man nicht in den Text eingreifen, vielmehr muß der Sachverhalt in einer Fußnote geklärt werden. Ersteres geschah manchmal bei der Edition von Brochs Essays, letzteres öfters im Falle der Ausgabe seiner Briefe. Bei der Korrektur von Satzzeichen sollte der Usus der Zeit und die Eigenart des Autors beachtet werden. Broch benutzte in seinen Dichtungen (besonders im *Tod des Vergil*) ein eigenes Satzzeichensystem, und es gilt für den Herausgeber, dieses System zu respektieren und keine Eingriffe vorzunehmen.

Bei nicht-fiktionalen Texten, etwa bei politischen Essays, sieht die Sache anders aus. Eindeutige Kommafehler können hier stillschweigend korrigiert werden. Alle anderen Eingriffe, die über solche Verbesserungen eindeutig fehlerhafter Stellen hinausgehen, müssen als solche gekennzeichnet werden. Das ist etwa bei Wortauslassungen oder bei Unleserlichkeit der Fall. Hier werden eckige Klammern oder Fragezeichen in eckigen Klammern verwendet. Bei Brochschen Texten konnten in diesen Fällen eckige Klammern benutzt werden, da in seinen Texten diese Zeichen nicht vorkommen. Verwendet ein Autor selbst eckige Klammern, so wären bei Korrekturen die Zeichen < > zu gebrauchen. Eckige Klammern können auch für jene Titel verwendet werden, die der Herausgeber bei Texten einsetzte, für die der Autor keine Überschrift festgelegt hatte. Sie erübrigen sich jedoch, wenn im textkritischen Anhang auf die Titellosigkeit der betreffenden Manuskripte hingewiesen wird, was in der vorliegenden Ausgabe der Fall ist. Hier wurde auch deshalb auf das Einklammern von Titeln verzichtet, weil in vielen Fällen zwar auf den Manuskripten die Überschriften fehlen, der Autor sie aber in Briefen oder Inhaltsangaben erwähnt. Das war z. B. der Fall bei »Die Verzauberung«, »Massenwahntheorie«, »Mythos und Altersstil« und »Der Intellektuelle im Ost-West-Konflikt«.

5. *Anlage eines Variantenverzeichnisses*

Die verschiedenen Fassungen der Werke eines Autors werden in der kommentierten Werkausgabe im textkritischen Anhang nur summarisch beschrieben. Ein Variantenverzeichnis im Sinne der historisch-kritischen Edition gibt es normalerweise nicht. In Spezialfällen – bei Broch etwa anläßlich der Studie »Das Böse im Wertsystem der Kunst« – kann von dieser Regel abgewichen werden. Die Entwicklungsstufen des Werkes werden bei der kommentierten Werkausgabe nicht durch das Variantenverzeichnis verdeutlicht, vielmehr wird die »dynamische Textentwicklung«[32] durch eine globale Darstellung der Entstehungsgeschichte des einzelnen Werkes erkennbar gemacht. Doch diese Regel ist ebenfalls nicht starr anzuwenden, auch hier kann man Ausnahmen gelten lassen. Bei Gedichten, die meistens nicht länger als ein oder zwei Seiten sind, spielen die Varianten für das Verständnis des Textes eine unverhältnismäßig größere Rolle als bei viele hundert Seiten umfangreichen Romanen. Während ein Variantenverzeichnis zu den epischen Texten Brochs Bände füllen würde, läßt es sich im Falle der *Gedichte* im Anhang unterbringen. Aus diesen Gründen wurden die Gedichte in der Broch-Ausgabe historisch-kritisch ediert.

6. Veröffentlichung aller Paralipomena

Im Gegensatz zur historisch-kritischen Ausgabe werden die Paralipomena (Vorarbeiten, Notizen, Schemata, Entwürfe etc.) des Autors nicht mitpubliziert; man beschränkt sich vielmehr auf ihre regestenartige Dokumentation im Anhang eines jeden Bandes. Dadurch wird der Interessierte über Titel, Entstehungszeit und Aufbewahrungsorte der Paralipomena informiert und kann sie sich gegebenenfalls leicht besorgen.

7. Beschreiben aller vorliegenden Zeugen

Obgleich nicht alle Zeugen in die Ausgabe aufgenommen werden können, werden sie doch im Anhang eines jeden Bandes textkritisch bewertet und entstehungsgeschichtlich etc. beschrieben.

8. Kommentierung aller Sachbezüge

Unter diesem Punkt behandeln wir zweifellos das »weiteste und dornigste Feld«[33] einer Ausgabe überhaupt. Auch hier gilt die Devise, daß die Kommentierung erstens »dichterspezifisch« und zweitens »gattungsspezifisch«[34] sein sollte. Im Falle Broch war die Frage, ob man das gesamte Werk (Dichtung, Essayistik und Briefe) erläutern sollte. Was die Dichtungen betrifft, liegen zum einen eine Reihe von ausführlichen Selbstdeutungen Brochs vor, und zum anderen – was wichtiger ist – gibt es Dutzende von Artikel- und Buchpublikationen, die die Romane analysieren und erklären. Hätte man diese Fülle von Forschungsmaterial in die kommentierte Werkausgabe mitaufnehmen sollen? Neues könnte hier nur durch umfangreiche, eigenständige Materialienbände geboten werden, wie sie – unabhängig von der kommentierten Werkausgabe – zu den *Schlafwandlern*[35] und zum *Tod des Vergil*[36] bereits erschienen sind. Bei den Dichtungen beschränkte ich mich daher auf den Mitabdruck der Brochschen essayistischen Selbstdeutungen, auf die textkritischen Hinweise, eine Entstehungschronologie, ein Verzeichnis der Übersetzungen und eine Auswahlbibliographie zur Sekundärliteratur.

Anders ist die Situation bei den funktional-pragmatischen, den nicht-poetischen Texten, den Essays und Briefen also. Während die alte Broch-Ausgabe nur drei Bände essayistischer Studien enthielt, sind es sechs in der neuen kommentierten Werkausgabe. Mehr als die Hälfte aller essayistischen Arbeiten Brochs waren bisher so gut wie unbekannt. Entsprechend mager sind die Ergebnisse der Forschung auf diesem Gebiet. Es lag nahe, hier die Sachbezüge der Texte durch Annotationen zu erhellen. Dinge, die bei den dichterischen Werken entweder bereits geleistet sind oder nur geringe Bedeutung haben, nämlich der Aufweis von Quellen, der Nachweis von Zitaten, Parallelstellen und Anspielungen, historischen Erläuterungen zu Personen und Sachen, sind bei den funktionalen Texten unerläßlich.

Noch aus einem weiteren Grunde wurden die dichterischen und funktionalen Texte bei der Kommentierung so unterschiedlich behandelt. Bei der historisch-kritischen Ausgabe ist ein interpretierender Kommentar diskutabel. Nicht, daß darüber bei den Herausgebern solcher Editionen Einigkeit herrschte. Die einen bestehen darauf, »daß es nicht Aufgabe einer wissenschaftlichen Edition sein kann, interpretatorische Kommentare zu liefern«[37], jene streben eine Verbindung von »deskriptiver und interpretierender Information«[38] an; diese betonen stark den interpretierenden Teil des Kommentars, polemisieren – nicht zu Unrecht – gegen die »Fiktion einer subjektlosen Philologie«[39] und plädieren für »die volle literaturwissenschaftliche Kommentierung« als der »konsequentesten Lösung«[40], andere wiederum streichen die »praktische Undurchführbarkeit«[41] solcher »konsequentesten Lösungen« auch für die historisch-kritische Ausgabe heraus und setzen sich für eine »Trennung von Text- und Kommentarteil«[42] ein, also für die Aufnahme des »Kommentars in einen eigenen, vom Hauptteil getrennten Band«[43] – und damit wären wir wieder bei der Sekundärliteratur, wie sie in Form von Kommentarbänden in einer Reihe von Verlagen auch unabhängig von Gesamtausgaben erscheinen. Bei der kommentierten Werkausgabe erscheint es mir notwendig, zwischen deskriptivem und interpretierendem Kommentar zu unterscheiden. Ich bin der Auffassung, daß die Interpretation nicht Bestandteil der Edition sein sollte, schon deswegen, weil die Lebensdauer interpretierender Kommentare unverhältnismäßig kürzer ist als die deskriptiver und textkritischer[44]. Selbstverständlich spielt der subjektive Faktor auch beim deskriptiven Kommentar eine große Rolle. Wie weit soll dieser sich auf faktische Sacherläuterungen beschränkende Kommentar gehen? »Die potentielle Leserschaft ist so verschiedenartig«, argumentiert man, daß als Maxime vorgeschlagen wird, »beim Leser eine vage Vorstellung von Goethe und Schiller vorauszusetzen, auch zu glauben, daß er sich unter den Namen Napoleon oder Wilhelm II. etwas vorzustellen vermag und es damit gut sein zu lassen, d. h. alles andere lieber zu erläutern.«[45] Ein anderer Ratschlag lautet: »Prosaisch ließe sich auf die Frage nach dem Was? sagen: alles, was einem belesenen Abiturienten von heute nicht mehr selbstverständliches Bildungsgut ist.«[46] Ich stelle diese »Faustregeln« hier lediglich zur Diskussion. Daß sie vage und problematisch sind, empfindet wohl jeder Herausgeber, doch ist bisher niemandem ein »Patentrezept« eingefallen. Vielleicht ließe sich so argumentieren, daß Personen und historische Ereignisse, die auch in einfachen, einbändigen Lexika nachzuschlagen sind, nicht eigens erläutert werden sollten. Aber so weit zu gehen, all das, was im *Brockhaus* oder *Meyers* steht, aus den deskriptiven Kommentaren zu verbannen, hieße sich allzu große Enthaltsamkeit aufzuerlegen[47]. Wer kann schon ständig den *Brockhaus* konsultieren? Und welche Auflage dieses Lexikons? Die *Brockhaus*-Ausgabe, die um die Jahrhundertwende erschien, enthält zum großen Teil andere Informationen als die aus den sechziger und siebziger Jahren.

Während bei der historisch-kritischen Edition die Ansicht fundiert vertreten werden kann, daß »die Information über wichtige Forschungsergebnisse [. . .] eine der vornehmsten Aufgaben des Kommentators«[48] ist, kann diese Aufgabe bei der kommentierten Werkausgabe nur in sehr beschränktem Umfang erfüllt werden. Die wichtigste Sekundärliteratur wird im Anhang verzeichnet, doch braucht man sie nicht im einzelnen zu diskutieren. Der Sekundärliteratur von Herausgebern (wie sie als Vor- oder Nachworte in den Ausgaben erscheint) steht der Verfasser skeptisch gegenüber. So sinnvoll solche Einführungen in Auswahleditionen sein mögen, bei einer Gesamtausgabe, die über einige Generationen hin benutzbar bleiben soll, wirken Vor- und Nachworte bald antiquiert. Das zeigen auch die Vorworte zur alten Broch-Ausgabe. Was solche Vor- oder Nachworte anbetrifft, ist jenem Forscher zuzustimmen, der schreibt: »Außer dem zur Anlage der Edition Notwendigen und außer zur Begründung der eigenen Arbeit scheint mir nichts zu sagen nötig[49].«

Ergänzt werden sollte auch die kommentierte Werkausgabe durch ein Register. Im Falle Broch erübrigt sich ein Sachregister, da durch Titel und Kapitalüberschriften die Thematik von Brochs essayistischen Studien hinlänglich bekannt ist. Ein Personenregister ist hier wichtiger, und es erscheint im Anhang eines jeden Bandes der Essays und der Briefe. Seine Funktion ist, bei den »theoretischen Schriften die übergeordneten Kommentarteile zu ergänzen und zugleich zu entlasten.«[50] Lediglich bei den Briefbänden war es ratsam, ein Werkregister anzulegen.

Eine kommentierte Werkausgabe ist nicht mehr und nicht weniger als ein »fruchtbarer Kompromiß«[51] auf dem Gebiet der Gesamteditionen. Gemäß ihren Prinzipien wird ein Werk im engeren Sinne vollständig und kritisch publiziert, d. h. lediglich Vorfassungen und Paralipomena werden nicht mitveröffentlicht. Ihre Normen sind weniger starr als die bei der historisch-kritischen Ausgabe, und bei dem Werk eines jeden Dichters wird man ihre Editionsregeln modifizieren. Beim Oeuvre eines modernen Autors scheint diese Editionsform besonders sinnvoll zu sein. Falls auf sie eine historisch-kritische Ausgabe folgt, bildet sie dafür die beste Basis, weil der wichtigste Teil der mit ihr verbundenen Arbeit durch die kommentierte Werkausgabe schon geleistet worden ist.

1 Winfried Woesler, »Die Praxis des germanistischen Kommentars in der DDR«, in: Wolfgang Frühwald, Herbert Kraft, Walter Müller-Seidel (Hrsg.), *Probleme der Kommentierung. Tagungsreferate der Kommission für germanistische Forschung bei der Deutschen Forschungsgemeinschaft,* (Boppard 1975), S. 175/176. (Dieser Editionsband wird in der Folge mit »DFG« abgekürzt).

2 Siegfried Scheibe, »Zu einigen Grundprinzipien einer historisch-kritischen Ausgabe«, in: Gunter Martens, Hans Zeller

(Hrsg.), *Texte und Varianten. Probleme ihrer Edition und Interpretation,* (München 1971), S. 11/12. (Dieser Editionsband wird in der Folge mit »MZ« abgekürzt).

3 Herbert G. Göpfert, »Edition aus der Sicht des Verlags«, MZ, S. 283.

4 Wolfgang Frühwald, »Zusammenfassung der Diskussion 1972«, DFG, S. 209.

5 S. Scheibe, »Zu einigen Grundprinzipien«, a.a.O., S. 9/10. Vgl. ferner: Herbert Kraft, Die Geschichtlichkeit literarischer Texte. Eine Theorie der Edition, Bebenhausen 1973, S. 28 ff.

6 Der Verfasser wählte diese Bezeichnung für die von ihm edierte Broch-Ausgabe, die in dreizehn Bänden im Suhrkamp Verlag (1974-1981) erschien.

7 Vgl. S. Scheibe, »Zu einigen Grundprinzipien«, a.a.O., S. 11.

8 H. G. Göpfert, »Edition aus der Sicht des Verlags«, a.a.O., S. 273.

9 W. Woesler, »Die Praxis«, a.a.O., S. 161.

10 Zur Besonderheit der »Archivausgabe« vgl. Klaus Kanzog, *Prolegomena zu einer historisch-kritischen Ausgabe der Werke Heinrich von Kleists. Theorie und Praxis einer modernen Klassiker-Edition* (München: Hanser, 1970), S. 15 ff.

11 W. Woesler, »Die Praxis«, a.a.O., S. 151.

12 H. G. Göpfert, »Edition«, a.a.O., S. 273 und W. Frühwald, »Formen und Inhalte des Kommentars wissenschaftlicher Textausgaben«, DFG, S. 15.

13 W. Woesler, »Die Praxis«, a.a.O., S. 151.

14 H. G. Göpfert, »Edition«, a.a.O., S. 273.

15 W. Woesler, »Die Praxis«, a.a.O., S. 159.

16 W. Frühwald, »Formen und Inhalte«, a.a.O., S. 15.

17 Jochen Schmidt, »Die Kommentierung von Studienausgaben. Aufgaben und Probleme«, DFG, S. 78.

18 Manfred Windfuhr, »Die neugermanistische Edition. Zu den Grundsätzen kritischer Gesamtausgaben«, in: *Deutsche Vierteljahrsschrift für Literaturwissenschaft und Geistesgeschichte* 31 Heft 3, (1957), S. 429.

19 Ibid, S. 434.

20 Vgl. Klaus Briegleb, »Der Editor als Autor. Fünf Thesen zur Auswahlphilologie«, in: MZ, S. 91-116.

21 M. Windfuhr, »Die neugermanistische Edition«, a.a.O., S. 433.

22 Zur Theorie der Brieftypologien vgl. Karl Ermert, *Briefsorten. Untersuchungen zu Theorie und Empirie der Textklassifikation* (Tübingen: Niemeyer, 1979). Vgl. ferner den Band *Probleme der Brief-Edition,* hrsg. von W. Frühwald, H.-J. Mähl, W. Müller-Seidel (Bonn: DFG, 1977).

23 Paul Michael Lützeler (Hrsg.), *Materialien zu Hermann Broch »Der Tod des Vergil«,* (Frankfurt am Main 1976), S. 23-179.

24 Es handelt sich um ein fünfseitiges Typoskript im Broch-Archiv der Yale University Library, New Haven/Conn., USA. (Verfasser unbekannt.)

25 Vgl. die »Anmerkungen des Herausgebers« in: Hermann Broch, *Die Verzauberung*. Roman, KW 3, S. 394 ff.

26 Vgl. Hermann Broch, *Bergroman.* Die drei Originalfassungen textkritisch herausgegeben von Frank Kress und Hans Albert Maier, (Frankfurt am Main 1969).

27 Hermann Broch, *Der Versucher,* herausgegeben von Felix Stössinger, (Zürich 1953). (Der Titel »Der Versucher« wurde von Stössinger erfunden.)

28 Herbert Kraft, »Zusammenfassung der Diskussion 1970«, DFG, S. 199.

29 Hermann Broch, »Das Böse im Wertsystem der Kunst«, in: *Neue Rundschau* 44 Bd. 2, (1933), S. 157-191.

30 Hermann Broch, »Das Böse im Wertsystem der Kunst«, in: Hermann Broch, *Dichten und Erkennen. Essays,* Bd. 1, herausgegeben v. Hannah Arendt, Zürich 1955, S. 311-350. Vgl. damit den gleichen Aufsatz in: Hermann Broch, Schriften zur Literatur 2: Theorie, KW 9/2, S. 119-157 und S. 280-287.

31 M. Windfuhr, »Die neugermanistische Edition«, a.a.O., S. 438. Auch Behrens bezeichnet es als »Alexandrinismus« und »Scheinakribie«, alle offensichtlichen Verschreibungen eigens zu listen. Vgl.: Jürgen Behrens, »Zur kommentierten Briefedition«, DFG, S. 190.

32 Gunter Martens, »Textdynamik und Edition. Überlegungen zur Bedeutung und Darstellung variierender Textstufen«, MZ, S. 176.

33 J. Schmidt, »Die Kommentierung«, a.a.O., S. 83.

34 Henning Boetius, »Textqualität und Apparatgestaltung«, MZ, S. 233.

35 Gisela Brude-Firnau (Hrsg.), *Materialien zu Hermann Brochs »Die Schlafwandler«,* (Frankfurt am Main 1972).

36 Vgl. Fußnote 23.

37 W. Frühwald, »Formen und Inhalte«, a.a.O., S. 27.

38 Hans Zeller, »Befund und Deutung. Interpretation und Dokumentation als Ziel und Methode der Edition«, MZ, S. 48.

39 K. Briegleb, »Der Editor als Autor«, a.a.O., S. 113.

40 Ulfert Ricklefs, »Zur Erkenntnisfunktion des literaturwissenschaftlichen Kommentars«, DFG, S. 63/64.

41 W. Frühwald, »Zusammenfassung« a.a.O., S. 207.

42 H. G. Göpfert, »Kommentierung«, a.a.O., S. 101.

43 J. Schmidt, »Die Kommentierung«, a.a.O., S. 77.
44 Vgl. H. G. Göpfert, »Kommentierung«, a.a.O., S. 100.
45 J. Behrens, »Zur kommentierten Briefedition«, DFG, S. 194.
46 J. Schmidt, »Die Kommentierung«, a.a.O., S. 83.
47 Dahingehend lautete ein Rat, den Rudolf Hirsch dem Verfasser dankenswerterweise erteilte.
48 W. Frühwald, »Formen und Inhalte«, a.a.O., S. 29.
49 J. Behrens, »Zur kommentierten Briefedition«, a.a.O., S. 191.
50 J. Schmidt, »Die Kommentierung«, a.a.O., S. 83.
51 Für solche Kompromisse plädiert Karl Ludwig Schneider (»Die wissenschaftliche Teilausgabe als Modell für die Edition expressionistischer Dichtungen«, MZ, S. 289).

Von Hermann Broch
erschienen im Suhrkamp Verlag

Bergroman. Die drei Originalfassungen textkritisch herausgegeben von Frank Kress und Hans Albert Maier. 1969. 4 Bände in Schuber, zus. 1500 S. Ln. Kt.
Der Denker. Eine Auswahl. 1966. 328 S. Ln.
Der Dichter. 1964. 256 S. Ln.
Der Tod des Vergil. 1958. Sonderausgabe. 542 S. Ln.
Dichter wider Willen. 96 S. Ln.
Die Entsühnung. 1961. 80 S. Pp.
Die Schlafwandler. 1952. Sonderausgabe. 762 S. Ln.

suhrkamp taschenbücher
Barbara und andere Novellen. Eine Auswahl aus dem erzählerischen Werk. Herausgegeben mit Nachwort und Kommentar von Paul Michael Lützeler. 1973. Band 151. 380 S.
Materialien zu Hermann Broch ›Der Tod des Vergil‹. Herausgegeben von Paul Michael Lützeler. Band 317. 361 S.

Kommentierte Werkausgabe
Herausgegeben von Paul Michael Lützeler
Band 1: Die Schlafwandler. Eine Romantrilogie. st 472. 760 S.
Band 2: Die Unbekannte Größe. Roman. st 393. 262 S.
Band 3: Die Verzauberung. Roman. st 350. 417 S.
Band 4: Der Tod des Vergil. st 296. 522 S.
Band 5: Die Schuldlosen. Roman in elf Erzählungen. st 209. 352 S.
Band 6: Novellen. st 621. 359 S.
Band 7: Dramen. st 538. 428 S.
Band 8: Gedichte. st 572. 232 S.
Band 9/1: Schriften zur Literatur. Kritik. st 246. 448 S.
Band 9/2: Schriften zur Literatur. Theorie. st 247. 320 S.
Band 10/1: Philosophische Schriften. Kritik. st 375. 314 S.
Band 10/2: Philosophische Schriften. Theorie. st 375. 334 S.
Band 11: Politische Schriften. st 445. 514 S.
Band 12: Massenwahntheorie. st 502. 584 S.

Kommentierte Werkausgabe (Leinenausgabe)
textidentisch mit der Taschenbuchausgabe. In limitierter Auflage

Bibliothek Suhrkamp
Demeter, Romanfragment. 1967. Band 199. 242 S.
Die Erzählung der Magd Zerline. 1967. Band 204. 80 S.
Pasenow oder die Romantik. 1962. Band 92. 203 S.
Esch oder die Anarchie. 1969. Band 157. 224 S.
Huguenau oder die Sachlichkeit. 1970. Band 187. 328 S.
Gedanken zur Politik. 1970. Band 245. 192 S.
James Joyce und die Gegenwart. Essay. 1972. Band 306. 84 S.
Hofmannsthal und seine Zeit. 1974. Band 372. 147 S.
Menschenrecht und Demokratie. Herausgegeben und eingeleitet von Paul Michael Lützeler. 1978. Band 588. 288 S.

edition suhrkamp
Zur Universitätsreform. Herausgegeben und mit einem Nachwort von Götz Wienold. 1969. Band 301. 144 S.
Materialien zu Hermann Brochs ›Die Schlafwandler‹. Herausgegeben von Gisela Brude-Firnau. 1972. Band 517. 216 S.

»Das sind Szenen und Bilder ..., in denen, ganz beiläufig, unwiderrufliche Wirklichkeit entsteht. Dann wird wirklich etwas spürbar, von dem, ›was dahinter vorging, wenn etwas Alltägliches geschah‹. Dann wird auch etwas von der Artistik dieses Schriftstellers klar, schlicht gesagt, von seiner Kunst.« *Süddeutsche Zeitung*

st 660 Ernst Augustin
Raumlicht: Der Fall Evelyne B.
Roman
272 Seiten
Ernst Augustins *Raumlicht* ist der Roman einer Heilung. Die Heilung von einer Krankheit, der Schizophrenie, die unsere Zeitepoche heimlich und unheimlich zu prägen begonnen hat. Ihre Entdeckung, dargestellt in einer Behandlungsszene, ist Ausgangs- und Zielpunkt dieses Buches, das ebensosehr der phantasievolle und brillant erzählte Roman des Schriftstellers wie auch der autobiographische Bericht des Psychiaters Augustin ist.

st 661 Juan Carlos Onetti
Das kurze Leben
Roman
Aus dem Spanischen von Curt Meyer-Clason
372 Seiten
Der Protagonist des Romans macht die Erfahrung, daß er nicht zu einem einzigen Leben verurteilt ist. Er nimmt eine Zweitexistenz an und wird der Geliebte einer Prostituierten. Zugleich entwickelt er eine imaginäre Stadt, Santa María. Als der Zuhälter seiner Geliebten die Prostituierte umbringt, fühlt er sich verpflichtet, diesen zu retten, da er den Mord eigentlich selbst begehen wollte. »Der Roman wirkt wie ein taghell erleuchteter Alptraum.«
Österreichischer Rundfunk

st 662 George Steiner
Der Tod der Tragödie
Ein kritischer Essay
Aus dem Amerikanischen übertragen von Jutta und Theodor Knust
276 Seiten
»... ein brillant-gedankenreiches und überzeugendes Buch, das man mit größter Aufmerksamkeit und höchstem Respekt lesen muß.« *The Observer*

st 663 Moshé Feldenkrais
Abenteuer im Dschungel des Gehirns
Der Fall Doris
Deutsche Übertragung von Franz Wurm
100 Seiten
Doris, Geschäftsfrau, Anfang sechzig, wacht eines Morgens mit schweren Störungen ihres Sprech-, Lese- und Schreibvermögens auf. Ebenso ist ihr räumliches Orientierungsvermögen beeinträchtigt. Feldenkrais beschreibt, auf welche Weise es ihm gelang, die beschädigten Funktionen neu herzustellen. Er stellt dem konventionellen beschränkten Begriff bloßer »Heilung« einen neurophysiologisch fundierten Begriff des *Lernens* gegenüber.

st 664 Herbert W. Franke
Paradies 3000
Science-fiction-Erzählungen
Phantastische Bibliothek Band 48
148 Seiten
Der Mensch inmitten einer künstlichen Umwelt, konfrontiert mit ungewöhnlichen Gefahren, aber auch mit überraschenden Chancen, Extrapolationen von Entwicklungslinien, weit über den heutigen Stand hinaus: Die Wohnmaschinen der modernen Stadt, Laboratorien und Forschungsstätten, aber auch Raumstationen und Planeten, weitab von den Geschehnissen des Alltags, sind die Schauplätze der Handlungen.

st 665 Adolf Muschg
Gegenzauber
Roman
432 Seiten
»Wenn heute darüber geklagt wird, daß die moderne Literatur im wesentlichen Tristesse biete, so findet der Leser sich hier aufs amüsanteste unterhalten. An Eloquenz und Satire hat Muschg in diesem Buch sein Idol Robert Walser erreicht, an augenzwinkerndem Humor übertrifft er ihn.« *Hannoversche Allgemeine*

st 666 C. I. Gulian
Mythos und Kultur
Zur Entwicklungsgeschichte des Denkens

Autorisierte Übertragung aus dem Rumänischen
von Friedrich Kollmann
202 Seiten
Der rationalistischen Aufklärung, die den Mythos als bloßen Aberglauben abtat, folgte der Irrationalismus der Romantik, die der ›platten‹ Vernunft mißtraute und den Mythos als ›tiefere Wahrheit‹ verherrlichte. Aus diesen beiden gegensätzlichen Tendenzen sucht die moderne Wissenschaft eine Synthese zu ziehen: es gilt, die Entwicklung der Menschheitskultur in ihrer Kontinuität zu erforschen, um zu erklären, wie die heutige Denkweise aus den früheren entstanden ist.

st 667 Graciliano Ramos
Karges Leben
Roman
Aus dem Brasilianischen von Willy Keller
150 Seiten
Schauplatz ist der arme, unterentwickelte Norden Brasiliens mit seinen Dürrekatastrophen, die die Bewohner zu immer neuen Wanderungen durch die ausgedörrte, schattenlose Landschaft treiben auf der Suche nach Arbeit und einer Bleibe. Für Fabiano führt die Auflehnung gegen das Unrecht zu immer neuen Erniedrigungen, denn Gerechtigkeit heißt Recht für die Stärkeren, die Reichen.

st 668 Frantz Fanon
Die Verdammten dieser Erde
Vorwort von Jean-Paul Sartre
Deutsch von Traugott König
268 Seiten
»Habt den Mut, Fanon zu lesen, aus diesem ersten Grund, daß er auch beschämen wird, und weil die Schande, wie Marx sagt, ein revolutionäres Empfinden ist. ... Als Europäer stehle ich einem Feind sein Buch und mache es zu einem Mittel, Europa zu helfen. Profitiert davon!«
Jean-Paul Sartre

st 669 Hans Prinzhorn
Gespräche über Psychoanalyse
zwischen Frau, Dichter und Arzt
Mit einem Nachwort herausgegeben von Bernd Urban
94 Seiten
»Was geht da rein menschlich eigentlich vor, wenn ein

Arzt und ein Patient mittels psychoanalytischer Erfahrungen und Methoden eine Gemeinschaft vom Typus Führer – Geführter bilden? ... Was geht da menschlich vor? Im Einzelnen, in der Zeit?« *Hans Prinzhorn*

st 671 Franz Böni
Ein Wanderer im Alpenregen
Erzählungen
132 Seiten
In den acht Erzählungen des *Wanderers* ist von jungen Leuten die Rede, denen nichts geschenkt wird: von Außenseitern, Menschen mit schweren Schuhen, Einzelgängern. »Um nicht krank zu werden, begann ich so, ich war einundzwanzigjährig, Erzählungen zu schreiben, als Antwort an meine Freunde.

st 672 Julio Cortázar
Die geheimen Waffen
Erzählungen
Aus dem Spanischen von Rudolf Wittkopf
200 Seiten
Die guten Dienste; Briefe von Mama; Teufelsgeifer; Die geheimen Waffen; Der Verfolger.
»Die Erzählung ist in meinem Fall immer eine Art Blitz, die mich trifft und besonders aus den Schichten des Unbewußten oder Nicht-Bewußten kommt. Viele meiner Erzählungen sind Träume, manchmal keine Nacht-, sondern Tagträume.« *Julio Cortázar*

st 673 Adrian Hsia
Hermann Hesse und China
Darstellung, Materialien und Interpretation
360 Seiten
»Diese Arbeit bietet dem Kenner des Hesseschen Œuvres jede nur gewünschte Auskunft über bestimmte literarische Motive und ihre Entstehungsgeschichte, dem Sinologen und Vergleichenden Kulturwissenschaftler ausreichendes Material aus Dichtung und Literatur, und schließlich dem an der Tiefenpsychologie C. G. Jungs Interessierten hin und wieder besondere Erklärungen über Themen, die den Schriftsteller mit dem Psychologen verbanden.«
Die Tat, Zürich

st 674 Katharina Mommsen
Goethe und 1001 Nacht
332 Seiten
In vielen Fällen, wo Goethe als Fabulierer bestrebt war, eine Atmosphäre von Traum und Zauber in seiner Dichtung zu verbreiten, zieht er mit Vorliebe Motive, Situationen, ja ganze Handlungsabläufe aus *1001 Nacht* heran. Für das Verständnis dieses Goetheschen Schaffensbereichs ist es eine unentbehrliche Voraussetzung zu wissen, in welchem Ausmaß und welcher Art die Scheherazade hier mitwirkte.
»Es dürfte in der gesamten Goethephilologie nicht viele Arbeiten geben, die hinsichtlich der Quellenforschung zu so klaren und wertvollen Ergebnissen geführt haben.«
Germanisch-Romanische Monatsschrift

st 677 Mongo Beti
Perpétue und die Gewöhnung ans Unglück
Roman
Aus dem Französischen von Heidrun Beltz
Mit einer Nachbemerkung von Renate Brandes
218 Seiten
Perpétue und die Gewöhnung ans Unglück ist ein Gesellschaftsroman aus dem heutigen Afrika. Er schildert das Schicksal einer jungen Frau, die sich in der beklemmenden Atmosphäre von Terror und Elend – Schauplatz der Handlung ist ein fiktives, von einer reaktionären Clique beherrschtes Land – nach einem menschenwürdigen Leben sehnt und nicht bereit ist, ihr Unglück widerspruchslos hinzunehmen.

st 678 Stanisław Lem
Summa technologiae
Aus dem Polnischen übersetzt von Friedrich Griese
672 Seiten
Das Buch handelt von einigen möglichen »Zukünften« der menschlichen Zivilisation. Was können wir machen? Was ist möglich? Fast alles – nur das nicht: daß sich die Menschen in einigen zigtausend Jahren überlegen könnten: »Genug – so wie es jetzt ist, soll es von nun an immer bleiben.«

st 679 Peter Handke
Das Ende des Flanierens
176 Seiten
Handke widmet sich der Beschreibung des Einzelnen und seines Werkes – sei es ein Bild von Peter Pongratz, ein Film von Godard oder das Werk von Patricia Highsmith –, um dem Leser dessen Besonderheit aufzuschließen. Der vorliegende Band umfaßt Gedichte, Essays und Prosatexte, die zwischen 1966 und 1980 entstanden sind.

st 680 Volker Braun
Stücke 2
226 Seiten
Schmitten; Guevara oder Der Sonnenstaat; Großer Frieden; Simplex Deutsch.
Die Stücke sind theatralische Vorschläge und gesellschaftliche Experimente zugleich. Braun plädiert mit seinen Figuren für die maximale Ausnutzung der sozialistischen Möglichkeiten: für eine Gesellschaft, in der die freie Entwicklung des einzelnen die Bedingungen für die freie Entwicklung aller ist.

st 681 Hans Magnus Enzensberger
Der Untergang der Titanic
Eine Komödie
136 Seiten
»*Der Untergang der Titanic* ist ein durchkalkuliertes poetisches Projekt, ein weitverzweigtes und kompliziertes Assoziationssystem, in dem Platz ist für Mystifikationen wie auch für authentische Details. ... Das ist in beträchtlichem Maße große Poesie.« *Nicolas Born, Der Spiegel*

st 682 Herbert Achternbusch
Der Neger Erwin
Filmbuch
Mit Farbabbildungen
104 Seiten
»Aber nur die verkommenste aller Künste, der Film, darf den Versuch wagen, unseren Nachkommen zu sagen, daß auch wir Menschen gewesen sind.«
Herbert Achternbusch

st 683 Marieluise Fleißer
Der Tiefseefisch
Text. Fragmente. Materialien
Herausgegeben von Wend Kässens und Michael Töteberg
188 Seiten
Der Tiefseefisch gibt ein satirisches Portrait von Bertolt Brecht als literarischem Bandenführer; zugleich ist das Stück ein Ehedrama: Fleißers Verbindung mit dem konservativen Publizisten Hellmut Draws-Tychsen. Dieser Band veröffentlicht erstmals die erhalten gebliebene erste Fassung des Stücks sowie Fragmente und Arbeitsnotizen. In einem Nachwort erläutern die Herausgeber den zeitgenössischen literarischen Kontext und geben Interpretationsansätze für die heutige Aktualität des Dramas.

st 685 Gertrud Leutenegger
Ninive
Roman
192 Seiten
»... wieder die Mischung aus poetischen Erinnerungen an die Kindheit, Traumsequenzen, Beschwörung der Natur, Beschreibung alltäglicher Ereignisse und dem leisen, gerade deshalb unüberhörbaren Protest gegen den Zustand der Welt. ... Diese stille, vor verhaltener Leidenschaft bebende Erzählung einer glücklich-unglücklichen Liebe wird gespeist von einem maßlosen Lebenshunger nach der wahren Welt.« *Rolf Michaelis, DIE ZEIT*

st 687 Johanna Braun
Günter Braun
Der Fehlfaktor
Utopisch-phantastische Erzählungen
Phantastische Bibliothek Band 51
208 Seiten
Die Autoren veranstalten mit Witz und Humor bildhafte Denkspiele, zu denen sie den Leser einladen. Dabei verzichten sie nicht auf Spannung. Wie in ihren früheren utopischen Büchern legen sie Wert auf lebendige, vorstellbare Charaktere, ihre utopische Welt ist keine tote Kulisse technischer Gegenstände. So sind acht Geschichten entstanden, verschieden in Farbe und Temperament, aber allesamt vergnüglich zu lesen.

st 688 Judith Offenbach
Sonja
Eine Melancholie für Fortgeschrittene
400 Seiten
Die Geschichte der Liebe zwischen Sonja und Judith 1965–1976. Sie studieren an der Hamburger Universität, wohnen in einem Studentenwohnheim, später in einer eigenen Wohnung, sie probieren ein »normales Leben« zu zweit, das doch von vornherein ausgeschlossen ist. Die gelähmte Sonja bringt sich um. »Eine Melancholie für Fortgeschrittene« ist das Protokoll einer Trauer. Der nicht spektakuläre, sehr detaillierte Bericht über den verborgenen Alltag lesbischer Paare und über das Leben mit einem behinderten Menschen.

st 700 Max Frisch
Montauk
Eine Erzählung
224 Seiten
»... diese Erzählung übertrifft in mancherlei Hinsicht alles, was wir bisher von Frisch kannten. Es ist sein intimstes und zartestes, sein bescheidenstes und vielleicht eben deshalb sein originellstes Buch.
Marcel Reich-Ranicki, FAZ

st 729 Stanisław Lem
Mondnacht
Hör- und Fernsehspiele
Aus dem Polnischen übersetzt von Klaus Staemmler, Charlotte Eckert, Jutta Janke und I. Zimmermann-Göllheim
Phantastische Bibliothek Band 57
288 Seiten
»Lem hat die Gattung der Science-fiction neu abgesteckt und ihr literarische Hochflächen erobert, die auf dem Niveau des philosophischen Traktats liegen, zugleich aber spannend sind wie ein gelungener Kriminalroman.«
Frankfurter Rundschau

st 730 Herbert W. Franke
Schule für Übermenschen
Phantastische Bibliothek Band 58
160 Seiten
Wo liegen die physischen und psychischen Grenzen des Menschen? Sind seine evolutionären Kapazitäten er-

schöpft oder ist er einer Anpassung an jene besonderen Aufgaben fähig, die die lebensfremden Räume der Tiefsee und des Weltraums mit sich bringen? Das »Institute of Advanced Education« schult die Elite von morgen. Zu den Mitteln gehört körperlicher Drill ebenso wie ein erbarmungsloses Überlebenstraining.

st 731 Joseph Sheridan Le Fanu
Der besessene Baronet
und andere Geistergeschichten
Deutsch von Friedrich Polakovics
Mit einem Nachwort von Jörg Krichbaum
Phantastische Bibliothek Band 59
304 Seiten
Le Fanus Geistergeschichten zeichnen sich durch die Schärfe der psychologischen Beobachtung und den in ihnen zutage tretenden Konflikt zwischen Traum und Wirklichkeit aus.

st 732 Philip K. Dick
LSD-Astronauten
Deutsch von Anneliese Strauss
Phantastische Bibliothek Band 60
272 Seiten
»Ein wenig ist die Lust zur Lektüre von Science-fiction verwandt mit der Lust zur Lektüre von Horrorgeschichten. Offenbar besteht eine Bereitschaft, das, was an Angstphantasie die säkularisierte Menschheit bedrängt, in der Form der Lektüre sich vorsagen zu lassen, sich einreden zu lassen. Mit therapeutischem Effekt?«
Helmut Heißenbüttel

st 733 Herbert Ehrenberg
Anke Fuchs
Sozialstaat und Freiheit
Von der Zukunft des Sozialstaats
468 Seiten
»Herbert Ehrenberg und Anke Fuchs gelingt es, manche Frage zu beantworten, manche Unstimmigkeit zu widerlegen, Klischees in Zweifel zu ziehen, die Richtung künftiger Reformen darzustellen und das Erfordernis einer eigenständigen Sozialpolitik zu begründen. ... Noch lange wird man mit Gewinn nach diesem Buch greifen können, um etwas über die einschlägigen Teilbereiche der Sozialpolitik nachzulesen.« *Deutschlandfunk*

Alphabetisches Gesamtverzeichnis der suhrkamp taschenbücher

Achternbusch, Alexanderschlacht 61
– Der Neger Erwin 682
– Die Stunde des Todes 449
– Happy oder Der Tag wird kommen 262
Adorno, Erziehung zur Mündigkeit 11
– Studien zum autoritären Charakter 107
– Versuch, das ›Endspiel‹ zu verstehen 72
– Versuch über Wagner 177
– Zur Dialektik des Engagements 134
Aitmatow, Der weiße Dampfer 51
Alegría, Die hungrigen Hunde 447
Alfvén, Atome, Mensch und Universum 139
– M 70 – Die Menschheit der siebziger Jahre 34
Allerleirauh 19
Alsheimer, Eine Reise nach Vietnam 628
– Vietnamesische Lehrjahre 73
Alter als Stigma 468
Anders, Kosmologische Humoreske 432
v. Ardenne, Ein glückliches Leben für Technik und Forschung 310
Arendt, Die verborgene Tradition 303
Arlt, Die sieben Irren 399
Arguedas, Die tiefen Flüsse 588
Artmann, Grünverschlossene Botschaft 82
– How much, schatzi? 136
– Lilienweißer Brief 498
– The Best of H. C. Artmann 275
– Unter der Bedeckung eines Hutes 337
Augustin, Raumlicht 660
Bachmann, Malina 641
v. Baeyer, Angst 118
Bahlow, Deutsches Namenlexikon 65
Balint, Fünf Minuten pro Patient 446
Ball, Hermann Hesse 385
Barnet (Hrsg.), Der Cimarrón 346
Basis 5, Jahrbuch für deutsche Gegenwartsliteratur 276
Basis 6, Jahrbuch für deutsche Gegenwartsliteratur 340
Basis 7, Jahrbuch für deutsche Gegenwartsliteratur 420
Basis 8, Jahrbuch für deutsche Gegenwartsliteratur 457
Basis 9, Jahrbuch für deutsche Gegenwartsliteratur 553
Basis 10, Jahrbuch für deutsche Gegenwartsliteratur 589
Beaucamp, Das Dilemma der Avantgarde 329
Becker, Jürgen, Eine Zeit ohne Wörter 20
– Gedichte 690
Becker, Jurek, Irreführung der Behörden 271
– Der Boxer 526
– Schlaflose Tage 626
Beckett, Das letzte Band (dreisprachig) 200
– Der Namenlose 536
– Endspiel (dreisprachig) 171
– Glückliche Tage (dreisprachig) 248
– Malone stirbt 407
– Molloy 229
– Warten auf Godot (dreisprachig) 1
– Watt 46
Das Werk von Beckett. Berliner Colloquium 225
Materialien zu Beckett »Der Verwaiser« 605
Materialien zu Becketts »Godot« 104
Materialien zu Becketts »Godot« 2 475
Materialien zu Becketts Romanen 315
Behrens, Die weiße Frau 655
Benjamin, Der Stratege im Literaturkampf 176
– Illuminationen 345
– Über Haschisch 21
– Ursprung des deutschen Trauerspiels 69
Zur Aktualität Walter Benjamins 150
Beradt, Das dritte Reich des Traumes 697
Bernhard, Das Kalkwerk 128
– Der Kulterer 306
– Frost 47
– Gehen 5
– Salzburger Stücke 257
Bertaux, Hölderlin 686
– Mutation der Menschheit 555
Beti, Perpétue und die Gewöhnung ans Unglück 677
Bierce, Das Spukhaus 365
Bingel, Lied für Zement 287
Bioy Casares, Fluchtplan 378
– Schweinekrieg 469
Blackwood, Besuch von Drüben 411
– Das leere Haus 30
– Der Griff aus dem Dunkel 518
Blatter, Zunehmendes Heimweh 649
Bloch, Spuren 451
– Atheismus im Christentum 144
Böni, Ein Wanderer im Alpenregen 671
Börne, Spiegelbild des Lebens 408
Bonaparte, Edgar Poe, 3 Bde. 592
Bond, Bingo 283
– Die See 160
Brasch, Kargo 541
Braun, J. u. G., Der Fehlfaktor 687
– Unheimliche Erscheinungsformen auf Omega XI 646
Braun, Das ungezwungne Leben Kasts 546
– Gedichte 499
– Stücke 1 198
– Stücke 2 680
Brecht, Frühe Stücke 201
– Gedichte 251
– Gedichte für Städtebewohner 640
– Geschichten vom Herrn Keuner 16
– Schriften zur Gesellschaft 199
Brecht in Augsburg 297
Bertolt Brechts Dreigroschenbuch 87
Brentano, Berliner Novellen 568
– Prozeß ohne Richter 427
Broch, Hermann, Barbara 151
– Briefe I 710
– Briefe II 711
– Briefe III 712
– Dramen 538
– Gedichte 572
– Massenwahntheorie 502
– Novellen 621
– Philosophische Schriften 1 u. 2 2 Bde. 375
– Politische Schriften 445
– Schlafwandler 472
– Schriften zur Literatur 1 246
– Schriften zur Literatur 2 247
– Schuldlosen 209
– Tod des Vergil 296
– Unbekannte Größe 393
– Verzauberung 350
Materialien zu »Der Tod des Vergil« 317
Brod, Der Prager Kreis 547
– Tycho Brahes Weg zu Gott 490